"博学而笃志，切问而近思。"

（《论语》）

博晓古今，可立一家之说；
学贯中西，或成经国之才。

作者简介

王运熙，男，1926年6月生。复旦大学教授，博士生导师。著有《中国文学批评通史》（合作主编并参加其中《魏晋南北朝文学批评史》《隋唐五代文学批评史》的撰写）、《中国文学批评史》（合作主编并参加撰写）、《汉魏六朝唐代文学论丛》、《中国古代文论管窥》、《文心雕龙探索》、《乐府诗述论》、《望海楼笔记》、《当代学者自选文库·王运熙卷》、《李白诗选》、《李白研究》等。

顾易生，男，1924年12月生。复旦大学教授，博士生导师。著有《中国文学批评通史》（合作主编并参加其中《先秦两汉文学批评史》《宋金元文学批评史》的撰写）、《中国文学批评史》（合作主编并参加撰写）、《柳宗元》、《诗词助读》、《宋词精华》、《十大散文家》等。

袁震宇，男，1928年6月生。复旦大学教授。著有《明代文学批评史》（合著）、《中国文学批评史》（合著）、《宋词精华》等。

黄　霖，男，1942年6月生。复旦大学教授，博士生导师。著有《近代文学批评史》、《古小说论概观》、《金瓶梅考论》、《中国历代小说论著选》（合著）、《原人论》（合著）等。

杨　明，男，1942年11月生。复旦大学教授，博士生导师。著有《魏晋南北朝文学批评史》（合著）、《隋唐五代文学批评史》（合著）、《刘勰评传（附钟嵘评传）》、《南朝诗魂》、《文赋诗品译注》等。

邬国平，男，1954年10月生。复旦大学教授。著有《清代文学批评史》（合著）、《清代文论选》（合著）、《中国文论选·近代卷》（合著）等。

普通高等教育"十一五"国家级规划教材

上海市教委普通高等学校优秀教材一等奖

复旦博学·文学系列

中国文学批评史新编

（第二版）

下卷

王运熙　顾易生 主编

复旦大学出版社

目　录
下　册

第五编　明　代

绪　论……………………………………………………………… 3

第一章　明代的诗文批评 ………………………………………… 11

第一节　明初的诗文批评 ………………………………………… 11

第二节　李梦阳、何景明(附徐祯卿)…………………………… 24

第三节　李攀龙、王世贞及其他 ………………………………… 31

第四节　唐宋派 …………………………………………………… 40

第五节　公安派与竟陵派 ………………………………………… 48

第六节　陈子龙与艾南英 ………………………………………… 65

第二章　明代的戏曲批评 ………………………………………… 73

第一节　明初的戏曲批评 ………………………………………… 73

第二节　嘉靖、隆庆时期的戏曲批评…………………………… 80

第三节　吴江派与临川派的论争 ………………………………… 93

第四节　王骥德和晚明其他戏曲批评家 ……………………… 117

第三章　明代的小说批评 ……………………………………… 132

第一节　历史小说论 …………………………………………… 132

第二节　吴承恩及谢肇淛 ……………………………………… 142

第三节　李贽与叶昼 …………………………………………… 147

第四节　有关《金瓶梅》的批评 ……………………………… 161

第五节　冯梦龙及其他 ………………………………………… 167

第六编　清代前中期

绪　论…………………………………………………………… 179

第一章　明清之际的文学思想……………………………………………… 189

　第一节　钱谦益、吴伟业、冯舒和冯班……………………………… 189

　第二节　黄宗羲、顾炎武、王夫之…………………………………… 198

　第三节　侯方域、魏禧(附廖燕)、汪琬……………………………… 210

第二章　清代前中期文论…………………………………………………… 219

　第一节　桐城三祖：方苞、刘大櫆、姚鼐………………………… 219

　第二节　汉学家的文论、章学诚《文史通义》…………………… 233

　第三节　阳湖派………………………………………………………… 245

　第四节　阮元与清代骈文理论……………………………………… 248

第三章　清代前中期诗论…………………………………………………… 255

　第一节　王士禛………………………………………………………… 255

　第二节　叶燮《原诗》………………………………………………… 260

　第三节　沈德潜………………………………………………………… 265

　第四节　宋诗派及厉鹗………………………………………………… 270

　第五节　袁枚…………………………………………………………… 274

　第六节　翁方纲………………………………………………………… 279

第四章　清代前中期词论…………………………………………………… 284

　第一节　陈维崧及阳羡派……………………………………………… 284

　第二节　朱彝尊及浙西派……………………………………………… 289

　第三节　张惠言、周济及常州词派………………………………… 294

第五章　清代前中期戏曲批评……………………………………………… 303

　第一节　金人瑞的戏曲批点和清初的曲论………………………… 303

　第二节　李渔…………………………………………………………… 314

　第三节　洪升和孔尚任(附刘廷玑、吴仪一)……………………… 327

　第四节　地方戏繁盛时期的戏曲理论批评………………………… 338

第六章　清代前中期小说批评……………………………………………… 350

　第一节　金人瑞………………………………………………………… 350

　第二节　毛纶、毛宗岗父子与张道深……………………………… 360

　第三节　蒲松龄、纪昀与有关《聊斋志异》的评论……………… 367

　第四节　曹雪芹、脂砚斋及其他…………………………………… 372

　第五节　"卧本"《儒林外史》的评点……………………………… 381

第七编　近　代

绪　论…………………………………………………………… 389
第一章　近代的诗文批评与词论……………………………… 403
　第一节　龚自珍、魏源及其他 ……………………………… 403
　第二节　太平天国的文化政策及洪仁玕 ………………… 415
　第三节　梅曾亮、方东树、姚莹、曾国藩等桐城派与何绍基、陈衍等宋
　　　　　诗派 ………………………………………………… 421
　第四节　梁启超、黄遵宪等"诗界革命"与裘廷梁的白话文体论 ……438
　第五节　章炳麟、南社等资产阶级革命派文论 ………… 457
　第六节　刘熙载、谭献、陈廷焯等词论及王国维的《人间词话》………470
第二章　近代戏曲理论批评的发展和演变………………… 486
　第一节　19世纪的戏曲理论批评 ………………………… 486
　第二节　梁启超、姚华的戏曲理论批评 ………………… 490
　第三节　王国维的戏曲理论 ……………………………… 496
　第四节　《二十世纪大舞台》杂志和吴梅的戏曲理论批评 …… 504
第三章　近代的小说理论批评………………………………… 513
　第一节　梁启超与"小说界革命" ………………………… 513
　第二节　吴沃尧 …………………………………………… 527
　第三节　徐念慈与黄世仲弟兄 …………………………… 533
　第四节　王国维与王钟麒、黄人的中国古典小说论 …… 546
　第五节　林纾的翻译小说理论 …………………………… 557
　第六节　管达如的《说小说》和吕思勉的《小说丛话》……………… 560

第五编 明 代

绪　　论

明代的文学,小说戏曲高度繁荣,诗文则相对说来较少创造性;然而诗文理论批评却相当繁荣,自有其特点。随着封建社会进入后期,市民阶层的兴起,社会矛盾的尖锐复杂,新旧思想的冲突,时代的演变,形成各种诗文流派,旗帜鲜明,或主复古,或尚新变,反复论争,相当激烈。它们所走过的曲折道路,提供的经验与教训,是颇有可以作为后人借鉴之处的。

明代前期诗文批评与台阁体

在元蒙的奴役统治被推翻与统一的明帝国建立后,社会经济有了复兴与进一步发展,朱明王朝确立了高度的中央集权,采取八股取士、提倡程朱理学等措施巩固其统治,严密钳制知识分子和广大人民的思想。这些情况,对于文学批评与创作发生严重的影响。

宋濂为"开国文人之首",他提倡文章应该明道致用为维护"三纲六纪"服务;取径欧阳修、韩愈以溯源《六经》,正是符合新王朝整饬封建秩序要求的。高启论诗主张广泛模拟前代各家的长处,林鸿、高棅则专崇盛唐,都已透露出复古的端倪。值得注意的是,宋濂对杨维桢的崇扬中表现某种异端倾向,刘基早期诗论的强调诗歌讽刺政治、批判现实的作用,高启自叙其诗时显示的诗人自觉意识。方孝孺赞美庄周、李白、苏轼等作品的浪漫神采,但他所谓"文之为用,明道立政"等基本观点,与其师宋濂是一脉相承的。

从永乐以至成化、弘治(1403—1505)一百年间,随着帝国的巩固、专制统治的加强,文坛上出现了平庸芜弱、粉饰太平的台阁体和"专作理语"的性气诗。这正是当时统治阶级有意识提倡以及知识分子处在专制压迫下和比较安定的环境中精神萎靡的产物。明初一些著名作者,包括宋濂、刘基、高启、方孝孺,在封建政权的强化与统治阶层内部纷争的过程中或贬或死,已足见人们所受政治压力的严重。台阁体的领袖人物"三杨"——杨士奇、杨荣、杨溥等都是朝廷大臣,他们秉承皇帝的意图,专摹欧阳修散文中平舒柔婉的风格,推崇唐诗而着眼于"以其和平易直之心,发为治世之音"(杨士奇《玉雪斋诗集序》)。这样上行下效,使诗文都患上了严重的贫血症。台阁体的后期人物李东阳,力主规模唐诗格调,开复古文学运动的先河。

前后七子的复古诗文理论与唐宋派

明代中叶以后,权奸当道,民间不断爆发反抗活动。有些知识分子,对黑暗的政局、萎弱的士风、腐滥的文风也越来越感到不满而试求改弦更张。弘治、正德间,以李梦阳、何景明为首的前七子高唱"文必秦汉,诗必盛唐",以渊奥文辞和高古格调相互标榜,打倒了数十年来风行的台阁体,也有力地批判了理学者流的性气诗,是有其功绩的。但他们片面地强调一切文学都是越古越好,全盘否定东汉以后的散文、魏晋以后的古诗和盛唐以后的近体诗。李梦阳公然声称要像临摹古人字帖一样模拟古代诗文,何景明倡言"古文之法亡于韩(愈)"、"古诗之法亡于谢(灵运)",这就违反了文学的时代性和发展规律。李梦阳曾精辟地指出"诗发乎情"、"情动乎遇",但其墨守成规的"尺寸古法"必然给所谓"以我之情,述今之事"以形式桎梏。嘉靖、万历间李攀龙、王世贞等后七子重复了这一复古以至拟古路线,造成相当声势,更导致模拟剽窃的流弊。前后七子的观点中,也存在多种因素,而且是有变化和分歧的。何景明对李梦阳的"刻意古范"提出过批评,而主张"富于材积,领会神情,临景构结,不仿形迹"。李梦阳既重视真情,后期更彻悟到"真诗果在民间",而自谴其诗是"出之情寡而工之词多者也"。王世贞晚年对自己前期论点曾有所追悔,发表了一些比较折衷的言论。此外,如徐祯卿的"因情立格"说,明确肯定情与格的主从关系,识见更出李梦阳之上;谢榛的分析诗歌创作艺术特征,也有自己的会心;屠隆的论"虚"、"实"关系,则接触到了文学的浪漫与写实两种创作方法精神的不同特点以及相互结合的问题。

在前后七子之间,有王慎中、唐顺之、茅坤等的唐宋派,继承宋濂取径韩、欧之说,提倡学习"唐宋八家"散文的神理和平易自然的风格语言,与"文必秦汉"之说相峙。在嘉靖初期造成过一定声势,但他们的"变秦汉为欧(阳修)曾(巩)",又使文风趋弱。唐顺之提出的"本色"论,主张文章应该"直据胸臆",有"真精神与千古不可磨灭之见"。在他对先秦诸子学说与陶渊明诗发表中肯见解之后,给予才气较差的曾巩文甚至迂腐俗滥的邵雍诗以最高评价,便突现其理论中的落后倾向,何况他几乎否定了艺术形式的作用。因之嘉靖后期后七子重振秦汉旗鼓,迅即取得压倒优势。唐宋派的影响却是深远的。明末清初一些重要批评家与作家,如艾南英、钱谦益、黄宗羲、侯方域、魏禧以至清代散文主要流派桐城派等,在不同程度上承受他们的意见。

公安、竟陵的"性灵"等说与陈子龙的忧时托志诗论

公安派产生于明代后期。那时城市商品经济日益发展,市民阶层不断壮大,它和封建统治之间的矛盾也更尖锐起来。在新的社会矛盾和市民思想影响下,产生了反抗传统、追求个性自由解放的新思潮。王阳明学派的异端泰州学派,大胆肯定人们的生活欲望,破除对古代圣人的偶像迷信,对封建教义的不少方面作了批判。李贽是该派后期的杰出代表,而公安派领袖袁宏道及其兄宗道、弟中道等都是深受李贽影响的。当这新的思潮反映到文学领域去时,更形成了新的文学流派。

公安派以"变"和"真"的观点与"独抒性灵,不拘格套"等口号,猛烈地涤荡着拟古诗文风习。他们强调文学的时代性和个性化,指出文学和语言都是不断发展变化的,要求创作具有真情实感,使用当时语言,有独创精神,反对陈规旧套,反对虚伪矫饰,反对因袭摹仿和盲目崇拜古人,也反对诗的流为理学、歌诀与偈诵。这些都是有进步意义的,在很大程度上破除作者的思想束缚,给传统的文艺领域的陈腐教条以有力冲击。当然袁氏兄弟的推重真诗与民歌,也显然受有李梦阳诗论的启示。公安派的理论也有消极一面。他们崇尚"变",以至把八股文也作为新事物加以肯定;所谓"真",也缺少对创作与社会现实关系的推究。他们的部分言论又过分地漠视文学的继承性和创作的严肃性,特别由于不满现实而流露的颓废情绪和对适世情趣的追求,给人们以不良影响。袁中道后期也企图对公安末流的"为俚俗,为纤巧,为莽荡"的弊病有所纠正,然其以前的创新意气也有所衰退了。

钟惺、谭元春领导的竟陵派继公安派而起,其文学观点基本上继承公安派,既反对前后七子所导致的形式拟古之弊,也试图矫正公安末流轻佻浅率的偏失。他们思想中也有反封建火花,由于愤世嫉俗而提倡幽深孤峭的风格,"求古人真诗之所在","求古人真有性灵之言",即是想把求真与学古、性

5

情与品格结合起来。其诗评中自有真知灼见,产生过很大影响,而取径僻狭也导致文坛偏弊。于是在崇祯年间,就有艾南英等重振唐宋派颓波,陈子龙等复燃前后七子余烬。艾、陈之间曾经发生过一场争论,双方把两派的理论更系统化了。然而,这时明朝的覆亡已迫在眉睫,朝政的极端黑暗紊乱,农民起义的风起云涌,民族斗争的风狂雨骤,有识之士自然不再自囿于宗奉唐宋或秦汉的窠臼里竞优较劣了。陈子龙后来就突破形式拟古的樊篱和温柔敦厚的传统教条,发扬司马迁"发愤著书"的精神,强调文学抒写爱国忧时的怀抱与讥刺时事的作用,注重"情与境会",即作者真情与现实环境密切联系,唱出时代的强音,为明代诗文批评史涂上灿烂的斜辉。

<h2 style="text-align:center">戏曲批评的发展和繁荣</h2>

在中国戏曲批评发展史上,明代的戏曲批评占有极为重要的地位,它踵武宋元,又密切结合当代戏曲创作和演出,论家辈出,著作林立,从朱权的《太和正音谱》到王骥德的《曲律》,标志着中国曲论已进入到一个空前的发展、繁荣时期,这个时期大略可以区分为明代初年、嘉靖隆庆和晚明三个阶段。

朱权的《太和正音谱》是明王朝建国时期最早出现的曲论专著。作者喜好戏曲,称戏曲为"太平之胜事",并希望戏曲成为替新王朝"粉饰太平"的一种事业。这种主张,反映出明王朝建立者朱元璋"为君用"、"达时务"文艺思想的政治倾向。朱权重视音律,注重演唱,追求典雅华美的语言风格,对剧本的重要性已有比较明确的认识。此时,剧作家高则诚在《琵琶记》剧本中提出的"不关风化体,纵好也徒然"、"休论插科打诨,也不寻宫数调,只看子孝共妻贤"等创作思想,也符合了新朝的政治需要。朱权、高则诚的上述主张,在明代初年的戏剧论坛占着支配地位。这一阶段,还有由元入明的贾仲明和无名氏的《续录鬼簿》,对元钟嗣成的《录鬼簿》作了一些补充,也有其理论批评意义。

嘉靖、隆庆年间戏曲批评,在经历了近百年的平静沉寂后,又逐渐适应创作演出的需要而活跃起来。李开先、何良俊、王世贞、徐渭、李卓吾等,先后著书立说,作出贡献。李开先注意民间通俗文学中的"真诗"和"真情",贬斥缺乏真情实感、专事雕章琢句的创作倾向,提倡发扬元曲"本色"美的优良传统。李开先认为剧作家的责任在于"激劝人心,感移风化",使观众有所裨益。他总结元曲的发展,认为是与当时一些有成就的作家在政治上遭受蒙古贵族歧视,多作"不平之鸣",以及所谓的"衣食足而歌咏作"现象有密切关联。何良俊关于"《西厢》全带脂粉,《琵琶》专弄学问,其本色语少"的论断,标新立异,引起了批评界广泛而热烈的反响,其理论意义在于明确主张戏曲语言必须接近剧场广大观众。何良俊关于音韵格律的见解,后来被吴江派沈璟奉为圭臬。后七子领袖王世贞论曲侧重作品的艺术感染力,提倡按照作品主要倾向作评价的批评方法,反对"执末以议本",主次不分的批评。徐渭的《南词叙录》,是我国第一部南戏专论。徐渭竭力反对一般文人卑视南戏的恶习,认为作为戏曲之一种的南戏自有其存在和发展的权利。他指责《香囊记》一类作品,生搬《诗经》、杜甫诗句的恶劣影响,说"南戏之厄,莫盛于今"!他主张"曲本取于感发人心,歌之使奴童妇女皆喻,乃为得体"。他把戏曲中的"本色"问题与创作中的"真实"问题联系起来讨论:"本色,犹言正身也;相色,替身也。"他的"贱相色,贵本色"论,具有独创的意义。徐渭注意戏曲的舞台搬演特点,要求作者注意曲与白之间的"谐和"、"可听"。思想家李卓吾从文学史发展的角度批驳了卑视戏曲以为不足道的错误观点,认为优秀的戏曲、小说与诗文一样,都可以成为"天下之至文"。他以天然本色为曲之最上乘,总能高出人工雕琢一筹;主张创作离不开激情,厌弃无病呻吟。李卓吾重视作品的思想内容,并联系作者之为人加以评价,颇具特色,但间或有离开作品艺术形象作任意发挥之弊。

　　第三阶段,自万历朝到明亡,戏曲批评空前活跃,论家辈出,著作众多,质量提高,自成体系,依附于剧本的评点式评论特别盛行。临川派和吴江派的评论家都对曲坛现状不满,意欲有所变革。由于对创作中存在问题孰主孰次的认识不同,改革的着眼点不同,以及作家的思想、个性、艺术观、创作方法的不同,两派在一系列问题上产生分歧,进行了热烈而持久的论争,吸引着整个剧坛的注意。吴江派领袖沈璟偏重于艺术方面,主张严守格律,恪遵成式,四声阴阳、句式、用韵等等必须一丝不苟,"宁使时人不鉴赏,无使人挠喉捩嗓"。他视音韵格律为戏曲创作之原则和批评之标准。沈璟要求戏曲语通俗本色,恢复元曲传统。吴江派论家指责汤显祖之"临川四梦"不谐音律,不便搬演,引起汤显祖等人的不满,起而反驳。汤显祖创作重视"意趣",驰骋才情,不愿意拘守音律。他的创作和评论突出强调"情"在作品中的主导位置,提倡"神情合至",要求作品中将作者的真情实感和理想境界融合起来。他把"情"与"理"的矛盾对立视为戏曲矛盾冲突的基础,对现实持

7

思辨批评的态度。汤显祖对戏曲的艺术特点和社会作用也有相当精到的分析论述。在论争中,臧懋循、吕天成、冯梦龙等赞同并支持沈璟的格律至上论,并对其偏激过分处有所修正补充。而王思任、孟称舜、茅元仪等人则主要阐明和发挥汤显祖的基本观点,维护"临川四梦"的公正评论,同时也汲取吴江派的合理见解。吴江临川两派的论争,使创作和批评中长期未加应有重视的一些理论问题,得到了阐述和明确,有利于戏曲创作和理论批评的深入发展。

在吴江、临川两派的激烈论争中,双方的观点愈益明朗,彼此的缺陷和偏颇也暴露得比较充分。这为一些有识之士能权衡双方的优长得失,进行更高一个层次的评论总结创造了条件。王骥德的《曲律》堪称是这方面的代表之作。王骥德认为吴江派精"法",临川派则善"词",但各有所偏,从而提出"法与词必两擅其极"和"剂众长于一冶"的见解。他反对以偏概全的理论批评,提出了"论曲,当看其全体力量如何"的原则。又说评论一部作品必须抓住它的"大头脑",注意它的总倾向;要注意情节结构、剪裁锻炼、针线照应;要着眼于人物形象及其曲词宾白的分析;也要严格讲究音律,善于接受文化遗产。王骥德还指出:"纯用本色,易觉寂寥;纯用文词,复伤彫镂",本色应与文采相结合,才能相得益彰。《曲律》涉及面相当广泛,有一定系统性。徐复祚、凌濛初、祁彪佳等对吴江临川两派的优长短缺,戏曲的艺术特征、社会作用,以及批评方法等等分别发表各自的见解,为晚明曲论增添了新鲜内容。

小说批评的巨大发展

中国的小说,经过了长期的孕育和发展,到了明代,出现了空前繁荣的局面。唐人传奇式的文言短篇如《剪灯新话》、《剪灯余话》、《觅灯因话》等绵延不断,源远流长,并陆续出现了不少文言中篇;新兴的白话小说更风起云涌,出现高潮。以《水浒传》、《三国志演义》、《西游记》、《金瓶梅》"四大奇书"为代表的白话长篇小说和"三言"、"二拍"等白话短篇小说的出现和流行,标志着小说创作进入了一个全盛的时期。这些小说中的许多作品,运用了高度的艺术技巧,从不同的角度描写了社会的现实,反映了人民大众的愿望,受到了普遍的欢迎。此时,小说理论批评也随之有了巨大的发展。

明代小说批评的发展反映在许多方面。首先是批评的范围相当广泛,对先秦两汉的神话传说、寓言故事和魏晋南北朝的志怪小说、志人杂录,以及唐代传奇、宋元话本等都有进一步的论列。例如署名王世贞、汤显祖、李贽、屠隆等对于《虞初志》《艳异篇》的评点,将魏晋唐宋的著名文言小说逐篇分析,较前人有关评论更为细致。对于白话小说的大量论述,更具有时代的特色。其二,批评的形式也是丰富多彩的。笔记形式如胡应麟的《少室山房笔丛》,对各类小说作了比较全面的探讨,为前所未有;李贽、叶昼等的评点,比起宋代的刘辰翁来面目一新,影响深远;为数众多的小说序跋更是五彩缤纷,成为小说批评的重要武器。其三,从批评方法来看,明人更注意史、论结合,既着重对某类小说作理论说明,也注意其历史分析,如冯梦龙等对于我国小说发展历史的概论,就相当突出。其四,在观点上也有明显的进步。明人对于小说的文学价值、社会作用有了比较清楚的认识。李贽称《水浒传》为“古今至文”,并将《水浒传》与《史记》、杜诗等文学名著相提并论。此后,袁宏道、冯梦龙等人都进一步强调小说的美感和教育意义超过了儒家经典,大大地提高了小说的社会地位。他们对于小说的思想内容、艺术特点、艺术真实、形象塑造、情节结构、文学语言等问题都作了进一步的探讨。他们的有关论述,对于破除正统文人鄙视小说的传统观念,发展我国古代的小说创作都是很有意义的。

代表明代小说理论批评特色和高度的,主要是围绕着“四大奇书”及“三言”、“二拍”等白话小说的评论。首先引起小说批评界注意的是《三国志演义》。之后,又出现了二十多部同类的小说。历史演义的创作热潮,激发起人们探讨这类小说的兴趣。他们对历史演义的特点、历史真实同艺术真实的关系、作品的语言以及创作历史小说的意义等问题进行了热烈的讨论。在讨论中,大致形成了两种派别:一派以张尚德、余象斗、可观道人等为代表,强调尊重史实、羽翼信史;另一派则以熊大木、袁于令等为代表,提倡虚构,传奇贵幻。到了明代末年,又有峥霄主人、吴越草莽臣、翠娱阁主人等一批批评家强调历史小说应描写当前重大政治斗争。明人在这方面的遗产是丰硕的,相比之下,清代反没有多大发展了。

神怪小说《西游记》是一部具有浓厚浪漫主义色彩的名著。对于这类作品的创作特点、艺术价值、教育作用,以及“幻”与“真”之间的关系等问题的探讨,就为吴承恩及谢肇淛、袁于令等所注意。他们的有关评析,丰富了我国古代关于浪漫主义小说创作的理论。

《水浒传》是一部现实主义的杰作。它对黑暗社会的暴露,它的高度艺术技巧,博得了批评界的赞叹。从唐顺之、王慎中,到汪道昆(天都外臣)、李贽、叶昼,人们在分析它的艺术成就时,就比较注意小说与现实生活的关系,并进一步阐述了艺术真实性的问题。另外,对于小说人物形象的塑造,情节结构的安排等,都发表了一些精辟的见解。继《水浒传》之后的《金瓶梅》,以及"三言"中的许多作品,都是着重描写"世情"的。欣欣子及《金瓶梅》崇祯本的评点较为全面地揭示了世情小说的表现特点。后冯梦龙等也比较强调反映日常生活和普通人物,要求描写"目前可纪之事"和生活中的"物态人情"时,合乎"情理",取得艺术中的"真"。他们的这些观点,在小说批评史上产生了很大的影响。

第一章　明代的诗文批评

第一节　明初的诗文批评

明初诗文,以宋濂、刘基、高启诸人为代表。他们都是由元入明,身经时代剧变,对于当时社会的矛盾有所感受,写出了一些有现实意义的作品。他们的文学理论则或宣扬理学,强调文章为政教服务;或倾向复古,偏重摹拟。然而宋濂文论中也有异端因素,刘基论诗的力主讽刺,高启表现的诗人自觉意识,都是值得注意的。闽派的高棅和晚出的李东阳,所论都以宋严羽的《沧浪诗话》为本,标榜唐音,影响明代诗风。宋濂的学生方孝孺则维护儒道而又特别推崇庄周、李白、苏轼作品的浪漫风格,对当时诗论中尊唐贬宋的风尚表示不满。

宋　　濂

宋濂(1310—1381),字景濂,号潜溪,浦江(今属浙江)人。元末召为翰林编修,不受。明初,官至翰林学士承旨。后因长孙慎涉胡惟庸案,合家谪茂州,道卒。有《宋学士文集》。

宋濂在《赠梁建中序》中,自称早年从事古文,自以为有得,至三十而初悔,逾四十而大悔,五十以后,"不惟悔之,辄大愧之;非惟愧之,辄大恨之。……自此焚毁笔砚,而游心于沂泗之滨矣。"表明他逐步并终于完全投向理学而摒弃文学。其文学理论,主要为这思想历程的反映。

一、明道致用

宋濂《文说赠王生黼》云:"明道之谓文,立教之谓文,可以辅俗化民之谓文。斯文也,果谁之文也? 圣贤之文也。"又《文原》云:"吾之所谓文者,天生之,地载之,圣人宣之,本建则其末治,体著则其用彰,斯所谓乘阴阳之大化,正三纲而齐六纪者也。"又《曾助教文集序》云:"天地之间,万物有条理而弗紊者莫非文,而三纲九法,尤为文之著者。"在这里,他从巩固封建统治出发,提出了对文章内容和社会作用的要求。

> 其文之明,由其德之立。其德之立,宏深而正大,则其见于言自然光明而俊伟。此上焉者之事也。优柔于艺文之场,餍饫于今古之家,搴英而咀华,溯本而探源,其近道者则而效之,其害教者辟而绝之,俟心与理涵,行与心一,然后笔之于书,无非以明道为务。此中焉者之事也。其阅书也,搜文而摘句;其执笔也,厌常而务新,昼夜孜孜,日以学文为事。且曰:古之文淡乎其无味,我不可不加秾艳焉;古之文纯乎其敛藏也,我不可不加驰骋焉。由是好胜之心生,夸多之习炽,务以悦人,惟日不足,纵如张锦绣于庭,列珠贝于道,佳则诚佳,其去道益远矣。此下焉者之事也。(《赠梁建中序》)

他把文分为三等:立德之文为上,明道之文为中,失道之文为下;并对追求艺术辞采的美文进行了批判。由此司马迁、班固的文章也受到他的鄙薄,"其视迁、固,几若大鹏之于鷦鷯耳"(《赠梁建中序》)。宋濂还要求诗歌为理学服务,把理学和诗学结合起来。他说:"诗文本出一源……沿及后世,其道愈降,至有儒者诗人之分。自此说一行,仁义道德之辞遂为诗家大禁,而风花烟鸟之章留连于海内矣,不亦悲夫!"(《题许先生古诗后》)这也就是只许诗歌宣扬理道,反对诗之抒情及写景、咏物等多种作用,取消了其艺术的特性。

二、宗经师古

宋濂推崇圣贤之道为至高,圣贤之文为至上,故其论文以宗经为归,以师古为法。他说:"文学之事,自古及今,以之自任者众矣,然当以圣人之文为宗。"(《浦阳人物记·文学篇序》)还说:"天地之间有全文焉,具之于《五经》。"(《赠梁建中序》)又:"载道之文,舍六籍吾将焉从。"(《文原》)他认为儒家经典是经天纬地,无所不包,道在其中,文在其中,学道学文,必须宗经。他在《师古斋箴序》中,解释师古的意义说:

> 所谓古者何? 古之书也,古之道也,古之心也。道存诸心,心之言形诸书,日诵之,日履之,与之俱化,无间古今也。若曰专溺辞章之间,

　　上法周虞,下蹴唐宋,美则美矣,岂师古者乎?

他把"道"看作是万古不变的,所以文也是不变的。所谓"人无二心,《六经》无二理,因心有是理,故经有是言。"(《六经论》)这种理论,无非想证明封建制度的永恒合理存在,而要求文学更好地为之服务。在经历元蒙野蛮统治之余,这些说法当是适应新王朝恢复传统文化与封建秩序之要求的。

　　宋濂论诗同样强调师古。他在《答章秀才论诗书》的长文中,反复论述,说明自汉至宋的诗人,无一不有师承。"诗之格力崇卑,固若随世而变迁,然谓其皆不相师可乎?"由于他持这样的观点,对于"近代学者,类多自高,操觚未能成章,辄阔视前古为无物",表示极端不满,批评他们所作"往往猖狂无伦,以扬沙走石为豪,而不复知有纯和冲粹之音",从而感到悲叹。

　　然而宋濂的文学观点中也存在矛盾,前文又说:"其上焉者师其意,辞固不似而气象无不同;其下焉者师其辞,辞则似矣,求其精神之所寓,固未尝近也。然唯深于比兴者,乃能察知之尔。"指出师古以师意为上,师辞为下,要注意深入掌握比兴之义。它还进一步反对摹拟剽窃而崇尚创造:"虽然为诗当自名家,然后可传于不朽。若体规画圆,准方作矩,终为人之臣仆,尚乌得谓之诗哉! 诗乃吟咏性情之具,而所谓《风》、《雅》、《颂》者,皆出于吾之一心,特因事感触而成,非智力之所能增损也。古之人其初虽有所沿袭,末复自成一家言,又岂规规然于必相师哉!"这就好像与他自己前面所说有冲突了。《苏平仲文集序》更说:"汉武帝欲教霍去病兵法,去病辞曰:'顾方略何如耳。'濂谓去病真能用兵者。古今之势不同,山川风气亦异,而敌之制胜伺隙者,常纷然杂出而无穷,吾苟不能应之以通变之术,而拘乎古之遗法,其不败覆也难哉! 为文何以异此? 古之为文者,未尝相师,郁积于中,摅之于外,而自然成文。其道明也,其事核也,引而伸之,浩然而有余,岂必窃取辞语以为工哉!""近世道漓气弱,文之不振已甚,乐恣肆者失之驳而不醇,好摹拟者拘于局而不畅,合喙比声,不得稍自凌厉以震荡人之耳目。"苏平仲是苏轼后裔,文风近似苏轼,宋濂在本文中竭力崇扬苏轼,称文章的发展,"自秦以下莫盛于宋,宋之文莫盛于苏氏",而在强调自然成文、反对拘泥古之遗法方面也本诸苏氏文论。按苏轼文章不守儒道正统,为一般理学家所非议。宋濂之论若此,已是出格。更值得注意的是他对元末杨维桢诗文的赞美。《元杨廉夫墓志铭》中说:

　　　　元之中世,有文章巨公起于浙河之间,曰铁崖君。声光殷殷,摩戛霄汉,吴越诸生多归之,殆犹山之宗岱,河之走海,如是者四十年乃终。……初君为童子时,属文辄有精魄,诸老先生咸谓咄咄逼人。暨出仕,与时龃龉,遂大肆力于其文辞,非先秦两汉弗之学。学与俱化,见诸论撰,如睹商敦周彝,云雷成文,而寒芒横逸,夺人目精。其于诗尤号名家,震荡凌厉,骎骎将逼盛唐,骤阅之神出鬼没,不可察其端倪。其文中之雄乎?

按杨维桢为人与为文均表现某种异端色彩,致有"文妖"之讥(见本书第四编第五章第一节《金元的诗文批评》),而宋濂此文则极力加以肯定。文中还追叙杨氏临终对弟子之言云:"知我文最深者唯金华宋景濂氏。我即死,非景濂不足铭我。"又自述说:"濂投分于君者颇久,相与论文,屡极玄奥。闻君之死,反袂泣涕。"具见两人的文学思想感情确有相契合者,墓志之言,并非虚饰。

宋濂虽尚理学,却非醇儒,在实践中仍颇重文艺。《文原》中还说:"六籍之外,当以孟子为宗,韩子次之,欧阳子又次之。"强调学习《孟子》及韩愈、欧阳修之文,并提倡"辞达"。至于推崇苏轼与杨维桢,又与理学正统观念异趋。明代中叶以后,唐顺之、王慎中、茅坤等提倡唐宋散文来和"文必秦汉"之论相对抗,与宋濂的主张比较接近。王世贞晚年,汤显祖、艾南英、钱谦益、黄宗羲等都曾给他以相当高的评价。

刘　基

刘基(1311—1375),字伯温,青田(今属浙江)人。元正顺四年进士,曾官浙江行省都事,一再受到排斥,归隐青田。后入朱元璋幕,成为开国功臣之一,封诚意伯。后为胡惟庸所谗,忧愤而死。一说被胡毒死。有《诚意伯文集》。

刘基以儒家思想为主导,也受有道、法家的影响。在《卖柑者言》和《郁离子》中的一些散文里,对当时社会的黑暗和虚伪,进行了揭露和讽刺。

刘基认为《诗经》的精神,是以刺为主,所以诗歌的主要任务,应当是批判时政,讽刺邪恶,表达民情,这才是《诗经》的优良传统。

或语予曰:"诗贵自适,而好为论刺,无乃不可乎?"予应之曰:"诗何为而作邪?《虞书》曰:'诗言志。'卜子夏曰:"诗者,志之所之也。上以风化下,下以风刺上,主文而谲谏,言之者无罪,闻之者足以戒。'诗果何为而作耶?周天子五年一巡守,命太师陈诗以观国风,使为诗者俱为清虚浮靡以吟莺花、咏月露而无关于世事,王者当何所取以观之哉?"曰:"圣人恶居下位而讪上者,今王子在下位而挟其诗以弄是非之权,不几于讪乎?"曰:"吁!是何言哉!《诗》三百篇,惟《颂》为宗庙乐章,故有美而无刺。二《雅》为公卿大夫之言,而《国风》多出于草茅间巷贱夫怨女之口,咸采录而不遗也。'变风'、'变雅',大抵多于论刺,至有直指其事、斥其人而明言之者,《节南山》、《十月之交》之类是也。使其有讪上之嫌,仲尼不当存之以为训。后世之论去取,乃不以圣人为轨范,而自私以为好恶,难可与言诗矣。"(《王原章诗集序》)

　　夫诗何为而作哉?情发于中而形于言,《国风》、二《雅》,列于《六经》,美刺风戒,莫不有裨于世教。是故先王以之验风俗,察治息,以达穷而在下者之情,词章云乎哉!后世太师职废,于是夸毗戚施之徒,悉以诗将其谀,故溢美多而风刺少。流而至于宋,于是诽谤之狱兴焉,然后风雅之道扫地而无遗矣。今天下不闻有禁言之律,而目见耳闻之习未变,故为诗者莫不以哦风月、弄花鸟为能事,取则于达官贵人而不师古,定轻重于众人而不辨其为玉为石,惛惛恢恢,此倡彼和,更相朋附,转相诋訾,而诗之道无有能知者矣。(《照玄上人诗集序》)

这两段文章表现了刘基论诗的主要精神。首先他认定《诗经》中除了宗庙乐章的《颂》诗歌功颂德以外,《国风》、二《雅》,尤其是"变风"、"变雅",大抵多于论刺;后来的诗人,多以诗歌作为向统治者献谀的工具,"故溢美多而风刺少",这就违反了《风》、《雅》的优良传统。其次,关于诗歌的内容,他指出主要应当是表达穷苦而处于下层者的生活感情和有关政治社会多方面的现实情况,由此反映出社会风俗和政治治乱,这才有裨于世教。再其次,在表现方法和风格方面,他认为为了达到讽诫的目的,诗歌不但可以直指其事,还可以直斥其人,言明意显,《诗经》多此范例,是为诗之正道。这些主张显有与汉儒的"温柔敦厚诗教"说相违离者。宋代自苏轼作诗讽刺时政被祸以后,"戒讪谤"更成为许多人恪守的信条。如黄庭坚、张戒、严羽、元好问诸人,尽管他们的论诗主张大有不同,但在这方面的意见却相类似。宋濂也是如此,他在《徐教授文集序》中,把凡是违反"温柔敦厚"的各种题材风格的作品,都一概排斥。刘基则反复阐述了《诗经》批判现实的讽刺传统,重视出于"草茅间巷贱夫怨女之口"的民间诗歌,突出"直指其事、斥其人"的表现手

15

法。他愤慨地说："公卿大夫之耳目可瞒，而匹夫匹妇之口不可杜，天下之公论于是乎在。"（《书绍兴府达鲁花赤九十子阳德政诗后》）这种精神是很可贵的。《明史》说他的文章"气昌而奇，与宋濂并为一代之宗"，但两人的文学主张是有着差别的。虽然刘基、宋濂都有反对以诗吟弄风月花鸟之说，然而前者是不满其脱离社会现实，后者则为指责其不合乎儒学教条，出发点并不相同。

刘基在创作和理论上所表现出的一些进步内容，大都产生在元末，入明以后，逐渐失去了这样的光辉。

<h2 style="text-align:center">高　启</h2>

高启（1336—1374），字季迪，长洲（今江苏苏州）人。元末隐居吴淞青丘，自号青丘子。洪武初，召修《元史》；授户部侍郎，坚辞不受，后被朱元璋借故腰斩于南京。有《高太史全集》。

高启在政治上抱着和封建统治者不合作的态度，并也写出了一些具有现实内容的诗歌，在这方面是有一定成就的。其理论主要强调风格方面的摹拟，实开拟古主义一路。他在《独庵集序》中说：

> 诗之要：有曰格、曰意、曰趣而已。格以辨其体，意以达其情，趣以臻其妙也。体不辨则入于邪陋，而师古之义乖；情不达则堕于浮虚，而感人之实浅；妙不臻则流于凡近，而超俗之风微。三者既得而后典雅、冲淡、豪俊、秾缛、幽婉、奇险之辞，变化不一，随所宜而赋焉。……夫自汉魏晋唐而降，杜甫氏之外，诸作者各以所长名家，而不能相兼也。学者誉此诋彼，各师所嗜，譬犹行者埋轮一乡，而欲观九州之大，必无至矣。盖尝论之，渊明之善旷，而不可以颂朝廷之光；长吉之工奇，而不足以咏丘园之致，皆未得为全也。故必兼师众长，随事摹拟，待其时至心融，浑然自成，始可名明大方，而免夫偏执之弊矣。余少喜攻诗，患于多门，莫知所入，久而窃有见于是焉。

高启所提出来的三要，主要是关于诗歌形式和艺术技巧问题，而最后归于风格。他认为诗歌必须具备多种多样的风格，而多种多样风格的形成，有赖于"兼师众长，随事摹拟"，这是他在学诗过程中长期摸索出来的一条道路。他所谓的"格"，指格调；"意"是造意；"趣"近于严羽所说的"兴趣"。如能三者兼备,便能运用自如,变化不一,表现出典雅、冲淡、豪俊、秾缛、幽婉、奇险多种多样的风格。他认为自汉至唐,诗人多以一种风格名家,陶渊明只能善旷,李长吉只能工奇,故范围狭小,未得其全。杜甫之所以超出众人,在于他能具备多种多样的风格,集诸家之大成。他主张诗人必须摹拟各家风格的特征,掌握不同的技巧,待到功夫成熟,自然心领神会、融会贯通,便能成为大家。高启这里也指出了"意情"为诗的三个要素之一,而其主要精神所注则在风格之摹拟。尽管他所展示的取径范围相当宽广,力图兼取众长,终不免使诗歌的创造性蒙受限制。《四库提要》批评他说:"其于诗拟汉魏似汉魏,拟六朝似六朝,拟唐似唐,拟宋似宋,凡古人之所长,无不兼之。……故备有古人之格,而反不能名启为何格。"

　　然而高启诗论中更表现其对诗歌艺术的特殊爱好与刻意追求的旨趣,他坦率地宣称作诗是一种自我娱乐,意即审美享受,而没有功利目的。其《青丘子歌》中高唱:"世间无物为我娱,自出金石相轰鸣。"《缶鸣集序》中更鲜明地表述自己的创作态度。

　　　　古人之于诗不专意而为之也,国风之作发于性情之不能已,岂以为
　　务哉!后世始有名家者,一事于此而不他,疲殚心神,搜刮万象,以求工
　　于言语之间,有所得意则歌吟蹈舞,举世之可乐者不足以易之,深嗜笃
　　好,虽以之取祸,身罹困逐而不忍废,谓之惑非欤?余不幸而少有是好,
　　含毫伸牍,吟声呷呷不绝于口吻。或视为废事而丧志,然独念才疏力
　　薄,既进不能有为于当时,退不能服勤于畎亩,与其嗜世之末利,汲汲者
　　争骛于形势之途,顾独事此,岂不亦少愈哉!遂为之不置。

这里表现了他作为一个诗人的自觉意识,与将诗歌作为教化工具、将文学作为道之附庸的儒学正统观念不同。因之,高启的诗作,大都属于描写自己的生活遭遇与抒发个人真情实感。他再三自述云:"凡可以感心而动目者,一发于诗。"(《娄江吟藁序》)"凡岁月之更迁,山川之历涉,亲友睽合之期,时事变故之磧,十载之间,可喜可悲者,皆在而可考。"(《缶鸣集序》)"然而登高望远之情,怀贤吊古之意,与夫抚事览物之作,喜慕哀悼,俯仰千载,有或足以存劝戒而考得失。"(《姑苏杂咏序》)这里虽然也有其现实内容与社会意义,但这是作品产生的客观效果。他还说过:"时虽多事,而以无用,得安于闲,故日与幽人逸士唱和于山巅水涯,以遂其所好。"(《缶鸣集序》)在这里不但说明了他对政治的冷淡态度,而在投闲置散的吟唱中也未尝不郁勃着心中

的块垒。

高　棅

　　高棅(1350—1423),字彦恢,更名廷礼,号漫士,福建长乐人。永乐初,自布衣召入翰林为待诏,迁典籍。能诗。与林鸿、郑定、王偁、唐泰、陈亮等人,称为闽中十子。他编有《唐诗品汇》,凡九十卷,又拾遗十卷。其书按照时代,分体编选,分为五古、七古、五绝、七绝、五律、五排律、七律七类,"随类定其品目,因目别其上下、始终、正变,各立序论,以弁其端"(《总序》)。目初唐为正始,盛唐为正宗、大家、名家、羽翼,中唐为接武,晚唐为正变、余响。自称研究唐诗十数年,独有心得,"裒成一集,以为学唐诗者之门径"。并对芮挺章《国秀集》、元结《箧中集》、殷璠《河岳英灵集》、高仲武《中兴间气集》、姚合《极玄集》以及《文苑英华》、《乐府诗集》等选本,都表示不满;独于杨士宏《唐音》略加称许,自视之高,由此可见。

　　高棅论诗,推崇盛唐,标举体格,初本林鸿,而根源于严羽。《唐诗品汇》凡例云:"先辈博陵林鸿,尝与余论诗,上自苏、李,下迄六代,汉魏骨气虽雄,而菁华不足,晋祖玄虚,宋尚条畅,齐、梁以下,但务春华,殊欠秋实,唯李唐作者,可谓大成。然贞观尚习故陋,神龙渐变常调,开元、天宝间,神秀声律,粲然大备,故学者当以是楷式。予以为确论。后又采集古今诸贤之说,及观沧浪严先生之辩,益以林之言可征,故是集专以唐为编也。"他自己也说过:"诗自《三百篇》以降,汉魏质过于文,六朝华浮于实,得二者之中,备风人之体,惟唐诗为然。然以世次不同,故其所作亦异,初唐声律未纯,晚唐气习卑下,卓卓乎其可尚者又惟盛唐为然。"(王偁《唐诗品汇序》引)在《唐诗品汇》的《历代名公叙论》中,摘录严羽的遗言有十四节之多。严羽论诗重体制,高棅编选唐诗也是以体制为纲;严羽分唐诗为唐初体、盛唐体、大历体、元和体及晚唐体,高棅简为初、盛、中、晚四期。严羽主张诗道在于妙悟,高棅也强调"超神入化,玲珑透彻之悟";严羽重视兴趣、气象、音节,高棅也重视兴象声律;严羽强调以盛唐为法,高棅也专宗盛唐。可以说,高棅的《唐诗品汇》,在主要方面体现了严羽论诗的精神。

　　一、高棅论诗,以体制为主,分析唐诗的成就及其变化,也主要着眼于形体。他在《总序》中说:"有唐三百年诗,众体备矣。故有往体、近体、长短篇、五七言律句绝句等制,莫不兴于始,成于中,流于变,而陊之于终。至于声律兴象,文词理致,各有品格高下之不同。略而言之,则有初唐、盛唐、中唐、晚唐之不同。"他以众体俱备,作为唐诗的主要成就。其中流变发展的过程,也就是各种形体流变发展的过程;他论到各时期诗人的成就时,常以风格来概括。如论盛唐云:"开元、天宝间,则有李翰林之飘逸,杜工部之沈郁,孟襄阳之清雅,王右丞之精致,储光羲之真率,王昌龄之声俊,高适、岑参之悲壮,李颀、常建之超凡,此盛唐之盛者也。"(《总序》)这里也表现出他的艺术旨趣。

二、高棅想以时代为依据,说明唐诗的发展演变,品评唐诗的高下得失。"观诗以求其人,因人以知其时,因时以辨其文章之高下、词气之盛衰,本乎始以达其终,审其变而归于正。"(《总序》)这种用意是好的,也作出成绩;可是他所说的"因时",并没有接触到时代的社会现实,没有具体的历史内容,因而在其审辨诗歌的高下盛衰等方面,就有了很大的局限性。用历史眼光评论文学,如刘勰《文心雕龙·时序》就提出了"文变染乎世情,兴废系乎时序"之说,把文学和时世演变的关系紧密地结合起来。该篇论周诗说:"幽厉昏而《板》《荡》怒,平王微而《黍离》哀,故知歌谣文理,与世推移,风动于上,而波震于下者。"论建安文学则说:"观其时文,则雅好慷慨,良由世积乱离,风衰俗怨。"都能比较真切地看到诗文变化的社会原因与现实基础。高棅虽也强调时代,但显然缺少这些方面深层的发掘。

三、高棅评选唐诗的艺术标准也有不少值得讨论的。按严羽论唐诗并尊李白、杜甫之作为"入神",高棅论"盛唐之盛"时首举李之"飘逸"、杜之"沈郁"即承严羽的论绪,可是在具体品评时,则杜诗地位显被抑低。《唐诗品汇》选诗共分五、七言古诗、绝句、律体等七类,李白在七类中都是正宗,杜甫有五类是大家,二类是羽翼。明显地尊李抑杜。更不可解的是:品评五律,孟浩然、王维、岑参、高适都是正宗,杜甫独为大家;品评七律,崔颢、贾至、王维、李憕、李颀、祖咏、崔曙、孟浩然、万楚、张谓、高适、岑参、王昌龄都是正宗,杜甫也是大家,都低他们一等。看来他欣赏雄逸、雍容、典雅、淡远、闲旷、浑厚等风格,而对杜甫那些具有强烈现实性的作品则另有看法。杜甫这类诗篇,后之推崇者或置诸一般唐诗之上。陆游《读杜诗》称之为"《生民》《清庙》非唐诗",便是一例。也有认为这是唐调的"变格"(见何景明《明月诗序》)。实际上严羽《沧浪诗话》已有"众唐人是一样,少陵是一样"之说,便是把杜诗与一般唐诗区别看待。那么《唐诗品汇》的不列杜甫于"正宗"而特设"大家"为其专栏,也有其缘由了。再从该书选诗的数目和题材方面,也可以看出编者的倾向性。书中所选,孟浩然八十七首,王维一百七十七首,储光羲八十四首,刘长卿一百六十七首,钱起一百四十八首,韦应物一百四十首,白居易二十八首,聂夷中一首,杜荀鹤六首。如果以详盛唐而略中、晚为原则,钱起、韦应物何以选录如此之多。白居易新乐府一类讽谕切直之作,全被排斥,而所选的是《听琴》、《秋池》、《小阁》、《闲坐》、《长夏南池独酌》、《劝我酒》、《寒食诗》、《闺怨词》、《生别离》、《后宫词》、《寻郭道士不遇》等等;聂夷中一首是《乌夜啼》;杜荀鹤诗选的是《题新雁》、《春宫怨》、《与友人对酒吟》、《御沟柳》、《舟行即事》等等。

《唐诗品汇》在揭示唐代各时期诗歌风貌和不同作家的艺术风格方面是做出一定贡献的,对研究唐诗有其参考价值,在明代很长一个时期还是很受到人们欢迎的。由于其以推崇盛唐相号召,教人从体制、风格、声调、文辞各方面去学习唐诗,客观上引导人们走上复古的道路。《明史·文苑传》说:"终明之世,馆阁以此书为宗。厥後李梦阳、何景明等,摹拟盛唐,名为崛起,其胚胎实兆于此。"

方　孝　孺

方孝孺(1357—1402),浙江宁海人,字希直,又字希古,人称正学先生,建文时任侍讲学士,成祖入南京,被杀,有《逊志斋集》。他是宋濂的学生,以文章理学著名,《答王秀才书》云:"凡文之为用,明道立政,二端而已。道以淑斯民,政以养斯民,民非养不能群居以生,非教不能别于众物,故圣人者出,作为礼乐教化刑罚以治之,修其五伦六纪天衷人极以正之,而一寓之于文。"和宋濂一样,宣扬儒家为封建政教服务的文学观。然而他的文论中也有值得注意之处。一是他认识到古今文人的性格修养各不相同,所为文章必然有各自独特的风貌,不可强求一律。《张彦辉文集序》说:"昔称文章与政相通,举其概而言耳。要而求之,实与其人类。""自古至今,文之不同,类乎人者,岂不然乎?""人之为文,岂故为尔不同哉?其形人人殊,声音笑貌人人殊,其言固不得而强同也,而亦不必一拘乎同也。"这里反映他对文学个性化方面的认识。二是他赞美庄周、李白、苏轼的作品,反映他对浪漫主义艺术传统和特征有所认识。当然这里也受有宋濂推崇苏轼、杨维桢的影响。前文在列论历代作者时首举庄周道:"庄周为人,有壶视天地、囊括万物之态,故其文宏博而放肆,飘飘然若云游龙骞而不可守。"《苏太史文集序》

更说:

> 庄周之著书,李白之歌诗,放荡纵恣,惟其所欲,而无不如意,彼岂
> 学而为之哉! 其心默会乎神,故无所用其智巧,而举天下之智巧莫能加
> 焉。使二子者有意而为之,则不能皆如其意,而于智巧也狭矣。庄周、
> 李白,神于文者也,非工于文者所及也。文非至工则不可以为神,然神
> 非工之所至也。当二子之为文也,不自知其出于心而应于手,况自知其
> 神乎? 二子且不自知,况可得而效之乎? 效古人之文者,非能文者也,
> 惟心会于神者能之,然亦难矣。庄周殁殆二千年,得其意以为文者,宋
> 之苏子而已。苏子之于文,犹李白之于诗也,皆至于神者也。

他的强调"心会于神",说得不免神秘化,但也显示了对形式雕琢、摹拟复古
风气的不满。"效古人之文者,非能文者也",方孝孺在这方面的态度是明朗
的,所谓"神",实际上应是艺术的规律。他的《览以德用中二友和东坡喜雨
之作》中又大力肯定苏诗的新变:

> 文章由来关政教,道术何曾间今古。每怜陋儒不自量,诋诃前人竟
> 奚补! 浪与唐宋较优劣,有如痴儿侮厥母。苏公风骨真天人,骇视四海
> 手摩抚。二《南》洋溢驺虞出,九《韶》铿锵凤凰舞。列仙得道行御风,汉
> 相闲居老食乳。神奇变化脱边幅,怒骂嘻哦皆新语。

《宋史·苏轼传》说苏轼"虽嬉笑怒骂之辞,皆可书而诵之",这是苏轼诗歌创
作的重要特色,它打破常规,大变唐音,开辟诗歌发展的新境界。后人纷纷,
对其功过,莫衷一是。宗奉温柔敦厚诗教或崇尚汉魏盛唐含蓄蕴藉风格的,
往往指责苏诗的变古,指为"沧海横流"的始作俑者。方孝孺这里表示了不
同的看法。他还有《谈诗》五绝句,兹录其二首:

> 举世皆宗李杜诗,不知李杜更宗谁! 能探风雅无穷意,始是乾坤绝
> 妙词。
> 前宋文章配两周,盛时诗律亦无俦。今人未识昆仑派,却笑黄河是
> 浊流。

明代的批评家,对于当时诗坛一味宗唐拟古的风气有反感的,往往从宋诗、
特别从苏轼诗歌中去求新变,方孝孺这些议论,开其先河。方孝孺的推重宋
诗中也有宣扬理学的成分。《读朱子感兴诗》云:"呜呼! 若朱子《感兴》二十
篇之作,斯可谓诗也已。其于**性命**之理昭矣,其于天地之道著矣,其于世教

21

民彝有功者大矣。系之于《三百篇》,吾知其功无愧。"这大概也是方孝孺所谓"风雅无穷意"与"乾坤绝妙词"的一种标本吧!

李 东 阳

明王朝从永乐到成化年间(1403—1487),经济得到一定的恢复和发展,专制统治有了进一步的加强和巩固,虽然社会危机已在酝酿,而统治者正安于佚乐,做着太平盛世的美梦。由大官僚杨士奇、杨荣、杨溥所倡导的台阁体诗文,得以长期笼盖于文坛。这些宰辅大臣,所作务求雍容典雅,词气安闲,以此歌功颂德,粉饰太平;不但内容贫乏,技巧也并无可取。结果是陈陈相因,千篇一律,愈久愈弊,终为人们所鄙弃。李东阳(1447—1516)出,曾想以雄浑之体,改变当时萎靡文风;但他也未能摆脱台阁习气。他字宾之,号西涯,湖南茶陵人,官至吏部尚书、华盖殿大学士。有《怀麓堂集》,集中有《诗话》一卷,单行称《麓堂诗话》。他立朝数十年,领袖文坛,一时诗人奉以为宗,称茶陵诗派。

李东阳论诗,重在法度音调,其主要精神,大抵祖述严羽。他在《诗话》中说:"六朝宋元诗,就其佳者亦各有兴致,但非本色,只是禅家所谓小乘,道家所谓尸解仙耳。"又说:"宋诗深,却去唐远;元诗浅,去唐却近。顾元不可为法,所谓取法乎中,仅得其下耳。"又说:"诗有别材,非关书也;诗有别趣,非关理也。然非读书之多、明理之至者,则不能作,论诗者无以易此矣。"又说:"唐人不言诗法,诗法多出宋,而宋人于诗无所得。所谓法者不过一字一句对偶雕琢之工,而天真兴致,则未可与道。其高者失之捕风捉影,而卑者坐于黏皮带骨,至江西诗派极矣。惟严沧浪所论超离尘俗,真若有所自得,反复譬说,未尝有失。"这些论点,都是来自《沧浪诗话》。

李东阳认为:诗歌有自己的艺术特征,与文的体制不同。诗成于音调声律,"盖其所谓有异于文者,以其有声律讽咏,能使人反复讽咏,以畅达情思,感发志气"(《沧洲诗集序》)。他指出《六经》中之《易》、《书》、《礼》、《春秋》等都是文,只有风、雅、颂才能称之为诗。诗、文体异,自古已然,"诗在《六经》中,别是一教,盖六艺中之乐也。乐始于诗,终于律"(《麓堂诗话》)。他在《春雨堂稿序》中,对此作了详细的说明。"夫文者言之成章,而诗又其成声者也。章之为用,贵乎纪述铺叙,发挥而藻饰,操纵开阖,惟所欲为,而必有一定之准。若歌吟咏叹,流通动荡之用,则存乎声,而高下长短之节,亦截乎不可乱。虽律之与度,未始不通,而其规制,则判而不合"。李东阳还注重诗之体格,他说:"诗必有具眼,亦必有具耳。眼主格,耳主声。"(《诗话》)合而论之,则曰"格调"。《诗话》又云:"试取所未见诗,既能识其时代格调,十不失一,乃为有得。"李东阳在谈论声调的清浊高下、用字的虚实开合以及格律体制等方面,确有一些自己的体会。他在《诗话》中说:

> 长篇中须有节奏,有操有纵,有正有变,若平铺稳布,虽多无益。唐诗类有委曲可喜之处,惟杜子美顿挫起伏,变化不测,可骇可愕,盖其音响与格律正相称,回视诸作,皆在下风。然学者不先得唐调,未可遽为杜学也。

> 诗用实字易,用虚字难。盛唐人善用虚,其开合呼唤,悠扬委曲,皆在于此。用之不善,则柔弱缓散,不复可振,亦当深戒。

> "月到梧桐上,风来杨柳边",岂不佳,终不似唐人句法。"芙蓉露下落,杨柳月中疏",有何深意,却自是诗家语。

> 今之歌诗者,其声调有轻重、清浊、长短、高下、缓急之异,听之者不问而知其为吴、为越也。汉以上古诗弗论,所谓律者,非独字数之同,而凡声之平仄亦无不同也。然其调之为唐、为宋、为元者,亦较然明甚。

李东阳揭示诗歌与散文应有不同的艺术特征,强调作诗评诗必须讲求格调,并郑重推举唐诗之调与杜甫诗学,对于振救台阁体平庸萎弱之弊是有积极意义的。他提到了诗之"天真兴致",指出反复讽诵诗歌可以"畅达情思"、"感发志气";但其"眼"所注视与"耳"所倾听的,主要在于诗歌"格"与"调"的某些表层特征。这样自然会导向形式摹拟之路,李东阳自己的创作就常在这条道途上逡巡。他曾自述说:"'幽人不到处,茅屋自成村';又曰,'欲往愁无路,山高溪水深',虽极力摹拟,恨不能万一耳。"(《诗话》)他的《拟古乐府》百首,表现出浓厚的拟古色彩,而律体各诗,也多有刻意规摹唐人音调的。李东阳也发表过一些较为宏通的意见。对于林鸿、袁凯的学唐学杜,"极力摹拟,不但字面句法,并其题目亦效之"的机械手法,提出了批评。他在《镜川先生诗集序》中说:"必为唐,必为宋,规规焉俛首缩步,至不敢易一辞、出一语,纵使似之,亦不足贵矣","岂必模某家效某代,然后谓之诗哉。"他又指出:"诗贵不经人道语。自有诗以来,经几千百人,出几千万语,而不能穷。是物之理无穷,而诗之为道亦无穷也。"(《诗话》)他在诗境的开拓方面,肯定了杜甫、韩愈、苏轼诸人所作出的贡献。"汉魏以前,诗格简古,世间一切细事长语皆著不得,其势必久而渐穷。赖杜诗一出,乃稍为开扩,庶几可尽天下之情事。韩一衍之,苏再衍之,于是情与事无不可尽,而其为格亦渐粗矣。"(《诗话》)他在这里,接触到文学的发展问题,看到杜甫、韩愈、苏轼诗歌的创造性成就,而谓之其格渐粗,则仍反映了他拘守体格的眼光。

作为成化、弘治间文学风尚转变时期的代表人物,李东阳的诗论与创作对前、后七子的兴起有一定影响,虽然他们对其台阁体余习也有批评。王世贞说:"长沙之于李、何也,其陈涉之启汉高乎?"(《艺苑卮言》)又胡应麟说:"独李文正才具宏通,格律森严,兴起李、何,厥功甚伟。"(《诗薮》)都说明李东阳实为李梦阳、何景明的先导。

第二节　李梦阳、何景明(附徐祯卿)

弘治、正德年间(1488—1521),政治腐败,形成尖锐的社会矛盾和民族危机。在思想方面,程朱理学和八股文紧密结合,销磨士气。至于文学,台阁体粉饰太平,"性气诗"宣扬道学,平庸迂腐,彼此推演,诗文风尚日益败坏。杨慎形容当时的学术和文学界情况是:"宋人曰是,今人亦曰是;宋人曰非,今人亦曰非。高者谈性命,祖宋人之语录;卑者习举业,抄宋人之策论。"(《文字之衰》)清朱彝尊《静志居诗话》追叙云:"成、宏间,诗道旁落,杂而多端,台阁诸公,白草黄茅,纷芜靡蔓。……理学诸公,击壤打油,筋斗样子。"面对此种危机,部分有眼光的知识分子奋起表示不满,迫切要求变革思路和文风。李梦阳、何景明诸人所倡导的文学复古,正是在当时历史环境下所产生的一个旗帜鲜明而又有广泛影响的文学运动。这一运动,对台阁体和"性气诗"一类的萎靡不振的文风进行了批判,使人们扩大了眼界,增长了见识,知道宋儒以前还有高格、逸调、真情的诗文,是有贡献的。但他们在不同程度上接受严羽、高启、高棅、李东阳诸人理论中片面崇古和偏重形式摹拟的影响或有所推衍。故其倡导,虽有振衰起敝之功,也产生了拟古的流弊。后来李攀龙、王世贞等继之而起,又将这一运动推向高潮,在明代中叶一个很长的时期内文坛上处于举足轻重的地位。

李梦阳(1472—1530),字天赐,又字献吉,号空同子。庆阳(今属甘肃)人,后徙河南扶沟。弘治七年进士,曾任户部郎中。曾因反对刘瑾下狱。瑾死,迁江西提学副使。有《空同集》。何景明(1483—1521),字仲默,号大复。信阳(今属河南)人。弘治十五年进士,曾任陕西提学副使。他也与刘瑾作过斗争。有《大复集》。他们为人正直敢为,对当时的皇亲国戚和宦官污吏的黑暗统治,进行了反抗和揭发。李梦阳在《上孝宗皇帝书》、何景明在《上冢宰许公书》中,对时政都有所批评,提出了一些改良主张。李、何与徐祯卿、边贡、王廷相、康海、王九思,后人称为前七子。其中徐祯卿特长于诗,所著《谈艺录》,论诗也颇有会心之处。

文必秦汉,诗必盛唐

《明史·文苑传序》云:"李梦阳、何景明倡言复古,文自西京、诗自中唐而下一切吐弃。"《李梦阳传》说他,"倡言文必秦汉,诗必盛唐,非是者弗道。"这是对李、何两人复古主张的大略概括,而具体说来,他们提倡散文学先秦西汉,古诗学汉魏,近体诗学盛唐。按明代成化以后,粉饰太平的台阁体诗文风靡一时,李东阳继之而起曾想有所改革,而未能脱离其樊篱。李开先批评他说:"西涯为相,诗文取絮烂者,人才取软滑者,不惟诗文靡败,而人才亦从之。"(见《列朝诗集小传丙集·何侍郎孟春》),李梦阳一面反对台阁体的虚饰和李东阳的萎弱,同时对当日流行的"性气诗"也进行了批判。他在《缶音集序》中说:"今人有作'性气诗',辄自贤于'穿花蛱蝶'、'点水蜻蜓'等句,此何异痴人前说梦也。即以理言,则所谓'深深'、'欵欵'者何物耶?《诗》云'鸢飞戾天,鱼跃于渊',又何说也?"针对这种形势,李梦阳倡言复古,想以此来变革当日的文风:

> 山人商宋、梁时,犹学宋人诗。会李子客梁,谓之曰:"宋无诗。"山人于是遂弃宋而学唐。已,问唐所无,曰:"唐无赋哉!"问汉,曰:"无骚哉!"山人于是则又究心赋、骚于唐、汉之上。山人尝以其诗视李子,李子曰:"夫诗有七难:格古,调逸,气舒,句浑,音圆,思冲,情以发之。七者备而后诗昌也,然非色弗神,宋人遗兹矣。"(《潜虬山人记》)

> 诗至唐,古调亡矣,然自有唐调可歌咏,高者犹足被管弦。宋人主理而不主调,于是唐调亦亡。黄、陈师法杜甫,号大家,今其词艰涩,不香色流动,如入朝庙,坐土木骸,即冠服与人等,谓之人可乎?夫诗比兴杂错,假物以神变者也。难言不测之妙,感物突发,流动情思。故其气柔厚,其声悠扬,其言切而不迫,故歌之心畅,而闻之者动也。宋人主理作理语,于是薄风云月露,一切铲去不为,又作诗话教人,人不复知诗矣。诗无尝无理,若专作理语,何不作文而诗为耶?(《缶音集序》)

显然李梦阳认为宋代文学一无可取,而特别强调学唐调于唐诗,学古诗文赋于唐代之前,而学骚于汉代之前。在这方面,何景明及其他诸人的论点,是大略相同的。何景明说:"近诗以盛唐为尚。宋人似苍老而实疏卤,元人似秀峻而实浅俗……夫文靡于隋,韩力振之,然古文之法亡于韩;诗弱于陶、谢力振之,然古诗之法亦亡于谢。"(《与李空同论诗书》)又说:"盖诗虽盛称于唐,其好古者自陈子昂后,莫若李、杜二家,然二家歌行、近体,诚有可法,而古作尚有离去者,犹未尽可法之也。故景明学歌行、近体,有取于二家,旁及唐初、盛唐诸人,而古作必从汉、魏求之。"(《海叟集序》)又李开先论王九思说:"及李空同、康对山相继上京,厌一时诗文之弊,相与讲订考正,文非秦、汉不以入于目,诗非汉、魏不以出诸口,而唐诗间亦仿效之,唐文以下无取焉。"(《渼陂王检讨传》)从此可见他们的共同主张,都是"直截根源"、取法乎上的意思。而其渊源,实根于严羽。《沧浪诗话·诗辨》云:"夫学诗者以识为主;入门须正,立志须高。以汉、魏、晋、盛唐为师,不作开元、天宝以下人物。……学者须从最上乘,具正法眼,悟第一义。"秦、汉之文,汉、魏、盛唐之诗,确实有不少优秀的作品,值得后人学习。但它们的优秀之处,在于能反映社会现实,抒发真情实感,而又具有独创性的艺术特色显示勃勃的生机。李梦阳这里所归纳的"比兴杂错,假物以神变"以及"感物突发,流动情思"等诗歌创作特征是确有识见的,然而他却将上述诸时期作品中的"柔厚"、"悠扬"、"不迫"等风格、声调和语言方式作为凝固的范本,不许再有新变,这里存在着受汉儒温柔敦厚诗教束缚的痕迹。至于完全否定中晚唐以至宋、元的诗文,或许含有反对明代性气诗、台阁体模仿宋诗文之弊的强烈不满情绪,然而在理论上违反了文学的时代性和发展规律。宋诗虽或不如唐诗之盛,却自有其特色与创造。黄庭坚、陈师道创江西诗派,固有流弊,也还有其个性与艺术上别树一帜,非徒具古衣冠的土木偶可比。何况宋时诗坛于黄、陈之外,更有苏(轼)、陆(游)等大家,所作也丰富多彩。所谓"专作理语"而"薄风云月露一切铲去不为"者,乃是宋代部分理学家的态度,他们或者不作诗,即有所作也非宋诗的主流。诗道原是广大的,比兴之体外还有赋,比兴的手法也有多端。李梦阳也承认"诗未尝无理"。"理"也不是只有理学家所说的,以"理"为诗而有意兴情趣者未尝非好诗。由于拘守汉魏及唐诗中一种格调,何景明更进一步对杜甫的诗也逐渐有不满之意。其《明月篇序》云:

> 仆始读杜子七言诗歌,爱其陈事切实,布辞沈著,鄙心窃效之,以为长篇圣于子美矣。既而读汉、魏以来歌诗及唐初四子者之所为,而反复

之，则知汉、魏固承《三百篇》之后，流风犹可征焉。而四子者虽工富丽，去古远甚，至其音节，往往可歌。乃知子美辞固沈著，而调失流转，虽成一家语，实则诗歌之变体也。夫诗本性情之发者也。其切而易见者，莫如夫妇之间，是以《三百篇》首乎"雎鸠"，六义首乎"风"，而汉、魏作者，义关君臣朋友，辞必托诸夫妇，以宣郁而达情焉，其旨远矣。由是观之，子美之诗，博涉世故，出于夫妇者常少，致兼"雅"、"颂"而风人之义或缺，此其调反在四子下欤？

按杜甫之诗在声律方面有其创造性成就，其强烈批判现实与悲天悯人之作何尝不发诸至性真情。如果一定要以唐诗初盛时期流行的某种声调、《诗经》中部分《风》诗及有些汉魏作者所用比兴手法之一格即所谓"托诸夫妇"者来规范一切诗歌创作，尽管这是古代诗歌中优秀传统，也必然限制诗道的开拓。何景明的评杜，在某种程度上说明高棅《唐诗品汇》评选的标准，而较李梦阳诗说似乎走得更远了。

"若专作理语，何不作文"。李梦阳此说有力强调了诗歌不合专作理语，然也有语病。其意若曰：作文就是专作理语的。先秦两汉之文，大都属于论说记事等学术著作或实用文字，固多义理内容。然其垂辉千古文坛者，更因兼有审美价值。唐宋古文大家，虽常挟道自重，而尤重文。他们所创作的大量杂说、游记、序跋、书信等，更属独立的文艺散文，兼融抒情写景而非专作理语，既开古文之新境，也为晚明小品文的先驱。何景明"古文之法亡于韩（愈）"之说，从否定角度证明韩文为新型的散文。李梦阳既然认为作理语是文之专职而专宗秦汉之文，却未免于散文的文学特性有所漠视。他在讨论文章法则时，也主要着眼于某些形式表层末节，而无关艺术宏旨。

"学不的古，苦心无益"与"李何之争"

李梦阳认为古人的作品，无论篇章的结构、修辞、音调等，都具有一成不变的法式，必须严格地遵循。因此，他反复地强调指出：

> 仆少壮时振翮云路，尝周旋鹓鸾之末，谓学不的古，苦心无益；又谓文必有法式，然后中谐音度。如方圆之于规矩，古人用之，非自作之，实天生之也。今人法式古人，非法式古人也，实物之自则也。（《答周子书》）

> 古人之作，其法虽多端，大抵前疏者后必密，半阔者半必细，一实者必一虚，叠景者意必二。（《再与何氏书》）

27

　　　　是以古之文者,一挥而众善具也。然其翕辟顿挫,尺尺而寸寸之,
　　　未始无法也,所谓圆规而方矩者也。(《驳何氏论文书》)

文学创作确有其客观规律性,而这规律则须要历代作者与理论家的不断探
索,并未终结于何时。李梦阳这里所讲的行文之"法",只是一些文章修辞布
局的手法,古人在这方面确实积累了宝贵经验,后之作者却完全可以根据自
己表达需要而随时灵活变化创造。他却要求尺尺寸寸地去模仿古之成例,
甚至说:

　　　　夫文与字一也。今人模临古帖,即太似不嫌,反曰能书。何独至于
　　　文,而欲自立一门户邪?(《再与何氏书》)

把文学创作与临写古帖等同起来已属比拟不伦,更从而反对艺术上的独立
创新,这种典型的拟古之论,无论对文学或书法创作都是谬误的。

　　《明史·何景明传》说"梦阳主摹仿,景明则主创造"。何景明与李梦阳的
复古倾向是基本一致的,而在如何学习古人的具体方法上他们之间发生一
场剧烈争论。李梦阳先有一书致何景明,讥其诗有离古法。这篇书信已佚。
今何景明《大复集》中有《与李空同论诗书》即为对其答复。李梦阳《空同集》
中则有《驳何氏论文书》、《再与何氏书》连续进行批驳。看来何景明是不再
置辩了,在他的《与李空同论诗书》中已充分展开对李梦阳的批评并申述了
自己的观点:

　　　　追昔为诗,空同子刻意古范,铸形宿镆,而独守尺寸。仆则欲富于
　　　材积,领会神情,临景结构,不仿形迹。诗曰"惟其有之,是以似之",以
　　　有求似,仆之愚也。……仆尝谓诗文有不可易之法者,辞断而意属,联
　　　类而比物也。上考古圣立言,中征秦、汉绪论,下采魏、晋声诗,莫之有
　　　易也。……今为诗不推类极变,开其未发,泯其拟议之迹,以成神圣之
　　　功,徒叙其已陈,修饰成文,稍离旧本,便自机阱。如小儿倚物能行,独
　　　趋颠仆。虽由此即曹、刘,即阮、陆,即李、杜,且何以益于道化也?佛有
　　　筏喻,言舍筏则达岸矣,达岸则舍筏矣。

这里何景明同样认为"诗文有不可变易之法",他所谓"法"是"辞断而意续,
联类而比物",与李梦阳所揭示的"疏密"、"阔细"、"虚实"与"翕辟顿挫"等也
大体同类。但他感到李梦阳对于古法的句拟字模而不知变通。他自己则主
张平时广积材料,领会古人作品中神情,而后风貌自然相似;待到创作时则

临景结构,推类极变,不存模仿的痕迹。所谓"拟识以成其变化",语本《易·系辞上》,而佛典"达岸舍筏"之喻,说的也是这层意思。早在正德三年何景明所作的《述归赋》序中即有云:"仆尝病汉之文其道驳,宋之文其道拘,反复求斯,尚未有得。要之鄙意则欲博大义,不守章句,而于古人之文务得其宏伟之观,超旷之趣。至其矩法,则闭门造车,出门合辙,不烦登途比试矣。"这些都说明他虽同主复古,但眼光比较开阔,还能看汉文在篇章结构和语法方面尚有较粗疏的缺点;他的学古的道路比较宽广,方法也较灵活,虽始于模仿而有一定求变与创造愿望,故而对于李梦阳刻意拟古也作了有力的批评。由之激起李梦阳的强烈不满,再而三地加以驳斥,其中不免有意气用事而自相矛盾的。如《驳何氏论文书》中还云:"假令仆窃古之意,盗古形,剪裁古辞以为文,谓之影子诚可。若以我之情,述今之事,尺寸古法,罔袭其辞……此奚不可也?"而在《再与何氏书》则公然提出作文当如模临古帖而不嫌太似,将拟古主张更推向极端。

"情动乎遇"与"真诗乃在民间"

值得注意的是,李梦阳论诗有其着重情感以及强调"情"、"志"与"遇"、"物"(环境遭遇和外界事物)关系的一面,例如《梅月先生序》说:"情者,动乎遇者也,幽岩寂滨,深野旷林,百卉既痱,乃有缟焉。山英之媚枯,缀疏横斜,嵚崎清浅之区,则何遇之不动矣!……故遇者物也,动者情也,情动则会,心会则契,神契则音,所谓随遇而发者也。……故天下无不根之萌,君子无不根之情,忧乐潜之中,而后感触应之外,故遇者因乎情,情者形乎遇。"《张生诗序》说:"夫诗,发之情乎?声气其区乎?正变者时乎?夫诗言志,志有通塞,则悲欢以之。"《鸣春集序》说:"诗者,感物造端者也。"这些都是他的文学理论中很好的见解。李梦阳作于嘉靖初年的《诗集自序》中,追叙王叔武"真诗乃在民间"之说对他思想的触动,从而对自己多年来拟古之作的"出之情寡而工之词者多"进行自我批判,反映他观念转变与认识提高的历程:

> 曹县盖有王叔武云,其言曰:"夫诗者,天地自然之音也。今途咢而巷讴,劳呻而康吟,一唱而群和者,其真也,斯之谓'风'也。孔子曰:'礼失而求之野。'今真诗乃在民间。而文人学子,顾往往为韵言,谓之诗。……诗有六义,比兴要焉。夫文人学子,比兴寡而直率多,何也?出于情寡而工于词多也。夫途巷蠢蠢之夫,固无文也。乃其讴也,咢也,呻也,吟也,行呫而坐歌,食咄而寤嗟,此唱而彼和,无不有比焉兴焉,无非其情焉,斯足以观义矣。故曰诗者天地自然之音也。"李子曰:"虽然,子

之论者《风》耳。夫《雅》、《颂》不出文人学子手乎?"王子曰:"是音也,不见于世久矣,虽有作者,微矣。"李子于是忧然失,已洒然醒也。于是废唐近体诸篇,而为李、杜歌行。王子曰:"斯驰骋之技也。"李子于是为六朝诗。王子曰:"斯绮丽之余也。"于是为晋、魏。曰:"比辞而属义,斯为有意。"于是为赋、骚。曰:"异其意而袭其言,斯为有蹊。"于是为琴操、古歌诗。曰:"似矣,然糟粕也。"于是为四言,入《风》出《雅》。曰:"近之矣,然无所用之矣,子其休矣。"李子闻之,闻然无以难也。自录其诗,藏箧笥中,今二十年矣。乃有刻而布者,李子闻之惧且惭。曰:予之诗非真也。王子所谓文人学子韵言耳,出之情寡而工之词多者也。每欲自之以求其真,然今老矣! 曾子曰:"时有所弗及。"学之谓哉。

王叔武精辟地指出古今民间歌曲属于"风"诗,大都是有感而发,抒情真实,音节自然,富于比兴,故很有认识意义。而文人学士的诗,则往往缺少真情实感而多刻意于辞藻韵律之雕琢,这就不是真诗。按古代批评家对《诗经》国风中来自民间的诗歌多有推崇而往往鄙薄后世的民歌,元好问《陶然集诗序》便是其例,王叔武公然揭示"今真诗乃在民间",确属难能可贵。李梦阳郑重引载其言于自己诗集之序,表示他的心悦诚服,在文学批评史上留下一份珍贵资料,也是一项贡献。当然,王说中也有片面之处,如《国风》和历代民歌中也有不少是"率直"地抒情发愤的,而文人之作未尝不是多有运用"比兴"手法的。《诗经》的《雅》、《颂》之后也有大量优秀文人之诗,较民歌多有提高,不容一概否认。王叔武大概出于对当时拟古赝作的不满而言之过激吧,对李梦阳心理的震撼是巨大的,李梦阳的尊情之见或已酝酿于早期,在其崇尚汉、魏、盛唐之诗时未尝不有重视其中"感物"与"情思"之意。然而尊情毕竟与复古、拟古间存在矛盾。他所举"诗有七难"之最后虽以"情以发之"一语振起,但在其前头顶着"格古"、"调逸"、"气舒"、"句浑"、"音圆"、"思冲"六重框架,其"情"之"发"又何其难也! 即所谓"思冲",乃是指思想的表达须要出诸冲和温厚,也可能成为真情抒发的某种限制,遑论"格古"了。《驳何氏论文书》在强调"尺寸古法"时虽以"以我之情,述今之事"为前提,然既要严格拘守古法,则其抒"我情"而述"今事"也必然不可能充分畅达真切了。《诗集自序》自述听到王叔武之言后一则曰"忧然失"、"洒然醒",再则曰"闻然无以难也";最后深憾自己二十年来藏之箧笥的诗为"非真",意欲修改而徒嗟年华老去。这里反映他对自己过去创作道路的反思与觉醒,是颇为真实的。后来公安派的文学理论,在拟古方面与李梦阳对立,而在注重真情与民歌方面,对李说也有所继承。

徐　祯　卿

徐祯卿(1479—1511),字昌榖,吴县(今属江苏)人。弘治十八年进士,曾任国子监博士。有《徐昌榖集》。其诗初学白居易、刘禹锡,登第后,"与李梦阳、何景明游,悔其少作,改而趋汉魏盛唐,然故习犹在"(《明史·文苑传》)。他的论诗著作有《谈艺录》。

徐祯卿论诗,重情贵实,反对徒事华藻。他说:"夫情能动物,故诗足以感人。荆轲变徵,壮士瞋目;延年婉歌,汉武慕叹。……若乃歍歑无涕,行路必不为之兴哀;诉难不肤,闻者必不为之变色。……至于陈采以眩目,裁虚以荡心,抑又末矣。"(《谈艺录》)又说:"若徒务雕切之华而不责其实,则恐为扬雄之《玄》,徒取病于后世耳。梗楠豫章之材,所用于后世者,贵其实也。仆虽驽德,窃尝志于是,其必本道德之衷,遵作者之度,以缫茧褫衣生物而已。"(《与李献吉论文书》)他还认识到情感的产生,是由于外物的触发,"情无定位,触感而兴",因而提出"因情立格"之说:"夫情既异其形,故辞当因其势。譬如写物绘色,倩盼各以其状;随规逐矩,圆方巧获其则。此乃因情立格,特守围环之大略也。"(《谈艺录》)按李梦阳论诗,既重格调,也尊情感,然当他极力强调"尺寸古法"、"法式古人"时,未免有立格以约制情感的倾向。徐祯卿这里明确揭示格调应该根据抒写感情、描绘事物的不同需要而形成与变化,这是他的诗论特为高明之处。

第三节　李攀龙、王世贞及其他

从李梦阳《答周子书》可以看到,他与何景明等在弘治间兴起的文学复古运动,在李、何之间的争论后趋于衰微,而文坛也并无起色。"弘治之间,古学遂兴。而一二轻俊,恃其才辩,假舍筏登岸之说,扇破前美。稍稍闻见,便横肆讥评,高下古今。谓文章家必自开一户牖,自筑一堂室;谓法古者为蹈袭,式往者为影子,信口落笔者为泯其比拟之迹。而后进之士,悦其易从,惮其难趋,乃即附唱答响,风成俗变,莫可止遏,而古之学废矣。今其流传之辞,如抟沙弄蟒,涣无纪律,古之所云开阖照应、倒插顿挫者,一切废之矣。"嘉靖、隆庆年间,又有后七子的兴起,使复古思潮重振旗鼓。后七子是李攀龙、王世贞、谢榛、宗臣、梁有誉、徐中行和吴国伦,而以李、王为首。他们相互鼓吹,所谓"物不古不灵,人不古不名,文不古不行,诗不古不成"(李开先《昆仑张诗人传》)。可见这种思潮的声势更为浩大。

李　攀　龙

李攀龙(1514—1570),字于鳞,号沧溟,历城(今山东济南)人。嘉靖二十三年进士,官河南按察使。有《沧溟集》。《明史·李攀龙传》云:"诸人多少年,才高气锐,互相标榜,视当世无人,七才子之名播天下。……攀龙遂为之魁,其持论谓文自西京、诗自天宝而下,俱无足观,于本朝独推李梦阳。诸子翕然和之,非是,则诋为宋学。攀龙才思劲鸷,名最高,独心重世贞,天下亦并称王、李;又与李梦阳、何景明,并称何、李、王、李。其为诗务以声调胜,所拟乐府,或更古数字为己作,文则聱牙戟口,读者至不能终篇,好者推为一代宗匠。"他的文学批评也主要推衍李梦阳复古之论,甚或过之。

李梦阳、何景明推崇盛唐之诗,主要在其近体,于古诗则更尚汉魏。李攀龙也对唐之古诗,包括李白、杜甫之作表示不满。《唐诗选序》云:"唐无五言古诗,陈子昂以其古诗为古诗,弗取也。七言古诗唯杜子美不失初唐气格,而纵横有之;太白纵横,往往强弩之末,间杂长语,英雄欺人耳。"李梦阳、何景明完全否定宋元之诗,李攀龙编选过一部《古今诗删》,共三十四卷,始于古逸,次以汉、魏、南北朝,次以唐。唐以后,不录宋、元诗,继以明代,多录其同时诸人之作。可以说是这种文学观点在编选方面的实践。

李梦阳论文,主张严守古人成法,李攀龙也认为文章之法尽备于先秦西汉之作:"以为纪述之文,厄于东京,班氏姑其狡狡者耳。不以规矩不能成方圆,拟议成变,日新富有。今夫《尚书》、《庄》、《左氏》、《檀弓》、《考功》、司马,其成言班如也,法则森如也。吾摭其华而裁其衷,琢字成辞,属辞成篇,以求当于古之作者而已。"(《王世贞·李于鳞先生传》)这里虽有"拟议成变"之说,与何景明"泯其拟议之迹,以成神圣之功"同调,然其"成言班如"以及"琢字"、"属辞"云云,反映在他在模拟复古的道路上走得比李梦阳的"尺寸古法,阗袭其辞"走得更远,哪有可能"日新富有"呢?王世贞评论他的诗文,谓其文章"无一语作汉以后,亦无一字不出汉以前";其乐府诗"无一字一句不精美,然不堪与古乐府并看,看则似临摹帖耳"(《艺苑卮言》)。具见他在句拟字模方面所下的功夫,致其同道在赞美声中也不禁颇有微辞。

　　李梦阳批评宋诗的"主理作理语"时还说过,"诗无尝无理"和"专作理语,何不作文",承认诗文中当有"理"之存在。李攀龙则更云,"视古修辞,宁失诸理"(《送王元美序》)。虽在力矫理学者流的鄙薄文艺倾向方面有积极意义,而所说也自过偏,后来袁宗道《论文(下)》曾予批评,指出古代作家"皆理充于腹而文随之。彼何所见,乃强赖古人失理耶"?

王　世　贞

　　王世贞(1526—1590),字元美,号凤洲、弇州山人,太仓(今属江苏)人。嘉靖二十六年进士,官至南京刑部尚书。曾与严嵩作过斗争。有《弇州山人四部稿》。文学批评专著有《艺苑卮言》。

　　李攀龙在后七子中有很高的声望,但论文之作不多,而且语有所偏。他去世以后,王世贞主盟文坛,垂二十年。"声华意气,笼盖海内。一时士大夫及山人、词客、衲子、羽流,莫不奔走门下,片言褒赏,声价骤起。其持论,文必西汉,诗必盛唐,大历以后书勿读,而藻饰太甚。晚年,攻者渐起。"(《明史·王世贞传》)又《四库提要》云:"自李梦阳之说出,而学者剽窃班、马、李、杜;自世贞之集出,学者遂剽窃世贞。故艾南英《天佣子集》有曰'后生小子,不必读书,不必作文,但架上有前后《四部稿》,每遇应酬,顷刻裁割,便可成篇,骤读之无不浓丽鲜华,绚烂夺目,细案之一腐套耳'云云,其指陈流弊,可谓切矣。"从这些话里可以看出,王世贞给予当日文学界的影响何等深广。他的文学主张,主要是继承李梦阳、何景明衣钵,与李攀龙相呼应。然而,他学问广博,文学批评的内容丰富,前后期有发展,也有新变因素,对拟古之弊有所批评。

　　和李梦阳、李攀龙一样,王世贞也持"文必秦、汉,诗必盛唐"的观点。他说:"西京之文实,东京之文弱,犹未离实也。六朝之文浮,离实矣。唐之文庸,犹未离浮也。宋之文陋,离浮矣,愈下矣,元无文。"(《艺苑卮言》)又说:"盛唐之于诗也,其气完,其声铿以平,其色丽以雅,其力沈而雄,其言融而无迹。故曰:盛唐其则也。"(《徐汝思诗集序》),但是他晚年为慎子正的《宋诗选》写过一篇序，其中虽然仍认为何景明"宋人似苍老而实疏卤，元人似秀峻而实浅俗"这"二语"为对两代诗的"定裁"，并坚持其为"惜格"而"抑宋"立场，但却承认了宋代也有诗人也有好诗，可以有用而不能废弃：

> 自杨、刘作而有西昆体，永叔、圣俞思以淡易裁之；鲁直出而有江西派，眉山晔睨其间，最号为雄豪，而不能无利钝。南渡而后，务观、万里辈亦遂彬彬矣。……余所以抑宋者，为惜格也。然而代不能废人，人不能废篇，篇不能废句，盖不止前数公而已。……虽然，以彼为我则可，以我为彼则不可。子正非求为伸宋者也，将为善用宋者也。

显然，这与李梦阳的"宋无诗"以及李攀龙《古今诗删》的完全不选宋诗的态度是有不同的了。

王世贞论诗文也是强调法度。在《艺苑卮言》里有云：

> 七言律……篇法有起、有束、有放、有敛、有唤、有应，大抵一开则一阖，一扬则一抑，一象则一意，无偏用者。句法有直下者，有倒插者，倒插最难，非老杜不能也。字法有虚、有实、有沈、有响，虚响易工，沈实难至。

> 首尾开阖，繁简奇正，各极其度，篇法也。抑扬顿挫，长短节奏，各极其致，句法也。点掇关键，金石绮采，各极其造，字法也。

他在这里所强调的这些法则，和李梦阳、何景明所讲的实无多差异。因为强调这些法则，学古自然重在模拟。然而他揭示的学古方法比较灵活，在蹑步的道路上也有所超越。他曾说："李献吉劝人勿读唐以后文，吾始甚狭之，今乃信其然耳。记闻既杂，下笔之际，自然于笔端搅扰，驱斥为难。若模拟一篇，则易于驱斥，又觉局促，痕迹宛露，非斫轮手。自今而后，拟以纯灰三斛细涤其肠，日取《六经》、《周礼》、《孟子》、《老》、《庄》、《列》、《荀》、《国语》、《左传》、《战国策》、《韩非子》、《离骚》、《吕氏春秋》、《淮南子》、《史记》、班氏《汉书》，西京以还至六朝及韩、柳，便须铨择佳者，熟读涵泳之，令其渐渍汪洋。遇有操觚，一师心匠。气从意畅，神与境合，分途策驭，默受指挥，台阁山林，绝迹大漠，岂不快哉！世亦有知是古非今者，然使招之而后来，麾之而后却，已落第二义矣。"（《艺苑卮言》）他强调首先是广泛熟读涵咏古代名著佳作，作到心领神会；在创作时就完全遵从自己心意的指挥，让神思与境遇相契合，纵笔驰骋于各个宽阔领域，而仍合于法度。这是师古与师心统一而达到痛快淋漓的创作境界。回顾那些局促于对古代作品寻章摘句或者力去陈言者,都是属于第二等的了。看来王世贞的主张与何景明"富于材积,领会神情;临景结构,不仿形迹"等说比较接近。因此对于李梦阳、何景明之争,他左袒后者,曾说:"信阳之舍筏,不免良箴;北地之效颦,宁无私议?"他尖锐地批评过李梦阳的机械拟古之作:"剽窃模拟,诗之大病。……近日献吉'打鼓鸣锣何延船'语,令人一见匿笑,再见呕哕,皆不免为盗跖优孟所訾。"(《艺苑卮言》)当然,从总体上说,王世贞对李梦阳、何景明、李攀龙都是很推重的。

　　王世贞论诗也颇重格调。但他能比较辩证地指出"格"与"调"生自"才"、"思",本于"情实"。《艺苑卮言》中说:"才生思,思生调,调生格。思即才之用,调即思之境,格即调之界。"《汤迪功诗草序》云:"格尊而无情实则不称。"《陈子吉诗选序》更云:"夫诗道弘正,而至隆、万之际盛且极矣。然其高者以气格声响相高,而不本诣情实。骤而咏之,若中宫商,阅之若备经纬已;徐而求之,而无有也。"这是对复古运动中格调模拟而徒得形貌与声响者的深刻批判。《邹黄州鸂鶒集序》还批评那些"矩获往昔",一循"北地、历下之遗则"而为"捧心"、"抵掌"之谈者云:

> 不佞故不之敢许,以为此曹方寸间先有它人,而后有我,是用于格者也,非能用格者也。……盖有真我而后有真诗。

"用于格"是指作诗时心中先有古人而受古格的框定;"能用格"是指以我为主去运用格,这才是"真诗"。这些说法,是兼取徐祯卿"因情立格"与李梦阳"真诗乃在民间"等说而有所发展,并与公安派的观点相接近了。王世贞的《章给事诗集序》云:"自昔人谓言为心之声,而诗又其精者。予窃以诗而得其人。……后之人好剽写余似,以苟猎一时之好,思躇而格杂,无取于性情之真,得其言而不得其人,与得其集而不得其时者,相比比也。"这里不仅要求诗歌能表现作者个人性情之真,还期望从个人诗集中可以看到其时代。耐人寻味的还有他的《乐府变》的序言:

> 少陵杜氏,乃能即事而命题,此千古卓识也,而词取锻炼,旨求尔雅,若有乖于田畯红女之响者。余束发操觚,见可咏可讽之事多矣,间者掇拾为大小篇什若干,虽鄙俗多阙漏,要之庶几一代之音而可以备采万一者。

又有云:

> 不佞于嘉靖末,盖多浮沉闾里云,而以尝备皂衣西省,故时时闻北

来事,意不能自已,偶有所纪,被之古声,以附于寺人漆妇之末。其前集取亡害者半留之,几欲削弃其余。既复自念,《三百篇》不废"风",风人之语,其悼乱恶谖,不啻若自口出,乃犹以依隐善托称之。《诗》亡然后《春秋》作,至直借赏罚之柄,而不闻有议其后者。秦兴而始禁偶语,焚载籍,然不久而汉竟洗之。以国家宽大显信,其必无虑于它可推已。余老矣,夫又安能刺刺颊舌之恤,乃复收而录诸箧笥,不敢希太师之采,庶几以备异时信史一二云尔。

序中表示的创作精神是很可贵的。他肯定杜甫新题乐府的巨大成就,还对它的语言不够通俗感到不足,而自己则企图更真切地反映民间的声音,远继国风批判现实的精神,批评时事,不避禁纲,纪录一代真实的历史。就《乐府变》中某些篇章来看,确有其现实性,但由于作者过于醉心"被之古声",即使"鄙俗",也力求仿照古代的"鄙俗",在形式上过分地模拟古乐府,如斑驳的古镜,未免损害它的明朗性,当然也会削弱形象之美与感染力。这里反映拟古理论的影响,不过也许有着畏悸文祸而故意晦奥其辞的因素。序末所谓"以国家宽大显信,其必无虑于它"云云,未尝不是某种存在顾虑的心态之表露。

王世贞早年与李攀龙等积极标榜复古,后来思想有了转变,曾自我批评说:"余作《艺苑卮言》时,年未四十,方与于鳞辈是古非今,此长彼短,未为定论,至于戏学世说,比拟形似,既不切相,又伤狷薄,行世已久,不能复秘,姑随事改正,勿令多误后人而已。"(《书西涯乐府后》)他原先轻视归有光的散文,晚年也改变了看法,说归文"不事雕饰而自有风味";"千载有公,继韩、欧阳。余岂异趋,久而自伤"(《归太仆赞》)。不仅表示对归有光文章的赞美,也反映他向韩愈、欧阳修的唐宋散文传统的靠拢。

谢　榛

李攀龙、王世贞而外,后七子中可以提到的还有谢榛(1495—1575)。谢榛字茂秦,自号四溟山人,山东临清人,以布衣终身,著有《四溟集》、《四溟诗话》。《明史·谢榛传》云:"李攀龙、王世贞辈结诗社,榛为长,攀龙次之。及攀龙名大炽,榛与论生平,颇相镌责,攀龙遂贻书绝交。世贞辈右攀龙,力相排挤,削其名于七子之列。"在《艺苑卮言》中,王世贞对谢榛曾予以讥笑谩骂。他说:"谢茂秦年来益老悖,尝寄示拟李、杜长歌,丑俗稚钝,一字不通,而自为序,高自称许。……此等语何不以溺自照?"这里反映了文人相轻、意气用事的陋风。

在论诗方面,谢榛和李攀龙、王世贞诸人,基本观点是相仿佛的。他也主张学习盛唐,鄙薄宋人。《四溟诗话》中主要是论述诗歌的句法体制、平仄抑扬、对偶虚实等方面的问题。当李、王诸人结社论诗,讨论到初盛唐诸家"孰可专为楷范"的时候,"或云沈、宋,或云李、杜,或云王、孟",谢榛的主张是:

> 历观十四家所作,咸可为法。当选其诸集中之最佳者,录成一帙,熟读之以夺神气,歌咏之以求声调,玩味之以裒精华。得此三要,则造乎浑沦,不必塑谪仙而画少陵也。夫万物一我也,千古一心也,易驳而为纯,去浊而归清,使李、杜诸公复起,孰以余为可教也。(《四溟诗话》)

所谓神气、声调、精华三要,实与"格调"相当,而其熟读歌咏、玩味古人便可成家的理论,正还是复古以至拟古的创作道路。不过谢榛和李攀龙等人也有所不同:他主张取法对象可以广为十四家,而有些人则专主一二家;有些人专事对古人范型的仿塑临画,他则要求融会贯通而达到浑成自然、炉火纯青的境界。

谢榛论诗,深受严羽的影响。他在《四溟诗话》中强调"超悟",强调"兴趣"。他说:"诗固有定体,人各有悟性。夫有一字之悟,一篇之悟,或由小以扩乎大,因著以入乎微,虽小大不同,至于浑化则一也。"又论作诗中正之法说:"贵乎同不同之间,同则太熟,不同则太生。二者似易实难。握之在手,主之在心。使其坚不可脱,则能近而不熟,远而不生。此惟超悟者得之。"这都是严羽"妙悟"论的发挥。又论诗之"兴"、"趣"说:"诗有四格:曰兴,曰趣,曰意,曰理。……悟者得之,庸心以求,或失之矣。""诗有不立意造句,以兴为主,漫然成篇,此诗之入化也。"他强调创作灵感产生的随机性与偶然性;又主张作诗不要先立意,应当是先辞后意。辞是主,意是客。"凡作诗先得警句,以为发兴之端,全章之主。格由主定,意从客生","诗以一句为主,落于某韵,意随字生,岂必先立意哉?"他认为如以意为先,一则流于议论而流于宋体,二则为意所束缚,辞就难于求工。他反对这种"辞前意",而强调"辞后意"。"或造句弗就,勿令疲其神思,且阅书醒心,忽然有得,意随笔生";"或因字得句,句由韵成,出乎天然,句意双美。……此乃外来者无穷,所谓辞后意也"。这种先辞后意、以辞为主的说法,则和严羽的"兴趣"说也是有相违离的。

谢榛"万物一我也"、"千古一心也"之说中，也蕴有性灵说的端倪。《四溟诗话》中还进而说：

> 赋诗要有英雄气象，人不敢道，我则道之；人不肯为，我则为之，厉鬼不能夺其正，利剑不能折其刚。古人创作，各有奇处，观者自当甄别。

这种勇于独创的精神，颇有点气魄。由此，他对当时拟古之作中无病呻吟而没有自己真性情的弊病也有深刻批评。"今之学子美者，处富有而言穷愁，遇承平而言干戈，不老曰老，无病曰病，此摹拟太甚，殊非性情之真也。"同时，由于他强调兴趣也崇尚自然高妙，"自然妙者为上，精工者次之"。这又与后来的"神韵"说相近。谢榛和李攀龙等的凶终隙末，可能与文艺观点方面出现分歧也有一定关系。

屠　　隆

屠隆(1542—1605)，字长卿，有《由拳集》。他是"后七子"支流的"后五子"之一，活动于复古运动的后期。其文学理论有沿袭前后七子的主张者，然而对形式模拟的流弊也颇有不满，并提出了某些独创性的要求。《文论》中说：

> 明兴，北地李献吉、信阳何仲默、姑苏徐昌毂，始力兴周汉之文，诗自《三百篇》而下，则主初唐。厥后诸公继起，气昌而才雄，徒众而力倍，古道遂以大兴，可谓盛矣。然学士大夫之奋起其间者，或抱长才而乏远识，踔厉之气盛而陶镕之力浅，学《左》、《国》者得其高峻而遗其和平，学《史》、《汉》者得其豪宕而遗其浑博，模辞拟法，拘而不化。独观其一，则古色苍然；总而读之，则千篇一律也。愚尝取以自诮，盖亦时时有之。有之而思变之，犹未得其要领焉。嗟乎！文难言哉！愚意作者必取材于经史而熔意于心神，借声于周秦而命辞于今日，不必字字而琢之、句句而拟之，而浩博雄浑，识者自知其为周汉之文，不作昌黎以下语，斯其至乎？今文章家独有周汉之句法耳，而其浑博之体未备也，变化之机未熟也，超妙之理未臻也。故吾愿与海内诸君子勉之矣。夫文不程古，则不登于上品；见非超妙，则傍古人之藩篱而已。壮夫者禀灵异之气，挺秀拔之姿，竭生平才智以从事文章

家,乃不能高足远览,洞幽极玄,以特立千百载之下,与古人并驱而前,分道而抗旌,而徒傍人藩篱,拾人咳唾,以为生活。彼古人且奴视之曰:是为我负担而割裂我者。传之后世,以为何如?又非所以令韩、欧诸君子见也。令韩、欧见如是之文,彼且得而藉口曰:始二三君子姗笑我,将谓二三君子之文必标异而出之,立于太古之上也,奈何影响古人,而以诧古为如是,不于我可少宽乎?吾文即非古,然何者非自得而徒咕咕仿古自喜也?若然,则二三君子苟非得之超妙,无轻议古;苟非深于古,无轻訾韩、欧也。

这是对当时的复古运动进行总结与自我批评。作者仍然坚持着取材经史、借声周汉、以古为程式,然而对于拟古不化、千篇一律的现象已十分厌倦,而力图有所变化,要求文章应有独特的精神。他认为韩愈、欧阳修虽然变古,毕竟有自己的创造,那些做古人奴仆者是没有资格对他们轻加讥评的。

他的《与友人论诗文》中关于诗歌创作的"实"与"虚"等的探讨,则更接触到现实主义与浪漫主义精神与艺术特征问题。他的友人认为:"唐人惟杜少陵兼雅俗文质,无所不有,比物连汇,字句皆凿凿有据,景与意会,情缘事起,随地布语,不执一涂,其最可喜者,不避龎硬,不讳朴野,纵其才情之所之,若无意为诗者。李太白凌空驾语,务言言萧洒,都不切事情,如诗何?杜万景皆实,而李万景皆虚;杜深于赋,而李独长于兴。"所谓"实",接近于现实主义;所谓"虚",接近于浪漫主义,那位朋友的扬杜抑李评论中表现他对浪漫主义的价值认识有其片面性。屠隆表示不同意见道:

> 顾诗有虚有实,有虚虚,有实实,有虚而实,有实而虚,并行错出,何可端倪。乃右实而左虚,而谓李、杜优劣在虚实之辨,何与?且杜若《秋兴》诸篇托意深远,《画马行》诸作神情横逸,直将播弄三才,鼓铸群品,安在其万景皆实?而李如《古风》数十首,感时托物,慷慨沉著,安在其万景皆虚?夫品格既高,风韵自远,凌空驾语,何害大雅。屈大夫伤时眷主,见诸篇什,诚然实景;至其《远游》等篇,凌虚径度,岂不高哉!大人凌云,畴非佳境;游仙招隐,亦是美谈。今夫登阆风,坐天姥,傍日月,挟飞仙,即不能至,言以快心,思之神王;岂必据寸壤,处蓬茨,盘跚蹩躠,食饮而已,然后为实景可贵哉!赋之与兴,六义所该,诗人何可不有,而谓杜深于赋、李独长于兴,以此置雌黄焉为何居?

他指出,杜甫诗歌有实也有虚,有赋也有兴;李白诗歌则有虚也有实,有兴也有赋;屈原的作品,也是虚实兼美的。因之,虚与实,赋与兴,不可偏废或强分优劣,在所谓"有虚而实,有实而虚,并行错出,何可端倪"等论说中,反映了他对现实主义与浪漫主义的相互结合有了某种程度的认识,是颇可珍视的。

屠隆文学批评中还多次使用"性灵"一词,如《鸿苞·文章》云:"夫文者华也。有根焉,则性灵是也。"屠隆与公安派袁宏道也有交谊,他们的文学观念当相互有所影响。

第四节　唐　宋　派

在前后七子"文必秦汉"风气弥漫文坛的时候,也有一些作者另辟蹊径,与之抗衡。在散文方面就有被称为唐宋派的王慎中、唐顺之、茅坤以及归有光等。

王慎中(1509—1559),字道思,号南江、遵岩居士,晋江(今福建泉州)人,嘉靖五年进士,官至河南参政,有《王遵岩文集》;唐顺之(1507—1560),字应德,武进(今属江苏)人,嘉靖八年会试第一,曾在崇明抵御倭寇,以功升右金都御史,人称荆川先生,有《荆川文集》;茅坤(1512—1601),字顺甫,号鹿门,归安(今浙江湖州)人,嘉靖十七年进士,曾任大名兵备副使,有《白华楼藏稿》、《茅鹿门文集》;归有光(1506—1571),字熙甫,号震川,昆山(今属江苏)人,嘉靖四十四年进士,曾任南京太仆寺丞,有《震川先生集》。其中王慎中、唐顺之活动时代较早,开始曾受李梦阳、何景明的影响,后来才别开宗派:

> 慎中为文,初主秦、汉,谓东京下无可取。已悟欧、曾作文之法,乃尽焚旧作,一意师仿,尤得力于曾巩。顺之初不服,久亦变而从之。壮年废弃,益肆力古文,演迤详赡,卓然成家。与顺之齐名,天下称之曰王、唐,又曰晋江、昆陵。家居,问业者踵至。……李攀龙、王世贞后起,力排之,卒不能掩。(《明史·王慎中传》)
>
> 〔唐顺之〕初喜空同诗文,篇篇成诵,下笔即刻画之。王道思见而叹曰:"文章自有正法眼藏,奈何袭其皮毛哉!"自是幡然取道欧、曾,得史

迁之神理。久之，从广大胸中随地涌出，无意为文而文自至。(黄宗羲
《明儒学案》卷二六)

茅坤是王、唐的积极追随者，曾编选《唐宋八大家文钞》来为他们的主张鼓
吹。《明史·茅坤传》说："坤善古文，最心折唐顺之。顺之喜唐宋诸大家文，
所著《文编》，唐宋人自韩、柳、欧、三苏、曾、王八家外无所取。故坤选《八大
家文钞》。其书盛行海内，乡里小生无不知茅鹿门者。"按明初朱右已曾采上
列八家文为《八先生文集》，但其书不传，"唐宋八大家"之称，主要因茅坤之
选而确立。茅坤在标举唐宋八家为文章正统的同时，还确认王慎中、唐顺之
为"足以与韩、欧并轨而驰"，弘治、正德间李梦阳等的"擅盟而雄"，则不过是
"草莽偏陲项籍以下"窃据一时之流。(见《复陈五岳方伯书》)

　　归有光成名稍迟，《列朝诗集小传·震川先生归有光》称："熙甫为文，原
本《六经》而好《太史公书》，能得其风神脉理。其于六大家，自谓可肩随欧、
曾，临川则不难抗行。……当是时，王弇州踔二李之后，主盟文坛，声华烜
赫，奔走四海。熙甫一老举子，独抱遗经于荒江虚市之间，树牙颊相撑拄不
少下。"归有光有《项思尧文集序》云：

　　　　盖今世之所谓文者，难言矣！未始为古人之学，而苟得一二妄庸人
　　为之巨子，争附和之，以诋排前人。……文章至于宋元诸名家，其力足
　　以追数千载之上而与之颉颃，而世直以蚍蜉撼之，可悲也。无乃一二妄
　　庸人为之巨子以倡道之欤？

所谓妄庸人，即指王世贞。相传王世贞闻知此论时说："妄诚有之，庸则未敢
闻命。"归有光又说："唯妄故庸，未有妄而不庸者也。"(见《列朝诗集小说·震
川先生归有光》)具见他们之间相互剽剥的情况。

　　推崇唐宋，尤尚欧、曾
　　王慎中、唐顺之、茅坤、归有光等文论的基本观点大略相同，都是标举唐
宋散文来与"文必秦汉"的口号相对峙。王慎中的《寄道原弟书十六》中指
出，欧阳修、曾巩是司马迁、班固的最好继承者，那么学习欧、曾，也就是学习
司马迁、班固了：

　　　　方洲尝述交游中语云："总是学人，与其学欧、曾，不若学马迁、班
　　固。"不知学马迁莫如欧，学班固莫如曾，今我此文，正是学马、班，岂谓
　　学欧、曾哉！

而在唐顺之、茅坤看来，唐宋散文较诸秦汉，不仅各有千秋，而且间或有所超越。茅坤开始还认为秦汉散文高出于唐宋之上，他的《复唐荆川司谏书》把《六经》比作昆仑山，是来龙之祖；把司马迁比作秦中高原，以为其气雄厚，规制宏远；而把韩愈比作剑阁，把欧阳修、曾巩比作江南一带，并说："若遽因欧、曾以为眼界，是犹入金陵而览吴会，得其江山逶迤之丽、浅风乐土之便，而不复思履殽函以窥秦中者已！"唐顺之的《答茅鹿门知县第一书》则认为这还是从形式末端看问题，它答复道：

> 秦中、剑阁、金陵、吴会之论，仆犹有疑于吾兄之尚以眉发相山川而未以精神相山川也。若以眉发相，则谓剑阁之不如秦中而金陵、吴会之不如剑阁可也；若以精神相，则宇宙间灵秀清淑瑰杰之气，固有秦中所不能尽而发之剑阁，剑阁所不能尽而发之金陵、吴会，金陵、吴会亦不能尽而发之退陋僻绝之乡……愿兄且试从金陵、吴会一一而涉历之，当有无限好处、无限好处耳。

后茅坤自称经过对各家文章深入体味之后，认识到"万物之情，自各有其至"的结论，于是完全同意唐顺之的观点，"两相印而无复异同"（《与蔡白石太守论文书》）。他的《唐宋八大家文钞总序》就强调指出评论文章不应该拘泥于时代的先后，犹如后代的建筑器用饮食都比前代的丰富精致，怎能唯古是尚呢？

> 世之操觚者，往往谓文章与时相高下，而唐以后且薄不足为。噫！抑不知文特以道相盛衰，时非所论也。其间工不工，则又系乎斯人者之禀与其专一之致否何如耳。如所云，则必太羹玄酒之尚、茅茨土簋之陈，而三代而下明堂玉带云罍牺樽之设皆骈枝也已！

显然，在唐宋八家之中，唐宋派大都是比较向往欧阳修、曾巩的，而于欧、曾之中，他们又有所轩轾，看来王慎中、唐顺之极推曾巩，而茅坤、归有光则更倾心于欧阳修。王慎中的《曾南丰文粹序》中就给曾巩以最高评价："予惟曾氏之文至矣！"又说："由西汉而下，莫盛于有宋庆历、嘉祐之间，而桀然自名其家者，南丰曾氏也。观其书，知其于为文良有意乎！折衷诸子之同异，会通于圣人之旨，以反溺去蔽，而思出于道德。信乎能道其中之所欲言，而不醇不该之蔽亦已少矣。视古之能言，庶几无愧，非徒贤于后世之士而已。推其所行之远，宜与《诗》、《书》之作者并天地无穷而与之俱久。"这序文是深得唐顺之的赞同的，他们正是企图通过介绍曾巩文章来改变文风，"亦慨斯文之既坠,而欲明其说于世也"(同上)。茅坤的《曾文定公文钞引》则在大力肯定曾文的同时,指出其"才焰"不如韩、柳、欧、苏。他的《评司马子长诸家文》中又说:"巩尤为折衷于大道而不失其正,然其才或疲苶而不能副焉。"这些可见他们态度的差别。

唐宋派论"文"是重"道"的。王慎中《与林观颐》云:"所谓古文词者,非取其文词不类于时,其道乃古之道也。"前引茅坤的"文特以道相盛衰"之说实承其旨。但王慎中、唐顺之在哲学思想上主要接受王阳明心学。王慎中在肯定曾巩之文时还指出其"折衷诸子之同异"的因素。《与项瓯东书》更说:"为文之道,固博取而曲陈。"并云:

今之称述必在乎经,援引必则古先王,如书生科举之文者,岂不为正,而岂可以为文,而亦岂可以谓之知道者哉! 有甚似而实非,有大反而正合。非独文然,凡人之事业功行皆若此矣。

其《五子诗集序》揭示"诗之为道深"时又云:

意必有奇节怪行、慷慨磊砢之士,不涉声华,隐于酒奕,混于屠钓,忿怼傲倪,相与作为语言,嘲侮风月,雕绩草木,以泄其气而乐其心,则不泯之道将于斯人乎寄以存。

这里是全无一点道学气。其论"诗之为道"之旨当与其论"为文之道"相通。所谓"奇节怪行"云云,当即指"大反而正合"者,故认为"道"寄存在他们身上。唐顺之后期更"从事于庄生"(《答顾桥少宰》)他的《与茅鹿门知县第二书》中揭示先秦儒、道、纵横、名、墨、阴阳诸家之文"皆有本色","虽其为术也驳,而莫不皆有一段千古不可磨灭之见"。这与后来袁宏道《与张幼于》中所谓老、庄、荀子之书"见从己出,不曾依傍半个古人,所以他顶天立地",旨趣相近。

唐宋的散文是先秦两汉散文的继承,也有很大的发展,一般说来,更趋于文从字顺、平易近人,语法与文体结构更趋成熟,并创作了多种文艺散文,从通俗化的角度看,宋代散文更比唐代有所进展。唐宋派的崇尚唐宋散文,尤重宋代,取法近世,比秦汉派的远拟往古,带有某种革新意义。但欧阳修、曾巩的文章,都偏于阴柔之美,在气魄与骨力方面有其弱点,唐宋派的着重学习欧、曾,也不免带给他们自己的创作以先天不足的毛病。而欧、曾的文风也还各有其特点,欧文感慨唱叹、摇曳生姿,较富于文艺气息;曾文醇朴质实,结构严谨,更接近于学术文章。王慎中、唐顺之的偏取曾巩,更反映了他

43

们对散文文艺特征的忽视。茅坤《谢陈五岳序文刻书》说："即使王、唐以下，颇厌何、李之抗声藻而略神理也，稍稍于欧阳、曾、王，若将共为翱翔袅娜其间，然抑或疲矣。"也觉察了这种弱点。

吸取神理，反对句拟字模

唐宋派除了取法的对象与秦汉派有时代先后之别外，在取法的方式上也有不同。他们认为"法"是写作文章的自然法则，因而主张学习前人行文的精神脉理；而反对拘守古法或机械模拟古代字句，唐顺之说：

> 每一抽思，了了如见古人为文之意，乃知千古作家别自有正法眼藏在。盖其首尾节奏，天然之度，自不可差，而得意于笔墨蹊径之外，则惟神解者而后可以语此。近时文人说秦、说汉、说班、说马，多是寐语耳。（《与两湖书》）

> 然则不能无文，而文不能无法。是编者，文之工匠而法之至也。圣人以神明而达之于文，文士研精于文以窥神明之奥。其窥之也，有偏有全，有小有大，有驳有醇，而皆有得也，而神明未尝不在焉。所谓法者，神明之变化也。（《文编序》）

他的《董中峰侍郎文集序》还指出：秦汉时代，文章写作的法则并未被有意识地遵循，所以那时之文存在法则而其法则难以捉摸；唐宋时代已有意识遵循写作的法则，所以其文章的法则更趋谨严。这实际是说，作者对文章法则的认识随时代而有进步，秦汉文章对法则的运用还不成熟，不够规范化；从而批判了秦汉派的机械模仿古人而破坏文章写作法则的谬误：

> 汉以前之文，未尝无法而未尝有法，法寓于无法之中，故其为法也，密而不可窥。唐与近代之文，不能无法，而能毫厘不失乎法，以有法为法，故其为法也严而不可犯。密则疑于无所谓法，严则疑于有法而可窥。然而文之必有法，出乎自然而不可易者，则不容异也。且夫不能有法，而何以议于无法？有人焉见夫汉以前之文，疑于无法，而以为果无法也，于是率然而出之，决裂以为体，饤饾以为词，尽去自古以来开阖首尾经纬错综之法，而别为一种臃肿佶涩浮荡之文。其气离而不属，其声离而不节，其意卑，其语涩，以为秦与汉之文如是也，岂不犹腐木湿鼓之音，而且诧曰：吾之乐合乎神。

茅坤的《与蔡白石太守论文书》中论述了司马迁刻画人物之所以具有巨大感染力量的原因是由于透彻地掌握了所写人物的精神面貌，描述如绘。

这样的探求文章法则,接触到文学创作的形象性特色:

> 今人读《游侠传》即欲轻生,读《屈原贾谊传》即欲流涕,读《庄周》、《鲁仲连传》即欲遗世,读《李广传》即欲力斗,读《石建传》即欲俯躬,读《信陵》、《平原君传》即欲好士,若此者何哉? 盖各得其物之情而肆于心故也,而固非区区句字之激射者。昔人尝谓"善诗者画,善画者诗",仆谓其于文也亦然。

他的《与郁秀才书》更批评了当时作者摹效《史》、《汉》仅得皮毛而失其精神道:"大都近代以来,搢绅先生好摹画《史记》、《汉书》为文章,而于公卿士庶志铭传记,特借《史》、《汉》之肤发以为工,而于斯人之神理或杳焉而未之及。"归有光的《五岳山人前集序》中讽刺那些"知美矉而不知矉之所以美"者的摹仿《史记》不过是东施效矉,从而提出"夫知《史记》之所以为《史记》,则能《史记》矣",也是强调从神理学习的意义。

然而也应看到,唐宋派诸家,大都是八股文高手,《明史》卷二八七最后说:"明代举子业最擅名者,前则王鏊、唐顺之,后则震川、明泉。"(明泉是胡友信的别号,与归有光齐名)他们也企图以古文笔法来提高八股文的写作。清方苞《钦定四书文凡例》所谓"至正,嘉作者,始能以古文为时文,融液经史,使题之义蕴,隐显曲畅,为明文之极盛"。然而反过来,他们的古文也不能不带有八股文的气息。黄宗羲《明文案序上》说:"议者以震川为明文第一,似矣;试除去其叙事之合作,时文境界,间或阑入。"同时,他们所谓"精神脉理"也比较抽象,为了给后学指点具体学习作文途径,也常求诸所谓绳墨布置如抑扬、开阖、奇正和起伏照应等方面对前人作品进行评点。其评点古文的一个目的即是供揣摩举业服务,也运用了某些当时评点八股文的不很高明的手法。茅坤的评点《唐宋八大家文钞》等,在探索散文写作技巧方面有一定贡献,却也导致有些学者从这些形式末节去模拟唐宋文章,从这方面讲,与秦汉派的模拟秦汉散文,实为刻鹄类鹜与画虎成狗之差别罢了。黄宗羲《答张尔公论茅鹿门批评八家书》说:"鹿门八家之选,其旨大略本之荆川、道思。然其圈点句抹多不得要领,故有腠理脉络处不标出,而圈点漫施之字句之间者,与世俗差强不远。"王夫之《夕堂永日绪论·外编》云:"钩锁之法,守溪开其端,尚未尽露痕迹,至荆川而以为秘藏。茅鹿门所批点八大家,全恃此以为法,正与皎然《诗式》同一陋耳。本非异体,何用环纽? 摇头掉尾,生气既已索然。并将圣贤大义微言,拘牵割裂,止求傀儡之线牵曳得动,不知用此何为?""立此法者,自谓善诱童蒙,不知引童蒙入荆棘,正在于此。"对这种弊端的批评,都是有理由的。

唐顺之的本色论

唐宋派文论中值得注意的还有唐顺之的本色论,它强调作者要直抒胸臆,不事雕琢,用自然朴素的语言,写自己的真知灼见。《答茅鹿门知县第二书》道:

> 只就文章家论之,虽其绳墨布置,奇正转摺,自有专门师法,至于中一段精神命脉骨髓,则非洗涤心源,独立物表,具今古只眼者,不足以与此。今有两人:其一人心地超然,所谓具千古只眼人也,即使未尝操纸笔呻吟学为文章,但直据胸臆,信手写出,如写家书,虽或疏卤,然绝无烟火酸馅习气,便是宇宙间一样绝好文字;其一人犹然尘中人也,虽其专专学为文章,其于所谓绳墨布置,则尽是矣,然翻来覆去,不过是这几句婆子舌头语,索其所谓真精神与千古不可磨灭之见,绝无有也,则文虽工而不免为下格。此文章本色也。即如以诗为谕,陶彭泽未尝较声律、雕句文,但信手写出,便是宇宙间第一等好诗。何则? 其本色高也。自有诗以来,其较声律、雕句文,用心最苦而立说最严者,无如沈约,苦却一生精力,使人读其诗,只见其捆缚龌龊,满卷累牍,竟不曾道出一两句好话。何则? 其本色卑也。本色卑,文不能工也,而况非其本色者哉?

《与洪方洲书》道:

> 盖文章稍不自胸中流出,虽若不用别人一字一句,只是别人字句,差处只是别人的差,是处只是别人的是也。若皆自胸中流出,则炉锤在我,金铁尽熔,虽用他人字句,亦是自己字句,如《四书》中引《书》引《诗》之类是也。

又有《又与洪方洲书》道:

> 近来觉得诗文一事,只是直写胸臆,如谚语所谓开口见喉咙者,使后人读之,如真见其面目,瑜瑕俱不容掩,所谓本色,此为上乘文字。扬子云闪缩诡谲,欲说不说,不说又说,此最下者,其心术亦略可知。眉山子极有见,不知韩子、荆国何取焉。近来作家如吹画壶(自注:小儿所吹泥鼓,俗谓之画壶),糊糊涂涂,不知何调,又如村屠割肉,一片皮毛,

斯益下矣！

这里说明他的本色论还继承了苏轼"词达"之说及其对扬雄"以艰深文浅易"的批评，对当时形式雕琢的文风进行了强烈谴责。后来归有光《与吴三泉》自谓其文："聊发其所见，不能隐括为精妙语，徒蔓衍其词，又不知忌讳，俗语所谓依本直说者。"《与沈敬甫》云："近来颇好剪纸染采之花，遂不知复有树上天生花也，偶见俗子论文，故及之。"《沈次谷先生诗集序》赞美其诗云："今先生率口而言，多民俗歌谣，悯时忧世之语。"都是可与唐顺之的本色论相互发明的。

然而，苏轼的词达说，包含着"能使是物了然于心"以及"文理自然，姿态横生"等对客观事物的真切认识与形象描写艺术上很高的要求，唐顺之的本色论则在这些方面有其严重局限。虽然，他的肯定陶渊明诗和先秦诸子之文为有本色等评论中，自有其精意；而当他在表示对宋理学家邵雍《击壤集》及唐僧人寒山等诗的偏爱时，其理论的消极倾向便严重地显现出来了。《与王遵岩参政》道：

> 近来有一僻见，以为三代以下之文，未有如南丰；三代以下之诗，未有如康节者。然文莫如南丰，则兄知之矣；诗莫如康节，则虽兄亦且大笑。此非迂头巾论道之说，盖以为诗思精妙，语奇格高，诚未见有如康节者。知康节诗者，莫如白沙翁，其言曰："子美诗之圣，尧夫更别传，后来操翰者，二妙罕能兼。"此犹是二影子之见。康节以锻炼入平淡，亦可谓"语不惊人死不休"者矣，何待兼子美而后为工哉？古今诗庶几康节者，独寒山、静节二老翁耳，亦未见如康节之工也。

《答皇甫百泉郎中》中又自称：

> 艺苑之门，久已扫迹，虽或意到处作一两诗，及世缘不得已作一两篇应酬文字，率鄙陋无一足观者。其为诗也，率意信口，不调不格，大率似以寒山、《击壤》为宗而欲摹效之，而又不能摹效之然者。其于文也，大率所谓宋头巾气习……

这些说明他从崇尚本色而走向抹煞文学作品的艺术特点的道路，某种意义上可说是对李梦阳等所激烈抨击过的台阁体萎弱平庸文风与性气诗"击壤打油，筋斗样子"的招魂。所谓白沙公，即陈献章，有《白沙先生全集》，明代前期性气诗代表作者，其《认真子诗集序》云："诗之工，诗之衰也。……自唐以下,几千年于兹,唐莫若李、杜,宋莫若黄、陈,其余作者固多,率不是过。乌乎!工则工矣,其皆《三百篇》之遗意欤?率吾情盎然出之不以赞毁欤?发乎天和不求合于世欤?明三纲,达五常,微存亡,辩得失,不为河汾子所痛者,殆希矣。"竟然把诗歌与其艺术性对立起来,要求其直接为宣扬封建伦常服务,对李白、杜甫以至黄庭坚、陈师道都感到不足。但从唐顺之这里称引他的话来看,他还企图把杜甫与邵雍合二为一,兼有二妙;而唐顺之却更专心一意步邵雍后尘而不要杜甫,那就无怪他自己所作不免于"鄙陋"和"宋头巾气习"了。《列朝诗集小传·王参政慎中》说王慎中、唐顺之后期的创作"搀杂讲学,信笔自放,颇为词林口实",因而他们的倡论虽然对前七子造成的一时剽拟之习有所打击,但又遭到李攀龙、王世贞等的反攻而几乎不能抵御强横了。

唐宋派的文论的影响却相当深远,后来的公安派、艾南英、钱谦益以及清代的桐城派等都在不同程度上和从不同角度对之有所承受。《四库提要》卷一八九说:"自正、嘉之后,北地、信阳声价奔走一世,太仓、历下流派弥长,而日久论定,言古文者终以顺之及归有光、王慎中为归。"然而这种地位的肯定,与他们的理论创作和清代统治者提倡的清正醇雅的八股文写作准则比较合拍是有着一定关系的。

第五节　公安派与竟陵派

公　安　派

在明代后期,给复古以至拟古思潮以强有力抨击的是以袁宏道等三兄弟为首的公安派。他们的文学批评,不仅鞭挞了赝古诗文,还给封建社会长期以来束缚文学创作的不少陈腐教条以冲击,促进了作者的思想解放,掀起了一个新的文学运动。

公安派及其与李贽、徐渭等的关系

公安派文学运动的兴起与当时思想界的进步力量、社会经济的发展与市民阶层的壮大有直接或间接的联系。袁宗道(1560—1600),字伯修,万历十四年进士,曾官右庶子,有《白苏斋集》;袁宏道(1568—1610),字中郎,号石公,万历二十年进士,官终稽勋郎中,有《袁中郎全集》;袁中道(1570—1624),字小修,万历四十四年进士,曾官南京吏部郎中,有《珂雪斋集》。因为他们是公安(今属湖北)人,他们领导的文学流派便称为公安派。袁氏兄弟都深受当时进步思想家李贽及戏曲作家汤显祖、徐渭等的影响(关于李贽、汤显祖、徐渭的文学思想,本书在小说、戏曲批评等章节中分别有介绍)。袁宗道在开创公安派过程中起先导作用,《列朝诗集小传·袁庶子宗道》说:"伯修在词垣,当王、李词章盛行之日,独与同馆黄昭素厌薄俗学,力排假借盗窃之失,于唐好香山,于宋好眉山,名其斋曰'白苏',所以自别于时流也。其才或不逮二仲,而公安一派实自伯修发之。"他对李贽非常钦佩,《与李卓吾书》说:"不佞读他人文字觉懑懑,读翁片言只语,辄精神百倍。"袁宏道是公安派主将,在文学批评和改变拟古文风方面贡献最多。《列朝诗集小传·袁稽勋宏道》说:"万历中年,王、李之学盛行,黄茅白苇,弥望皆是。文长、义仍,崭然有异,沉痼滋蔓,未克芟薙。……中郎之论出,王、李之云雾一扫,天下之文人才士始知疏瀹心灵,搜剔慧性,以荡涤摹拟涂泽之病,其功伟矣。"充分肯定了他的历史作用。他与李贽有亲密的师生之谊。袁中道《中郎先生行状》具体地记录了他受到李贽的启发后思想的飞跃及突破牢笼而自由发展的情况道:"先生既见龙湖,始知一向掇拾陈言,株守俗见,死于古人语下,一段精光,不得披露,于是浩浩焉,如鸿毛之遇顺风,巨鱼之纵大壑,能为心师,不师于心,能转古人,不为古转,发为语言,一一从胸襟流出,盖天盖地,如象截流,雷开蛰户,浸浸乎其未有涯也。"该文又说:"李子语人,谓伯也稳实,仲也英特,皆天下名士也,然至于入微一路,则谆谆望之先生。"完全以李贽的传人相期许。然而我们可以看到,袁宏道等对于李贽的积极进步一面有所继承,发扬了他蔑视传统、解放思想的精神,但在不少方面有所退却。袁中道《李温陵传》竭力表扬了李贽坚强不屈的反抗精神后,说自己是"虽好之,不学之","其人不能学者五,不愿学者有三:公为士居官,清节凛凛,而吾辈随来辄受,操同中人,一不能学也;公不入季女之室,不登冶童之床,而吾辈不断情欲,未绝嬖宠,二不能学也;公深入至道,见其大者,而吾辈株守文字,不得玄旨,三不能学也;公自少至老,惟知读书,而吾辈汩没尘缘,不亲韦编,四不能学也;公直气劲节,不为人屈,而吾辈怯弱,随人俯仰,五不能学也。若好刚使气,快意恩仇,意所不可,动笔之书,不愿学者一矣;既已离仕而隐,即宜遁迹名山,而乃徘徊人世,祸逐名起,不愿学者二矣;急乘缓戒,细行不修,任情适口,脔刀狼藉,不愿学者三矣。"在这相当坦率的自白中,反映了袁氏兄弟在道德品质、学术修养,特别是在与封建陈腐势力抗争方面,与李贽存在相当差距。这些因素也深刻地影响着他们的文学批评。徐渭生当复古气焰炽盛之际,持论迥绝时流,所作诗文不为大家所注意。后来袁宏道得其遗帙,力加称扬,才得盛行。正如童二树《题青藤小像》所云:"抵死目中无七子,岂知身后有中郎。"袁宏道《与冯侍郎座主》说:

> 宏于近代,得一诗人曰徐渭。其诗尽翻窠臼,自出手眼,有长吉之奇而畅其语,夺工部之骨而脱其肤,挟子瞻之辩而逸其气,无论七子,即何、李当在下风。

又有《徐文长传》说:

> 文长既已不得志于有司,遂乃放浪曲蘖,恣情山水,走齐、鲁、燕、赵之地,穷览朔漠,其所见山奔海立,沙起云行,风鸣树偃,幽谷大都,人物鱼鸟,一切可惊可愕之状,一一皆达之于诗。其胸中又有勃然不可磨灭之气,英雄失路托足无门之悲;故其为诗,如嗔如笑,如水鸣峡,如种出土,如寡妇之夜哭,羁人之寒起,虽体格时有卑者,然匠心独出,有王者气,非彼巾帼而事人者所敢望也。文有卓识,气沉而法严,不以模拟损才,不以议论伤格,韩、曾之流亚也。文长既雅不与时调合,当时所谓骚坛主盟者,文长皆叱而怒之,故其名不出于越,悲夫!

把当代一个名不出于其家乡浙江一带的作者置于杜甫、韩愈、李贺、苏轼、曾巩等历史上第一流大家同等地位,已是有相当的勇气与魄力的。这一旗帜的树立,即是对那些盲目崇古卑今者的有力批判。这里对徐渭诗文的描写广阔天地,记述丰富阅历,抒发愤郁心情,生气勃勃富有独创性的艺术风格以及对文坛上复古派大人物鄙夷不屑的态度,都给予高度评价,袁宏道文学批评的识见与旨趣也充分表达出来了。

代有升降,法不相沿

"变",是公安派文学批评的一个重要论点,它揭示了文学的历史是一个不断发展的过程。他们认为时代在变化,人事、物态、语言都在变,文学创作当然也得相应而变,每个历史时期都有新变的文学,各有其特色与成就;从而他们提出了通变与创新的要求,有力地抨击了当时文坛上复古倒退、墨守成规的观念与剽窃陈言、摹拟滥调的风气。袁宏道说:

　　盖诗文至近代而卑极矣！文则必欲准于秦汉,诗则必欲准于盛唐,剿袭模拟,影响步趋,见人有一语不相肖者,则共指以为野狐外道,曾不知文准秦汉矣,秦汉人曷尝字字学《六经》欤?诗准盛唐矣,盛唐人曷尝字字学汉魏欤?秦汉而学《六经》,岂复有秦汉之文?盛唐而学汉魏,岂复有盛唐之诗?唯夫代有升降,而法不相沿,各极其变,各穷其趣,所以可贵,原不可以优劣论也。(《叙小修诗》)

　　文之不能不古而今也,时使之也。……唯识时之士,为能堤其溃而通其所必变。夫古有古之时,今有今之时,袭古人语言之迹,而冒以为古,是处严冬而袭夏之葛者也。骚之不袭雅也,雅之体穷于怨,不骚不足以寄也。后之人有拟而为之者,终不肖也。何也?彼直求骚于骚之中也。至苏、李述别及《十九》等篇,骚之音节体致皆变矣,然不谓之真骚不可也。(《雪涛阁集序》)

古今的文学在演变,复古派也是承认的。王世贞的后学胡应麟《诗薮》说:"四言变而《离骚》,《离骚》变而五言,五言变而七言,七言变而律诗,律诗变而绝句,诗之体以代变也。"然而他却从这"诗体代变"的现象中得出一代不如一代的结论,所谓"《三百篇》降而《骚》,《骚》降而汉,汉降而魏,魏降而六朝,六朝降而三唐,诗之格以代降也"。因之,复古派的论"变"是作为他们"宋无诗"、"唐无赋"、"汉无骚"、"究心骚、赋于唐、汉之上"(李梦阳《潜虬山人记》)以及"文必秦汉、诗必盛唐"等口号服务的。公安派则从历代文学的演变中看到变是历史的必然,秦汉人变了《六经》之文才有秦汉之文,唐代人变了汉魏之诗才有唐代之诗,《离骚》突破了《诗》、《雅》的传统是一种发展,汉诗改变了《楚辞》的体致音节,却真正是《楚辞》的继承者,因之今天的作者也应该打破陈规,努力创作适应新时代的作品了。气候变了,冬天而仍穿着夏季的衣服,岂不太可笑么?袁宏道《与江进之》云:"人事物态,有时而更;乡语方言,有时而易;事今日之事,则亦文今日之文而已矣。"这是从文学的外部,社会自然诸方面的原因来说明创作必须随时代而发展。《雪涛阁集序》还从文学的内部探索其发展规律:"古人之法,顾安可概哉?夫法因于敝而成于过者也。矫六朝骈丽钉餖之习者以流丽胜,钉餖者固流丽之因也,然其过在轻纤。盛唐诸人以阔大矫之,已阔矣,又因阔而生莽,是故续盛唐者以情实矫之;已实矣,又因实而生俚,是故续中唐者以奇僻矫之;然奇则其境必狭,而僻则务为不根以相胜,故诗之道,至晚唐而益小。有宋欧、苏辈出,大变晚习,于物无所不收,于法无所不有,于情无所不畅,于境无所不取,滔滔莽莽,有若江湖。今之人徒见宋之不唐法,而不知宋因唐而有法者也。如淡非浓,而浓实因于淡。然其敝至以文为诗,流而为理学,流而为歌诀,流而为偈诵,诗之弊又有不可胜言者矣!"这里朴素地意识到各时代文学的新陈代谢是对立统一的不断发展过程。新文学与旧文学对立,却孕育于旧文学之中,它克服了旧文学的弊病并取而代之,新文学兴起之后,又会暴露新的矛盾,又因有其新的对立面产生而被扬弃。宋诗不同于唐诗,实际上是唐诗的继承与发展并取得巨大成就。宋诗当然也产生很大流弊,但是前、后七子等的"为复古之说以胜之",其结果是"以剿袭为复古,句比字拟,务为牵合,弃目前之景,摭腐滥之辞",也造成严重弊病。《雪涛阁集》作者江进之诗的"穷新极变,物无遁情"则是值得赞扬的,尽管其中"或有一二语近平,近俚,近俳",对于"矫浮泛之弊而阔时人之目"还是有其作用的。《与丘长孺》又说:"夫诗之气,一代减一代,故古也厚,今也薄;诗之奇、之妙、之工、之无所不极,一代盛一代,故古有不尽之情,今无不写之景。然则古何必高,今何必卑哉!"意思是说古代诗歌中自然朴质之气确实随着时代的发展而逐渐减少,而诗歌艺术的新奇精工与反映事物的丰富多彩,则无疑越来越进步。这种文学发展的观点与复古、拟古之论是鲜明地对立的。

　　古今语言的变迁,是公安派文学发展论的一个重要依据。关于文章语言的通俗化,东汉王充《论衡·自纪篇》与唐代刘知幾《史通·言语篇》等都提出过要求,从先秦两汉到唐宋的散文的主流,也是向着通俗化方面发展的。然而长期的封建社会文坛上,"怯书今语,勇效昔言"的风气一直存在着,这在明代前后七子手中又有了膨胀。李梦阳说过要"以我之情,述今之事,尺寸古法,罔袭其辞",还并不主张单纯剿袭古人语言。李攀龙、王世贞则更认为语言词汇包括一切名物称号只有古代的才雅驯,因此李攀龙作文,"无一语作汉以后,亦无一字不出汉以前"(《艺苑卮言》)。王世贞的一段话更属滑稽:"呜呼! 子长不绝也,其书绝矣。千古而有子长也,亦不能成《史记》,何也? 西京以还,封建、宫殿、官师、郡邑,其名不雅驯,不称书矣! 一也。其诏令、辞命、书奏、赋颂鲜古文,不称书矣! 二也。其人有籍、信、荆、聂、原、尝、无忌之流足模写者乎? 三也。其词有《尚书》、《毛诗》、《左氏》、《战国策》、韩非、吕不韦之书足荟蕞者乎? 四也。呜呼! 岂惟子长,即尼父亦然,《六经》无可着手矣。"(《艺苑卮言》)在这种观点指导下,他们的作品中就把当代文物制度换上古色古香的称号,替后世人物穿上峨冠博带的古代服饰,易当时生动语言为诘屈聱牙的奇字奥句,在层层斑驳的苔莓铜绿掩盖下,作者的个性和时代的色彩都黯然埋没了,文学又怎样能担负起抒写情感、反映现实的任务呢? 然而,这却是许多拟古诗文的共同特点。公安派对此进行了强烈的批判,袁宗道《论文(上)》说:

> 口舌代心者也,文章又代口舌者也。展转隔碍,虽写得畅显,已恐不如口舌矣;况能如心之所存乎? 故孔子论文曰:"辞达而已。"达不达,文不文之辨也。唐虞三代之文无不达者。今人读古书不即通晓,辄谓古文奇奥,今人下笔不宜平易。夫时有古今,语言亦有古今,今人所诧为奇字奥句,安知非古之街谈巷语耶?

这里明确指出:古代著作都是运用当时明白的口语,故能真切地表达心意,由于时代与语言的变化,今天人读起来才觉得艰深难懂,并非原来就是如此的。接着该文又依据扬雄《方言》所记楚语与今天楚地语言的不同,科学地论证了"今语异古";揭示"《史记》五帝三王纪改古语从今字者甚多","左氏去古不远,然《传》中字句未尝肖《书》也,司马去左亦不远,然《史记》句字亦未尝肖《左》也",肯定了《左传》、《史记》及时变古创新的进步写作方法。从而深刻地揭露了王世贞等泥古不化主张的愚妄可笑亦复可悲,并追溯到李梦阳在"模拟"方面的错误导向:

> 空同不知,篇篇模拟,亦谓反正。后之文人遂视为定例,尊若令甲,凡有一语不肖古者,即大怒骂为野路恶道。……且空同诸文,尚多己意,纪事述情,往往逼真,尤可取者,地名官衔俱用时制。今却嫌时制不文,取秦汉名衔以文之,观者若不检《一统志》,几不识为何乡贯矣。且文之佳恶,不在地名官衔也。司马迁之文,其佳处在叙事如画、议论超越,而近说乃云:"西京以还,封建、宫殿、官师、郡邑,其名不驯雅,虽子长复出,不能成史。"则子长佳处,彼尚未梦见也,而况能肖子长也乎?

袁宗道的《文论》继承了王充、刘知幾的精神,发展了苏轼"辞至于能达则文不可胜用"的论述,总结了《史记》等优秀作品的写作特点,对拟古理论的批判可说是深中其病的。袁宏道《与冯琢庵师》也说自己创作"宁今宁俗不肯拾人一字"。公安派提倡文学语言的通俗性与口语化方面在文学批评史上达到了一个新的高度。公安派也不完全反对学习古代,但他们认为应该学习古人崇尚辞达、敢于创新的精神,决不是去模仿形式、剽窃字句。"古文贵达,学达即所谓学古也。学其意,不必泥其字句也。"(袁宗道《论文上》)"法李唐者,岂谓其机格与词句哉! 法其不为汉,不为魏,不为六朝之心而已。"

53

（袁宏道《叙竹林集》）这是韩愈"唯古于词必己出"精神的发展。

公安派对李梦阳还是有过肯定的。这主要是肯定其创作之"尚多己意"以及"纪事述情，往往逼真"等方面。袁宏道《答李子髯》也首推李梦阳、何景明开辟诗坛"草昧"之功，谓其诗"尔雅良足师"，但对他们的复古以至拟古的主张所造成的流弊，则在理论上给予针锋相对的批判，以至或有言之过偏的。袁宏道《与张幼于》说："世人喜唐，仆则曰：'唐无诗。'世人喜秦汉，仆则曰：'秦汉无文。'世人卑宋黜元，仆则曰：'诗文在宋元诸大家。'"这些言论对于肯定汉、唐以后诗文的发展是有益的，但正如作者所自己承认的，由于对时人陋习的深恶痛绝，"立言亦自有矫枉之过"，片面菲薄汉唐，则和他自己所说各时代文学均有特色的言论也相矛盾。

公安派肯定新变，有时则不加区别，以为新的、变的就是好的，以至把八股文也抬出来作为明代的新生事物而加以赞扬。袁宏道《与友人论时文》说：

> 当代以文取士，谓之举业，士虽借以取世资，弗贵也，厌其时也。走独谬谓不然。夫以后视今，今犹古也；以文取士，文犹诗也。后千百年，安知不瞿唐而卢骆之，顾奚必古文词而后不朽哉！且公所谓古文者，至今日而敝极矣。何也？优于汉，谓之文，不文矣；奴于唐，谓之诗，不诗矣；取宋元诸公之余沫而润色之，谓之词曲诸家，而不词曲诸家矣。大约愈古愈近，愈似愈赝，天地间真文渐灭殆尽。独博士家言，犹有可取，其体无沿袭，其词必极才之所至，其调年变而月不同，手眼各出，机轴亦异，二百年来，上之所以取士，与士子之伸其独往者，仅有此文。而卑今之士，反以为文不类古，至摈斥之不见齿于词林。嗟夫，彼不知有时也，安知有文！

这里正确地批评了明代文拟秦汉、诗拟盛唐、词曲拟宋元的赝古之风，然而被称为时文的八股文，虽或出现过好文章，但总的说来，按照封建统治者严格规定的程式代圣贤立言，又有多少不"赝"，还有多少"真"呢？当时有些知识分子宁愿写作不合时制的古文而不屑自就牢笼去操习八股，是不能一概用崇古卑今帽子压到他们头上去的。袁宏道这种错误看法，与李贽也有联系。李贽《童心说》就曾称道"今举子业"为"大贤言圣人之道"，以与《西厢》、《水浒》等并列为"古今至文"，显然就是比拟不伦的。这里所谓"大贤"，当指朱熹等理学家；所谓"圣人之道"，自然指孔孟之道。故从李、袁对八股文的称道中,也可看到他们对理学、儒道态度的一个侧面。

独抒性灵,不拘格套

公安派文学理论批评的另一重要内容是强调自由地抒写真情实感、独创见解,反对虚伪矫饰、随声雷同与任何形式的束缚。袁宏道《叙小修诗》说,"大都独抒性灵,不拘格套,非从自己胸臆中流出,不肯下笔。有时性与境会,顷刻千言,如水东至,令人夺魂"。就是说的这层意思。这里反映了公安派对文学作品的思想感情与表现形式方面的要求。所谓"性灵",相当于性情与情感,这一文学批评概念,早见于南北朝颜之推《颜氏家训·文章篇》、庾信《赵国公集序》,明中期以来王世懋、屠隆文论中也有出现,及公安派而大力提倡,更赋予时代的新意。所谓"格套",指表现形式方面凝固框子、清规戒律。该文又进一步指出袁小修(中道)诗歌特色,也是进一步阐说自己的创作主张道:

> 愁极则吟,故尝以贫病无聊之苦,发之于诗,每每若哭若骂,不胜其哀生失路之感,余读而悲之。大概情至之语,自能感人,是谓有诗可传也。而或者犹以太露病之,曾不知情随境变,字逐情生,但恐不达,何露之有!且《离骚》一经,怨怼之极,"党人偷乐"、"众女谣诼"、"不揆中情"、"信谗赍怒",皆明示唾骂,安在所谓怨而不伤者乎?穷愁之时,痛哭流涕,颠倒反覆,不暇择音,怨矣,宁有不伤者?且燥湿异地,刚柔异性,若夫劲质而多怼,峭急而多露,是之谓楚风,又何疑焉?

胸中郁积的倾吐,境遇的触发,至情的自然流露,尽可以怨而伤、怒而骂,倾向鲜明,无所忌讳。这里对《离骚》抗争精神的肯定,也是对传统温柔敦厚诗教的突破,袁宏道还再三赞美民间诗歌的感情真实、语言真率,以与文人学士模拟涂泽之作相对比:

> 夫迫而呼者不择声,非不声也,郁与口相触,卒然而声,有加于择者也。古之为风者,多出于劳人思妇。夫非劳人思妇,为藻于学士大夫,郁不至而文胜焉,故吐之者不诚,听之者不跃也。……要以情真而语直,故劳人思妇,有时愈于学士大夫;而呻吟之所得,往往快于平时。(《陶孝若枕中呓引》)
>
> 故吾谓今之诗文不传矣,其万一传者,或今闾阎妇人孺子所唱《擘破玉》、《打枣竿》之类,犹是无闻无识真人所作,故多真声,不效颦于汉魏,不学步于盛唐,任性而发,尚能宣于人之喜怒哀乐嗜好情欲,是可喜

也。(《叙小修诗》)

袁中道《游荷叶山记》也自述其在月夜听田间农民歌声的情景与感受道:

> 有声自东南来,慷慨悲怨,如叹如哭,即而听之,杂以辘轳之响。予
> 乃谓二弟曰:此忧旱之声也。夫人心有感于中而发于外,喜则其声愉,
> 哀则其声凄。女试听夫酸以楚者,忧禾稼也;沉以下者,劳苦极也;忽而
> 疾者,劝以力也。其词俚,其音乱,然与"旱既太甚"之诗,不同文而同
> 声,不同声而同气,真诗其果在民间乎?

从对《国风》以至当时民歌精神风貌的揭示中,表示了作者崇尚真情实感自
由抒发的强烈倾向。显然,这些说法与李梦阳《诗集自序》中所引王叔武"真
诗乃在民间"之说前后映辉而更有理论开拓。这里着重的是人们因境遇而
产生的喜怒哀乐,自然具有的嗜好情欲,特别是被压抑而郁结的悲感愤懑,
再联系袁宏道"耻纳无意儒,宁结有心贼"(《结客少年场》)、"妾死情,不死
节"(《秋胡行》)等诗句,可见他们这些思想不仅是对徒事藻饰之作的否定,
也是对"存天理,去人欲"等封建礼教的冲击。袁宏道《叙竹林集》云:"故善
画者,师物不师人;善学者,师心不师道;善为诗者,师森罗万象,不师先辈。"
所谓"心",指真情实感,独到的识见;所谓"道",指传统的教条,所谓"森罗万
象",指丰富的客观世界,这些论说,都是有解放思想的意义的。他的《与张
幼于》中对老、庄、荀子非孔刺孟之作的肯定,也表现了与正统思想的冲突:
"昔老子欲死圣人,庄子讥毁孔子,然至今其书不废。荀卿言性恶,亦得与孟
子同传。何者? 见从己出,不曾依傍半个古人,所以他顶天立地。今人虽讥
讪得,却是废他不得。不然粪里嚼渣,顺口接屁,倚势欺良,如今苏州投靠家
人一般,记得几个烂熟故事,便曰博识,用得几个见成字眼,亦曰骚人,计骗
杜公部,囤扎李空同,一个八寸三分帽子人人戴得,以是言诗,安在而不诗
哉!"文中对于拟古末流乞人残余、装腔作势种种丑态的揭露,也是相当淋漓
尽致的。

公安派的性灵情感之说中也有着消极因素,他们不满现实,又在某种程
度上与世沉浮,或消极逃避;他们放浪不羁,蔑视礼教,追求个性自由,却时
而放弃对社会的责任感,沾染着市民的庸俗情趣,或追求士大夫的闲情逸
趣。袁宏道《叙陈正甫会心集》云:

> 世人所难得者唯趣。趣如山上之色,水中之味,花中之光,女中之
> 态,虽善说者不能下一语,唯会心者知之。……夫趣得之自然者深,得

之学问者浅。当其为童子也,不知有趣,然无往而非趣也。……山林之
人,无拘无缚,得自在度日,故虽不求趣而趣近之。愚不肖之近趣也,以
无品也。品愈卑故所求愈下,或为酒肉,或为声伎,率心而行,无所忌
惮,自以为绝望于世,故举世非笑之不顾也。此又一趣也。迨夫年渐
长,官渐高,品渐大,有身如桎,有心如棘,毛孔骨节俱为闻见知识所缚,
入理愈深,然其去趣愈远矣!

《与徐汉明》又说:

独有适世一种其人,其人甚奇,然亦甚可恨,以为禅也,戒行不足,
以为儒,口不道尧舜周孔之学,身不行羞恶辞让之事,于业不擅一能,于
世不堪一务,最天下不要紧人,虽于世无所忤违,而贤人君子则斥之惟
恐不远矣。弟最喜此一种人,以为自适之极,心窃慕之。除此之外,有
种浮泛不切,依凭古人之式样,取润圣贤之余沫,妄自尊大,欺人欺己,
弟以为此乃孔门之优孟,衣冠之盗贼,后世有述焉,吾勿为之矣。

这里或向慕自然天真之趣,或追求适世自适之乐,与封建名教道德规范有其
矛盾;对于儒家卫道者假面具的戳刺,与前述对赝古诗文作者的批判一样深
刻;然而,对声伎酒肉的竞逐、社会责任的规避,则不能不给予他们的创作与
批评以不良影响。袁宗道以"白苏"作为自己斋名,以表示对白居易、苏轼的
仰慕。袁中道为他作《白苏斋记》,肯定他在人品文学许多方面与白、苏相
同,又指出"其不同者,两公矫矫谏诤,觉风节外见耳",并以苏轼的晚年境遇
为戒,相约及时退隐。这也是适世人生观与文学观的表现。袁宏道的《显灵
宫集诸公以城市山林为韵》之二更云:

野花遮眼酒沾涕,塞耳愁听新朝事。邸报束作一筐灰,朝衣典与栽
花市。新诗日日千余言,诗中无一忧民字。旁人道我真瞆瞆,口不能答
指山翠。自从老杜得诗名,忧君爱国成儿戏。言既无庸嘿不可,阮家那
得不沉醉。眼底浓浓一杯春,忉于洛阳年少泪。

读者也许能够体味到,他在"塞耳愁听新朝事"等吟句中含蕴着沉郁的政治
苦闷,在他眼底浓郁的杯酒中蘸浸着比诸西汉贾谊忧时论事而痛哭流涕更
加悲恸的泪水,而所谓"忧君爱国成儿戏"云云,某种意义上是讽刺那些玩弄
"忠爱"幌子的伪君子;但遽尔把古典诗歌中自杜甫以来关心国家人民的传
统一概骂倒,那是非常错误的。

此外,过分地强调"不拘格套",也容易导致忽视艺术修养,甚至失掉创作时应有的严肃态度。袁中道《中郎先生全集序》说:"先生诗文如《锦帆》、《解脱》,意在破人之执缚,故时有游戏语,亦其才高胆大,无心于世之毁誉,聊以抒其意所欲言耳。"也是觉察到这种写作态度产生的偏向了。

袁中道的修正理论

公安派的文学理论批评,有力地涤荡了文坛上长期凝结的拟古阴霾,破除了作者的思想束缚,然而他们逃避现实与追求庸俗消极情趣的倾向,对文学继承性与创作严肃性的忽视,其末流之弊,也在文坛酝酿了新的危机。袁中道时代稍晚,对此已有所觉察,因之他的持论往往在回护袁宏道的同时,对他们的前期主张作了某些修正,屡次说明袁宏道"学以年变,笔随岁老",晚年诗风渐趋谨严,而信手涂抹的为少年未定之作,"至于一二学语者流,粗知趋向,又取先生少时偶尔率易之语,效颦学步,其究为俚俗,为纤巧,为莽荡……乌焉三写,必至之弊耳,岂先生之本旨哉!"(见《中郎先生全集序》)他对李攀龙以至袁宏道的历史功过试作比较折衷的评论而要求后学者取长弃短,《阮集之诗序》说:

> 国朝有功于风雅者,莫如历下,其意以气格高华为主,力塞大历后之窦,于时宋元近代之习为之一洗。及其后也,学之者浸成格套,以浮响虚声相高,凡胸中所欲言者皆郁而不能言,而诗道病矣。先兄中郎矫之,其意以发抒性灵为主,始大畅其意所欲言,极其韵致,穷其变化,谢华启秀,耳目为之一新。及其后也,学之者稍入俚易,境无不收,情无不写,未免冲口而发,不复检括,而诗道又将病矣。由此观之,凡学之者,害之者也;变之者,功之者也。中郎已不忍世之害历下也而力变之,为历下功臣;后之君子其可不以中郎之功历下者功中郎也哉!……夫昔之功历下者,学其气格高华,而力塞后来浮泛之病;今之功中郎者,学其发抒性灵,而力塞后来俚易之习。有作始自宜有末流,有末流自宜有鼎革,此千古诗人之脉所以相禅于无穷者也。

他又重新提出要向汉魏唐诗学习,注意法度。《蔡不瑕诗序》说:"当熟读汉魏及三唐人诗,然后下笔,切莫率自矜臆,便谓不阡不陌可以名世也。""取汉魏三唐诸诗,细心研入,合而离,离而复合,不效七子诗,亦不效袁氏少年未定诗,而宛然复传盛唐诗之神,则善矣!"这些言论对公安末流起了部分的救弊补偏的作用,然而其兄弟以前的创新意气也有所后退了。

竟陵派的文学批评与《诗归》

竟陵派是继公安派而起的诗文流派。《列朝诗集小传·袁稽勋宏道》说，公安末流"狂瞽交扇，鄙俚公行，雅故灭裂，风华扫地。竟陵代起，以凄清幽独矫之，而海内之风气复大变"。该派的创导者钟惺（1574—1624）、谭元春（1586—1637），都是竟陵（今湖北天门）人，故称。惺，字伯敬，号退谷，万历三十八年进士，官至福建提学佥事，有《隐秀轩集》。元春，字友夏，天启七年乡试第一，有《谭友夏合集》。两人曾合力编选隋以前古诗及唐代诗歌合名《古唐诗归》，也称《诗归》，单行称《古诗归》和《唐诗归》。这是他们精心之作，藉以宣扬自己文学主张。钟惺《诗归序》说："选古人诗而命曰《诗归》，非谓古人之诗以吾所选为归，庶几见吾所选者以古人为归也。引古人之精神以接后人之心目，使其心目有所止焉，如是而已矣。"实际上正如作者在序中所说，"选者之权力，能使人归"。《与蔡敬夫》又云："灯烛笔墨之下，虽古人未免听命。""此虽选古人诗，实自著一书。"那就是要古人与今人都以他们的评选标准为指归了。朱彝尊《明诗综》卷六十六说："《诗归》既出，纸贵一时，正如摩登伽女之淫咒，闻者皆为所摄。"朱氏对此书深有不满，而由此也可见《诗归》确曾产生过相当广泛"使人归"的影响。

一、公安派的变种

钟惺、谭元春的思想中时有鲜明的反封建闪光。钟惺于黄帝《兵法》诗下评云："防微慎渐之语，却藏杀机。古圣贤如黄帝、太公皆是狠人。"（《古诗归》卷一）又于评点《春秋左传·定公十四年》中云："观吴越、刘项成败，见古今无慈性皇帝。"[①]直抉专制统治者阴狠残贼的本质，可谓其时代新兴思潮的最强音。谭元春评《紫玉歌》云："古今多少才子佳人，被愚拗父母板住，不能成对，赍情而死。读《紫玉歌》益悟文君奔相如是上上妙策，非胆到、识到人不能用。"（《古诗归》卷二）这里对封建家长统治与礼教规范的冲刺也是非常尖锐大胆的。顾炎武《日知录》卷十八指责钟惺云："其罪虽不及李贽，然亦败坏天下之一人。"从侧面证明了钟、谭思想与李贽学说的一脉相承。

---

① 据南京图书馆藏明刊本署钟惺伯敬、孙矿月锋、韩范友一评点《春秋左传》卷四十六。按钟惺《史怀》卷六《史记》二《吴太伯世家》也有"观刘项、吴越成败之际，可见古今霸王，其君若臣，无朴心而慈性者"等语，可证前引当属钟惺之说（参考王恺《公安与竟陵》）。

钟、谭的文学主张，在崇尚性灵、反对模仿等方面也是公安派观点的继承与衍变。"世之论者曰：钟、谭一出，海内始知性灵二字。"（《列朝诗集小传·谭解元元春》）可见他们重振了一下"性灵"的旗帜。他们对袁宏道都很钦慕，《袁中郎全集》为钟惺所编，谭元春曾为《袁中郎续集》作序，以袁宏道"知己"自承；但是他们对前后七子与公安派末流之弊都感到不满，认为今天一窝风仿效袁宏道，与当年的一窝风仿效李攀龙等一样，都属模拟剽窃、弄虚作假，也许造成更大危害，那是违反袁宏道本意的，这状况必须改变。钟惺说：

> 势有穷而必变，物有孤而为奇。石公恶世之群为于鳞者，使于鳞之精神光焰不复见于世，李氏功臣孰有如石公者？今称诗者，遍满世界化而为石公矣，是岂石公意哉！（《问山亭诗序》）

> 才不及中郎而求与之同调，徒自取狼狈而已。国朝诗无真初、盛者，而有真中、晚。真中、晚实胜假初、盛，然不可多得。若今日要学江令一派诗，便是假中、晚，假宋、元，假陈公甫、庄孔旸耳。学袁、江二公与学济南诸君子何异？恐学袁、江二公，其弊反有甚于学济南诸君子也。眼见今日牛鬼蛇神，打油定铰，遍满世界，何待异日，慧力人于此尤当紧着眼。大凡诗文，因袭有因袭之流弊，矫枉有矫枉之流弊。前之共趋，即今之偏废；今之独响，即后之同声。此中机捩，密移暗度。（《与王稚登兄弟》）

谭元春《袁中郎续集序》也引袁宏道子袁述之的话道：

> 先子不可学，学先子者，辱先子者也。

因之钟、谭就力图变革公安而为公安的功臣，不愿学步公安而成辱没公安派的罪人。这种"变"的观点，也明显地受到公安派理论的影响。

二、求古人真诗

竟陵派继承与变革公安派，提出了"求古人真诗"的口号。钟惺《诗归序》说：

> 诗文气运，不能不代趋而下；而作诗者之意兴，虑无不代求其高。高者，取异于途径耳。夫途径者，不能不异者也，然其变有穷也；精神者，不能不同者也，然其变无穷也。操其有穷者以求变，而欲以其异与气运争，吾以为能为异，而终不能为高。其究途径穷，而异者与之俱穷，

不亦愈劳而愈远乎？此不求古人真诗之过也。今非无学古者，大要取古人之极肤、极狭、极熟，便于口手者，以为古人在是。使捷者矫之，必于古人外，自为一人之诗以为异，要其异，又皆同乎古人之险且僻者，不则其俚者也，则何以服学古者之心？无以服其心，而又坚其说以告人曰："千变万化不出古人"。问其所为古人，则又向之极肤、极狭、极熟者也。世真不知有古人矣。惺与同邑谭子元春忧之，内省诸心，不敢先有所谓学古、不学古者，而第求古人真诗所在。

所谓"真诗"以及所谓"诗文之气运代趋而下"、"作诗者之意兴代求其高"，仿佛于袁宏道的"物真则贵"和"诗之气，一代减一代"，"诗之奇、之妙、之工、之无所不极，一代盛一代"（见《与丘长孺》）等说。"真诗"也即"性灵之言"，谭元春《诗归序》说："夫真有性灵之言，常浮出纸上，决不与众言伍；而自出眼光之人，专其力，壹其思，以达于古人，觉古人亦有炯炯双眸从纸上还瞩人，想亦非苟然而已。"可以相互印证。钟、谭认为，古今创作有其共同性，也有不同处。抒写性灵的是真诗，这创作的精神是古今所同而历久常新的。古人性灵之言，跃然纸上，富有生命力。后世有眼光的读者深入体味，可以有无穷的会心；作者得此精神，发展前程也不可限量。至于表现途径方法，古今有许多变化，作者如果专从这方面去另辟蹊径，以与古人争高低，那就出路既有限而且也未必能胜过古人。拟古者的袭取古人陈词滥调，当然不能得到古人真髓；公安派等的刻意与古人面貌不同，走上险僻或俚俗之穷途，反贻拟古者以口实。因之钟、谭再次提出了"求古人真诗"的口号，既学"古"，也求"真"，即是针对拟古者遗神袭貌与公安派一味变古的偏弊而发的。钟惺《再报蔡敬夫》也说："常愤嘉靖间名人，自谓学古，徒取古人极肤、极狭、极套者，利其便于手口，遂以为得古人之精神，且前无古人矣；而近时聪明者矫之曰：'何古之法，须自出眼光。'不知其至处，又不过玉川、玉蟾之唾余耳。此何以服人！而一班护短就易之人，得伸其议曰：'自用非也，千变万化，不能出古人之外。'此语似是，最能荧惑耳食之人，何哉？彼所谓古人千变万化，则又皆向之极肤、极狭、极套者也。是以不揆鄙拙，拈出古人精神曰《诗归》。"这也说明他对李攀龙、王世贞与公安派都有所不满，而《诗归》之作则主要是想借以补正公安派之说而打退拟古者对公安派的反攻的。

三、另立深幽孤峭之宗

真诗是有真情实感之诗。谭元春《汪子戊己诗序》说："夫作诗者，一情独往，万象俱开，口忽然吟，手忽然书。即手口原听我胸中之所流，手口不能测;即胸中原听我手口之所止,胸中不可强。"《诗归序》说:"法不前定,以笔所至为法;趣不强括,以诣所安为趣;词不准古,以情所迫为词;才不由天,以念所冥为才。"钟惺《涪郎草序》说:"夫诗道性情者也,发而为言,言其心之所不能不有,非谓其事之所不可无而必欲有言也。以为事之所不可无而必欲有言者,声誉之言也;不得已而有言,言其心之所不能不有者,性情之言也。"这些都是说明创作应该抒写心中真切的感受,是情感的自然流露,不当矫揉造作、拘守陈规的束缚,与公安派"独抒性灵,不拘格套"之说的精神是相通的。然而竟陵派既然力图矫公安末流鄙俚轻率之弊而不重蹈拟古派肤熟的覆辙,就更为他们的"求古人真诗"立下了严格的界说,"别出手眼,另立深幽孤峭之宗,以驱驾古人之上"(《列朝诗集小传·钟提学惺》)。钟、谭都反覆强调了这一宗旨:

> 真诗者,精神所为也。察其幽情单绪;孤行静寄于喧杂之中;而乃以其虚怀定力,独往冥游于寥廓之外。如访者之几于一逢,求者之幸于一获,入者之欣于一至。不敢谓吾之说非即向者千变万化不出古人之说,而特不敢以肤者、狭者、熟者塞之也。(钟惺《诗归序》)

> 夫人有孤怀,有孤诣,其名必孤行于古今之间,不肯遍满寥廓;而世有一二赏心之人,独为之咨嗟徬皇者,此诗品也。(谭元春《诗归序》)

> 简远堂近诗者,谭友夏近诗也。简远二字,则予近日所规友夏语,而友夏取而自命其堂者也。……诗,清物也。其体好逸,劳则否;其地喜净,秽则否;其境取幽,杂则否;其味宜淡,浓则否;其游止贵旷,拘则否。之数者,独其心乎哉!(钟惺《简远堂近诗序》)

这里可以看到他们着重的触景生情,主要在于幽独的感遇,刹那的灵机,淡远的意象,深隽的韵致,自然景物的移情契心,高人逸士的兴会雅赏。这当然不失为诗歌的一种境界,标举出来对于反肤熟庸俗是有意义的,然而境界不免太狭窄了。《诗归》之中,有些历来传诵、公认的佳作遭到削落,而有的不知名作家、作品则被发现登录。谭元春《诗归序》说:"凡素所得名之人,与素所得名之诗,或有不能违心而例收者,亦必其人之精神,止可至今日而不能不落吾手眼。因而代获无名之人,人收无名之篇,若今日始新出于纸,而从此诵之将千万口。"钟惺《再报蔡敬夫》中论及《诗归》的去取准则道:"直诎杨炯一字不录,而《滕王阁》、《长安古意》、《帝京篇》、《代悲白头翁》、初盛应制七律、大明宫唱和、李之《清平调》、杜之《秋兴》八首等作,多置孙山外。"就体现了他们崇尚深幽孤峭的精神,反映了他们的独创性,也流露了他们的褊狭性。他们的独创性赢得了许多人的景从;他们的褊狭性也引起了很大的流弊,正走上他们自己所批评过的"取异于途径"而陷入"狭"与"僻"等窘境。钟惺《潘稚恭诗序》中称听到有人推重"竟陵一脉"而"逡巡踧踏舌拆而不能举",又说:"近相知中有拟钟伯敬体者,予闻而省愆者至今。何则?物之有迹者必敝,有名者必穷。昔北地、信阳、历下、弇州,近之公安诸君子,所以不数传而遗议生者,以其有北地、信阳、历下、公安之目,而诸君子恋之不能舍也。"只警惕到立了宗派会有末流,不觉察到自己理论与创作的存在致弊因素,还是缺乏自知之明的。李梦阳、何景明、李攀龙、王世贞以及公安派的遭到讥议又何尝不是有其主观与客观两方面的原因呢?钱谦益对竟陵派诟詈特甚,《列朝诗集小传·钟提学惺》说钟、谭的论诗选诗,"当其创获之初,亦尝覃思苦心,寻味古人之微言奥旨,少有一知半见,掠影希光,以求绝出于时俗。久之,见日益僻,胆日益粗,举古人之高文大篇铺陈排比者,以为繁芜熟烂,胥欲扫而刊之,而惟其僻见之是师,其所谓深幽孤峭者,如木客之清吟,如幽独君之冥语,如梦而入鼠穴,如幻而之鬼国,浸淫三十余年,风移俗易,滔滔不返。余尝论近代之诗,抉摘洗削,以凄声寒魄为致,此鬼趣也;尖新割剥,以噍音促节为能,此兵象也。鬼气幽,兵气杀,著于文章,而国运从之。……钟、谭之类,岂亦五行志所谓诗妖者乎?"按钟、谭的文学倾向,孤僻则有之;而于明室之亡不责之独夫、民贼、叛将、二臣而归咎于一二幽吟孤讽的骚人墨客,殊非科学批评态度。或有见于钟、谭思想中的反封建统治锋芒,故疾之如仇若此!《四库提要》评《诗归》:"大旨以纤诡幽渺为宗,点逗一二新隽字句,矜为玄妙。又力排选诗惜群之说,于连篇之诗,随意割裂,古来诗法,于是尽亡。至于古诗字句,多随意窜改。顾炎武《日知录》曰:近日盛行《诗归》一书,尤为妄诞。魏文帝《短歌行》:'长吟永叹,思我圣考。''圣考'谓其父武帝也。改为'圣老',评之曰:'圣老字奇。'……"该书中文字校订、资料考证方面的缺点确是不少的。

四、冥心放怀,期在必厚

值得注意的是,钟惺、谭元春在评论诗文时还常常强调"厚"的境界。"期在必厚"(谭元春《诗归序》),就表示了对这境界的强烈向往。他们认为创作之有"灵"、"趣",犹如人的生命力,而"厚"则犹如人格学业的修养。人不可以没有生命力,但有了生命还不等于有修养,有修养而后能成为伟大人物;反之,修养也以有生命为基础,丧失生气的修养也是不足取的。所谓

"灵"、"趣",相当于性灵;"厚"则既指浑朴醇厚的艺术风格,也指博大充实的思想内容。钟惺《东坡文选序》说:

> 今之选东坡文者多矣,不察其本末,漫然以趣之一字尽之;故读其序记论策奏议,则勉卒业而恐卧,及其小牍小文,则捐寝食徇之。以李温陵心眼,未免此累,况其下此者乎?夫文之于趣,无之而无之者也。譬之人,趣其所以生也,趣死则死。人之能知觉运动以生者,趣所为也。能知觉运动以生,而为圣贤、为豪杰者,非尽趣所为也。故趣者止于其足以生而已。今所取其止于足以生者以尽东坡之文,可乎哉!是故老、庄者,出世之文之妙者也,毅然斥之不疑;商、韩者,经世之文之妙者也,竟鄙其人、陋其说而已。夫东坡而非文人也则可,东坡而文人也,岂有不知其文之妙者哉!以为吾舍此自有真学问、真文章,义理足乎中而气达乎外,胆与识谡谡然于笔墨之下,取战国之风调,易以己所欲言,而其渊源相去远矣。

公安派反对拟古者的专崇秦汉盛唐,竭力推重宋元诗文。但他们与唐顺之、王慎中等唐宋派也有差异之处。王、唐最向慕曾巩,三袁则最向慕苏轼,这与苏轼作品中较多浪漫异端的色彩有关,而他们所最为激赏的是苏轼富有风趣与生活气息的文艺小品,从李贽开始就流露出这种偏嗜态度。袁中道《答蔡观察元复》中云:"今东坡之可爱者,多其小文小说,其高文大册,人固不深爱也。使尽去之,而独存其高文大册,岂复有坡公哉!"按唐宋诸古文大家,尤其是苏轼,所作的大量短篇文艺散文,正是他们文学运动的重要组成部分,而为公安、竟陵等晚明小品文所继承与发展。李、袁的特殊爱赏,自具慧眼。韩、柳、欧、苏的许多"高文大册",自有其时代进步内容与独特艺术创造,非仅儒道与政典的简单传述。苏轼"初好贾谊、陆贽书",他的不少论策奏议实为贾谊"西汉鸿文"(鲁迅《汉文学史纲》)的继承与发展,有如袁宏道所谓"恸于洛阳少年泪"和袁中道所谓"矫矫谏诤""风节外见"者。如果舍之不取,也未免是一种局限。钟惺这里不仅注意到苏轼文章中盎然的生趣,更着眼于其真正的学术、充实的思想与不凡的胆识气概。这是对李贽与公安派的观点的发展,也反映了他关于"厚"的要求。谭元春《袁中郎先生续集序》,着重介绍袁宏道有"卓大坚实之文,出自痛快俊颖之手",希望学袁者不要"舍其大者不言,而于所为翰墨游戏、易于触目者则赏之不去口、传之不崇朝而法之不遗力也"。其用意与钟惺评苏轼文相同,"卓大坚实"也就是"厚"

的意思。谭元春《题简远堂诗》则是指出灵趣与朴厚两种艺术手段相互配合，才能具有整体之美：

> 夫诗文之道，非苟然也。其大患有二：朴者无味，灵者有痕。故有志者常精心于二者之间，而验其候以为浅深。必一句之灵能回一篇之运，一篇之朴能养一句之神，乃为善作。谭子曰：古人一语之妙，至于不可思议，而常借前后左右宽裕朴拙之气，使人无可喜而忽喜焉。如心居内，目居外，神光一寸耳，其余皆皮肉肤毛也。若满身皆心，心外皆目，人乃大不祥矣！

钟惺《与高孩之观察》则更旨在说明"灵"与"厚"前后的发展关系。"灵"是创作的出发点、必要条件，"厚"则是创作的更高境界。

> 向捧读回示，辱谕以惺所评《诗归》，反覆于厚之一字，而下笔多有未厚者，此洞见深中之言。然而有说：夫所谓反覆于厚之一字者，心知诗中实有此境也；其下笔未能如此者，则所谓知而未蹈、期而未至、望而未之见也。何以言之？诗至于厚而无余事矣。然从古未有无灵心而能为诗者，厚出于灵，而灵者不即能厚。弟尝谓古人诗有两派难入手处：有如元气大化，声臭已绝，此以平而厚者也，《古诗十九首》、苏、李是也；有如高岩浚壑，岸壁无阶，此以险而厚者也，汉《郊祀》、《铙歌》、魏武帝乐府是也。非不灵也，厚之极，灵不足以言之也。然必保此灵心，方可读书养气，以求其厚，若夫以顽冥不灵为厚，又岂吾孩之所谓厚哉！

这里强调了"灵"的不可缺少，但也确实看到了"厚"的境界。尽管由于才力修养不足等原因，自己创作与某些批评文字中未能达到这一境界，因而为论者所诟病，但他们文学思想中有此一境是值得注意的。

第六节　陈子龙与艾南英

陈子龙与艾南英的论争

公安派与竟陵派的末流既然又泛滥成弊，在明末天启、崇祯时期就有人重又扇扬唐宋派的余波，或续振后七子的坠绪。前者可以艾南英（1583—1646）为代表，后者可以陈子龙（1608—1647）为代表。艾南英，字千子，东乡

(今属江西)人。天启七年举于乡,因有讥刺魏忠贤语被罚。清兵南下,入闽见唐王,授兵部主事,改御史,不久卒于延平。有《天佣子集》。陈子龙,字人中、卧子,号大樽,松江华亭(今上海松江)人。青年时和夏允彝等组织幾社。崇祯十年进士,南明弘光帝时任兵科给事中。清兵破南京,在松江起兵,事败,又结太湖兵抗清,事泄被捕,乘隙投水死。有《陈忠裕公全集》、《安雅堂稿》。陈子龙与艾南英曾开展过一场文学论争,《自撰年谱》载:崇祯元年秋,艾南英"与予晤于娄江之弇园,妄谓秦汉文不足学而曹、刘、李、杜之诗皆无可取,其晋北地、济南诸公尤甚,众皆唯唯。予年少在末坐,摄衣与争,颇折其角。彝仲辈稍稍助之,艾子诎矣,然犹作书往返辩难不休。"今《天佣子集》有《与陈人中论文书》等,即是往返辩难的产物。由此可以窥见当时双方论争的内容,主要是各自重申唐宋派与前后七子的主张:

一、陈子龙认为作文要取法秦汉,舍秦汉而法宋人是"舍本而求末"。艾南英则指出,由于古今时代制度语言等变化,学秦汉之文只能取其"神气",而唐宋韩愈、欧阳修诸家正是这方面的范例:"夫秦汉去今远矣,其名物器数职官地里方言里俗皆与今殊,存其文以见于吾文,独能存其神气耳。役秦汉之神气而御之者,舍韩、欧奚由?"李攀龙、王世贞仅仅"窃秦汉之句字",是不足取的。

二、陈子龙认为宋人之文"好新而法亡"。艾南英则认为"文之法最严孰过于欧、曾、苏、王者",并指出:"不佞极推宋大家之文,以其有法;而其稍病宋大家之文,亦因其过于尺寸铢两毫厘不失乎法,视《史》、《汉》风神如天衣无缝为稍差者,以其法太严耳。宋之文由乎法而不至于有迹而太严者欧阳子也,故尝推为宋之第一人。"

三、陈子龙称引李攀龙"惮于修辞,理胜相掩"之说,认为宋人"好易而失雅",他还以为时代越古的文章越艰深,越艰深的艺术性就越高雅:"文之高者必难,卑者必易;时代远者必难,近者必易。"艾南英则宣称修辞原则是"辞达"和"体要"。他指出古代经书也有通达的,如《论语》、《孟子》,不可拘于一例。唐宋诸家的不剿袭秦汉语言,正像《论语》的不同于《易经》、《书经》和《诗经》:"孔子、孟子可谓条达矣。""文各有所主,各有时代,唐宋之不肯袭秦汉句字,犹孔子之《语》必不为《易》、《书》、《诗》也。"如果一定要以艰深古奥为准,那么"当以扬雄《太玄》、唐樊宗师、宋刘几之文为最矣"。

四、陈子龙以为文学的发展一代不如一代,"唐后于汉,故唐文不及汉;宋后于唐,故宋文不及唐。"他竭力表彰李梦阳、李攀龙等的复古之功,而贬低唐顺之、王慎中、归有光诸人。艾南英则认为"宋之诗诚不如唐,若宋之文则唐人未及也"。并推重唐、王、归等对王世贞、李攀龙的抗争:"古文至嘉、隆之间,坏乱极矣! 三君子当其时,天下之言不归王则归李,而三君子寂寞著书,傲然不屑,受其极口丑诋,不少易志。古文一线得留天壤,使后生尚知读书者,三君子之力也。"

艾南英通过与陈子龙的论争,把唐宋派的文论整理得更有系统了,进一步明确了取径唐宋以溯源秦汉的道路,突出了从司马迁、韩愈、欧阳修到归有光的传统,肯定了平易条达的表现方法。他的《与周介生论文书》又提出了"浮华补缀"、"生吞活剥"、"不顾义类"、"盖美饰非"、"以文为戏"等为作文避忌,古文的门户与准则更加谨严了。这些可说是清代桐城派"义法论"的先声。陈子龙在这场论争中的观点则文献不足,上述材料仅是依据艾南英《与陈人中论文书》,它列举了陈子龙的论点而逐条加以批驳,只不过是一方之辞。然而陈子龙文学理论中的真有价值者,并不是艾南英所举的那一些,文学批评史上应该注意的也当在彼而不在此。

"诗之本"是"忧时托志"

作为一个热烈的爱国者与实际政治斗争的积极参加者,陈子龙的文学思想也自然突破拟古的樊篱。在明末剧烈的时局变动与尖锐的民族、社会矛盾中,他的创作与批评有着鲜明的时代色彩与现实意义。他的《六子诗叙》历叙了自己十余年来苦心诗学,曾摹拟乐府古诗而未能成功,"太文则弱,太率则俗,太达则肤,太坚则讹,太合则袭,太离则野";继学历代各家之诗,也终无成就,"益自愧不如古人远也"。于是他叹息道:"献吉、仲默、于鳞、元美,才气要亦大过人,规摹昔制不遗余力,苦加椎驳,可议甚多;今人之才又不如诸子,而放乎规矩,猥云超乘,后世可尽欺耶?"说明他对李梦阳、何景明、李攀龙、王世贞等形式拟古与公安派等完全脱略形式都感到不满。最后他指出诗歌创作的根本不在这些方面而在于反映时代、批判现实、抒发作者爱国忧时的怀抱:

> ……而诗之本不在是,盖忧时托志者之所作也。苟比兴道备而褒刺义合,虽涂歌巷语,亦有取焉。……一人有盛名,余读其诗,谓之曰:君之诗甚善,然传之后世,不知君为何代人,奈何! 夫作诗而不足以导扬盛美,刺讥当时,托物连类,而见其志,则是"风"不必列十五国而"雅"不必分大小也,虽工,余不好也。

就是说，反映现实生活内容的，民间的歌声也有其价值；形式精工而缺少时代风貌，即使名家手笔，也毫无意义。《青阳何生诗稿序》更说明诗歌的内容与形式的主次关系、作者思想与现实环境的必要联系道："明其源，审其境，达其情，本也；辨其体，修其辞，次也。""古人之诗也，不得已而作之；今人之诗也，得已而不已。夫苏、李之别河梁，子建之送白马，班姬明月之篇，魏文浮云之作，此境与情会，不得已而发之咏歌，故深言悲思，不期而至。今也既无忠爱恻隐之性，而境不足以启情，情不足以副境，所纪皆晨昏之常，所投皆行道之子，胡其不情而强为优之啼笑乎？"古代相传苏武、李陵赠答之诗、班婕妤的《怨歌行》、曹丕的《杂诗》（"西北有浮云"）、曹植的《赠白马王彪》等，都是深挚的思想感情与环境遭遇的触发相结合，有感而发，自然成为至文绝唱，那些没有真情实感的无病呻吟，只如勉强扮演假戏而已。《白云草自序》又强调创作必须与时代现实相接触道：

> 文章之道，既以其才，又以其遇，不其然哉！

在这篇为自己丁丑年（崇祯十年）间诗歌所作的序言中，他深刻地感觉到生活遭遇对创作的重要作用。序言又指出诗歌创作不单是为了自己陶写个人性情，更应注意发挥社会作用。他认为《诗经》中的"颂"与"怨"虽然表现形式不同，但怨刺的目的出于爱护，歌颂也寓有规劝的意思，其本意是一样的：

> 诗者，非仅以适己，将以施诸远也。《诗》三百篇虽愁喜之言不一，而大约必极于治乱盛衰之际。远则怨，怨则爱；近则颂，颂则规。怨之与颂，其文异也；爱之与规，其情均也。

把诗歌的现实性与社会作用提高到如此重要程度，从而他有力地鞭挞了当时有些作者的脱离实际，目光短浅，但求保全自己性命功名，无论在野在朝都写不出有意义的作品来："今之为诗者，我惑焉。当其放形山泽之中，意不在远，适境而止，又曰：我恐以言为戮也。一旦历玉阶，登清庙，则详缓其步，坐论公卿，彼柔翰徒滑我神，何益殿最！为如是，则国家之文，安能灿然与三代比隆而人主何所采风存褒刺哉！"对这种消极倾向的愤慨真是情见乎辞了。他的《诗论》就特别强调诗歌的怨愤讽刺内容而反对阿谀粉饰之辞，指出《诗经》中有些颂诗也属于讽刺性质，如《嵩高》的赞美申伯、《烝民》的称誉仲山甫，就是借以讽刺周宣王后期政治的衰落。《诗论》还申述司马迁"发愤著书"之说，大胆地批判了历代相传儒家正统的"忠厚"诗教，认为这既限制了作者的言论，又为反动统治者镇压作者言论提供了理论依据，实际是扼杀创作与杀人的工具：

> 夫居今之世，为颂则伤其行，为讥则杀其身，岂能复如古之诗人哉！虽然，颂可已也。事有所不获于心，何能终郁郁耶？我观于《诗》，虽颂皆刺也，时衰而思古之盛王，《嵩高》之美申，《生（当作"烝"）民》之誉甫，皆宣王之衰也。至于寄之离人思妇，必有甚深之思而过情之怨甚于后世者，故曰："皆圣贤发愤之所为作也。"后之儒者则曰"忠厚"，又曰"居下位不言上之非"，以自文其缩然。然自儒者之言出，而小人以文章杀人也日益甚。

处在当时这种时代，违心地歌功颂德当然丧失了品行，直率地讥刺怨诽又会招来杀身之祸，创作条件是很差的。然而，虚伪的颂声可以不作，对现实的愤懑郁勃于心胸是以一吐为快的，不能抑止。这是文学批评，也是对当时社会政治的抨击，表现了作者奋不顾身地举笔向前冲刺的意态。他的《左伯子古诗序》更着重表彰了杜甫诗歌的强烈鲜明时代内容与直言无忌的批判精神：

> 有唐杜子美，当天宝之末，亲经乱离，其发为诗歌也，序世变，刺当涂，悲愤峭激，深切著明，无所隐忌，读之使人慷慨奋迅而不能止。然而论者或曰："是无当于风骚之旨者也。风人之义，隐而不发，使言之者无罪；而《离骚》以虬龙鸾凤比君子，飘风云霓喻小人，其旨无取于彰显。子美皎然不欺其志，磨切之言，无乃近于悻直？"是或一说也，而不可以概论。夫吟咏之道，以《三百》为宗，六义之中，赋居其一，则是敷陈事实，不以托物为工，摽指得失，不以诡词为讽，亦古人所不废耳。郑康成曰："论功颂德，所以将顺其美；刺过讥失，所以匡救其恶。"抒意各党，摛辞亦异，原其浅深，可得言焉。盖君子之立言，缓急微显，不一其绪，因乎时者也。当夫蘖芽始生，风会将变，其君子深思而不迫，为之念旧俗，追盛王，以寄其忾叹，如《彼都人士》、《楚茨》诸作是也。洎乎势当流极，运际板荡，其君子忧愤而思大谏，若震聋不择曼声，拯溺不取缓步，如《召旻》、《雨无正》之篇，何其刻急鲜优游之度耶？乃知少陵遇安史之变，不胜其忠君忧国之心，维音哓哓，亦无倍于风人之义者也。

杜甫的诗歌，正是国风中现实主义精神的继承与发展。宋梅尧臣就说过："自下而磨上，是之谓国风。"揭示国风的真正精神是批判。然而有些拘于温柔敦厚的诗教和崇尚含蓄婉转艺术风格的论者，却认为杜诗的直陈时事不合风骚旨趣,其实这意见是对风骚旨趣的片面理解。何景明《明月篇序》曾说:"子美之诗,博涉世故,出于夫妇者常少,致兼雅颂而风人之义或缺。"陈子龙的《沈友奭诗稿序》针对沈诗的"凡忧时眷国之怀多托于闺人思士之语"的具体情况,曾称引过何景明这篇序言中的话道:"大复尝言之矣,诗本性情之发者也,其切而易见者莫如夫妇之际,故古之作者,义关君臣朋友,必假之以宣郁而达情焉。"但他这里则比较全面地指出,诗歌创作的手法原是多种多样的,不能一概而论。"赋"即是"敷陈事实",与"比"、"兴"等并列于六义而不可废。由于时代变化,形势需要不同,创作表现手法也随之各异。当社会危机尚在萌芽状态,诗人深谋远虑,隐忧世变的将临,自可优游不迫,运用委婉托讽的手法来启发诱导人们有所醒悟;但到了急剧动荡的时刻,形危势迫,诗人触目惊心,发为诗歌,自然大声疾呼、直抒胸臆。急于振聋发聩、救亡拯溺,哪里还容许曼声微吟、宽行缓步呢?陈子龙这些言论,捍卫和发展了古代文学中现实主义的传统。

庄周、屈原"皆才高而善怨者"

在《谭子庄骚二学序》中,陈子龙对庄周、屈原思想与作品的浪漫主义精神与特征也有精辟的看法。他认为庄、屈二人,虽一归于虚无遁世,一至于以身殉国,行迹大不相同,但都怀着愤世嫉邪的激情,有其憧憬的社会理想,精神上颇有相通之处,因而他们的艺术表现手法也相类似:

> 战国时,楚有庄子、屈子,皆贤人也,而迹其所为绝相反。庄子游天地之表,却诸侯之聘,自托于不鸣之禽、不材之木,此无意当世者也;而屈子则自以宗臣受知遇,伤王之不明而国之削弱,悲伤郁陶,沈渊以没,斯甚不能忘情者也。以我观之,则二子固有甚同者。夫庄子勤勤欲返天下于骊连赫胥之间,岂得为忘情之士,而屈子思谒虞帝而从彭咸,盖于当世之人不数数然也。予尝谓二子皆才高而善怨者,或至于死,或遁于无乎有之乡,随其所遇而成耳。故二子所著之书,用心恢奇,逞辞荒诞,其宕逸变幻,亦有相类。

《庄周论》又分析庄子的悲愤无聊思想正是"乱世之民"特殊的幽怨心情的一种反映:

> 夫乱世之民,情懑怨毒,无所聊赖,其怨既深,则于当世反若无所见者。忠厚之士,未尝不歌咏先王而思其盛,今之诗歌是也。而辨激悲抑之人,则反刺诟古先,以荡达其不平之心,若庄子者是也。

正像所揭示的《庄子》、《离骚》荒唐变幻的辞采中闪烁着反抗现实与追求理想的光芒,这些评论前人文章的字里行间也回荡着陈子龙伤时怨世的愤懑不平的心声。

情以独至为真,文以范古为美

在陈子龙以前,无论李梦阳的"真"、"情"之论,或公安、竟陵的"性灵"说中,均涵有个性解放的进步因素,但往往相对忽视创作的社会现实意义。陈子龙的强调个人真情实感则是与其关切社会、批判现实、追求理想的精神结合在一起的,这就丰富并发展了司马迁"发愤著书"、韩愈"不平则鸣"以至李梦阳"真诗果在民间"等光辉创作思想在晚明黄昏的文坛上映耀出特异辉光。当然,陈子龙有时虽然强调抒写真情实感,仍主张艺术形式上要摹仿古法;虽然感到拟古之作弊病不少,仍认为只要加以提高改进,并不否定其格调宗尚。《仿佛楼诗稿序》评述李梦阳、何景明、李攀龙、王世贞等的复古功过道:"其功不可掩,其宗尚不可非也。特数君子者,摹拟之功多而天然之资少;意主博大,差减风逸;气极沈雄,未能深永。空同壮矣,而每多累句;沧溟精矣,而好袭陈华;弇州大矣,而时见卑词;惟大复奕奕,颇能洁秀,而弱篇靡响,概乎不免。后人自矜其能欲矫斯弊者,惟宜盛其才情,不必废此简格;发其呦渺,岂得荡然律吕?不意一时师心诡貌,惟求自别于前人,不顾见笑于来祀,此万历以还数十年间文苑有罔两之状,诗人多侏僚之音也。"显然,在李、何、王、李与公安、竟陵派之间,他还是比较倾向于前者的。《佩月堂诗稿序》说:

> 《记》有之:情动于中,故形于声;声成文,谓之音。盖古者民间之诗,多出于纤织井臼之余、劳苦怨慕之语,动于情之不容已耳。至其文辞,何其婉丽而隽永也!得非经太史之采,欲以谱之管弦、登之燕享而有所润饰其间欤?若夫后世之诗,大都出于学士家,宜其易于兼长,而不逮古者何也?贵意者率直而抒写,则近于鄙朴;工词者黾勉而雕绘,则苦于繁缛。盖词非意,则无所动荡,而盼倩不生;意非词,则无所附丽,而姿制不立。比如形神既离,则一为游气,一为腐材,均不可用。……故情以独至为真,文以范古为美。今子之诗,大而悼感世变,细而驰赏闺襟,莫不措思微茫,俯仰深至,其情真矣;上自汉魏,下迄三唐,斟酌摹拟,皆供麾染,其文合矣!

文中高度评价了古代出自民间诗歌的情真意切,但认为艺术上可能经过文人的整理加工,所以如此美好。这分析当是符合历史情况的,与某些批评家鄙视民歌或一味崇扬以为完美得无以复加者的态度相比,较为实事求是。陈子龙认为诗歌创作的思想情感与艺术形式两者都不可缺少,这也是从明代各种文学流派反复斗争中吸收了正反两方面经验教训而得出的结论。本文所谓"情以独至为真,文以范古为美",显然是兼采了两方面观点而提出的口号,概括了对诗歌内容与形式的要求,力图使作品情文并茂,但仅把"范古"作为艺术的法则,所范摹的古代又只是汉魏三唐,则仍是受拟古思潮的影响。然而,明代诗文批评历史舞台,经历多种流派的急管繁弦,到这里可说是曲终奏雅,垂下了它的绒幕。

第二章　明代的戏曲批评

第一节　明初的戏曲批评

明代初年的戏曲批评,虽然出现了《太和正音谱》等颇有影响的专门著作,但自洪武至宣德近一百年间,总的趋势是不够活跃,理论建树较少,进展迟缓。究其原因,一方面由于民间戏曲往往缺乏文字记载,当时文人又很少加以注意,而当时得以刊印问世的戏曲创作,又几乎全是王朝新贵如朱权、朱有燉和围绕在他们周围的一批文人所作;更重要的是,新王朝的文化专制主义也直接影响着戏曲批评的开展。

据《明史·刑法志》记载:"寰中士大夫不为君用,是自外其教者,诛其身而没其家,不为之过。"明文规定知识分子必须"为君用",否则有家破身亡的危险。什么叫"为君用"呢? 朱元璋下令说:"文章宜明白显易,通道术,达时务,无取浮薄。"(《明史·詹同传》)换言之,文章作品必须为新王朝的政治要求服务。"文章"如此,戏曲当然不能例外。

> 凡乐人搬做杂剧戏文,不许妆扮历代帝王后妃、忠臣烈士、先圣先贤神像,违者杖一百;官民之家容令妆扮者同罪。其神仙道扮及义夫节妇、孝子顺孙、劝人为善者不在禁限。(《昭代王章》第三卷,《搬做杂剧》条)

什么戏可演,什么戏禁演,违者如何处罚,刑法规定得明明白白。这种政策实际上对戏曲的主题、题材、人物形象设置了禁区,当然也为戏曲批评规定了标准。统治者企图用刑律,用刀斧棍棒,驱使戏曲批评和创作纳入"为君用"、"通道术"、"达时务"的轨道。对演剧艺人则有侮辱性规定,故意贬低他们的人格：

> 国初之制,伶人常戴绿头巾,腰系红褡膊,足穿布毛猪皮靴,不容街
> 中走,止于道旁左右行。乐妇布皂冠,不许金银首饰;身穿皂背子,不许
> 锦绣衣服。(徐复祚《三家村老委谈》)

可见当时统治者对戏曲的控制、限止是非常严格的,完全是一种政治高压政
策。这就使得作者、演员和批评者不得不小心谨慎,在刑律容许的范围里进
行创作、演出和评论。

朱元璋毕竟是懂得戏曲的社会功能的,他对戏曲并非一律禁止,限制乃
是为了利用。对于他的子孙和亲属,希望他们能从戏曲中了解民情,学习历
史,增长统治知识。"洪武初,亲王之国,必以词曲一千七百本赐之。"(李开
先《张小山小令后序》)对于他认为能符合其政治要求的作品,则给予大力提
倡,捧为典范,对于《琵琶记》的赞赏就是一例。

> 我高皇帝即位,闻其(指高则诚)名,使使征之,则诚佯狂不出,高皇
> 不复强。亡何,卒。时有以《琵琶记》进呈者,高皇笑曰:"五经四书,布
> 帛菽粟也,家家皆有;高明《琵琶记》,如山珍海错,贵富家不可无。"既而
> 曰:"惜哉,以宫锦而制鞋也。"由是日令优人进演。(徐渭《南词叙录》)

"四书"、"五经"在明代曾被奉为宣传封建宗法思想的理论根据和教科书,作
为"国子监、天下府州县学生员"的必读之书。朱元璋拿它们同《琵琶记》相
较,足见他是何等重视这个剧本。《琵琶记》早在元末已在民间流传,深受时
人喜爱,朱元璋可能看中它教忠教孝的主题,认为对新王朝的统治有所裨
益,而把它当作"贵富家不可无"的"山珍海错"。这种异乎寻常的赞扬,一方
面固然极大地提高了《琵琶记》的地位,同时也反映了最高统治阶层企图通
过一个剧本的示范,更具体地推行他们的戏曲政策的一番"苦心"。洪武二
十一年有人奏请"禁绝娼优"(《明史·解缙传》),朱元璋对此虽表赞许,实际
上却未予实施。所以说,明初的戏曲政策大体上可以用"限制"与"利用"来
概括。洪武朝虽然政策多变,"无几时不变之法",戏曲方面却并没有越出这
个既限制又利用的范围。到了朱元璋晚年,政策也许稍宽一些,否则《太和
正音谱》"杂剧十二科"中公然列"君臣杂剧"与"忠臣烈士"两科恐怕就有悖
于法禁。永乐九年,有人奏请"乞敕下法司! 今后人民倡优装扮杂剧,除依
律神仙道扮、义夫节妇、孝子顺孙,劝人为善及欢乐太平者不禁外,但有亵渎
帝王圣贤之词曲,驾头杂剧,非律所该载者,敢有收藏、传诵、印卖,一时拿送

法司究治。奉旨：但这等词曲，出榜后限他五日，都要干净，将赴官烧毁了。敢有收藏的，全家杀了！"（明顾起元《客座赘语》所载"国初榜文"）明成祖"全家杀了"、"将赴官烧毁了"的政策，从表面看来比"杖一百"要严酷得多，实际上在刀斧与焚毁之间为戏曲创作和演出留下了一条出路。照成祖的规定，只有那些被认为"亵渎"帝王将相、忠臣烈士的词曲才是犯禁的，至于那些非但不亵渎，而且是大加颂扬的作品，当然不在禁止之列。也就是说，搬演"帝王后妃"、"先圣先贤"的戏不再一律不许上演。这种在一定程度上有所放宽的禁令，并没有从根本上改变明王朝的文化专制主义，只是把戏曲的主题、题材和人物形象塑造等方面的限制稍稍放宽了一点。

在如此严酷的环境里，这个时期的戏曲批评家寥寥无几，有文献可据者，仅朱权和贾仲明，另外高则诚在他的《琵琶记》里也反映出他的一些观点。

高则诚的戏曲观

高则诚，名明，号菜根道人，后人或称东嘉先生，温州瑞安（今浙江瑞安）人。元至正五年（1345）进士，曾在处州、杭州等地作小官。据《南词叙录》等书记载，明太祖曾招致为官，辞不就，则当卒于明初。曾改蔡伯喈赵五娘故事编为南戏《琵琶记》。在剧本中高则诚发表了一些有关戏曲创作的看法，有以下几点值得注意。剧中有云：

> 秋灯明翠幕，夜案览芸编。今来古往，其间故事几多般。少甚佳人才子，也有神仙幽怪，琐碎不堪观。正是不关风化体，纵好也徒然。
>
> 论传奇，乐人易，动人难。知音君子，这般另作眼儿看。休论插科打诨，也不寻宫数调，只看子孝共妻贤。正是华骝方独步，万马敢争先。
> （第一出〔水调歌头〕）

高则诚认为创作戏曲必须"关风化"，至于那些描写"才子佳人"、"神仙幽怪"的作品，他是很不赞成的。"风化"，指风俗教化或教育感化。要求文艺创作有益于"风化"，并非高则诚的创见，而是我国传统的文艺思想，它在不同时代由于内容侧重点不同而起着不完全相同的作用。高则诚提醒读者对《琵琶记》这部作品要"这般另作眼儿看"。看什么呢？"只看子孝共妻贤"，他自己说得明明白白，就是要求观众向舞台上的"孝子贤妇"蔡伯喈和赵五娘等学习"忠、孝、节、义"一类封建道德。显而易见,这就是高则诚"关风化"的具体内容。由于《琵琶记》的广泛流传,以及明太祖朱元璋的推崇提倡,这种主张在明代戏曲界的影响至为深远。

其次,"休论插科打诨,也不寻宫数调",表明作者不在插科打诨与寻宫数调方面多花气力。"插科打诨"指戏曲中各种使观众发笑的细节穿插,"科"指动作,"诨"指语言。"寻宫数调"中的"宫调"是音乐术语,中国古代称宫、商、角、徵、羽、变徵、变宫为七声,其中以任何一声为主,都可以构成一种调式。凡以宫声为主的调式称"宫",而其余六声为主者称"调",统称"宫调"。以七声配十二律,在理论上可得八十四宫调。所谓"寻宫数调",是指创作时讲究宫调,注意唱词的音乐美。高则诚的这个主张往往为后来一些人所误解,以为他的创作既不需要"插科打诨",也不注意"寻宫数调",似乎《琵琶记》毫不讲究宫调的音乐性和科诨的趣味性。事实并非如此,高则诚是比较注意戏曲的艺术特点的。所以说"论传奇,乐人易,动人难",他并不排斥戏曲给人以娱乐的功能,则其所论"休论"、"也不",恐怕仍然为了突出"关风化"的重要性。其意思是不因过分的"插科打诨"和"寻宫数调",而影响思想内容的表达。也就是把"关风化"放在首要的位置,而把"科诨"和"宫调"等艺术手段放在其次的地位。

朱权和《太和正音谱》

朱权(1378—1448)是明太祖朱元璋的第十七子,洪武二十四年封于大宁,永乐元年改封于南昌,晚年热衷于"修真养性",有臞仙、涵虚子、丹邱先生等别号。卒后谥献王,世称宁献王。朱权博古好学,广泛涉猎诸子百家、卜筮修炼、诗词历史等各类书籍,尤其爱好戏曲,著有杂剧《冲漠子独步大罗天》等十二种,现存两种。其戏曲论著有《太和正音谱》、《务头集韵》、《琼林雅韵》三种。《太和正音谱》写成于1398年,其主要内容有戏曲(包括散曲)理论、戏曲史料、北杂剧曲谱及其典型作品举例,是明初仅见的一本戏曲理论专著。

朱权认为戏曲与国家的治乱密切相联,他把明王朝开国以来的民间艺术活动统统看作是对于"皇明之治"的一种歌颂。"猗欤盛哉,天下之治也久矣。礼乐之盛,声教之美,薄海内外,莫不咸被仁风于帝泽也,于今三十有余载矣。近而侯甸郡邑,远而山林荒服,老幼瞽盲,讴歌鼓舞,皆乐我皇明之

治。"(《太和正音谱·序》)他还发挥曹丕《典论·论文》"盖文章,经国之大业,
不朽之盛事"之说,进而肯定戏曲是"太平之世"的产物,"盖杂剧者,太平之
胜事,非太平则无以出。"所以朱权公开号召剧作家"返古感今,以饰太平",
用戏曲为明王朝的统治服务。他还从理论上进行阐述道:

> 夫礼乐虽出于人心,非人心之和,无以显礼乐之和;礼乐之和,自非
> 太平之盛,无以致人心之和也。故曰:"治世之音安以乐,其政和。"是以
> 诸贤形诸乐府,流行于世,脍炙人口,铿金戛玉,锵然播乎四裔,使鴃舌
> 雕题之氓,垂髫左衽之俗,闻者靡不忻悦。虽言有所异,其心则同,声音
> 之感于人心大矣。(同前)

这样的理论是有片面性的。社会的安定、繁荣,对戏曲发展确有其深远的影
响,但戏曲史证明,并非所有戏曲都是"太平之盛"、"礼乐之和"、"人心之和"
的产物。不少传诵千古的作品却是在人心不和、礼乐失调、天下大乱之中诞
生,为人民的利益而呐喊。朱权视而不见,并进而要求戏曲粉饰太平,完全
是由他那封建贵族的狭隘功利主义所决定的。朱权的理论反映了统治阶级
迫切需要利用戏曲以巩固其统治的要求,只是朱元璋采用刑律法令强制的
行政手段,朱权则采用理论说教的方法,两者在本质上并没有区别。另外,
仔细推究朱权的言论,不难发现其中也包含着某种值得注意的成分。他把
戏曲看成是对于"太平之世"颇为有益的艺术,这种重视戏曲社会功能的观
点虽然比较片面,但毕竟比之顽固地蔑视、排斥戏曲的态度前进了一步,在
某种意义上有利于戏曲的发展。

　　经过元代的蓬勃发展,戏曲剧本作为一种独立的文学体裁,正日趋完善
成熟,它不但完成了由叙事体向代言体的转变,而且在情节结构、戏剧冲突、
人物塑造等各个方面,也都有长足的进展。戏曲剧本应该成为舞台表演的
基础这一事实,开始逐渐为人们所认识。对此,《太和正音谱》是这样叙
述的。

> 杂剧,俳优所扮者谓之"娼戏",故曰"勾栏"。子昂赵先生曰:"良家
> 子弟所扮杂剧,谓之'行家生活',娼优所扮者谓之'戾家把戏'。良人贵
> 其耻,故扮者寡,今少矣,反以娼优扮者谓之'行家',失之远也。"或问其
> 故何哉? 则应之曰:"杂剧出于鸿儒硕士、骚人墨客所作,皆良人也。若
> 非吾辈所作,娼优岂能扮乎。推其本而明其理,故以为'戾家'也。"关汉
> 卿曰:"非是他当行,本事我家生活,他不过为奴隶之役,供笑献勤,以奉

我辈耳。子弟所扮，是我一家风月。"虽是戏言，亦合于理，故取之。

把戏曲作者称之为"鸿儒硕士"、"骚人墨客"，把演戏艺人看成是"良人"耻为的"奴隶之役"，当然是一种偏见。因为没有演员的创造性劳动，那么作品充其量也只能是案头文字。但"若非吾辈所作，娼优岂能扮乎"云云，却指出了剧本的主导作用。朱权引述赵孟𫖯和关汉卿的言论，并认定他们的话"亦合于理"，可见他对剧本的重要性已有比较明确的认识，较之前人有明显的进步。

该书《古今群英乐府格势》章品评元代一百八十七人、明代十六人的艺术风格。朱权对各剧作家的艺术特点都用一个比较形象的名目来形容比喻，虽然过于简短，失之含糊，但仍可看出批评家的趣味所在。元代列首位的是马致远："马东篱之词，如朝阳鸣凤。其词典雅清丽，可与《灵光》、《景福》而相颉颃。有振鬣长鸣，万马皆暗之意。又若神凤飞鸣于九霄，岂可与凡鸟共语哉，宜列群英之上。"马致远的杂剧，《录鬼簿》著录的有十三种，现存七种。《汉宫秋》是其得意之作，该剧通过帝王的爱情悲剧，在一定程度上反映了民族矛盾和上层统治者的腐败无能，有其进步意义。可是马致远更多的是一些"神仙道化"剧，如《任风子》、《岳阳楼》、《误入桃源》等，热衷于宣传道家的虚无思想，往往提倡荒诞的修道登仙，所以贾仲明称他"万花丛里马神仙"。而且马致远无论作曲作白，往往喜欢引书用典，追求文词的典雅华美。朱权把他列为元代作家之首。对于大戏曲家关汉卿则以轻视的口吻称："关汉卿之词，如琼筵醉客。观其词语，乃可上可下之才，盖所以取者，初为杂剧之始，故卓以前列。"仅仅因为"初为杂剧之始"，才勉强放在"前列"，则对他的作品其实是并不欣赏的。这里可以看出，朱权评论作家作品，主要着眼于"词语"的华美；关汉卿作品的"词语"比较朴素、本色，所以评价不高。再如对王实甫的评论，也同样如此：

> 王实甫之词，如花间美人，铺叙委婉，深得骚人之趣。极有佳句，若玉环之出浴华清，绿珠之采莲洛浦。

只是就"语词"和"铺叙"立论，未及作品风格之全貌。

朱权评论戏曲，对音律也有论及。"大概作乐府切忌有伤于音律，乃作者之大病也。如女真《风流体》等乐章，皆以女真人音声歌之，虽字有舛讹，不伤于音律者，不为害也。大抵先要明腔，后要识谱。审其音而作之，庶不有忝于先辈焉。"他强调"审音"的重要性，并在书中详列十二宫调的曲牌三百三十五章,及其典型作品举例,一一标明四声,以便后学借鉴。可知朱权所说的"审音",其实就是要求作者恪守戏曲的传统音律,以利演唱,比之周德清《中原音韵》又前进了一步。

朱权在《太和正音谱》中记载了当时一些旷野歌唱的盛况,绘声绘色,颇为生动。"李良辰,涂阳人也。其音属角,如苍龙之吟秋水。予初入关时,寓遵化,闻于军中。其时三军喧轰,万骑杂遝,歌声一遍,壮士莫不倾耳,人皆默然,如六军衔枚而夜遁,可谓善歌者也。"又如:"蒋康之,金陵人也。其音属宫,如玉磬之击明堂,温润可爱。癸未春,渡南康,夜泊彭蠡之南。其夜将半,江风吞波,山月衔岫,四无人语,水声淙淙,康之扣舷而歌'江水澄澄江月明'之词,湖上之民,莫不拥衾而听,推窗出户,是听者杂合于岸,少焉满江如有长叹之声。自此声誉愈远矣。"反映了当时军旅中的唱曲盛况,歌者听者都沉醉于歌声之中,同时也透露出作者的欣赏关注之情。

贾仲明和《录鬼簿续编》

贾仲明,别号云水散人,云水翁,原籍山东淄川,后移居兰陵。卒于永乐二年(1423)以后,时年八十余岁。他学识渊博,喜欢吟咏,尤其擅长戏曲、隐语的编制。著有杂剧《楚荆臣重对玉梳记》等十五种,现存四种。他的戏曲批评见于其所增补钟嗣成《录鬼簿》中的八十首〔凌波仙〕挽词。贾仲明虽曾受明成祖朱棣的宠爱,但他不仅继承钟嗣成的批评形式,而且在基本观点和态度上,也和《录鬼簿》相一致。比如钟嗣成尊重教坊艺人作者,把赵文殷、张国宝、红字李二、李郎等四人与关汉卿等并列于"前辈已死名公才人"项下,贾仲明都一一为他们写了"挽词"。所稍有不同者,他对于关汉卿和马致远等人都有很高的评价,吊关汉卿词云:

> 珠玑语唾自然流,金玉词源即便有。玲珑肺腑天生就,风月情忒惯熟。姓名香四大神物,驱梨园领袖,总编修师首,捻杂剧班头。

吊马致远词云:

> 万花丛里马神仙,百世集中说致远。四方海内皆谈羡,战文场曲状元。姓名香贯满梨园,《汉宫秋》、《青衫泪》、《戚夫人》、《孟浩然》,共庾、白、关老齐肩。

这里贾仲明将马致远与关汉卿、庾吉甫、白仁甫看作是同样获得巨大成就的著名戏曲家,与周德清在《中原音韵》自序中称"关、郑、白、马"为元曲代表的说法稍有不同,将周德清所称的郑光祖,换成庾吉甫。吊词中还屡屡出现"音律和谐"、"曲调清滑"、"佳句美新"、"关目新奇"一类褒扬词语,说明贾仲明对于戏曲的音律、曲调、语言、关目等等比较重视,注意剧本是否符合舞台演出的要求。在吊王守中的词里,贾仲明用"画中诗、诗中画"来概括其作品的特色。据《录鬼簿》曹楝亭刊本,王守中的"制作清雅不俗,难以形容其妙趣,知音者服其才焉。"则王守中的作品的特色似为"难以形容其妙趣"。两相对照,所谓"画中诗、诗中画"或者就是难以形容的"妙趣"的形象描绘。而苏轼的"味摩诘之诗,诗中有画,观摩诘之画,画中有诗"(《书摩诘蓝田烟雨图》),本来是赞美王维诗画的特殊造诣,能以鲜明生动的艺术形象,开拓广阔深邃的艺术意境。这里贾仲明又借诗画以喻戏曲,将诗画与戏曲相联,为阐明戏曲的艺术特点,作出了贡献。

《录鬼簿续编》,不知撰人。近人因为原本附于贾仲明增补本《录鬼簿》后面,而且从书中所记述的戏曲作家如罗贯中、汪元亨、汤舜民、杨景贤等与作者往还的情况来考察推断,其作者很可能就是贾仲明。《录鬼簿续编》记述了元明之际七十一名戏曲、散曲作家的简历,他们所作七十八种杂剧的目录,以及失载名氏的杂剧目录七十八种,是研究当时北曲杂剧发展情况现存的唯一史料。我们从这些记述中也可以看到作者戏曲批评的一些意见。其一是比较注意作者的为人处世和创作动机。如说钟嗣成"著《录鬼簿》实为己而发之。其德业辉光,文行温润,人莫能及"。罗贯中"与人寡合","遭时多故"。谷子敬"蒙下堂而伤一足,终身有忧色,乃作〔耍孩儿〕乐府十四煞,以寓其意"。陈伯将"文章政事,一代典刑。和曲填词,乃其余事"等等。其二,往往把戏曲(包括散曲)的成就与作者在诗词、音乐、绘画、书法的修养结合起来叙述,比较重视作者的艺术素养,对戏曲同文学、音乐、舞蹈之间密不可分的关系有所认识。

第二节　嘉靖、隆庆时期的戏曲批评

明代自永乐朝以后的近一百年间,文学、戏曲创作都比较沉寂,戏曲批评也缺乏生气。到了嘉靖、隆庆时期,戏曲创作出现了新局面,继承了南戏传统的传奇作品开始大量涌现,取代了元末明初以来杂剧在舞台上的领先地位。戏曲创作和演出的活跃,推动了戏曲批评的发展。这个时期,思想文化领域里泰州学派与程朱理学的尖锐冲突,文坛上对于前后七子复古模拟文艺思潮的揭露批评,对戏曲批评产生了深刻的影响。这个时期值得我们注意的戏曲批评家,主要有李开先、何良俊、王世贞、徐渭和李贽。

李　开　先

李开先(1502—1568),字伯华,自号中麓子、中麓山人、中麓放客,山东章丘人。嘉靖八年进士,官至太常寺少卿。曾上疏抨击朝政,罢官后归山东章丘故居。李开先以诗文、散曲、戏曲见称,曾和王慎中、唐顺之等人诗文唱和,一时有“嘉靖八才子”之称。他们激烈批评拟古主义的风气,强调作品应该表现真情实感。在章丘家居期间,李开先修建园亭、筑藏书楼,广交文友,结成词社,潜心从事创作,致力于通俗文学的搜集整理。所作传奇《宝剑记》及小令《傍妆台百曲》,名震一时。他的戏曲批评文字散见于诗文集《闲居集》中。《词谑》是李开先晚年未竟之作,书中选录了一些滑稽讽刺的曲文、故事,记述了一些著名演员的趣闻轶事,反映了作者关于戏曲的一些见解。

李开先在序元代张小山小令时,分析元代戏曲创作繁荣的社会原因,他指出:

> ……夫以是人而居卑秩,宜其歌曲多不平之鸣。然亦不但小山,如关汉卿乃太医院尹,马致远为江浙行省务官,郑德辉杭州路吏,官大用钓台山长。其他屈在簿书,老于布素者,不可胜计。当时台省元臣,郡臣正官,及雄要之职,尽其国人为之,中州人每每沉抑下僚,志不获展。此其说见于胡泉溪所著《真珠船》,因序小山词而节取之,以见元词所由盛,元治所由衰也。

胡侍在《真珠船》中发挥了司马迁“发愤著书”与韩愈“不平则鸣”的思想,认为元代剧作家关汉卿等人之所以在创作上获得巨大成就,乃是由于这些作家受到元统治者的歧视,政治上不能发挥其才能,“于是以其有用之才,而一寓乎声歌之末,以舒其怫郁感慨之怀,盖所谓不得其平而鸣焉者也。”李开先则再进一步,把它看作是一代文风之根源所在,认为许多剧作家的“不平之鸣”乃是形成“元词所由盛”的一个重要的原因。我国文学史证明,元代的大量进步戏曲作品,确实都饱含着一种抗议黑暗政治、同情民生疾苦、向往自由生活的思想内容和艺术激情。而这种思想内容和艺术激情的产生,正是元蒙统治者推行民族压迫、歧视政策,奴役劳动人民和不重用"中州人士"的必然结果。所以,李开先强调作家的"不平之鸣"是推动元曲繁荣社会原因的论断,不仅是对历史经验的总结,而且对于当时的进步剧作家坚持正视现实、反映现实和批判现实黑暗的创作思想,有着很好的启示和鼓励作用。同时,也是对同时代的那些无病呻吟、粉饰太平的帮闲作品的有力鞭挞。另外,李开先又指出元曲繁荣的另一个社会原因是"衣食足"。

> 词肇于金而盛于元,元不戍边,赋税轻而衣食足,衣食足而歌咏作,乐于心而声于口,长之为套,短之为令,传奇戏文,于是乎侈而可准矣。(《西野春游词序》)

说元代的统治做到"赋税轻而衣食足",显然是昧于事实的一偏之见,历史说明蒙古贵族压迫剥削劳动人民是极其野蛮残酷的。可是,所谓"衣食足而歌咏作",却包含着合理因素。因为人们总是首先要有吃、喝、住、穿等基本生活的"足",然后才能从事艺术创作。假若连最起码的"衣食"都顾不上,生存受到威胁,当然谈不上艺术创作,更谈不上艺术创作的繁荣。李开先能接触到这个人类社会发展中的客观事实,并用以解释元曲繁荣的社会原因,很值得我们注意。如果我们进而把上述"不平之鸣"和"衣食足"两个论点联系起来考察,不难发现,它比朱权的片面强调戏曲与所谓"太平盛世"的关系,是大不相同的。

李开先很强调作者应该"不务虚文"。在选定元人传奇时曾批评有些人"善恶兼蓄,杂乱无章"的缺点,认为只有那些"激劝人心,感移风化,非徒作,非苟作,非无益而作之者"(《改定元贤传奇后序》),才是值得向人推荐的好作品。所以他的录选标准是:"取其辞意高古,音调协和,与人心风教俱有激劝感移之功。尤以天分高而学力到,悟入深而体裁正者,为之本也。"(同前)这种思想虽然并不是李开先首先提出,可是,在当时,戏曲创作尚多"虚文"的特定环境里,他在曲论中强调它,是有其积极意义的。这种思想也贯穿到其他方面,在《画品序》中,他发挥我国古代"外师造化,中得心源"的主张,提出"非笔端有造化而胸中备万物者,莫之擅场名家也"。称唐顺之的诗文,"虽从笔底写成,却自胸中流出"(《荆川唐都御史传》),更反映了他重视作品表达真实的思想感情的要求。李开先在他自己的创作实践中,是努力按这种原则去实行的。他的《宝剑记》、《一笑散》等作品,都能在不同程度上,从不同侧面给予封建社会的黑暗现实以辛辣的揭露和讽刺。

重视民间文学作品,注意从中汲取养分,这是李开先的又一特点。他说:"风出谣口,真诗只在民间",对民间作品作了极高的评价。在他看来,"真诗"所以"只在民间",而不在文人笔下,其根本原因在于民间作品"语意则直出肺肝,不加雕刻,但男女相与之情,虽君臣友朋,亦多有托此者,以其情尤足感人也。"(《市井艳词序》)这里所特别指出的,乃是"直出肺肝"、"不加雕刻"的真情。正由于此,李开先对当时流行的"文人之作",即那种热衷于雕章琢句而缺乏真情实感的作品大为不满,主张恢复元曲的优良传统,"用本色者为词人之词,否则为文人之词矣。"他所谓的"本色",就是"明白而不难知",就是能够奏之场上,"语俊意长,俗雅俱备,声中金石,色兼玄黄,真如游上林而踏青郊,淑景春葩,历历在目。"(均见《西野春游词序》)这无论对于文学或戏曲创作,都具有深刻的针砭作用。

何良俊和王世贞

何良俊(1506—1573),字元朗,号柘湖,华亭(今上海市松江区)人。曾任南京翰林院孔目,弃官后专门从事著述。他对音律有很深的造诣,爱好诗文和戏曲,著有《柘湖集》、《何氏语林》、《四友斋丛说》。他关于戏曲的论述见于《四友斋丛说》卷之三十七"词曲"部。

何良俊的曲论共三十二则,文字不长,真可谓要言不烦,但它的影响却不小,有些评论还引起了戏曲界的议论。比如他评论《琵琶记》、《西厢记》,一反习惯看法,认为"近代人杂剧以王实甫之《西厢记》,戏文以高则诚之《琵琶记》为绝唱,大不然。"理由是"二家之辞,即譬之李、杜,若谓李杜之诗为不工,固不可;苟以为诗必以李杜为极致,亦岂然哉。祖宗开国,尊崇儒术,士大夫耻留心辞曲,杂剧与旧戏文本皆不传,世人不得尽见……而《西厢》、《琵琶记》传刻偶多,世皆快睹,故其所知者,独此二家。……今元人之词,往往有出于二家之上者。盖《西厢》全带脂粉,《琵琶》专弄学问,其本色语少。盖填词须用本色语,方是作家,苟诗家独取李、杜,则沈、宋、王、孟、韦、柳、元、白将尽废之耶?"说《西厢》、《琵琶》因"传刻偶多"而得到广泛流传,此论未确,实际上北剧南戏之文本流传也不在少数。当然何良俊对《西厢》、《琵琶》也并不一概抹煞。他指出:

高则诚才藻富丽，如《琵琶记》"长空万里"，是一篇好赋，岂词曲能尽之！然既谓之曲，须要有蒜酪，而此曲全无，正如王公大人之席，驼峰熊掌肥腯盈前，而无蔬笋蚬蛤，所欠者风味耳。

何良俊又以为《拜月亭》传奇高《琵琶记》一筹，郑德辉的《㑇梅香》胜过《西厢记》：

> 《拜月亭》是元人施君美所撰……余谓其高出于《琵琶记》远甚。盖其才藻虽不及高，然终是当行。……如《走雨》、《错认》、《上路》、馆驿中相逢数折，彼此问答，皆不须宾白，而叙说情事，宛转详尽，全不费词，可谓妙绝。……正词家所谓"本色语"。

何良俊独具识见的评论，引起了曲论界的纷纷议论。王世贞反驳道：

> 《琵琶记》之下，《拜月亭》是元人施君美撰，亦佳。元朗谓胜《琵琶》，则大谬也。中间虽有一二佳曲，然无词家大学问……
>
> 何元朗极称郑德辉《㑇梅香》、《倩女离魂》、《王粲登楼》，以为出《西厢》之上。《㑇梅香》虽有佳处，而中多陈腐措大语，且套数、出没、宾白全剽《西厢》；《王粲登楼》事实可笑，毋亦厌常喜新之病欤？（《曲藻》）

何、王两氏的互相驳难，后来又引起了许多评论家的议论，或赞同支持，或责难反对，或既有支持又有质疑。这些议论为数极多，其影响也相当深远。现将明代比较有代表性的几家论述摘引于后：

> 何元朗评施君美《幽闺》（《拜月亭》亦称《幽闺记》）远出《琵琶》上，而王元美目为好奇之过。夫《幽闺》大半已杂赝本，不知元朗能辨此否？元美千秋士也，予尝于酒次论及《琵琶》〔梁州序〕、〔念奴娇序〕二曲，不类永嘉口吻，当是后人窜入，元美尚津津称许不置，又恶知所谓《幽闺》者哉？（臧懋循《元曲选序》）

《元曲选》的编纂者臧懋循从版本的角度对何、王两氏进行批评，讽刺他们两人都没有识破《幽闺记》杂有"赝本"。这从表面上看是各打五十大板，对争论的实质并没有发表确定的意见。但臧懋循力主戏曲以"行家"、"本色"为上乘，所以在理论上他应该支持何良俊，反对、批驳王世贞。批驳王世贞支持何良俊的还有沈德符和徐复祚。

> 何元朗谓《拜月亭》胜《琵琶记》，而王弇州（王世贞号）力争以为不

然，此是王识见未到处。《琵琶》无论袭旧太多，与《西厢》同病，且其曲无一句可入弦索者。《拜月》则字字稳帖，与弹挡胶黏，盖南词全本可上弦索者，惟此耳。……向曾与王房仲（王世贞之子）谈此曲，渠亦谓乃翁持论未确。……若《西厢》，才华富赡，北曲大本未有能继之者，终是肉胜于骨，所以让《拜月》一头地。（沈德符《顾曲杂言》）

何元朗谓施君美《拜月亭》胜于《琵琶》，未为无见。《拜月亭》宫调极明，平仄极叶，自始至终，无一板一折非当行本色语，此非深于是道者不能解也。弇州乃以"无大学问"为一短，不知声律家正不取弘词博学也。又以"无风情"、"无裨风教"为二短，不知《拜月》风情本自不乏，而风教当就道学先生讲求，不当责之骚人墨士也。……又以"歌演终场不能使人堕泪"为三短，不知酒以合欢，歌演以佐酒，必堕泪以为佳，将《薤歌》、《蒿里》尽侑筋具乎？（徐复祚《三家村老委谈》）

驳斥何良俊支持王世贞的有王骥德和吕天成。"《拜月》语似草草，然时露机趣，以望《琵琶》，尚隔两尘。元朗以为胜之，亦非公论。"（《曲律》卷三）王骥德又说："大抵纯用本色，易觉寂寥；纯用文调，复伤雕镂。《拜月》质之尤者，《琵琶》兼而用之，如小曲语语本色，大曲……未尝不绮绣满眼，故是正体。"（《曲律》卷二）吕天成在《曲品》中指出："《拜月》……天然本色之句，往往见宝，遂开临川玉茗之派。何元朗绝赏之，以为胜《琵琶》，而《谈词定论》则谓次之而已。"（卷下）

从上述诸家的不同评论来看，他们虽然主要就何良俊"本色语"的主张展开论争，但它的意义已经越出几个剧本评价的范围，涉及戏曲的文风问题。何良俊强调戏曲语言一定要做到"本色"，发扬宋元以来的优良传统，像《拜月亭》那样质朴通俗，广泛吸收民间口头语言。这在当时的具体环境里是有积极意义的。嘉靖、隆庆时期的戏曲，北杂剧几乎已很少有人过问，南戏传奇的创作则日趋典丽，其中特别是最为流行的昆腔，出现了在艺术上脱离人民生活，迎合贵族大姓红氍毹演出需要的倾向。所以何良俊提出"本色语"的要求并非一般的空泛之论，而是有的放矢。王世贞虽然并没有直接反对"本色语"，但他以为本色语不能过多，只能与骈俪的辞藻相配合，他指责《拜月亭》的作者没有"词家大学问"，鼓吹欣赏《西厢记》的"骈俪"，提出唯有《琵琶记》才是传奇的绝唱，《西厢记》才是北曲的压卷，这在客观上无异是对"本色语"的否定，而给予"骈俪"一派以理论上的支持。

关于戏曲的音律，何良俊主张"夫既谓之辞，宁声叶而辞不工，无宁辞工而声不叶"。所谓"声叶",当指声调的和谐合律;"辞工",当指语言文字的工整有文采。"宁声叶而辞不工",说明何良俊首先要求声调的和谐合律,即使语言文字不够工整缺乏文采也不要紧。反之,如果只有"辞工"而其声"不叶",则就不能算是好作品。所以他又说"无宁辞工而声不叶"。这样强调音律的重要性,虽主要着眼于舞台演出,有其合理的成分,但显然并不全面。因为"声叶"与"辞工"本是戏曲艺术用以塑造人物形象表现主题思想的重要艺术手段。它们之间的关系应是相互配合,相得益彰,不是彼此排斥,互不相容。而何良俊却人为地抑此扬彼,把"声叶"看成是决定戏曲价值的主要条件,将"辞工"当作是可有可无的次要标准,宁取"声叶而辞不工",不要"辞工而声不叶",显然和戏曲艺术的实际状况并不相符。正由于这种理论上的片面性,所以后来吴江派的沈璟又把这种主张作了进一步的发挥,成为吴江派的极端格律论,这恐怕是何良俊始料所未及的。

　　王世贞的曲论集中见于《艺苑卮言》的附录卷一,即《弇州山人四部稿》卷一百五十二,后人摘出单刻行世,题作《曲藻》。《曲藻》总共四十一条,其中一部分是引述前人的曲论,或加赞扬,或作驳难,另外也对一些作家作品进行了简要评述。由于王世贞在文坛上的声望,《曲藻》屡为后来论曲者征引,对戏曲批评和创作产生了一定的影响。

　　王世贞论戏曲的发展,他说:"《三百篇》亡而后有骚、赋,骚赋难入乐而后有古乐府,古乐府不入俗而后以唐绝句为乐府,绝句少宛转而后有词,词不快北耳而后有北曲,北曲不谐南耳而后有南曲。"这里他看到了戏曲与词、绝句、古乐府以至诗、骚之间的渊源关系,看到了音乐(谐耳)、观众的欣赏习惯(入俗)、南北方语言差别(南耳、北耳)对于戏曲发展的深刻影响。

　　王世贞评论戏曲比较重视作品的艺术魅力,要求作品能够"动人"。他指责《拜月亭》演出"不能使人堕泪",批评《香囊记》"近雅而不动人"。又称赞《荆钗记》"近俗而时动人"。把"动人"和使人"堕泪"作为批评标准提出来,反映了王世贞重视前人的经验之谈(《琵琶记》:"论传奇,乐人易,动人难。"),和对于戏曲艺术特点的认识,对于剧场欣赏习惯的细致观察。因为我国广大观众往往以能否动人,能否催人泪下,作为衡量戏曲作品成功与否的一个重要标志,而戏曲艺术主要凭借艺术形象从感情上打动读者观众。所以,对于王世贞的这个观点,应该给予肯定。

　　在批评方法方面,王世贞主张根据整个作品的成就来衡量,不能根据某一个方面的成败得失来论定全部。他说:"则成所以冠绝诸剧者,不唯其琢句之工,使事之美而已。其体贴人情,委曲必尽;描写物态,仿佛如生;问答之际,了不见扭造,所以佳耳。至于腔调微有未谐,譬如见钟、王迹,不得其合处,当精思以求诣,不当执末以议本也。"在方法上反对"执末以议本",以防止以偏概全;在态度上提倡"精思以求诣",以克服武断草率,这确是古代戏曲批评中不是每个批评家已经解决了的问题。王世贞对李开先作品的批评,就基本上贯彻了这种精神。

北人自王、康后,推山东李伯华。伯华以百阕〔傍妆台〕为德涵所赏。今其辞尚存,不足道也。所为南剧《宝剑》、《登坛记》……二记余见之,尚在《拜月》、《荆钗》之下耳,而自负不浅。一日问余:"何如《琵琶记》乎?"余谓:"公辞之美,不必言。第令吴中教师十人唱过,随腔字改妥,乃可传耳。"李怫然不乐罢。

李开先精于戏曲的品评赏鉴,但对南戏音律恐亦未必驾驭自如,故作品中偶有不谐音律不便演唱之处。王世贞看到了这一缺陷,却没有全盘否定他的作品,只希望他能向"吴中教师"请教,"随腔字改妥"。王世贞对于别人对他的批评有时表现得比较豁达随和。汤显祖曾将王世贞作品中"用事出处,及增减汉史唐诗字面处",一一为之标出,严加评论。王世贞得知后只说:"随之。汤生标涂我文,他日有标涂汤文者。"汤显祖闻之,甚为感动,"怃然曰:'王公达人,吾愧之矣。'"(均见《汤显祖集·答王澹生》)一时传为文坛佳话。

徐渭和《南词叙录》

徐渭(1521—1593),初字文清,改字文长,号天池,又号青藤,另有青藤道士等别号。山阴(今浙江绍兴)人。年轻时屡应乡试,均名落孙山,但他的才情很高,曾被浙闽总督胡宗宪聘为幕府,为抗倭军事出谋划策。他同情反严嵩斗争,支持张居正"一条鞭"法等政策,对儒家的某些传统观念表示不满。徐渭的诗、文、书、画都有特色,也擅长戏曲,其杂剧《四声猿》洋溢着狂傲的反抗思想。戏曲批评重视南戏,提倡本色,反对模拟因袭,对汤显祖和公安派袁宏道等人颇有影响。他的《南词叙录》是我国第一部关于南戏的理论批评专著。

南戏原是浙江温州一带的地方戏曲,据记载,早在宋徽宗时(12 世纪初)已经开始流行,南宋时曾盛行一时,时称"永嘉杂剧"或"戏文"。到了元代,北曲杂剧崛起,南戏在民间仍然相当繁荣。进入明代,继承了南戏传统的传奇作品大量涌现,把称雄剧坛的杂剧挤下了宝座,逐渐形成北曲杂剧衰微,南戏传奇勃兴的局面。但是,南戏从开始流行之时起,就遭到了封建士大夫的鄙视,即使在元末南戏开始复兴之际,南戏也不像杂剧那样为一般文人所重视。到了嘉靖、隆庆时期,情况发生变化,文人创作传奇日益增多,而以杂剧为正宗、传奇为旁门邪道的,仍然大有人在。这些人甚至横加指责,阻挠传奇的创作和演出。"有人酷信北曲,至以伎女南歌为犯禁,愚哉是子!北曲岂诚唐、宋名家之遗? 不过出于边鄙裔夷之伪造耳。夷狄之音可唱,中国村坊之音独不可唱? 原其意,欲强与知音之列,而不探其本,故大言以欺人也。"徐渭对重北轻南的错误倾向进行了尖锐的批驳。他看到无论杂剧或南戏都发源于民间,流行于民间,深受观众的喜爱,"今之北曲,盖辽、金北鄙杀伐之音,壮伟很庆,武夫马上之歌,流入中原,遂为民间之日用。……夫南曲本市里之谈,即如今吴下〔山歌〕、北方〔山坡羊〕",认为它们都有其存在和发展的权利。作为戏曲理论批评家的任务不在于抑此扬彼,而应在理论上加以批评和总结。"北杂剧有《点鬼簿》(按:即《录鬼簿》),院本有《乐府杂录》,曲选有《太平乐府》,记载详矣。惟南戏无人选集,亦无表其名目者。"这在徐渭看来是极为不合理的,不利于南戏发展。所以他撰写《南词叙录》,来回答这个历史所提出的问题。

文人创作传奇日见增多以后,由于美学趣味和戏曲观念的不同,传奇创作中出现了一些不良的创作倾向,诸如在作品思想内容上竭力宣扬封建伦理道德,艺术形式上追求华丽辞藻和生僻典故,并大量运用四六骈体语言,甚至掺入时文手法等等。这种倾向开始于邱濬的《五伦全备记》和邵璨的《香囊记》,影响所及,一直到明末万历时期仍可见其危害。对此,徐渭进行了猛烈的抨击:

> 以时文为南曲,元末、国初未有也,其弊起于《香囊记》。《香囊》乃宜兴老生员邵文明作,习《诗经》,专学杜诗,遂以二书语句匀入曲中,宾白亦是文语,又好用故事作对子,最为害事。夫曲本取于感发人心,歌之使奴、童、妇、女皆喻,乃为得体;经、子之谈,以之为诗且不可,况此等耶? 直以才情欠少,未免辏补成篇。吾意,与其文而晦,曷若俗而鄙之易晓也。

指出《香囊记》那种"文而晦"的艺术风格是违反戏曲艺术舞台演出的特点

的,破坏了戏曲的艺术规律,妨碍剧场广大观众的鉴赏。徐渭重视戏曲的艺术规律,看到戏曲文学与案头文字的区别,在于戏曲是以具体的舞台形象去感动观众与读者的,它的曲词、宾白应该明白易懂,不能用《诗经》、杜诗一类文绉绉的诗文语言。"与其文而晦,曷若俗而鄙之易晓也。"确是切中时弊的精到之见。徐渭进一步指出由《香囊记》等传奇所造成的恶劣影响。

> 《香囊》如教坊雷大使舞,终非本色。然有一二套可取者,以其人博记,又得钱西清、杭道卿诸子帮贴,未至澜倒。至于效颦《香囊》而作者,一味孜孜汲汲,无一句非前场语,无一处无故事,无复毛发宋、元之旧。三吴俗子,以为文雅,翕然以教其奴婢,遂至盛行。南戏之厄,莫盛于今。

所谓"效颦《香囊》"的作者,据壶隐居黑格抄本《南词叙录》何焯眉注云:"恐谓梁伯龙,非诋汤若士。"又明凌濛初云:"自梁伯龙出,而始为工丽之滥觞,一时词名赫然。……亦此道之一大劫哉!"(《谭曲杂劄》)可见,徐渭是针对当时典丽派的创作倾向,大声疾呼,以期解救"南戏之厄"。

南戏"有一高处,句句是本色语,无今人时文气。"反对八股腔,提倡本色,是徐渭戏曲理论的一个重要主张。按"本色"这个词,宋人诗话中就有人应用,"退之以文为诗,虽极天下之工,要非本色。"(《后山诗话》)"惟悟乃是本色,乃是当行。"(《沧浪诗话》)元以后常用来形容元杂剧的艺术特色。徐渭则用来品评各种文艺作品,而且对"本色"的含义给予新的解释。

> 世事莫不有"本色",有"相色"。本色犹言正身也,相色替身也。替身者即书评中"婢作夫人,终觉羞涩"之谓也。婢作夫人者欲涂抹成主母,而多插带,反掩其素之谓也。故余于此本中贱相色,贵本色。众人喷喷者煦煦也。岂惟剧者,凡作者莫不如此。(《西厢序》,《徐文长佚草》卷一)

这里的"本色",已远远超出语言、文风的范围,涉及艺术创作中的真实问题。徐文长"贵本色"的主张,确有其独到的见解。他在《叶子肃诗序》中指出:"人有学为鸟言者,其音则鸟也,而性则人也。鸟学为人言者,其音则人也,其性则鸟也。此可以定人与鸟之衡哉!今之为诗者,何以异于是?不出于己之所自得,而徒窃于人之所尝言。曰'某篇是某体,某篇则否,某句似某人,某句则否。'此虽极工,逼肖而已,不免于鸟之为人言矣。"他竭力反对模拟,要求真实。在评论《琵琶记》时同样贯彻了这一思想。

> 或言《琵琶记》高处在《庆寿》、《成婚》、《弹琴》、《赏月》诸大套。此犹有规模可寻。惟《食糠》、《尝药》、《筑坟》、《写真》诸作，从人心流出，严沧浪言"水中之月，空中之影"，最不可到。如《十八答》，句句是常言俗语，扭作曲子，点铁成金，信是妙手。

这是对《琵琶记》艺术创作特点的深刻阐发。《琵琶记》中《庆寿》、《成婚》等出的情节确是陈陈相因，前人早有刻画描绘，而其典雅的文辞、典故，也有旧作可供参考，有类书可作依据，是"有规模可寻"的。至于《食糠》、《尝药》、《筑坟》、《写真》中所着重表现的，乃是赵五娘生养、死葬公婆的艰辛遭遇，其故事情节、思想感情、语言行动的刻画，既少旧作可资参考，也无类书可供查阅。高则诚如果不了解这一类生活，不寄予同情，不作精巧的艺术构思，是不可能写得如此真切感人，这确是《琵琶记》中的成功之笔，在生活真实与艺术真实的处理上，真正表现了作者生活基础的深厚和艺术造诣的精湛，使赵五娘的性格更显得真实与丰满。

与"本色"相关联，徐渭还要求戏曲语言能达到"家常自然"的境界。他在《题昆仑奴杂剧后》中指出："此本于词家可占立一脚矣，殊为难得。但散白太整，未免有秀才家文字语，及引传中语，都觉未入家常自然。"所谓"家常自然"，也就是反对过于雕琢文饰，要求通俗易懂，与口语相接近。他又说：

> 梅叔《昆仑》剧已到鹊竿尖头，直是弄把戏一好汉。尚可搵掇者，撒手一着耳。语入要紧处，不可着一毫脂粉，越俗越家常越警醒。此才是好水碓，不杂一毫糠衣，真本色。若于此一惢缩打扮，便涉分该婆婆犹作新妇少年，哄趋所在，正不合老眼也。（引自《古今名剧合选》，《酹江集·昆仑奴》第一折眉批）

可见，徐渭的"本色"、"家常自然"的主张，不仅切中梅禹金剧作的弊病，实际上也是对当时剧坛一种创作倾向的评判。

徐渭珍视戏曲艺术的舞台演出特点，但他对当时的南九宫曲谱颇为反感。"今南九宫不知出于何人……最为无稽可笑。""夫南曲本市里之谈，即如今吴下〔山歌〕、北方〔山坡羊〕，何处求取宫调？必欲宫调，则当取宋之《绝妙词选》，逐一按出宫商，乃是高见。彼既不能，盍亦姑安于浅近，大家胡说可也，奚必南九宫为？""大家胡说"的说法并不可取，但徐渭批评南九宫，并不是主张不要注意戏曲音律，而是反对用刻板凝固的音律去限制南戏，"彼以宫调限之，吾不知其何取也。"对于南戏必要的传统音律，徐渭认为还是应该遵守的。

> ……或以则诚"也不寻宫数调"之句为不知律,非也,此正是高公之识。

> 南曲固无宫调,然曲之次第,须用声相邻以为一套,其间亦自有类辈,不可乱也,如〔黄莺儿〕则继之以〔簇御林〕,〔画眉序〕则继之以〔滴溜子〕之类,自有一定之序,作者观于旧曲而遵之可也。

遵守音律,而不拘泥于音律,这与徐渭狂放不羁的性格和力主独创反对因袭的文学思想是一致的。徐渭的这种思想,对汤显祖等强调作家"才情"的理论有明显的影响。

李　　贽

作为明代末年进步思想家文学家,李贽对戏曲也极为关注(李贽生平介绍见本编第三章小说理论部分)。他曾评点过《琵琶记》、《拜月亭》、《红拂记》、《玉合记》、《昆仑奴》等剧本。

当时的戏曲创作,适应着社会政治经济的需要而日见繁荣,愈来愈受到广大市民的欢迎。在理论批评方面,那种贬低戏曲,把它排斥在文苑之外的陈腐观念,虽经有识之士一再批评驳斥,但其影响远没有肃清,仍然是戏曲进一步发展的思想障碍。李卓吾等人在与复古主义文艺思潮的论争中,对戏曲的地位和作用进行了反复论述,为击溃蔑视戏曲的旧思潮进行了有力的抗争。在《童心说》里,李卓吾从文学历史演变的角度,考察各种文体的地位和价值,指出:

> 诗何必古选,文何必先秦。降而为六朝,变而为近体;又变而为传奇,变而为院本、为杂剧,为《西厢曲》,为《水浒传》,为今之举子业,皆古今至文,不可得而时势先后论也。

文体发展的先后,并不是决定其价值的标准。在李卓吾看来,各种文体都是历史发展的必然产物,都有其历史的地位和价值。因之戏曲、小说也应和诗文一样具有同等的地位,《西厢》曲、《水浒传》都是"古今至文"。将戏曲、小说提高到"古今至文"的地位,这在当时是非常激进的思想。李贽在《拜月》一文中赞美《拜月亭》这个剧本"自当与天地相终始",具有不朽的价值,并进而得出"有此世界,即离不得此传奇"的结论。也就是说戏曲不仅是历史的必然产物,同时也是人们社会生活所必不可少的精神粮食。又评《红拂记》:"此记……皆可师可法,可敬可羡。孰谓传奇不可以兴,不可以观,不可以群,不可以怨乎?"(《红拂》)孔子曾提出诗歌可以"兴、观、群、怨"的理论,李卓吾引以论戏曲,认为戏曲同样也可以"兴观群怨",给予了轻视戏曲的旧观念以有力的抨击。所有这些论述都极大地提高了戏曲的文学地位。

李卓吾评论戏曲,能够注意艺术形式和表现技巧的分析。评《玉合记》:"此记亦有许多曲折,但当要紧处却缓慢,却泛散,是以未尽其美,然亦不可不谓之不知趣矣。"(《玉合》)指出该剧故事情节方面的得失,也反映了李卓吾对故事情节发展的疾徐张弛应该力求"尽美"而"知趣"的要求。评《拜月亭》:"此记关目极好,说得好,曲亦好,真元人手笔也。首似散漫,终致奇绝,以配《西厢》,不妨相追逐也……"(《拜月》)对作品的情节、细节("关目")、念白("说")、剧曲("曲")作了评价,提出了要求。李卓吾认为文学作品应以"自然"为美,戏曲以天然本色为最上乘,人工雕琢,虽然工巧,终属第二义。

> 《西厢》、《拜月》,何工之有!盖工莫工于《琵琶》矣。彼高生者,固已殚其力之所能工,而极吾才于既竭。惟作者穷巧极工,不遗余力,是故语尽而意亦尽,词竭而味索然亦随以竭。吾尝揽《琵琶》而弹之矣,一弹而叹,再弹而怨,三弹而向之怨叹无复存者。此其故何耶?岂其似真非真,所以入人之心者不深耶!盖虽工巧之极,其气力限量只可达于皮肤骨血之间,则其感人仅仅如是,何足怪哉。《西厢》、《拜月》乃不如是。意者宇宙之内,本自有如此可喜之人,如化工之于物,其工巧自不可思议尔。(《杂说》。以上均见《焚书》卷三、卷四)

这里的"工"是指人工雕琢。李卓吾认为《西厢记》、《拜月亭》之所以获得成功,是由于它们都"如化工之于物",能够按照客观世界的本来面目来刻画人物描写故事,而不在人工雕琢上矫揉造作。相反,《琵琶记》由于穷巧极工,刻意雕琢,反而使形象"似真非真",削弱了艺术感染力,"所以入人之心者不深",耐不得咀嚼,三弹而了无余味。李卓吾对《西厢记》、《拜月亭》的推崇以及对于《琵琶记》的贬抑虽然不无可议之处,但他在比较中认识到戏曲感染力与人工矫揉造作之间存在矛盾,特别强调元杂剧自然本色的可贵,把元杂剧当作自然、本色之范本,比之徐渭的"本色"论更为具体,因而更具说服力。此外,李卓吾还论及人物语言,主张"情真词切",注意语言与性格、身份以至具体环境的贴切相称等等。

李卓吾在《杂说》中主张创作应有激情,反对矫揉造作和无病呻吟,提倡"夺他人之酒杯,浇自己之垒块"的创作论。可是,他在具体运用这个原则时,则不免失之于偏。例如他分析《西厢记》、《拜月亭》成功的原因道:"予览斯记,想见其为人,当其时必有大不得意于君臣朋友之间者,故借夫妇离合因缘以发其端。于是焉喜佳人之难得,羡张生之奇遇,比云雨之翻覆,叹今人之如土……"这种离开了对作品艺术形象分析的任意推断臆测,严格说来,并不是文艺批评的正确途径。李卓吾的这种说法,从表面上看来,似乎强调和突出了作品对现实生活的批判,实际上却贬低了作品概括生活、反映生活的深刻意义。类似的情况在别处也有所表现,所以徐复祚批评他:"近见方刻李卓吾批点《红拂》,大要谓:'红拂一妇人耳,而能物色英雄于尘埃中。'是赞《虬髯传》中红拂耳,亦未尝赞张伯起《红拂》也。知音之难如此。"(《三家村老委谈》)离开对戏曲作品本身的艺术分析,猜测作者原意,甚至以评论剧本所取材的故事来代替对剧本的评论,确实是李卓吾的缺陷,徐复祚的批评是中肯的。

最后需要加以说明,据明钱希言《戏瑕》记载:"比来盛行温陵李赞书,则有梁溪人叶阳开名昼者,刻画摹仿,次第勒成,托于温陵之名以行。……于是有李宏父批点《水浒传》、《三国志》、《西游记》、《红拂》、《明珠》、《玉合》数种传奇,及《皇明英烈传》,并出叶笔,何关于李!"而李卓吾自己编定的《焚书》中收有为《拜月亭》、《红拂记》、《玉合记》、《昆仑奴》所撰的四篇序。因此,我们认为李氏这四篇序文无疑确系他的手笔,而叶昼所出各书,虽冠以李卓吾真序,其眉批或是叶氏伪托。因此,凡不见于李氏集子中的文字,这里就不加评述了。

第三节　吴江派与临川派的论争

论 争 的 概 况

明代隆庆、万历朝即公元十六世纪中叶之际,在江苏、浙江、江西一带,传奇创作特别繁荣,作家、作品均大量涌现,逐渐形成作品风格迥异、创作理论、批评标准各有偏重的戏曲流派。其中以沈璟为首的吴江派,和以汤显祖为代表的临川派尤其引人瞩目。这两派的剧作家和批评家，一方面积极创作，在戏曲舞台上争妍斗艳，同时就戏曲创作和批评中的若干理论问题，展开热烈的论争，为戏曲论坛增添了活力。

论争的导火线是对汤显祖著名剧本的不同评价。汤显祖运用积极浪漫主义的创作方法创作了剧本《牡丹亭》，他根据作品思想内容的需要，按照自己的"意趣"，制曲遣词，往往不墨守传统曲律的成规，为戏曲创作开辟出一条崭新途径。《牡丹亭》等剧本问世以后，受到了广大观众和读者的欢迎，演剧艺人也竞相上演，戏曲界为之轰动。同时也遭到了一部分作家理论家的责难。"汤义仍《牡丹亭梦》一出，家传户诵，几令《西厢》减价。奈不谐曲谱，用韵多任意处，乃才情自足不朽也。"（沈德符《顾曲杂言·填词名手》）意见最为激烈的莫过于沈璟等吴江派作家。他们认为汤显祖的作品自有其可传的价值，特别是《牡丹亭》最为人所欣赏，但由于不谐音律，搬上舞台（其实主要指昆腔舞台）存在一定的困难。于是汤显祖的"齐年好友"吕玉绳就动手删改，沈璟也亲自动手改《牡丹亭》为《同梦记》（又名《串本牡丹亭》，意为便于串演）。对此，汤显祖非但不予接受，并提出反对意见：

> 不佞《牡丹亭记》大受吕玉绳改窜，云便吴歌。不佞哑然笑曰："昔有人嫌摩诘之冬景芭蕉，割蕉加梅。冬则冬矣，然非王摩诘冬景也。其中驰荡淫夷，转在笔墨之外耳。"（《答凌初成》）

他意犹未尽，还专门作七绝一首，抒发了类似的情怀。

> 醉汉琼筵风味殊，通天铁笛海云孤。总饶割就时人景，却愧王维旧雪图。（《见改窜〈牡丹亭〉词者，失笑》）

也许由于吴江派作家的改本容易为伶人所接受，汤显祖特意写信给上演《牡丹亭》等剧本获得成功的宜黄县艺人罗章二等人，请他们一定要照原本上演，切勿采用吕玉绳的改本。汤显祖的不满和反对没有能制止住吴江派作家的窜改，之后不久，沈璟的改篡扩大到《紫钗记》和《邯郸记》。后来，吕天成（吕玉绳之子）、冯梦龙、臧懋循等也先后删改汤显祖的作品。臧懋循甚至将"临川四梦"逐一改过，还撰写专文对汤显祖的《玉茗堂传奇》进行了全面而直率的批评："临川生不踏吴门，学未窥音律，艳往哲之声名，逞汗漫之词藻，局故乡之闻见，按亡节之弦歌，几何不为元人所笑乎！"（《玉茗堂传奇引》）臧懋循、冯梦龙的删改和评论可能是在汤显祖身后，但论争并未了结。对于臧氏这种批评，茅元仪极为不满，曾与臧懋循当面辩论，认为完全曲解了汤作的原意。茅瑛为了保存原作的本来面目,专门重印了一版《牡丹亭》剧本。删改和重版,反映了两派曲论的对立。

在理论上,吴江派抓住汤显祖作品不谐音律的弱点,认为汤显祖不懂音律,指责其作品不过是"案头之书,非场中之歌"。汤显祖则反唇相讥,以为吴江派不知"曲意"。

> ……曲谱诸刻,其论良快。久玩之,要非大了者。《庄子》云:"彼乌知礼意。"此亦安知曲意哉。其辨各曲落韵处,粗亦易了。周伯琦(应是周德清)作《中原韵》,而伯琦于伯辉(应作德辉,指郑德辉)致远中无词名。沈伯时指乐府迷,而伯时于花庵、玉林(花庵指黄昇;玉林应是玉田,指张炎)间非词手。词之为词,九调四声而已哉! 且所引腔证,不云未知何调犯何调,则云又一体又一体。彼所引曲未满十,然已如是,复何能纵观而定其字句音韵耶? 弟在此自谓知曲意者,笔懒韵落时时有之,正不妨拗折天下人嗓子。(《答孙俟居》)

临川派和吴江派在理论上的分歧和争论,并不是偶然产生的。它和当时的社会思想以及戏曲发展的具体情况紧密相联。汤显祖的戏曲主张是以泰州学派的理论为思想基础的,他与徐文长、李卓吾、袁宏道等人声息相通,形成了明代中叶以后的文学上的浪漫主义运动。这个文学运动正是当时市民思想在文艺上的反映。他们反对传统礼教的某些部分,批判程朱理学,要求个性的自由解放;在文学上反对复古主义,唾弃模拟因袭,要求独抒己见,信笔直书。汤显祖把这种精神贯彻到戏曲创作的领域。而沈璟他们,则有感于明初以来,以儒生手笔从事戏曲创作,不懂音律,只是背熟了"四书"、"五经"便从事戏曲创作的不良风气,企图从音律方面入手恢复戏曲的固有艺术传统。同是对戏曲创作的现状不满,由于着眼点不一样,对戏曲界存在问题之症结所在的认识不同,各自提出不同的疗救药方,因而在理论上就产生鲜明的分歧。另外,戏曲发展到这个时期也亟需得到理论的分析和总结。

临川、吴江两派在戏曲理论批评中的论争,无论是参加论战人员之众多,评论作品之广泛,持续时间之长久,涉及理论之深广,在我国戏曲批评史上确实都是空前的。

沈璟和吴江派

沈璟(1553—1610),字伯英,号宁庵,别号词隐,吴江(今江苏吴江)人。

曾任吏部验封司员外郎,行人司司正等官职。万历十七年三十七岁时,辞官回吴江乡居。工诗文书法,通音律,善南曲。著作有《属玉堂传奇》十七种(今存《义侠记》、《博笑记》、《红蕖记》等七种)、《增定查补南九宫十三调曲谱》(简称《南九宫词谱》),另有《遵制正吴编》、《唱曲当知》、《论词六则》,已佚。沈璟回乡后,"息轨杜门,独寄情于声韵",专心致志研摩词曲,探讨音律,提出了自己的主张。他的主张获得了苏浙一带许多剧作家和曲论家的赞同,被认为是从事戏曲工作的理论基础。所以吴江派的曲论实际上主要是沈璟的曲论。吴江派应包括哪些人?由于取舍的标准不同,历来的说法并不一样。据沈璟的从子沈自晋〔临江仙〕曲词所称,一共九人,即沈璟、沈自晋、吕天成、叶宪祖、王骥德、冯梦龙、范文若、袁晋、卜大荒(见《望湖亭》传奇)。这样,大体上包括了吴江派的主要作家。其中有理论批评著作的只有沈璟、沈自晋、吕天成、王骥德、冯梦龙五人。王骥德对沈璟的主张颇有批评,所论也不限于沈璟等所特别着重的音韵格律。此外,激烈批评《玉茗堂传奇》的臧懋循是沈璟曲论的热烈拥护者。

沈璟论曲偏重于艺术形式,其论点主要有两方面。一是严守格律。据王骥德称,沈璟论曲律之作有〔二郎神〕和〔莺啼序〕各一套(《曲律·杂论》第三十九下),现在仅见一套〔二郎神〕,曲词如下:

〔二郎神〕何元朗,一言儿启词宗宝藏。道欲度新声休走样,名为乐府,须教合律依腔。宁使时人不鉴赏,无使人挠喉捩嗓。说不得才长,越有才,越当着意斟量。

〔前腔〕参详,含宫泛徵,延声促响,把仄韵平音分几项。倘平音窘处,须巧将入韵埋藏。这是词隐先生独秘方,与自古词人不爽。若是调飞扬,把去声儿,填他几字相当。

〔转林莺〕词中上声还细讲,比平声更觉微茫。去声正与分天壤,休混把仄声字填腔。析阴辨阳,却只有那平声分党。细商量,阴与阳,还须趁调低昂。

〔前腔〕用律诗句法须审详,不可厮混词场。〔步步娇〕首句堪为样,又须将〔懒画眉〕推详。休教卤莽,试一比类当知趋向。岂荒唐?请细阅《琵琶》字字平章。

〔啄木鹂〕《中州韵》,分类详,《正韵》也因他为草创。今不守《正韵》填词,又不遵中土宫商。制词不将《琵琶》仿,却驾言韵依东嘉样。这病膏肓,东嘉已误,安可袭为常。

〔前腔〕北词谱,精且详,恨杀南词偏费讲。今始信旧谱多讹,是鲰生稍为更张。改弦又非翻新样,按腔自然成绝唱。语非狂,从教顾曲,端不怕周郎。

〔金衣公子〕奈独力怎堤防?讲得口唇干、空闹攘,当筵几度添惆怅。怎得词人当行,歌客守腔?大家细把音律讲。自心伤,萧萧白发,谁与共雌黄?

〔前腔〕曾记少陵狂,道细论诗晚节详。论词亦岂容疏放?纵使词出绣肠,歌称绕梁,倘不谐律吕也难褒奖。耳边厢,讹音俗调,羞问短和长。

〔尾声〕吾言料没知音赏,这流水高山逸响,直待后世钟期也不妨。
(见《博笑记》传奇卷首,题作《词隐先生论曲》)

这套曲子表明,沈璟突出地强调作曲必须"协律依腔",瞧不起不"谐律吕"的"讹音俗调"。他公开表明这是坚持了何良俊的理论。其实,在这方面沈璟比何良俊有过之而无不及。本章第二节已经指出,何良俊曲论中所谓"夫既谓之辞,宁声叶而辞不工,无宁辞工而声不叶"的主张,在当时的具体历史环境里,虽在某些方面有利于戏剧发展,但作为一种曲论,却是片面的。而沈璟对此犹嫌不足,发挥道:"宁叶律而词不工,读之不成句,而讴之始叶,是曲中之工巧。"(据吕天成《曲品》)何氏只是说为了"声叶",辞可以"不工";沈璟则说"不工"可以达到"读之不成句"程度。变"不工"为"读之不成句",已经不止是程度上的差异,试问"读之不成句"的作品,叫观众读者怎样欣赏?又怎么能打动他们的思想感情?所以沈璟的格律论实际上是一种偏激的理论。再看他的格律论的具体内容,大体上可以归结为三点:四声阴阳、句法和用韵。所谓四声阴阳,他认为叠用平声字时要区别阴阳,叠用仄声字时要分辨上去,或用平声不谐时可用入声替代。关于句法,他说一定要注意顺句和拗句,不要随意变动。至于用韵,必须严格遵守周德清的《中原音韵》和明初的《洪武正韵》。沈璟所改编的《南九宫词谱》正是上述理论的具体运用。在这个词谱中我们可以看到他的要求是如此的严格。如说四声,他逐调逐句加以审定注评,不嫌烦琐地指出"某某上去声甚妙"、"某某去上声甚妙"。偶有不合,即予指出,甚至被明人尊为"词曲之祖"的《琵琶记》也不例外。该谱卷一引《琵琶记》第三十六段(此段数据陆贻典钞本)〔解三酲〕中"叹双亲"、"比似我"两曲下批注道:"此曲之病,在欲用'黄金屋'、'颜如玉'两句成语,遂成拗体。而《香囊记》沿而用之,今遂牢不可破……南曲之失体,惟此调为甚,安得不力正之!"沈璟订正旧曲之讹,意在恢复旧式,要求严格遵守,勿使趋时。他批评卜大荒的《冬青记》:"意象音节靡可置喙,间有点板用调处,尚涉趋时,宜改遵旧式。"(引自《冬青记》末所附《谈词》)又在《曲谱》卷四引〔白练序〕散曲后,批注道:"起句用四字,乃此曲本调,自〔窥青眼〕散曲出,词意兼到,人争唱之,而不知其失体也。吾宁舍彼而取此,然一齐众楚,得无反为所笑乎。'在'字、'记'字不用韵,更古。"其遵守旧体古韵是极其认真而严格的。由此可见,沈璟所关心的几乎都是琐细的修辞技巧,较少理论阐发。但由于他"生长三吴歌舞之乡,沈酣胜国管弦之籍"(《曲品》),对元代典籍和吴江的戏曲作过一点调查考察(参见李鸿《南词全谱原叙》)和不断的宣传提倡,当时曲家竞相学习,遵依信奉。"其所著《南曲全谱》、《唱曲当知》,订世人沿袭之非,铲俗师扭捏之腔,令作曲者知其所向往,皎然词林指南车也,我辈循之以为式,庶几可不失队耳。"(徐复祚《三家村老委谈》)其为时人称许如此。

第二点,沈璟崇尚语言的本色。这个主张的系统理论虽然未见流传,但从他的书信及曲谱中,可以看到若干论述。如"所寄《南曲全谱》,鄙意僻好本色,恐不称先生意指"(《词隐先生手札两通》,附于王骥德《新校注古本西厢记》)。他在《曲谱》中也不时用"本色"称赞所引曲词。如卷十二评所引〔琐窗寒〕:"此曲用韵严,而词本色,妙甚。"卷二十评〔桂花遍南枝〕:"'勤儿'、'特故',俱是词家本色字面,妙甚。时曲'你做勤儿'与此同。"则所谓"本色",实际上就是民间俗语的采用,与历来戏坛所谓"本色语"的内涵相近。应该说语言的本色,比之堆砌雕琢、晦涩难解以致脱离群众总较为符合戏曲的特点。可是沈璟的这个主张并没有像格律论那样受到吴江派中人的一致认同,有的甚至公开表示不同意,或者转而称赞汤显祖情辞婉转、鲜艳动人的作品为"本色"、"当行",表现出对"本色"的不同理解。他本人也并不强人从己,甚至在其《堕钗记》第一出的〔西江月〕词中"推称"汤显祖剧作的文采(见《南词新谱凡例》第七"采新声"条)。

沈璟直接谈论戏曲思想内容的并不多。他在《埋剑记》第一出里表明过此剧的创作意图是"作劝人群"。〔行香子〕下半阕:"所以先贤,著绝交文,畏人间轻薄纷纷。我思前事,作劝人群,继萧朱,追杜左,比雷陈。"吕天成在《义侠记序》中说:"先生(指沈璟)诸传奇命意皆主风世。"联系沈璟的剧作来考查,这里所谓"作劝人群"和"风世",也主要是维护封建秩序,宣扬封建伦理道德的说教。

沈璟的曲论也不是毫无价值的。据冯梦龙分析,明代末年的戏剧创作(主要是文人的作品),确实存在着疏于音韵格律,竞求骈俪典雅的不良风气。正所谓"人翻窠臼,家画葫芦,传奇不奇,散套成套。讹非关旧,诬日从先;格喜创新,不思乖体。觝饤自矜其设色,齐东妄附于当行。乃若配调安腔,选声酌韵,或略焉而弗论,或涉焉而未通。"(《曲律叙》)有的甚至不知音韵格律为何物,"只熟一部四书,便欲作曲",只顾利用戏曲宣扬封建礼教,却不讲究戏曲的艺术特点。所以沈璟严守格律、词尚本色的主张,在当时特定的具体环境里提出来,就并不是毫无意义的了。

臧懋循

　臧懋循(1550—1620),字晋叔,号顾渚,浙江长兴人,万历八年(1580)进士,曾任南京国子监博士。诗文、书法为时人所推重,与汤显祖、王世贞等相友善。贬谪后回乡专心研究音律和戏曲,游览名胜古迹,自称"逆旅饔飧,聊假卖文而作活;穷年铅椠,敢希述古以成名"。过卖文、印书的闲适生活。著有诗文集《负苞堂集》,辑有《古诗所》、《唐诗所》等选集。他对当时的戏剧创作颇为不满,认为其失在流于"靡、鄙、疏",丢掉了元杂剧的传统。所以他花了不少精力,从山东王氏、湖北刘氏、福建杨氏及家藏元杂剧中遴选出一百个剧本,编为《元曲选》前后两集,作为戏剧创作学习的榜样。他不但选,而且"删抹繁芜,其不合作者,即以己意改之"(《答谢在杭书》),对原作有所删改。由于该书是现存搜罗最富的元杂剧选本,所以对元杂剧剧本的保存和流传起了积极作用。

　臧懋循是沈璟格律论、本色论的鼓吹者和推行者。他将汤显祖的《玉茗堂四梦》"为之反复删改",使之"事必丽情,音必谐曲"(《玉茗堂传奇引》)。还说经过他的删改,能"使闻者快心而观者忘倦,即与王实甫《西厢》诸剧并传乐府可矣。"他一再批评汤显祖不懂音律不懂戏曲,指责他的剧作是"案头之书,非筵上之曲"。此外,他对堆砌典故、文字骈俪的戏曲极为不满,认为戏曲语言应该保持发扬元杂剧"不工而工,其精者采之乐府,而粗者杂以方言"的特色。臧懋循论曲,重北轻南,尊元薄明,认为明代南曲的成就远不如元代,他对徐渭、汤显祖、汪道昆的作品,对王世贞、何元朗的曲论,都作了批评,并为这些批评进行了理论上的阐述。其中有两点很值得注意。

　(一)戏曲和诗词同出"一源",而作曲最难:

曲本词而不尽取材焉，如六经语、子史语、二藏语、稗官野乘语，无所不供其采掇，而要归断章取义，雅俗兼收，串合无痕，乃悦人耳，此则情词稳称之难。宇内贵贱妍媸幽明离合之故，奚啻千百其状，而填词者必须人习其方言，事肖其本色，境无旁溢，语无外假，此则关目紧凑之难。北曲有十七宫调，而南止九宫，已去其半；至于一曲中有突增数十句者，一句中有衬贴数十字者，尤南所绝无，而北多以此见才。自非精审于字之阴阳，韵之平仄，鲜不劣调；而况以吴侬强效伧父喉吻，焉得不至河汉？ 此则音律谐叶之难。（《元曲选后集序》，《负苞堂集》）

他所谓"情词稳称"，是指人物语言（也涉及性格）和题材的特点；"关目紧凑"，是指情节结构、描写刻画的特点；"音律谐叶"，是指戏剧音乐性的特点。所谓创作中的三难，包括内容到形式的各方面，其意比较强调戏曲必须有利于舞台演出的艺术特点，比之沈璟较为全面。

（二）对"当行"作了较好的解释。

总之，曲有名家，有行家。名家者，出入乐府，文彩烂然，在淹通闳博之士，皆优为之。行家者，随所妆演，无不摹拟曲尽，宛若身当其处，而几忘其事之乌有；能使人快者掀髯，愤者扼腕，悲者掩泣，羡者色飞，是惟优孟衣冠，然后可与于此。故称曲上乘首曰当行。（同上）

他根据当时曲坛创作状况，把曲区分为"名家"和"行家"。"名家"偏重语言文采，便于书面阅读，出于文人学士之手，不注意舞台演出的特点。"行家"则"摹拟曲尽"，力求忠于现实，注意舞台艺术，便于剧场观赏。只有"优孟衣冠"，即有舞台实践经验的作者才能做到。臧懋循把"行家"称为曲之"上乘"，是"当行"之作，可见他的倾向仍然是偏重舞台演出的特点，要求达到使观众"快者掀髯，愤者扼腕，悲者掩泣，羡者色飞"的境界。

吕 天 成

吕天成（1580—1618），原名文，字勤之，号棘津，别号郁蓝生，浙江余姚人，万历间诸生。工古文辞。从小博览诸家戏曲作品，后又广泛收贮剧本，并得到外祖孙月峰和舅父孙如法的亲授，对曲学和音韵都有一定造诣。后来与沈璟、王骥德过往甚密。他平生最服膺沈璟，沈璟也把未刻文稿请他代为刊行。卒于万历末年，年未四十。其著作有《烟鬟阁传奇》十六种、杂剧八种,几乎全佚。另有《曲品》二卷。

"嗟曲流之泛滥,表音韵以立防;痛词法之蓁芜,订《全谱》以辟路……此道赖以中兴,吾党甘为北面。"(《曲品》)吕天成特别推崇沈璟严守格律的主张,他在创作实践中也"尺尺寸寸守其矩获"(王骥德《曲律》),不越雷池一步,可说是吴江派中贯彻格律论比较认真的作者。但他持论却不失公允,并没有一味指责汤显祖,在评论沈璟、汤显祖两家得失时说:"天壤间应有此两项人物。不有光禄,词硎不新;不有奉常,词髓孰抉? 倘能守词隐先生之矩获,而运以清远道人之才情,岂非合之双美者乎?"似乎对沈璟理论的片面性有所察觉而稍作补正。

对于戏曲语言,吕天成同意沈璟提出"本色"的主张,但对"本色"有他自己的理解。

> 当行兼论作法,本色只指填词。当行不在组织饾饤学问,此中自有关节局概,一毫增损不得;若组织,正以蠹当行。本色不在摹勒家常语言,此中别有机神情趣,一毫妆点不来;若摹勒,正以蚀本色。今人不能融会此旨,传奇之派,遂判而为二:一则工藻缋少拟当行,一则袭朴淡以充本色。甲鄙乙为寡文,此嗤彼为丧质。殊不知果属当行,则句调必多本色;果其本色,则境态必是当行。(《曲品》)

在他看来,"别有机神情趣",即符合剧情和人物性格而又富感染力的语言才算是本色;要结合语言表达的内容讨论本色,不能仅仅停留在"摹勒家常语言",以"朴淡"充本色。而且本色与"当行"相联,"果属当行,则句调必多本色;果其本色,则境态必自当行",两者几乎有因果的关系。所以无论"工藻缋少拟当行",或"袭朴淡以充本色",都和吕天成的"本色"、"当行"的主张格格不入。

其次,吕天成在《曲品》中明确提出戏曲批评的原则。卷上有云:"予虽不遵古而卑今,然须溯源而得委,仿之《诗品》,略加诠次。"注意作历史的分析比较。卷下又强调了孙月峰的论曲"十要"。

> 我舅祖孙司马公谓予曰:凡南剧,第一要事佳;第二要关目好;第三要搬出来好;第四要按宫调、协音律;第五要使人易晓;第六要词采;第七要善敷衍,淡处做得浓,闲处做得热闹;第八要各角色派得匀妥;第九要脱套,第十要合世情、关风化。持此十要以衡传奇,靡不当矣。

这"十要"包括了戏曲的内容、形式方面的许多重要问题,也注意到舞台演出及观众欣赏的某些特点。虽然吕天成用它来品评具体的作家作品时,未必都很恰当,但他引此作为批评的准则,说明他对于戏曲批评确实作过一番深入的研究,是有感而发。

吕天成比较重视剧本思想内容的分析,在他所撰的《义侠记序》中表现得尤为突出。《义侠记》传奇是沈璟的名作,剧本的情节与小说《水浒传》武松故事的梗概基本相符。作者在武松身上虽然涂抹了不少封建道德的油彩,但人物的性格还是刻画得相当生动的。吕天成的序突出地分析了剧中武松故事的现实意义,认为可以使那些"簪珮章缝,柔肠弱骨,见义而不能展其侠,慕侠而未必出于义"的庸懦不义之徒,在武松形象面前感到惭愧,从而"兴起"、"立志",见义勇为。序文还进一层分析道:

> 昔李老子序《水浒》,谓啸聚诸人皆大力大贤者,有忠有义之侪,足为国家干城心腹之选,其持论一何快也。嗟乎,草莽江海之间不乏武松,第致武松之为武松者伊谁责也? 若有武松而终收武松之用者,则柄国者宜图之矣。

作者引用李卓吾的著名论点,明确肯定武松等梁山泊起义好汉,不仅不是如封建正统文人所诬蔑的"强盗",而是能够保卫国家安全的忠义英雄。"致武松之为武松者伊谁责也?"这是公开指责"柄国者"把武松们逼上了梁山。应该说,序文把剧本中武松故事的深刻主题揭示得淋漓尽致:官逼民反,武松被"柄国者"逼上梁山。如果说,由于戏曲艺术借塑造形象以反映生活,因而蕴藏在作品中的深刻含义,往往需要借助有真知灼见批评家的精湛分析,从而使剧本更为读者观众所理解和喜爱;那么,吕天成的这篇序文是较好地完成了这一使命的。而更可注意的,剧作者沈璟本来不那么愿意把这个剧本公开刊印,公诸于世,理由是"非盛世之事,亟止勿传",他贬官回乡,官场之事心有余悸,害怕由此惹出是非来。相比之下,批评者是有勇气面对现实的。这种重视作品思想内容的批评精神,在《曲品》中也有所表现,如评《精忠记》:"此岳武穆事。词简净。演此令人眦裂。予欲作一剧,不受金牌之召,直抵黄龙府,擒兀术,返二帝,而正秦桧法,亦一大快事也。"

冯　梦　龙

冯梦龙(生平介绍见本编第三章第四节小说理论部分)重视小说、戏曲等通俗文学。著有传奇《双雄记》、《万事足》，并修改汤显祖、李玉、袁于令诸人的作品多种，合称《墨憨斋定本传奇》；曲谱有《墨憨斋词谱》；曲选有《太霞新奏》。其曲论散见诸集之中。他在《曲律序》中有云："余早岁曾以《双雄》戏笔，售知于词隐先生。先生丹头秘诀，倾怀指授。"可知他确曾受过沈璟的指点。冯梦龙对沈璟非常推崇，在他所编的《太霞新奏》中，选录沈璟的散套达三十七套之多，又把沈璟〔论曲二郎神套〕冠于卷首以代序文；并在《自序》中云：

> 先辈巨儒文匠，无不兼通词学者。而法门大启，实始于沈铨部《九宫谱》之一修。于是海内才人，思联臂而游宫商之林。

但他并非一味遵从，在《墨憨斋词谱》中，改正了沈璟的不少失误，如沈璟《南九宫词谱》卷二十引《彩楼记·摊破金字令》"红妆艳质"一曲，当它犯调，判前九句为〔淘金令〕，而云："此调前半已明，但后五句竟不知何调，愧不能考定。"冯梦龙正云：

> 此〔金字令〕正调也。原本谓前九句〔淘金令〕，后五句未详。不知〔淘金令〕乃此调犯〔五马江儿水〕耳。既作正调，不必注犯。且"摊破"二字，亦不必拘，如〔摊破月儿高〕、〔摊破地锦花〕，亦皆正调也。

在《太霞新奏发凡》中，冯梦龙又自述该书的评选标准：

> 词学三法，曰调、曰韵、曰词。不协调则歌必捩嗓，虽烂然词藻，无为矣。自东嘉沿诗余之滥觞，而效颦者遂藉口不韵，不知东嘉宽于南，未尝不严于北，谓北词必韵，而南词不必韵，即东嘉亦不能自为解也。是选以调协韵严为主，二法既备，然后责其词之新丽，若其芜秽庸淡，则又不得以调韵滥竽。

这"词学三法"可以说基本上脱胎于沈璟的格律论，它强调"不协调则歌必捩嗓，虽烂然词藻，无为矣。"而且又以"调协韵严"为评选作品的主要标准。可是，冯梦龙的见识比较高明，既强调音律，又不废文词，所谓"二法既备，然后责其词之新丽"。他主张文词必须"新丽"，如果文词芜秽、庸淡，那么即使音律和谐也不能滥竽充数。他更反对"绌词就律"，评卜大荒〔刷子序犯〕"闺情"云："大荒奉词隐先生衣钵甚严，往往绌词就律，故琢句每多生涩之病。"这在当时两派论争比较激烈的情况下，不失为是一种折衷的见解。它既避免了沈璟"宁协律而词不工，读之不成句，而讴之始叶，是曲中之工巧"那样偏重音律,卑视文词的片面性。又坚持了吴江派对于汤显祖在理论上只强调文词的重要而忽视音律的批评。

在戏曲创作方面,冯梦龙有些见解颇为精湛。他主张戏曲应该表达真性情,他在《太霞新奏序》中说:

> 文之善达性情者无如诗,《三百篇》之可以兴人者,唯其发于中情,自然而然故也。自唐人用以取士,而诗入于套;六朝用以见才,而诗入于艰;宋人用以讲学,而诗入于腐;而从来性情之郁,不得不变而之词曲。……今日之曲,又将为昔日之诗,词肤调乱,而不足以达人之性情,势必再变而之〔粉红莲〕、〔打枣竿〕矣。

冯梦龙对于六朝、唐、宋诗歌发展的论述不无偏颇,可是他认识到戏曲一旦违反"达性情","发于中情,自然而然"的特点,势必为"语多真至"的〔粉红莲〕、〔打枣竿〕等新文体所替代。换言之,在他看来,戏曲创作一定要注意"善达性情",发于中情,自然而然,才能产生感人的艺术魅力。他又说:"子犹诸曲,绝无文彩,然有一字过人,曰真。"(《太霞新奏》)冯梦龙的这个主张和当时文坛上兴起的革新思潮,诸如李卓吾的"童心说",公安三袁的"独抒性灵,不拘格套",以及汤显祖的"神情合至"等主张,可以说是遥相呼应,有其积极意义。

冯梦龙还主张排陈致新,化腐为新,反对落套。如他的《墨憨斋定本传奇》的一些眉批,其中有云:

> 传奇中凡宸游,俱以富丽为主,此独清雅脱套,入梦中一段更妙。(《梦磊记》第二十六折)
>
> 传奇凡考试,必插科取笑,此番真是脱套,吃紧在描叔夜情痴,令人可笑可泣。(《楚江情》第二十七折)
>
> 疏奏成套,改用朝房相议。(《酒家佣》第三十二折)
>
> 洪客有道之士,其焚符伏坛略见意,不可犯俗道常套。(《女丈夫》第三折眉批)
>
> 不用生旦结局,而以二神收之,此为化腐为新处。(《女丈夫》第三十六折)

《太霞新奏序》中则明确提出"就事敷演,易于转换","排旧致新,戛戛乎难之"的主张,强调戏曲创作应努力排陈致新,免落俗套。陈陈相因,无创新,袭旧套的现象,在当时创作和舞台上比比皆是。一些肤浅的作者,于戏曲本无心得,只是熟读了数十个剧本,了解一点历史故事,就依样画葫芦地"创作"起来,其结果当然是传奇不奇,散套成套,相互因袭成风;他们看到汤显祖的剧作深受欢迎,就群起而效尤,出现了"活剥汤义仍,生吞《牡丹亭》"的现象。所以,冯梦龙的这一主张是切中时弊的当头棒喝。

冯梦龙很重视戏曲作品情节结构的可观性。他在"更定"别人的剧作时,往往注意指出原作故事情节方面的不足,要求做到真实自然,周密紧凑,合情合理,能够引起观众读者的兴趣。他指出重要情节在全剧中的作用,如"要紧关目必须表白","情节大关系处,必不可少"等。《双雄记序》则比较集中地叙述了他的主张:

> 余发愤此道良久,思有以正时尚之讹,因搜戏曲中情节可观而不甚奸律者,稍为审正……

可见他不仅在创作中注意情节结构,而且把"情节可观"作为评价选定作品的重要标准。

在吴江与临川两派的论争中,有一些本来热烈拥护沈璟格律论的作家如吴炳、范文若等人,看到了汤、沈两家各有长短,认识到文词、格律应该并重,在创作实践中企图熔汤、沈于一炉。但由于才力所限,学不像汤显祖,结果还是落入雕章琢句一途。对于这种倾向,沈自晋(沈璟之从子)曾记述他与冯梦龙之间的分歧:"子犹尝语予云:'人言香令(范文若字)词佳,我不耐看。传奇曲,只明白条畅,说却事情出便够,何必雕镂如是。'噫,此亦从肤浅言之,要非定论。愚谓以临川之才,而时越于幅,且勿论。乃如范如王,以巧笔出新裁,纵横百变,而无逾先词隐之三尺,固当多取芳模,为词坛鼓吹。"(《重定南词全谱凡例续纪》)沈自晋简直把范、王跻于汤显祖之上了,冯梦龙则比较公允,他从分析作品出发,指出作品流于雕镂的弱点,提出"传奇曲,只明白条畅,说却事情出便够"的见解,这和沈璟"本色"论的主张是比较接近的。

汤　显　祖

汤显祖(1550—1616),字义仍,号海若、若士,别署清远道人,江西临川人,早年即有文名,万历十一年进士,任南京太常寺博士、礼部主事,因上疏弹劾大学士申时行,被降为广东徐闻县典史,后改任浙江遂昌知县。万历二十六年弃官回江西临川故乡,从事戏剧创作。汤显祖曾从泰州学派罗汝芳读书,后又受思想家李卓吾的影响,与僧人真可(号达观)相友善。他一生守正不阿,屡次拒绝权贵的收买利用,对封建礼教和腐败的朝政有所不满,曾以"豫章之剑,能干斗柄,成蛟龙"自励。可是他的满怀壮志,在那禁锢得似铁桶一般、容不得一点生机的黑暗社会里是无法实现的,等待着他的只能是挫折和贬谪,以至正像他自己所说的,成为蟿死在茧中的蛹,"干而不出","终不能已世之乱"。汤显祖在政治上壮志未酬,在文学艺术上,特别是在戏曲创作和理论批评方面,却获得了巨大的成就。诗文有《红泉逸草》、《问棘邮草》、《玉茗堂集》等,著有戏曲《紫箫记》、《紫钗记》、《还魂记》(即《牡丹亭》)、《南柯记》、《邯郸记》五种,后四种合称《临川四梦》或《玉茗堂四梦》。当时不少戏曲家服膺汤显祖的创作和戏曲主张,学习摹拟他的文词风格,被称为临川派或玉茗堂派,与沈璟等吴江派异趣。在理论批评上支持汤显祖,与吴江派进行论争的主要有王思任、茅元仪、孟称舜等。

重视思想内容,不受音律束缚

在内容与形式的关系上,汤显祖坚持把思想内容放在主要位置,认为音律是为表现内容服务的。他反对吴江派沈璟等人在戏曲批评中偏重音律,忽视思想内容的倾向。他在《与宜伶罗章二》信中郑重指出:"《牡丹亭记》要依我原本,其吕家改的,切不可从。虽是增减一二字以便俗唱,却与我原做的意趣大不同了。"汤显祖反对吕玉绳等人随意改动他的作品,着眼点是作品的"意趣"。吕玉绳的改本,所改之处有时虽然只是一二字的增减,或许能便于"俗唱",音律和谐,唱来较为上口,但却把汤显祖的原意改动,并影响到作品的思想内容。汤显祖坚决反对这种做法。非常明显,改本与原本之争,实际上反映了对于内容和形式关系的不同认识。汤显祖强调"意趣",重视"曲意",讲究文词,反对把音律作为品评作品的主要标准。"凡文以意趣神色为主,四者到时,或有丽词俊音可用,尔时能一一顾九宫四声否? 如必按字摸声,即有窒滞迸拽之苦,恐不能成句矣。"(《答吕姜山》)这和他为了抒发才情,不受音律束缚而提出"不妨拗折天下人嗓子"的主张是一个意思。但沈璟等人,在艺术方面却拘拘于按字摸声,又忽视作品的思想内容,一再指责汤显祖不懂音律,说他的作品不便演唱,并进而动手删削。显然,吴江派作家是专从音律的角度来评头品足的。标准不同,取舍当然极不一样,其实,汤显祖并非不懂音律,更不是不要音律,而是当音律成为表现思想内容的束缚时,主张不妨突破音律束缚。所谓"不妨拗折天下人嗓子",不过是一种矫枉过正的偏激之言。正如清人胡介祉所说："盖先生以如海才，拈生花笔，兴之所发，任意之所之，有浩瀚千里之势。未尝不知有轶于格调之外者，第惜其词而不之顾也。"(《格正牡丹亭题辞》)他在理论上对音律也并非如臧懋循等指责的那样不懂音律而不予重视。《紫箫记》第六出《审音》中，汤显祖通过剧中人物鲍四娘之口说："唱有三紧，一要调儿记得远，二要板儿落得稳，三要声儿唱得满"，才算得"在行"。又说词儿要如"一串骊珠，休得拗折嗓子"。《紫箫记》是汤显祖早年习作，已经认识到戏曲应注意音律，"休得拗折嗓子"。从此以后汤显祖经常与人"度新曲与戏"，晚年更是一心专注于歌舞伎剧，并与宜黄县伶人(多达千余人)密切往还，在《答吕姜山》中曾批评沈璟"'唱曲当知，作曲不尽当知也'，此语大可轩渠"。凡此种种，都足以说明，汤显祖不但深知音律，且有较多的舞台实践，了解宜黄等地伶人演唱特点，能够运用音律而不拘泥于音律，比较妥善地处理了思想内容与艺术形式、艺术技巧之间的矛盾。

吴江派沈璟等删改汤显祖的作品，其表面理由是汤的作品不合音律不便演唱，实质上往往改变了原作的"意趣"，即作者原来的构思立意以及人物的性格特点、矛盾冲突性质等。所以汤显祖不能不进行抗辩。沈璟的改本已无法见到，臧懋循和冯梦龙的改本尚在。试以《牡丹亭》中《惊梦》的一段唱词为例作一对比。原本第十出：

〔绕地游〕(旦上)梦回莺啭，乱煞年光遍，人立小庭深院。(贴上)炷尽沉烟，抛残绣线，恁今春关情似去年。

冯梦龙《风流梦》第七折《梦感春情》中改为：

〔绕地游〕(旦)花娇柳颤，乱煞年华遍，逗芳心，小庭深院。(贴)莺啼梦啭，向阑干立倦，恁今春关情胜去年。

臧懋循干脆连曲调也给改了：

〔霜天晓角〕(旦上)梦回莺啭、乱煞年光遍。香闺不惯，相思怨，底事抛残针线！……

冯梦龙的改动，也许音律比原本略为和谐，便于昆腔歌唱，但是杜丽娘这样一个连衙门里还有个后花园都不知道的官家闺秀，在感受到"不到园林，怎知春色如许"之前，她的"芳心"就被那"花娇柳颤"所"逗"，难免给人以心性轻佻、浮躁的印象，与汤显祖原来所设计的那种人物性格特征不相一致。臧懋循则更进了一步，竟一上来就唱出了"香闺不惯，相思怨"；未经游园惊梦，便哀诉相思，岂不成了无的放矢？汤显祖设计的杜丽娘原是一个被封建礼教锁于深闺之中，对闺房外的一切几乎一无所知的官家小姐。在游园惊梦之前，她对异性的感情的火花还深埋心底，所以她的言行仍然不失其为"千金小姐"。一旦惊梦，在梦中与意想中的异性相会，她那追求幸福爱情的感情，才像冲破闸门的洪流，一发不可拦阻。这样的艺术构思，是杜丽娘性格的有机组成部分。对比之下，冯梦龙和臧懋循的改本，都把汤显祖原来的"意趣"改动了，实际上就是在一定程度上把人物性格艺术构思的初衷给改动了。如果说这样的改动之中也包含着批评的因素，那么，无论是冯梦龙或者臧懋循的"批评"，都反映了吴江派在音律问题上的片面性，他们都没有领悟以致忽略了原作的"意趣"，从而也证明汤显祖重视运用各种艺术手段表现思想内容，又不为音律所囿的主张的合理和必要。汤显祖在戏曲批评中确实也能注意贯彻这一原则。他在《旗亭记题辞》中，对于郑之文在《旗亭记》中能把家庭生活与民族矛盾结合起来，伸张民族正气的刻画描绘予以特别欣赏，称赞剧中主要人物隐娘"立侠节于闺阁嫌疑之间，完大义于山河乱绝之际"，能"时勃勃有生气"，比较重视作品思想内容的分析。

提倡神情合至，描绘理想境界

汤显祖特别重视文艺创作中"情"所起的作用，他说著名的《南柯记》和《邯郸记》这"二梦"的创作，都经历了"因情成梦，因梦成戏"（《复甘义麓》）的过程，并把他平生的戏曲创作活动一概称之为"为情作使"（《续栖贤莲社求友文》）。他在为人所作的诗序中又说：

> 世总为情，情生诗歌，而行于神。天下之声音笑貌，大小生死，不出乎是。因以憺荡人意，欢乐、舞蹈、悲壮，哀感鬼神，风雨鸟兽，动摇草木，洞裂金石。其诗之传者，神情合至，或一至焉；一无所至，而必曰传者，亦世所不许也。（《耳伯麻姑游诗序》）

在汤显祖看来，作家有情，才有作品；作品有情，才能产生惊天地泣鬼神裂金石的力量，撼动读者观众的心灵，而传之久远。整个文艺活动都贯串着"情"的力量，理应发挥它的作用。"情"是创作的动力，作品的内容，也是欣赏品鉴的准尺。他又解释道："爱恶者情也"（《沈氏弋说序》），情就是爱憎好恶之情，出自心底发自肺腑的真情实感。而人们的感情是由思想认识支配的，所以汤显祖所说的"神情合至"，实际上是要求作家的思想感情完整而统一地贯穿于作品之中。反之,任何文艺作品如果缺乏思想感情,也就失去了感人的魅力,也就得不到流传。"情"作为作品的内容,实际上也就是"意"的具体化,两者是一致的。无论重视"意",还是强调"情",都是要求作者的思想感情能够在作品中自然流露出来,而不是矫揉造作,虚情假意。"情"用来作为批评鉴赏的准则,所以汤显祖赞美《焚香记》"填词皆尚真色,所以入人最深,遂令后世之听者泪,读者嚬,无情者心动,有情者肠裂。何物情种,具此传神手!"(《玉茗堂批评焚香记·总评》)肯定《红梅记》中"裴郎虽属多情,却有一种落魄不羁气象,即此可以想见作者胸襟矣"(《红梅记总评》。按,《红梅记》、《焚香记》等剧本中的评点是否确系汤显祖所作,学术界尚有不同看法,有的认为是书贾伪托)。这对于当时戏剧创作中某些刻意求实或故弄玄虚的倾向,以及文坛上弥漫一时的"文必秦汉,诗必盛唐"的复古模拟,无疑具有直接的疗救作用。沈际飞在《玉茗堂文集题词》中指出:"言一事,极一事之意趣神色而止;言一人,极一人之意趣神色而止。何必汉宋,亦何必不汉宋!"充分肯定了汤显祖文学主张的现实意义。

在谈到《牡丹亭》主人公杜丽娘的塑造时,汤显祖对"情"的具体内容作了详细的阐述。

> 天下女子有情宁有如杜丽娘者乎?梦其人即病,病即弥连,至手画形容传于世而后死。死三年矣,复能冥莫中求得其所梦者而生。如丽娘者,乃可谓之有情人耳。情不知所起,一往而深,生者可以死,死可以生。生而不可与死,死而不可复生者,皆非情之至也。梦中之情,何必非真。天下岂少梦中之人耶。必因荐枕而成亲,待挂冠而为密者,皆形骸之论也。(《牡丹亭题辞》)

杜丽娘一往情深,追求美满的自由婚姻,现实生活中不可得者,于梦中得之;生而不可求者,以死求之;生生死死,终于如愿以偿,与梦中人即意中人结为眷属。这在现实生活中,简直是荒诞不经。但在汤显祖看来,"生而不可与死,死而不可复生者,皆非情之至也。"情之所至,连生与死,生活与梦境的界限都为之消失,则杜丽娘的生而死,死而生,实在是"情之所至"的必然结果。这样看来,汤显祖要求的"情"又有浓厚的理想主义色彩。为了真情的抒发,为了理想的追求,在创作中当然决不会满足于对现实生活"步趋形似"的描绘。"世间惟拘儒老生不可与言文,耳多未闻,目多未见。而出其鄙委牵拘之识,相天下文章,宁复有文章乎?余谓文章之妙,不在步趋形似之间,自然灵气,恍惚而来,不思而至。"(《合奇序》)可见汤显祖重视作者才情的抒发,也即是要求在创作中痛快淋漓,直抒胸臆,爱者真爱,爱其所当爱,恨者真恨,恨其所当恨,用蘸饱作者思想激情的笔,把现实和理想紧密联系在一起。这种主张,在实质上是和李卓吾、公安三袁等要求真情实感,反对模拟复古、矫揉造作的主张一脉相通的。"时论称先生制义、传奇、诗赋昭代三异。曷异尔?他人拟为,先生自为也。拟为者学唐宋,究竟得唐宋而已。自为者天性发皇之际,天机灭没,一无所学,要以自得其为先生。自得其为先生,此先生之所以过人;而天下厌王、李者思袁、徐,厌袁、徐者思先生与!"(《临川县志》卷四十九之四)这个评论虽有溢美之处,但确实抓住了汤显祖文艺思想及其作品的主要特点。

汤显祖还在"情"与"理"的矛盾对立中来解释"情"的具体含义。

> 嗟夫,人世之事,非人世所可尽。自非通人,恒以理相格耳。第云理之所必无,安知情之所必有邪!(《牡丹亭题辞》)

什么是"理"?"是非者理也。"(《沈氏弋说序》)理是管是与非的,也就是常理,就是在封建礼教制约下的现实生活的特定逻辑。这段话的意思是说,你只说现实生活中断断不会有的,那里知道这是抒发真情实感的必然结果。这里的"情"与"理",显然是处于矛盾对立之中。而且汤显祖看到这种矛盾对立不是暂时的,而是自古以来就存在着的。

> 今昔异时,行于其时者三:理尔、势尔、情尔。以此乘天下之吉凶,决万物之成毁。作者以效其为,而言者以立其辨,皆是物也。事固有理至而势违,势合而情反,情在而理亡,故虽自古名世建立,常有精微要眇不可告语人者。……是非者理也,重轻者势也,爱恶者情也。三者无穷,言亦无穷。(《沈氏弋说序》)

根据汤显祖的考察,理、情、势"三者不获并露而周施",时无"今昔",一直不可能同时并存,总是此消彼长,或此长彼消;或"理至而势违",或"势合而情反",或"情在而理亡"。则情与理矛盾的对立统一,几乎是贯串于古往今来的人们活动之中。在与达观和尚的信中又指出:

> 情有者,理必无;理有者,情必无,真是一刀两断语。……谛视久之,并理亦无。

强调情与理的不可共存。那么这种情与理的矛盾冲突对于文艺创作又有什么意义呢？"三者无穷，言亦无穷"，正是情与理的不断的矛盾冲突，有无消长，构成为文艺创作中矛盾冲突的广泛基础。不言而喻，在汤显祖看来，文艺创作中的矛盾冲突都和现实生活中的"情"与"理"的矛盾冲突密切关联。换句话说，汤显祖作品中的戏剧冲突，来源于生活中"情"与"理"的矛盾冲突。汤显祖接受泰州学派的社会哲学思想，向往一种没有贫困没有疾苦的所谓"神农之世"。对于这种理想世界，他在作品里是这样描写的，那里的百姓歌唱："征徭薄，米谷多，官民易亲风景和"；"行乡约，制雅歌，家尊五伦人四科"；"多风化，无暴苛，俺婚姻以时歌伐柯……"(《南柯记·风谣》)南柯郡的和平景象，也可以说是作家"情之所至"的一种体现，它与现实生活显然是矛盾的。汤显祖认识到现实世界是一个"灭才情而尊吏法"的"有法之天下"，个人的才情得不到施展，只有被磨灭。所以他抓住情与理的矛盾，强调发挥情的作用，提倡神情合至，表现理想境界，以期变"有法之天下"为"有情之天下"(《青莲阁记》)。汤显祖还指出，他所讲的情，并非一己之私情，与道学家所讲的性完全不同。据程允昌《南九宫十三调曲谱序》记载："张洪阳谓汤若士曰，君有此妙才，何不讲学？若士答曰，此正是讲学！公所讲者是性，我所讲者是情。盖离情而言性，一家之私言也，合情而言性，天下之公言也。"这是用情来反对道学家束缚人情扼杀人情的行径。所谓"合情而言性"，就是要求做到思想与感情的一致，理性和人情的统一。汤显祖以表述"天下之公言"为己任，一个"情"字，实际上包括了明代末年思想自由个性解放思潮的某些要求。所以汤显祖关于情与理矛盾的思想，虽然他所追求的"有情之天下"具有浓重乌托邦色彩，但是，这种思想无论对于实际生活、文艺创作和文艺批评都有其进步意义，在一定程度上反映了人民的希望与要求。

重视戏曲的艺术特征和社会作用

汤显祖自觉地把自己的创作称为"为情作使"，辞官以后倾注全部精力于戏曲艺术，是同他对戏曲的艺术特征和社会作用的认识分不开的。他的《宜黄县戏神清源师庙记》比较集中地反映了这方面的观点。这篇《庙记》除了有关戏神部分系应宜伶需要而略带神秘色彩以外，其余都是有关戏曲的见解。对于戏曲的起源和历史发展，有这样一段概括：

> 人生而有情。思欢怒愁，感于幽微，流乎啸歌，形诸动摇。或一往而尽，或积日而不能自休。盖自凤凰鸟兽以至巴渝夷鬼，无不能舞能歌，以灵机自相转活，而况我人。奇哉清源师，演古先神圣八能千唱之

节,而为此道。初止爨弄参鹘,后稍为末泥三姑旦等杂剧传奇。长者折至半百,短者折才四耳。

他把戏曲的产生归源于人类之有感情,以及由感情而引起的"啸歌"和"动摇"(舞蹈动作)。这种说法比较朴素,并不全面,可是前面我们已经介绍,汤显祖所说的"情"是与"理"相对而言的,在当时的具体环境里具有一定的进步意义。

谈到戏曲的题材和艺术形象的塑造时指出:"生天生地,生鬼生神,极人物之万途,攒古今之千变。一勾栏之上,几色目之中,无不纡徐焕眩,顿挫徘徊。恍然如见千秋之人,发梦中之事。"在汤显祖看来,天地万物,神仙鬼怪,人类社会,古往今来,即所有的时间和空间,都可以成为戏曲的题材,都能够在舞台上表演出来。其中"极人物之万途,攒古今之千变"两句尤可注意。"极",穷尽的意思;"攒",攒簇,集中的意思。则"一勾栏之上,几色目之中"的"千秋之人"和"梦中之事"等等,已经不是人、物原型的消极模仿,不是"步趋形似"的描绘,而是经过作者的"攒"、"极",即经过深入开掘、概括集中的艺术加工后的艺术形象,它包蕴着比人、物的原型更为丰富的内容。

对于戏曲的艺术感染力汤显祖有极为形象的描述:

> 使天下之人无故而喜,无故而悲。或语或嘿,或鼓或疲,或端冕而听,或侧弁而咍,或窥观而笑,或市涌而排。乃至贵倨弛傲,贫啬争施。聋者欲玩,聋者欲听,哑者欲叹,跛者欲起。无情者可使有情,无声者可使有声。寂可使喧,喧可使寂,饥可使饱,醉可使醒,行可以留,卧可以兴。鄙者欲艳,顽者欲灵。

所谓"无故而喜,无故而悲……"云云,实际上是指艺术欣赏过程中的一种心理现象:共鸣。"乃至贵倨弛傲,贫啬争施……"云云,则又进了一层,是指艺术欣赏过程中一种"忘我"境界,其基础仍然是由艺术感染力所引起的共鸣。不过这种共鸣在程度上比较强烈,它具有使观众暂时忘记自己的特点。这种艺术欣赏过程中的忘我境界,有时在某些作家的创作过程中也会出现。据清人焦循记载,汤显祖自己有过这样一段有趣的故事。

> 相传临川作《还梦记》,运思独苦,一日,家人求之不可得;遍索,乃卧庭中薪上,掩袂痛哭。惊问之,曰:"填词至'赏秋香还是旧罗裙'句也"。(《剧说》卷五)

汤显祖在创作时，艰苦"运思"，一直到与笔下的人物同呼吸，共命运，而忘掉了是在创作。这不能不说是一种短暂的"忘我"境界。

对于戏曲艺术的社会作用，汤显祖认为优秀的剧本和成功的演出，都能对国家、家庭和个人产生积极的影响。

> 可以合君臣之节，可以浃父子之恩，可以增长幼之睦，可以动夫妇之欢，可以发宾友之仪，可以释怨毒之结，可以已愁愦之疾，可以浑庸鄙之好。然则斯道也，孝子以事其亲，敬长而娱死；仁人以此奉其尊，享帝而事鬼；老者以此终，少者以此长。外户可以不闭，嗜欲可以少营。人有此声，家有此道，疫疠不作，天下和平。岂非以人情之大窦，为名教之至乐也哉。

把"合君臣之节"、"浃父子之恩"即君君臣臣父父子子等封建道德规范作为服务对象，这反映出汤显祖的思想只能是同代文人学士中之激进，而非时代的叛逆。但是，也应看到，他所向往的理想世界已经不是现实生活的重复，既有君君臣臣父父子子一套封建道德，又有和平幸福的社会生活。在那里"外户可以不闭，嗜欲少营……疫疠不作，天下和平"，家家户户弦歌不绝。这和他在《南柯记》里所描绘的，为人民群众热烈讴歌的乌托邦南柯郡，几乎是一致的。由此可见，汤显祖对于戏曲艺术社会作用的认识，在一定意义上符合人民群众对于理想生活的追求和对于现实生活的强烈不满情绪。

王思任、孟称舜和茅元仪

汤显祖的戏曲主张，在与吴江派的论争中获得了不少作家、批评家的拥护支持。理论上继承并发扬汤显祖主张的有王思任、孟称舜、茅元仪等人。

王思任(1574—1646)，字季重，号谑庵居士，浙江山阴(今绍兴)人。万历进士，任九江佥事。清兵破南京，鲁王监国时，任礼部右侍郎、尚书。顺治三年，清兵进绍兴，王思任绝食而死。王思任的曲论不多，所撰《批点玉茗堂牡丹亭叙》是一篇著名的戏曲批评文章。集中分析论述汤显祖的《牡丹亭》。明人陈继儒说，《牡丹亭》"一经王山阴批评，拨动髑髅之根尘，提出傀儡之啼哭，关汉卿、高则诚曾遇如此知音否？"(《批点牡丹亭题词》)对王思任的评论极为赞赏。王思任认为汤显祖的古文词、诗歌、尺牍的成就都不如戏曲。其中有云：

……至其传奇灵洞，散活尖酸，史因子用，元以古行，笔笔风来，层层空到。即若士自谓一生《四梦》，得意处惟在《牡丹》。情深一叙，读未三行，人已魂销肌粟。而安顿出字，亦自确妙不易。其款置数人，笑者真笑，笑即有声；啼者真啼，啼即有泪；叹者真叹，叹即有气。杜丽娘之妖也，柳梦梅之痴也，老夫人之软也，杜安抚之古执也，陈最良之雾也，春香之贼牢也，无不从筋节窍髓，以探其七情生动之微也。杜丽娘隽过言鸟，触似羚羊，月可沉，天可瘦，泉台可暝，獠牙判发可狎而处，而"梅"、"柳"两字，一灵咬住，必不肯使劫灰烧失。柳生见鬼见神，痛叫顽纸，满心满意，只要插花。老夫人曶是血描，肠邻断草，拾得珠还，蔗不陪櫱。杜安抚摇头山屹，强笑河清，一味做官，半言难入。陈教授满口塾书，一身襕气，小要便益，大经险怪。春香眨眼即知，锥心必尽，亦文亦史，亦败亦成。如此等人，皆若士元空中增减枋塑，而以毫风吹气生活之者也。然此犹若士之形似也。而其立言神指：《邯郸》，仙也；《南柯》，佛也；《紫钗》，侠也；《牡丹亭》，情也。若士以为情不可以论理，死不足以尽情。百千情事，一死而止，则情莫有深于阿丽者矣。……

王思任着重分析《牡丹亭》的人物塑造，指出剧中主要人物如杜丽娘、柳梦梅、春香、老夫人、杜安抚、陈最良等等，都栩栩如生，感情真实，"笑者真笑，笑即有声；啼者真啼，啼即有泪；叹者真叹，叹即有气"。每个人言行思想都有各自的性格特征，个性鲜明，又具有典型意义，如"杜丽娘之妖也，柳梦梅之痴也……"同时指出了汤显祖创作方法的三个特点。第一是"史因子用，元以古行，笔笔风来，层层空到"。其中最可注意的是"史因子用"。"史"是指历史题材，"子"，是指一家之言，即作者的认识。此话的意思是，作者描写"史"是为了表现他对于"史"的认识。既不是史为史用，成为历史事实的模拟者；又不是子为史用，做历史的俘虏。这样作者可以表现自己对于历史生活的独到见解，通过写史来发表自己的一家之言。其次是人物塑造，注意"从筋节窍髓，以探其七情生动之微"。就是从人物的内心深处，寻找其喜怒哀乐的原因，以使人物的一切都按照其思想感情和性格特征而行动。第三，所有人物的塑造，都经过作者"增减枋塑"，用现在的话说，就是经过塑造，有所增删，有所生发，有所改造。所有这些意见，都是很可宝贵的。

孟称舜（约1600—1655），字子若、子适（一作子塞），山阴（今浙江绍兴)人,一说乌程(今浙江湖州)人。明末清初戏曲家,与王思任友善。著有传奇杂剧多种,编集元明杂剧成《柳枝集》、《酹江集》二种,合称《古今名剧合选》。所撰《古今名剧合选序》,从诗、词、曲的历史比较中总结戏曲的艺术规律。他认为"诗变为词,词变为曲,其变愈下,其工益难"。戏曲创作要比诗词艰难得多。他同意臧懋循的分析,戏曲创作之难,"一曰情词稳称之难,一曰关目紧凑之难,又一曰音律谐叶之难"。可是这三难"未若所称当行家之为尤难也"。臧懋循在《元曲选序》(二)中是这样解释"当行家"的:"当行者,随所妆演,无不摹拟曲尽,宛若身当其处,而几忘其事之乌有;能使人快者掀髯,愤者扼腕,悲者掩泣,羡者色飞,是惟优孟衣冠,然后可与于此。"比较侧重注意艺术感染力。孟称舜则进一步探讨人物的塑造和作者创作时的思维情状。

　　　　……迨夫曲之为妙,极古今好丑、贵贱、离合、死生。因事以造形,随物而赋象。时而庄言,时而谐诨,狐末靓旦,合傀儡于一场,而征事类于千载。笑则有声,啼则有泪,喜则有神,叹则有气,非作者身处于百物云为之际,而心通乎七情生动之窍曲,则恶能工哉!吾尝为诗与词矣,率吾意之所到而言之;言之尽吾意而止矣。其于曲,则忽为之男女焉,忽为之苦乐焉,忽为之君主、仆妾、金夫、端士焉。其说如画者之画马也,当其画马也,所见无非马者。人视其学为马之状,筋骸骨节,宛然马也;而后所画为马者,乃真马也。学戏者,不置身场上,则不能为戏;而撰曲者,不化其身为曲中之人,则不能为曲,此曲之所以难于诗与词也。

孟称舜所说的"极古今好丑、贵贱、离合、死生",与汤显祖所说的"极人物之万途,攒古今之千变"的意思十分相近,它涉及人物形象塑造的概括和集中。"合傀儡于一场,而征事类于千载",是指作者通过"生旦净丑"各色人物来反映历史。则孟称舜事实上已经触及戏剧创作中一个重要的问题:作者通过人物形象的塑造,来概括和反映历史(和现实)。"因事以造形,随物而赋象",又在理论上坚持了按照事物的本来面貌而赋予"形象"的原则。"身处于百物云为之际,而心通乎七情生动之窍曲",可说是孟称舜心目中创作方法的概括。孟称舜论述作家创作时的思维情状,以画马必须观察马、学马为喻,认为撰曲者"不化其身为曲中之人,则不能为曲",这实际上就是艺术创作中的形象思维问题。一个作者如果不设身处地,化身为曲中人,不身处其境,心通其情,则头脑里不可能有人物的完整形象,当然也就没法塑造出栩栩如生,呼之欲出的人物形象。在这一点上,孟称舜说得比汤显祖更为明确而深入,实是临川派戏曲理论之精髓。

茅元仪,字止生,浙江归安(今浙江湖州)人,著名散文家茅坤之孙,著作宏富。其弟茅暎(字远士)批点刊印《牡丹亭》,他为之作序。茅氏弟兄对臧懋循等人任意删改《牡丹亭》极为不满,对删改者的种种理由进行了批驳。茅元仪在《批点牡丹亭记序》中,对臧懋循所谓《牡丹亭》"不合于世",而"合于世者必信乎世"的论调,提出了针锋相对的看法。

> 如必人之信而后可,则其事之生而死,死而生,死者无端,死而生者更无端,安能必其世之尽信也。今其事出于才士之口,似可以不必信,然极天下之怪者,皆平也。临川有言,第云理之所必无,安知情之所必有耶。我以为不特此也,凡意之所可至,必事之所已至也。则死生变幻不足以言其怪,而词人之音响慧致反必欲求其平无谓也。

"合于世者必信乎世",实际上是一种拘泥于生活事实的观点,臧懋循以之论《牡丹亭》,当然会得出"不合于世"的结论。茅元仪维护汤显祖"第云理之所必无,安知情之所必有耶"的理论,而且"以为不特此也,凡意之所可至,必事之所已至也",虽然把"意之所可至"说成为"必事之所已至"未免过于绝对,有淆混理想与现实的缺陷,但对于臧氏所论不失为有力的反驳。

茅暎在《题牡丹亭记》中,以"事不奇幻不传,辞不奇艳不传,其间情之所在,自有而无,自无而有,不魄奇愕眙者亦不传"为准绳,竭力赞美《牡丹亭》的成就,"梦而死也,能雪有情之涕;死而生也,顿破沉痛之颜,雅丽幽艳,灿如霞之披,而花之旖旎矣。"他对吴江派嘲笑汤显祖不懂音律、不谐吴音进行了辩驳,同时也实事求是地对汤显祖的主张作了必要的补正,提出了"合者并美,离则两伤"的意见。

> 大都有音即有律,律者法也。必合四声、中七始而法始尽。有志则有辞,曲者志也。必藻绘如生,謦笑悲涕而曲始工。二者固合则并美,离则两伤。但以其稍不谐叶而遂訾之,是以折腰龋齿者攻于音,则谓夷光、南威不足妍也,吾弗信矣。

既继承维护了汤显祖的曲论,又不拘泥派别成见,吸取吴江派批评家意见的合理成分。这对于我国古典戏曲理论批评的正常发展在方法论上作出了贡献。

第四节　王骥德和晚明其他戏曲批评家

明代末年的戏曲界,几乎都受到临川吴江两派争论的影响,但是临川吴江两派的戏曲理论批评并不能包容当时戏曲批评的全部。还有一些有识之士,能在理论上权衡两派的长短得失,吸取其所长,扬弃其所短,而不囿于派别之见,并能认真总结经验,研究分析理论和创作中存在的问题,提出自己的看法,把明代的戏曲理论批评又向前推进了一步。在这些批评家中间,成就最为突出的是王骥德,此外徐复祚、凌濛初和祁彪佳也都有他们自己的建树。

王　骥　德

王骥德字伯良、伯骏,号方诸生,别署秦楼外史,会稽(今浙江绍兴)人,生年待考,卒于天启三年(1623)。早年师事徐渭,颇受赏识。徐渭每有新作,常邀王骥德共同赏鉴品评。后与孙旷、孙如法、沈璟、吕天成等过往甚密。著有杂剧、传奇多种,现存传奇《题红记》和杂剧《男王后》两种,诗文有《方诸馆集》,曾校注元杂剧《西厢记》。王骥德主要成就在戏曲理论批评方面,著有《曲律》四卷。沈自晋把王骥德称为吴江派中人(见《望湖亭》传奇〔临江仙〕曲词)。沈璟对王骥德很推重。"吾邑词隐先生,为词坛盟主,持法之严,鲜所当意,独服膺先生(指王骥德),谓有冥契;诸所著撰,往来商榷。"(毛以遂《曲律跋》)王骥德对沈璟也极为敬重,称之为"词林之哲匠,后学之师模"。可是他的理论却能避免沈璟等吴江派的偏激,并注意汲取汤显祖临川派的合理成分,得到汤显祖的好评。《曲律》对汤显祖的作品和戏曲见解也能采取实事求是的态度,持论颇为公允。所以王骥德的曲论,实际上已综合两家之长,又有新贡献的戏曲理论。

法与词必两擅其极

王骥德清楚地看到了沈璟、汤显祖理论上的对立,指出"临川之于吴江,故自冰炭"。他归纳两派的理论特点,认为吴江守"法",临川重"词"。对于沈璟的格律论,王骥德甚为赞同,说沈璟"其于曲学,法律甚精,泛澜极博。斤斤返古,力障狂澜,中兴之功,良不可没"。从戏曲史的发展中肯定了格律

论的意义。他并在创作实践中主张严格遵守格律,在《题红记例目》中云:

> 一、周德清《中原音韵》,元人用之甚严。……传中惟"齐微"之于"支思","先天"之于"寒山"、"桓欢",沿习已久,聊复通用;"更清"之于"真文","廉纤"之于"先天",间借一二字偶用;他韵不敢混用一字。至第十九出(按:明继志斋刊本《韩夫人题红记》第十八出有〔北双调新水令〕,第十九出无此套曲)〔北新水令〕诸曲,原用"齐微"韵,即"支思"韵中不敢借用一字。以北体更严,藉存古典刑万一也。
>
> 一、每出各过曲并随引曲,首尾止一韵,亦本古法。
>
> 一、各调流传既久,于声之平仄,字之增减,讹谬滋多。传中诸调,务穷原谱,以取宫徵谐和,阴阳调适。其衬贴抢带等处,俱从中细书,以便歌者。

可见王骥德在四声、句法方面严格遵守"古法",用韵虽然稍为放宽一点,然其谨严处却超过沈璟。所以他曾批评沈璟"生平于声韵宫调,言之甚悉,顾于己作,更韵更调,每折而是,良多自恕,殆不可晓耳"。王骥德主张一出之中必须按古法一韵到底,他批评沈璟在创作中对此并没有严格遵守,可见其"守法"之严。冯梦龙在《曲律叙》中指出:

> 伯良《曲律》一书,近镌于毛允遂氏,法尤密,论尤苛,厘韵则德清蒙讥,评辞则东嘉领罚。字栉句比,则盈床无合作;敲今击古,则积世少全才。虽有奇颖宿学之士,三复斯编,亦将咋舌而不敢轻谈,韬笔而不敢漫试,洵矣攻词之针砭,几于按曲之申、韩。然自此律设,而天下始知度曲之难;天下知度曲之难,而后之芜词可以勿制,前之哇奏可以勿传。

但王骥德并没有似同沈璟一般一意斤斤于守法,他对于格律及其运用有比较清醒的认识,在一定程度上看到了沈璟格律论的弱点。《曲律·杂论第三十九下》中曾指出:

> 吴江尝谓:"宁协律而不工,读之不成句,而讴之始协,是为中之之巧。"(吕天成《曲品》作"宁律协而词不工,读之不成句,而讴之始叶,是曲中之工巧")……郁蓝生谓临川近狂,而吴江近狷,信然哉。

又批评何良俊云:

> 元朗……谓:"宁声叶而辞不工,无宁辞工而声不叶。"此有激之言。夫不工,奚以辞为也!

前面我们曾指出,何良俊关于音律的主张实际上是吴江派格律论的滥觞,沈璟比何良俊走得更远,"读之不成句,而讴之始叶"云云,使他的格律论蒙上了刻板的色彩。王骥德同意吕天成所称"吴江近狷"的说法,狷者,此当指过于拘执。反映出他已经认识到沈璟格律论的弱点,在他看来这是不符合戏曲的艺术规律的。他明确指出,重视格律是完全必要的,可是衡量一部作品时却不能把格律当作首要的标准,应该注意分析作品的思想内容。

> 词隐谱曲,于平仄合调处,曰"某句上去妙甚","某句去上妙甚",是取其声,而不论其义可耳。至庸拙俚俗之曲,如《卧冰记·古皂罗袍》"理合敬我哥哥"一曲,而曰"质古之极,可爱可爱"。《王焕》传奇〔黄蔷薇〕"三十哥央你不来"一引,而曰"大有元人遗意,可爱"。此皆打油之最者,而极口赞美,其认路头一差,所以己作诸曲,略堕此一劫,而后来之误甚矣,不得不为拈出。

王骥德指出沈璟理论的主要缺点是"认路头"错了,这里既不满沈璟把"本色"理解为"庸拙俚俗",又反对他把"义"和"声"即文意与音律的关系搞颠倒了。在王骥德看来,成功的作家作品,"必法与词两擅其极",音律、文词,内容、形式都力求完美。如果为了谐声叶韵,"致与上下文生拗不协,甚至文理不通",则"不若顺其自然之为贵耳"。拘于成法而损害内容是不足取的,"曲之尚法固矣,若仅如下算子、画格眼、垛死尸,则赵括之读父书,故不如飞将军之横行匈奴也。"而沈璟和汤显祖都未能达到"法与词两擅其极"的境地,各有其片面性。王骥德不同意吕天成扬沈抑汤的评价,"勤之《曲品》所载,搜罗颇博,而门户太多。……以上之上属沈汤二君,而以沈先汤,盖以法论;两君既属偏长,不能合一,则上之上尚当虚左。"王骥德竭力主张"法与词""合一",要求内容与形式的统一;认为"偏长"之作不能列为"上之上",更不同意执一而概全,确实看到了吴江与临川两派作品的所长和所短。对于"法"与"词",王骥德有自己的理解,"作词守成法,尺尺寸寸,句核字研,俾无累功令,易耳。""词隐之持法也,可学而知也;临川之修辞也,不可勉而能也。大匠能与人规矩,不能使人巧也。其所能者,人也;所不能者,天也。"又说:"吴江诸传如老教师登场,板眼场步,略无破绽,然不能使人喝彩。"在一定程度上表现出有所轩轾的倾向。

对于汤显祖的作品,王骥德极为推重,认为是徐渭以后最有成就的。"客问今日词人之冠,余曰……于南词得二人:曰吾师山阴徐天池先生……

曰临川汤若士……"但并非十全十美,"临川尚趣,直是横行,组织之工,几与天孙争巧,而屈曲聱牙,多令歌者龃舌。""临川汤若士婉丽妖冶,语动刺骨,独字句平仄,多逸三尺,然其妙处,往往非词人工力所及。"指出汤显祖作品的缺点是音韵格律方面多逸出法度,不便艺人演唱。汤显祖论曲,提倡"神情合至",重视"意趣神色"。王骥德论曲,同样注重"才情"、"神情"。他在总结明人创作得失时指出:

> 宛陵(梅鼎祚)以词为曲,才情绮合,故是文人丽裁。四明(屠隆)新采丰缛,下笔不休,然于此道,本无解处。昆山(梁辰鱼)时得一二致语,陈陈相因,不免红腐。长洲(张凤翼)体裁轻俊,快于登场,言言袜线,不成科段。其余人珠家璧,各擅所长,不能枚举,第尚达者或跳浪而寡驯,守法者或踽踽而不化。若夫不废绳检,兼妙神情,甘苦匠心,丹臛应度,剂众长于一冶,成五色之斐然者,则李于麟有言:"亦惟天宝生才,不尽后之君子。"

这里王骥德看到了所谓"尚达"与"守法"两种创作倾向的局限,提出"不废绳检,兼妙神情"的原则,可见他对汤显祖的戏曲主张的重视。正由于重视"神情",所以他认为剧曲之妙"不在声调之中,而在句字之外。又须烟波渺漫,姿态横逸,揽之不得,挹之不尽。摹欢则令人神荡,写怨则令人断肠,不在快人,而在动人。此所谓'风神',所谓'标韵',所谓'动吾天机',不知所以然而然,方是神品,方是绝技"。这种出神入化的艺术妙境,当然不是踽踽不化的"守法"者所能望其项脊,然而即使"妙于神情"的作者,也必须"不废绳检",而后才有成功的希望。

兼收吴江临川两派以及其他各家之长,避其所短,努力"剂众长于一冶",这是王骥德曲论第一个值得注意的论点。

论曲当看其全体力量如何

王骥德晚年谈到《曲律》时曾说:"平日所积成是书,曲家三尺具是矣。"这并不是他的自诩之词。综观《曲律》四卷四十一章,几乎涉及戏曲艺术理论的各个方面,统筹兼顾,全局着眼的思想,十分突出地体现于全书之中。《论套数第二十四》中的一段话,比较集中地反映出他在创作方面的要求:

> 套数之曲……有起有止,有开有阖。须先定下间架,立下主意,排下曲调,然后遣句,然后成章。切忌凑插,切忌将就。务如常山之蛇,首尾相应,又如鲛人之锦,不着一丝纰类。意新语俊,字响调圆,增减一调

不得,颠倒一调不得,有规有矩,有声有色,众美具矣!

就套数之曲而论,要求做到众美俱全,其中包括作品的立意、间架、曲调、章句、照应、规矩、声色等,说明王骥德的批评着眼点,确实在传统的品藻文章、推敲字句、斟酌音律等方面大大前进了一步。他是把套曲创作的过程当作一个有机整体来考察的。所以他最反对那种"只漫然随调,逐句凑拍,拾掇为之,非不间得一二好语,颠倒零碎,终是不成格局"的作品。论及戏曲批评,他提出了著名的全面评论的原则。

> 论曲,当看其全体力量如何,不得以一二语偶合,而曰某人、某剧、某戏、某句某句似元人,遂执以概其高下,寸瑜自不掩尺瑕也。

王骥德所谓的戏曲"全体力量",大体包括以下几点。

一、立主意,抓头脑。王骥德主张戏曲作品一定要有"劝惩"的作用,对读者观众有所启示,"此方为有关世教文字。若徒取漫言,既已造化在手,而又未必其新奇可喜,亦何贵漫言为耶? ……故不关风化,纵好徒然,此《琵琶》持大头脑处,《拜月》只是宣淫,端士所不与也。"这里的"大头脑",义近于现在的主题思想。王骥德对《琵琶记》、《拜月亭》主题的分析,并不准确,反映出他的局限,可是重视作品"大头脑"是并不错的。对于剧本中最能表现主题的关键情节,王骥德认为应该着力描写,不能轻易放过。"传中紧要处……皆本传大头脑,如何草草放过。若无紧要处,只管敷演,又多惹人厌憎,皆不审轻重之故也。"将剧中主题思想与关键情节之间的辩证关系说得十分清楚。

二、定间架,情节结构要"整整在目"。王骥德非常重视艺术构思,要求作者动笔之前先有一个完整的布局。

> 作曲,犹造宫室者然。工师之作室也,必先定规式,自前门而厅、而堂、而楼,或三进,或五进,或七进,又自两厢而及轩寮,以至廪庾、庖湢、藩垣、苑榭之类,前后左右,高低远近,尺寸无不了然胸中,而后可施斤斲。作曲者亦必先分段数,以何意起,何意接,何意作中段敷衍,何意作后段收煞,整整在目,而后可施结撰。

《文心雕龙·附会》云:"何谓附会,谓总文理,统首尾,定与夺,合涯际,弥纶一篇,使杂而不越者也。若筑室之须基构,裁衣之待缝缉矣。"刘勰将筑室和缝衣比喻作文。这里王骥德以"作室"喻"作曲",在曲论界还是一个创举。同样,作曲须分"段数"的说法,强调思想内容、情节结构的完整和有机联系,也颇为精到。

三、贵剪裁,贵锻炼,有针线。王骥德分析杂剧和戏文的特点,指出应根据不同情况,处理素材力求详略得宜,跌宕有致。"北剧仅一人唱,南戏则各唱。一人唱则意可舒展,而有才者得尽其春容之致;各人唱则格有所拘,律有所限,即有才者,不能恣肆于三尺之外也。于是,贵剪裁,贵锻炼,以全帙为大间架,以每折为折落,以曲白为粉垩,为丹艧,勿落套,勿不经,勿太蔓,蔓则局懈,而优人多删削;勿太促,促则气迫,而节奏不畅达;毋令一人无着落,毋令一折不照应。"务必做到或如韩信之用兵,多多益善;或如"岳武穆之五百骑破兀尤十万众",以少胜多,该多该少,各得其宜。对于情节发展,王骥德提出要前后照应,连贯一致。他批评沈璟《坠钗记》"似缺针线"。说该戏"转折尽佳,特何兴娘鬼魂别后,更不一见,至末折忽以成仙会合,似缺针线。余……为补又二十七卢二舅指点修炼一折,始觉完全"。

四、关于人物形象的塑造,《曲律》论述不多,然所论颇为中肯。"古人往矣,吾取古事,丽今声,华衮其贤者,粉墨其慝者……"给贤者披上华美的礼服,给邪恶者涂抹以粉墨,以使"奏之场上",产生强烈的艺术效果。这是就人物品德的"贤"、"慝",加以夸张,使之更加突出,这里似已涉及人物的类型化,以及性格特征的刻画问题。又说剧作者"须以自己之肾肠,代他人之口吻",要求作者设身处地,准确把握人物思想、性格的特征,努力做到人物行动和语言的性格化;反之,如果人物的行动和语言不切性格特征,势必有损于人物形象的塑造。所以他批评《浣纱记》中范蠡所说的"尊王定霸,不在桓文下",与范蠡的身份不切,认为这话"施之越王则可"。赵夫人唱"金井辘轳鸣,上苑笙歌度,帘外忽闻宣召声,忙蹩金莲步",和夫人的身份不相称,"是一宫人语耳"。臣下有臣下的行动和语言,夫人有夫人的行动和语言,身份、性格不同,人物语言和行动也绝不能相混。

五、论宾白。"诸戏曲之工者,白未必佳,其难不下于曲"。针对前人重曲轻白的习惯,明确要求作者认真重视宾白,将宾白与剧曲并重,更好地将宾白运用起来,为刻画人物形象、展开故事情节、表现主题思想服务。又说"宾白亦曰说白",可分"定场白"和"对口白"。"定场白稍露才华,然不可深晦",要文而不晦涩,使观众人人听得明白。"对口白须明白简质,用不得太文字,凡用之乎者也,俱非当家"。又说,宾白之多寡,取决于剧情的需要,然而"大要多则取厌,少则不达,苏长公有言:'行乎其所当行,止乎其所不得不止',则作白之法也。"

六、论音律。王骥德论宫调、平仄、阴阳、用韵、字句等等戏曲格律,可谓面面俱到。他说宫调之采用"须称事之悲欢苦乐",仔细审度情节发展和人物性格特征,分别选用有关宫调,他认识到"以调合情,容易感动得人。"他还考虑到各宫各调之间的配合和过渡。"各宫各调,自相为次。又须看其腔之粗细,板之紧慢;前调尾与后调首要相配叶,前调板与后调板要相连属。"他批评那种以为南戏不配弦索不必拘于宫调的说法,指出:"不知南人第取按板,然未尝不可取配弦索。又譬置目眉上,置鼻口下,亦何妨视嗅,但不成人面部位,终非造化生人意耳。"强调宫调音律的合情与自然,填补了沈璟、汤显祖的缺陷。又论曲禁共四十项,罗列种种不合律处,如陈腐(不新采),生造(不现成),俚俗(不文雅),蹇涩(不顺溜),粗鄙(不细腻),错乱(无次序),蹈袭(忌用旧曲语意;若成语,不妨),太文语(不当行),太晦语(费解说),经史语(如《西厢》"靡不有初,鲜克有终"类),学究语(头巾气),书生语(时文气),颇为琐细,然对初学作者仍有一定参考意义。

七、论读书。王骥德主张剧作家应该广泛继承优秀的文化遗产,认真研读《诗经·国风》《离骚》、乐府、诗词和戏曲,丰富文学修养。博搜精采,融会消化,以便创作时取其神情标韵,从自己的笔下倾泻而出。

> 词曲虽小道哉,然非多读书,以博其见闻,发其旨趣,终非大雅。须自《国风》《离骚》、古乐府及汉、魏、六朝、三唐诸诗,下迨《花间》《草堂》诸词,金、元杂剧诸曲,又至古今诸部类书,俱博搜精采,蓄之胸中,于抽毫时,掇取其神情标韵,写之律吕,令声乐自肥肠满脑中流出,自然纵横该洽,与剿袭口耳者不同。胜国诸贤,及实甫、则诚辈,皆读书人,其下笔有许多典故,许多好语衬副,所以其制作千古不磨。

注意从文学遗产中汲取营养,这是并不错的。而且王骥德还反对在作品中卖弄学问,堆垛陈词滥调。他说:"古云:'作诗原是读书人,不用书中一个字。'吾于词曲亦然。"看来,他在处理读书与创作的关系上尚称通达。可是明代中叶以来,李开先等有识之士,早已提出"真诗乃在民间",要求从当代民间作品和口语中汲取创作养分,而王骥德专论与民间文学血肉关联的戏曲时,却未予论及,实为一个不小的缺陷。

本色新论

明代曲论家论本色,虽然具体的解释不尽相同,或以平易通俗为本色,或以真情实感为本色，或以宋元之旧为本色，但大都以本色与文词藻丽相对立。王骥德则主张本色与文采相结合，他从戏曲的发展演变中来考察："曲之始，止本色一家，观元剧及《琵琶》、《拜月》二记可见。自《香囊记》以儒门手脚为之，遂滥觞而有文词家一体。近郑若庸《玉玦记》作，而益工修词，质几尽掩。夫曲以模写物情，体贴人理，所取委曲宛转，以代说词，一涉藻缋，便蔽本来。然文人学士，积习未忘，不胜其靡，此体遂不能废，犹古文六朝之于秦汉也。"既指出"益工修词，质几尽掩"的缺陷，又公开承认"此体遂不能废"，采取比较灵活的兼收并蓄的态度。他又分析本色、文词二者的优长短缺：

> 大抵纯用本色，易觉寂寥；纯用文调，复伤雕镂。《拜月》质之尤者，《琵琶》兼而用之，如小曲语语本色，大曲引子……未尝不绮绣满眼，故是正体。《玉玦》大曲，非无佳处；至小曲亦复填垛学问，则第令听者愦愦矣。故作曲者须先认其路头，然后可徐议工拙。至本色之弊，易流俚腐；文词之病，每苦太文。雅俗浅深之辨，介在微茫，又在善用才者酌之而已。

可见王骥德根据剧中具体情况提出不同要求，使本色与文采相结合，以达到本色而不俚腐，有文采而不太粉饰。所以，在王骥德看来，不仅"老妪解得，方入众耳"之为本色；不失真我面目，不"蔽本来"之为本色。而且《西厢记》、《琵琶记》是本色之代表。"《西厢》组艳，《琵琶》修质，其体固然。何元朗并訾之，以为'《西厢》全带脂粉，《琵琶》专弄学问，殊寡本色'。夫本色尚有胜两氏者哉，过矣。"甚至说："于本色一家，亦惟奉常（汤显祖）一人。""至《南柯》、《邯郸》二记，则渐削芜颣，俯就矩度，布局既新，遣词复俊，其掇拾本色，参错丽语，境往神来，巧凑妙合，又视元人别一蹊径，技出天纵，匪由人造。"因是之故，王骥德批评沈璟以"庸拙俚俗"为本色是"认路头"错了，并且说："词隐传奇，要当以《红蕖》称首。其余诸作，出之颇易，未免庸率。然尝与余言，歉以《红蕖》为非本色，殊不其然。"其与沈璟持论之相左，竟一至于此。要之，在本色论上，王骥德实现了"剂众长于一冶"，博采众长，自出新意，故名之曰本色新论。

王骥德是曲律学家，又能编演戏曲，他善于在前人和自己创作、鉴赏的体验中，结合当时剧坛情况，广泛论述了南北曲各方面的问题，其中不仅有精到独创的见解，而且就《曲律》的系统性来看，也确实有不少超过前人之

处。王骥德的曲论,对于清初李渔《闲情偶寄》中的戏曲理论,有着明显的
影响。

徐 复 祚

　　徐复祚原名笃儒,字阳初,号谟竹,别署破悭道人、阳初子、洛诵生、休休
生、三家村老、忍辱头陀、悭吝道人等,常熟(今江苏常熟)人。生于明嘉靖
三十九年(1560),卒于崇祯三年(1630)以后。博学能文,尤长词曲。里人钱
谦益评论他的小令,谓可与高则诚相比(据《柳南随笔》卷一)。著有戏曲多
种,今存《红梨记》、《投梭记》、《宵光记》(一名《宵光剑》)及《一文钱》。另有
曲选《南北词广韵选》及笔记《三家村老委谈》(又称《花当阁丛谈》)三十六
卷,后人辑其中论曲部分为《曲论》一卷。
　　徐复祚论曲极力推崇沈璟,谓其作品"是词家宗匠,不可轻议";称其曲
论,"订世人沿袭之非,铲俗师扭捏之腔,令作曲者知其所向往,皎然词林指
南车也,我辈循之以为式,庶几可不失队耳。"然而,《曲论》并没有囿于沈璟
论曲之见,发表了不少值得注意的见解。徐复祚强调作曲应发扬元曲的本
色当行,反对雕章琢句、专在词藻的华丽上用功夫。"《香囊》以诗语作
曲……丽语藻句,刺眼夺魄。然愈藻丽,愈远本色。《龙泉记》、《五伦全备》,
纯是措大书袋子语,陈腐臭烂,令人呕秽,一蟹不如一蟹矣。"所谓本色当行,
并不是粗鄙的"倭巷俚语",而是便于舞台演出,能为观众所理解接受。

　　　　传奇之体,要在使田畯红女闻之而趯然喜,悚然惧;若徒逞其博洽,
　　使闻者不解为何语,何异对驴而弹琴乎?……文章且不可涩,况乐府出
　　于优伶之口,入于当筵之耳,不遑使反,何暇思维,而可涩乎哉!

这里指出了舞台演出时语言"不遑使反",即观众不能因听不清、听不懂而让
演员再唱再说一遍的特点,作为语言必须本色的理由,目的明确,极有说服
力,从而把对藻丽一派的批评与舞台演出相联系,比之泛泛而论确实推前了
一步。此外,在评王骥德的《题红记》、评《荆钗记》中,提出要结构谨严、线索
清楚、情节关目动人等要求。又在评《琴心记》时,指出该剧"头脑太乱,脚色
太多,大伤体裁,不便于登场"的缺点,也都公正而有见地。
　　关于作家作曲的目的,戏曲的社会作用,徐复祚说过这样的话:

　　　　《拜月亭》……弇州……又以"无风情,无裨风教"为二短,不知《拜

月》风情本自不乏，而风教当就道学先生讲求，不当责之骚人墨士也。

　　……余小子，何足比数？然亦每以作词见嫉于人。夫余所作者词曲，金、元小技耳，上之不能博高名，次复不能图显利，拾文人唾弃之余，供酒间谑浪之具，不过无聊之计，假此以磨岁耳，何关世事！安所□□，而亦烦李定诸人毒吻耶！

从文字上粗浅看来，徐复祚其人似乎是个以戏曲为玩物的纯艺术论者。然而事实并非如此，他在总结前人惨遭文字狱灾难的历史教训后省悟到，"死生祸福，不宰之谵悪，亦宁关乎口语，固自有天公主之。"既然人力回避不了，因之，他继续创作不已，表现出一种不畏权势诬陷的艺术勇气。他的杂剧《一文钱》就是一部有现实针砭意义的讽刺剧。该剧刻画一个名为卢至的土财主，爱钱如命，其吝啬程度达到惊人地步，如他限制妻儿的饭食，每天每人仅给二合（按：旧制一斗为十升，一升为十合）米，连生病也不闻不问，他自己甚至为节省开支而混到乞丐群里去乞讨剩饭。后由帝释化身为募化僧人，把他的几百万谷米财帛，都分给贫苦之人。清人王应奎对此剧曾有记载云：

　　余所居徐市……徐大司空杕聚族处也。前明之季，其族有二人，并擅高赀，而一最豪奢，一最吝啬者为诸生启新……其族人阳初为作《一文钱》传奇以诮之。所谓卢至员外者，盖即指启新也。（《柳南随笔》）

可知作者实取材于现实生活，有意识地塑造守财奴形象，予以辛辣讽刺和嘲弄。卢至这个吝啬鬼颇有典型意义。则以上所云"何关世事"云云，实际上仅是为避"毒吻"诬陷的一个遁词而已。

凌 濛 初

　　凌濛初（1580—1644），字玄房，号初成，又名凌波，又号波厔，别号即空观主人。浙江乌程（今湖州）人，副贡生。崇祯初年，授上海县丞，官至徐州通判。凌濛初工诗文，著述甚富。尤精于小说、词曲，著有短篇小说《拍案惊奇》两集，杂剧《蟆忽姻缘》、《莽择配》等。评选南曲，编为《南音三籁》。该书卷首附有《谭曲杂札》，为凌氏论曲之作。

　　《谭曲杂札》竭力推崇元曲的本色，对明代追求文词藻丽一派深加谴责。"曲始于胡元，大略贵当行不贵藻丽。……国朝……自梁伯龙出，而始为工丽之滥觞，一时词名赫然。盖其生嘉、隆间，正七子雄长之会，崇尚华靡，斉州公以维桑之谊,盛为吹嘘……以故吴音一派,竞为剿袭。靡词如绣阁罗帏、铜壶银箭、黄莺紫燕、浪蝶狂蜂之类,启口即是,千篇一律。甚者使僻事,绘隐语,词须累诠,意如商谜,不惟曲家一种本色语抹尽无余,即人间一种真情话,埋没不露已。至今胡元之窍,塞而未开,间以语人,如痼疾不解,亦此道之一大劫哉。"

对于汤显祖的作品,凌濛初的评价并不高,认为主要缺点在于音律方面。"近世作家如汤义仍,颇能模仿元人,运以俏思,尽有酷肖处,而尾声尤佳,惜其使才自造,句脚韵脚所限,便尔随心胡凑,尚乖大雅。至于填调不谐,用韵庞杂,而又忽用乡音,如'子'与'宰'叶之类,则乃拘于方土,不足深论,止作文字观,犹胜依样画葫芦而类书填满者也。"但他对吴江派作家的任意窜改也认为不妥,所以他说:"而一时改手,又未免有斫小巨木、规圆方竹之意,宜乎不足以服其心也。……"

凌濛初认为当时戏坛上三派中最差的是沈璟及其追随者一派:

> 沈伯英审于律而短于才,亦知用故实、用套词之非宜,欲作当家本色俊语,却又不能,直以浅言俚句,捅拽牵凑,自谓独得其宗,号称"词隐"。而越中一二少年,学慕吴《趋》,遂以伯英开山,私相服膺,纷耘竞作。……而以鄙俚可笑为不施脂粉,以生梗雉(疑作稚)率为出之天然,较之套词故实一派,反觉雅俗悬殊。使伯龙、禹金辈见之,益当千金自享家帚矣。

对于吴江、临川、昆山三派都不满意,却独独称赞《红梨记》"大是当家手,佳思佳句,直逼元人处,非近来数家所能。才具虽小狭于汤,然排置停匀调妥,汤亦不及,惜逸其名耳"。按,《红梨记》乃徐复祚所作,其思想意义比不上汤显祖的《四梦》。只是在语言风格、音韵格律、情节结构等方面有一定特点。凌濛初特别加以肯定,可以看出他的批评之侧重点所在。

《谭曲杂札》论故事情节,要求做到近人情,合人理,通世法,反对扭捏巧造,违反事物发展的规律。

> 戏曲搭架,亦是要事,不妥则全传可憎矣。旧戏无扭捏巧造之弊,稍有牵强,略附神鬼作用而已,故都大雅可观。今世愈造愈幻,假托寓言,明明看破无论,即真实一事,翻弄作乌有子虚。总之,人情所不近,人理所必无,世法既自不通,鬼谋亦所不料,兼以照管不来,动犯驳议,演者手忙脚乱,观者眼暗头昏,大可笑也。沈伯英构造极多,最喜以奇

事旧闻,不论数种,扭合一家,更名易姓,改头换面,而又才不足以运榫布置,掣衿露肘,茫无头绪,尤为可怪。……

对于沈璟作品的批评,可谓切中其弊。沈璟的作品如《博笑记》等,大都不能从概括生活上下功夫,去提炼故事情节,挖掘主题,而仅在故事情节等方面,刻意求新求奇,其结果不免流于为新而新,为奇而奇。他反对了别人的陈腐格套,而自己却构筑起新的格套:翻旧窠臼为新葫芦。这是汤显祖等所未能揭出的吴江派创作的一个弱点,也是古代戏曲创作中一部分文人的通病。

《谭曲杂札》强调宾白必须"直截道意","浅浅易晓",使不同身份的观众都能"一听而无不了然快意"。他反对在宾白中滥用对仗典故,甚至不顾人物的性格,满口之乎者也,子曰诗云,"花面丫头,长脚髯奴,无不命辞博奥,子史淹通,何彼时比屋皆康成之婢,方回之奴也。"

又论"尾声",认为"以词意俱若不尽者为上",如《拜月亭》中"自从别后信音绝,这些时魂惊梦怯,都管是烦恼忧愁将人断送也"。其次"词尽而意不尽",如"别离会合皆缘分,受过忧危心自忖,从今暮乐朝欢还正本"。要求言简意赅,意境深邃,为观众读者提供欣赏回味的广阔空间。

祁　彪　佳

祁彪佳(1602—1645),字虎子,一字幼文,又字宏吉,号世培,浙江山阴(今绍兴)人。祁彪佳的父亲祁承㸁是著名藏书家,收藏大量戏曲剧本。祁彪佳的兄弟族人如祁止祥、祁麟佳、祁豸佳等人均擅长戏曲。在这样的环境里,培养了祁彪佳对戏曲的浓厚兴趣,他能编能演,尤爱品赏。曾著有传奇《全节记》,演汉苏武故事。天启二年进士,为官屡受排斥。1645年清兵南下,破南京、杭州,明王朝覆亡,自沉于其别业的池水之中。他的《远山堂曲品》和《远山堂剧品》写成后三百多年未能刊印,一直不为人所知,直到1955年才公开出版;但这两部书不仅品评、著录比吕天成的《曲品》详细而丰富,而且其评论也有自己的见地。所以仍不失为明末有价值的戏曲批评著作,应该在文学批评史上占有自己的位置。

写作《远山堂曲品》与《剧品》,祁彪佳是受到吕天成《曲品》的启发。他企图通过这两部书的写作,对当时戏曲创作中的所谓"学究屠沽,尽传子墨;黄钟瓦缶杂陈,而莫知其是非"的现象发表自己的意见,他是有感而作的。

可是他对吕天成《曲品》的批评原则持不同见解。在《曲品叙》中，祁彪佳指出他与吕氏《曲品》的分歧：

> 故吕以严，予以宽；吕以隘，予以广；吕后词华而先音律，予则赏音律而兼收词华。要亦以执牛耳者代不数人。虑词帜之孤标，不得不奖诩同好耳。

分歧表现在两个方面。首先表现在选择品评对象"严、隘"与"宽、广"的差异。"吕《品》传奇之不入格者，摈不录，故至具品而止。予则概收之，而别为杂调。工者以供鉴赏，拙者以资捧腹也。"吕天成把不入选的摈弃不录，祁彪佳则另立"杂调"加以收录。现存《远山堂曲品》残稿"杂调"共录《三元记》至《玉钩记》传奇计四十六部，几乎全是当时盛极一时的弋阳诸腔的剧本。这些剧本往往被一般文人看成是坊间俗本，是一种不登大雅之堂的俗唱；士大夫们大都不屑一顾，一般曲论家也绝少有人给以评论介绍。但这些剧本绝大部分为舞台演出需要而创作，它们的作者大都是演剧艺人或布衣之士，一般颇受到广大普通观众的欢迎。则祁彪佳所主张的"宽、广"不仅在品评著录作品数量之多寡，更为重要的还包涵着对流行于民间舞台的弋阳腔剧本比较注意的因素。虽然祁氏对这些剧本的品评仍然表现出某种卑视，所谓"不及品者，则以杂调黜焉"，但毕竟比吕天成等摈弃不录的做法前进了一步。其次，所谓"后词华而先音律"与"赏音律而兼收词华"的分歧，祁彪佳提出"赏音律而兼收词华"的标准，不仅批评了吴江派吕天成，而且也是对汤显祖戏曲主张的批评。在他看来，"音律之道甚精，解者不易。……才如玉茗，尚有拗嗓，况其他乎。故求词于词章，十得一二；求词于音律，百得一二耳。品中虽间取词章，而重律之思，未尝不三致意焉。"所以任何只重词华或只重音律的主张都是片面的不足取的。吕氏《曲品》由于"后词华而先音律"，故将沈璟的作品统统列入"上之上"，而且放在汤显祖之前，这就有失公允。祁彪佳则两者兼顾，并且根据作家作品具体情况，区别对待。其《曲品凡例》指出："汤显祖他作入妙，《紫钗》独以艳称。沈词隐他作入雅，《四异》独以逸称。"纠正了吕天成不作分析的偏颇。祁彪佳所谓的"词华"、"词章"，实际上不完全是语言文字问题，在一定程度上涉及作品的思想内容。所以祁彪佳的"赏音律而兼收词章"的主张，与王骥德"必法与词两擅其极"的要求，在力避吴江、临川两派之短，兼取两家之长这一点上，可说是后先映照，有异曲同工之妙。当然，祁彪佳的品评，就思想内容而论，也仍然是驳杂的，譬如在

129

《剧品》中的"妙品"一类,既将徐渭的《渔阳三弄》、《翠乡梦》、《雌木兰》、《女状元》等思想性很强的作品著录,又将周宪王、朱有燉的七个作品如《苦海回头》一类封建说教的作品同时列入。实际上并没有真正做到辨别"黄钟"与"瓦缶",树立起"是、非"的严格标准来。可是,祁彪佳在战乱频仍,民族矛盾、阶级矛盾激烈尖锐的环境里,并不甘心于做一个麻木不仁的庸碌之辈。他在《大室山房四剧及诗稿序》中提出所谓文人"往往以其牢骚感慨,寄之诗歌以及词曲"的主张。换句话说,他主张借戏曲以抒发自己的激情。在《全节记序》中,他公开阐明创作主张,"借优孟衣冠,以开子卿之生面",利用这个剧本来发扬苏武出使匈奴后坚贞不屈"从容全节"的精神,以使"今而后不特图书记籍有子卿,即村落市廛妇竖之胸中,亦有子卿矣"。在《剧品》中对祁麟佳《大室山房四剧》之一的《救精忠》倍加赞扬:"阅《宋史》,每恨武穆不得生,乃今欲生之乎? 有此词,而桧、禼死,武穆竟生矣。"对剧中的秦桧之流深为痛恨,对岳飞抵抗侵略的精神敬仰不已。又如评陈与郊的《中山狼》:"借中山狼唾骂世人,说得透快,当为醒世一编,勿复作词曲观也。"所有这些,反映出祁彪佳利用戏曲来抨击时政、宣传爱国观念和民族意识的一番苦心。如果再联系祁氏在明清两朝更迭之际的表现,那么祁氏如不死,其理论贡献当更大。

祁彪佳在批评的方法上,也有他自己的见解。他提出,批评标准一定要严格而具体,方法则必须实事求是。"予操三寸不律,为词场董狐。予则予,夺则夺,一人而瑕瑜不相掩,一帙而雅俗不相贷。谁其能幻我以黎丘哉?"对于一个作家的不同作品,以及一个作品的各个组成部分,都要根据实际情况细加品评,做到"瑕瑜不相掩","雅俗不相贷",正确发挥戏曲批评发扬经验总结教训、推动创作的作用。这对于那些以偏概全,攻其一点不及其余,以及那些"词帜孤标",专门"奖诩同好"的批评,具有拨乱反正的作用。同时,祁彪佳又说,认真指出各个作品的优长短缺、成败得失,并不是要大家按一个模式创作,抹掉作家的创作个性,使得广大作家"不自安其位,齐起而为楚咻"。恰恰相反,而是珍视作家的特点,热情发扬他们的艺术创造性。他说:

> 不知夫予之品也,慎名器,未尝不爱人材。韵失矣,进而求其调;调讹矣,进而求其词;词陋矣,又进而求其事。或调有合于韵律,或词有当于本色,或事有关于风教,苟片善之可称,亦无微而不录。

这种爱惜人材、尊重别人的创作、片善必录的主张的实现,对于戏曲的发展无疑具有积极的推动作用。因为由于人们的需要、兴趣和爱好的不同,要求戏曲艺术必须丰富多彩;而只有充分发挥戏曲家的个性和艺术创造性,才能满足广大观众的需要。

对于戏曲的艺术形式,祁彪佳也非常重视。如评《旗亭记》,除肯定它的思想意义,又指出"曲亦爽亮,但铺叙关目,犹欠婉转";评《轩辕记》:"意调若一览易尽,而构局之妙,渐入佳境,所谓深味之而无穷者";评《水浒记》:"记宋江事,且得剪裁之法。曲虽多稚弱句,而宾白却甚当行,其场上之善曲乎!"评《真傀儡》:"境界妙,意致妙,词曲更妙";评王骥德《男王后》:"取境亦奇,词甚工美,有大雅韵度。但此等曲,玩之不厌,过眼亦不令人思";评《倩女离魂》:"方诸生精于曲律,其于宫韵平仄,不错一黍,若是而复能作本色之词,遂使郑德辉《离魂》北剧不能专美于前矣。白香山作诗,必令老妪能解,此方诸生之所以不欲曲为案头之书也"等等,对所评作品艺术上之成败得失之分析,都能比较具体而切当。

131

第三章　明代的小说批评

第一节　历 史 小 说 论

蒋　大　器

　　长篇通俗小说《三国志演义》的出现,标志着我国小说创作进入了一个新的历史阶段。《三国志演义》是一部历史小说。作者在宋元讲史话本的基础上,根据历史事实和民间流传的三国故事,加以适当的选择、剪裁、编排,再杂以作者本人的想像和捏合,编写成了这样一部成功的作品。历史证明,它是我国历史小说中最优秀最流行的一部。它的问世,不仅激发了大批作家创作历史小说的热情,而且也将小说理论批评引进了一个新的领域。

　　目前我们能见到的最早的《三国志演义》刻本,是嘉靖年间刊印的《三国志通俗演义》。前有弘治甲寅(公元 1494 年)庸愚子序一篇。根据序文署名后的印章,可知庸愚子即浙江金华人蒋大器。其人具体情况不详。

　　蒋大器的《三国志通俗演义序》是现存最早的一篇批评《三国志演义》的文章,也是我国第一篇通俗长篇小说的专论。这篇序文并不就事论事,局限于对一本书的评价,而是高屋建瓴,从讨论历史小说的特点和意义入手来批评《三国志演义》,因此颇具理论色彩和带有一定的普遍意义。文章开头指出,撰写史书意义重大:

> 夫史,非独纪历代之事,盖欲昭往昔之盛衰,鉴君臣之善恶,载政事之得失,观人才之吉凶,知邦家之休戚,以至寒暑灾祥,褒贬予夺,无一而不笔之者,有义存焉。

这是说,编写史书不是纯客观地记录一些历史现象,而是要认真地总结历史的经验,鲜明地表示作者的态度,使作品具有强烈的思想教育意义。这应该是历史著作和历史小说的共同之点。然而,历史小说毕竟不同于历史书籍,两者各有特点。因此,作者紧接着指出:

> 然史之文,理微义奥。……此则史家秉笔之法,其于众人观之,亦尝病焉。故往往舍而不之顾者,由其不通乎众人。而历代之事,愈久愈失其传。

这就指出了历史书籍文字艰深,一般"众人"观之不通其文,读之不解其义,兴味索然,势必疏远,久而久之,就要失传。那它有再高深的理论、重要的意义,也将在现实生活中起不了任何作用。在这里,作者站在"众人"的立场上,论述了一般历史著作的局限性,从而反证了历史小说"通俗"的优点及其编写历史小说的重要性。

文字通俗,并不等于质木无文。蒋大器在批评一般历史书籍文字深奥难读的同时,也指责了前代讲史鄙谬粗野的弱点:

> 前代尝以野史作为评话,令瞽者演说,其间言辞鄙谬又失之于野,士君子多厌之。

蒋大器批评了历史书籍和讲史话本这两种与历史小说最接近的文体的不同倾向之后,以《三国志通俗演义》为典范,提出了编写历史小说的原则意见:

> 若东原罗贯中,以平阳陈寿传,考诸国史,自汉灵帝中平元年,终于晋太康元年之事,留心损益,目之曰《三国志通俗演义》。文不甚深,言不甚俗,事纪其实,亦庶几乎史。盖欲读诵者人人得而知之,若诗所谓里巷歌谣之义也。

这里实际上说了三点。其一,历史小说的内容当依据史实,有所损益。历史小说既然编写的是历史事件,当然要以历史记载为依据,所谓"事纪其实"。《三国志通俗演义》就是以陈寿《三国志》等史籍所载而写成。但历史小说不能照录史书,而要"留心损益",加以适当的剪裁和创造,写出来的作品就"庶几乎史"而不是史。其二,历史小说的形式当"文不甚深,言不甚俗",雅俗共赏,文质彬彬。作者曾引用了《论语》中的"质胜文则野,文胜质则史"的话,说明历史小说既不是"史",也不能"野",既能供士大夫欣赏,也能给民众观看,使之人人能读,人人喜爱,"争相誊录,以便观览"。其三,创作历史小说

133

当有所寓意,赋予一定的思想意义。蒋大器强调小说的通俗性,主要也就是为了"欲读诵者人人得而知之",不但获得历史的知识,而且理解作品的寓意,读后"有所进益",正如"诗所谓里巷歌谣之义"一样,使作品在社会上产生一定的作用。正因此,蒋大器在文章的最后十分强调读者阅读小说时,当深求其义,自觉地领受教育,所谓"观演义之君子,宜致思焉":"若读到古人忠处,便思自己忠与不忠? 孝处,便思自己孝与不孝? 至于善恶可否,皆当如此,方是有益。若只读过而不身体力行,又未为读书也。"

蒋大器的这些观点,反映了他具有明察历史小说艺术特点的慧眼,也具备了为民众考虑问题的进步立场。这就决定了《三国志通俗演义序》不仅为批评长篇通俗小说写下了崭新的篇章,而且奠定了我国历史小说理论的基础,在我国小说批评史上具有重要的地位。

正 史 之 补 说

《三国志演义》之后,长篇历史演义小说大批出现。上自远古,近至当代,一朝史事,多有所述,及至明末,共有二十余部。这正如可观道人序冯梦龙《新列国志》云:"自罗贯中氏《三国志》一书,以国史演为通俗演义,汪洋百余回,为世所尚,嗣是效颦者日众,因而有《夏书》、《商书》、《列国》、《两汉》、《唐书》、《残唐》、《南北宋》诸刻,其浩瀚与正史分签并架。"历史小说如此大量的涌现,必然促进有关理论批评的发达。

当时继《三国志演义》后首先出现的通俗长篇历史小说是罗贯中的《隋唐志传》。据现存杨慎批评本《隋唐志传》和褚人获《隋唐演义》前都有林瀚序一篇。两本林序略有出入,但大致相同。林瀚(1434—1519),字亨大,号泉山,闽县人,成化进士,官至吏部尚书,致仕卒。其序略云:

> 罗贯中所编《三国志》一书,行于世久矣,逸士无不观之。而隋唐独未有传志,予每憾焉。前寓京师,访有此书,求而阅之,知实亦罗氏原本。第其间尚多阙略,因于退食之暇,遍阅隋唐诸书,所载英君名将忠臣义士凡有关风化者,悉为编入,名曰《隋唐志传通俗演义》。盖欲与《三国志》并传于世,使两朝事实愚夫愚妇一览可概见耳。……若予之所好在文字,固非博弈技艺之比。后之君子能体予此意,以是编为正史之补,勿第以稗官野乘目之,是盖予之至愿也夫。

林瀚是一位显官,在社会上颇负声望,故此序即使是伪托,也对其时小说界产生相当的影响。他在序中提出编写历史小说的宗旨是"为正史之补"。所谓"正史之补",就是在内容上将"凡有关风化者悉为编入",在形式上也只是将"两朝事实"演为俗语,使"愚夫愚妇一览可概见耳"。显然,这个提法在主观上是为了提高历史小说的社会地位,要人们"勿第以稗官野乘目之"。但正在这里,暴露了作者作为一个上层官僚和正统文人,力图将历史小说纳入为封建统治服务的轨道及根深蒂固的对小说的偏见。他重视历史小说,主要是站在史学的圈子内把它当作一种历史知识的普及本,而不是站在小说家的角度上把它当作是一种文学作品。这种"正史之补"说对后来历史小说的编撰者和批评家的主要影响,也就是严格地依傍史籍,记载史实,强调历史的真实性,忽视小说的文学性。不过,由于"补"字本身的意义比较含混,可以产生两种不同的理解。一种是仅指以详"补"简,只是在更为广泛地搜集可靠史料的基础上,以补正史的阙略疏漏,最后还不失为一部真实的历史;另一种则也指以虚"补"实,将野史杂记、民间传说,乃至虚构想像,都来补史,最后写成一部虚实相间、真幻互出的新作品。这就使以后的历史小说理论,尽管在表面上都主张补史,但实际上形成了两种流派:一种是强调崇实翼史,另一种则重视真幻相混。

羽 翼 信 史 说

假如说林瀚的"正史之补"说在客观上还可能造成两种不同理解的话,那么到署名修髯子的《三国志通俗演义引》提出的"羽翼信史"说,就明确地强调历史演义必须完全忠于历史事实了。修髯子,即关西人张尚德,生平不详。《三国志通俗演义引》也见于嘉靖刊本《三国志通俗演义》卷首。文章写于嘉靖壬午,即公元1522年,比蒋大器《三国志通俗演义序》迟出二十八年。当时,在诗文领域内复古之风方炽,正统文人习惯于将经史视为正道,这就很容易地把历史演义简单地纳入普及历史知识的轨道。张尚德在《三国志通俗演义引》中说:

> 史氏所志,事详而文古,义微而旨深,非通儒夙学,展卷间,鲜不便思困睡。故好事者以俗近语,檃括成编,欲天下之人,入耳而通其事,因事而悟其义,因义而兴乎感,不待研精覃思,知正统必当扶,窃位必当诛,忠孝节义必当师,奸贪谀佞必当去,是是非非,了然于心目之下,禅

益风教,广且大焉。

表面看来,这段话似乎概括了蒋大器序的基本内容,其实两文具有很大的区别。蒋大器主张历史小说"事纪其实",只是要求达到"庶几乎史",允许有一定的虚构和创造。张尚德则不然。他理解的历史小说只是"以俗近语,櫽栝成编",不允许有作家的艺术加工。用他的话来说,就是要"羽翼信史而不违"。张尚德的这种观点,反映了当时社会上的正统看法,反过来又影响着以后历史小说的创作和批评,逐渐形成了严格依傍历史记载的"羽翼信史"派。

在嘉靖、万历年间创作历史小说的热潮中,羽翼信史派的代表作就是《列国志》。《列国志》的最初历史演义本是余邵鱼的《列国志传》。余邵鱼,福建建安(今建瓯)人。他在万历丙午(1606)年写的《题全像列国志传引》中说:

> ……故继诸史而作《列国传》,起自武王伐纣,迄今秦并六国,编年取法麟经,记事一据实录。凡英君良将,七雄五霸,平生履历,莫不谨按五经并《左传》、十七史、《纲目》、《通鉴》、《战国策》、《吴越春秋》等书,而逐类分沉。且又惧齐民不能悉达经传微辞奥旨,复又改为演义,以便人观览,庶几后生小子开卷批阅,虽千百年往事,莫不炳若丹青,善则知劝,恶则知戒,其视徒凿为空言以炫人听闻者,信天渊相隔矣。继群史之退纵者,舍兹传其谁归?

可见,《列国志传》的编写原则就是"一据实录",谨按群史,反对"为空言以炫人听闻"即进行虚构、想像的艺术加工。后来,余象斗重印《列国志传》时写的《题列国序》,陈继儒为此书作评写序,都进一步申述了这种观点。余象斗,字仰止,自称三台山人,是余邵鱼的族孙,有名的通俗小说的编著者和刊行者。陈继儒(1558—1639),字仲醇,号眉公、麋公,华亭(今上海松江)人,在当时文坛上颇有声名,曾评点过多种小说和戏曲。他们一致认为,忠于史实的《列国志传》甚至比诸史所载还要可靠翔实、条理分明。余象斗说,"世无信史";十七史"其序事也,或出幻渺;其意义也,或至幽晦",往往使人迷惘不解。特别于东周列国之际,史事纷繁,漫无头绪,若无良史编纂,更是难读难解。陈继儒在《叙列国传》中也说:"《左》、《国》之旧,文彩陆离,中间故实,若存若灭,若晦若明,有学士大夫不及详者,而稗官野史述之。"在这基础上,余象斗指出《列国志传》的编纂方法和成就说:

> ……旁搜列国之事实,载阅诸家之笔记,条之以理,演之以文,编之
> 以序,胤商室之式微,坦周朝之不腊,炯若日星,灿若指掌,譬之治丝者,
> 理绪而分,比类而理,毫无舛错,是诚诸史之司南,吊古之骏叟也。

这里,余象斗站在"羽翼信史"的立场上为区别历史小说和历史著作而作了
探讨。开始,人们在区别这两者时比较侧重在语言的古奥还是通俗上。陈
继儒在《叙列国传》中也只是指出历史小说"事核而详,语俚而显"的特点。
余象斗在这里根据《列国志传》的特色而再加上了三点:"条之以理,演之以
文,编之以序"。这认识显然有所进步,但毕竟还是着眼于形式上。至于对
内容的要求,他仍然坚持要依据"列国之事实"和"诸家之笔记"。他认为,只
有所记的事实可信,所序的条理分明,才能成为"诸史之司南,吊古之骏叟"。
他心目中理想的历史小说也就是要像《列国志传》那样成为诸史的典范。归
根到底,他只是把《列国志传》这样一部作品当作优秀的历史读物而不是文
艺小说。

《列国志传》虽然标榜依据实录,摒弃了宋元讲史话本《七国春秋平话》、
《秦并六国平话》等严重违反史实的情节,但实际上仍然保存了一些民间传
说和前代讲唱文学所铺叙的故事,如"临潼斗宝"、"秋胡戏妻"等。明末冯梦
龙就在《列国志传》的基础上进一步严格地删除了一些不符史实的故事传
说,并根据《左传》、《史记》诸书,增添了不少内容,改编成《新列国志》。其
《新列国志凡例》和署名为吴门可观道人者为其作序,都进一步强调历史小
说必须忠于史实。《凡例》指出:"旧志事多疏漏,全不贯串,兼以率意杜撰,
不顾是非。"而《序》则更以大量的篇幅详细地分析了《列国志传》中"秦哀公
临潼斗宝一事,久已为闾阎恒谭,而其纰缪乃更甚",指责这类民间传说为
"鄙俚"、"呓语","但可坐三家村田塍上指手画脚,醒锄犁瞌睡,未可为稍通
文理者道也。"以此为例,序文批评《列国志传》"其他铺叙之疏漏,人物之颠
倒,制度之失考,词句之恶劣,有不可胜言者矣"。接着,它就《新列国志》的
改编特点,谈到了演述历史小说的原则:

> 本诸《左》、《史》,旁及诸书,考核甚详,搜罗极富,虽敷衍不无增添,
> 形容不无润色,而大要不敢尽违其实,凡国家之废兴存亡,行事之是非
> 成毁,人品之好丑贞淫,一一胪列,如指诸掌。

《凡例》也略作补充说:"兹编一案史传次序,敷演本事取其详,文摄其略。其
描写摹神处,能令人击节起舞;即平铺直叙中,总属血脉筋节,不致有嚼蜡之

137

消。"他们在这里虽然明确地允许历史小说在细节上可略加渲染,在文字上可稍加润饰,以使作品有一定的趣味和感染力,但于基本的故事情节、人物的好坏臧否、制度的设施废置等大的方面,还是要求在广泛搜集材料的基础上,详加考核,不违其实。因此《新列国志》尽管某些章节写得文字流畅,故事生动,细节也颇为丰富,人物也比较完整,但删芟了原书的某些民间传说和虚构的情节,增补了列国大事,更严格地依傍正史,这就显得更像通俗的历史读物,有些部分简直就是正史材料的联缀和演绎了。而这也正是可观道人的理想:"与二十一史并列邺架,亦复何愧。"《新列国志》就是根据这些精神来改编的。因此,不难理解《新列国志》及据此略作修饰的《东周列国志》成为我国小说史上近乎历史读物的代表作了。

"羽翼信史"说确是束缚了人们对历史小说文学性的正确认识,阻碍了我国历史小说的健康发展。当时,像胡应麟这样对小说研究比较重视并认识到有其"幻设"特点的人,竟然也会在历史小说面前徘徊起来。他对《三国志演义》的某些细节不见于正史就提出责问:《演义》何所据哉?"甚至错误地咒骂这部小说"绝浅陋可嗤也"(《少室山房笔丛》)。但是我们也应该看到,在正统文人普遍将小说视为"芜秽之谈"、"愚民祸本"时,他们强调历史小说"补经史之未赅"(陈继儒《叙列国传》),这对提高小说的价值和社会地位还是起到了积极的作用。同时,他们鼓励这类历史小说的创作,对普及历史知识也是有意义的。这正如陈继儒在《唐书演义序》中所说的:"演义,以通俗为义也者。故令流俗节目不挂司马、班、陈一字,然皆能道赤帝,诧铜马,悲伏龙,凭曹瞒者,则演义之为耳。"因此,我们不能简单地加以否定。

传 奇 贵 幻 说

由于传统文学观点的束缚和明代中期复古风气的浓厚,社会上对于历史小说的看法倾向贵真传信者居多,而重视其小说特点者较少。首先明确将小说和史书区别,并有意识地作为小说来创作历史演义的是熊大木。熊大木,字钟谷,又字鳌峰,福建建阳人,嘉靖时书坊主人,亲自编写了不少历史小说,如《全汉志传》、《唐书志传》、《宋传》、《宋传续集》、《大宋演义中兴英烈传》等。他在《大宋演义中兴英烈传序》中发表了与众不同的、自称为"邪说"的意见:

> 或谓小说不可紊之以正史,余深服其论。然而稗官野史实记正史

之未备,若使的以事迹显然不泯者得录,则是书竟难以成野史之余意矣。……则史书、小说有不同者,无足怪矣。

他注意到了小说与史书有所不同,所以主张在编写历史小说时,既以"本传行状之实迹,按《通鉴纲目》而取义",而又要"用广发挥",编造不少故事,摆脱单纯堆垛史料的习气。李大年在为其《唐书演义》作序时也指出了这种特点:"《唐书演义》,书林熊子钟谷编集。书成以视余,遂首末阅之,似有紊乱《通鉴纲目》之非。"这是因为书中不少地方是凭"一臆之见",甚至是"全谬"于正史。这在正统的文人看来,当然"是书不足以行世",但从小说创作与批评的历史上来考察,这种"其事实时采谰狂,于正史或不尽合"(陈继儒《唐书演义序》)的做法和"邪说",确是开了一代的风气。

熊大木指出了小说与史书不同,但没有作深入的探讨。万历年间,随着《水浒》、《西游》等小说的引人注目,人们对小说的特点认识逐渐清楚,随之而对历史小说也有进一步的理解。署名"玉茗主人"的《北宋志传序》指出历史小说"志有所寄,言有所托",重在寄寓作者的思想感情而不是忠实地纪录历史;无名氏《续编三国志序》提到了在"增损"史实时,小说要具体形象地反映现实,所谓"摹神写景,务肖妍媸","俾古人心迹,炳若日星,即庸夫俗子,鄙薄懦顽,罔不若目睹其事";无名氏《续编三国志后传引》则从美感作用的角度上来说明"通俗小说固非国史正纲"而能"豁一时之情怀",所以尽管"百无一真"而"人悦而众艳"。这些都从不同的侧面来强调历史小说不必拘泥于史实,而可以适当地进行艺术虚构,写"乌有先生之乌有",比之熊大木来有所进步。

崇祯六年(1633),袁于令根据罗贯中的《隋唐两朝志传》、熊大木的《唐书志传通俗演义》、无名氏的《隋炀帝艳史》等演述隋唐故事的小说,改编成了一部新颖的《隋史遗文》,描述了隋末农民起义和唐代开国的故事。袁于令(1592—1674),名晋,又名韫玉,号箨庵、吉衣主人、幔亭过客等,吴县(今属江苏省)人,明生员,入清后任荆州知府,撰有小说《隋史遗文》外,还作传奇《西楼记》等八种和杂剧一种。他的《隋史遗文序》是历史小说理论批评史上比较重要的一篇文章。这篇文章,接过了林瀚《隋唐两朝志传序》提出的"正史之补"的论点,但并不按林瀚所欣赏的忠于"两朝事实"的方面加以引申,而是继承、发展了熊大木《大宋演义中兴英烈传序》"用广发挥"的观点,坚决地批驳了无名氏《隋炀帝艳史凡例》中所说的"悉遵正史,并不巧借一事,妄设一语",强调"可征可据","传信千古"的论调。文章云:

> "史"以"遗"名者何？所以补正史也。正史以纪事。纪事者何？传
> 信也。遗文以搜逸。搜逸者何？传奇也。
>
> 传信者贵真……如道子写生，面奇逼肖。传奇者贵幻，忽焉怒发，
> 忽焉嘻笑，英雄本色，如阳羡书生，恍惚不可方物。

所谓"幻"，就是指艺术的想像、夸张和虚构。历史小说不同于历史著作的原则区别就在于"贵幻"而不是"贵真"。袁于令用最清楚的语言指出了这一点。他认为，在创作这类历史小说时，主要不是依据史书，所谓"什之七皆史所未备者"，而是要根据作者的创作意图，"可仍则仍，可削则削，宜增者大为增。"但是，艺术的虚构必须符合生活情理和历史真实。那种"慷慨足惊里耳而不必谐于情，奇幻足快俗人而不必根于理"，乃至"袭传闻之陋过于诬人，创妖艳之说过于凭己"的现象都是必须避免的。这就是袁于令所认识的历史小说的创作观。最后他指出，"贵幻"的历史小说与"贵真"的历史著作在表现形式上虽然迥然有异，而其实质是殊途而同归，"相成"而非"相病"。这是因为两者具有共同的编撰目的："昭好去恶，提醒颛蒙。"也正是在这个意义上，袁于令才认为历史小说"于正史之意不无补云"。很清楚，袁于令基本上跳出了史学家的框框，从小说家的立场上来论述历史小说的。而且，他也比较有分寸地注意了艺术虚构与历史真实的关系。因此，袁于令的这种传奇贵幻论，在我国古代历史小说的理论批评史上无疑是引人注目的。

演 述 政 事 说

历史小说发展到明代后期，上自开天辟地，下至朱明定鼎，历朝兴亡，按代演绎，几乎都有了成书。而当时社会的阶级矛盾和民族危机不断加深，统治阶级内部的斗争也十分尖锐。文人们逐渐感到借用历史题材来托古讽今、寄托理想，未免有点隔靴搔痒、远离现实，而应该运用在社会上日见威力的小说来直接反映当前的政治矛盾，紧密地为现实斗争服务，于是涌现出了一批以当前重大政治斗争为题材的长篇小说，如《于少保萃忠全传》、《梼杌闲评》、《斥奸书》、《平虏传》、《辽海丹忠录》等。这种倾向当然也会反映到小说理论批评中来。

陆人龙(峥霄主人)的《斥奸书凡例》曾明确指出：

> 是书动关政务，事系章疏，故不学《水浒》之组织世态，不效《西游》

之布置幻景，不习《金瓶梅》之闺情，不祖《三国》诸志之机诈。

这就清楚地说明《斥奸书》是一种新型的不同于《水浒》、《西游》、《金瓶》、《三国》一类的作品，其特点就是"动关政务，事系章疏"，描写朝廷政事，反映现实斗争。

这类小说的序言还指出了作家之所以把眼光从遥远的过去移到了当前的斗争上来，主要是由于他们关心国家大事，忧患民族危亡，心不能已，才诉之于笔。这正如陆云龙(翠娱阁主人)《辽海丹忠录序》所说的，在忠良蒙冤，奸佞横行，国难当头，可痛可哭之时，"一腔热血洒何地？不洒于国为谁洒乎？……顾铄金之口，能死豪杰于舌端；而如椽之笔，亦能生忠贞于毫下，此予《丹忠录》所繇录也。"吴越草莽臣的《斥奸书自叙》也说："予秉赋劲骨，稜稜不受折抑，更有肠若火，一郁勃殊不可以火沃火，故每览古今事，遇忠孝困于谗，辄淫淫泪落，有只字片语，必志之以存其人，至奸雄得志，又不禁短发支髿立也。"当"魏阉立朝"，"国事几莫可为"之时，"终以在草莽，不获出一言暴其奸，良有隐恨"，而一旦"大奸既拔"，即奋笔斥奸。这就是他的"立言之意"。

他们还指出，这类政治小说的内容一般都取材于当时的邸报和朝野之史。如《斥奸书凡例》说："是书自春徂秋，历三时而始成。阅过邸报，自万历四十八年至崇祯元年，不下丈许，且朝野之史，如正续《清朝》、《圣政》两集、《太平洪业》、《三朝要典》、《钦颁爱书》、《玉镜新谭》，凡数十种。一本之见闻，非敢妄意点缀，以坠绮语之戒。"此外，也有采之传闻的，如吟啸主人作《平虏传》，就在"阅邸报"的同时，"凡遇客自燕来者辄促膝问之"，所以特别取名为"近报丛谈平虏传"。他自己解释这个书名说："近报者，邸报；丛谈者，传闻语也。"作者依据这些材料，加以萃聚、排列，"首尾纪之"(林从吾《萃忠录叙》)，或则使"其间纪各有序，事各有论，宜详者详，略者略"(《斥奸书凡例》)，只是进行简单的加工，使读者"一览了了"，悲泣感动，以表达作者"按捺奸邪尊有道，赞扬忠孝削逸人"(《梼杌闲评总论》)的创作精神，达到"有补于人心世道"(《平虏传序》)的目的。显然，当时这批主张小说演述当前政事论者是站在维护明王朝的立场上的。他们所宣扬的"好恶一本于大公"，实际上主要还是依据儒家的正统思想。由于他们要求小说简单地成为褒贬忠奸的工具，只是将仓促搜集起来的第二手材料略加剪裁和拼凑，再往往加上繁冗的议论说教，因此这些作品在艺术上显得粗糙，缺乏生命力。这种理论和创作倾向到清末又得到了进一步的发展。

141

第二节　吴承恩及谢肇淛

吴　承　恩

吴承恩(约 1500—约 1582),字汝忠,号射阳山人,山阳(今江苏淮安)人。嘉靖中补贡生,后任浙江长兴县丞,不久即"拂袖而归",专意著述。有《射阳先生存稿》四卷。目下一般认为优秀的神怪小说《西游记》也出于他之手。陈文烛《吴射阳先生存稿序》称他与人"论文论诗不倦",其主旨似与七子近同:"文自六经后,惟汉魏为近古;诗自三百篇后,惟唐人为近古。"但吴接着又说:"近时学者,徒谢朝华而不知畜多识,去陈言而不知漱芳润,即欲敷文陈诗,溢缥囊于无穷也,难矣。"此论则比何、李通达得多,故其诗作,多自胸臆出之。朱彝尊《明诗综》四十八谓其诗"习气悉除,一时殆鲜其匹"。吴承恩的诗作浪漫主义气息又特浓,故被陈文烛称为"李太白、辛幼安之遗也"。至于在小说理论批评方面,吴承恩虽未留下完整的理论,就是对《西游记》也未存一词,但就他的《禹鼎志序》及其他诗文中反映的一些见解来看,对我们认识《西游记》一类神怪小说还是颇有价值的。

《禹鼎志》是吴承恩根据民间传说编写的一部传奇小说集,可惜早已亡佚。《左传·宣公三年》曾载有夏禹铸鼎事:"远方图物,贡金九枚,铸鼎象物,百物而为之备,使民知神奸。"杜预注:"图鬼神百物之形,使民逆备之。"可见,吴承恩以"禹鼎"为名,所记乃鬼神百物、怪异奇闻之类,以使民懂得防备这些"神奸"的道理。这与《西游记》大有相通之处。因此,《西游记》假如确为吴承恩所编定的话,《禹鼎志》就可以说是《西游记》的创作准备,《禹鼎志序》也可看作是编写《西游记》的一个说明。其序开头就云:

> 余幼年即好奇闻。在童子社学时,每偷市野言稗史,惧为父师诃夺,私求隐处读之。比长,好益甚,闻益奇。迨于既壮,旁求曲致,几贮满胸中矣。

这一段话,说明了吴承恩从小就爱好神奇的故事传闻和民间的通俗小说,并自觉地注意"旁求曲致",广为搜罗,长期积累。因此,他具有丰富的民间神话和传说的知识,汲取了创作神怪小说的宝贵的营养和素材,同时也熟悉了这种表现形式,提高了自己的表现能力,这就为他创作《西游记》这样杰出的作品打下了坚实的基础。事实上,对于任何一个优秀的幻想小说作家来说,这都是一个必备的条件。

要创作小说,特别是长篇小说,必须经过长期的酝酿,反复的琢磨,不断的提炼,到最后,对书中的人情物理,胸有成竹,进入不得不写的境地后才能奏效。吴承恩在鬼怪故事"几贮满胸中"后,就想创作小说而并不挥笔就写。他紧接着上文所引的一段话后又说:

> 尝爱唐人如牛奇章、段柯古辈所著传记,善模写物情,每欲作一书对之,懒未暇也。转懒转忘,胸中之贮者消尽。独此十数事,磊块尚存,日与懒战,幸而胜焉,于是吾书始成。因窃自笑,斯盖怪求余,非余求怪也。彼老洪竭泽而渔,积为工课,亦奚取奇情哉?

这里具体地说明了他创作这部小说的长期酝酿的过程。到最后时,"怪求余,非余求怪也",是书中的形象一再激发着他,才最后把书写成。这种小说的酝酿过程,首先是作家思想认识不断深化的过程。像吴承恩这样一个"平生不肯受人怜,喜笑悲歌气傲然"(《赠沙星士》)的人,正因为在漫长的岁月里"世味由来已备尝"(《庚戌寓京师迫于归志呈一二知己》),就逐步深入地认识了"行伍日凋,科役日增,机械日繁,奸诈之风日竞"(《赠卫侯章君履任序》)的黑暗社会。这样,他那种豪放奇特、幽默诙谐的性格和对社会的深切认识结合起来,就更明确到要在笔下的鬼怪中寄寓自己的思想。同时,酝酿的过程也是在艺术上精益求精的过程。吴承恩对志怪小说的艺术特点是有所认识的。他认为小说要"善模写物情",志怪要达"奇情"。他几次提到了艺术作品要有"情趣"和"真趣"。特别是他的《序伎赠写真李山人》一文,论述了李山人画肖像的三种境界,精辟地道出了提高艺术修养的不同阶段。第一种境界,只是"鲜然与人群",观察对象的"老少者异状,肥瘠者异质,黔皙者异色,长短者异形,妍丑者异姿",记住其形体、面目的特征,这样画出来的人虽然"恍然若觌斯人",但失者还较多。第二种境界则是画家与对象相互熟习后,"于是舍其格,遗其形,求之于俯仰,求之于瞻眺,求之于笑貌,求之于态,求之于情","心或若戚然其有谋,犁然其有酬",于是下笔作画,肖像能生动逼真,"若与斯人笑语馨咳徘徊焉"。这时,败笔就较少。第三种境界是在大量实践的基础上，忘掉了画画是一种伎艺，也不刻求于貌如何，态如何，作画时"忽焉若觌斯人于素，又忽焉若见斯人矜色而待余"。这时，画十得十，不失其一，进入了"化境"。吴承恩这里虽然是论画，但正如他自己认识的那样：这与其他学问之道和艺术创作是息息相通的。他的这些见解，实际上也是他自己在小说中塑造人物形象的切身感受。

吴承恩在《禹鼎志序》中还指出，创作志怪小说必须有明确的创作目的和严肃的创作态度：

> 虽然吾书名为志怪，盖不专明鬼，时纪人间变异，亦微有鉴戒寓焉。昔禹受贡金，写形魑魅，欲使民违弗若。读兹编者，傥慺然易虑，庶几哉有夏氏之遗乎？国史非余敢议，野史氏其何让焉。作《禹鼎志》。

志怪小说的通病就是浮于妖魔鬼怪的变幻、荒诞离奇的想像，而忽略作者的寄寓和对现实的作用。吴承恩强调自己的创作不专在"明鬼"，而也"时纪人间变异"，要像写"国史"那样来要求自己，通过对现实世界的反映和揭露，对世人有所"鉴戒"，以达到社会教育的目的。吴承恩的这种思想，在《二郎搜山图歌》中也有所反映。这首诗的开头歌颂了这幅"画山水"而兼"貌神鬼"的画："笔端变幻真骇人，意态如生状奇诡"，赞美了画家用高超的笔法描绘神兵捉鬼的景象："神兵猎妖犹猎兽，探穴捣巢无逸寇，平生气焰安在哉，牙爪虽存敢驰骤。"接着，诗人就无限感慨现实生活中的魔鬼横行，百姓遭殃。"民灾翻出衣冠中，不为猿鹤为沙虫。坐观宋室用五鬼，不见虞廷诛四凶。"统治集团又正是人民灾难的根源。面对着这样的现实，吴承恩很想一举荡灭这些人间的丑类。然而，"胸中磨损斩邪刀，欲起平之恨无力"。他深感自己在生活中无法施展抱负，于是不得不将对现实的不满，对理想的追求寄于创作，把一支笔变成一把锋利的"斩邪刀"，把那些魑魅魍魉诛尽斩绝。吴承恩的这些思想，表明了他对浪漫主义创作方法与反映现实的关系有了一定的认识，这也决定了他的富有浪漫主义色彩的神怪小说深深地扎根于现实生活之中。《西游记》也可以说是一部英雄战胜鬼怪的历史，其"鉴戒"作用是不下于一部"国史"的。

谢　肇　淛

《西游记》是一部不同于《三国》、《水浒》的浪漫主义小说。它光怪陆离，变幻奇异,外面又有一层宗教的色彩,因此不易为人们所正确认识。明清两代,始则对其奇异的幻境困惑不解,继而纷纷借以引申大义。后来,评议《西游记》的书竟层见叠出,就在谢肇淛后,如汪象旭有《西游证道书》,陈士斌有《西游真诠》,张书坤有《新说西游记》,刘一明有《西游原旨》,张含章有《通易西游正旨》,等等。他们大都各执一端,阐明理法,或云劝学,或云谈禅,或云讲道,多牵强附会之谈。相比之下,谢肇淛对《西游记》的评论还较有见地。

谢肇淛,字在杭,明长乐(今属福建)人,万历壬辰进士,官至广西右布政史。撰有《史觹》、《滇略》、《北河纪略》及笔记《文海披沙》、《五杂俎》等。他生活的时代,一般对《西游记》"虚幻"的特点还是认识模糊的。为此,在《文海披沙》中他说:

> 俗传有《西游记演义》,载玄奘取经西域,道遇魔祟甚多,读者皆嗤其俚妄。余谓不足嗤也,古亦有之。神农尝百草,一日而遇七十毒;黄帝伐蚩尤,迷大雾天,命玄女授指南车;禹治水桐柏,遇无支祁,万灵不能制,庚辰始制之;武王伐纣,五岳之神来见,太公命时粥五器,各以其名。至于《穆天子传》、《拾遗记》、《梁四公》,又不足论也。

这段话,以古代史书为例证,驳斥了时俗对《西游记》的非难,并指出《西游记》的历史渊源和继承关系,这对引导人们正确认识《西游记》的价值和提高它的社会地位是有意义的。

谢肇淛并不停留在用"古已有之"来证明《西游记》一类小说的存在价值,而更注意从作品的思想意义上来加以分析。他在《五杂俎》中指出:

> 小说野俚诸书,稗官所不载者,虽极幻妄无当,然亦有至理存焉。如《水浒传》无论已。《西游记》曼衍虚诞,而其纵横变化,以猿为心之神,以猪为意之神,其始之放纵,上天下地,莫能禁制,而归于紧箍一咒,能使心猿驯伏,至死靡他,盖亦求放心之喻,非浪作也。……其他诸传记之寓言者,亦皆有可采。

谢肇淛根据他的理解来解释《西游记》的思想意义虽然并不完全确当,但他在这里强调了这类"幻妄无当"的小说有"至理存焉",在"曼衍虚诞"之中有"寓言"可采,说明他还是把握了神怪小说的实质的。当然,这个看法并不是当时他所独有,差不多同时的秣陵人陈元之在《全相西游记序》中也指出《西游记》"直寓言哉"。他说:

145

彼以为浊世不可以庄语也,故委蛇以浮世。委蛇不可以为教也,故微言以中道理。道之言不可以入俗也,故浪谑笑谑以恣肆。笑谑不可以见世也,故流连比类以明意,于是其言始参差而俶诡可观;谬悠荒唐,无端崖涘,而谭言微中,有作者之心,傲世之意,夫不可没也。

可见当时社会上对神怪小说的"寓言"特点不久就引起了注意。问题是在探究《西游记》"寓言"的实际意义时,由于评论者各人的思想境界、生活遭遇等各不相同,因而众说纷纭,莫衷一是,包括谢肇淛、陈元之及以后的袁于令等,都没有能真正把握住《西游记》的大旨。

谢肇淛从肯定《西游记》的思想价值和"幻妄无当"、"曼衍虚诞"的浪漫主义表现手法出发,进一步强调了艺术虚构在小说创作中的必要性。他在《五杂俎》中说:

凡为小说及杂剧戏文,须是虚实相半,方为游戏三昧之笔,亦要情景造极而止,不必问其有无也。古今小说家如《西京杂记》、《飞燕外传》、《天宝遗事》诸书,《虬髯》、《红线》、《隐娘》、《白猿》诸传……岂必真有是事哉?近来作小说稍涉怪诞,人便笑其不经。……如此,则看史传足矣,何名为戏?

这段话十分精辟。它能根据历代著名小说的创作实际,从理论上比较正确地阐明了艺术真实与生活真实的关系,肯定了艺术必须虚构的原则。谢肇淛在这里明确地指出了小说不同于史传而必须有虚构,只有掌握了虚构才懂得了小说创作的"三昧"。因而衡量小说的成败得失,主要看其是否"情景造极而止",而不必追究其在生活中有还是无,真还是假。假如小说戏曲创作"必事事考之正史",则"年月不合,姓字不同,不敢作也"。即使照搬生活,依样演述,也必定是"事太实则近腐,可以悦里巷小儿,而不足为士君子道也"。基于这样的认识,他不但认为如《钱唐记》、《宣和遗事》、《杨六郎》这类记实的小说"俚而无味",就是《三国演义》也是属于"事太实则近腐"的一类。这种观点与当时胡应麟等批评《三国演义》"讹谬"无据,"浅陋可嗤",形成了鲜明的对照。清代章学诚在《丙辰札记》中说:"唯《三国演义》则七分实事,三分虚构。"胡应麟据史实而斥《三国》的"三分虚构"为谬,谢肇淛重虚构而讥《三国》的"七分事实"为病。可见谢肇淛强调小说创作的艺术虚构到了何等的地步了。

继后,袁于令在《李卓吾批评西游记》前的《题辞》中进一步引申了谢肇

涮的观点,论述了"幻"和"真"之间的关系:

> 文不幻,不文;幻不极,不幻。是知天下极幻之事,乃极真之事;极幻之理,乃极真之理。故言真不如言幻,言佛不如言魔。……至于文章之妙,《西游》《水浒》,实并驰中原。今日雕空凿影、画脂镂冰、呕心沥血、断数茎髭,而不得惊人只字者,何如此书驾虚游刃,洋洋缅缅数百万言,而不复一境,不离本宗,日见闻之,厌饫不起,日诵读之,颖悟自开也。

这里的"幻"包括了艺术的虚构和想像、夸张等浪漫主义的表现方法,"真"当然指现实生活中的真实性。过分地强调"言真不如言幻",当然有一定的片面性。但谢肇淛、袁于令等肯定和阐发了小说创作中的"虚"、"幻"特点和神怪小说的"寓言"作用,还是为正确地批评《西游记》奠定了基础。《西游记》从此在小说史上享有了崇高的地位。

第三节　李贽与叶昼

李　　贽

李贽(1527—1602),号卓吾,又号宏甫,别署温陵居士等,福建泉州晋江人。嘉靖三十一年举人,官至云南姚安知府,五十四岁辞官后著书讲学,为明代著名的思想家、文学家。他继承和发展了泰州学派王艮、颜山农、何心隐、罗汝芳等人的进步思想,公开以"异端"自居,认为《六经》、《论语》、《孟子》并非"万世之至论",反对"咸以孔子之是非为是非"。同时,他批判正统的宋明理学,认为所谓"存天理,灭人欲"是虚伪说教,尊重人的自然的情性。他还说:"天下之人,本与仁者一般,圣人不曾高,众人不曾低。"(《焚书》卷一《复京中友朋》)"尧舜与途人一,圣人与凡人一。"(《明灯道古录》卷上)大胆地把"圣人"与"众人"等同起来,与森严的封建等级制度直接相对抗。他的进步思想,客观上反映了广大农民和新兴市民的要求,震惊了统治集团,终以"敢倡乱道,惑世诬民"(《明实录》卷三六九)的罪名被捕入狱而死。其著

147

作有《李氏焚书》、《续焚书》、《藏书》、《续藏书》、《初潭集》等。

强调绝假纯真

　　针对当时文坛上弥漫的复古摹拟之风,李贽文学思想的中心就是强调绝假纯真,抒写真情实感。其理论基础,则是他的"童心说"。所谓童心,就是真心:"夫童心者,绝假纯真,最初一念之本心也。"(《焚书》卷三《童心说》)李贽认为,具有童心,才是真人,才能写出真文:

> 天下之至文,未有不出于童心焉者也。苟童心常存,则道理不行,闻见不立,无时不文,无人不文,无一样创制体格文字而非文者。(同上)

反之,文人学士在封建社会里读书识理,被浸透着封建说教的"闻见道理"腐蚀了"童心",就失却了真心,只能写些"假文":

> 童心既障,于是发而为言语,则言语不由衷;见而为政事,则政事无根柢;著而为文辞,则文辞不能达。非内含以章美也,非笃实生辉光也。……夫既以闻见道理为心矣,则所言者皆闻见道理之言,非童心自出之言也。言虽工,于我何与? 岂非以假人言假言,而事假事文假文乎? (同上)

当然,李贽的"童心"具有唯心主义色彩。但应该看到,他的所谓"真心",实际上就是指未受封建道学熏染的真情实感。这种真情实感包含着"好货"、"好色"等人的最初本心、自然的欲望,体现了晚明文学中自我意识觉醒的新趋势。总之,在当时"无所不假"、"满场是假"的情况下,他强调作家保持"童心",尊重个性,直抒胸臆,摆脱束缚,这对复古主义文学是个沉重的打击,在历史上是有其积极作用的。

提倡有为而发

　　李贽从"真"出发,坚决反对作家代圣人立言,将创作沦为虚伪的说教,"更说什么《六经》? 更说什么《语》、《孟》乎?"(《童心说》)他认为,儒家的经典"乃道学之口实,假人之渊薮",以此为指导思想来从事创作,指导评论,只能扼杀优秀的作品。他愤怒地谴责道:"然则虽有天下之至文,其湮灭于假人而不尽见于后世者,又岂少哉!"(同上)因此,他就提倡作文要"有感于童心者之自文",要"有为而发",犹如"因病发药,随时处方",从现实出发,为现实服务。这一点,在他的《杂说》中谈得十分具体:

> 且夫世之真能文者,比其初皆非有意于为文也。其胸中有如许无状可怪之事,其喉间有如许欲吐而不敢吐之物,其口头又时时有许多欲语而莫可所以告语之处,蓄极积久,势不能遏。一旦见景生情,触目兴叹;夺他人之酒杯,浇自己之垒块;诉心中之不平,感数奇于千载。

他认为,作家只有等到自己蓄积了饱满的感情,不吐不快的时候,才能写出好作品来。而这种感情,乃是胸中的"垒块"和"不平",也就是对现实的强烈的不满。这就使他提倡的"有为而发"带上批判现实的色彩了。在《复焦漪园》里,他更明显地说:

> 文非感时发己,或出自家经画康济,千古难易者,皆是无病呻吟,不能工。

这里所说的"感时发己",就是要求作家立足于当前现实,抒发自己的真情实感。而所谓"出自家经画康济",也就是说作家要表明自己对现实的看法。如果不是这样,而是照搬一些千古不变的陈词滥调,那就是"无病呻吟",决不能写出好文章来。可见,李卓吾积极主张创作要有明确的目的。而他要求的创作目的又与批判现实的精神紧密相连,这就使他强调的真情实感比较具体而健康,而不再是抽象的"童心"了。

崇尚自然朴素

李贽注重作品的真情实感,也就必然反对拘泥于字句法度之间,在形式上过于雕琢,而要求自然朴素。他说:

> 风行水上之文,决不在于一字一句之奇。若夫结构之密,偶对之切;依于理道,合乎法度;首尾相应,虚实相生:种种禅病皆所以语文,而皆不可以语天下之至文也。(《焚书》卷三《杂说》)

就在这篇文章的开头,他还将《拜月亭》、《西厢记》和《琵琶记》相比,称前两部为纯真自然的"化工",而后一部为人工雕琢的"画工"。"画工虽巧,已落二义矣"。因为它"虽工巧之极,其气力限量只可达于皮肤骨血之间,则其感人仅仅如是","是故语尽而意亦尽,词竭而味索然亦随以竭"。的确,假如文章的内容"似真非真",而只在形式上"穷巧极工,不遗余力",是不能激动人心的。在《读律肤说》里,他也说,"拘于律则为律所制,是诗奴也。"同时还分析了文学上各种风格都是决定于情性的不同,不可矫强而致:

> 性格清澈者,音调自然宣畅;性情舒徐者,音调自然疏缓;旷达者自

> 然浩荡;雄迈者自然壮烈;沈郁者自然悲酸;古怪者自然奇绝。有是格
> 便有是调,皆情性自然之谓也。莫不有情,莫不有性,而可以一律求
> 之哉?

这种主张显然和前后七子强为大声壮语,矫揉造作地追求"盛唐之音"是大
不相同的。

肯定发展变化

李贽既然认为天下之至文,皆出于童心,那么评价文学当以"真"为准
绳,而不能以时势的先后或体格的不同为依据。他认为,时代是不断向前发
展的,古与今是相对的:"今日新也,明日新也,后日又新也"(《藏书》卷首《纪
传总目》),"以今视古,古固非今,由后观今,今复为古"。(《焚书》卷三《时文
后序》)因此,文艺也必然随着整个时代的发展而变化,每一个时代有每一个
时代的文学特色。他说:

> 文章与时高下。高下者,权衡之谓也。……故五言兴则四言为古,
> 唐律兴则五言又为古,今之近体,既以唐为古,则知万世而下,当复以我
> 为唐无疑也。(《焚书》卷三《时文后序》)

这里虽然讲的只是诗歌形式上的变化,但实际上就是以发展的观点批判了
拟古主义者崇古卑今的谬论。在《童心论》中,他对"文必秦汉,诗必盛唐"的
说法更加直接地予以痛斥:

> 诗何必古选,文何必先秦,降而为六朝,变而为近体,又变而为传
> 奇,变而为院本,为杂剧,为《西厢曲》,为《水浒传》,为今之举子业大贤
> 言圣人之道,皆古今至文,不可得而时势先后论也。

他在这里批判复古的论调时,打破了正统文人轻视通俗文学的传统偏见,把
小说戏曲同样看作是"古今至文",为新兴文学的发展进行了宣传。

高度评价《水浒》

李贽重视小说、戏曲,并不停留在理论上,而是进一步对小说、戏曲的具
体作品进行了评论。他对小说、戏曲的批评在明清两代影响很大,身后托名
他评点的甚多。其实,李贽对小说的评论只是集中在《水浒》上。

李贽在《复焦弱侯》一信中曾经写道:"闻有《水浒传》,无念欲之,幸寄与
之,虽非原本也可。"可见他听说《水浒》一书流行后迫切希望读到的心情。
待书到手后,他即边读边批,孜孜不倦。袁中道于万历壬辰(1592)夏至武昌

时,见这位六十六岁高龄的李贽"正命僧常志抄写此书,逐字批点",并"每见龙湖称说诸人为豪杰"。(《游居柿录》)李贽自己在《与焦弱侯》信中也谈到:"古今至人遗书抄写批点得甚多,惜不能尽寄去请教兄。……《水浒传》批点得甚快活人,《西厢》、《琵琶》涂抹改窜得更妙。""千难万难舍不肯遽死者,亦只为不忍此数种书耳。"由此可见,李贽的确评点过《水浒》,十分喜爱《水浒》,并为《水浒》中的英雄豪杰所深深感动。在这基础上,他对《水浒》这部通俗长篇小说给以极高的评价。据周晖《金陵琐事》记载:

> (李贽)尝云:宇宙内有五大部文章:汉有司马子长《史记》,唐有杜子美集,宋有苏子瞻集,元有施耐庵《水浒传》,明有李献吉集。

小说在具有正统观念的士大夫看来,"不本经传","背于儒术",从来是不登大雅之堂的。特别是《水浒传》一书,尽管得到了广大人民群众的欢迎和爱好,但统治阶级则认为是"奸盗脱骗机械甚详","变诈百端,坏人心术"(田汝成《西湖游览志余》),千方百计地加以污蔑和诋毁。李贽敢于突破统治阶级的成见,大力推崇小说,把《水浒》和《史记》、杜诗等历代文学名著相提并论,这不能不说是难能可贵的。

李贽对小说的地位和作用的肯定,不但是由于他用进步的文学观点,认真地研究了《水浒》后的切身体会,而且也是吸取了时人评论《水浒》中正确意见的结果。据李开先的《词谑》记载,早在李贽前,唐顺之、王慎中等一批名流就对《水浒》有过这样一段议论:

> 《水浒传》委曲详尽,血脉贯通,《史记》而下,便是此书。且古来更无一事而二十册者。倘以奸盗诈伪病之,不知叙事之法、史学之妙者也。

他们反对田汝成之流以"奸盗诈病"的罪名来否定《水浒》,赞扬了《水浒》"委曲详尽,血脉贯通"的艺术成就,认为它深得"叙事之法、史学之妙",这种观点在当时是不简单的。更值得注意的是,这里已开始将《水浒》同《史记》并提了。万历十七年(1589),天都外臣(郎瑛《七修类稿》谓此为汪道昆的托名)在《水浒传序》中进一步具体地将《水浒》与《史记》作了比较,并在较详细地分析了《水浒》的思想意义和艺术成就的基础上,认为此书起到了"国医"一样的作用,给予很高的评价。因此,我们应当看到,李贽能对《水浒》的重视决不是偶然的。他比唐顺之等高明的是摆脱了史学的观点,把《水浒》不只是当作"史学之妙"来和《史记》相提并论,而是第一次把它作为一部真正的文学作品来与文学史上不同时代、不同体裁的代表作等量齐观,给小说以崇高的地位和比较恰当的评价。后来,袁宏道进一步将《水浒传》、《金瓶梅》称为"逸典"(《觞政》),并在《听朱生说水浒传》一诗中这样说:

> 少年工谐谑,颇溺滑稽传。后来读《水浒》,文字益奇变。六经非至文,马迁失组练。一雨快西风,听君酣舌战。

袁宏道在这里一反正统文人视小说为"芜秽之谈"的偏见,竟将《水浒》抬到了至高无上的地位。在小说《水浒》面前,不但《史记》够不上"组练",就是神圣的《六经》也称不上"至文"。这种大胆的、尖锐的看法,显然是由李贽的观点发展而来。总之,假如说早于李贽的明代长篇通俗小说论者还是比较偏重将小说同经史相比的话,那么到李贽的时代就完全从这框框中解放出来了。他继洪迈将传奇、罗烨将话本与诗文并列之后,又一次将长篇通俗小说提高到文学史的重要地位上来。他和袁宏道等人的一些看法,反映了明人对通俗长篇小说的特色和价值有了较深的认识,代表了小说观念的进步。

李贽对《水浒》的高度评价,还体现在对《水浒》作者的创作精神及《水浒》主题思想的分析上。长期以来,封建统治者在鄙视小说的同时,常常把小说只是看作消遣娱乐的工具。特别是通俗小说,当它作为说话艺术而刚兴起时,统治者就用它来消闲。据宋周密《武林旧事》、元杨维桢《送朱女士桂英演史序》等记载,宋高宗内禅后,说话人多御前应制,"各以艺呈,天颜喜动,则赏赉无算"。周、杨等都把此当作"太平朝野极盛之际"的佳话。后来人们常沿袭这种观点,明郎瑛《七修类稿》曰:"小说起宋仁宗。盖时太平盛久,国家闲暇,日欲进一奇怪之事以娱之。"到天都外臣为《水浒》为序时,就根据这种理论来分析《水浒》创作的背景和小说兴盛的原因:

> 小说之兴,始于宋仁宗。于是天下小康,边衅未动。人主垂衣之暇,命教坊乐部,纂取野记,按以歌词,与秘戏优工,相杂而奏。……盖虽不经,亦太平乐事,含哺击壤之遗也。其书无虑数百十家,而《水浒传》称行中第一。

这表面上也是为了提高《水浒》及小说的地位,但实际上这种看法是十分片面的,甚至也可以说是对事实的歪曲。针对这种流行的观点,李贽指出《水浒》的创作并不是"太平乐事",而是由于施耐庵、罗贯中两人"虽生元日,实愤宋事":"宋室不竞,冠屦倒施,大贤处下,不肖处上。驯致夷狄处上,中原处下,一时君相犹然处堂燕雀,纳币称臣,甘心屈膝于犬羊",故创作《水浒》,

"以泄其愤"。这样,他将司马迁的"发愤著书"说具体运用到评价小说上来,把《水浒》看作是"发愤"之作,将小说创作与贤圣著书并列了起来:

> 太史公曰:"《说难》《孤愤》,贤圣发愤之所作也。"由此观之,古之贤圣,不愤则不作矣。不愤而作,譬如不寒而颤,不病而呻吟也,虽作何观乎?《水浒传》者,发愤之所作也。(《忠义水浒传序》)

李贽将《水浒》看成是"发愤之作",揭示了《水浒》产生的社会根源是封建统治集团的腐败无能,提倡了编写小说也要针对现实、有为而发的创作精神,这对纠正人们将小说简单地视作太平乐事的片面看法,引导小说创作走上批判现实的道路和提高小说的社会地位都是有意义的。从此以后,强调小说创作也是"发愤著书"的说法在小说界流行起来了。

也正是为了提高小说的地位,李贽在《忠义水浒传序》中,将《水浒》的主题思想概括成"忠义"两字,把一百单八人"啸聚水浒之强人"都称之为"皆大力大贤有忠有义之人",而特别赞颂"宋公明者身居水浒之中,心在朝廷之上,一意招安,专图报国,卒至于犯大难,成大功,服毒自缢,同死而不辞,则忠义之烈也!"在这基础上,他认为上自皇帝,下至文武大臣,都"不可不读"《水浒》,大家都要遵循《水浒传》中所阐发的忠义思想,治国平天下。这简直是把《水浒》当作一部封建统治阶级的施政教科书了。当然,这样无疑大大地提高了小说的社会地位,给予当时文坛以极大的震动。但在这里明显地暴露了李贽并没有真正跳出封建统治阶级的立场。他赞美梁山英雄,主要是赞美他们"一心招安"的"大忠大义"。他高度评价《水浒》,归根到底也就是为了维护明王朝的统治。

《水浒》的具体评点

李贽评点长篇小说虽然未必是第一人,但不能不说他的声名在明代最著。署名袁宏道的《东西汉通俗演义序》曾说:

> 里中有好读书者,缄默十年,忽一日,拍案狂叫曰:"异哉!卓吾老子吾师乎?"客惊问其故,曰:"人言《水浒》奇,果奇。予每检《十三经》或《二十一史》,一展卷,即忽忽欲睡去,未有若《水浒》之明白晓畅,语语家常,使我捧玩不能释手者也。若无卓老揭出一段精神,则作者与读者,千古俱成梦境。"

这些话虽然不无夸张之处,但从中可见李贽评点的《水浒》在当时确实产生了巨大的影响。但问题是现存署名李卓吾评点的通俗长篇小说有多种,几乎都是叶昼等的伪托。这正如当年钱希言在《戏瑕》中指出的那样："比来盛行温陵李贽书,则有梁溪人叶阳开名昼者,刻画摹仿,次第勒成,托于温陵之名以行。……于是有李宏父批点《水浒传》、《三国志》、《西游记》、《红拂》、《明珠》、《玉合》数种传奇及《皇明英烈传》,并出叶笔,何关于李?"至于署名李卓吾评点的《水浒传》,现存主要有两种:一种是万历三十八年(1610)容与堂刊本《李卓吾先生批评忠义水浒传》,一百卷,一百回;另一种是差不多同时的袁无涯刊本《李卓吾评忠义水浒全传》,一百二十回,不分卷。究竟孰真孰假,一向聚讼纷纭,莫衷一是。现在看来,容与堂刊百回本肯定是假,且有具体材料证明是叶昼所为。而袁无涯刊的一百二十回本自称得之于李贽门人杨定见,似属可信。然具体内容纰漏甚多,恐也非真,至少部分可肯定经由袁无涯、冯梦龙等人的加工。这里,姑且以袁无涯刊一百二十回本作为李贽评本来略作介绍。

在思想内容方面,一百二十回本的具体评点与李贽《忠义水浒传序》强调忠义、歌颂招安的精神基本上是一致的。如第一回评点即开门见山地指出:"忠良二字,是此一部根本。"《水浒》第四十二回九天玄女对宋江说:"宋星主,传汝三卷天书,汝可替天行道,为主全忠仗义,为臣辅国安民,去邪归正。"这里评道:"数语是一书作传根本。"于宋江改聚义厅为忠义堂处,又批道:"添一'忠'字,便是招安之根本。"一百二十回本评点将忠义、招安视作《水浒》的"根本",也就将宋江看作是忠义的化身,对他无限的爱慕和崇敬,如第八十五回宋江说:"纵使宋朝负我,我忠心不负宋朝。"批道:"食廪禄骗高爵者,可以三复此,且流汗愧死!"评点者从忠义出发,也就对"奸臣"、"贪官"作为对立面而进行了猛烈的抨击。当《水浒》第二十二回写到"朝廷奸臣当道,谗佞专权,非亲不用,非财不取"时,批道:"正是一部书的大题目,特为揭出,莫作闲话看过。"第八十二回当宿元景责骂高俅、童贯等人:"四边狼烟未熄,中间又起祸胎,都是汝等庸恶之臣,坏了圣朝天下"时,又批道:"说尽亡国时事,真名言。"评点者甚至说:"官吏之恶甚于草贼"(第六十五回批),"满朝奸臣,不如一娼"(第一百二十回批),表达了对当时黑暗腐朽官场的无比愤慨。与此同时,评点者对那些被迫进入水浒、专与贪官作对的"强人"寄予同情,加以赞扬。这不仅表现在对李逵、鲁智深、武松等一些英雄的"快人"性格经常赞不绝口,而更突出地反映在评点者常在贪官和英雄的对比中表示自己的鲜明态度。如在《吴用智取生辰纲》一回的总评中说:"生辰辄用十万贯金珠,此必从掊克得来,卒为绿林中好汉取之,可为贪得者之鉴。"第二十三回总评又说:"武松视虎如蚁,后来梁山一般好汉视童、蔡辈为虎而冠者也,所以急欲以景阳几拳与之。"评点者这样反对贪官、歌颂英雄,尽管其主观动机是为了宣扬"忠义",维护封建统治,但在客观上确是肯定了《水浒》揭露社会矛盾和黑暗,歌颂人民起义的一面,在当时还是具有一定进步意义的。

　　一百二十回本的评点对于《水浒》的艺术分析着墨不多,但也略有可观之处。首先,它对于如何描绘人物形象的问题,还是有所注意。《水浒》第四回写到鲁智深去打禅杖时,"那打铁的看见鲁智深腮边新剃,暴长短须,戗戗地好惨濑人,先有五分怕也。……"于此批道:"从打铁人眼里写出剃须发的鲁达真形来,是何等想笔!"这是点出从别人眼里来描绘英雄外形的。评点中也有指出从别人嘴里来刻画英雄情态的。如第七回写林冲妻子被高衙内调戏后,一日与鲁智深一起酒后买刀,当林冲到家取钱给卖刀汉后再问他:"刀从哪里来?"那汉子发了一通感慨。此处就评道:

> 　　只到家取了钱去似亦可住,却又诘问来历一番,不独细腻,且于汉子口内写出一段壮士失时的情语来,真能动人,添多少光景。

当然,刻画人物主要还是从正面来描写人物的语言、行动和心理活动等。对此,评点者也发表了一些意见。如第十一回写林冲云:"当晚林冲仰天长叹道:'不想我今日被高俅那贼陷害,流落到此……'"批曰:"摹写愤恨语情,真使英雄堕泪!"第三回史进投奔延安府,路过渭州时写道:"史进在路,免不得饥食渴饮,夜住晓行,独自一人行了半月之上,来到渭州。'这里也有经略府,莫非师父王教头在这里?'史进便入城来看时,依然有六街三市。只见一个小小茶坊,正在路口。……"评点者在"这里也有……"两句处加了圈点并批道:"直接。此数句眼里、心里、口里一时俱现,更无一毫帮衬牵缠,真史迁之笔!"总之,一百二十回本评点指出了刻画人物的一些具体方法,不能说没有价值,但它并未充分注意分析人物的性格特点。第二十四回眉批曾说:"将一个烈汉,一个呆子,一个淫妇,描写得十分肖像,真神手也!"这似乎触及了人物性格的类型性的问题。但恰恰这句话,也见于百回本的眉批。这不能不引起了人们怀疑后出的百二十回本有伪托的可能。

　　关于情节结构,评点者主张既要合情合理,又要波澜曲折,做到"真"与"奇"的统一。这在以下几回的批评中谈得比较明确:

> 　　情事都从绝处生出来,却无一些做作之意,此文章承接入妙处。

（第二十三回）

　　将从前情事说来，入情真，入事无痕，好入题法。（第二十四回）

　　此一段文情与卖枣糕一段相似，皆是无中生有。此更影动亲切，行文变化，妙不可言。（第二十四回）

　　此篇有水穷云起之妙。吾读之而不知其为《水浒》也。张顺渡江迎医而杀一盗、杀一淫，此是极奇手段。作此传者，真是极奇文字。及请得安道全，忽出神行太保迎接上山，此又机法之变，不可测识者也。噫，奇矣。（第六十五回）

此外，评点者对生动、细腻的细节描写、景物点缀、气氛烘托等也偶有涉及，如第十三回写杨志与索超比武前，梁中书走出阶前，从人移转银交椅处批道："移坐一番，更见精采，此等用意极细极变极真。"于第三回鲁提辖拳打镇关西一段，更是密点浓圈，批道："庄子写风，枚生写涛，此写老拳，皆文字中绝妙画手。"到郑屠鼻、眼、耳三处被打时，极口称赞道："鼻、眼、耳三处，以味、色、声形容，妙甚！"特别在"郑屠挣不起来，那把尖刀也丢在一边"的行间夹批曰："此处才放屠刀，不骤不漏，妙！"而在第三十一回"血溅鸳鸯楼"一段中又评道："此一段杀，说得灯月与刀光历乱，使静人懦士，亦能愤雄！"诸如此类，一百二十回本的《水浒》评点，在有些地方也能一语破的，启人深思，对正确理解小说的创作特点和艺术成就，肯定和提高小说的文学价值，还是起到了一定的作用。

叶　　昼

　　叶昼托名李贽的《水浒传》及其他长篇小说的评点，不论在思想方面还是艺术方面，都比一百二十回本的《水浒》评点高明。可惜叶昼其人，生前落魄潦倒，不得不托名以著书，死后长期埋没，也不为人们所重视。其生平情况，所知不多。据《顾端文公年谱》所载，叶昼曾于万历二十二年（1594）就学于东林党领袖顾宪成。另外，钱希言《戏瑕》、盛于斯《休庵影语》、周亮工《因树屋书影》等对其生平略有记载，例如周亮工《因树屋书影》卷一载：

　　叶文通，名昼，无锡人。多读书，有才情。留心二氏学，故为诡异之行，迹其生平，多似何心隐。或自称锦翁，或自称叶五叶，或称叶不夜，最后名梁无知，谓梁溪无人知之也。当温陵《焚》、《藏书》盛行时，坊间种种借温陵之名以行者,如《四书》第一评、第二评、《水浒传》、《琵琶》、《拜月》诸评,皆出文通手。文通自有《中庸颂》、《法海雪》、《悦容编》诸集;今所传者,独《悦容编》耳。文通甲子、乙丑间游吾梁,与雍丘侯王汝戢倡为海金社,合八郡知名之士,人镌一集以行。中州文社之盛,自海金社始。后误纳一丽质,为其夫殴死。

钱希言《戏瑕》卷三谈其为人作风云:

> 昼,落魄不羁人也,家故贫,素嗜酒,时从人贷,饮醒即著书,辄为人持金蠡去,不责其值,即所著《樗斋漫录》者也。近又辑《黑旋风集》行于世,以讥刺进贤,斯真滑稽之雄已。

现存《樗斋漫录》题为许自昌撰。叶昼也曾为许自昌的传奇《橘浦记》题词,两人有所交往,故这里可能是钱希言误记《樗斋漫录》也为叶昼所作了。

叶昼评点《水浒》的显著特点是,联系社会现实,借以诉说胸中不平,更为尖锐泼辣、淋漓痛快地抨击统治集团,揭露社会黑暗,痛斥假道学,而对"忠义"的宣扬则大大削弱,甚至他所说的"忠义"的内涵与李贽《忠义水浒传序》及百二十回本评点的"忠义"有着很大的不同。他强调的是"义",而不是"忠"。在《水浒》的评点中,充分地反映了他的思想的进步性。

像李贽那样,叶昼也是痛恨"贪官"、"奸臣"的。《水浒》第十四回总评说:"晁盖、刘唐、吴用都是偷贼底,若不是蔡京那个老贼,缘何引得这班小贼出来!"第五十二回当林冲大骂高廉道:"你这个害民的强盗,我早晚杀到京师,把你那厮欺君贼高俅碎尸万段"时,批道:"骂得好!"在《三国志演义》第二回张飞鞭打督邮时也评道:"今之司牧妆威傲势,索取统属者也往往有之。安得翼德柳条,着实打他二百也! 呵呵!"他对贪官污吏的愤慨之情,真是跃然纸上。而更难能可贵的是,叶昼不限于骂一些"贪官"、"奸臣",而是在更广泛的意义上来咒骂当"官"的整个封建统治集团的。第二回写高俅仁义礼智信行忠良全无时,就明确地批道:"这不只高俅。"在他看来,"一读书做官,原是强盗了"(第一百回眉批)。"从来捉贼做贼,捕盗做盗,的的不差"(第十八回批)。他第一次把宋江作为一个反面典型,指责他"腐"、"恶毒"、"奸诈"、"真是大贼"、"是个老贼"、"的确是个假道学"! 这里且以《陈桥驿滴泪斩小卒》一回的评点为例,一百二十回本是完全站在同情宋江忠心的角度上来评点的:"读至公明挥泪斩小卒,其由衷之言,令人感泣不已!"而叶昼则完全不同,他歌颂那个反抗官府造反到底的军校为"妙人",情不自禁地赞扬

"这个军校可取!"批判彻底投降了的宋江似"至诚"而实则"参之以诈","一觉可厌"! 可见他对宋江的评价与李贽完全相反,根本不是什么"忠义之烈",而是如第五十五回总评所说的:"吾尝谓他(宋江)'假道学,真强盗'这六个字,实录也,即公明知之,定以为然。"这里的"强盗",并非就是"起义、造反者"的意思,而主要是指"坏人"之类的一般骂人语。在叶昼看来,忠于朝廷的宋江,同那些为非作歹的官老爷(他们没有造反)一样,都是"假道学,真强盗"! 这样的眼力,是何等的敏锐和深刻!

从文学艺术的观点来看,叶昼的见解也达到了当时时代的高度,并且比起李贽的文章与一百二十回本的评点来,丰富得多,深入得多。今就其主要的概述于下:

首先引人注目的是叶昼比较清晰地认识到了艺术真实与生活真实的区别和价值。《水浒》第一回总评就说:

> 《水浒传》事节都是假的,说来却似逼真,所以为妙。常见近来文集,乃有真事说做假者,真钝汉也,何堪与施耐庵、罗贯中作奴。

他对《三国志演义》也有这样的认识,其四十五回总评道:

> 周郎借蒋干以害蔡瑁、张允,此等计策,如同小儿,即非老瞒,亦自窥破,谓老瞒入其计乎? 决无此事。但可□通俗演义中,以惊俗人耳。妙哉,技也! 真通俗演义也!

这说明历史真实中"决无此事"的故事情节,也可经过艺术的虚构,编入通俗演义中。他热情地赞扬这种艺术的加工为"妙哉,技也!"那么,艺术中的假,怎么能达到"逼真"呢? 他在《水浒》第十回总评中回答说:

> 《水浒传》文字原是假的,只为他描写得真情出,所以便可与天地相终始,即此回中李小二夫妻两人情事,咄咄如画。若到后来,混天阵处,都假了,费尽苦心亦不好看。

这就是说,只要小说中描写的是"真情",特别是关于人物形象的"情事"都"咄咄如画",符合生活的逻辑,就会取得成功。反之,描写那些生活中不可能有的东西,就显得假,"费尽苦心亦不好看"。因此,叶昼坚决反对那些"说梦,说怪,说阵"等不合"人情物理"的描写,就是对一般的情节安排巧合过多,背离生活,也十分反感。如第六十五回批道:"此回文字极不济,那里张旺便到李巧奴家,就到巧奴家,缘何就杀死他四命? 不是不是。即王定六父子过江,亦不合便撞着张顺,张顺却缘何不渡江南来接王定六父子? 都少关目。"又如第七十七回,批梁山泊十面埋伏的情节说:"妆点十面埋伏处,大象自家意思,文人任性如此,可笑哉!"这些指责,都是指情节结构缺乏生活的真实性。从中可见,他对艺术的真实十分重视。他所欣赏的艺术作品的假,就是建筑在生活真实基础上的真。这也就是说,艺术作品就是现实生活的反映,现实生活就是艺术创造的基础。关于这一点,他在《水浒传一百回文字优劣》中阐述得十分明确:

> 世上先有《水浒传》一部,然后施耐庵、罗贯中借笔墨拈出。若夫姓某名某,不过劈空捏造,以实其事耳。如世上先有淫妇人,然后以杨雄之妻、武松之嫂实之;世上先有马泊六,然后以王婆实之;世上先有家奴与主母通奸,然后以卢俊义之贾氏李固实之;若管营,若差拨,若董超,若薛霸,若富安,若陆谦,情状逼真,笑语欲活,非世上先有是事,即令文人面壁九年,呕血十石,亦何能至此哉,亦何能至此哉! 此《水浒传》之所以与天地相终始也与?

这就指出了"文字原是假"的《水浒传》之所以能"描写得真情出","与天地相终始",完全是由于植根于现实生活,作者掌握了艺术创作中真与假的根本规律。从以上这些论述,可见叶昼对艺术的特点和现实主义的创作方法颇有见解,这对冯梦龙、袁于令等产生了直接的影响。

叶昼评论小说的特点和成就还在于他第一个真正自觉地注意分析人物形象并把握人物的典型性格。凡是小说,都塑造人物形象。一部长篇小说,往往有众多的人物。评论小说中的人物必然是小说批评的一个重要组成部分。在叶昼之前,人们对小说中的人物形象,虽然也有分析,但大多为偶而触及,所见也不深。叶昼则在《水浒》一书前写了一篇专论:《梁山泊一百单八人优劣》。此文主要是从思想、政治和道德方面来分析《水浒》中人物的高下,认为天真纯朴的李逵为"第一尊活佛",而虚伪奸诈的宋江是"假道学、真强盗"等。但这并不等于他不注意从艺术的角度上来分析这些人物的典型性格。他恰恰是第一个指出了《水浒》在刻画人物性格方面取得了杰出的成就:

> 描画鲁智深,千古若活,真是传神写照妙手。且《水浒传》文字妙绝千古,全在同而不同处有辨。如鲁智深、李逵、武松、阮小七、石秀、呼延灼、刘唐等众人,都是急性的,渠形容刻画来各有派头,各有光景,各有

家数,各有身份,一毫不差,半些不混,读去自有分辨,不必见其姓名,一睹事实,就知某人某人也。读者亦以为然乎?读者即不以为然,李卓老(叶托称)自以为然,不易也。(第三回回评)

施耐庵、罗贯中真神手也,摩写鲁智深处,便是个烈丈夫模样;摩写洪教头处,便是忌嫉小人底身份;至差拨处,一怒一喜,倏忽转移,咄咄逼真,令人绝倒,异哉!(第九回回评)

刻画三阮处各各不同,请自着眼。(第十五回回评)

诸如此类,有关人物性格的论述,比起一百二十回本《水浒》评点来,显然深刻得多。这里,他在论述人物具有鲜明个性时,还指出人物间又具有共性,妙就妙在"同而不同处有辨",共性与个性的巧妙统一。正因为叶昼心目中有这一条"不易"的标准,所以在具体批评小说的人物语言、故事情节时,往往就以此来衡量其成败得失,如第四十三回戴宗、石秀、杨林结义时,杨林道:"四海之内皆兄弟也,有何伤乎!"此话文绉绉的,不像出自杨林之口,故批道:"太文雅些。"第五十四回写李逵下井救柴进前还笑道:"我下去不怕,你们莫要割断了绳索。"他就批道:"此处把李大哥说坏了。李大哥是个忠义汉子,况柴进事体又是他惹出来的,此时一心要救柴大官人,自然死亦不顾,那得工夫说闲话?不像,不像。"这些都可以看出他十分注意人物的语言要符合人物的性格和身份,要恰当而不能失真。至于小说中的情节与人物的性格也有密切的关系。人物的性格往往凭借情节来展示,而情节的开展必须符合人物性格的发展。假如单纯追求离奇曲折的情节而不顾性格发展的逻辑,就不能在艺术上取得成功。如《水浒》第三十三回写宋江到清风寨避难,被刘高抓去,诬为强盗,花荣凭武力夺回宋江后,连夜让宋江独自上青风山躲避,结果途中又被刘高派二三十军汉等候捉获。在这里,叶昼就提出责问:"花荣缘何不着人送到山下?"他还批道:"独自花知寨太莽,宋公明亦欠细密,临去着几人护送,也好托个信息,缘何如此托大?"这就是从人物性格着眼来批评情节处理上欠妥当。按照花荣、宋江两人的性格,在当时的情势下,必当有人护送才是。但假如果然"着人送到山下",刘高就捉不到宋江,这样就难以再写花荣造反上梁山等故事了。显然,这里作者为了迁就情节的发展而破坏了人物性格的完整性。叶昼正是在这一点上指摘了《水浒》作者的疏漏。从中可见,叶昼对塑造具有典型性格的人物形象是何等重视。他的这些见解,直接启发了金人瑞的小说人物论,在我国小说批评史上闪烁着光辉。

另外,叶昼在评论小说时,特别强调"趣"。第五十三回回评说:

> 《水浒传》文字当以此回为第一。试看种种摩写处,那一事不趣,那一言不趣? 天下文章当以趣为第一。

推崇"趣"是当时时代的风尚。袁宏道、汤显祖等都曾把"趣"作为评价文章的重要标准。不过,各人理解的"趣"并不完全相同。从叶昼评点《水浒》中所有的"趣人"、"趣事"、"趣话"来看,他的"趣"实际上就是指一些自然、痛快的戏剧性的言行,它能引起读者的兴致和快感。叶昼强调"趣",在思想上是针对宋明理学,在文学上是针对复古主义的。因此,虽然不免有偏颇之处,但在当时对冲破僵化的教条,批判呆板的文风,促进文学的生动,无疑是有推动作用的。

叶昼在小说理论批评方面的贡献是多方面的,这里只能将比较突出的方面略作介绍。从中可以看出,叶昼尽管不能完全摆脱封建正统观念的影响,也无法从根本上认识封建制度的本质,思想上又时时流露出唯心主义的色彩,文学上也有一些片面的看法,但他作为一个饱经风霜,备尝苦辛的下层知识分子,由于对黑暗社会有切身的感受和强烈的批判现实的精神,使他的小说理论批评不但富有思想性和战斗性,而且在文学上提出一系列有创造性的见解。他可以称得上是一个名副其实的小说批评家,在我国小说理论批评史上应该给以足够的重视和高度的评价。

第四节　有关《金瓶梅》的批评

《金瓶梅》是一部不同于《三国》、《水浒》与《西游》的"世情小说"。它独特的艺术风貌与赤赤裸裸的性事描写,一问世就被人们目为"另辟幽蹊"的"奇书"(张无咎《批评北宋三遂平妖传叙》),引起了社会的关注和热烈的争论。在晚明的短短的几十年间,就有多位文坛名士通过笔记、序跋等发表了各自的看法,到崇祯年间还出现了一种《新刻绣像批评金瓶梅》的批点本。

笔记、序跋中的《金瓶梅》的批评

有关笔记、序跋等对于《金瓶梅》的批评主要集中在两个问题上。

161

一、对于《金瓶梅》这类世情小说的艺术特点的认识。最早评论《金瓶梅》的当为署名欣欣子的《金瓶梅词话序》。这篇序的第一句话就指出了这部小说的基本特点："寄意于时俗。"这就是说，《金瓶梅》是一部通过描写"时俗"来表达作者思想感情的书。所谓"时俗"，就是指当时的平常世俗社会中的一切，作者就是"罄平日所蕴"而写成的。有关这一点在谢肇淛的《金瓶梅跋》中说得更为详尽：

> 《金瓶梅》一书，不著作者名代。相传永陵中有金吾戚里，凭怙奢汰，淫纵无度，而其门客病之，采摭日逐行事，汇以成编，而托之西门庆也。书凡数百万言，为卷二十，始末不过数年事耳。其中朝野之政务，官私之晋接，闺闼之媟语，市里之猥谈，与夫势利交合之态，心输背笑之局，桑中濮上之期，尊罍枕席之语，驵侩之机械意智，粉黛之自媚争妍，狎客之从谀逢迎，奴佁之稽唇淬语，穷极境象，骇意快心。譬之范工抟泥，妍媸老少，人鬼万殊，不徒肖其貌，且并其神传之。信稗官之上乘，炉锤之妙手也。

这里尽管说这部书也写了"朝野之政务，官私之晋接"，但众所周知，小说实际上主要写的是"闺闼"、"市里"间的日常生活。官场、朝廷中的种种，也是在与下层生活的联系中来加以描写的，或者说也是被市民化了的。这部小说的特点首先就在于把这个世俗社会写的"穷极境象，骇意快心"。与此同时，能把一批"妍媸老少"的俗人形象写得个性鲜明。"不徒肖其貌，且并其神传之"。与小说写俗事、俗人相呼应，世情小说的另一特点是"语涉俚俗"，多用"市井之常谈，闺房之碎语"，"使三尺童子闻之，洞洞然易晓"（欣欣子《金瓶梅词话序》）。总之，从《金瓶梅》一问世，批评家们就认识了世情小说事俗、人俗、语俗的主要艺术特点，并对《金瓶梅》在这一方面所取得的成绩给予了高度的评价。

二、《金瓶梅》是"劝惩"还是"诲淫"？《金瓶梅》作为一部世情小说，人类的性活动也被当作一般的日常生活来加以描写。这些笔墨，从总体上看是刻画人物形象、暴露社会黑暗的有机组成部分，但与我国传统的道德观念、审美情趣是违背的，这就不能不引起批评界的热烈争论。从传统的道德观念与审美情趣来看，它无疑是一部"秽书"。袁中道在《游居柿录》中说："《水浒》，崇之则诲盗，此书诲淫。有名教之思者，何必务为新奇以惊愚而蠹俗乎！"他追忆董其昌曾对他说过：此书"决当焚之"。尽管董其昌本人是一个

"老而渔色,招致方士,专讲房术"(《骨董琐记》卷四《董思白为人》条)的人,但他认为在小说中赤裸的性描写还是有伤风化的。基于这样的认识,沈德符在《万历野获编》中记载,当有人劝他刊刻《金瓶梅》时,他说:"此等书必遂有人板行,但一刻则家传户到,坏人心术,他日阎罗究诘始祸,何辞置对? 吾岂以刀锥博泥犁哉!"这种观点大致代表了封建文人的普遍看法。

与此相反的是,一些有胆识的批评家则高度评价了《金瓶梅》的艺术价值,认为其"写淫"主要也在于"劝惩",而不在于"诲淫"。公安派领袖袁宗道最初读到此书时就给予了热烈的肯定:"伏枕略观,云霞满纸,胜于枚生《七发》多矣。"(《锦帆集·董思白》)《七发》是一篇旨在讽谕、劝戒的名文。袁宗道将《金瓶梅》置于《七发》之上,足见他对于《金瓶梅》的劝惩作用的高度重视。后来,他在《觞政》中还将《金瓶梅》与历代诗文名家和戏曲小说名著并提,称之为"逸典"。继之,著名文人谢肇淛在《金瓶梅跋》中赞扬《金瓶梅》是"稗官之上乘,炉锤之妙手"时,也谈了小说的"诲淫"问题:"有嗤余诲淫者,余不敢知。然溱洧之音,圣人不删,则亦中郎帐中必不可无之物也。仿此者有《玉娇丽》,然而乖彝败度,君子无取焉。"《玉娇丽》一书在沈德符《万历野获编》中被写作《玉娇李》,也被指为"秽黩百端,背伦灭理,几不忍读"。谢肇淛十分明确地将《金瓶梅》与《玉娇丽》作了区别,也就是将"惩淫"与"诲淫"作了区分。

关于《金瓶梅》"写淫"问题的辨白,小说所附的几篇序跋尤为关注。欣欣子序说,《金瓶梅》一书"语句新奇,脍炙人口,无非明人伦,戒淫奔,分淑慝,化善恶,知盛衰消长之机,取报应轮回之事","其他关系世道风化,惩戒善恶,涤虑洗心,无不小补。譬如房中之事,人皆好之,人皆恶之。人非尧舜圣贤,鲜不为所耽。……至于淫人妻子,妻子淫人,祸因恶积,福缘善庆,种种皆不出循环之机,故天有春夏秋冬,人有悲欢离合,莫怪其然也。合天时者,远则子孙悠久,近则安享终身;逆天时者,身名罹丧,祸不旋踵。人之处世,虽不出乎世运代谢,然不经凶祸,不蒙耻辱者,亦幸矣。故吾曰:笑笑生作此传者,盖有所谓也"。欣欣子在这里反复要说明的无非是,"房中之事",出于人的本性;作者写"淫",意不在宣淫,而在对于人生体悟、道德认同的基础上的有为之作。廿公跋也强调:"作者之旨"不在于诲淫,说:"今后流行此书,功德无量矣。不知者竟目为淫书,不惟不知作者之旨,并亦冤却流行者之心矣。"另有东吴弄珠客所作的序,几乎全篇就是论述了有关《金瓶梅》写"淫"的问题:

《金瓶梅》，秽书也。袁石公亟称之，亦自寄其牢骚耳，非有取于《金瓶梅》也。然作者亦自有意，盖为世戒，非为世劝也。如诸妇多矣，而独以潘金莲、李瓶儿、春梅命名者，亦楚《梼杌》之意也。盖金莲以奸死，瓶儿以孽死，春梅以淫死，较诸妇为更惨耳。借西门庆以描画世之大净，应伯爵以描画世之小丑，诸淫妇以描画世之丑婆净婆，令人读之汗下。盖为世戒，非为世劝也。余尝曰：读《金瓶梅》而生怜悯心者，菩萨也；生畏惧心者，君子也；生欢喜心者，小人也；生效法心者，乃禽兽耳。余友人褚孝秀偕一少年同赴歌舞之宴，衍之霸王夜宴，少年垂涎曰："男儿何可不如此！"孝秀曰："也是只为乌江设此一着耳。"同座闻之，叹为有道之言。若有人识得此意，方许他读《金瓶梅》也。不然，石公几为导淫宣欲之尤矣！奉劝世人，勿为西门之后车可也。

它首先不否认《金瓶梅》确是一部"秽书"，但它十分明确地肯定那些秽笔"盖为世戒，非为世劝"。从《金瓶梅》的命名来看，就像楚史《梼杌》一样，主于记恶，以示警戒。这就首次揭示了这部小说具有一种非凡的品格：不着重于歌颂美，而致力于暴露恶。接着，从分析小说主要人物的性格特点和典型意义入手，进一步论证了作品的戒惩作用。这篇序言特别令人注目的是，还从读者接受的角度来说明应当正确地对待作品的写"淫"问题。这对以后的张竹坡、文龙等人更加注意从不同读者的不同接受来详论《金瓶梅》的价值起了直接的影响。

《新刻绣像批评金瓶梅》中的批点

约于崇祯年间刊印的《新刻绣像批评金瓶梅》，世称崇祯本。书中有眉批、夹批和圈点，批点者不详。这些批语，语简意赅，较为全面地涉及了《金瓶梅》艺术特色和思想意义的方方面面。

批点者一再指出，"《金瓶梅》非淫书也"，而是一部"世情书"："此书只一味要打破世情，故不论事之大小冷热，但世情所有，便一笔刺之。"（第五十二回）这就是说，《金瓶梅》是一部面向现实的小说，其主要特点就在于作者在"断得世情"（第一回）的基础上，广泛地描写"世情"，暴露社会的阴暗面。因此，他在整个评点中，经常运用"一篇世情语"（第九回）、"世情大都如此"（第六十四回）、"一部炎凉景况"（第一回）、"写出炎凉恶态"（第三十五回）等等来评价其得失。当然，用"世情"这个概念来评价小说，当时冯梦龙等人也有所运用,但从来没有像崇祯本的批语这样突出。"世情"两字,从此就成了我国小说批评史上常用的特有概念。所谓"世情小说",就是指不同于历史演义、英雄传奇、神魔小说的另一类侧重于描写现实生活的小说。以后的不少小说家和批评家都沿用了这一名目,如清康熙年间的张竹坡就说《金瓶梅》是"一部世情书"(《竹坡闲话》),乃至后来鲁迅在《中国小说史略》中,用现代的观点将古代小说作分类时,也承此说,并对这类小说的特点作了这样的概括:"描摹世态,见其炎凉,故或亦谓之'世情书'也。"而"诸'世情书'中,《金瓶梅》最有名。"

对于小说的现实意义,批点者能给予特别的注意。第九十回眉批云:"凡西门庆坏事必盛为播扬者,以其作书惩创之大意矣。"作者极力渲染其坏事,目的不在于宣扬而在于惩创。第九十一回《金瓶梅》写孟玉楼嫁往李衙内家时,街谈巷议道:"西门庆家小老婆,如今也嫁人了!当初这厮在日,专一违天害理,贪财好色,奸骗人家妻女!今日死了,老婆带的东西,嫁人的嫁人,拐带的拐带,养汉的养汉,做贼的做贼,都野鸡毛儿零挦了!常言:三十年远报,而今眼下就报了!"批点者于此批道:"此一段是作书大意。"所谓"大意",就是作家创作的宗旨。这段话虽然包含着当时社会普遍存在的天理循环、因果报应等迷信的色彩,但总的还是说明了作者的主要意图在于鞭挞西门庆,批判社会罪恶。这也正如他在第六十九回批语所指出的:"此为世人说法也,读者当须猛省。"在崇祯本的整个批语中,批评家还强调了《金瓶梅》揭露封建朝政、贪官污吏的价值。例如第三十回、第五十五回写西门庆两度走蔡京的门路,被委任为提刑官时,一方是"倚势利",奉承献媚,一方是"累次受贿",贪赃枉法,真是丑态百出。于此,评点者指出,作品的成功之处就在于把"献媚者与受贿者,写得默默会心,最有情致","蔡京受私贿,擅私宠,作私恩,已画出一私门矣"。事实上,《金瓶梅》描画的不仅仅是蔡京一私门,而是整个溃烂的统治机器。批点者指出,"写私门之广,不独一提刑也"(第六十七回),从小说中到处可以看到"断狱之不可论理"(第九回),当官的作威作势、劳民伤财(第三十四回、六十五回)和种种"仕途之秽"(第三十六回)。总之,批点者充分肯定了《金瓶梅》描写现实、暴露黑暗的意义,这比之时人把《金瓶梅》当作一部淫书或笼统地肯定其"曲尽人间丑态"(廿公《金瓶梅跋》)来,无疑是高出一筹。后来张竹坡进一步的论述,不少就是对崇祯本批语的具体发挥而已。

关于小说中人物形象的评论,批点者比较重视人物的个性特点,同时也能注意到人物性格的复杂性。如第九十一回评玉簪儿时说："写怪奴怪态，不独言语怪，衣裳怪，形貌举止怪，并声影、气味、心思、胎骨之怪俱为摹出，真炉锤造物之手。"为说明《金瓶梅》中的人物形象往往具有鲜明个性，他常常指出在同一场合中活动的众多人物被作者"写得人人有心"（第六十七回），各各不同，有时甚至几个人说的话是"同一意，而口角各肖其人"（第六十五回），也有时同一句话出自不同人之口，竟会表现完全不同的性格（见第五十一回、第六十回批）。第五十一回小说写吴月娘、潘金莲、李瓶儿、孟玉楼一起听姑子唱佛曲时，评点者就指出了这四人虽然都是西门庆的妻妾，但各人的性格迥异：

> 金莲之动，玉楼之静，月娘之懵，瓶儿之随，人各一心，心各一口，各说各是，都为写出。

《金瓶梅》中主要人物的个性是十分鲜明的，但批点者同时又指出作者并没有把人物的性格写得纯之又纯，成为某一类型的代表，而是努力按生活中的原貌那样去刻画他们的复杂性。如西门庆这个恶棍，小说并没有使他坏到底。如第三十四回，西门庆办理刘太监兄弟刘百户一案时，念旧情而并未落井下石。此处批云："此一段，今日仕途所难，勿以西门庆而薄之。"第六十七回西门庆答应为黄四之岳父求情而拒不受礼。此处批云："西门庆临财往往有廉耻，有良心。"同一回，又批西门庆慷慨地接济应伯爵云：

> 西门庆不独结交乌纱帽、红绣鞋，而冷亲戚、穷朋友无不周济，亦可谓有财而会使鬼矣！

这里很好地揭示了西门庆性格的复杂性，以及这种复杂性的成因。批点者的这种见解在稍前的叶昼等人的人物论中还是难以见到的。于此也可见：《金瓶梅》作为一部世情小说，更加注重刻画人物形象的个性及其性格的复杂性，也即引发了小说批评家对这方面的关注，促进了我国小说理论的进步。

另外，批点者借鉴了诗文、八股评点中使用的一些有关表现手法的术语，再结合小说创作的具体特点，拈出了不少"文法"，诸如"躲闪法"、"捷收法"、"绵里下针"、"冷帮热衬"、"画龙点睛"、"馀波萦回"、"节上生枝"等等，成为后来金人瑞、毛宗岗、张竹坡等人大谈小说种种"作法"、总结形式美的先行者。

第五节 冯梦龙及其他

冯 梦 龙

冯梦龙(1574—1646),字犹龙,别署龙子犹、顾曲散人、墨憨斋主人等,长洲(今江苏吴县)人。青壮年时期,屡试不中,内心抑郁,寄情于青楼歌场,有机会接近社会下层,熟悉市民生活。崇祯三年(1630)出贡,崇祯七年(1634)六十一岁时任福建寿宁知县,不久即退职家居。为"复社"成员之一。清兵渡江时,曾参加抗清之举,后死于故乡。他是明代末期的著名作家,文学活动是多方面的。不过毕生的主要成就是在民间通俗文学的搜辑、整理、研究和出版工作上。在小说方面,贡献尤大。他怂恿书坊重价购刻《金瓶梅》,自己改编过《平妖传》、《新列国志》等长篇小说,编纂了合称为"三言"的《古今小说》(《喻世明言》)、《警世通言》、《醒世恒言》等。他的小说批评理论,主要反映在"三言"的三篇序言及部分眉批中。这些文字,虽有"绿天馆主人"、"无碍居士"、"可一居士"等不同署名,但一般都认为是出自冯梦龙的手笔。它们互相关联,各有侧重,集中地反映了晚明小说领域里的进步观点。

《古今小说序》是三篇序文中首先发表的一篇。它开头就以文学发展的眼光,概述了古今小说流变的历史:

> 史统散而小说兴。始乎周季,盛于唐,而浸淫于宋。韩非、列御寇诸人,小说之祖也。《吴越春秋》等书,虽出炎汉,然秦火之后,著述犹希。迨开元以降,而文人之笔横矣。若通俗演义,不知何昉?按南宋供奉局,有说话人,如今说书之流,其文必通俗,其作者莫可考。……然如《玩江楼》、《双鱼坠记》等类,又皆鄙俚浅薄,齿牙弗馨焉。暨施、罗两公,鼓吹胡元,而《三国志》、《水浒》、《平妖》诸传,遂成巨观。要以韫玉违时,销镕岁月,非龙见之日所暇也。皇明文治既郁,靡流不波;即演义一斑,往往有远过宋人者。而或以为恨乏唐人风致,谬矣。

这里将我国古代的小说发展理出了一条基本线索,并在实际上分成了五个阶段。第一个阶段是"始乎周季"。他认为《韩非子》、《列子》中的故事传说就是小说之祖。后来的野乘笔记,"著述犹希"。这时的小说尚处于萌芽时期。第二阶段是"盛于唐"。这时传奇勃兴,即所谓"开元以降,而文人之笔横矣"。第三阶段是"浸淫于宋",通俗话本的出现和流行。第四阶段以施耐庵、罗贯中为代表,创作了《三国》、《水浒》等名著,将小说的发展推向了高潮。第五阶段是明代,各种样式的文学作品(包括小说)都得到了进一步发展,所谓"靡流不波"。冯梦龙在分析小说发展历史的过程中,对唐传奇的评价特见功夫,对它的评价极高,认为小说至唐才盛。但他并不因此而像当时那些受复古思想熏陶的正统文人那样,认为文采华艳的唐传奇就是不可逾越的顶峰,评价以后的小说也要以此为准绳。他认为时代在发展,小说也在变化,"食桃者不费杏,绨縠氄锦,惟时所适。以唐说律宋,将有以汉说律唐,以春秋、战国说律汉,不至于尽扫羲圣之一画不止。可若何!"他就是依据这种进步的文学发展的观点,在对我国古代小说作了比较认真研究的基础上,既指明了我国小说发展的继承关系,又看到了不同阶段的主要特色,作出了比较合乎实际的分析,为以后人们研究我国古代小说的分期打下了基础。

　　冯梦龙在研究历代小说的基础上,特别重视"古今通俗小说"。他之所以重视通俗小说,主要是因为认识到了通俗小说具有强烈的艺术感染力和巨大的社会教育作用。他在《警世通言序》中就举了这样一个生动的例子来说明小说的感人力量:

> 里中儿代庖而创其指,不呼痛。或怪之,曰:"吾顷从玄妙观听《三国志》来,关云长刮骨疗毒,且谈笑自若,我何痛为!"

关于这一点,他在《古今小说序》中有更概括的说明:

> 试令说话人当场描写,可喜可愕,可悲可涕,可歌可舞;再欲捉刀,再欲下拜,再欲决眦,再欲捐金;怯者勇,淫者贞,薄者敦,顽钝者汗下。虽小诵《孝经》、《论语》,其感人未必如是之捷且深也。

这里,他已把通俗小说的教育作用看得超过儒家经典了。在他看来,"浊乱之世,谓之天醉"。这种"天醉"的黑暗局面的造成完全是人为的:"天不自醉人醉之。"因而,"天不自醒人醒之"。人要醒天,就必须通过言论作品:"以醒天之权与人,而以醒人之权与言。"(《醒世恒言序》)他编辑、整理"三言",其主要目的也就是为了"喻世"、"警世"、"醒世",唤醒世人,改变世风。可见他把通俗小说的社会作用,看得何等重要了。他的这种观点明显地受了李贽、袁宏道等人的影响,比起《醉翁谈录》的作者罗烨笼统地肯定通俗小说的劝戒作用和形象地描绘其感染力量来显然更为明确,比起较早的《清平山堂话本》的辑刊者洪楩把通俗小说只是看作雨窗长夜、欹枕梦醒时解闷逍遣之作来,更是高明得多了。

然而,究竟以什么来"导愚"、"醒世",起什么样的教育作用呢? 这就关系到对小说内容的要求了。冯梦龙作为一个封建社会中的进步文人,尽管其思想受到了一定的市民意识的影响,仍要求小说的内容"不害于风化,不谬于圣贤,不戾于诗书经史",以求"令人为忠臣,为孝子,为贤牧,为良友,为义夫,为节妇,为树德之士,为积善之家,如是而已矣"(《警世通言序》)。这就决定了他在"三言"中选录了不少封建落后的糟粕,并直接写了不少宣扬封建道德的批语。如《陈御史巧勘金钗钿》一篇写到顾阿秀不同意父母与幼年订婚的鲁学曾一刀两断时批道:"妇人之义,从一而终。贤哉此女!"《闲云庵阮三偿冤债》写陈玉兰十九岁守寡,一生不嫁,教子成名时,赞道:"真贤节。"在《杨八哥越国奇逢》、《木绵庵郑虎臣报冤》等篇中把事情的发展都归结为"天数"、"天意"等,这都是明显的局限。

但是,我们应该看到,冯梦龙生活在明末,目击世风衰败,吏治黑暗,十分担心明王朝的覆亡。因此,他不能不重视小说揭露社会弊病、批判黑暗现实的思想内容。在《单符郎全州佳偶》、《穷马周遭际卖䭔媪》、《汪信之一死救全家》等篇的眉批中,一再揭示"近来世风恶薄"、"世途势利,都是如此","凡营干必要用钱,此风自来已然矣",等等,对小说中暴露"世弊"的内容极为注意。从揭露社会的颓风出发,他又把批判的矛头指向贪官奸臣等腐朽的统治集团。他认为"世情可恨,所以贪吏不止"(《陈御史巧勘金钗钿》眉批),多次谴责官吏贪酷狠毒,吞吃"黑钱",荒唐挥霍,乃至指出贪官的"七岁女儿便贪贿,信有种哉"(《游酆都胡母迪吟诗》眉批),揭露官场"纱帽底下好说话"(《宋四公大闹禁魂帐》眉批),"不重国计重私恩"(《汪信之一死救全家》眉批),以至"忠臣义士"蒙受"不白之冤"(《简帖僧巧骗皇甫妻》眉批),出现"阳间谁许你平心论理"的腐败局面。至此,冯梦龙不得不深深地发出这样的感叹:"明廷不复有人矣!"(《沈小霞相会出师表》眉批)他在强调小说的内容批判现实时,表示了对社会的深切忧虑,对统治集团的强烈不满,甚至借古喻今,把批判的锋芒对准了皇帝。当《新桥市韩五卖春情》写到周幽王宠爱褒姒、陈灵公私通夏姬时,批道:"贪色忘身忘国,可畏可惧可嗔!"《陈希夷四辞朝命》中陈抟对宋太宗道:"天子以天下为一身,假令白日升天,竟何益于百姓?……"这里,冯梦龙批道:"高议。惜秦皇汉武不闻。"我们联系明朝中后期几代皇帝荒淫无耻、迷信宗教的实际情况,不能不认为这些话是很有针对性的。

冯梦龙特别重视小说中描写"男女之情"。他在《情史叙》中提出:"情始于男女","万物如散钱,一情为线牵"。只要加以正确引导,可使它"流注于君臣父子兄弟朋友之间",以达到"情教"的目的,产生像《六经》一样的作用。这是他强调男女之情的基本的一面。但是,由于他受到市民思想及李贽等人的影响,具有追求个性解放,冲破封建礼教的思想因素。因此,往往在一些以妇女、婚姻问题为题材的作品的批评上强调"情真",在一定程度上又突破了封建思想的束缚。如《单符郎全州佳偶》、《梁武帝累修归极乐》两篇中的邢春娘和溧阳公主都一时失身受辱,冯梦龙对此并不拘于"贞节"加以鄙视,反而称扬她们道:"自是豪侠举动"、"女中豪杰"、"妇人乃有此见识,此拘儒所不及"等。对于纯正的爱情,冯梦龙就热烈歌颂。如官至全州司户的单飞英仍和沦为娼妓的未婚妻邢春娘结为夫妻,这样一般人认为"罪案"的故事,冯梦龙却在《单符郎全州佳偶》的眉批中加以肯定。而相反,如《金玉奴棒打薄情郎》中写莫稽中举当官后,将患难妻子金玉奴推到河里,想另攀高枝。淮西转运使正巧救起金玉奴,认作女儿,并有意将她配给莫稽。结婚之日,当莫稽跨进新房时,被金玉奴一顿棒打,狠狠地教训了一番。此时,冯梦龙批道:"只夫妻重合不妙,有此一顿打才快人心。"诸如此类,冯梦龙在"三言"中编选了为数众多的爱情、婚姻故事,并写下了一些赞美真挚爱情、反对虚伪礼教的批语,这正像他在《挂枝儿》、《山歌》中收集大量的情歌一样,是具有"借男女之真情,发名教之伪药"(《山歌序》)的反封建意义的。

另外值得一提的是,他还在理论上反对小说中描写色情的内容。《醒世恒言序》说:"若夫淫谭亵语,取快一时,贻秽百世。"冯梦友作为一个小说家而不是卫道士,在淫风特盛的晚明文坛发表这样的见解是难能可贵、很有现实意义的,当时就受到了人们的重视。凌濛初在《拍案惊奇序》中就指出:"近世承平日久,民佚志淫,一二轻薄恶少,初学拈笔,便思污蔑世界,广摭诬造,非荒诞不足法,则亵秽不忍闻,得罪名教,种业来世,莫此为甚。而且纸为之贵,无翼飞,不胫走,有识者为世道忧之,以功令厉禁,宜其然也。独龙子犹氏所辑《喻世》等诸言,颇存雅道,时著良规,一破今时陋习。"当然,冯梦龙之所以反对色情描写基本上是为了使小说成为"六经国史之辅"。这一点在他更定《新灌园》时说得更清楚:"孝子忠臣女丈夫,却将淫亵引昏途。墨憨笔削非多事,要与词场立楷模。"他要立的是什么"楷模"? 这就是使"忠孝志节种种具备"(《新灌园序》)。但在实际上,冯梦龙生活在那个时代里,耳濡目染,并不能真正摆脱封建士大夫和小市民意识交织起来的低级庸俗的趣味。在他编选的小说中,还有相当部分的作品流露了淫荡的气息,充满着色情的描写。这清楚地反映着他思想中的矛盾。

关于小说的表现形式,冯梦龙主要强调通俗。他认为,道理艰深,文辞雕琢,只能为少数人所欣赏;只有通俗,才能为广大民众所理解,产生一定的社会影响:"尚理或病于艰深,修词或伤于藻绘,则不足以触里耳而振恒心。"基于这样的认识,他分析了唐代传奇和宋代话本小说的不同特点,并指出了通俗小说之所以更为流传的原因:

> 大抵唐人选言,入于文心;宋人通俗,谐于里耳。天下之文心少而里耳多,则小说之资于选言者少,而资于通俗者多。(《古今小说序》)

这里指出了社会上文人毕竟是少数,而民众却是多数。他在封建社会里,能着眼于多数的民众来强调文学的通俗性,确是难能可贵的。当然,冯梦龙强调通俗,除了从社会效果来考虑之外,也注意到语言的通俗和内容的表达之间的关系。他在《挂枝儿·送别》一首的评注里说:"最浅,最俚,亦最真。"《调情》第二、三首的评注又说:"亦真。以上二篇毫无奇思,然婉如口语,却是天地间自然之文,何必胭脂涂牡丹也。"这就是说,文章通俗才能真实、自然地反映社会现实和作者的生活感受。可见,注意通俗,在冯梦龙的整个文学思想中,是与强调文学作品的"真"密切相关的。

冯梦龙对于小说中人物形象的塑造也往往重在"真",强调符合人物的性格特点。例如关于宋代风流词人柳永,在《清平山堂话本》的《柳耆卿诗酒玩江楼》这篇话本里,竟把他写成一个卑鄙恶劣的家伙:柳永在当地方官时,看中了妓女周月仙。因对方不肯相从,就叫一个船夫先去奸污了她,逼得她不得不听从柳永的摆布。很明显,这样"鄙俚浅薄"(《古今小说序》)的描写完全破坏了柳永的形象。而《喻世明言》的《众名姬春风吊柳七》对此作了改写。把周月仙写得正与贫穷的黄秀才热恋,是有钱的刘二员外买通了船夫先污辱了周月仙,然后自己占有了她。柳永得知后,"情人自怜情人",马上出钱替周月仙除了乐籍,使与黄秀才成婚。这样的描写才符合柳永这个多情才子、风流县宰的形象。在这里,冯梦龙就批道:"此条与《玩江楼记》

谓柳县宰欲通月仙,使舟人用计,殊伤雅致,当以此说为正。"显然,这是从人物形象的性格特点着眼的。为了塑造真实生动的人物形象,他还要求人物的语言写得"口气逼真"(《蒋兴哥重会珍珠衫》眉批),故事情节的描写也都要"摹得绝似"(同上),就是心理活动也要写得惟妙惟肖。就在《蒋兴哥重会珍珠衫》一篇中写到王三巧在楼前误认陈大郎为丈夫及蒋兴哥回家时的心理活动时,都批道:"绝似河间妇初景"、"真真"。所有这些都说明冯梦龙是十分重视小说的真实性的。

冯梦龙在小说的真实性问题上,还进一步接触到了艺术真实与生活真实的关系问题。他在《警世通言序》中说:

> 野史尽真乎?曰:不必也。尽赝乎?曰:不必也。然则,去其赝而存其真乎?曰:不必也。……人不必有其事,事不必丽其人。其真者可以补金匮石室之遗,而赝者亦必有一番激扬劝诱、悲歌感慨之意。事真而理不赝,即事赝而理亦真。……视彼切磋之彦,貌而不情;博雅之儒,文而丧质,所得而未知孰赝而孰真也。

这里开头的三个"不必"就很有见地。它指出了小说一不全是真人真事,二不全是凭空捏造,三不是简单地将搜集的材料去伪存真。总之,它不能脱离现实,而又不是实录生活。它是一种艺术创造,是"人"、"情"、"事"、"理"的有机统一。小说中的"人"、"事",即人物形象和故事情节,不一定在生活中确实存在,但必须合乎"情"、"理"。这里的"情"、"理",虽也包含着封建的内容,但着重的是指不虚伪矫饰的真情实感和符合生活逻辑的自然之理。它们巧妙地统一起来,就能在生活真实的基础上创造出一种艺术的真实。比如《羊角哀舍命全交》一篇,冯梦龙就指出:"《传》但云角哀至楚为上大夫,以卿礼葬伯桃,角哀自杀以殉。未闻有战荆轲之事。且角哀死在荆轲、高渐离之前。"这是指出它不合乎历史的真实。但冯梦龙并不因此否定这篇作品,接着就说作者的创作动机是"盖愤荆轲误太子丹之事,而借角哀以愧之耳",肯定了艺术虚构的合理性,并称赞这篇小说中的"变幻"描写和"责指荆轲极是"。冯梦龙在《警世通言序》中还指出,这种具有艺术真实的作品,对生活进行了艺术概括,故能"触性性通,导情情出",比生活真实更富有感染力量;而它比起那种"貌而不情"、"文而丧质"的假文学来,却又更富有生活的真实感,是一种真文学。冯梦龙的这些关于生活真实和艺术真实的见解尽管没有作进一步的论证,但它确实点中了一些要害,在我国小说理论批评的发展史上是闪闪发光的。

凌濛初及其他

冯梦龙的"三言"是一部话本总集。它的一百二十篇故事的题材十分广阔,差不多涉及了当时社会的各个阶层和各个方面。这里虽有部分取材于历史故事和神话传说,但大都是描写现实生活中的平凡人物和日常生活,其特点正如笑花主人《今古奇观序》所指出的那样:"极摹人情世态之歧,备写悲欢离合之致",是比较侧重于描写"世情"的。而冯梦龙的小说理论也是面向现实的。因此,"三言"的风行必定促进了"世情小说"理论的发展。

早在冯梦龙之前,署名欣欣子的在为世情小说的代表作《金瓶梅词话》作序时就提出了一些有益的见解。在冯梦龙之后,强调小说描写社会现实生活的代表人物是凌濛初。凌濛初,生平介绍见戏曲理论部分。他在《拍案惊奇序》和《二刻拍案惊奇小引》中谈的自己编著"二拍"的宗旨和对小说的一般看法,多数是采用了一些流行的观点,其中值得注目的是提出了小说要写"耳目前之怪怪奇奇"的论点。《拍案惊奇序》说:

> 语有之,少所见,多所怪。今之人但知耳目之外,牛鬼蛇神之为奇,而不知耳目之内,日用起居,其为谲诡幻怪,非可以常理测者固多也。……则所谓必向耳目之外索谲诡幻怪以为奇,赘矣。

我国的小说及其理论,从神话传说,到魏晋志怪、唐代传奇,始终重在"奇"。这种"奇",虽然也有指情节曲折离奇的意思,但多数是指"牛鬼蛇神之奇"。而强调"真"的一派,又往往从史学的角度上来要求小说完全忠于历史,并不真正懂得小说的艺术特征。他们的影响也远不及传奇论者大。欣欣子提出"寄意于时俗",强调描写普通的现实生活,当然不合普遍将小说仅作"传奇"的舆论。凌濛初在这里就进一步说明在"耳目之内,日用起居"中本身也有"谲诡幻怪"。这种"怪",不是耳目之外的牛鬼蛇神,而只是生活中的"少所见",小说就应该描写日常生活中的奇。因此,他编著的"二拍",尽管名之曰"拍案惊奇",间或也杂有一些"说鬼说梦,亦真亦诞"的内容,但主要是继承宋元以来小说话本"多采闾巷新事"的传统,将"古今来杂碎事,可新听睹、佐诙谐者,演而畅之",以达到"耳目前怪怪奇奇当亦无所不有"。总之,凌濛初是竭力主张小说作者从远离现实的"谲诡幻怪"中解脱出来,把注意力投向百姓耳闻目见的日常生活中去。当然,他之所以这样强调描写现实,其根本目的还是"意存劝戒",但从小说理论批评的发展历史上看,不能不说还是有一定的积极意义的。

凌濛初等虽然十分强调小说描写日常生活中的人情世态,但缺乏必要的论证。在理论上进一步分析其必要性的是睡乡居士。署名睡乡居士的《二刻拍案惊奇序》不是一般地对凌濛初的观点作一些补充,而是从艺术真实性的高度上来权衡小说中的"奇"与"真",指出描写现实生活的重要意义。序文开头就强调作为"操觚之家"的小说作者,也必须像高明的画家那样,在概括生活的基础上创作出具有高度艺术真实性的作品,这样才能产生强烈的艺术效果:

> 尝记《博物志》云:"汉刘褒画云汉图,见者觉热;又画北风图,见者觉寒。"窃疑画本非真,何缘至是?然犹曰:人之见,为之也。甚而僧繇点睛,雷电破壁;吴道玄画殿内五龙,大雨辄生烟雾。是将执画为真,则既不可,若云赝也,不已胜于真者乎?然则操觚之家,亦若是焉则已矣。

这里所谈的"真",不是生活中的真,而是一种似"赝"而"胜于真"的艺术中的真。作者在区别艺术真实和生活真实的基础上重视艺术的真实性,显然是受到了当时叶昼、冯梦龙等人的影响。但是睡乡居士比起他们来,更明确地用艺术的真实性来作为小说评价的主要标准,并进而强调小说必须描写"目前可纪之事",反对脱离生活的好奇索怪。他在《二刻拍案惊奇序》中说:

> 今小说之行世者,无虑百种,然而失真之病,起于好奇。知奇之为奇,而不知无奇之所以为奇。舍目前可纪之事,而驰骛于不论不议之乡。如画家之不图犬马,而图鬼魅者,曰:吾以骇听而止耳。夫刘越石清啸吹笳,尚能使群胡流涕解围而去。今举物态人情,恣其点染,而不能使人欲歌欲泣于其间,此其奇与非奇,固不待智者而后知之也。

正因为睡乡居士对艺术真实性有比较清楚的认识,所以他在强调小说描写现实生活、反对盲目好奇时,并不简单地排斥有现实基础的神怪作品。例如对《西游记》一书,他一方面指出它"怪诞不经,读者皆知其谬",另一方面就肯定它"师弟四人,各一性情,各一动止,试摘取其一言一事,遂使暗中摸索,亦知其出自何人,则正以幻中有真,乃为传神阿堵"。对于《史记》、《拍案惊奇》等书,也是在肯定它们"摹写逼真"、"其所捃摭,大都真切可据"的同时,赞成"不妨点缀域外之观"和"间及神天鬼怪"。不过,总的来说,他还是认为,"演义一家,幻易而真难",描写幻怪,不易得真,即使如"幻中有真"的《西游记》,也不能取得《水浒传》那样的成就。这也就说明了他归根到底还是强调只有描写"目前可纪之事"和生活中的"物态人情",才比较容易取得艺术中的"真"。

强调小说写"世情"的理论,到笑花主人的《今古奇观序》又发生了一变。《今古奇观》是一部"三言"、"二拍"的选本。署名笑花主人的《今古奇观序》的观点多数也是"三言"、"二拍"各序的拼凑。它虽然也强调描写"耳闻目见之事",但大大发展了冯梦龙"六经国史之辅"和凌濛初"意存劝戒"的观点,提出了"天下之真奇,在未有不出于庸常者"的论调。他的"庸常",并不是指耳目前的"日用起居"的平常生活,更不是在概括生活的基础上的带有普遍意义的真实性,而是偷换成了一整套的封建伦理道德。这就如他说的"仁义礼智,谓之常心;忠孝节烈,谓之常行;善恶果报,谓之常理;圣贤豪杰,谓之常人"。他认为创作小说的目的就是为了"训人以至常","共成风化之美"。这就是《今古奇观序》的主要论点。很清楚,笑花主人和睡乡居士代表了两种不同的倾向。睡乡居士强调描写世情是为了真实地反映现实;而笑花主人则是为了强化封建教育作用。长期以来,由于"三言"、"二拍"的沦落而《今古奇观》的流行,故《今古奇观序》所产生的影响也最大。以后的大批小说特别是话本集弄得如鲁迅所说的"诰诚连篇,喧而夺主",原因当然是多方面的,但无论如何不能低估《今古奇观序》所产生的不良影响。

第六编　清代前中期

绪　　论

　　清朝是我国学术总结和文学发展的时代,同样,它也是文学批评史上一个集大成并希图贡献新经验的时代。

　　公元 1644 年,清人打着为明复仇的旗号入关取明朝而代之,与此同时,汉族的思想文化乃至明朝的具体制度措施也被保留、维护和利用。顺治皇帝即位诏书称清之代明为"改革",而不用"革命"二字,明清之间所存在的大致的一体性关系于此可见。这决定了清朝初期意识领域的基本方面仍然沿着明末的变动而继续顺延,在温和的移徙和渐进中逐步发展,而至乾嘉时代终于形成以考据求义理为基本特征的"清学"自家面貌。

　　文学批评的演变过程亦复相似。活动于清朝初始阶段的批评家其由明而入清的身份虽能表明,明清之际的文学思想不可能釐别为明和清两部分,更重要的是,他们那种亦明亦清、两者交替过渡的文学思想特点,本身就是与清代思想进程的节奏相合拍的。康熙亲政平定藩乱以后,清代自身的文化建设才开始真正受到重视,客观上也具备了建设的条件,在这样的背景之下,文学批评得以逐渐形成清朝的特色。乾嘉时期,考据之风向诗文创作广泛渗入,以及诗文批评家对此所发生的活跃的反应(包括吸收和拒绝),孕成了该时期文学批评特殊的内涵和色彩。

汲 古 返 经

　　明清之际文学思想最重要的特征是强调汲古返经。这主要开始于明末复社等团体的积极提倡并逐渐流行开来,经明清易代这场社会剧变的感激而得以进一步加强,几乎成为文人一种普遍的认识。钱谦益、黄宗羲、顾炎武、王夫之、魏禧等皆莫不呼吁文人回到古学,尤其是经学的立场上来审视文学的价值、意义和功能,确立文学批评的标准。

在汲古返经的口号下,他们对晚明文人的异端倾向和当时文学中有悖儒家义理传统的成分作了猛烈抨击,通过对儒家学说广泛地阐释和恢复,对"时风众势"进行全面拨转。在文学批评(尤其是诗文批评)中,积极提倡正统的、规范的儒家伦理道德和价值观念,力纠晚明文人偭背绳墨,放浪情怀,使晚明文学和文学思想中滋长起来的个性意识和世俗倾向受到明显抑制。这时期文学批评中的儒家道德主题十分突出,是晚明至清文学思潮转变过程中一个非常重要的阶段。

强调汲古返经与重视经世致用在当时是合为一体的。因此。文学的时代意义、益世作用、批判现实精神,受到批评家们高度重视,顾炎武一句"文须有益于天下"(《日知录》卷十九)的口号,几乎成为一切志气高尚的文人共同的心声。不言而喻,表现反清意识和流露与清廷不和谐的想头是当时文学"时用论"所触及的最敏感的焦点问题,这便赋予了此时期文学批评鲜明的政治主题。尽管它不像上述儒家道德主题那样在清代文学批评史上产生持续而久远的影响,但是在创作和文学研究中也烙下了深刻的印记。创作方面不必举例。研究方面如钱谦益、黄宗羲都特别强调剧变的时势能激发文学创作趋向繁荣,认为汉代以后,魏晋、唐天宝后、宋末是文学三个辉煌的高潮阶段。这样来评价宋末文学,显然融进了评者对自己所处时代的深刻感触。

汲古返经思想导致批评家加强对文学源流关系的研究,他们通过推原求本来寻索文学之"祖",进一步确认诗文发展的历史统系,借以明确文学当时及未来理想的走向。钱谦益将引起当时文学淆乱现象的根源归之为"祖"的迷失,所以开列了一份"尊祖敬宗收族"的清单,"《三百篇》,诗之祖;屈子,继别之宗也;汉魏三唐以迨宋元诸家,继祢之小宗也。六经,文之祖也;左氏、司马氏,继别之宗也;韩、柳、欧阳、苏氏以迨胜国诸家,继祢之小宗也"(《袁祈年字田祖说》)。其实质是蕴诗文求新于宗经学古之中。当时文论的主流意见是,古文以唐宋派为正宗,诗歌则主要肯定七子一派的宗尚(但不取其模拟论),也适当借鉴宋元大家成就。学宋为主的观点虽然已经萌芽,其影响范围在当时还比较有限。这反映了他们对诗文源本流别关系基本的看法。

归 于 醇 雅

随着反清浪潮和遗民意识渐归静息、平淡,清政权逐步稳定,清代文学批评开始进入形成自身特色的建设时期。朝廷用"清醇雅正"的文化政策正风导俗，尤其直接、广泛地施之于科举文字和文学领域，从而使"醇雅"成为超乎写作其他标准之上的一条思想艺术准绳，并在相当的范围内又变成了文人创作的一种趋时和向往。

明清之际批评家高唱汲古返经的调子，实也是促进文学朝着雅的方向发展，这使它与随之到来的清朝自身文学批评建设有了衔接点，两个阶段文学思想的过渡在形式上显得水到渠成，顺理成章。然而，就二者所尚雅的实质言，明清之际批评家所运用的标准还具有较宽的包容性，无论诗文作品的思想涵蕴还是艺术风韵，都还能够显出一些斑斓驳杂的色彩来。而到了后来，这些色彩的一部分本身也变成了雅所规范的对象。雅作为一把衡量文学优劣高低、合格与否的尺度，变得更加严格，更加纯粹。

王士禛"神韵"论，方苞"义法"、"雅洁"说，朱彝尊为首的浙西派词学观，分别代表了该时期诗、文、词归雅趋正的规范和方向。

从思致蕴义方面说，坚持"醇雅"的标准不等于不要文人思考历史和现实，也不等于不要诗人真诚地露示性情，但是这种思考必须是替坐江山者立想，性情则应当符合儒家的道义精神。一切横讥驳议，乖放性气，都遭到排斥和贬低。虽然"正风"、"正雅"与"变风"、"变雅"在儒家文学思想框架里是兼容的，出于对"盛世"的认同，当时的"醇雅"论者却大多热衷于"正风"、"正雅"而漠然于"变风"、"变雅"，这与明清之际批评家有着明显的区别。在艺术方面，论者对文章强调简洁精练雅驯，诗歌追求典雅含蓄、清幽淡远，词则取宗姜夔、张炎，琢炼而归醇雅，诗文词三体表现出相当一致的审美倾向。康熙帝曾评王士禛"其诗甚佳"（《清史稿·圣祖本纪二》）。雅风在文坛主导地位的确立，帝王的欣赏和揄扬显然是一个突出的原因。

这一时期的文学批评进一步加强了诗歌、散文、词形式的建设，注意对构成诗文词艺术因素的声调格律、章法结构、词体规则的总结。出现了一批专门探讨诗歌声律的著作，如王士禛《律诗定体》、《古诗平仄论》，李宗文《律诗四辨》，赵执信《声调谱》等。词学方面，康熙二十六年万树编著《词律》，五十四年陈廷敬、王奕清奉敕主持集体编成《钦定词谱》。古文主要由方苞对写作中遣词造句、剪裁详略、谋篇布局等问题作了深入仔细的研究，归纳为"义法"论。以上这些形式建设有代表性的成果，既是当时文学归雅所产生的结果，反过来，它们又进一步推动了文学创作朝着雅化的方向深入和扩延。

朴学气氛中寻找文学

乾隆、嘉庆是清朝朴学鼎盛时期,由考据之风引起的诗文创作和批评演变是此时期最突出的现象。文学与考据学问的关系成为诗文批评家思考文学特性时根本无法回避的问题。由于批评家对两者关系的理解及各自强调的侧重点不同,从而衍成了不同的批评派别。

古文理论无疑是受朴学影响最大的领域。朴学盛行为经学家文论的产生直接创造了条件。戴震、段玉裁、钱大昕等都主张以考据为侧重点来统一义理、博学、文辞三者关系,他们都表现出用经学规范文学的共同倾向。该派的主张借助于当时朴学的显赫地位而产生了非常广泛的影响。姚鼐是桐城派理论的集大成者,他一方面极力维护和发展桐城家法,另一方面又以酌考据入文的积极姿态应变时势,将方苞的"义"、"法"两要素扩充为义理、考证、文章三要素,于三者统一中又突出文辞艺术要素的重要。桐城派所以能够保持其古文正宗的地位,与他们坚持"文章"本位而又顺应学风而灵活变化的态度是分不开的。章学诚也认为义理、考据、辞章三者必须相佐相辅,贯通为用,但他以史家的立场和眼光,要求古文创作以史为宗,特别肯定史书传记最具备义理、考据、辞章三者贯通之长。

诗论方面,先是沈德潜以要求诗歌创作教化、学识与镗鞳宏响的审美性相结合的"格调说"代替了"神韵说",在由虚趋实的诗学演化进程中,显示某种过渡的征兆。而后,以朴学为背景、积极汲学入诗的厉鹗,尤其是翁方纲,代表"学人之诗"的族群而转移了诗坛风气。厉鹗主张以"书"为"诗材",走一条经纬"群籍之精华"的创作道路(《绿杉野屋集序》、《汪积山先生遗集序》)。翁方纲提出"为学必以考证为准,为诗必以肌理为准"(《言志集序》),而充实诗歌肌理的途径主要依靠钻研古书,培养深厚的学问功夫。他们也细致探讨总结了学问诗的艺术化问题。由于重学问、考据的关系,他们对宋诗尤为推重,直接启发了近代宋诗运动。袁枚既不满沈德潜论诗讲些空廓的大道理,所谓"褒衣大袑气象"(《答沈大宗伯论诗书》),也不满厉鹗、翁方纲以学为诗,真气枯索,他别标"性灵说",以追求真情和灵趣为诗歌创作的真谛。当然,袁枚也肯定学问可以糅入散文和俪体的写作中,乾嘉学风对他的影响犹依稀可辨。

至乾嘉末、道光以后,清朝衰象日显,经世意识又在文人中悄悄唤起。嘉道之际今文经学渐渐出现取代朴学考据之势,崇尚学问进一步与寻求微言大义、寓托政治理想的经世之学相融合。文学批评中对此作出反应的是阳湖派和常州词派。阳湖派由桐城派变出,意欲扩大古文堂庑,求诸子百家,"通万方之略"(恽敬《大云山房文稿二集自序》),流露出忧世意识。常州词派实际上与古文阳湖派是同一地域的文人,作者亦多重合。他们以比兴寄托论词,与忠爱美刺、邦国盛衰紧紧相联系。从中透露出了几缕近代文学思想的光色。

骈文理论是清代前中期文论的有机组成部分。尤其到了乾、嘉、道之际,骈体论者大多为著名的学者,又往往注意经世实学。他们为骈文作辩护,主要是想总结出适合于表现汉字文章之美、有别于古文家主张的写作理论,文体观的本质是文学观。以学者和经世者的身份重视骈文并推动其理论发展,这本身又足以表明骈体批评是在学风的润浃下不断展开而获得进步的。

清初的戏曲理论批评

清初曲论显得相当活跃,戏曲批评界沿着前朝余绪,发展前进。金人瑞评点的《西厢记》深受欢迎,流行颇广。他对剧本的题材、人物形象、情节结构、语言文字等进行广泛而细微的评点;他反对污蔑《西厢记》是"淫书"的奇谈怪论,为准确阐明剧本的主题思想及其社会意义作出努力;他十分注意艺术分析,或长篇大论,或片言只语的批点,往往相当精辟地总结前人的艺术造诣之所在,使得戏曲评点这一批评形式大放异彩。李渔的杂著《闲情偶寄》中的论曲部分,记载了他丰富的艺术实践经验和系统的理论思维成果。"填词首重音律,而予独先结构",表明他对于戏曲结构重要性的认识要比他的先辈王骥德等大大推前了一步。李渔所称的"结构",其含义接近于艺术构思,在"结构"的总题目下,论述了"戒讽刺"、"立主脑"、"脱窠臼"、"密针线"、"减头绪"、"戒荒唐"、"审虚实"等七个小题目。他汲取前人论述之精华(如刘勰《文心雕龙·附会》、乔吉曲论和王骥德《曲律·章法》等),以工师建造宅院为喻,形象地阐明:"结构"之要领,应"在引商刻羽之先,拈韵抽毫之始",准确分析了戏曲结构与音韵格律之间关系。他指出戏剧创作必须"立主脑",即确立体现"立言之本意"为全剧情节关键之"一人一事"统领全剧。艺术创新问题,是李渔曲论中的重要课题。所谓"人惟求旧,物惟求新。新也者,天下事物之美称也","至于填词一道,较之诗赋、古文又加倍焉"。他断言,唯有创新,才能克服纠正历来剧作陈陈相因的陋习。但创新不同于荒诞不经，其间有明确的界限：戏曲创新必须演绎"人情物理"。"审虚实"等议题专论前人未及深论的艺术虚构与"真实"及其关系，并涉及历史剧问题。论人物形象塑造有云："欲劝人为孝者，则举一孝子出名，但有一行可纪，则不必尽有其事，凡属孝亲所应有者，悉取而加之……一居下流，天下之恶皆归也。"已经在一定程度上论及人物形象的类型化乃至典型化问题。其他如关于词采宾白、音韵格律、批评鉴赏、社会功能等等，大都有深入细微的阐述，提出了不少值得注意的见解。《闲情偶寄》中的曲论，内容广泛，纲目清晰，主次有别，自成系统，历来为曲坛所重视。

此时期，尚有丁耀亢、黄周星、尤侗、吴伟业等人，运用不同形式对戏曲的社会功用、艺术特征以及其他一些理论批评问题，发表了一些颇有见地的意见，不容忽视。

洪升和孔尚任等的戏曲观

著名剧作家洪升和孔尚任活跃于康熙年间，洪升特别重视戏曲创作中"情"的作用，认为"从来传奇家非言情之文不能擅场"，所有传世之作无不言情达理，如《牡丹亭》之所以能长盛不衰，全由于该剧之"肯綮在死生之际"，主人公"自生而之死，自死而之生"之全部情节，无不与一"情"字密切相关；又认为剧作家所言之"情"，必须合乎"典则"，不违反当时之"理"，反映出他思想深处的矛盾。洪升对某些剧作中所表现的民间风俗人情，少数民族独特的生活习俗、异国情调等颇为赞赏；他主张故事情节要有所创新，避免排场近熟雷同抄袭；赋予人物形象以健康的思想意义，庶几有益于观众读者，有益于社会。孔尚任《桃花扇》剧本卷首所列《小引》、《小识》、《凡例》、《纲领》、《本末》等文字，以及全剧的评点，系统地阐明了他处理题材、结构情节、刻画人物、开掘主题以至遣辞造句艺术匠心之所在。由剧作者直接向读者阐述创作意图，似与艺术依靠形象打动读者的特殊规律不符，但仔细研读不难发现孔尚任的良苦用心，其间不乏真知灼见，尤其是把它当作一种特殊的戏曲批评，更有值得注意之处。《桃花扇》是写历史题材的剧本，孔尚任把它视为"信史"进行创作。他认为历史剧中的主要人物和情节必须严格符合历史的真实，不能任意虚构捏造，所谓"朝政得失，文人聚散，皆确考时地，全无假借；至于儿女钟情，宾客解嘲，虽稍作点染，亦非乌有子虚可比"。这是肇始于明末盛行于清初的历史剧创作"求实"趋向在理论中的反映。除历史剧题材问题外,孔尚任还有关于故事情节"独辟境界",人物形象塑造"须眉毕现"、"跃然纸上,勃勃欲生"等主张都是有所发明的创见。

地方戏曲繁盛时期的戏曲批评

长期称雄曲坛的杂剧传奇发展至 18 世纪已呈衰落之态,代之而兴的是生机勃勃的各种地方声腔剧种。地方戏曲在特定的社会条件和自然环境下,适应本乡本土观众的喜爱和需要而发展。当时称为"花部"或"乱弹",在全国范围内呈现遍地开花之势。它们的艺术形式与思想内容,大都富有浓郁清新、刚健活泼的乡土气息,受当地广大民众的喜爱,与被称为"雅部"的昆腔有显著区别。清王朝自乾隆年间起,文化统制日益严峻,设置专职官员审查抽删剧本,指使御用文人甄别审定,甚至编撰宫廷大戏占据戏曲舞台;与此同时,又积极推行崇"雅"抑"花"政策,用政治手段对花部"乱弹"诸腔实行打击、禁止,加以扼杀。这就使"乱弹"诸腔与昆腔之间的争胜斗妍,披上了浓重的政治斗争色彩。清统治者还诬蔑"乱弹诸腔声音既属淫靡,其所扮演者,非狭邪媒亵,即怪诞悖乱之事,于风俗人心殊有关系"(苏州老郎庙清嘉庆三年《钦奉谕旨给示碑》文);又说"川楚教匪,借词滋事,未必不由于此"(嘉庆四年禁令,见《中枢政考》卷十三《禁令》)。一些有识之士则想方设法为新兴剧种宣传鼓动,制造健康舆论。徐大椿《乐府传声》认为,各种声腔剧种之产生和发展变化,实"乃风气自然之变,不可勉强者也",为新声腔诸剧种的合理性提供了坚实的理论依据。李调元则尊奉地方剧种为"变曲",即曲之变化发展,有力地批驳了对花部"乱弹"诸腔的种种诬蔑。焦循的《花部农谭》乃是一部论述花部的专著。此书一反流俗之见,以老农口吻,就花部戏曲的题材、故事情节、语言、主题思想、审美情趣,乃至下层观众的好恶反映等诸多方面,充分肯定了地方戏曲的特点和社会价值,并公开声称:"梨园共尚吴音。'花部'者,其曲文俚质,共称为'乱弹'者也,乃余独好之。"所称"吴音",实指昆腔。焦循特别喜爱花部,既反映了花部兴起的时代要求,也表现了他顺应历史发展敢于在众声嘈嘈中振臂高呼为新兴剧种呐喊的勇气。

小说理论批评的发展与评点

清代前、中期的小说理论批评是在严重的压力下成长起来的。当时不少文人存在着重经史诗文而轻小说戏曲的正统观念,统治者更常常施行粗暴的禁毁政策。整个清代,从中央到地方,查禁小说的律令不下数百条次,远远超过以往任何时代。在政治高压下盛行的考据学风也影响及于小说研究。这正如王国维说的:"自我朝考证之学盛行,而读小说者,亦以考证之眼读之。"(《红楼梦评论》)于是学者往往潜心于考证小说中的人物故事"有无所本",忽视了对于小说艺术特征的探讨。这些都压抑、阻碍着小说创作和理论批评。然而小说毕竟已深深地植根在广大人民群众中间,具有强大的生命力。它的创作和理论在艰难曲折的道路上还是有不少新的进展。

清代前中期小说理论的新发展,在序跋、笔记、诗赋及评点等各方面都有所表现,而最突出的是反映在小说评点上。小说评点的新局面是由金人瑞开创的。金人瑞由明入清,其评点小说《水浒传》还在明末,但对整个清代的小说批评影响巨大。继他之后,毛纶、毛宗岗评《三国演义》、张道深评《金瓶梅》、脂砚斋评《石头记》、闲斋老人评《儒林外史》、冯镇峦评《聊斋志异》等竞相争奇,形成了一个波澜壮阔的崭新局面,在小说评点史上出现了一个鼎盛时期。这时的小说评点就与其他形式的批评结合在一起,对许多理论问题作了深入的探索,发表了许多精辟的见解。

对小说社会价值的认识

针对统治者对小说的轻视、排斥和禁毁,历代进步的小说家总是千方百计地从各个角度上来肯定小说的价值,提高小说的地位。继晚明李贽、袁宏道、冯梦龙等大力肯定小说的社会作用之后,金人瑞将《水浒》列入"六才子书"之内,认为"天下之文章无有出《水浒》右者"(《水浒传序三》)。到清初,刘献廷在《广阳杂记》中甚至说:"戏文小说乃明王转移世界之大枢机,圣人复起,不能舍此而为治也",这简直把小说推到了至高无上的地步了。他们推崇小说,主要是由于对小说的认识作用、教育作用、美感作用都有更深切的理解。特别在美感作用方面,清人就更加强调和发展了前人的"趣"、"味"说。曹雪芹就很重视小说能"适趣解闷"。再如烟水散人《珍珠舶序》中提倡小说当"俾观者娱目,闻者快心",剩斋氏在《英云梦传弁言》中提出小说"所设之境,所传之事"当以能否使人"移情悦目"作为评价的标准,都值得重视。总之,清人对于小说社会价值的论述是晚清小说论者竭力鼓吹小说具有巨大社会作用的先导,我们决不能予以忽视。

关于小说艺术特征的论述

金人瑞曾评述"因文生事"的小说作品《水浒》就胜过"以文运事"的历史

著作《史记》。张道深也有一篇《寓意说》论及"稗官者,寓言也,其假捏一人,幻造一事"的艺术特点。康熙年间的黄越在《第九才子书平鬼传序》中提出,小说可以"无者造之而使有,有者化之而使无",认为小说中的艺术形象本来是虚构的,是生活中之"无",但经过艺术创造就成为"有",成为活生生的形象;而现实中原"有"的生活原型,经过小说家的艺术加工就成为"无",不等于生活中本来的面目了。这反映了论者对于艺术典型的基本特征具有相当的认识。他们重视艺术的虚构,同时也强调要符合生活真实,两者统一的关键是要符合"人情物理"。在晚明小说论的基础上,清人更鲜明地提出"做文章不过情理二字"(张道深《批评第一奇书金瓶梅读法》)。曹雪芹说《红楼梦》只是"取其事体情理","敷衍出一段故事"。脂砚斋就欣赏这种"事之所无,而理之必有"的"真正情理之文"。这实际上已经认识到艺术虚构必须符合生活发展的必然规律。而要做到这一点,就必须有坚实的生活基础。金人瑞提出的"澄怀格物"、"因缘生法"、"临文动心"等一套理论,就是在承认客观现实第一性的基础上,总结了一些艺术创作的基本规律。由此可见,清人对于艺术虚构与生活真实的关系问题已有比较全面的认识。

我国古代的小说论者在讨论艺术虚构与生活真实的关系时往往使用"实"与"虚"、"真"与"假"、"真"与"幻"、"正"与"奇"等相对的概念,这些概念有时接近于我们今天所理解的现实主义和浪漫主义的创作方法。有清一代,由于《红楼梦》、《儒林外史》与《聊斋志异》等使用不同艺术方法的作品都取得了辉煌的成就,故随之而来的对不同创作方法的认识也更加清晰。批评家们指出,《红楼梦》、《儒林外史》一类作品就是侧重在描绘"亲睹亲闻"的"家庭闺阁琐事"(《红楼梦》)等"世间最平实而为万目共见者"(卧本《儒林外史》回评),作家只是客观地、细致地加以描述,使倾向性在生动的形象中自然地流露出来,所谓"直书其事,不加论断,而是非立见者也"(卧本《儒林外史》回评)。而"恍惚幻妄,光怪陆离"的《聊斋志异》的成功,也就在于"以泄愤懑,抒写愁思"(余集《聊斋志异序》),具有强烈批判现实的精神。在这基础上,金丰在《说岳全传序》中提出了"实者虚之,虚者实之",虚实结合,相互补充的观点。这种看法对于理解现实主义与浪漫主义的不同创作方法及其相互结合还是有很大启发性的。

塑造典型的人物形象应该是小说艺术的焦点。金人瑞便是在我国小说批评史上第一个明确地指出,应把人物形象塑造成功与否当作评价一部小说的主要标准。他说:《水浒》之所以杰出,就"无非为他把一百八个人性格

187

都写出来"。至于如何刻画人物的性格,金人瑞、张道深、脂砚斋等在绘形与摹神、个性与共性相统一的问题上都有不少精辟的论述。他们要求作家将生活的原型"遗貌取神",塑造"似是而非,似非而或是"的艺术形象。既"历历如绘",又"神情宛肖";既"人有其性格",又"都似旧时相识"。像西门庆就是"百千市井小人之中"的一个,而贾宝玉的性格"移之第二人万不可"。这些见解在文学理论批评史上是闪烁着光辉的。

此外,清代前、中期批评家在论述情节结构的完整、奇特、自然统一,对特定环境、细节真实与刻画人物性格之间的关系,人物语言的个性化、口语化等方面都有不少真知灼见。总之,我国小说理论发展到清代,已经相当丰富而比较成熟了,且自成系统,自具特色。近代的小说理论正是在这基础上,再接受了一些外来影响,才有了进一步的发展和突破。

第一章 明清之际的文学思想

第一节 钱谦益、吴伟业、冯舒和冯班

总结明代诗文创作的教训以寻求新的发展方向,是明清之际文学批评家孜孜努力的一致目标,探索中各人贡献大小不同,理论主张呈现个人色彩,而又具有为天下忧的共同倾向。云间派因陈子龙就义而影响减弱,娄东派虽有吴伟业扛鼎却因派势未衍作用有限,钱谦益为首之虞山派成为此时期文学批评的中坚。

钱 谦 益

钱谦益(1582—1664),字受之,号牧斋,常熟(今属江苏)人。万历三十八年(1610)进士,崇祯初官礼部侍郎。清兵南下,率先迎降,以礼部侍郎管秘书院事,然而不久即以疾告归。乾隆时,钱谦益被斥入“贰臣传”乙编,其著作乃至序书遭禁毁或抽毁。历来对他个人的品格有很多议论,但他对明清之际文坛影响甚大。有《初学集》百十卷,收写于明朝的诗文作品,《有学集》五十卷和《投笔集》二卷,作于易代之后。另编有明人诗歌《列朝诗集》(所附诗人小传后为其族孙钱陆灿别辑为《列朝诗集小传》)、《钱注杜诗》等。

晚明以后的文人几乎很少不受前后七子的影响,钱谦益早年也不免泪没于其中,后经亲友师长启诲,尤其是程嘉燧对他“改辕易向”、重新确立对诗文的认识产生了很大影响。这主要表现在,散文方面使他认识了以归有光为晚期代表的唐宋派传统的价值和意义,诗歌方面,则认同了“自初、盛唐及钱(起)刘(长卿)、元(稹)白(居易)诸家”,下及宋元“剑川(陆游)、遗山(元

好问)"的创作成就(见《复遵王书》、《嘉定四君集序》),再不限于秦汉古文、盛唐诗歌的范围。此外,钱谦益也从公安派那里汲取了一部分思想养分,公安派崇尚白居易、苏轼,这与程嘉燧论诗尊及宋作是相一致的。

一、别裁真伪,格量是非

作为一个文学批评家,钱谦益最重要的贡献是对明代三百年的文学发展(特别是诗歌发展)作了一次自觉的总结,并始终贯穿着"别裁其真伪,格量其是非"《答徐巨源书》的批评精神。在论述中,他经常突出派别流变、更替、消长的变化和关系,而使史的概念又贯穿于其中,显示以流派为纲总结一代文学的方法特点。

明代闽诗派、前后七子及竟陵派整体上遭到钱谦益否定。因闽诗派与前后七子的主张和追求相近,其创作及理论存在着因续、互融关系,钱谦益将他们视为同属蹈袭一流。因此,以上三派其实是两大派。钱谦益认为,两者从文学病症上说,一是"学古而赝",一是"师心而妄",皆"不知古学之由来","同归于狂易而已"(《王贻上诗集序》)。他的批评和结论有其剀切中肯之处,却又常有失公允,但重要的是,钱谦益从中引出了应当学古而且要善于学古的教训,这正是明清之际的批评家逐渐趋于一致的认识。

钱谦益对公安派褒贬互参,褒大于贬。主要肯定他们提倡性灵,改变了七子的拟唐风气,给明诗坛注入新的生机韵趣,但认为他们自己在创作上矫枉过正。他不满袁氏兄弟学白居易、苏轼未能尽得其长,批评袁中道"有才多之患"(《列朝诗集小传》袁中道传),选袁宏道诗歌,"取其申写性灵而不悖于风雅者"(同上袁宏道传),这其实委婉批评了他有些作品不合风雅。茶陵派是唯一受到钱谦益全面肯定的诗派。他论李东阳作诗原本于杜甫、刘长卿、白居易、苏轼、虞集,学唐兼综宋、元,又能不受古人困束而自铸面貌(《书李文正公手书东祀录略卷后》)。这与钱谦益的诗学祈向相契。王士禛《居易录》不满钱谦益对李东阳带有溢美倾向的评价。其实,钱谦益标宗李东阳主要着眼于革除诗弊,所以视李东阳诗为"引年之药物","攻毒之箴砭"(《题怀麓堂诗钞》引程嘉燧语)。茶陵派寄托着他昌隆诗道的理想,这是与后人以平静的心境看待李东阳创作的得失极不相同的。唐宋派以文著称,钱谦益对他们颇有好评,尤服膺归有光。他认为唐宋派在明代文学史上所以重要,是他们经过持续的努力,终于由归有光完成确立了"以经经纬史为根柢,以文从字顺为体要"(《嘉定四君集序》)的文学传统,为人们取途唐宋之文,进而通经汲古树立了典范。他指出,唐宋派所以值得推崇,首先是他们学殖纯正,其次才是他们揭示了唐宋(也包括一部分元代大家)散文的艺术价值,如果离开其学殖,仅求所谓文从字顺,那不过是知其美而不知其所以为美(《新刻震川先生文集序》)。钱谦益晚年对"文从字顺"有新的理解,以为古今文章,凡铺陈排比、诘曲聱牙,包括樊宗师《绛守居园池记》、扬雄赋、"商盘周诰","固不出于文从字顺"(见《答杜苍略论文书》、《再答苍略书》、《复王烟客书》)。这与后人一般理解的所谓平易简洁、文从字顺的唐宋(尤其是宋代)散文传统有明显不同,与唐宋派的规范也不尽一致。他通过新的阐释,使"文从字顺"之说成为了一种具有更加广泛的语言风格包涵性的散文写作理论。他与后来的桐城派同受唐宋派影响而呈现的面目各不相同,能否以奇为易、以繁为简是致使他们趋向殊异的一个重要原因。

通过对以上三派的评述,钱谦益从正面提出了对明代诗文的认识:诗以李东阳为宗,兼取公安派所尚"性灵";文以唐宋派(尤其是归有光)为归,又能采奇掇古。这与他在前面分析闽诗派、前后七子、竟陵派的弊失后提出的明诗两大症候"学古而赝,师心而妄",一正一反,构成他总结明代文学所得出的主要结论。清初通过选诗总结明代诗歌史重要的还有王夫之《明诗评选》、朱彝尊《明诗综》。王夫之论诗尊华雅平美,反对门派,故对派外诗人刘基、高启、杨慎、徐渭、汤显祖评价甚高;朱彝尊以为钱谦益对七子一派有贬抑过当之失,因而有所调整。尽管二人的倾向重点不同,但在不少方面都直接受到了钱谦益总结明诗尤其是《列朝诗集》的启发和影响。

二、返经尊祖与诗文之道

钱谦益评自己对文坛的作用,是在汤显祖、归有光的基础上,进一步推广"通经汲古"的学说,以期推动诗文创作走出"俗学"的笼罩,通向坦途。他在《答山阴徐伯调书》中说:"自嘉靖末年王、李盛行,熙甫(归有光)遂为所掩没。万历中,临川(汤显祖)能讼言之,而穷老不能大振。仆以孤生谀闻建立通经汲古之说,以排击俗学,海内惊噪,以为稀有,而不知其邮传古昔,非敢创获以哗世也。"前引《嘉定四君集序》称归有光强调"经经纬史",《汤义仍先生文集序》叙及汤显祖晚年转而提倡"原本六经"的曾、王之文,钱谦益认为,二人这些文学批评的意见虽然在当时的影响都不大,但都有指导文学方向的意义,是他"通经汲古"学说的来源。其实明末以来,思想上宗经返古已经逐渐形成趋势,倡之者不少,这表明晚明思潮已经处在转折的过程之中。钱谦益本人对晚明"敢于嗤点六经,呰毁三传,非圣无法"的人士和当时所谓"学术蛊坏,世道偏颇"的局面十分愤慨,提出"以反经正学为救世之先务"

(《新刻十三经注疏序》)的口号,其实质是要恢复传统儒家思想的主体文化地位,并以传统经学作为衡量作者的学养是否深厚纯正的最重要的标准。与"返经"相联系的是认明文学之"祖"的问题,也就是沿流而溯得其源。钱谦益认为当时的文学因为"祖"的迷失而处于淆杂之中,所以也必须"反而求之"。具体来说,诗和文分别要以《三百篇》和其他儒家经籍为祖。他说:"《三百篇》,诗之祖也;屈子,继别之宗也;汉、魏、三唐以迄宋、元诸家,继祢之小宗也。六经,文之祖也;左氏、司马氏,继别之宗也;韩、柳、欧阳、苏氏以迄胜国诸家,继祢之小宗也。"人们应当按照这样的顺序"尊祖敬宗收族",等而上求,最后大家都归结到"各本其祖"上来。以非祖为祖或"自我作古"都是不允许的(见《袁祈年字田祖说》)。很清楚,"祖"即是源,"尊祖"即文学上的"返经"。钱谦益认为,诗歌从《三百篇》至宋元诸家的咏唱,文章从六经至归有光等的述作,都是正道。但肯定文学的历史发展并不是他论述的重点所在,他更关心的是,通过重新肯定六经与之后的文学主次的区别,强调文学的发展务必以"尊祖"宗经为前提,"六经其坛墠也,屈、左以下之书,其谱牒也"(同上),即是此意。《袁祈年字田祖说》是钱谦益现存较早的一篇文论,文中提出的"尊祖"思想贯穿于他一生的文学批评中。明代长期以来热衷于争论秦汉、唐宋文章之长短,唐诗、宋诗之胜劣,信心、信古之是非,而从钱谦益"返经"、"尊祖"的立场来看,这些都不过是离开源头在支流末节翻跟斗,都不免沦为"俗学"。阎若璩说:明代文章学问不能远追汉唐及宋元,其原因之一是,"李梦阳倡复古学,而不原本六艺,其失也俗"(《潜邱劄记》卷一)。与明代相比,清代文学批评明显加强了对文学之源的探寻,强调对儒家经典的归依。钱谦益的"返经"、"尊祖"论无疑起到了引导风气的作用。

从诗文发生的角度看,钱谦益认为,灵心、世运、学问三个因素共同作用才诞生了文学之光。他说:"夫诗文之道,萌折于灵(一作人)心,蛰启于世运,而茁长于学问。三者相值,如灯之有炷有油有光,而焰发焉。今将欲剔其炷,拨其油,而推寻其何者为光,岂理也哉。"(《题杜苍略自评诗文》)灵心属于精神世界,世运属于现实世界,学问属于历史传承下来的语言文化世界,"三者相值",互相激触感召,启迪引动,导致诗文创作形成。其实,广义的"学问"包括养识、知识和前人的创作经验,它们在对作者熏陶、充实和影响中,与作者的心灵结合起来,成为作者精神世界的一部分。于是,上述三要素还可以作进一步概括,他说:"天地变化与人心之精华交相击发,而文章之变不可穷胜。"(《复李叔则书》))"天地变化"包括自然界和现实世界的运行换移，含义较"世运"广泛；"人心之精华"包括"灵心"和"学问"。钱谦益关于文学发生的第二个表述显得更加简捷，而内涵反而有所丰富。需要说明的是：钱谦益不但认为"学问"可以构成作者精神世界的一部分，而且，"天地之高下，古今之往来，政治之污隆，道术之醇驳"，这些有关"世运"或"天地变化"的因素也应当装入作者"胸中"，成为其内心"怀来"的一部分，然后与具体的"境会"相感相合，才可能写出美妙感人的诗文（见《瑞芝山房初集序》）。所以，诗文创作归根到底还是源于作者的心灵情志或曰精神世界，"有低回萌折不可喻之情，有峭独坚悍不可干之志，而后有淋漓酣畅不可壅遏之诗文"（《王元昭集序》）。钱谦益经常强调诗人创作应当"反其所以为诗者"，强调崇"本"思想（如《徐元叹诗序》、《周元亮赖古堂合刻序》），都是指心灵情志在诗歌创作中的决定性作用。由此可见，诗文发生的因素，分而观之为灵心、世运、学问，或"天地变化"和"人心之精华"；合而论之，则归合于作者的心灵情志，而学问、世运和"天地变化"诸因素经过心灵化的整合之后，已经成为作者精神世界的一部分。钱谦益认为文学创作表现为主客观结合而又以主观外显为其发生的主要方式，这一总结比较符合文学创作活动的实际情况。

　　钱谦益强调真善兼备是诗文的生命。他要求作者真实地宣露自己的感情，说"诗人"就是"诗其人"的意思，他们要用诗歌表现真实的心灵和面貌（《邵幼青诗草序》）。又说情、志、气萌动而诗生，"如土膏之发，如候虫之鸣，欢欣噍杀，迂缓促数"，"旁薄曲折而不知其使然者"，古今"真诗"都无不如此（《题燕市酒人篇》），他甚至肯定诗人即意味着反俗（《冯定远诗序》）。另一方面，他又要求作者所表现的感情应当符合传统的善的道德规范，"好色不比于淫，怨诽不比于乱"，强调不越"义理"才是"真好色、真怨诽"（《季沧苇诗序》）。这是对"发乎情，止乎礼义"传统诗学自觉地回归，从而使晚明的真情论披上了一件"风雅"的外衣，"真"融入了"正"的内涵。

　　在文学与时代的关系问题上，明清之际的批评家出于对"天崩地陷"的沉痛感受，提出了剧变的时代推动文学创作涌起高峰乃至掀开最为精彩的一页之说。钱谦益、黄宗羲对此都作了论述，而黄宗羲显然受到了钱谦益的影响。钱谦益说："夫文章者，天地之元气也。忠臣志士之文章，与日月争光，与天地俱磨灭。然其出也，往往在阳九百六、沦亡颠覆之时。宇宙偏沴之运，与人心愤盈之气，相与轧磨薄射，而忠臣志士之文章出焉。"因此，"有战国之乱，则有屈原之楚词；有三国之乱，则有诸葛武侯之《出师表》。"（《纯师集序》)"宋之亡也,其诗称盛。皋羽之恸西台,玉泉之悲竺国,水云之苕歌,谷音之越吟,如穷冬沍寒,风高气栗,悲噫怒号,万籁杂作。古今之诗莫变于此时,亦莫盛于此时。……考诸当日之诗,则其人犹存,其事犹在,残篇啮翰与金匮石室之书并悬日月。"(《胡致果诗序》)黄宗羲在《谢皋羽年谱游录注序》、《宿斋文集序》、《陈苇庵年伯诗序》诸文中进一步发挥了钱谦益上述观点,共同表达了对文学承载历史和现实的功能高度的重视。

总之,钱谦益在总结明代文学经验教训的基础上,提出以返经汲古为文人修身和作诗撰文的根本指导,强调学殖、"有本",反对"俗学",推动文学对"天地世运、阴阳剥复之微"的深切关注和表现(《周元亮赖古堂合刻序》、《胡致果诗序》),这些思想通过虞山诗派以及他众多的弟子而得到广泛传播,对明清之际文学思潮的改变产生了显著影响。他又以"前辈飞腾,余波绮丽"和"铺陈终始,排比声韵"二语为杜甫诗歌的"真脉络"、"大家数"(《读杜小笺上》)。他宗杜甫,从艺术上说是学其诗歌壮伟美丽、铺陈排比。瞿式耜评钱谦益"以杜、韩为宗",出入于白居易、杜牧、陆龟蒙,以及苏轼、陆游、元好问(《牧斋先生初学集目录后序》),其中就贯穿着他的这种诗歌艺术观。他极不满江西诗派、刘辰翁学杜而分别偏入"奇句硬语"和"尖新隽冷"的路数,并以为后世学杜之弊正是以上两症交替反复(《读杜小笺上》);又与袁中道一起击排钟惺、谭元春选诗而黜落《秋兴》、《长恨歌》、《连昌宫词》等"千古绝唱"(《列朝诗集小传》袁中道传),也同样反映了他的这种诗歌艺术观。钱谦益这种兼学唐宋、追求宏构宫声的诗论,为当时诗坛带来了新的气象。黄宗羲说:"近时疏救诸家,莫如牧斋。"(《寒邨诗稿序》)这是对作为文学批评家的钱谦益在当时突出的作用和影响的肯定。

吴　伟　业

吴伟业(1609—1672),字骏公,号梅村,太仓(今属江苏)人。明崇祯四年(1631)一甲第二名进士,弘光朝任少詹事,入清后官国子监祭酒,三年后告退还乡。有《梅村家藏稿》、《梅村诗话》等。他的诗歌辞采绮丽,多苍凉激荡之音,篇中常寓身世之感,部分篇章直录当时史事,描绘社会面貌,有一定的现实性,论者比之南朝末年的庾信。他是娄东派首领,与陈子龙、钱谦益地位相当。

他称赞钱谦益的诗歌,但对钱氏诗论常有异议,《龚芝麓诗序》批评《列朝诗集》"推扬幽隐为太过","排诋三四巨公"未足为"定论",这主要针对钱谦益抹杀前后七子、刻意突出王世贞晚年思悔之论而言。吴伟业自己则肯定王世贞早期作品为年富力强时期经心用意的力作,而认为他晚年心力衰颓而随意信口所说是不足为凭的(见《太仓十子诗序》)。吴伟业早期参加幾社,和陈子龙观点比较接近,而陈是王世贞等人文学主张的继承者。吴伟业《致孚社诸子书》揭示了他们的渊源与旨趣:"弇州先生专主盛唐,力还大雅,其诗学之雄乎? 云间诸子,继弇州而作者也。……风雅一道,舍开元、大历,其将谁归?"当然,吴伟业与王世贞诸子及陈子龙相比,诗学有所扩大,从开元至大历即意味不专主盛唐,且对该派积染严重的"剽举"习气甚不满意(见《与宋尚木论文书》),从而显出他自己诗论的独特性。

　　这种独特性主要表现为折中的批评态度和诗歌主张。如上述对钱谦益否定七子"太过"之论提出质疑,对此归庄曾作过如下的分析:"近世钱宗伯(谦益)始为之除榛莽,塞径窦,然后诗家始知趋于正道,还之大雅;而吴司成(伟业)又虑其矫枉过正,复从而折衷之,后之论诗者不能易也。"(《王异公诗序》)可知吴伟业这一折中的态度和主张在当时颇有反响。其次,吴伟业主张诗歌创作应在古色古香、高深宏雅和清新显易、"天真烂漫"之间"取其中"。这一点他在《与宋尚木论文书》中作了专门论述。所说"天真烂漫"主要指公安派、陈继儒等人的作品而言。明清之际,一部分厌弃前、后七子假古董风习的诗人对他们的作品和创作风格颇为仰羡。吴伟业虽然不认为他们的作品能与"鸿儒伟人"的"名章巨什"相比,不必对其"过从而推高之",表现了"备文质而兼雅怨"(《宋玉叔诗文集序》语)的尚雅趣味;但是他也不像有些正统文论家对公安派、陈继儒等抱轻蔑、否定的态度,而是有所采撷、吸收,以与诗歌创作中的雅风相调剂中和。反过来说,他也要求主要追尚"天真烂漫"的诗人同时努力学习古风高格,宏声雅调,双方都应避免"一端而求"、"訾人专己"。吴伟业在《观始诗集序》中先述该诗集编选者魏裔介对诗的见解:"若夫淫哇之响,侧艳之辞,哀怨怨诽之作,不入于大雅,皆吾集所弗载者也。"他对这一严格的、正统的选诗标准表示某种怀疑,序文接着说:"余应之曰:是则然矣,抑诗者缘情体物,引伸触类,以极其所至者也,若子之论,其汰之无乃甚乎?"这表明吴伟业折中的批评态度对当时诗风的考虑较周,取舍也较慎妥,艺术胸襟相对大些。也需要指出,他的折中并未放弃对学盛唐的倚重,所以严格来说,这种折中是以一方为主对另一方的适量兼掇。

散文方面,吴伟业认为唐宋派较合正道:"至古文辞,则规先秦者失之模拟,学六朝者失之轻靡,震川、毗陵扶衰起敝,崇尚八家,而鹿门分条晰委,开示后学。若集众长而掩前哲,其在虞山乎!"(《致孚社诸子书》)他如此推重钱谦益,主要是赞同钱谦益对古学的大力提倡,吴伟业解释唐宋古文的含义是"自名其文之学于古",认为这依然是当代古文的方向(见《古文汇钞序》),在这一点上,与钱谦益的认识完全一致。在实际的散文创作中,吴伟业以唐宋大家为规范,兼参以六朝俪偶,比他上面表达的意见稍见宽泛。当然,他文章达到的成就不足与其诗歌相比,"若文则吾岂敢,于诗或庶几焉"(引自尤侗《梅村词序》),吴伟业对此有切实的自我认识。

冯　舒　和　冯　班

冯舒和冯班是虞山派重要成员,其诗论与钱谦益又有某些显著区别而自成特色,并对诗坛发生独立的影响。冯舒(1593—1649),字己苍,号默庵,又号癸巳老人。冯班(1602 或 1604—1671),字定远,号钝吟老人。二冯兄弟是钱谦益同乡、学生。明诸生,入清不仕。皆擅文学,时称"海虞二冯"。冯舒有《默庵遗稿》《诗纪匡谬》;冯班有《钝吟集》《钝吟文稿》《钝吟杂录》等。近人张鸿辑刊《常熟二冯先生集》。另有冯舒校定《玉台新咏》,较其他明刻本为善;而《二冯评点才调集》一书则在清朝对张皇晚唐诗、西昆体产生了显著影响。

王应奎《西桥小集序》云:"吾郡诗学,首重虞山,钱蒙叟倡于前,冯钝吟振于后,盖彬彬乎称盛矣。"张鸿《常熟二冯先生集》跋云:"启、祯之间,虞山文学蔚然称盛,蒙叟、稼轩(瞿式耜)赫奕眉目,冯氏兄弟奔走疏附,允称健者。祖少陵,宗玉溪,张皇西昆,隐然立虞山学派,二先生之力也。"其实在虞山派中,钱谦益诗学堂庑阔大,后继者逐渐分化,内部互有讥攻。二冯从钱谦益学说中分离开去的倾向尤为明显,故王应奎又有"吾邑之诗有钱、冯两派"之说(《柳南随笔》卷一)。因此二冯实开虞山别派,其影响仅在钱谦益之下;就二冯而言,冯班的成就和影响又在乃兄之上。

二冯与钱谦益诗论自然有许多相通之处,而那更多是受到了钱谦益的影响,决定他们在派中立派的,则是其另具特色的诗歌理论。

首先,二冯批评虞山诗人片面趋入好尚宋元(主要是宋)诗歌的轨途。钱谦益以大家的识力和手笔,善冶唐宋于一炉,然虞山诗人不少只承接其学习宋诗的一路,二冯在对汉魏、盛唐诗和宋元诗的整体估量上以及在宗宋的态度上,与他们大相径庭。冯班将汉魏、盛唐诗和宋元诗比作神驹和驽马,国色和陋容。他认为,弃唐诗,专尚宋元,是违离钱谦益出于矫正七子"宋元无诗"之论的偏颇而倡说向后人学习的初衷,且学宋诗"挦扯剽窃",其弊端较七子有过之而无不及(见《读古浅说》、《诫子帖》)。这样,他将自己从虞山派尚宋诗的成员中分裂出来,为他形成虞山别派打下了基础。另一方面,二冯对苏轼等人虽也有好评,但远不如其师那样真诚崇敬,从而又与钱谦益的旨趣产生罅隙,初露标新立异端倪。

其次,以《玉台新咏》和《才调集》教人,提倡"以温、李为范式",尤其崇尚西昆体。这是二冯诗论真趣所在。冯舒以较大的精力校定《玉台新咏》,又与冯班一起对《才调集》作了细心评点,尤其是后一部书成为当时一部分人学诗"指南"(见汪文珍《二冯批点才调集序》)。《才调集》是五代前蜀韦縠所选一部唐诗集,所选主要取法晚唐,以秾丽宏敞为宗,然也适当选入李白、王维、白居易、元稹等作品,取径尚宽。二冯则主要取该书彰扬晚唐诗歌秾丽的一面。冯班还在《同人拟西昆体诗序》提出作诗要"以温、李为范式"的口号,尤对西昆体推崇备至,以为"今日耳食之徒,羞言昆体"的偏见亟需纠正。从二冯教人以《玉台新咏》、《才调集》,到提倡晚唐温庭筠、李商隐诗和宋初杨亿、刘筠,其中缀联着一以贯之的精神。冯班《严诗纠谬》即指出:温、李"皆有齐梁诗格",《西昆酬唱集》"其体法温、李"。这也正是二冯与虞山派尚宋诗者分道扬镳及从其师钱谦益体系中裂变出来后,指示给诗坛的一条途径。追循二冯,主要取法西昆体,这成为后来虞山诗派的主流。而二冯的这一诗歌路数,就其诗理追求而言,是提倡炼饰文采,以寓比兴美刺之义。冯班所谓"脂腻铅黛之辞""规讽劝戒亦往往而在","风云月露之词""寄托高深","不专为艳辞"(《陆敕先玄要斋稿序》),就是对这种创作意图的说明。

钱谦益作诗也兼学李商隐,论诗也倡比兴寄托。他在写于顺治七年《读梅村宫詹艳诗有感书后四首》的小序里说:"余观杨孟载(基)论李义山《无题》诗,以为音调清婉,虽极秾丽,皆托于臣不忘君之意,因以深悟风人之旨。若韩致尧(偓)遭唐末造,流离闽、越,纵浪香奁,亦起兴比物,申写寄托,非犹夫小夫浪子沈湎流连之云也。顷读梅村宫詹艳体诗,见其声律妍秀,风怀恻怆,于歌禾赋麦之时,为题柳看花之句,彷徨吟赏,窃有义山、致尧之遗憾焉。"据吴伟业《梅村诗话》,钱氏所说的"艳诗"指吴伟业感女道士、诗人卞玉京的诗,同类题材的诗词吴伟业还写过多首。吴氏认为他自己的所作其旨义"未尽如牧斋所引杨孟载语",钱谦益如此评他的诗,是"借余解嘲"。尽管钱谦益此处论吴伟业"艳诗"是由读者而生发的比兴之感,不尽吻合作品本意,而这正表明他对诗歌比兴寄托本身的高度重视。他感吴伟业"艳诗"而作的四首七律,吴伟业揭出其旨意是"谈故朝事",正是比兴之作。在这些方面,冯舒、冯班应该与钱谦益没有矛盾,而且可以说他们的观点正是从钱谦益那里继承过来的。然而事实上,他们师生却在相关的问题上存在分歧意见,并又波及虞山派其他成员。钱谦益《致梅村书》以不满的口气说:"江右艳曲,盈箱溢缥,《西昆》、《香奁》,塞破此世界矣。"《题冯子永日草》批评的语气尤其严厉:"今称诗之病有二:曰好奇,曰好艳。离岐以为奇,非奇也;丹华以为艳,非艳也。"明确反对"搜卢仝、刘叉以为奇,猎《玉台》、《香奁》以为艳"。这两篇文章都写于顺治十七年(1660)。"江右"指江西南昌一带诗人,冯子无咎是冯班之子。所以钱谦益二文的批评并非直接针对二冯,但是,他的诗学观与二冯及其追随者不同应是相当清楚。王应奎《柳南随笔》卷五引钱陆灿抨击二冯一派"以妖冶为温柔",并视其为虞山诗派的不幸衰落,钱陆灿的看法当直接来自于钱谦益。冯班对此也反唇相讥,讥议钱谦益"齐、梁已上未免愦愦耳"(《诫子帖》),又如前面所引他讽刺"羞言昆体"者为"耳食之徒"。说明双方已经不是冷静的辩难,而是激烈的论战。寻究钱谦益后来不满"猎《玉台》、《香奁》"一派(包括二冯一脉)的原因,一是他坚持兼容唐宋,于唐又以盛唐诗人为主,与这一派及二冯体宗晚唐、义归西昆,趋尚很有不同。二是他要求寓比兴寄托于艳体,然而创作实际上写艳体易,寓比兴难,所以诗歌史上纯粹的艳体远多于寄托之作。该派及二冯一脉的创作情况大体也是如此。钱谦益称无寄托之艳诗是"小夫浪子沈湎流连之云",这是他批评诗坛艳风的着眼点。所以他与二冯诗学观某些方面的矛盾,并不是如有的学者所说由重铺排与重比兴引起的。

第二节　黄宗羲、顾炎武、王夫之

明代覆亡的巨大历史变故,激起人们对文学的基本性质和社会功能、文人的品格精神、乃至文学史上作品的价值,都重新作出思考,文学批评充满伦理和道德的主题,也不乏现实批判意识。这些在黄宗羲、顾炎武、王夫之的文论中尤为突出。他们对诗歌创作艺术规律的探索也获得新进展,王夫之的诗歌情景论、顾炎武的诗歌声韵论等,是这阶段诗歌批评突出的成绩。

黄　宗　羲

黄宗羲(1610—1695),字太冲,号南雷,学者称梨洲先生,浙江余姚人。他几乎与十七世纪中国复杂而剧变的历史相始终。早年与东林父辈共抗宦官和权奸,清兵南下,募义兵抵抗。事败后,居乡著述讲学,在明清之际思想学术史上有重要的地位。著有《黄宗羲全集》,《明夷待访录》、《明儒学案》尤其著名。

在沉痛反思明代诗文创作的教训时,黄宗羲总结道,"三百年人士之精神,专注于场屋之业",是明代文章不振的重要原因(《明文案序上》),由此而将文学批评与揭露科举弊端结合了起来,将文人引往读书穷经、寻究儒学原旨的道路。其次,他认为明代文人"高自标致,分门别户"的帮派习气,以及论争中党同伐异的作风,也使文坛"风气每变而愈下"(《李杲堂文钞序》、《董巽子墓志铭》)。为此他要求文人确立"有品藻而无折中"的态度(《钱退山诗文序》)。"品藻"是指辨识各家创作的风格特征,揭示他们各自存在的文学依据和价值,以便人们广泛地借鉴和学习。"折中"不是指调和,而是指以一己之私意是此非彼,随便去取,与人们通常使用"折中"一词含义有别。"有品藻而无折中"就是要让各种风格的诗歌"并行而不悖",克服"入主出奴""墨守一家"的偏颇。他期待纯洁、平静而具有包容性的文学批评。

"阳气"之文和"变风变雅"

明清易代的剧变深深地影响着黄宗羲对文学的认识和评估,他指出:当社会发生剧烈变动,尤其是遇到"厄运危时"、国破家亡的非常时期,人们的感情汹涌鼓荡,波澜千叠,从而推动文学磅礴出奇,形成高潮。这一总结直接来自于钱谦益,而黄宗羲在论述中对此作了进一步展开。他说,文章是天地的元气,它在平时表现为"和声顺气",不见有什么奇特之处;一旦"天地闭塞",元气"鼓荡而出,拥勇郁遏,坌愤激讦",便孕育出人间的"至文"。所以诗歌不能只有正风正雅而没有变风变雅,"向令风雅而不变,则诗之为道狭隘而不及情,何以感天地而动鬼神乎?"他并且用"阳气"、"阴气"喻世道和文章,若代表人间正义、反抗的"阳气"遇到"阴气"禁锢闭锁,便会爆发出惊天动地的雷声,这雷声就是最辉煌最壮丽最有价值的文学;在由成功者撰写的史书刻意遮蔽历史真相的情况下,它们还能起到"以诗补史"的作用。基于这一认识,黄宗羲肯定魏晋、唐安史之乱、宋亡之后为中国文学史上三个最伟大的时代(见《谢皋羽年谱游录注序》、《缩斋文集序》、《陈苇庵年伯诗序》、《万履安先生诗序》)。这里反映出的文学标准是反抗意识和民族激情,使传统的文气说、世变论染上了明清易代时期特殊凝重而壮烈的色彩。

并由此黄宗羲对"温柔敦厚"诗教也作出了新的阐释。《万贞一诗序》云:"彼以为温柔敦厚之诗教,必委蛇颓堕,有怀而不吐,将相趋于厌厌无气而后已。若是则四时之发敛寒暑,必发敛乃为温柔敦厚,寒暑则非矣;人之喜怒哀乐,必喜乐乃为温柔敦厚,怒哀则非矣。其人之为诗者,亦必闲散放荡,岩居川观,无所事事而后可;亦必茗椀薰炉,法书名画,位置雅洁,入其室者,萧然如睹云林、海岳之风而后可。然吾观夫子所删,非无《考槃》、《丘中》之什厝乎其间,而讽之令人低徊而不能去者,必于变风变雅归焉。盖其疾恶思古,指事陈情,不异熏风之南来,履冰之中骨,怒则掣电流虹,哀则凄楚蕴结,激扬以抵和平,方可谓之温柔敦厚也。"说明"温柔敦厚"应该以鲜明的是非、强烈的爱憎为内里,"和平"之音透出的应是人间的哀怒心声,远离于社会和时代之外的悠闲之作,谈不上什么温柔敦厚。这样对温柔敦厚的情思内涵和风格面貌的阐释,与历来人们对它普遍的理解相比,侧重点发生了重要改变,刚、怒、疾痛、抗争,成了它的主色调。

文之美恶,视道合离

随着返经汲古思潮不断高涌,道统与文统合一之说在文学批评中又日渐被人旧话重提。黄宗羲的散文论以"文之美恶,视道合离"为核心,对散文创作中的道、学、法、情、神的相互关系作了如下总结:

> 文之美恶,视道合离。文以载道,犹为二之。聚之以学,经史子集。行之以法,章句呼吸。无情之辞,外强中干。其神不传,优孟衣冠。五者不备,不可为文。(《李杲堂先生墓志铭》)

其中道是文章的灵魂,统摄其他四者,情与学次之,法与神又次之(黄宗羲的文论谈情与学的内容远比谈法与神的为多,由此可见他的倾向),但五者又不可互相取代。黄宗羲强调"道",要求文学回归儒家经术,激发文人的世用精神,而将文学进一步引向现实,反对视古文"徒为观美之具"(《高元发三稿存序》)。学是指求究有用之学,也就是指追求和获得道,充实文章的内容。

在道的统摄下,黄宗羲也肯定情和艺的作用。不同于道学论者一般重性贱情,他的性情观是二者合一,因此也比较强调散文创作与情的关系。《明文案序上》:"凡情之至者,其文未有不至者也,则天地间街谈巷语、邪许呻吟,无一非文,而游女、田夫、波臣、戍客,无一非文人也。"指出至情才有可能产生至文。但是以道为中心的古文观决定了黄宗羲不会是一个唯情论者,以上引文其实际的意义是,在"合道"的前提下,美的文必然是充满挚情的。《论文管见》云:"文以理为主,然而情不至,则亦理之郛廓耳。庐陵之志交友,无不呜咽;子厚之言身世,莫不凄怆。郝陵川(敬)之处真州,剡源(戴表元)之入故都,其言皆能恻恻动人。古今自有一种文章不可磨灭,真是'天若有情天亦老'者。而世不乏堂堂之阵,正正之旗,皆以大文目之,顾其中无可以移人之情者,所谓剗然无物者也。"说明在散文创作中,情的作用是佐理和增强文章对读者的感动效果,这使他与言情派和道学派的文论都区别开来。

黄宗羲不满轻艺者"惧辞工而胜理"(《沈昭子耿岩草序》)之偏颇,他在坚持合道可信的同时,也要求作者合理地学习前人的作文经验"古法"和文章的"古今体式"(《论文管见》)。值得注意的是,他在谈到文章须写得有"风韵"时,对受到正统文人排斥的"小说家伎俩"作了充分肯定。他说:"叙事须有风韵,不可担板。今人见此,遂以为小说家伎俩。不观《晋书》、《南北史》列传,每写一二无关系之事,使其人之精神生动,此颊上三毫也。史迁《伯夷》、《孟子》、《屈贾》等传,俱以风韵胜,其填《尚书》、《国策》者,稍觉担板矣。"(同上)汲取传奇小说的艺术营养以入文是当时一部分文人的嗜好,鲁迅谈到小说对文人的影响时说:"盖传奇风韵,明末实弥漫天下,至易代不改也。"(《中国小说史略》第二十二篇)黄宗羲上述意见体现并支持了这种新的散文创作风气。

"一时之性情"与"万古之性情"

黄宗羲的诗论比他的文论表面上更带有一种唯情论的倾向。他在当时的作用主要不在于重倡性情,而在于筛选和规范性情。他把性情分为具有正的价值的"情至之情"与只具有负的价值的"不及情之情"两类,认为诗歌应该表现前者,排斥后者(《黄孚先诗序》)。此外,他又将"情至之情"按其价值的大小分为"一时之性情"和"万古之性情",认为诗歌成就决定于诗人性情的升华:

> 幽人离妇,羁臣孤客,私为一人之怨愤,深一情以拒众情,其词亦能造于微。至于学道之君子,其凄楚蕴结往往出于穷饿愁思一身之外,则

201

其不平愈甚,诗直寄焉而已。(《朱人远墓志铭》)

> 诗以道性情,夫人而能言之,然自古以来,诗之美者多矣,而知性者何其少也。盖有一时之性情,有万古之性情。夫吴歈越唱,怨女逐臣,触景感物,言乎其所不得不言,此一时之性情也。孔子删之,以合乎"兴观群怨"、"思无邪"之旨,此万古之性情也。吾人诵法孔子,苟其言诗,亦必当以孔子之性情为性情,如徒逐逐于怨女逐臣,逮其天机之自露,则一偏之曲,其为性情亦末矣。(《马雪航诗序》)

"幽人离妇,羁臣孤客"之诗出于他们一人一事、一偏一曲之情,虽然这种情也是深挚真诚的,但是尚未能与"众情"融为一体(所谓"深一情以拒众情"),因此其价值还是有限的。而"以孔子之性情为性情"的"学道君子"已经从个人私情得到升华,他们蕴结的感情往往超出于"穷饿愁思一身之外",悲天悯人,鸣天下之不平,这种把个人之情与天下之情合而为一的"万古之性情",具有普遍和恒久的意义,怀着这般性情的诗人创作的诗歌也就有了更高的价值。可见黄宗羲的性情论,是强调个性的共性化,从根本上说是要求诗人实现儒家伦理道德的自我约束和自我完善,以此作为提高诗歌创作质量的前提。这与以个人的情和欲为内核、闪放着个体斑斓色彩的晚明时代的真情论和个性论,有着显著的差异,而与黄宗羲自己"视道合离"的散文观存在着本质上的一致,明清文艺思潮演变之脉络由此而可见一端。

顾　炎　武

　　顾炎武(1613—1682),初名继绅,更名绛,字忠清,入清后又更名炎武,字宁人,曾自署蒋山佣,江苏昆山人,学者称亭林先生。少时入复社,清兵南下,参加抵抗而图恢复,后长期游学北方,拒绝清廷征召。他在思想品德和学术上提出"行己有耻,博学有文"和"天下兴亡,匹夫有责"的口号,注重经世致用的实学和实事求是的方法,而这也鲜明的贯穿在他的文学批评实践中。著有《日知录》、《顾亭林诗文集》、《音学五书》等。

文须有益于天下

　　"文须有益于天下"是《日知录》卷十九的第一条,揭橥着顾炎武文学观的根本宗旨:

> 文之不可绝于天地间者,曰明道也,纪政事也,察民隐也,乐道人之

善也。若此者,有益于天下,有益于将来,多一篇多一篇之益矣。若夫
怪力乱神之事,无稽之言,剿袭之说,谀佞之文,若此者,有损于己,无益
于人,多一篇多一篇之损矣。

顾炎武所说的"文",包括学术著作与文学创作。他认为,言而有益于世用,
其意义犹贤人志士"见诸行事"。他说:"孔子之删述六经,即伊尹、太公救民
于水火之心,而今之注虫鱼、命草木者皆不足于语此也。故曰:'载之空言,
不如见诸行事。'夫《春秋》之作,言焉而已,天下后世用以治人之书,将欲谓
之空言而不可也。"他又表示他自己的写作追求是,"明道"与"救人"合一,有
关"六经之旨"与切合"当世之务"并重(《与人书》三)。在顾炎武看来,述经、
用世、撰文三者应该是完全统一的,都要归结到"明道救人"上面,这是对文
的有用性和有益性最简要的概括。

这原则也同样适用于文学。《日知录》卷二十一"作诗之旨"条以"陈诗
以观民风"为诗歌之用,又引白居易《与元九书》"文章合为时而著,歌诗合为
事而作",称其为"知立言之旨者",引葛洪《抱朴子》"古诗刺过失,故有益而
贵;今诗纯虚誉,故有损而贱",借以代表顾炎武自己对诗歌创作的见解。他
还认为,"救民以言"是"穷而在下位者之责",所以诗歌也是他们直接议政的
工具,"'天下有道,则庶人不议。'然则政教风俗苟非尽善,即许庶人之议
矣。……鲁山令元德秀遣乐工数人,联袂歌于蒍,玄宗为之感动。白居易为
盩厔尉,作乐府及诗百余篇,规讽时事,流闻禁中,宪宗召入翰林,亦近于陈
列国之风,听舆人之诵者矣。"(《日知录》卷十九"直言"条)既然是议政,就不
妨慷慨陈词,直言相责,因此他认为"温柔敦厚"的诗教不是唯一必须遵循的
原则,他说:"诗之为教,虽主于温柔敦厚,然亦有直斥其人而不讳者。"还指
出,从屈原《离骚》到杜甫作品,都可以看到这种"直言不讳"(同上)一脉延续
的批判传统。

文学与学术著作毕竟有很大区别,顾炎武要求诗歌发挥像以经世为务
的学术著作一样的社会作用(这是他肯定白居易讽谏诗及其他诗人刺政议
事之作价值的原因),但他又看到文学与学术著作事实上存在的差异,它不
可能像学术著作那样能够直接满足于用世的需要,讽谏诗一类作品在浩瀚
的诗海中毕竟只是少数。因此文学又使他感到失望,并有时对文学人士流
露出"无足观"的贬低情绪(《与人书》十八)。所以,我们在大力肯定"文须有
益于天下"写作精神的同时,也要看到顾炎武对文学功能、特性认识的某种
片面之处。

镜情伪,屏盗言

经历明清易代之变,文人的各色心态尽行显露,言行相悖偏又善于巧妙掩饰的盗言伪语让顾炎武感到特别的鄙夷和愤慨,他由此对文学史上一些作者的诗文作品有了更为深入的认识,提出"镜情伪,屏盗言"应成为"兴王之事"的首要任务,而服从和服务于这一目的的文学批评自然也应该以此为重要的原则。《日知录》卷十九"文辞欺人"条说:

> 古来以文辞欺人者,莫若谢灵运,次则王维。……今有颠沛之余,投身异姓,至摒斥不容,而后发为忠愤之论,与夫名污伪籍而自托乃心,比于康乐、右丞之辈,吾见其愈下矣。末世人情弥巧,文而不惭,固有朝赋《采薇》之篇,而夕有捧檄之喜者。苟以其言取之,则车载鲁连,斗量王蠋矣。曰:是不然。世有知言者出焉,则其人之真伪,即以其言辨之,而卒莫能逃也。《黍离》之大夫,始而摇摇,中而如噎,既而如醉,无可奈何,而付之苍天者,真也;汨罗之宗臣,言之重,辞之复,心烦意乱,而其词不能以次者,真也;栗里之徵士,淡然若忘于世,而感愤之怀,有时不能自止而微见其情者,真也。其汲汲于自表暴而为言者,伪也。《易》曰:"将叛者其辞惭,中心疑者其辞枝,失其守者其辞屈。"《诗》曰:"盗言孔甘,乱是用餤。"夫镜情伪,屏盗言,君子之道,兴王之事,莫先乎此。

文中所引《诗经》的句子出自《小雅·巧言》,郑玄笺:"盗谓小人也。""盗言"即谗言。餤,进,指发生。诗的意思是,谗言听上去很甘美,其实是祸乱的根源。顾炎武借"盗言"一词指一切动听然而虚伪的自我表白。他指出,历来有真伪两类文人,也有真伪两类文学。《诗经》中相传为东周大夫悲悼宗周覆亡而作的《黍离》之章,屈原放逐行吟泽畔的《楚辞》,陶潜归隐田园好像淡泊忘事而有时仍情不自禁地流露感慨郁愤的诗歌,其抒情也切,其感人也深,这一切皆源于其真。而有些人明明气节有亏,却还要利用诗文扭捏作态,文过饰非;或者投靠新朝遭到摈弃,再要在作品中装腔作势,欺世盗名,这些"汲汲于自表暴而为言者",其本质皆离不开一个"伪"字。顾炎武处在易代之际,目击了许多以文辞欺人的丑行丑文,上述议论是有感而发的,因此他以鉴别真伪、摈斥盗言为开展文学批评的原则,也是富有针对性的。明清之际的文学批评突出地要求文品与人品相一致,遗民身份的批评家尤其是如此。如阎尔梅就以为,"人足以重诗,诗不足以重人。"(《泊水斋诗序》)

杜浚说:"夫文章之道,必博极万卷然后深,必矜慎名节然后贵,必审慎出处然后重。"(《杜来阁记》)归庄也说:"苟其人无足取,诗不必多存也。"(《天启崇祯两朝遗民诗序》)这些论述,既带有孔子"有德者必有言"说法的深刻痕迹,又更多的是产生于批评家对他们所处时代的一种切肤感受。尽管人品、文品的关系理应比他们说的丰富和复杂,但从人品分析入手,揭出作品所蕴情性之真伪,而予创作以价值评定,也不失是一种可行的批评方法,顾炎武等人上述主张并未失去其特有的意义。诗文不真的另一种表现是,随俗应酬之作到处泛滥,对此顾炎武也从器识和品格的高度作了坚决抵制。他对应酬文学非常痛恨,甚至连韩愈,他都认为"若但作《原道》、《原毁》、《争臣论》、《平淮西碑》、《张中丞传后序》诸篇,而一切铭状概为谢绝,则诚近代之泰山北斗矣。今犹未敢许也。"(《与人书》十八)这足以反映他对人格和文格要求之高。

韵律之道,疏密适中为上

肯定文以意为主,反对一切程式格律的严格束缚,追求行文表达的相对自由,是顾炎武又一重要的文学主张。

他提出"文章无定格"之论和"毋拘之以格式"的要求(见《日知录》卷十六"程文"条),虽是主要针对科举文章而言,但对文学写作也有普遍的意义。他反对离开文章内容实际需要,孤立地以文字"繁简"论作品优劣,"辞主乎达,不论其繁与简也,繁简之论兴而文亡矣"(同上卷十九"文章繁简"条)。这实际上是对一种变相的写作"定格"的批评。

这方面最值得注意的是他关于诗歌音律的突破性意见。音韵学是顾炎武毕生从事研究的主要课题之一,从文学批评意义上来说,他通过对上古音的分析和对古诗用韵一些特点的总结说明,重现了诗歌韵律比较自由的古朴风气,在此基础上,他提出了重要的用韵原则。

顾炎武指出,古人、后人作诗有主音与主文的区别:"且夫古之为诗,主乎音者也;江左诸公之为诗,主乎文者也。文者,一定而难移;音者,无方而易转,夫不过喉舌之间疾徐之顷而已,谐于音,顺于耳矣,故或平或仄,时措之宜,而无所窒碍。"(《音论》卷中"古人四声一贯"条)"主音"是指诗歌的音律声韵符合人类丰富、灵活的自然语音的实际,"主文"是指南朝声律渐严以后出现的讲究语言声病禁忌,要求每句文字整齐的创作倾向。顾炎武认为,古人"主音"比后人"主文"更可取,因此屡屡肯定"天籁之鸣"、"自然应律而和节者"(《诗本音》卷四《候人》),而对后人作诗"必限以四声,拘以音切",以

205

"四声之设"为不可易,大不满意(见《音论》卷下"先儒两声各义之说不尽然"条、卷中"古人四声一贯"条)。说明他的"主音"说貌似崇古尊经,其实是以倡古而求新,依其本质来看,是对诗律自由的憧憬和向往。

他在《日知录》卷二十一对古诗用韵的问题作了更加具体的阐说,提出"不以韵而害意"、"以韵从我"和"韵律之道,疏密适中为上"等原则性意见。此外他还认为,古人作诗用韵有三条具体的经验可供借鉴:一、长章宁可"转韵",而不"强用一韵到底",这样可以使诗歌真实、自由地抒写"性情",并且做到"变化自然"。二、若出于表达作品内容实际的需要,不必以"重韵"为禁忌。三、允许"无韵","诗以义为主,音从之,必尽一韵无可用之字,然后旁通他韵,又不得于他韵,则宁无韵。苟其义之至当,而不可以他字易,则无韵不害。"不仅可以有"无韵"之句,而且也允许"无韵"之章,甚至"全篇无韵"(见"古人用韵无过十字"、"诗有无韵之句"、"五经中多有用韵"、"古诗用韵之法"、"古人不忌重韵"、"次韵"诸条)。以上这些通达的见解,蕴含着某中形式自由、诗体解放的思想意义,在诗歌批评史上值得大书一笔。

王　夫　之

王夫之(1619—1692),字而农,号姜斋,湖南衡阳人,明崇祯十五年举人。永历时,官行人司行人。抗清失败后,隐居衡阳石船山,世称船山先生。著书一百余种,后人辑为《船山遗书》(收有七十余种)。王夫之的文学批评论著主要有《姜斋诗话》(包括《诗绎》、《夕堂永日绪论》内外编、《南窗漫记》)、《古诗评选》、《唐诗评选》、《明诗评选》(以上三种又合称《古近体诗评选》),其他如《诗广传》、《楚辞通释》等著作中也有论诗之语。

陶冶性情,别有风旨

在明清之际,王夫之的诗论从整体上说,更带有相对的纯诗批评倾向。《诗绎》云:"陶冶性情,别有风旨。"他的诗论正是建筑在对诗歌艺术特殊性的认识之上,而以揭示和总结诗歌创作的艺术规律为其主要目的。他说:"诗者象其心而已矣。"(《诗广传》卷五《周颂》)由此他提出了诗歌创作中的"取影"之说。"取影"即诗人抒情绘形艺术思维过程中的想像活动,"取影"说即诗歌想像论。《诗绎》举王昌龄《青楼曲》(王夫之作《少年行》)之一为例,说是借"少妇遥望之情",抒征人"自矜得意";又举《诗经·小雅·出车》末段的例子,说诗间流露出的"室家之欣喜",也是出征而归的将士在途中"遥想其然"之情形。他想借以证明这两首诗都不是实摹其事,而是诗人想像("取影")或多重想像("影中取影")在艺术上的落实,如此结构想像更能够"曲尽人情之极至"。他讽刺"训诂家不能领悟"这一点,因此也不能理解诗的妙处。所以,想像不仅对诗人是重要的,对读者也同样是重要的。

他认为诗歌应该平远、柔韧,不应该峭折、瘦硬。他通过酒、弓的比喻,说明诗歌尚柔不尚硬。"《诗》云'角弓其觩'、'旨酒斯柔'。弓宜觩也,酒宜柔也,诗之为理,与酒同德,而不与弓同用。"(《古诗评选》卷二应玚《报赵淑丽》评语)诗歌"不与弓同用"是指拒绝豪横张放一路诗风。"柔"者,"微以之发,远以之致","有淡宕而无犷戾"之谓(见《夕堂永日绪论》内编)。"柔"的诗歌既迥别于表面的豪健,亦不同于散缓靡弱,而是蓄势于内,含力在中,得"藏锋""忍力"之美。他明确以"神韵"相标榜,"诗无定体,存乎神韵而已"(《古诗评选》卷五谢灵运《从斤竹涧越岭溪行》评语)。他认为"神韵"不仅存在于蕴藉清远的作品,也存在于风概雄迈的篇章;不仅存在于短小的近体,也存在于篇制较长的古体,与后来王士禛的"神韵说"有同有异。他反复强调,一首诗歌"意"应该简而集中,做到精练而不枝蔓;"辞"应该详而曲尽,形成徐纤婉转、反复唱叹的风致。因此,作诗立意繁重深晦、设辞片面求简求略,皆为王夫之所反对。

他严格诗文之别,在杨慎、王世贞关于"诗史"之争中,赞同杨慎对通常意义上的"诗史说"的批评,而与王世贞为"诗史"辩护的态度迥异。他说:"夫诗之不可以史为,若口与目之不相为代也。"(《诗绎》)"诗有叙事叙语者,较史尤不易。史才固以隐括生色,而从实著笔自易。诗则即事生情,即语绘状,一用史法则相感不在永言和声之中,诗道废矣。"(《古诗评选》卷四《古诗》"上山采蘼芜"评语)王夫之严格诗与史相区别,并非是要引导诗人离遁现实,回避矛盾,而是强调要用诗歌而不是用史书的方法来表情达意,略"像"(具体的史实)就虚,"于唱叹生神理",这也是他肯定李白《登高丘而望远海》诗"九十一字中有一部开元、天宝本纪在内"的原因(见《唐诗评选》卷一李白《登高丘而望远海》、卷二李白《苏武》评语)。诗可以涉及史事,但必须具有鲜明的诗的"风旨",这才是王夫之在"诗史"问题上完整的看法。

景以情合,情以景生

情景论是王夫之诗歌理论最重要的组成,它包括如下两方面内容:一、从诗歌创作的性质和动因说,谓诗人内在情绪与外在世界的自然景貌、人寰世俗互相感发,激起诗人表达和叙述的愿望,并最终以诗篇的形式使这种愿望固定下来。二、就具体表达而言,它又指如何处理和协调将被纳入诗篇的情感思绪与自然景致、生活图景两者关系的方法和技巧。这同时牵涉到诗歌创作的缘起和表现的问题。

王夫之认为情景交感是诗歌创作的重要触机。他评阮籍《咏怀》("开秋兆凉秋")时指出:在未遇到恰当的情景交感前,即使诗人内心充盈一腔真情,也往往陷于"终年苦吟而不能自道"的窘境。《夕堂永日绪论》内编批评诗歌创作中被引为经典的"推敲"佳话,主要是针对贾岛作诗的态度和方式,并无意去评裁"僧敲月下门"句选用"敲"还是"推"字为好。"若即景会心,则或推或敲,必居其一,因景因情,自然灵妙",否则,离开具体情境,只在驴背上揣度推门敲门之状,任其选用哪个词,都未尝"毫发关心",不合"现量"的要求,因而皆不足称道。"现量"是佛学一个概念,王夫之将它移用来说明诗歌创作的道理,指诗人受到外物的触动,产生作诗兴致,自然而直观地摄景状物抒情,不凭借臆想揣摩。他主张从心物交融中去捕捉诗歌创作的灵感,故反复指出"心目相取"、"触目惊心"、"心理所诣……即目成吟"对创作的重大意义(见《唐诗评选》卷三张子容《泛永嘉江日暮迴舟》,《明诗评选》卷五张治《秋郭小寺》,《古诗评选》卷五沈约《无锡县历山集》诸诗评语)。

他更多是从诗歌作法的角度来阐述诗人应该如何谐合被纳为作品表现对象的情与景的关系。反对一篇诗中几句状景、几句抒情这样的死板教条和格套,提倡情景相生,"互藏其宅",这是他对谐合诗歌情景关系的根本见解。他说:

> 关情者景,自与情相为珀芥也。情景虽有在心在物之分,而景生情,情生景,哀乐之触,荣悴之迎,互藏其宅。(《诗绎》)
>
> 情景名为二,而实不可离。神于诗者,妙合无垠。巧者则有情中景,景中情。(《夕堂永日绪论》内编)
>
> 夫景以情合,情以景生,初不相离,唯意所适。截分两橛,则情不足兴,而景非其景。(同上)
>
> 言情则于往来动止缥缈有无之中,得灵蛩而执之有象;取景则于击目经心丝分缕合之际,貌固有而言之不欺。而且情不虚情,情皆可景;景非滞景,景总含情。(《古诗评选》卷五谢灵运《登上戍石鼓山诗》评语)

在他看来,"在心"之情和"在物"之景一旦在诗人艺术构思和具体诗篇里相融会,其原先存在的区别和界限实际上已归于消泯,情景已是名二实一,作为水乳交融的新的审美对象向人们呈现自己的蕴意。这就彻底否定了诗歌创作和诗歌批评中割裂情景、强立疆畛的倾向。

王夫之关于情景等诗艺特征的论述,将古代诗歌批评中的情景论提高到了一个新的水平,同以前严羽的"兴趣说",以后王士禛的"神韵说"、袁枚的"性灵说"等也有相通之处。然王夫之重"心"重"物",更强调"心物"一体。同时,他注重"情"也重视"理",如《诗绎》云:"谢灵运一意回旋往复,以尽思理,吟之使人卞躁之意消。《小宛》、《抑》不仅此情相若,理尤居胜也。王敬美谓'诗有妙悟,非关理也'。非理抑将何悟?"所引王世懋之说即本诸严羽,王夫之对之就持否定态度。当然,他对入诗之理也有相应的融于"风旨"的艺术要求。此外,他又十分重视诗歌的现实意义和社会作用。所以与以上所举诸家诗说,异同点也是非常显然的。

作者用一致之思,读者各以其情而自得

"兴观群怨"和"比兴"是古代诗歌理论中的优秀传统,王夫之不仅有力的加以提倡,促使诗人艺术地运用诗歌形式作用于现实,揭发弊政,认为"比兴"并非故意做出"半含不吐之状","直斥其名"、"无所讳"实与其相辅相成(见《夕堂永日绪论》内编);而且,他通过对《论语》"兴观群怨"整句话而不是具体概念的有创意的解释,突出了读者理解与作品文本之间的某种阐释自由的关系,这也是他解释"兴观群怨"最富有新意的地方:

> "诗可以兴,可以观,可以群,可以怨。"尽矣。辨汉魏唐宋之雅俗得失以此,读《三百篇》者必此也。"可以"云者,随所以而皆可也。于所兴而可观,其兴也深;于所观而可兴,其观也审。以其群者而怨,怨愈不忘;以其怨者而群,群乃益挚。出于四情之外,以生起四情,游于四情之中,情无所窒。作者用一致之思,读者各以其情而自得。故《关雎》,兴也,康王晏朝而即为冰鉴;"讦谟定命,远猷辰告",观也,谢安欣赏而增其退心。人情之游也无涯,而各以其情遇,斯所贵于有诗。(《诗绎》)

他认为,"兴观群怨"四者是"可以"互相转化的,而转化的实现在于读者和用诗的人,所以诗歌接受者的"情"无限多样,被接受的诗意也会色彩纷呈,诗之可贵正在于此。这样就赋予了古老的诗歌命题新的理论含义。

"随所以而皆可"是兼指作品和读者而言。从作品方面说,它们应该蕴涵丰富,足以启诱读者无穷的感兴,因此王夫之提出"诗无达志",以为如此方才"可以广通诸情"(《唐诗评选》卷四杨巨源《长安春游》评语)。又说:诗人在作品中表现出自己具体、特定的寄托固然不错,但是,如果他着力创造出一种能够触发读者兴会的形象和意境而略去具体、特定的寄托则更符合艺术的理想,因为"无托者,正可令人有托也"(《明诗评选》卷八袁宏道《柳枝》评语)。很清楚,他是将能够启导"读者各以其情而自得"作为评定一首优秀诗作的重要条件。从读者方面说,他们拥有对作品作出不同的理解和解释的权利,而其不同的理解和解释又总是要能为作品所包容的,"出于四情之外,以生起四情"和"游于四情之中,情无所窒",正分别指这两种情况。所以他既反对阅读中"井画"、"株守"(见《诗绎》),也反对深文周纳,陷入"迷谬"(见《楚辞通释序例》)。

王夫之诗歌批评的内容还广泛涉及对历代诗人诗作的评价,对明代诗歌创作教训的总结,对诗派与个人独创性关系的论述,等等,非常丰富,虽然在当时的影响并不显著,在文学批评发展过程中的历史地位无疑相当突出。

第三节　侯方域、魏禧(附廖燕)、汪琬

侯方域、魏禧、汪琬并称清初古文"三大家",宋荦选有《国朝三家文钞》,邵长蘅概括三个人文章的特点是,"侯氏以气胜,魏氏以力胜,汪氏以法胜。"(《三家文钞序》)他们的文论主要围绕理识、才气、法度作展开而各抒所见,均有建树,在明清之际起着承前启后的作用。其中以魏禧的成就比较高。

侯　方　域

侯方域(1618—1655),字朝宗,河南商丘人。少负才名,与方以智、陈贞慧、冒襄并有"四公子"之目。入清后曾应乡试,中副榜。有《壮悔堂文集》、《四忆堂诗集》。

他小时候曾从倪元璐学文,倪氏告之以写制艺的要领,"必先驰骋纵横,务尽其才,而后归于法。"(自侯方域《倪涵谷文序》)强调作文须是骋才先于就法,而与通常所说束才以从法相反。其意义也同样适用于古文写作,它被侯方域终身奉为写作的信条。明末,骈俪文得到重新抬头机会。习摹六朝

文笔,借骈体以展才情,也是侯方域早期的兴趣所在。后来他逐渐转向古文创作,入清后更专注于唐宋古文传统,对六朝文风在整体上采取批评态度,他早年写的骈俪文也随之被自己摒弃。《与任王谷论文书》是他一篇重要的文论,他在文中以兵戎作比喻,认为六朝《选》体"之文,"士虽多而将嚚",在"小小行阵"方面虽能"遥相照应",却难以"摧锋陷敌",而散行古文好比"牙队健儿",有着骈文难以比拟的文体上的力度优势。侯方域好用淋漓酣畅的笔墨揭发丑恶,抨击时弊,用惟妙惟肖的语言摹画形象,状写世情,散体更适合他驰骋才气,畅所欲言,这是他弃骈归散的原因。而对于古文,侯方域与将古文分为秦汉、唐宋两支一般的看法也有所不同,他以"秦以前之文"为一派,"汉以后之文"为另一派,后者主要以《史记》、《汉书》及唐宋八大家文章为代表。他认为先秦文章"敛气于骨",显出"主骨"张露的特点,"如泰华三峰,直与天接,层岚危蹬",指其文意张厉发露,文风奇峭伟笃,著作的整体感强;两汉、唐宋古文"运骨于气",显出"主气"包蕴的特点,"如纵舟长江大海间,其中烟屿星岛,往往可自成一都会,即飓风忽至,波涛万状,东泊西注,未知所底,苟能操柁舵星,立意不乱,亦自可免漂溺之失,此韩、欧诸子所以独嶙峨于中流也。"这是指汉以后的古文其文意孕裹于文气之中,吐纳舒卷,景象万千,大而可成鸿篇巨制,小也不失圆巧玲珑,唐宋古文尤其是如此。他这种古文观显然是继承了唐宋派的余绪,但又有自己特点,首先是在突出唐宋古文地位的同时,又强调了"《史》《汉》"等汉后古文传统与八大家文章一脉相承的联系,因此他对前后七子"文必秦汉"的批评实际上是指其"文必秦"而言。所以《与任王谷论文书》说:"高者又欲舍八家、跨《史》《汉》而趋先秦,则是不筏而问津,无羽翼而思飞举,岂不怪哉!"归有光宗唐宋而又评点《史记》,侯方域并汉唐宋文而宗之也可说是对其想法的延续,但范围有所扩大。清代桐城派实际上也是宗唐宋而兼学汉后古文,这与侯方域十分近似。其次,侯方域指出,"运骨于气"的"汉以后之文",有时不免会有"漂溺之失"。这其实是古文"骨"不够强健而引起的一种弱症,唐宋派文章普遍带有这一缺点。侯方域宗唐宋而尤强调学习其"嶙峨于中流"即盛气裹包、骨质健强的文风,实含借鉴先秦之文的看法。所以"秦以前之文"和"汉以后之文"在他看来又并非是隔绝的。这些是我们肯定侯方域在明清之际张唐宋古文的作用时,又不应忽略的。

　　《与任王谷论文书》最能反映作者个人为文心得的是这样一段话:"行文之旨,全在裁制,无论细大,皆可驱遣。当其散漫纤碎处,反宜动色而陈,凿

211

凿娓娓,使读者见其关系,寻绎不倦,至大议论,人人能解者,不过数语发挥,便须控驭,归于含蓄。若当快意时,听其纵横,必一泻无复余地矣。"这是针对任元祥(王谷)杜周、张汤论诸文中有关天道报施的议论文字而言。侯方域的一些传记文,常通过对看似"散漫纤碎处"的详细生动描绘来渲染人物的性格和精神面貌。这是古代史传文学的优秀传统,也是小说文学发展后,其中某些刻画情节的手法对古文写作的影响,侯方域的古文创作和主张从一个方面反映了明清之际这种融传奇笔法于古文写作的风气。对此,当时赞同和反对的都有其人。赞同者如黄宗羲(见第二节)。反对者如陈子问云:"侯朝宗、王于一(猷定),其文之佳者,尚不能出小说家伎俩,岂足名家。"(自黄宗羲《陈令升先生传》)汪琬认为"以小说为古文辞"违离了"雅驯",故对此风气摇头"叹息"(《跋王于一遗集》)。而"易堂九子"的彭士望认为文章应承担"救世觉民"的任务,所以对文章关涉"古今成败得失、邪正是非"的内容,作者应"往复留连,疾呼痛詈",从这个角度对侯方域"归于含蓄"进行质疑(《与魏凝叔书》)。

　　徐邻唐《壮悔堂文集序》、贾开宗《侯朝宗古文遗稿序》、宋荦《侯朝宗传》均将侯方域视为明清之际倡学唐宋文章的第一人,其实趋唐宋是当时多数文人共同的选择,侯方域对此所起的主要是一种推波助澜的作用,这种作用又因他富有才华的古文创作的影响而一度变得非常突出。但是随着古文创作中求"理"归"雅"意识的加强和普遍化,侯方域也受到了越来越多的批评。魏禧虽爱好侯氏文章"高气雄辩"、"才气奔逸",但又不满其"肆而不醇"、"本领浅薄,少有当于古立言之义"(见《答计甫草书》、《任王谷文集序》)。桐城派蔚为风气后,侯方域更是消寂而不为人们提起。它从一个侧面说明,清代古文虽以宗唐宋文为主流,其本身的形成过程却又颇为复杂。

魏　　禧

　　魏禧(1624—1681),字凝叔,又字叔子、冰叔,号裕斋,江西宁都人,明末诸生,明亡后隐居翠微峰,所居名勺庭,学者称勺庭先生。与兄际瑞、弟礼并称"宁都三魏",加上彭士望、林时益、李腾蛟、邱维屏、彭任、曾灿号为"易堂九子",魏禧名最著。有《魏叔子集》等。

　　他以为,文章的"格调"已为古人所穷尽,后人再无可能离开古人而"自创一格"。所谓文章"格调"大致指文体类别、其基本的文字风貌和写作路数。后人从事古文写作，"独识力卓越，庶足与古人相增益。"否则，即使写出几篇"奇文"，也不出古人的"格调"范围，从文章史上看其实没有增添什么，原本是"可以无作"的。所以作者最重要的须是确立"越于庸众"的"识"，"识定"后求文之"畅"和"健"，在此基础上，再"进求古人之精微，穷其变化"（见《与诸子世杰论文书》、《答蔡生书》）。也就是说，写作首先不是一个学古的问题，而是练作者个人"识"且将它畅达而简练地表现出来的问题。从这种观点看，不练识而学古人如何作文的方法，无疑倒置了本末。而就学古言，他称文章"格调"已经齐备于古人，主要是指秦汉古文说的，所谓"今夫文章，六经、《四书》而下，周秦诸子两汉百家之书，于体无所不备"（《宗子发文集序》），唐宋大家的文章"犹蜂采百花为蜜"（《与诸子世杰论文书》），主要也是广学秦汉之文而成其造就。章学诚有"后世之文，其体皆备于战国"（《文史通义·诗教上》）之说，似源本于魏禧的这一见解。当然魏禧认为唐宋人在文章"格调"的某些方面也有其创造性，譬如苏氏父子的论说文，"则古当不有是，不谓开创殊不可得"（《与诸子世杰论文书》）。所以他与明清之际文人多学唐宋不同，较多地从秦汉文章中去取得借鉴，也兼学唐宋（主要是苏洵、苏轼）。至于学习方法，他认为既可以"综其要会，自立机轴"；也可以选择一位与自己"资学"相近的作者"诵而法"之，这完全取决于个人具体的情况（见《答蔡生书》）。

积理与练识

魏禧提出："为文之道，欲卓然自立于天下，在于积理而练识。"（《答施愚山侍读书》）这是他全部文论的精义所在，反映了他以文章关系"世道"（《答蔡生书》）的经世思想，是当时文学主潮中一个铿锵有力的音符。他对"积理"说的集中阐述是在《宗子发文集序》一文。该文云："文章之能事，在于积理。""文章格调有尽，天下事理日出而不穷。""理固非取办临文之顷，穷思力索以求其必得"，而是"人生平耳目所见闻，身所经历，莫不有其所以然之理"，经长期记识沉浸、酝酿蓄积，一旦"有故临文，则大小深浅，各以类触，沛乎若决陂池之不可御"。他讲的"理"是合性理之理和物事之理为一，即《恽逊庵先生文集序》所说"明理、适事"的"理"、"事"之义，这种"事理"又以"关系天下国家之故"（《宗子发文集序》）为其最重要的核心。魏禧要求文人修求、积聚的正是这样的理。读书自是求理的一条途径，魏禧更指出，"事理"无处不在，所以文人更要善于潜察细味自然和社会的万汇千状，哪怕是社会底层的琐事、卑鄙龌龊的情状，都有助于"积理"而应当将它们"豫贮"（同上）

213

在心上。这样的"积理"是与社会生活紧密结合的实践性活动,由此而从事古文创作也就不至于滑入凭空弄巧、虚明无物的境地。

"练识"之说,主要见于他《答施愚山侍读书》。识与理密切相关,"所谓练识者,博学于文,而知理之要;练于物务,识时之所宜。"天下事理甚繁多,文章题目层出不穷,并非都有叙写的必要,也不是皆有同等的价值。"练识"就是要求作者刻苦锻炼并提高对写什么、不写什么的识别和舍取能力,以及如何写得深透的表现才能。正是在这个意义上,魏禧说:"练识如炼金,金百炼则杂气尽而精光发。"作者识见高,作文而知舍取,"譬犹治水者沮洳去则波流大,蓺火者秽杂除而光明盛。"所以"练识"归结到一点,就是要从众理中择取出关涉经世的大题目来,对社会产生积极的作用和影响。因此,"积理"与"练识"的关系,前者是基础,后者是提高;前者是博,后者是约。"练识"对"积理"而言是一个由博返约、进入至醇至清之境的过程。当然,他所探讨的主要当是属于论说文的范围。

变者,法之至也

魏禧论文有以"本领"为主、"本领"与"家数"不可偏废之说(见《答毛驰黄》)。"本领"指识、理,"家数"指法度。关于古人文章的法度,他一面将其比作"工师规矩","不可叛也",借以肯定作文当遵循基本的作法;一面又强调作者"兴会所至",不受古法束缚而当"得意疾书"(《答计甫草书》)。魏禧认为,文章伏应断续固然是法,无伏应断续其实更是法的至境。鬼神塑像,尽管形态与人逼肖,却因为"终日累年不能自变化",所以与人绝异。他又以山和水为例子,说明一切都在运动变化,山的不动只是相对的:"今夫山屹然峍屼终古而不变,此山之法也。泻水于盂,盂方则方,盂圆则圆,水之法也。山以不变为法,水以善变为法。今夫山,禽兽孕育飞走,草木生落,造云雨,色四时,一日之间而数变。今夫水,泻于平地,必注于龟,流其所不平,泻之万变而不失。"他认为文章法度同样须在运用中尽其变化,才能使"规矩"显出活力,使文章世世生新。所以,"变者,法之至也。此文之法也。"(以上见《陆悬圃文序》)以这种眼光看"规矩",则"规矩"与"变"不生矛盾,所以他很欣赏其兄魏祥下面的话:"有规矩者,熟于规矩能生变化;不由规矩者,巧力所到亦生变化,既有变化,自合规矩。"(《伯子文集叙》引)魏禧还指出,文章法度决定于理道和世用,法度的变化其根源也在于理用的错综复杂,"天下之理与事有不可以尽言者,是以有含蓄之旨;有难于直言者,是以有参差断续变化之法。"(《答曾君友书》)前述魏禧以为文章"格调"已被古人所穷尽,此则肯定文章"家数"求变求新,这一方面说明古文文体相对比较稳定,而文章作法则相对更需要或更容易变化生新的道理,另一方面也反映出魏禧对文章作法之变的认识比对文体之变的认识深刻和全面。

廖　　燕

廖燕(1644—1705),字梦醒,号柴舟,曲江(今广东韶关)人。怀用世之志却不走科举道路,终身未仕。著有《二十七松堂集》。他论近世作者重易堂诸子,尤推魏禧、王源为第一(王曾问学于魏禧),魏礼评文也对廖燕备加赞赏。所以他虽然年辈稍低,一并附在魏禧后加以介绍。

廖燕善于独立思考,对长期流行的思想颇有怀疑,以"是其所非,非其所是"为快(见《与黄少涯》)。这种反向思考问题的习惯,往往使他得出一些新异深透的结论,如称朱元璋以制艺取士犹如秦始皇焚书之术(《明太祖论》),又如论杀害岳飞的"首恶"、"主谋"是宋高宗,秦桧不过是一个"刽子手"(《高宗杀岳武穆论》)。他认为,作古文固然应该多读书,但是更应该积极的怀疑和思考。他尤其对以朱熹思想为核心的宋学敢于大胆非议,云:"近来风气,堕入宋人一派。"(《寄李湖长》)"朱注之谬误极多,果可据哉?"(《与黄少涯》)因此他期望文人不为古人的糟粕所填塞,保持个人的真识见和真性灵。为此,他非常强调勤读"天地万物"这部"无字书",认为它是人间真学问之所在;读得越多越久,对世事道理的理解越深越切,文章至境自然也就包含在里面了(见《答谢小谢书》)。他欣赏所谓"其文多成于未有题目之先"的"古人之文"(《复翁源张泰亭明府书》),也是说的这层意思。在《五十一层居士说》一文,廖燕对人品须求其高而复历生活磨难、文章当求第一义而又需于艺术上惨淡经营,作了如下的论述:

> 吾辈作人须高踞三十三天之上,下视渺渺尘寰,然后人品始高;又须游遍一十八重地狱,苦尽甘来,然后胆识始定。作文亦然,须从三十三天上发想,得题中第一义,然后下笔,压倒天下才人;又须下极一十八重地狱,惨淡经营一番,然后文成,为千秋不朽文字。

他又在《作诗古文词说》中形容自己摆脱束缚之后自由写作古文的愉悦:

> 予因弃八股,而从事于诗古文词。时方搦管构思,不无惨淡经营之状,似亦有时而不乐矣。及其得意疾书,便觉鬼神与通,造化在手,不难

　　取天地、宇宙、山川、人物区画而位置之。虽天地、宇宙、山川、人物之大
　　且繁,亦不得不默然拱听,退而就我之范围也。况此时我之为我,无父
　　兄师友督责于其前,又无主司取舍荣辱之虑束缚于其后,惟取胸中之所
　　得者,沛然而尽抒之于文,行止自如,纵横任意,此其愉悦为何如者耶!

廖燕的散文大多饱蘸激情,幽瘦险仄,不求洋洋洒洒,唯求精悍锐利,弃散
漫,尚聚敛,并在理论上对这种"匕首"似的"小品文"作了总结和提倡:"大块
铸人,缩七尺精神于寸眸之内。呜呼,尽之矣! 文非以小为尚、以短为尚。
顾小者大之枢,短者长之藏也。若言犹远而不及,与理已至而思加,皆非文
之至也。故言及者无繁词,理至者多短调。……照乘(光照车辆的宝珠)粒
珠耳,而触物更远,予取其远而已;匕首寸铁耳,而刺人尤透,予取其透而已。
大狮搏象用全力,搏兔亦用全力,小不可忽也;粤西有修蛇,蜈蚣能制之,短
不可轻也。"(《选古文小品序》)这是文学批评史上首次对小品文的艺术特点
作出的精当分析。尽管廖燕在整个清代几乎没有发生影响,但是他对古文
的思考和认识自有其过人之处,这是无法尘封和埋没的。

汪　　琬

　　汪琬(1624—1691),字苕文,号钝庵,曾结庐太湖尧峰山,世称尧峰先
生,长洲(今江苏苏州)人。顺治进士,曾任刑部郎中、户部主事等职,康熙十
八年举鸿博,授编修,受排挤而告病归。有《钝翁类稿》前后编,晚年自为汰
存,名《尧峰文钞》。

　　他反对将义理、经济、诗歌古文辞三者相隔裂,也反对建筑在这种割裂
基础上轻视诗歌古文辞的态度,认为诗歌古文辞"可传而可咏",不容鄙薄,
但是,认可诗歌古文辞的价值又需要有一个前提,就是它必须不失根本,即
"为诗文者要以义理、经济为之原"(《拾瑶录序》)。桐城派义理、考据、辞章
三者合一,及姚莹在三者之外更加"经济"之说,在汪琬上述意见中已经露出
了理论雏形。

　　他很重视文章的艺术感染力,认为这种艺术感染力来自于作者的"才"
与"气",而与"道"无关:

　　　　仆尝遍读诸子百氏大家名流与夫神仙浮屠之书矣,其文或简练而
　　精丽,或疏畅而明白,或汪洋纵恣,逶迤曲折,沛然四出而不可御,盖莫

不有才与气者在焉。惟其才雄而气厚，故其力之所注，能令读之者动心骇魄，改观易听，忧为之解颐，泣为之破涕，行坐为之忘寝与食，斯已奇矣。而及其求之以道，则小者多支离破碎而不合，大者乃敢于披猖碎裂，尽决去圣人之畔岸，而翦拔其藩篱，虽小人无忌惮之言，亦常杂见于中，有能如周(敦颐)、张(载)诸书者，固仅仅矣。然后知读者之惊骇改易，类皆震于其才，摄于其气而然也，非为其与道有得也。(《答陈霭公论文书一》)

当然他并不反对"文以载道"，在这封信里，他还肯定"当浮靡之日"而倡说"为文非明道不可"的陈氏，是"超越流俗"的"豪杰之士"。但是，他显然不以为凡文皆必须明道，信里指出，历史上真正称得上是明道的作品其实很少，许多作品所以能够打动读者，是因为作者寄意强烈深刻，才气充沛盈满。因此，对于文章的写作和评价来说，只用明道一项标准是不可取的。

此外，汪琬认为，作者的寄托与文章的艺术法度皆十分重要，用寄托替代法度这在文学批评中也是不足取的。他针对"无寄托而专求之章法词令，则亦木偶之形，支离之音"的说法，认为它在力图纠正"剽窃模拟"的正确动机中，包含着一种轻视"章法词令"的隐意，故特别强调探讨文章"工与否"在实际的文学批评中的突出意义。他说："由仆观之，非穷愁不能著书，古人之文，安得有所谓无寄托者哉？要当论其工与否耳。工者传，不工者不传，又必其尤工者，然后能传数千百年而终于不可磨灭也。"(《答陈霭公论文书二》)完整的文学批评应该包括意义批评和艺术批评两个部分，意义批评不能代替艺术批评，而传统的看法以文章的含义为根本，文章的写作艺术为末节，明清之际这种文章观更是膨胀。汪琬站在古文艺术批评的立场上，对片面尚意的倾向提出指责，这应该有其一定的积极意义。

汪琬通过比较古之作者与后之作者写作的高低，将文章"工与否"归结为法度疏密、全阙、精陋的问题。"后之作者，惟其知字而不知句，知句而不知篇，于是有开而无阖，有呼而无应，有前后而无操纵顿挫，不散则乱。""古人之于文也，扬之欲其高，敛之欲其深，推而远之欲其雄且骏。其高也如垂天之云，其深也如行地之泉，其雄且骏也如波涛之汹涌，如万骑千乘之奔驰，而及其变化离合，一归于自然也，又如神龙之蜿蜒而不露其首尾，盖凡开阖、呼应、操纵顿挫之法，无不备焉。"(《答陈霭公论文书二》)讲法度便离不开对前人规矩的揣摩，汪琬要求入而能出，"凡为文者，其始也必求其所从入，其既也必求其所从出。彼句剽字窃，步趋尺寸以言工者，皆能入而不能出者

217

也。"(《与梁曰缉论类稿书》)因此从写作艺术上说,一篇优秀的文章应该法度严密,扬敛束放自如,而又富于变化,一归于自然,合古人规矩又能自成一家。汪琬古文以法度胜而受推崇,以上是他的体会之谈。

　　不过,汪琬对文章艺术的理解也有其偏狭之处,如排斥小说语言和手法,又如他虽然认识到作文应当从古人规矩出,但自己毕竟做得不甚理想。当时人们对汪琬之文既推崇,又颇有议论,主要不满他作文束于醇正而不敢恣肆,守法有余而新变不足,黄宗羲、魏禧、叶燮都有类似的评说(见王应奎《柳南续笔》引黄宗羲语、魏禧《答计甫草书》、叶燮《汪文摘谬》等)。随着桐城派在文坛影响的扩大,汪琬醇而守法的文风得到了更多认同。《四库全书总目提要》于侯、魏、汪三家古文,对汪琬评价独高,其《尧峰文钞》提要云:"琬学术既深,轨辙复正,其言大抵原本六经,与二家(指侯方域、魏禧)迥别,其气体浩瀚,疏通畅达,颇近南宋诸家。"这颇能反映清代古文风气的变化。

第二章　清代前中期文论

第一节　桐城三祖：方苞、刘大櫆、姚鼐

桐城派因方苞、刘大櫆、姚鼐皆是桐城（今属安徽）人而得名，实际上该派成员众多，后来并不限于桐城一域。方、姚都是宗奉程朱理学的著名学者，其心仪的学说与清代官方的思想提倡相一致。他们在散文方面与明代唐宋派的理论联系较为紧密，而唐宋派文论相对比较折中平和，在清代力求稳定社会秩序的历史条件下，容易为朝野所接受。方、刘、姚等对《左传》、《史记》和唐宋古文家写作手法进行细致的总结，提出了比较有系统的论述，使学文者有辙可循，因而得到广泛的景从。桐城派文论经方苞提纲挈领总结后，又经过刘大櫆、姚鼐不断丰富和细化，其理论本身处于发展之中，而一种发展的理论当然会具有更多的吸引力。

方　　苞

方苞(1668—1749)，字凤九，号灵皋，晚号望溪。康熙四十五(1706)年会试中式，受戴名世《南山集》案牵连入狱，获释后以白衣入值南书房，乾隆间官至礼部侍郎。有《望溪文集》。他年轻时以"学行继程朱之后，文章介韩欧之间"二语自勉（见王兆符《望溪文集序》引）。后来他立下的"学行"目标终生未变，而对"文章"的追求则更由韩欧等唐宋大家进而企望《左传》、《史记》之境，批评欧阳修文章的"义法"未尽精纯，态度略有改变。方苞对后世的影响主要在"文章"而不在"学行"，但是，文人"学行"祈向被他认为是"志乎古文"者写好文章的决定性前提，否则将"勤而无所"（《答申谦居书》），所

以他的文论并不只是作文的方法之学。

义法论

义法论是方苞散文理论的核心,也是桐城派文论的基础。此前如艾南英、万斯同已有用"义法"论文的例子,对方苞有所影响,但是作为一种古文理论,"义法"说至方苞才臻完备,并成为支配古文写作的重要主张。方苞《又书货殖传后》解释"义法"的来源及其含义道:

> 《春秋》之制义法,自太史公发之,而后之深于文者亦具焉。义,即《易》之所谓"言有物"也;法,即《易》之所谓"言有序"也。义以为经而法纬之,然后为成体之文。

方苞认为"义法"源于《春秋》,由司马迁加以发明运用而更加显著,以后体现于优秀古文家的作品中而成为传统。《史记·十二诸侯年表》云:"(孔子)兴于鲁而次春秋。上记隐,下至哀公之获麟,约其文辞,治其繁重,以制义法。王道备,人事浃。"司马迁将孔子创立的《春秋》"义法",总结为用简约的文辞整理悠久而纷繁的史事,并借以寄托关于"王道"、"人事"的思想。这包含了他对《春秋》叙写义例和褒贬笔法的理解和肯定。方苞所谓"《春秋》义法""自太史公发之",固然是指上面这一段论述,同时,也是指《史记》对《春秋》义法"的运用和实践,方苞文章中多次论及《史记》善于运用"义法",这正是从实践的角度肯定司马迁对"《春秋》义法"的发明。方苞用言之有物诠释"义",言之有序诠释"法",可见"义"与"法"分别是指文章的题材内容和形式手法,义经法纬,相辅相成。有时"义法"又是指作者安排"义"的方法,此时"义法"一词偏指"法"而言。如他肯定《左传》善于用虚实详略之法描写战争,称其"精于义法"(《左传义法举要》)。每种文体其"义法"都有不同的特点与要求,"盖诸体之文,各有义法"(《答乔介夫书》)。因此"义法"是具体的,淆乱其界限就是义法不纯。"义法"又是对文章构思结撰的总要求,然而具体的方法则应该灵活而富于变化。如方苞肯定《左传》、《史记》精于义法,"一篇之中,脉相灌输而不可增损";接着又指出,其记事"前后相应,或隐或显,或偏或全,变化随宜,不主一道"。又云:"夫法之变者,盖其义有不得不然者。"(《书五代史安重诲传后》)因此义法也是一种活法,与江西诗派吕本中的"活法论"有所相通。

在方苞的义法论中,无论是"义"或"法",两者都反映作者对事物的认识和评判。此于"义"字固不待多言,"法"也包括作者的思想倾向这一认识则表明方苞视文章形式为一种有意义的形式。他认为,《春秋》一书无文字处具有丰富的蕴意,"然《春秋》之义则隐寓于文之所不载,或笔或削,或详或略,或同或异,参互相抵,而义出于其间,所以考世变之流极,测圣心之裁制,具在于此。"(《春秋通论序》)"义出于""文之所不载"的空白之中,这与寓意义于形式的道理相通,因为"无"也是一种形式。再比如他分析司马迁《史记·货殖列传》分两处记述天下地域的物产、风候、作业,将记载有关民生"衣食之源"的"地物"列在前面,而将叙述境壤交汇连通及民俗劳作等列在后面,因为前者是"古帝王所因而利导之者",后者是汉朝统一后,便于通商贾而了解万货之情及朝廷因时因地实施政教。文章内容的前后顺序正表示了作者对自然、人事之间主从领属关系的认识。又文中列举庶民不同的经营,将属于"本富"的"农田树蓄"列在前面,而将属于"末富"的"贩鬻僦货"列在后面,也表示了作者对农商"本末"的看法(见《又书货殖传后》)。说明文章的前后顺序和段落安排这些文章形式本身是有意义的。方苞长于治三《礼》。礼通过确定贵贱、尊卑、长幼之序并使之仪式化来表示和维护社会的不同等级,在礼制中"序"包含的意义非常显著。方苞文章义法论将"序"(法)看做是有意义的形式,这一认识与他精于治《礼》不无关系。

方苞将浩瀚的古文分为源和流两部分,其源为《六经》、《论语》、《孟子》,其枝流而"义法最精者"为《左传》、《史记》,其次为《公羊传》、《穀梁传》、《国语》、《战国策》和"两汉书、疏及唐宋八家之文"(见《古文选约序列》)。他高度重视"源"自然带着宗经的思想,不尽着眼在作文。以"义法"论,方苞以为唐宋八家文章与《左传》、《史记》相比尚隔一层,他对八家文有程度不同的批评,也反映出这种看法。但是,作为对学习古文的指导,他并不拘执于第一义之说,而是主张首先揣摩"两汉书、疏及唐宋八家之文",然后上求《左传》、《史记》,即先求单篇文章的义法,以后再进一步切究整部著作的义法,由简而繁,由易而难,循序渐进。桐城派与唐宋派及秦汉派的联系与区别在这里都得到了某种说明。而且,方苞揭出"义法"二字为学习古文的彀的,与秦汉、唐宋两派争胜于字句难易之间,也迥然不同,使古文领域学古的重心发生变化。当然,桐城派与唐宋派的关系相对更为紧密。

雅洁论

雅洁是由方苞文论总纲义法论衍生的一条具体的古文写作要求,它将前人有关行文简洁和语言雅正的作文经验和追求合而为一,并且提出了更加严格的限制。雍正十年布旨考试之文"务令清真雅正,理法兼备"(见梁章钜《制艺丛话》上）。康熙二十三年谕讲官"讲章以精切明晰为尚，毋取繁衍"（《清史稿·圣祖本纪二》）。方苞奉敕编《钦定四书文》"大旨以清真雅正为宗"（《四库全书简明目录》）。在这样的氛围下产生的雅洁论，大致反映了朝廷的文化政策和对文风的期望，是清代前期文学归雅运动的一个组成部分。

与方苞关系密切的同乡文人戴名世论文求"精"（另外也要求"气"和"神"），他解释说："太史公纂《五帝本纪》，'择其言尤雅者'，此精之说也。蔡邕曰：'炼余心兮浸太清。'夫唯雅且清则精，精则糟粕、煨烬、尘垢、渣滓与凡邪伪、剽贼，皆刊削而靡存，夫如是之谓精也。"（《答伍张两生书》）又说："君子之文，淡焉泊焉，略其町畦，去其铅华，无所有乃其无所不有者也。"（《与刘言洁书》）这包含了对文章雅与洁两方面的要求，对方苞雅洁论应该有直接的影响。然戴名世文章有褊狭负气的一面，难以牢笼于雅之一字，方苞文风静重简雅，才代表了桐城派雅洁之风而影响于后人。

"雅"是对文章语言的要求，所谓"文之古雅者，惟其辞之是而已"（《进四书文选表》），它是指以儒家经典和两汉唐宋文人的优秀古文作品为代表的雅驯、清醇的语言特色。沈廷芳述他老师方苞的话说："南宋元明以来，古文义法不讲久矣。吴越间遗老尤放恣，或杂小说，或沿翰林旧体，无一雅洁者。古文中不可入语录中语，魏晋六朝人藻丽俳语，汉赋中板重字法，诗歌中隽语，南北史佻巧语。"类似的意见方苞在《书萧相国世家后》、《书归震川文集后》、《答程夔州书》等文中曾一再强调。为追求古文语言的古雅规范而将小说语、佛家语（《答程夔州书》里提到）、讲学语、俳体语、诗歌隽语、佻巧语等一概排除在外，这样归雅的结果，必然导致古文语言失去其丰富的色彩而趋于贫瘠，减弱语言的表现力。方苞认为古文"清澄无滓"的气体与"瑰丽浓郁"的语言是相贯通的，"清澄之极，自然而发其光精"，并以《左传》、《史记》为其成功的代表（见《古文约选凡例》）。然而《左传》、《史记》作者并非一味追求清澄，其"瑰丽浓郁"语言风格的形成，与作者善于运用多种遣词造句的手段很有关系，如他们都运用了某些类似于后来小说的手法和语言。片面追求古雅，拒绝吸收诗赋小说和其他语文作品中新鲜通俗语言和表现手法，是造成方苞不少作品雅驯有余生动不足的原因。

"洁"是指文章内蕴充实饱满，表达谨严约净，无蔓枝繁叶、杂事游辞，是一种洗练的文风。方苞多次引述柳宗元以"洁"称《史记》的话（柳氏语出自《答韦中立论师道书》），并作解释道："非谓辞无芜累也，盖明于体要，而所载之事不杂，其气体为最洁也。"（《书萧相国世家后》）方苞认为，洁净的文风来自作者对道理深切的理解和把握,"道不足者,其言必有枝叶。"(《周官折疑序》)文章"洁"则须具有高度的概括力,不堆砌词语和事件材料,保持文气清通而不滞涩,所以其风格一般应当是简约的,但是"洁"不等同于"简",方苞高度赞赏《左传》、《史记》详略随宜的叙写艺术,即说明文章的详和简皆可以达到洁的标准。桐城派讨论的古文多指议论文和记事文,"洁"作为行文的一般原则要求是妥当的。当然,文学作品尤其是小说、戏曲等,"美丽的废话"往往是作品有机的构成,即使议论和记事散文,作者也不妨适当运用"颊上三毛"之法使笔下生花,如果过于拘泥于方苞"洁"之说,也会作茧自缚。

刘　大　櫆

　　刘大櫆(1698—1779),字才甫,一字耕南,号海峰。副贡生,晚年为黟县教谕。著有《海峰先生集》和《论文偶记》。他的思想颇为驳杂,好儒复好道家,加之仕途不遇的经历,这些使他离开统治权利比较远,与当时的统治思想也有些相隔,因此拥有一些个人的自由思考的空间。如"《六经》皆陈言"(《论文偶记》),"天下之理亦不可以一端尽",应当"包容",保持人们思想"杂"的状态(见《息争》),这样的话在方苞文章里是读不到的,在当时的思想界也属于空谷足音。他爱好辞赋,诗也写的峻朗有味,与方苞后来终生拒绝诗歌大不相同。由于刘大櫆身上的理学色彩和政治色彩相对都比较淡薄,加上禀性中有几分诗人气质,他的文章便不太拘泥,时有奇气逸出,论写文章又显然对纯粹的艺术问题更有兴趣。他以古文受知于方苞,后来姚鼐出其门下,在桐城派中是承上启下的重要人物,而究其实,他论文所关注的侧重点与方苞有许多不同,要求也不尽一样。

行文自另是一事

　　《论文偶记》谈到的行文之"实"(以下引文未注出处者,皆自《论文偶记》),是指写文章所关涉的对象、内容和世用目的,刘大櫆将其概括为"义理、书卷、经济"三大类,即义理学、考据学和经世济民致用之学。他认为文章如果不合于义理、言辞空疏、不适世用,就丧失了内在实质,成为徒文。与方苞"义法论"义即物说相比,刘大櫆所论行文之"实"不仅其义更见具体,而且它的内涵也有所丰富和扩大,姚鼐汲考据之学入古文,近代桐城派提倡古文与"经济"合一,都可以从刘大櫆论文之"实"中找到直接的源头出处。但是,刘大櫆并不以它为主要支点来建构自己的文章理论,他说,这样的一种

223

文"实"之论,本质上"专以理为主",其实未能穷尽文章的道理。这恰如一个大匠仅有土木等材料,没有实际本领,是无法构造设施的。因此,"义理、书卷、经济"三者虽为文章所不可缺少,但是决定文章"妙"与否的却不在于此,而是作者的"能事",即艺术才能;文章得以与德行、政事等相别而流传千古,也是主要决定于它自身的艺术原因。鉴于这样的认识,刘大櫆提出了"若行文自另是一事"的看法,这是立足于艺术分析的立场得出的关于古文创作性质的全新的结论,与宋代以来盛行的"文以载道"、"文以理为主"诸说有甚著的差别。从这一认识出发,刘大櫆的文章论主要集中探索和总结了古文特殊的写作规律和艺术审美标准,《论文偶记》即是这样一部分析文章艺术的著作。不仅与兼涉文章批评的理学家、经学家和政治家相比,刘大櫆显示出了自己迥异的古文家立场,即使与同是古文家的方苞相比,刘大櫆对古文艺术性的重视程度也有了进一步提高。他在《读伯夷传》一文中曾批评司马迁作此传某些内容采入"委巷小人之谈",不足为信,然而《论文偶记》又称《伯夷传》是"神奇"之作,而这是对古文艺术最高的褒赞,因为"神奇则古来亦不多见"。可见,文章的艺术评价可以超越内容评价之上而呈现其独立的重要意义。刘大櫆"行文自另是一事",与李清照词"别是一家"、严羽诗有"别材别趣"之说,虽然所论文体各不相同,三人高度的艺术自觉精神却非常接近。

神气、音节、字句之说

这是刘大櫆文论的精髓所在。他说:

> 神气者,文之最精处也;音节者,文之稍粗处也;字句者,文之最粗处也。然论文而至于字句,则文之能事尽矣。盖音节者,神气之迹也;字句者,音节之矩也。神气不可见,于音节见之;音节无可准,以字句准之。

他将文章的构成分为神气、音节、字句三个要素,又借用《庄子·秋水》"物粗物精"之说,将神气、音节、字句分别釐为"最精"、"稍粗"、"最粗"三个层次,三者艺术含义不同而又密切关联,环环相扣,互为依据,渐递渐进,形成由粗而精、由幽而显、由实而虚的不同梯阶,在示作者以文章最高艺境的同时,也指出了通往这一目标的可循的途径。在神气、音节、字句三者关系中,刘大櫆对介乎于"文之最精处"和"文之最粗处",即"神气"和"字句"之间的"音节"这一环节尤为留意。他说:"文章最要节奏。""学者求神气而得之于音节,求音节而得之于字句,则思过半矣。其要只在读古人文字时,便设以此身代古人说话,一吞一吐,皆由彼而不有我……久之自然铿锵发金石声。"通过"音节"这一连接精粗、虚实、幽显的中间桥梁,借助音调节奏的变化,以传递作家(从创作方面说)或领会作品(从阅读方面说)的精神气貌。他这种由字句、尤其是由音节求神气的方法,后人简称之为由声求气,遂成了桐城派代代相传的重要衣钵。

刘大櫆对神气、音节、字句分别提出了具体的要求。"神气"二字可以析离为神、气来谈,神指精神、风神,气指气魄、气势。这吸收了前人传神说和文气论,而他关于"神"的论述更是直接来自于明代唐宋派的"神理"学说。在神、气关系上,刘大櫆创神主气辅之说,从而在肯定和吸收曹丕、苏辙文气理论的同时,又作了一定修正。刘大櫆认为"神气"是文章最高的艺境,神与气存在着高度的一致性,而气在两者关系中又带有被动的特点,即所谓"气随神转","神"的特征若是浑、远、伟、变、深,则"气"的特征表现为灏、逸、高、奇、静。神并非离气而存在,它"只是气之精处",是气的附着和归依。气以劲直、厚重、酣畅为贵,而气的起灭转接又必须围绕着神来进行,否则容易涣解流散,荡而不归。所以妙文以气势胜,"如山崩,如峡流,觉阑当不住",相应来说,它也应该以神态胜,含光蕴辉,纷呈精彩。若徒有气势,不备神态,只是文中粗豪一路。刘大櫆神主气辅说对"文以气为主"的修正其积极意义在此。

文章的神气依赖于音节,音节又依赖于字句,依赖者与被依赖者构成"精粗"关系,但是刘大櫆并不像庄子那样重"精"而弃"粗",而是精粗并重,对音节和字句的求究也十分仔细。他说:"近人论文,不知有所谓音节,至语以字句,则必笑以为末事。此论似高实谬。"这是他与空谈神理者不同的地方。"音节"指文章声音高低、强弱、疾徐,及其变化节奏。刘大櫆指出:"音节高则神气必高,音节下则神气必下。"此处"高下"二字是高妙与否的意思。字之多寡,句之长短,用平用仄,乃至"同一平字仄字,或用阴平、阳平、上声、去声、入声",每一改变都会使文章"音节迥异",从而影响文章神气的实现,因此都必须仔细琢磨安排。刘大櫆说:"凡行文多寡短长,抑扬高下,无一定之律而有一定之妙,可以意会而不可以言传。"就音节的"一定之妙"而言,他主要是指错落有致,具有"古调"之美的铿锵金石之声。"字句"之道是关于安顿文字的技巧和原则。刘大櫆要求处理好实字和虚字的关系。他说"上古文字初开,实字多,虚字少",所以典谟训诰都写得非常简奥,以后随着虚字增多,文章的神态逐渐生动,然而"枝蔓软弱,少古人厚重之气",文风渐趋萎靡。所以写文章既不可"节损"虚字,否则神态不出,又须保持古人"厚懋"笃实的品相。他又要求处理好华朴的关系,"华正与朴相表里,以其华美,故可贵重。所恶于华者,恐其近俗耳;所取于朴者,谓其不著脂粉耳。"他说唐文"陆离璀璨"而少汉人"浑噩之象",宋文虽佳而"奇怪惶惑处少"。又说自韩愈匡矫六朝靡弱之蔽后,后人作文知"清疏爽直","而古人华美之风亦略尽矣"。所以刘大櫆要求文字以简质为内核而外具茂采,不著脂粉而精彩浓丽。在对文章华丽的要求方面,突破了方苞雅洁的藩篱。此外,刘大櫆还要求文字具有参差变化之美,提倡换字造言,反对陈陈相因。

姚　鼐

姚鼐(1732—1815),字姬传,一字梦榖,世称惜抱先生。乾隆二十八年进士,官刑部郎中,充《四库全书》纂修官,不久辞官归里,以讲学著述终。著有《惜抱轩全集》,编有《古文辞类纂》等。姚鼐早年从伯父姚范学经史和古文,又随刘大櫆学古文作法,并由刘大櫆上窥桐城之学而努力使之发扬光大。后人大多认为,姚鼐的古文创作和理论兼擅方、刘之长,又能另入新境,在桐城派中地位最高。他在维护桐城家法的同时,又从前人的理论成果中汲收养分,从自己时代新的学术风气中摄取有助于完善散文创作的合理元素,加之他自己对古文艺术的深切把握,使桐城家法得到进一步充实和完备。与方苞、刘大櫆的阐述相比,他的古文理论大纲更加宏通,细目则又更加具体,对文理的体会和抉发也更加幽微深入。

义理、考证、文章

乾隆时期,汉学在清初得到恢复的基础上趋向极盛,也影响到诗文领域,这向诗文创作提出了新的课题,需要批评家作出回答。继方苞"义以为经,而法纬之"后,刘大櫆提出义理、书卷、经济是行文之实而行文别有能事之说,已经包含适当引"书卷"入文的对应思考。姚鼐在这基础上,更加明确要求义理、考证、文章三者结合,反映了古文家企图适应新的学术风气,借鉴其成果,以求散文自身生存和发展的积极动机。姚鼐说:

> 余尝论学问之事,有三端焉,曰:义理也,考证也,文章也。是三者,苟善用之,则皆足以相济;苟不善用之,则或至于相害。今夫博学强识而善言德行者,固文之贵也,寡闻而浅识者,固文之陋也。然而世有言义理之过者,其辞芜杂俚近,如语录而不文;为考证之过者,至繁碎缴

绕,而语不可了。当以为文之至美,而反以为病者,何哉? 其故由于自喜之太过,而智昧于所当择也。夫天之生才,虽美不能无偏,故以能兼长者为贵,而兼之中又有害焉,岂非能尽其天之所与之量,而不以才自蔽者之难得与?(《述庵文钞序》)

　　鼐尝谓天下学问之事,有义理、文章、考证三者之分,异趋而同为不可废。一涂之中,歧分而为众家,遂至于百十家。同一家矣,而人之才性偏胜,所取之径域又有能有不能焉。凡执其所能为,而呰其所不为者,皆陋也,必兼收之乃足为善。……天下之大,要必有豪杰与焉,尽收其美,能祛末士一偏之蔽,为群材大成之宗者。(《复秦小岘书》)

他所说义理、考证、文章兼收为善,含二层意思:一是指三者作为构成"学问"的一部分,都有各自存在的需要和价值,不可偏废,《复秦小岘书》所述即是此意。二是指三者应该互相吸收补充,以使各自更加丰富和完善,《述庵文钞序》主要是阐述这一看法。古代史传有"儒林"、"文苑"、"道学传"之别,体现了史家对思想家、学术家、文艺家分工而其创造又共同构成文化总成果一部分的认识。程颐将"今之学者"归纳为三类:文章之学、训诂之学、儒者之学。戴震也说:"古今学问之途,其大致有三,或事于理义,或事于制数,或事于文章"(《与方希原书》)。姚鼐学问分为"三端"之说与这些论述相同,但是他不像程颐片面推崇儒者道学,也不似戴震偏于考证以求义理,而是主张义理、考证、文章三者兼擅,要求三者互相统一、沟通、补益,这较诸人们将三者互相孤立分离开来,或不无偏颇地扬此抑彼,是认识上一大进步,在散文理论批评史上甚有意义。

　　义理属于儒家伦理、道德、性气、政治范畴的内容,姚鼐主要用于指程、朱理学,与方苞"义法"论对"义"的内涵的认识基本一致。他要求义理、考证、文章三者兼擅,但并不将三者并列视之,其中义理是主轴,既是考证的导向,又是文章的灵魂,假如偏离"心性之学",即使"文如昌黎,学如郑康成",也不足为贵(见《与鲁山木》)。所以他在汉学与宋学之争中,一方面反对执汉宋疆域之见,另一方面又坚定地维护宋学的主导地位。对于义理与文章的关系,他强调"执圣以绳"(《祭刘海峰先生文》),"义卓而词美"(《答鲁宾之》),贬斥"言不当于义,不明于理,苟为炫曜廷欺"之诗文(见《郑太孺人六十寿序》)。王先谦指出:"惜抱自守孤芳,以义理、考据、词章三者不可一阙,义理为干,而后文有所附,考据有所归。"(《古文辞类纂序》)这是很得要领的概括。若就文学创作应当接受思想和理性的指导一般的原理来说,姚鼐意

227

见也有其合理的地方,但是联系他义理的具体内蕴,则这种义理对文章的支配关系,实又主要体现为一种思想束缚。其实姚鼐对义理本身并无多少发明,曾国藩讲他"未得宋儒之精密,故有序之言虽多,而有物之言则少"(《求阙斋日记类钞》乙未六月)。以为他所得在文章,不在义理。所以姚鼐并不是道学家,而是文学家。作为古文家,他从文的角度,对"言义理之过者,其辞芜杂俚近,如语录而不文"提出批评,并希望有这类缺失的作者,"尽易之使成文"(《复曹云路》)。他在切合义理的原则下,又肯定"为文华美"(《许春池学博士五十寿序》)。甚至他虽然非常不满程廷祚立论有悖程、朱,也仍然承认"其文辞明辨可喜,固亦近世之杰"(《程绵庄文集序》)。对于"不通俗而亦不尽合于古,不求工于技而亦不尽当于道,自适己意,以得其性情所安"的"畸文",也有宽容的表示(见《复钦君善书》)。因此姚鼐主张作文以义理为附著之主体,是对古文创作思想含蕴的约定(有时也不甚严格),并不是对文的贬损,与一些道学家"作文害道"论有着实质性差别。

对于以训诂考证为其鲜明特征的汉学,姚鼐在强调宋学的主导作用前提下,予以较多肯定。他重视清代朴学成果,批评方苞未能利用阎若璩考证结论,仍相信《古文尚书》,"执其误而不知返",是"滞识"的表现(《与管异之》)。这反映出桐城派在对待朴学的态度上出现的转变和进步。他肯定考证之文较有说服力,然又指出它们在生动感人方面存在欠缺。所以作为完善的写作理论,姚鼐主张取考证之长,避其所短,使文章既有充实可信的内容,又有较高的审美性,所谓"以考证累其文则是弊耳,以考证助文之境,正有佳处。"(《与陈硕士》)还值得指出一点,姚鼐认为考证辨论,"当举其于世甚有关系,不容不辨者",不必纠缠与"世事之治乱,伦类之当从违"不相干涉的小事(《与陈硕士》)。他批评惠栋所考"太碎小",指出"近世为汉人学者",存在"琐碎而不识事之大小","用力劳而受功寡"之失,殊不及顾炎武的考证能从大处着眼(见《与陈硕士》)。这对乾嘉时期考据风弊端的揭发相当深刻。我们在肯定姚鼐以考证助文的同时,还应当注意他对考证本身的境界所怀的这一期望。

姚鼐谈义理以端正立言之旨,谈考证以充实作文内容,都是站在古文家的立场上,从如何写好文章的角度来阐明义理、考证、文章三者的关系,文章始终是他关注的中心,这是他与理学家、学问家的显著区别。在考证风盛的大势下,讲求古文之道难免会被人冷落,姚鼐却仍以振兴古文为自己终身事业,下功夫去总结为理学家、考据家所不屑的写作经验。他说作文要寻"好题目"，"大抵好文字亦须待好题目"，若"题内本无甚可说，文安得而不平也"（《与陈硕士》）。他主张遵循法度又不拘定法，要求作者畅极才情，于"纵横变化"中见"严整"（《与张阮林》）。又说：文章之妙，"在驰骤中有顿挫，顿挫处有驰骤"（《与石甫侄孙》）。他并非独守醇正，而且兼爱奇趣，认为"正有余而奇不足"也是作文短处（《与陈硕士》），"守正而不知变者，则亦不免于隘也"（《与石甫侄孙》）。他不欣赏乖张硬拗、突筋露骨的文章，以为"文章之境莫佳于平淡，措语遣意有若自然生成者"（《与王铁夫书》）。在这种"平淡"之中其实聚敛着坚韧的力度，他说："凡作古文，须知古人用意冲淡处忌浓重，譬如举万钧之鼎如一鸿毛，乃文之佳境，有竭力之状，则入俗矣。"（《与石甫侄孙》）

姚鼐深信作文是"有所法而后能，有所变而后大"，这个"变"也包括对桐城家法的修正和发展。他指出方苞"义法论"不够全面，"望溪所得在本朝诸贤为最深，而较之古人则浅。其阅太史公书，似精神不能包括其大处、远处、疏淡处及华丽非常处。止以义法论文，则得其一端而已"（《与陈硕士》）。方苞论文尚简，称"文未有繁而能工者"（《与程若韩书》）。姚鼐则主张对繁简作具体分析，若是"内充而后发"，"理得而情当"，即使"千万言"，也"虽多犹寡"（《答鲁宾之书》）。与方苞相比，姚鼐更突出了对散文生动性的要求，而对"义法"的戒律则有所突破。这与他直接师承刘大櫆尚艺的思想有关，也是他进一步打破诗文界限，更多地注意向诗歌、辞赋学习的结果。

总之，姚鼐义理、考证、文章合一不偏之说，对理学家和考据家来说，既吸取了他们一些认识，又维护了文章本身重要的地位；对于桐城古文家来说，则在融考证于文和增加文章的艺术性两方面补充和发展了"义法"论，是一种比较全面的主张。

神理气味，格律声色

这八个字是姚鼐概括的散文艺术要素，它们既有层次的区别，又相互有依存关系。他说：

> 凡文之体类十三，而所以为文者八：曰神、理、气、味、格、律、声、色。神、理、气、味者，文之精也；格、律、声、色者，文之粗也。然苟舍其粗，则精者亦胡以寓焉？学者之于古人，必始而遇其粗，中而遇其精，终则御其精者而遗其粗者。文士之效法古人，莫善于退之，尽变古人之形貌，虽有摹拟，不可得而寻其迹也。其他虽工于学古，而迹不能忘，扬子云、柳子厚于斯盖尤甚焉，以其形貌之过于似古人也。而遽摈之谓不足与于文章之事，则过矣。然遂谓非学者之一病，则不可也。（《古文辞类

纂序目》)

"体类十三"是指他编选的《古文辞类纂》将入选古文按其文体和作用分为十三大类。姚鼐认为,古文体类虽然有别,却都是由共同的艺术要素构成的。所以为文"八字",谈的是古文艺术共同的问题。

在桐城派以前,人们对散文要素也有各种归纳。颜延之《颜氏家训·文章》:"文章当以理致为心肾,气调为筋骨,事义为皮肤,华丽为冠冕。"杜牧《答庄充书》:"凡为文以意为主,以气为辅,以辞彩章句为之兵卫。"但这些归纳大致都着眼于散文的内容和形式两方面来谈论其关系。桐城派古文理论的一大进步,就是除此之外,还专门、具体地探讨了散文艺术要素的构成及其互相作用。刘大櫆倡神气、音节、字句之说,姚范曰:"字句章法,文之浅者,然神气体势,皆因之而见。"(《昭昧詹言》卷一引)姚鼐古文理论受这两人影响甚著,他的散文八字显然脱胎于他们上述意见,但归纳更为周全,论述更加深细。神谓精神、风神,指文章写得生趣满溢,灵妙传神。姚鼐用"神理精到"(《答苏园公书》)、"神逸"(《朱二亭诗集序》)、"神气超绝"(《与管异之》)等语赞论诗歌,也适宜于评赏文章,因为他是主张诗文一理的。理谓文理、脉理,指文章脉理通和,条理明晰。气指气质、气势。姚鼐说,文章若无气充溢于期间,只是"积字"而已(《答翁学士书》)。说明气也是文章的生机活力。味谓韵味、滋味,指文章余味曲包,令人回味不尽。格谓结构格局,姚鼐神往杜诗韩文"布置局格"高壮宽伟,千姿百态(见《复刘明东书》)。这也是他对古文格局的期望。律谓法度规则,指字法、句法、进退、抑扬、顿挫等。声指声音节奏,高下抗坠,长短疾徐。色指文采、辞藻。姚鼐仍旧尊奉方苞"雅洁"说,摈斥小说语、语录俚俗之辞、骈语,反对靡丽文风,主张"色耀而不浮"(《答鲁宾之书》)。但比诸方苞,他对语言"色彩之华"(《答翁学士书》)的要求进一步提高,语言华美的诗歌、辞赋成为古文写作所取法的对象,这些与刘大櫆更为接近。

姚鼐认为,神、理、气、味与格、律、声、色虽同是散文艺术要素,却有精粗之别。神、理、气、味近于虚,是内在的要素,比较抽象;格、律、声、色近于实,是外在的要素,比较具体。前者与后者相比,处在较高的审美层次上,但又必须通过后者才能显示出来。因此,格、律、声、色并不因其"粗"而无关紧要,事实上,桐城派十分注重总结古文具体作法,尤其是对声音之美的提倡,以至通过音节求神气成为桐城派最明显的理论特征之一。

由对散文艺术精粗要素及相互关系的分析,姚鼐进而谈到学古的态度、方法,提出学古与创新相结合的要求。他主张博览精读,首先通过感受古人作品格、律、声、色,深入领会其神、理、气、味,最终达到"御其精而遗其粗",超越貌似,进入神似化境。《与张翰宜》说:"昌黎诗文效相如处极多,如《南海庙碑》中叙景瑰丽处,即效相如赋体也。……为文学人必变其貌,而取其神,故不觉耳。"这与明代唐宋派求神似观点相一致,实是一种追求创新的文学理论。

阳刚之美与阴柔之美

姚鼐《复鲁絜非书》是一篇重要的文学风格论文。作者以宏通的批评眼光,将散文风格高度概括为阳刚之美与阴柔之美两大类,对古代文学风格学作出了重要贡献。其文云:

> 鼐闻天地之道,阴阳刚柔而已。文者,天地之精英,而阴阳刚柔之发也。惟圣人之言,统二气之会而弗偏,然而《易》、《诗》、《书》、《论语》所载,亦间有可以刚柔分矣。值其时其人,告语之体各有宜也。自诸子而降,其为文无弗有偏者。其得于阳与刚之美者,则其文如霆,如电,如长风之出谷,如崇山峻崖,如决大川,如奔骐骥;其光也,如杲日,如火,如金镠铁;其于人也,如冯高远视,如君而朝万众,如鼓万勇士而战之。其得于阴与柔之美者,则其文如升初日,如清风,如云,如霞,如烟,如幽林曲涧,如沦,如漾,如珠玉之辉,如鸿鹄之鸣而入寥廓;其于人也,漻乎其如叹,邈乎其如有思,暖乎其如喜,愀乎其如悲。观其文,讽其音,则为文者之性情形状举以殊焉。且夫阴阳刚柔,其本二端,造物者糅而气有多寡进绌,则品次亿万,以至于不可穷,万物生焉。故曰:一阴一阳之为道。夫文之多变,亦若是已。糅而偏胜可也,偏胜之极,一有一绝无,与夫刚不足为刚,柔不足为柔者,皆不可以言文。……宋朝欧阳、曾公之文,其才皆偏于柔之美者也。欧公能取异己者之长而时济之,曾公能避所短而不犯。

姚鼐《海愚诗钞序》一文专论诗歌的阴阳刚柔风格,观点与《复鲁絜非书》完全一致,也可以参考。阴阳刚柔,原是古人对自然界两类相反相成的事物和现象作出的一种抽象概括。《易·说卦传》:"分阴分阳,迭用柔刚,故《易》六位而成章。"这被视为中国文学批评史上用阴阳刚柔概说文学风格的滥觞。刘勰《文心雕龙》之《体性》、《镕裁》、《定势》等篇已较多运用刚柔来判分文章不同的风格特点。《诗式》、《二十四诗品》等对诗歌风格作了细微的辨析。

严羽《沧浪诗话》以为诗大概可以分为"优游不迫"和"沈著痛快"两类。明代张綖将词大略分成婉约、豪放两体(见《诗余图谱·凡例》)。散文方面,茅坤将司马迁、韩愈文章喻为雄峻壮伟的秦中剑阁,欧阳修、曾巩文章喻为"逶迤之丽"的江南山水(见《复唐荆川司谏书》),也包含区判两类风格的意思。姚鼐以阳刚阴柔区分诗文风格,既是借用了古代的哲学范畴,也是对前人风格学观点和理论成就的继承、发展。他用一系列生动的形象化语言,淋漓尽致地描绘出两类文学风格的鲜明特征。凡是雄浑、劲健、豪放、壮丽等风格都可以纳入阳刚一类,而修洁、淡雅、高远、婉丽等风格都可以纳入阴柔一类,这大致接近美学上所谓的壮美和柔美之分。比诸前人各家所述,姚鼐对各家风格的概括在包涵性、准确性、鲜明性方面,都有很大提高。他对文学风格之美源于天地自然"阴阳刚柔之精"(《海愚诗钞序》)并体现作者"性情形状"的认识,也有较多的合理成分。

姚鼐除了对文学风格作分类和阐述风格成因之外,还说明两类风格存在相辅相成、彼此和济的关系。他认为,天地间万般事象皆是由阴阳刚柔和济生成,不存在纯粹阳刚或纯粹阴柔的事物,文学也是如此,他以"统二气之会而弗偏"的"圣人之言"为文学风格最完美的典范,体现出中和的美学思想。其实这种完美的风格典范只具有理论意义而不具有实践意义,因为儒家经典《易》、《诗》、《书》、《论语》"亦间有可以刚柔分",而且显然姚鼐认为"圣人之言"的成就(包括风格)是他人不可企及的。于是"协合以为体"的实际意义,就是寻求一种因素为主,兼容另一种因素的"偏优"的风格(《海愚诗钞序》),避免陷入"一有一绝无"的偏废之境,偏废无所谓相济相生。姚鼐指出,由阳刚、阴柔二端相济而生的文学风格,虽在总体上可有偏于阳刚或阴柔的区别,在具体的展现中则是"品次亿万",变化无穷,说明文学具体的风格必然是多种多样,姿态各异,而所谓阳刚之美或阴柔之美,是对众多具体风格基本属性高度的抽象概括。所以,姚鼐宏观的风格论与其他批评家品析具体风格的微观风格论是相互协调,相互补充的。

阳刚中有阴柔,阴柔中有阳刚,这样才分别构成实际的文学风格的阳刚美和阴柔美。在两者之间,作为个人的偏爱,姚鼐更向往阳刚之美,所谓"文之雄伟而劲直者,必贵于温深而徐婉。温深徐婉之才不易得也,然其尤难得者,必在乎天下之雄才也"(《海愚诗钞序》)。然而姚鼐自己的文章以韵味胜,偏于阴柔美一类。他在《与王铁夫书》中也曾经谈到,"文章之境莫佳于平淡,措语遣意有若自然生成者,此熙甫所以为文章之正传。"似乎又以阴柔美为胜。这些又该作怎样解释呢？其实，一位作家兼批评家，其创作风格在很大程度上制约于本人才性，而理论主张则更多出于理性思考，两者不相一致在文学史上并非鲜见之事。因此，不应以他的文章风格偏于阴柔而怀疑他理论上更偏爱阳刚美的真诚之心，一般来说，这也不是作者的理论追求对自己的创作个性有意识加以突破的问题。至于《与王铁夫书》所云，还应当和《与陈硕士》互相参看，"西汉人文，传者大抵官样文书耳，而何其雄骏高古之甚。昌黎官中文字，止用当时文体，而即得汉人雄古之意。欧、曾、荆公官文字，雄古者鲜矣，然词雅而气畅，语简而事尽，固不失为文家好处矣。熙甫于此体乃时有伤雅不能简当之病。"从姚鼐这里提到的文统看，显然含有更加仰敬西汉文章"雄骏高古"和韩愈作文"得汉人雄古之意"的意向，这与他更加向往阳刚之美的倾向相一致。有一点似乎没有问题，姚鼐在诗歌和散文之间，对诗歌阳刚美的肯定更加突出一些，所以他才是在诗论《海愚诗钞序》，而不是在文论《复鲁絜非书》中明确指出阳刚风格"必贵于"阴柔风格。但是，这只是一种程度的区别，如果将此推论为诗贵阳刚，文尚隐柔，就不切合姚鼐本意了。

姚鼐的文学风格论对后来桐城派的理论主张和创作实践产生很大影响。曾国藩"八字之赞"，以雄、直、怪、丽为阳刚之美，茹、远、洁、适为阴柔之美（《求阙斋日记类钞·文艺》），张裕钊分别用"神、气、势、骨、机、理、意、识、脉、声"和"味、韵、格、志、情、法、词、度、界、色"二十字调配阴阳，管同指出："与其偏于阴也，则无宁偏于阳。""古来文人，陈义吐辞，徐婉不失态度，历代多有；至若骏桀廉悍，称雄才而足号为刚者，千百年而后一遇焉耳。甚矣，阳之足贵也。"（《与友人论文书》）都是对姚鼐主张的继承和发挥。在创作上，姚门弟子管同、梅曾亮、刘开、姚莹及后来的曾国藩、张裕钊、吴汝纶等，都向往阳刚之美，突出发展了雄健奇肆的文风，与桐城派初期作家徐纡简淡风格相比有比较明显差异。由此也可以看出姚鼐在桐城派发展、演化过程中所起的重要作用。

233

第二节　汉学家的文论、章学诚《文史通义》

清代乾嘉时期，有许多学者提出了对文章写作的见解。这些学者多数为经学家和史学家。其中汉学家的文论影响尤大,对桐城派构成较大冲击。从这些学者与桐城派文艺思想的矛盾中,反映了清代汉学与宋学之争。清代汉学是复杂的存在,其中交织着不同的倾向。有的通过对经史名物典章制度及文字训诂的研究,以期经世致用,其反对理学,含有进步的追求。也有些汉学家脱离现实考证古籍中的一名一物一字一句而陷于繁琐。他们虽与桐城派的宗奉宋儒学派不同,在整理文献方面有其成绩,却同样符合清代治国的需要。对他们的文章学与桐城派文论的矛盾,也当作这样理解。章学诚的学风与汉学家不同,他主要从史学的角度提出了文章的写作要求,成一家之言,然在当时影响不大。

汉学家的文论

清代中期,兼事文章批评的汉学家人员众多,重要的稍早有程廷祚,后来有戴震、钱大昕、段玉裁,再稍后有焦循,以戴震的观点最有代表性。程廷祚(1691—1767),初名默,字启生,号绵庄,又号青溪居士,上元(今江苏南京)人。乾隆时举博学鸿词、经明修行之士,皆报罢。喜颜元之学,尤邃于《易》。著有《青溪文集》等。戴震(1724—1777),字东原,一字慎修,安徽休宁人。曾应召任《四库全书》纂修官。他学问博洽,考述精深,为清代汉学皖派之开山,对程朱理学多有辩驳。著有《孟子字义疏证》、《戴震文集》等,后人编有《戴氏遗书》。钱大昕(1728—1804),字晓徵,一字及之,号辛楣,又号竹汀居士,江苏嘉定(今属上海市)人。乾隆十九年进士,累官少詹事。博综群书,治学以"实事求是"相标榜,成就卓越,是吴派学者的杰出代表。著有《潜研堂集》、《廿二史考异》等。段玉裁(1735—1815),字若膺,号茂堂,江苏金坛人。乾隆举人,官四川巫山知县。受学于戴震,精研小学。著有《说文解字注》、《经韵楼集》等。焦循(1763—1820),字理堂,一字里堂,江苏甘泉(今扬州)人,嘉庆举人。他家居不仕,勤于著述,说《易》尤推精诣。与江郑堂(藩)皆以淹博经史为世所推,时有"二堂"之目。著有《孟子正义》、《雕菰楼集》等。诸学者治学各有专长,在文学批评方面,都体现出以经义为本,注重考据,用经学规范文学的共同倾向。

贵本论
汉学家论文严格本末之别,强调作者写作始终要坚持和体现固本立干的思想,这就构成了他们的贵本理论。程廷祚指出:作文"贵求其本"(《与家鱼门论古文书》)。"不反(返)其本,而惟文之求,于是体制繁兴,篇章盈溢,徒敝览者之精神,而无补于实用,亦奚以为!"(《复家鱼门论古文书》)他这里讲的"本"是指儒家的道德和人格修养,"以希圣希贤为本"(《与家鱼门书》),"以立诚为本"(《与家鱼门论古文书》),"以进德修业为本原"(《复家鱼门论古文书》),都强调作者心灵归附于儒家道义是从事善益的写作活动的根本前提。儒家的道义存在于儒家经典中,所以汉学家更直截了当地称"经学"或"经义"是包括文学在内的"众学"之本。程廷祚说:经学为"众学之本"(《与家鱼门》)。"今欲专力于古文,惟沈潜于六籍,以植其根本。"(《复家鱼门论古文书》所附尺牍)另一治经有得的王昶指出:作者"湛于经史,以养其本",然后创作古文"得其真也必矣"(《与彭晋函论文书》)。他虽以经史并提,无疑更偏重于经,所以将"挟谀闻浅见为自足,不知原本于《六经》"视为"学古文而失",产生弊端的最主要原因(见《与门人张远览书》)。焦循也说:"词章之有性灵者,必由于经学。"(《与孙渊如观察论考据著作书》)崇尚儒家道义,信奉儒家经籍,以圣人的言辞为创说立论的依据,即所谓"明道、征圣、宗经",历来是一种对文学批评带有指导性的观点,清代的理学家、文学家大多也持这种意见,因此汉学家上述贵本理论就其一般的含义而言并没有多少新颖的内容。其所以能于理学家和文学家之外别树一帜,完全是由于汉学家在义理、考据、词章三者中,以考据为基础来确立它们的关系,使贵本之说在具体化过程中显示出它自己的理论个性。他们与桐城派古文家在文、道问题上发生争论,主要是由于理论偏重面不同而引起的,并非像程廷祚《复家鱼门论古文书》所概括的,是贵本与"不反(返)其本,而惟文之求"的分歧。

　　汉学家以上观点在戴震的论述中反映得最为明显。他在三十二岁时写的《与方希原书》集中代表了汉学家的文章观。信中他告诫人们从事"古文之学"应当避免趋入"歧途",而在他看来,作文的主要弊端产生于人们对义理、考据、文章三者关系模糊乃至错误的认识。所以他从正本清源入手,阐述三者关系,明确"古文之学"的根本大旨:

　　　　古今学问之途,其大致有三:或事于义理,或事于制数,或事于文章。事于文章者,等而末者也。然自子长、孟坚、退之、子厚诸君子之为之,曰:"是道也,非艺也。"以云道,道固有存焉者矣。如诸君子之文,亦恶睹其非艺欤?夫以艺为末,以道为本,诸君子不愿据其末,毕力以求据其本,本既得矣,然后曰:"是道也,非艺也。"循本末之说,有一末必有一本。譬诸草木，彼其所见之本与其末同一株而根枝殊尔，根固者枝茂。世人事其枝，得朝露而荣，失朝露而瘁，其为荣不久。诸君子事其根，朝露不足以荣瘁之，彼又有所得而荣、所失而瘁者矣。且不废浸灌之资，雨露之润，此固学问功深，而不得已于其道也，而卒不能有荣无瘁。故文章有至有未至，至者得于圣人之道则荣，未至者不得于圣人之道则瘁。以圣人之道被乎文，犹造化之终始万物也。非曲尽物情，游心物之先，不易解此。然则如诸君子之文，恶睹其非艺欤？诸君子之为道也，譬犹仰观泰山，知群山之卑；临视北海，知众流之小。今有人履泰山之巅，跨北海之涯，所见不犹县殊乎哉！足下好道而肆力古文，必将求其本。求其本，更有所谓大本。大本既得矣，然后曰："是道也，非艺也。"则彼诸君子之为道，固待斯道而荣瘁也者。圣人之道在六经，汉儒得其制数，失其义理；宋儒得其义理，失其制数。譬有人焉，履泰山之巅可以言山，有人焉，跨北海之涯可以言水。二人者不相谋，天地间之巨观，目不全收其可哉？抑言山也，言水也，时或不尽山之奥，水之奇。奥奇，山水所有也，不尽之，阙物情也。

　　"制数"指名物、制度、数术等方面专门的学问，"事于制数"即对这些专门的学问进行实事求是的考辨，意思相当于朴学考证，故段玉裁《戴东原集序》转述戴震的话，径将"事于制数"称作"考覈之学"，又段氏撰《戴东原先生年谱》引戴震的话亦作"考覈之源"，可证"事于制数"即"考覈"或考据。戴震将古今学问分成义理、考据、文章三大类，这与史传有"儒林"、"文苑"、"道学"之区分，以及程颐"文章之学"、"训诂之学"、"儒者之学"之说相一致，与清代的理学家、文学家和其他考据家对学问的总体分类也大致相似。戴震认为，义理是"考覈、文章二者之源"（见段玉裁《戴东原先生年谱》），求义理也就是求大道，考覈、文章都要服从于"闻道"的目的，他对偏离这个目的，而仅仅"能文章、善考覈"的文人多有非议（见《答郑丈用牧书》）。这是他对义理、考据、文章三者关系的首要看法。

　　其次，他比较汉学与宋学治经的不同特点，指出"汉儒得其制数，失其义理；宋儒得其义理，失其制数"，都失之片面而不能"全收"、"巨观"。他以义理为众学问之源，但是探求义理的方法则须实证，"巨细必究，本末兼察"（《与姚孝廉姬传书》）。戴震认为宋儒及以后的理学家治学虽然有重义理之长，但是由于他们轻视文字训诂之学，凿空议论，凭虚立说，"是犹渡江河而弃舟楫，欲登高而无阶梯"（引自《戴东原先生年谱》），其所获义理带有许多臆测成分,值得怀疑,只有基于考证之上的义理阐述才是真妥可信的,因此考证是探求义理的基础和保证。这便使他的治学方法与宋学有了明显不同,体现出汉学的基本特征。

第三,戴震强调,与义理、考证相比,从事古文之学是"等而末者",因为它既不像义理之学直接阐述儒家大道,又不像考据之学足以求证义理,所以最不重要。但是就古文本身而言,戴震并不一概而论。他指出古文由"道"和"艺"所构成,"以艺为末,以道为本",文章的优劣高低和传世的价值,完全视"道"而定,"至者得于圣人之道则荣,未至者不得于圣人之道则瘁"。从这样一种文章观出发,他认为"世人"作文普遍的缺点是"事其枝",将工夫用在"艺"上面,所以"其为荣不久",这是他所反对的。古文家的正宗习惯于从文与道的密切关系来抬高文的地位,在这方面尤其对韩愈等人的成就津津乐道。但是在戴震看来,司马迁、班固、韩愈、柳宗元等人创作古文虽然"事其根"、就于道,非"世人"之文得以相比,但是他们对儒家大道犹如"仰观泰山"、"临视北海",所见终存隔膜,缺乏具体,有失真切,与"履泰山之巅,跨北海之涯"亲临其境的人相比,所见"县(悬)殊"。这实际上是站在考据家的立场上,对古文家所道之道的真理性的一种低调评价,犹如他对宋儒和理学家所阐说的义理所作的评估。强本以壮末,固根以茂枝,而在戴震眼里,韩愈等人的古文离开这种要求还有一定距离,所以他们的古文"卒不能有荣无瘁",在总体上依然没有超出"艺"的范围。他给古文作者的劝告是,努力追求文章的"大本"。求"大本"是相对于司马迁、班固、韩愈、柳宗元"事其根"而言,要求对儒家大道通过考辨求得真知,犹如"履泰山之巅可以言山","跨北海之涯可以言水",而不是仅仅停留在远观悬测、一知半解的阶段。这样就将古文家的文以明道说具体化为建立在考据基础上的文道观,极大地突出了考据之于古文写作的意义。钱大昕、段玉裁、焦循也持类似的看法。如钱大昕云:"训诂者,义理所由出,非别有义理出乎训诂之外者也。"(《经籍纂诂序》)他对通儒、实学家"以经为文"深表赞赏(见《味经窝类稿序》)。段玉裁更是直截了当地称:"义理、文章未有不由考覈而得者。"(《戴东原集序》)焦循也盛推阐说经义、学问充实之文,认为"文莫重于注经"(《与王钦莱论文书》)。考据、学问被作为文章的一个核心要素而受到他们大力提倡,这不仅与以袁枚为首的视考据为末造的性灵派作者的观点严重相左,与主张适当汲取考据学问入文的桐城派主张也龃龉不合,而成为汉学家文论的鲜明特色。

对于古文写作中的"艺",汉学家在贵"大本"、重学问的大前提下,也有所关心。如段玉裁《戴东原先生年谱》引述戴震的话云:"做文章极难,如阎百诗极能考核而不能做文章,顾宁人、汪钝翁文章较好。吾如大炉然,金银铜锡,入吾炉一铸而皆精良矣。"表明戴氏对文章艺术也有一定的要求。程廷祚、钱大昕、焦循对文章艺术的阐发就更加明确、具体了。由于汉学家注重儒家经典,鼓吹考据学问,所以在作文的宗尚方面特别推崇先秦经典之文和汉儒文章,一般来说,对韩愈、欧阳修等唐宋文人的作品(尤其是宋人之作)并不怎么重视,这与桐城派续接唐宋派,奉韩、欧之文为楷模很不相同。程、钱、焦等人并不热衷提倡文章的具体作法,主张"自然成文",如江河流水,"随高下曲折以为波涛"(焦循《文说一》)。程廷祚认为作文的关键是,"以进德修业为本原,以崇实黜浮为标准,以有关系发明为体要",在这样的前提之下,"华采不为累","偶俪不为病","陈言不足去,新语不足撰,非格式所能拘,非世运所能限,在山满山,在水满水",文章极境便不难企及(《复家鱼门论古文书》)。钱大昕抨击方苞的"义法论",斥方氏所得只是"古文之糟粕,非古文之神理",他甚至引别人的话,以为方苞只是"以时文为古文"而已。他指出:"夫古文之体,奇正、浓淡、详略本无定法。""文有繁有简,繁者不可简之使少,犹之简者不可增之使多。《左氏》之繁,胜于《公》、《穀》之简,《史记》、《汉书》,互有繁简。谓文未有繁而能工者,非通论也。"(《与友人书》)焦循说:《左传》"或一二言而止,或连篇累牍千百言而不止;一二言未尝不足,千百言未尝有余。灾变战伐,下至琐褒猥鄙之事,无不备载,未闻徒举其大端而屏其细故以为简也,而文自简。"(见《文说二》)他对这种写作经验表示非常赞赏。这些大都是针对桐城派不取骈语、尚雅洁简略及其所倡"义法"而言,无疑对于冲破桐城派的文章教条,促进文体自由具有积极的意义。但是总的来说,汉学家文论给予创作的主要影响在于增强文章的学术因素,而不在于增进文章的文学性,因此作为文学批评,它们的局限又是显而易见的。

由词求理与词由理决

作为一个经学派,汉学家始终关心诠释的目的和方法,而在这基础上,也形成了他们对文学释义的一些见解。

戴震将字句名物和义理蕴旨比喻为"轿夫"和"轿中人"的关系。他说:"六书、九数等事,如轿夫然,所以异轿中人也。以六书、九数等事尽我,是犹误认轿夫为轿中人也。"(见段玉裁《戴东原集序》,由此可见他从事考辨的目的在于探获经籍中的义理,而不只是弄明白"一名一物一字一句"(段玉裁语,见同上)。这代表了乾嘉学派中较高的一种学术境界。

为了求得义理,汉学家一般都倾向于由字通词、再由词通志,即运用训诂考释的方法。如云:

> 经之至者道也,所以明道者其词也,所以成词者未有能外小学文字者也。由文字以通乎语言,由语言以通乎古圣贤之心志,譬之适堂坛之必循其阶,而不可以躐等。(戴震《古经解钩沈序》)

> 夫今人读书,尚未识字,则且古训之学不足为。其究也,文字之鲜能通,妄谓通其语言,语言之鲜能通,妄谓通其心志,而曰傅合不谬,吾不敢知也。(戴震《尔雅注疏笺补序》)

> 尝谓六经者,圣人之言,因其言以求其义,则必自诂训始。谓诂训之外别有义理,如桑门以不立文字为最上乘者,非吾儒之学也。(钱大昕《臧玉林经义杂识序》)

这种考辨方法是从作品的语言现象入手,通过对具体文字的训诂,达到对辞句乃至整段文本的了解,最后进而完整、准确地掌握经籍的义理。用这种方法研阅作品,要求不带偏见,防止望文生义或凭虚臆说,做到"实事求是"。在戴震《毛诗补注》、《屈原赋注》和钱大昕关于《诗经》的答问(见《潜研堂文集》卷六)中,可以见到许多通过考辨名物而使诗义昭然的例子,即是由词求理、由训诂而发露作品蕴旨的实证阐释方法的具体应用。

戴震在大力提倡由词求理的实证方法的同时,又肯定词由理决,强调义理对训诂考核、明确具体作品的旨义和价值的指导意义。他不同意阎若璩"解经不可尽拘以理"的说法,认为解释经典(如《诗经》)不但应当"决以理",而且还要做到精通理,这样方能保证释义的正确,而阎氏这句话则是开了"解经之弊"(见《书小雅十月之交篇后》)。由以下引文可以具体了解以理决词之说的含义:

> "《诗三百》,一言以蔽之,曰:诗无邪。"夫子之言《诗》也。而《风》有贞淫,说者因以无邪为读《诗》之事,谓《诗》不皆无邪也。此非夫子之言《诗》也。先儒为《诗》者,莫明于汉之毛、郑,宋之朱子。然一诗而以为君臣朋友之词者,又或以为夫妇男女之词;以为讥刺之词者,又或以为称美之词;以为他人代为词者,又或以为己自为词。其主汉者必攻宋,主宋者必攻汉,此说之难一也。余私谓诗之词不可知矣,得其志则

239

可通乎其词。作诗者之志愈不可知矣,断之以"诗无邪"之一言,则可以通乎其志。(戴震《毛诗补传序》)

明乎《礼》可以通《诗》。(戴震《诗生民解》)

戴震认识到《诗经》作品归趣难求,后人的解释繁杂多歧,仅仅依靠训诂的手段、实证的方法有时还难以获得诗的真义,对纷纭众说作出裁定,所以他认为执义理以论诗,借以求诗人之志、释作品之词,对诗旨作出合适的解说,都是必要的。他据以推断《诗经》旨义的根据主要是孔子的言辞和秦汉以前别的一些儒家典籍。作为开展文学批评的一般方法,以理决词之说的意义主要在于肯定诠释批评须受一定理论的指导,它与由词求理的训诂考释方法相辅相成,互为补充。今人每以重材料、轻理论诟病乾嘉学派,其实该派成员的学术倾向也各有不同,轻视理论并不是他们的学术共性,在这方面戴震以理决词之说颇能说明问题。

章学诚《文史通义》

章学诚(1738—1801),字实斋,号少岩,会稽(今浙江绍兴)人。乾隆四十三年进士,官国子监典籍,主讲于定州定武、保定莲池、归德文正等书院,晚入湖广总督毕沅幕府,襄助编纂《续资治通鉴》等。所著《文史通义》,是综合探讨史学、文学的理论名著。

以史为宗的古文观

在围绕义理、考据、辞章三者关系而展开的争论中,章学诚反对各执一偏之说,主张贯通相佐、互相为用;他对轻视文辞的倾向作了有力驳斥,而又始终将史学摆在中心,认为古文的传统应是史学的传统,从而将古文家津津乐道的文统观扫而抹之。他的以史为宗古文理论,特别鲜明的反映出史学家文论的特点。他说:

夫史有三长,才、学、识也。古文辞而不由史出,是饮食不本于稼穑也。(《文德》)

近日学者风气,征实太多,发挥太少,有如桑蚕食叶而不能抽丝,故近日颇劝同志诸君子多作古文辞,而古文辞必由纪传史学进步,方能有得。……叙事之文,出于《春秋》比事属辞之教也。左丘明古文之祖也,司马因之而极其变,班、陈以降,真古文辞之大宗。至六朝,古文中断。

韩子文起八代之衰,而古文失传亦始韩子。盖韩子之学宗经而不宗史,经之流变必入于史,又韩子之所未喻也。近世文宗八家,以为正轨,而八家莫不步趋韩子。虽欧阳手修《唐书》与《五代史》,其实不脱学究《春秋》与《文选》史论习气,而于《春秋》、马、班诸家相传所谓比事属辞宗旨,则概未有闻也。八家且然,况他人远不八家若乎!(《与汪龙庄书》)

以史为宗说,首先旨在进一步突出古文创作中义理、考据、文辞"三者合一"的重要性,使"合一"说得以更加明确和具体。章学诚引刘知幾以才、学、识论史之语,同时他又将文辞、考据、义理与才、学、识对应起来,说:"考订主于学,辞章主于才,义理主于识。"(《答沈枫墀论学》)他认为,就义理、考据、文辞三者的融合而言,史学是较为理想的,而"良史"是最能体现这一写作标准的作者。以史为宗,就是要以集义理、学问、文辞为一体,能"即器明道"的史学来规范古文创作,克服"义理虚悬而无薄"(《原学下》)和"文字之徒工"、"学问之徒富"(《评沈梅村古文》)种种弊端,扭转文坛风气。其次,着眼于经世致用。章学诚提倡史学家必须"知时",必须了解"当代",肯定史学是"经世"之学(见《史释》、《浙东学术》)。所以他倡古文以史为宗,也就必然地包含对古文家经世致用的期待,故云:"文章经世之业,立言亦期有补于世。"(《与史馀村》)这是他对古文价值最简要的概括。再次,将叙事记人文体摆在显要的位置。章学诚推崇的史学主要是指渊源于《春秋》"比事属辞"传统、具有深刻史义的"纪传史学",或叙事史学,而叙事的本质是记人,"史以记事,事皆人之所为。"(《史篇别录列议》)他标榜古文以史为宗,即要求在古文写作中发扬叙事史学的传统,真实地摹绘人物,记叙事件,使"比事属辞"、记人记事之文成为古文创作中主要的文体,从而引导古文家更多地留意和表现史事世情,精心撰写人物传记,促使史传文章繁荣发展。但是,从以史为宗说出发,章学诚以为史学理所当然地优胜于文学,史家的身价也自然高于文士;他虽然主张义理、考据、文辞"合一",但是更多是以史家的工具论眼光看待文辞的功能,与文学家视语言既是手段又是目的的文辞观不可同日而语。建筑在这种认识基础上的以史为宗说,便不可避免地带有尊史抑文,屈文就史的倾向。

文德论

　　章学诚从广义的作者包括史学家、文学家和其他以立言为业的人所应具有的道德修养、心志情操、行文态度诸方面阐述了文德问题。有关的文章主要是《文德》、《史德》、《言公》、《质性》等。对作者的道德要求是文学批评中一个重要的、也是永恒的话题。章学诚虽然自诩"就文辞之中"言"文之德"是他的一种创见(见《文德》),不过总的来说,他所述大多仍是对古代有关文人品德理论的发挥乃至翻版,当然也有他个人的一些体会和思考。

他把"德"解释为是"著书者之心术",认为立言者应是心术端正、襟怀纯粹的"君子",能"慎辨于天人之际",做到"尽其天而不益以人"(《史德》)。这是要求史家必须忠实于客观史事,敢于如实书录,"无一言之或遗而或溢"(《书教下》),排除个人的主观偏见,而同时又必须符合儒家的性理学说,"不背于名教"(《文德》)。

从这种文德观出发,他要求作者在著书撰文时做到公、敬、恕。

公,首先是指作者要出于公心,无论记叙事情,状摹人物,发议论,下断语,都要客观公允,中正平实,不作"矫诬"之笔,不逞个人私见,以合天下"大道之公"(见《史德》)。其次又是指作者须树立为天下立言的思想境界。他反对将写作仅仅看成是个人的私事,"言出于我,而所以为言初非由我也。……盖必有所需而后从而给之,有所郁而后从而宣之,有所弊而后从而救之"(《原道下》)。一言以蔽之,作者立言"所以为公",而并非"私据为己有"(《言公上》)。本着立言为公的精神,章学诚对"不平则鸣"说的内涵作了一些具体界定。他要求作者鸣天下之大不平,而不应拘拘于一己之荣辱得失,更不应该为了个人卑污的欲念得不到满足而怨天尤人,喋喋不休(见《质性》)。因此作者是否具有文德,实际上是决定他们的作品境界高低的主要因素。

关于敬、恕,《文德》曰:

> 凡为文辞者,必敬以恕。临文必敬,非修德之谓也;论古必恕,非宽容之谓也。敬非修德之谓者,气摄而不纵,纵必不能中节也;恕非宽容之谓者,能为古人设身而处地也。嗟乎!知德者鲜,知临文之不可无敬恕,则知文德矣。

"敬"是指作者以严肃认真、心平气和、公允冷静的态度从事写作,绝不草率马虎,乖张偏颇,意气用事。这样一种写作态度的养成,离不开作者平时对道德学问的追求。"敬"是一种写作态度,本身还不是目的,目的是要使文章"中节",做到"变化从容以合度"(《文德》)。这一方面是要求作品合符文章义例,与体式相称,另一方面又是要求文章的思想内容纯正,感情适当,无出格逾矩的异端倾向，后者尤为重要。

"恕"是指批评者的态度而言，实际上是要解决一个开展批评时如何知言的问题。章学诚说"恕"的意义是"能为古人设身而处地"。具体来说，批评者之于自己的批评对象既要"知其世"，又要知其"身处"，后者比如作者"荣辱、隐显、屈伸、忧乐之不齐"，以及"言之有所为而言者"（谓写作动机或针对性），都要有清楚的认识和充分的理解，这样才能对作品作出合适的解释，得出实事求是的结论，否则"不可以遽论其文"（以上引语自《文德》）。章学诚这种观点源自孟子"知人论世"之说，并使孟子的主张得以进一步具体化。

章学诚文德论中关于批评者应有立言为公的精神，以公允冷静的态度，从对象的客观实际出发开展批评，这些论述包含着相当的合理性。但是，我们又要看到他的思想也存在明显的局限。主要表现之一是封建道德色彩甚浓，表现之二是排斥"发愤著书"传统中激烈的批判精神。他对袁枚带有偏见的抨击，以及《史德》篇将"发愤著书"的批判倾向视为作者心术不正的流露，皆反映了他自身的思想认识问题。

"文理"与"古文十弊"

章学诚说的"文理"包括两方面意思：一指立言过程中道、理、物、气与声采、法度、结构的主次关系，《文理》主要对此作出阐述。二指为文之理，即文章本身的艺术规律。

关于第一点，章学诚反对脱离义理，言之无物的创作倾向，反对孤立的艺术观。他说："夫言所以明理，而文辞则所以载之之器也。虚车徒饰而主者无闻，故溺于文辞者不足于言文也。"（《辨似》）在《文理》篇中，他以"有物"为"立言之要"，"学问为立言之主"，将文章的"根本"定在"明道之具"这一功能层次上。所以他对古文评点派过分强调文章疏宕顿挫之法，颇有贬词，认为这是弃本逐末而限制文章的发展。当然，对研究有得的评点家，章学诚并不否定他们的意见有其一定的价值，也不否定这对文章启蒙有某种积极作用，但是反对将其意义和作用夸大。

关于第二点，章学诚在坚持道器、质文关系中以道、质为根本的前提下，又认为艺具有相对独立的意义，轻视文章艺术无疑于否定文章本身。他说：

243

> 盖文固所以载理，文不备则理不明也。且文亦自有其理，妍媸好丑，人见之者，不约而有同然之情，又不关于所载之理者，即文之理也。（《辨似》）

就文论文,别自为一道。(《答问》)

他认为文章的艺术规律是一种客观存在,它具有自己的独立性,艺术上的美与丑不能简单地根据作品思想内容的真确、充实与否而下结论。一篇"文势阙然"、"辞气有所受病"的文章,最终会影响"事与理"的表达,抑制读者的阅读兴趣;而艺术完美反过来又能使文章"生情",使内容表达得更加充分,更加完备,收到更好的阅读效果。所以讲意尽言止,不能不同时考虑文章的匀称和完整;讲辞达,不能仅仅满足于"理明而事白",而必须同时追求文笔生动,使读者能够"由情而恍然于其事其理"。章学诚指出,任何轻视或否定文章"悦目娱心之适"、"咏叹抑扬之致"审美愉悦功能的"高论",皆为偏颇之见,不足为据(以上引文自《杂说》、《原道下》)。

以上第一点批评主要针对明代的唐宋派,其实也是针对桐城派,两派古文理论存在明显的渊源关系;第二点批评是针对当时理学家、考据家普遍轻视文章艺术的倾向。这正表示章学诚独立于众派之外的批评立场。

章学诚写《古文十弊》是针对当时古文创作中存在的十类通病而提出救弊主张。文章有的放矢,笔锋犀利,是清代一篇有力的文论。"十弊"具体为:一曰"剜肉为疮",指传记作者不识事理大体,传主本来并无不当,却在传记中"妄加雕饰",强为补过。二曰"八面求圆",谴责撰文"讳恶"、"嫌忌"成风,"将表松柏而又恐霜雪怀惭","叙一人之事,而欲顾其上下左右前后之人皆无小疵",从而导致文章严重失实。三曰"削趾适履",指写墓志铭不根据人物实际,而是刻板地模仿前人范文,于是"文欲如其人"被颠倒成了"人欲如其文"。四曰"私署头衔",讽刺文人"高自标榜"、"藉人炫己",为满足个人虚荣,而不惜虚陈事实,自我吹嘘。五曰"不达时势",指称颂人物脱离具体历史条件和社会背景,只见假象,远离实质;或是泛泛而谈,不见个人特点。六曰"同里铭旌",谓状叙人物"无端而影附",借以抬高传主身份,其弊略似"私署头衔",而正确的原则应是,"权其事理,足以副乎其人"。七曰"画蛇添足",强调"传人者文如其人,述事者文如其事",其他考证文字,必须关系"本质";闲散笔墨,也应有助传神,否则贪多逞博,皆成累赘。八曰"优伶演剧",指"记言之文"不管说话人具体的身份、地位、性格、文化修养,开口总是文雅套语,皆如"板印"。而作者认为,"记述贵于宛肖","期如其事而已"。九曰"井底天文",批评文人锢于"时文结习",死法定格,文章板滞而乏灵动。作者指出,"古人文成法立,未尝有定格也。传人适如其人,述事适如其事,无定之中有一定焉。"十曰"误学邯郸",讽刺"好奇而寡识"之人以评选家刻意求奇的作文指导为金科玉律,一味模仿,奢夸奇特,至使文章丧却自然美致。

章学诚通过抨击当时的作文通弊,阐述了对作文的具体看法,比较广泛地涉及到文章的真实性、形象性和创造性诸多问题。所论虽是史传文章,其一般的原则也适用于其他文体,尤其对传记文学的创作更有直接的借鉴意义。

第三节　阳　湖　派

阳湖派是桐城派的变种而别树旗帜。阳湖,清雍正二年分武进置县,因县东有阳湖得名,与武进同属常州府城(今江苏常州)。所谓阳湖派,其实包括当时武进、阳湖两县一些志同道合的文人。其代表人物为恽敬、张惠言。恽敬(1757—1817),字子居,号简堂,阳湖人。乾隆四十八年举人,官南昌同知,署吴城同知。著有《大云山房文稿》。张惠言(1761—1802),字皋文,武进人。嘉庆四年进士,官庶吉士、翰林院编修。专治《周易》、《仪礼》。精词学。著有《茗柯文编》,编有《词选》、《七十家赋钞》。该派主要成员还有李兆洛、陆继辂、董士锡等。恽、张诸人既有接受桐城派深刻影响的一面,共同壮大了古文派的声势;又对桐城派进行了批评,有些意见还很尖锐,在探索古文创作方面提出了他们自己的一些主张,与桐城派有鲜明不同,这使他们脱颖而出。

博取广汲而不入藩篱

恽、张早年爱好辞赋、骈体,后来受桐城派影响从事古文创作。然而他们先前广览百家、博采众长的态度和由此积累起来的知识经验,依然在一定程度上支配着对古文创作的独立思考,加之好以"第一流"自期期人(见恽敬《张皋文墓志铭》)的强者性格,使他们对桐城派逐渐由怀疑、批评而最终走向了脱离。

恽敬认为方苞古文,"旨近端而有时而歧,辞近醇而有时而窾","叙事非所长"(见《上举主笠帆先生书》、《上曹俪笙侍郎书》)。他又批评刘大櫆"识卑,且边幅未化"(《上举主笠帆先生书》),"字句极洁,而意不免芜近,非真洁也"(《与章澧南》),指出姚鼐"才短不敢放言高论"(同上)。阳湖派对桐城派的批评是多方面的。关于"义法"论,李兆洛非议道:"义充则法自具,不当歧而二之。"并揶揄"藉法为文"者,"几于以文为戏"(见《答高雨农书》)。恽敬以为"古今之文,越天成越有法度"(《与舒白香》),也不拘泥于义法规矩。桐城派所讲的"义"是以程朱理学为其思想核心的,陆继辂批评方苞"溺宋学而诋汉儒"(《删定望溪先生文序》),恽敬对程朱理学有所怀疑,认为康熙间兴起宋学,陈陈相因,"足以束缚天下之耳目"(见《与汤编修书》),张惠言治经主汉学。这些均与桐城派大异其趣。在文统方面,方苞"文章在韩、欧之间",而恽敬则谓:"学韩文先须分别其不可学者"(《答来卿》),认为欧阳修文章有偏弱之症(见《上曹俪笙侍郎书》)。他曾后悔自己文章"太似欧、曾"(见《答陈云渠》),显然与桐城派的态度有不少区别。恽敬对当时古文的期望是,一方面保持自秦汉文章家延续至桐城派的端正的文体传统,另一方面又呼唤大手笔,做到"积之而为厚","敛之而为坚","充之而为大"(《上曹俪笙侍郎书》)。恽敬文章雄爽精健,不同于桐城文章萧疏柔澹;张惠言散文沈锐洁净,介乎于恽敬与桐城派之间。说明无论是散文观还是实际创作,阳湖派与桐城派确实存在许多相异之处,后来有一部分人推阳湖派与桐城派相抗衡,也是有其内在原因的。

文集之衰,当起之以百家

清代兴起研究子书的风气,章学诚更将这引入文章和学术批评中,提出后世文章之体备于战国,将挽救文风衰飒的一部分希望寄托在恢复先秦古学的传统上(见《文史通义》之《诗教上》、《文集》)。阳湖派针对文章创作中的流弊,提出"文集之衰,当起之以百家"的口号,与以上的学术背景有关,而与章学诚相比,直接的文章批评意义更加突出。《大云山房文稿二集自序》对此作了详尽的阐述:

> 昔者班孟坚因刘子政父子《七略》为《艺文志》,序六艺为九种。圣人之经永世尊尚焉,其诸子则别为十家,论可观者九家,以为虽有蔽短,合其要归,亦《六经》之支与流裔。至哉此言,论古之圭臬也。敬尝通会其说,儒家体备于《礼》及《论语》、《孝经》,墨家变而离其宗,道家、阴阳家支骈于《易》,法家、名家疏源于《春秋》,纵横家、杂家、小说家适用于《诗》、《书》,孟坚所谓《诗》以正言,《书》以广听也。惟《诗》之流复别为诗赋家,而乐寓焉。农家、兵家、术数家、方技家,圣人未尝专语之,然其体亦六艺之所孕也。是故六艺要其中,百家明其际会;六艺举其大,百家尽其条流。其失者,孟坚已次第言之,而其得者,穷高极深,析事剖

理,各有所属。故曰修六艺之文,观九家之言,可以通万方之略。后世百家微而文集行,文集散而经义起,经义散而文集益漓。学者少壮至老,贫贱至贵,渐渍于圣贤之精微,阐明于儒先之疏证,而文集反日替者何哉?盖附会六艺,屏绝百家,耳目之用不发,事物之赜不统,故性情之德不能用也。敬观之前世,贾生自名家、从横家入,故其言浩汗而断制;晁错自法家、兵家入,故其言峭实;董仲舒、刘子正自儒家、道家、阴阳家入,故其言和而多端;韩退之自儒家、法家、名家入,故其言峻而能达;曾子固、苏子由自儒家、杂家入,故其言和而定;柳子厚、欧阳永叔自儒家、杂家、辞赋家入,故其言详雅有度;杜牧之、苏明允自兵家、从横家入,故其言纵厉;苏子瞻自从横家、道家、小说家入,故其言逍遥而震动……是故百家之散,当折之以六艺;文集之衰,当起之以百家。其高下远近华实,是又在乎人之所性焉,不可强也已。

首先,恽敬认为学习诸子百家是救文集弊端之方,而百家又是六经之"条流",其弊当折之以"六艺",这在总体上所体现出的依然是文学批评史上源远流长的宗经思想。但是由于他非常重视诸子百家的中介作用,突出诸子百家"剖事析理"得当的一面,肯定其有助于"通万方之略",说明他掌握的思想尺度还比较宽,并非完全、严格地唯儒家是崇。他对程朱理学有所非议,此文对理学影响所及而导致古文衰弱也有批评。这些对突破思想禁锢、丰富和扩大古文创作的思想含蕴皆有积极意义。而且,其中含有创作要切合世用的要求。这在普遍讳言时世现实的时代尤其难能可贵。其次,恽敬认为汉、唐、宋一些古文大家和著名学者从诸子入手,汲取其思想和艺术精华,形成了他们自己立言行文独特、健康的风格,取得了杰出成就,这为后人古文创作开辟了道路,具有示范意义。他这样说是有的放矢,主要针对桐城派由唐宋古文入手的文统观,实际上是对桐城派文统观一次有意识的突破和跨越,拓宽了古文源头,扩大了学习对象,有利于丰富多样的古文格调相互竞长,改变风尚相近的桐城文章风靡文坛的状况。当然也需要指出,"文集与百家判为二途"是文学创作进入自觉时代以后一种必然的发展趋势,恽敬所论对此的认识有所不足。

247

骈散合一

这是阳湖派与桐城派又一显著不同的见解。桐城派是骈体与古文对立论者,坚持排斥骈文的立场。阳湖派成员大多兼爱骈文,且擅长骈体,对六朝文章抱欣赏和汲取的态度,不尚单一的趣味。张惠言《七十家赋钞》辑录屈原《离骚》至南北朝庾信辞赋二百零六篇。该书不仅留下了编者少好《文选》辞赋、接受《文选》影响的痕迹，还充分体现出他重视和学习辞赋的态度。姚鼐《古文辞类纂》虽然也选了一部分辞赋，但与入选的唐宋八大家作品相比，辞赋数量是很少的，而且在辞赋类中魏晋六朝作品更是少得可怜，两人的态度有明显差别。李兆洛历时十四载选定《骈体文钞》，收录战国至隋被他认为属于骈体范围的文章凡七百七十四篇。其中如贾谊《过秦论》、司马迁《报任安书》、诸葛亮《出师表》等并非骈文，李兆洛将它们选入该书曾遭致舆论非议。他解释道："《报任安书》，谢朓、江淹诸书蓝本也；《出师表》，晋、宋诸奏疏之蓝本也。所收秦、汉诸文，大率如此，可篇篇以此意求之也。"（《答庄卿珊》）他着眼于骈体渊源于秦汉文章而在书中选入这些文章，一方面抬高了六朝骈文的地位，另一方面也藉以证明骈文与古文原本就有着亲缘关系，不可厚此薄彼。显然，此书的编选宗旨与姚鼐《古文辞类纂》是相对峙的。

李兆洛在《骈体类钞序》中详述了骈文、古文"相杂迭用"的观点。他认为，犹如天地间阴阳奇偶方圆不可缺少一方，文章也是散句单行与骈词俪语错互交替使用的，将古文与骈文视同"殊路"，扬彼抑此，并不符合实际，也违反自然规律，而用这种偏见指导写作，其结果或"毗阳"而"躁剽"，或"毗阴"而"沉膇"，均失文体中和之美。李兆洛"相杂迭用"包含二层意思：一谓古文、骈文应当并存，发挥各自不同的文体功用；二谓汲骈入散，以丰富文章的表达手段，增强审美效果。两者都是针对桐城派反骈文倾向而言，既着眼于骈文的发展，也关系着古文的建设。

第四节 阮元与清代骈文理论

兴盛于魏晋南北朝的骈文，经受唐宋古文运动两次冲击以后，日趋衰弱，一般只于官样应酬文字中还有时被应用。但明末张溥编《汉魏六朝百三名家集》已有加以提倡之意，入清以后，更出现复兴气运。这一方面由于清代全面振兴古学，骈文因较易于遣使典实知识而受到文人喜爱；还因为骈文及对偶音声色彩之学作为一种文体和积极修辞手段自有其美学价值，尤其因为有些桐城派古文过于株守雅洁清规而流于空疏卑弱，相形之下，不少文人学士转而向八代英华去借取锦心绣口,施展才情。清代的骈文批评理论也随着骈文趋于繁荣而不断发展,由开始简单地为骈体正名,在文坛争一席地位,逐渐由对骈文艺术特点的阐发而契入对文学某些本质特征的把握,以与声势浩大的古文派及古文理论对峙相抗。

开始,骈文提倡者主要在以下两方面表明自己的看法:一、通过强调骈文与古文各有所长,来为骈文的发展创造舆论条件。陈维崧《词选序》对当时见“所作文间类徐庾体者”,辄掷而不视的文坛偏见,深为不满,认为骈文史上自有堪与《庄子》、《楚辞》、《史记》、《汉书》等煌煌名著相媲美的佳作,“天之生才不尽,文章之体格也不尽”,应当允许各人根据他自己的特长选择文体,从事写作。袁枚指出,“文之骈,即数之偶也”。奇偶并生是普遍的自然现象,文学也不例外。骈体并非是人们刻意所为,违拗自然,它同样本于天地物理之道(《胡稚威骈体文序》)。他在《答友人论文第二书》中针对“散文多适用,骈体多无用,《文选》不足学”的说法,指出,早先的文章散骈相杂,自然无所谓散行有用,骈俪无用;后来散文和骈文成为两种不同的文体,是时势使然,与有用无用没有关系。而且,他认为文章虽有适用的一面,但是评价文章“必以适用为贵”,则犹如只许天地“专生布帛菽粟”,不许出现“珠玉锦绣”、“奇木怪石”。他反对将文学拘限在狭隘的实用范围内,而希望将满足人们丰富的审美需求摆在突出的位置。正是主要从这样的一种思考角度,袁枚对骈文的文体价值作出肯定,对文坛长期崇散抑骈的片面倾向提出批评。二、骈文地位的提升,也依赖骈文创作本身的美满和完善。骈文创作在清初渐成风尚后,流弊复生,主要表现为华靡鲜实,模拟因袭,缺乏新意。有感于此,毛际可写了《汪蓉洲骈体序》,意在引导风气。他在文章里表示,他向往东汉、六朝骈文于华赡中含深情隽致,以及一些“近稚近拙而益见生动”之作,不满后人的创作华丽有余,风韵不足;他维护骈文自产生以后所形成的基本文体规范,即所谓“古法”,同时又反对“陈陈相因”,“模拟相寻”,提倡别开洞天,自呈面目,尤其对“起复顿宕”、文字中回旋“浑灏之气”的作品击节赞赏。骈文是一种美文,毛际可更强调其内在的情致、风韵、灏气,这对推动清代骈文创作健康发展起到了良好的作用。清代中期骈体更加流行,骈文选家在对骈文创作推波助澜的同时,对骈文自身的问题也引起了更多的注意。曾燠《国朝骈体正宗序》列出前人骈文创作中存在的种种弊端,“飞靡弄巧,瘠义肥辞”;“苦事虫镂,徒工獭祭”;“活剥经文,生吞成语”,皆是指骈文作者好靡丽、雕琢、填塞,作品缺乏真情和事义之美。骈文在发展中形成了基本的四六句式,曾燠从语言音节的角度肯定这种形式的和谐性。而当时某些追求新奇者却刻意将四六句式变为三五句式,曾燠指出后者犹如"屡舞而无缀兆(舞者的行列位置)之位,长啸而无抗坠之节",是"不善变"的例子。吴鼒不满清初诸君所作骈文"浮侈晦塞"(《思补堂文集题词》);又说:"近代能者,或夸才力之大,或极撷拾之富,险语僻典,欲以踔砾百代,睥睨一世,不知其虚骄易尽之气,为有学之士所大噱也。"(《有正味斋续集题词》)他们也从正面对骈文创作提出了一些要求。吴鼒称赞吴锡麒所作"不务奇,不恃博,词必泽于经史,体必准于古初"。他所谓"古初"之体制,是指"合汉魏六朝唐人为一炉"(同上)。又如要求"体正而诣深","风骨遒上,思至理合","叙次明净,锻炼精纯","华而不缛"等等(见《西溪渔隐外集题词》、《问字堂外集题词》)。曾燠特别推崇徐陵、庾信、任昉、沈约,"庾、徐影徂而心在,任、沈文胜而质存,其体约而不芜,其风清而不杂"(《国朝骈体正宗序》)。可知他们心仪的骈文是,必须合乎古范,典则雅丽,体约风清,辞意两浃。

骈文家的创作和批评产生了广泛影响,它引起人们对古文与骈文关系作出重新思考。阳湖派骈散合一说即是这种思考的理论成果之一(见本章第三节《阳湖派》)。又如,一些桐城后学也不得不改变该派始祖的初衷,对骈体作出较多肯定,主张汲骈入散,刘开颇有代表性。他在《与王子卿太守论骈体书》中说:

> 夫文辞一术,体虽百变,道本同源。经纬错以成文,元黄合而为采,故骈之于散,并派而争流,殊涂而合辙。千枝竞秀,乃独木之荣;九子异形,本一龙之产。故骈中无散,则气壅而难疏;散中无骈,则辞孤而易瘠。两者但可相成,不能偏废。……世儒执墟曲之见,腾坎井之波,宗散者鄙俪词为俳优,宗骈者以单行为薄弱,是犹恩甲而仇乙,是夏而非冬也。夫骈散之分,非理有参差,实言殊浓淡,或为绘绣之饰,或为布帛之温。究其要归,终无异致;推厥所自,俱出圣经。

桐城派从反骈到调和骈散,是一个重要转变。苏轼称韩愈"文起八代之衰",古文家喜欢引用这句话为反骈张目。刘开对此重新作了诠释:"夫退之起八代之衰,非尽扫八代而去之也,但取其精而汰其粗,化其腐而出其奇。其实八代之美,退之未尝不备有也。宋诸家叠出,乃举而空之,子瞻又扫之太过,于是文体薄弱,无复沉浸醲郁之致,瑰奇壮伟之观。所以不能追古者,未始不由乎此。"(《与阮芸台宫保论文书》)他认为韩愈对八代文学(主要是指骈文)的态度是取精汰粗,不是一概扫抹,宋代文人趋向极端,拒绝借鉴"八代之美",结果导致"文体薄弱"。经过他这番诠释,韩愈从古文家眼中反骈的代表变成了一位汲骈入散的先驱,骈散结合也就无庸置疑地成了古文理论的一部分。姚鼐另一位弟子方东树也认为,"俪偶之文,运意遣辞,与古文不异",肯定骈散"波澜之莫二,妙谛之无上",反对后人将两者"判若淄渑,辨同泾渭"(《小谟觞馆文集跋》)。上述桐城派后学态度的转变,从一个侧面反映出当时骈文势力的强大,也说明骈文家所作的文体努力取得了相当的成功。

　　然而,以上诸家的批评或出于为长期遭受贬仰的骈体鸣不平而要求骈散并扬,或在保证古文主导地位不变的前提下主张汲骈入散,在骈散关系问题上,都属于比较折中、温和的意见。阮元与他们不同,他鼓吹"文言",肯定骈体,则是为了与古文家争文章正统的归属,传播与古文家有绝大不同的关于"文"的观念,代表了骈文派中一种极端的倾向,是当时反桐城派较有影响的一家。

　　阮元(1764—1849),字伯元,号芸台,江苏仪征人。乾隆五十四年进士,累官至体仁阁大学士。提倡朴学,主编《经籍籑诂》,校刻《十三经注疏》,汇刻《皇清经解》等,著有《揅经室集》。

　　他继承并发展了南朝人的"文笔说",严别文与非文的界限,认为只有"以文为本"的作品才可称之为文章,否则只能算是笔、言、语。他说:

　　　　孔子于《乾》、《坤》之言,自名曰"文",此千古文章之祖也。为文章者,不务协音以成韵,修词以达远,使人易诵易记,而惟以单行之语,纵横恣肆,动辄千言万字,不知此乃古人所谓直言之言,论难之语,非言之有文者也,非孔子所谓文也。(《文言说》)

　　　　《说文》曰:"词,意内言外也。"盖词亦言也,非文也。《文言》曰:"修辞立其诚。"《说文》曰:"修,饰也。"词之饰者,乃得为文,不得以词即文也。(同上)

　　　　综而论之,凡文者,在声为宫商,在色为翰藻。即如孔子《文言》"云龙风虎"一节,乃千古宫商、翰藻、奇偶之祖;"非一朝一夕之故"一节,乃千古嗟叹成文之祖;子夏《诗序》"情文声音"一节,乃千古声韵、性情、排偶之祖。吾固曰:"韵者即声音也,声音即文也。"然则今人所便简行之文,极其奥折奔放者,乃古之笔,非古之文也。(《文韵说》)

　　　　或曰:昭明必以沈思翰藻为文,于古有征乎?曰:事当求其始。凡以言语著之简册,不必以文为本者,皆经也,子也,史也;言必有文,专

名之曰文者,自孔子《易·文言》始。传曰:"言之无文,行之不远。"故古
文言贵有文。孔子《文言》,实为万世文章之祖。此篇奇偶相生,音韵相
和,如青白之成文,如《咸》、《韶》之合节,非清言质说者比也,非振笔纵
书者比也,非佶屈涩语者比也。是故昭明以为经也,子也,史也,非可专
名之曰文也;专名为文,必沈思翰藻而后可也。(《书梁昭明太子文选
序后》)

以文字训诂的方法证明"文"的本义并进而推断"文章"的基本特征,抬出孔
子来佐证自己的合理性和权威性,这些都是那个时代治学风气和思想宗趣
的反映。阮元认为,文与非文的区别不在于作品的内蕴、作用、意义,而在于
语言构成的形式。他以孔子《文言》为"千古文章之祖",同时又肯定孔子在
这篇"用韵比偶,错综其言"的文章中,"发明乾坤之蕴,诠释四德之名","冀
达意外之言","以通天地万物,以经国家身心"(《文言说》);又称传为子夏所
作《诗序》"情文声言"一节为"千古声韵、性情、排偶之祖",说明他从语言形
式的角度区别文与非文,同样重视文章的意、情、社会功能。但是,阮元同样
清楚地表明,意、情和社会功能不是文所独有的因素,它们也可以存在于非
文的作品中,在这些方面,文与经、史、子没有多少差别,所以决定文与非文
的因素不是作品的思想内容而是语言形式。

说到语言形式,阮元具体是指文章声韵和辞藻之美,即其语言必须是经
过艺术修饰的,"以用韵比偶之法,错综其言"(《文言说》),使文章奇偶相生,
排比有序,声韵流变,辞采鲜美。他并不认为文章获得这些美质仅仅出于自
然,而是很强调人工的修琢。他非常欣赏萧统以"沈思翰藻"为"文"的说
法,他对"沈思"一词的理解,大概主要就是指作者有意识地、刻苦地思索和
寻求美的语言结构形式,从而更加突出了语言艺术的创造之于作者撰文的
极端重要性。

阮元为之竭力维护的主要还不是骈体本身,而是具有比偶声色特点的
美文。他认为这种美文的典范是《文言》、《系辞》、《诗大序》,而作为一朝一
代的文章,他认为汉、魏(尤其是两汉)之文成就最高。他对齐梁骈俪、唐代
四六卑弱之失有所批评,"自齐、梁以后,溺于声律,彦和《雕龙》,渐开四六之
体,至唐而四六更卑"(《书梁昭明太子文选序后》)。但是阮元又指出,骈体
讲究声韵、比偶、辞藻,这与《文言》、《系辞》、《诗大序》等秦汉尚美之文是相
一致的。因此,齐梁之文、唐代四六"文体不可谓之不卑,而文统不得谓之不
正"(见同上)。"文体卑"是指这些文章"溺于声律",体制较为呆板,笔力轻

弱;"文统正"则是指它们求声采比偶之美的基本特征与《文言》等文章的传统保持了一致。他说:

> 是故唐人四六之音韵,虽愚者能效之,上溯齐、梁,中材已有所限,若汉、魏以上,至于孔、卜,此非上哲不能拟也。(《文韵说》)

表明阮元最向往的是汉魏以前形式还相对比较自由的声采比偶之文即所谓"文言",而不是齐、梁以后行文格式变为凝滞严格、呈显出卑弱之貌的骈四俪六,尽管二者同属于"正"的"文统"。这是他与清代许多骈文家或提倡骈文的人不尽相合的地方。

由以上认识,阮元自然会得出散体之作只是"直言之言,论难之语,非言之有文"的结论。他论唐宋一派的创作云:

> 自唐宋韩、苏诸大家,以奇偶相生之文为"八代之衰"而矫之,于是昭明所不选者,反皆为诸家所取。故其所著,非经即子,非子即史。(《书梁昭明太子文选序后》)

又论当时的古文派云:

> 然则今人所作之古文,当名之为何? 曰:凡说经讲学,皆经派也;传志记事,皆史派也;立意为宗,皆子派也。惟沈思翰藻,乃可名之为文也。非文者,尚不可名为文,况名之为古文乎!(同上)

古文家所津津乐道的文统,及他们心目中的写作偶像,都被无情破坏。联系到清代的文坛,不仅考据家、理学家、史学家的撰作不能算"文",即使在"义理、考据、文章"之争中持"文章"为本的桐城派其作品也算不上是"文",结论只能是,文坛正宗非骈文家莫属。这是对声势犹盛的桐城派一次严重的冲击。

其实,文章学中的文艺性问题是既丰富又有其一定范围限制的,既不像阮元所理解的那样窄(偶、韵、藻),也不像古文家所理解的那样宽(几乎包括各类散行文体的写作特点;另外他们多排斥骈文,这又在宽中包含窄),因此两者各有其失。阮元当时大力提倡"文言",为骈体辩护,主要是着眼于改变古文写作中平直疏浅、音韵失和的习气,也是为了纠正桐城派雅洁有余、文采不足的创作倾向,因此搬出六朝文学批评中"文笔"之辨的老题目,坚持有声韵者为文,无韵散行为笔,尊比偶、音韵、辞藻之文为正统,明确表示重文轻笔,而将问题的解决推向了极端。这固然有其片面性,但是也为人们重新

253

考虑古文的艺术问题,在写作中更自觉地融进艺术精神提供了一些有益的提示、规劝,因而在当时仍有一定的积极意义。阮元的"文言"说在近代产生了较明显的影响,尤其在他的同乡后学刘师培的文学批评中得到了明确贯穿,不过阮元的"文言"说是针对古文家的文章而言,刘师培所谈的"文言"则增加了与近代白话文相对的新的涵义,二者又有所区别。

第三章　清代前中期诗论

第一节　王　士　禛

清王朝由顺治进入康熙时期,社会已经相对稳定并渐呈雍熙景象,汉族士人与朝廷普遍的对立情绪趋于缓解,文人对上层归雅的文化政策的认同率逐渐提高。正处于正面建设清代诗学过程中的诗界,必然会烙下时代的印记。继钱谦益、吴伟业以后,王士禛成为一代宗匠。由他理论上总结提倡,并通过创作所体现的清和平远、悠闲澹泊的诗风和"神韵"学说,在他自己的诗学系统中逐渐成为主要的方面,也在当时繁多的诗歌风格和诗学相互竞长局面下脱颖而出,改变风气而成为诗坛的一种主流倾向。这与上述时代风尚和文人心理是相吻合的。

王士禛(1637—1711),字子真,一字贻上,号阮亭,又号渔洋山人,山东新城(今桓台)人。顺治进士,康熙时官至刑部尚书,谥文简。著有《带经堂集》、《渔洋精华录》等,张宗柟辑其论诗之语为《带经堂诗话》;又编有《古诗选》、《唐贤三昧集》、《唐人万首绝句选》等。

生平论诗凡屡变

王士禛以标举"神韵说"著名,但其一生诗学也有一个丰富、变化和发展的过程。俞兆晟《渔洋诗话序》记他的自述道:

> 吾老矣,还念生平论诗凡屡变……少年初筮仕时,惟务博综该洽,以求兼长,文章江左,烟月扬州,人海花场,比肩接迹,入吾室者俱操唐音,韵胜于才,推为祭酒,然而空存昔梦,何堪涉想。中岁越三唐而事两宋,良由物情厌故,笔意喜生,耳目为之顿新,心思于焉避熟。明知长庆以后已有滥觞,而淳熙以前俱奉为正的,当其燕市逢人,征途揖客,争相

提倡,远近翕然宗之。既而清利流为空疏,新灵浸以佶屈,顾瞻世道,怒焉心忧,于是以大音稀声药淫哇锢习,《唐贤三昧》之选,所谓乃造平淡时也,然而境亦从兹老矣。

这里说明他的诗论经历三次变化,初"惟务博综该洽,以求兼长",又以宗唐音为主,继而"越三唐而事两宋",最后又重举"唐贤三昧"的旗帜。王士禛《鬲津草堂诗集序》也追叙自己怎样突破诗坛片面宗奉汉魏盛唐的狭隘界限而强调中唐和宋诗,又怎样看到宋诗派丢弃汉魏盛唐传统的流弊而思纠正其偏向的契机:

> 三十年前,予初出,交当世名辈,见夫称诗者,无一人不为乐府,乐府必汉《铙歌》,非是者弗屑也;无一人不为古选,古选必《十九首》、公宴,非是者弗屑也。予窃惑之,是何能为汉魏者之多也?历六朝而唐、宋,千有余岁,以诗名其家者甚众,岂其才尽不今若耶?是必不然。故尝著论,以为唐有诗,不必建安、黄初也;元和以后有诗,不必神龙、开元也;北宋有诗,不必李、杜、高、岑也。二十年来,海内贤知之流矫枉过正,或欲祖宋而祧唐,至汉魏乐府古选之遗音,荡然无复存者,江河日下,滔滔不返,有识者惧焉。

从王士禛这些自述中可以看到,他一生论诗几经变化,但其间也有线索可寻。他始终既爱唐诗,兼取宋元,不同时期有所专注,却不限一格。他每个阶段诗歌主张的提出,皆是他个人诗学向往与补救诗坛偏弊的动机两者的契合,其重点会有不同,而基本立场实仍一致。如他早期主张博综兼长而更偏重唐音,其中也包括对宋诗的借鉴;在"越三唐而事两宋"时,实际上对"三唐"是突破而不是丢弃;他五十五岁编选《唐贤三昧集》,固然有其针对学宋诗"滞而不灵,直而好尽,语录史论,皆可成篇"的"救弊补偏"目的(《四库全书总目提要》),却又不能据以论定他这时已完全排斥其他流派的诗歌。他在《答秦留仙宫谕书》中说:"《三昧》一集,偶然成书,妄欲令海内作者识取开元、天宝本来面目。……又二十年前,曾有五言诗、七言诗之选,颇有别裁。五言始《十九首》而终隋,附以唐陈拾遗、张文献、李供奉《古风》、韦苏州、柳柳州五人之作,七言则始《易水》、《大风》、《垓下》诸歌,而终于宋元诸大家。"说明即使他在力倡"神韵"说时,对二十年前的旧选本所体现的诗歌主张也仍然是肯定的,兼取唐以前及唐和宋元之诗,这观点在他晚年仍坚持未徙。综观王士禛的诗学,有自己独特的造诣,也比较全面,然而长期领袖诗坛,企图补偏救弊、调和折中而仍不免时有所偏而致弊,努力另辟蹊径、矫变流俗而不免于徘徊旧辙,他的成就和不足皆可由此而见之。

《仿元遗山论诗绝句》

王士禛于三十岁时,作有《仿元遗山论诗绝句》组诗。此组诗在不同的刻本题目略异,篇数也稍有出入。他一生论诗著述宏富,但大都属于片段言论的汇集,立言常常专名一义。这组论诗绝句则历论古今诗作,颇有系统,他在临卒前一年写的《韩白苏陆四家诗选序》中还提到,"予囊效元裕之作《论诗绝句》,于唐宋诸名家每三致意焉",对早先的见解依然流露出执著的态度。因而可以认为组诗比较全面地反映了他的诗学观点,他后来诗学思想的发展也并不影响他于这些观点持久的拥有。

组诗评论的范围起自建安诗歌,重点是论析唐宋诗人,对于明代诗歌的评说也比较集中,最后两首是王士禛学诗经历的自述。从组诗的总体思想看,以下三点尤见突出:(一)崇尚天机自呈和风怀澄澹。第二首云:"五字'清晨登陇首',羌无故实使人思。定知妙不关文字,已有千秋幼妇词。""幼妇"暗指"妙"字。此肯定钟嵘《诗品》以不遣典故、自然成文为绝妙好辞的论述。第二十九首:"'枫落吴江'妙入神,'思君流水'是天真。何因点窜澄江练? 笑杀谈诗谢茂秦。"此讽刺谢榛欲改"澄江静如练"之"澄"为"秋"字,以为不识诗歌即目之趣。第三十一首自述爱好"里社词"、《竹枝词》,也含对天真俚唱的衷心接纳。当然王士禛也肯定诗人作诗要善于炼字,如第十三首云:"诗人一字苦冥搜,论古应从象罔求。不是临川王介甫,谁知'暝色赴春愁'?""暝色赴春愁","赴"字一作"起",王安石说:"若是起字,谁人不能道到?"(见《石林诗话》)但是显然炼字不应减省诗的自然风致。他欣赏澄澹清远的诗歌。谢朓、李白、王维、孟浩然,以及与王维诗风一脉相承的韦应物、钱起、郎士元、刘长卿,都为他所着力肯定,其中尤可看出他对王维诗风及其影响的高度重视。第七首云:"风怀澄澹推韦柳,佳处多从五字求。解识无声弦指妙,柳州那得并苏州?"对于韦应物、柳宗元的诗,苏轼许为"发纤秾于简古,寄至味于澹泊",可以继魏晋"高风"(《黄子思诗集序》)。但柳诗在优游旷达的外衣下郁勃着更强烈的愤慨之情,苏轼认为柳诗成就在韦应物之上(《东坡题跋》),于此当有体会。王士禛认为柳不及韦,反映他对简古澹泊之风的更加注重。第十四首所说是,"古人苦心极力之作,可以勉学,而天然妙句,非可以强探力索而得其踪者",从而以后者胜于前者;第十五首以为"气概之雄浑,不如意象之超越","景致之清雅,不如风标之淡宕"(以上引自

257

伊应鼎评语),也都与王士禛对澄澹旷远诗风的关注相联系。后来他集中地倡说"神韵",是以上见解的进一步发展。(二)博采兼宗唐宋元诗家。清初诗坛兴起学宋诗的新变,是对学唐的一种补充,也含有对片面宗唐的某种反拨。王士禛受到前后七子的影响,诗尚唐调,又能紧随学宋的新变并弄舟潮头而产生影响。组诗评唐诗共九首,评宋元诗共五首,多首评明诗也与学唐有关。于唐诗他除上述爱好王维一脉外,对杜甫、李白、韩愈、元稹、白居易、张籍、王建、李商隐等都加以推崇或肯定,审美视野显得宽阔,迥别于狭小偏颇。在学唐学宋关系上,他说:"耳食纷纷说开元,几人眼见宋元诗?"(第十六首)否定了宗盛唐排宋元的极端之见。对黄庭坚的评价,历来多是突出他对杜甫继承的一面,此以方回"一祖三宗"之说为代表。王士禛则云:"涪翁掉臂自清新,未许传衣蹑后尘。却笑儿孙媚初祖,强将配飨杜陵人。"(第十二首)强调了黄庭坚诗歌"掉臂"新变、自辟门户的创作成就及其意义。这意见实事求是,对纠正以杜掩黄之论以及重新认识黄庭坚在诗歌史上的地位很有启发,后来的宋诗运动一般来说是以黄庭坚为宗,王士禛此说已见端倪。(三)肯定诗歌题材多样性,创作的现实内容受到重视。组诗对反映社会现实、抒发不平之感的作品多所肯定,如对元结诗中的违抗世俗精神,《箧中集》选录的中唐沉沦不遇者诗篇;《谷音》所采宋末遗民的"铮铮"悲歌,明遗民诗人邝露的畸者之唱,都给予很高的评价;还有力地赞扬了杜甫"哀时托兴"的新乐府,并指出元、白、张、王的乐府诗能继承古乐府优秀传统而不同于形式模拟之流,肯定明郑善夫反映时事之作源于正德年间"寇侵三辅血成川"艰危的形势,并非暖饱之后的无病呻吟。说明在康熙初期,既重视淡泊冲静,也肯定悲歌哀词,两者并存于王士禛的诗论中,后来他才更多地转向于前者,这反映了该阶段诗风的转移变化。

神韵说

　　王士禛的诗论具有比较广泛的内容,然而最具理论个性且影响最大的当属他的"神韵说"。吴陈炎《蚕尾续集序》称其师"能兼总众有,不名一家,而撮其大凡,则要在神韵"。

　　神韵之说有其历史渊源,也有王士禛的丰富和发展。从"神韵"的渊源来说,主要来自南朝以后超形传神一派的画论,禅学重悟之说,以及诗论中钟嵘、司空图、严羽、徐祯卿等重韵味兴趣才情的论述,至于唐宋人以韵论诗,胡应麟《诗薮》、王夫之《古近体诗评选》等大量运用"神韵"的批评术语,更是诗论中神韵说直接的先声。王士禛对神韵说的丰富和发展并非表现在他增加了运用"神韵"评诗的频度,也不是对该说作了明确的理论总结,事实上这两点他都未见得比前人有多少突出,而是表现在以神韵论的批评眼光,继承并运用前人的有关诗论,通过选诗与评诗结合的方式,充分而直观地展示出神韵诗的优美形式和意境,及对一般的"神韵"诗论某种偏颇的一定矫正。

"神韵说"含广狭二义。王士禛以下所云指狭义的神韵:

> 严沧浪论诗云:"盛唐诸人,唯在兴趣,羚羊挂角,无迹可求,透彻玲珑,不可凑泊,如空中之音,相中之色,水中之月,镜中之象,言有尽而意无穷。"司空表圣论诗亦云:"味在酸咸之外。"康熙戊辰春杪,日取开元、天宝诸公篇什读之,于二家之言别有会心,录其尤隽永超逸者,自王右丞而下四十二人,为《唐贤三昧集》,釐为三卷。(《唐贤三昧集序》)

> 昔司空表圣作《诗品》凡二十四,有谓"冲淡"者曰:"遇之匪深,即之愈稀";有谓"自然"者曰:"俯拾即是,不取诸邻";有谓"清奇"者曰:"神出古异,澹不可收",是三者品之最上。

> 表圣作论诗有二十四品,予最喜"不著一字,尽得风流"八字。又云:"采采流水,蓬蓬远春",二语形容诗境亦绝妙,正与戴容州"蓝田日暖,良玉生烟"八字同旨。(《香祖笔记》)

> 严沧浪以禅喻诗,余深契其说,而五言尤为近之。如王、裴辋川绝句,字字入禅。(《蚕尾续文》)

他特别强调写诗应当兴会神到而反对刻舟缘木,要求创造出清远冲淡、含蓄蕴藉、自然天真的审美意境。本着这样的诗歌创作论,他尤其重视总结和继承盛唐诗歌特别是王、孟一派的艺术经验,其中大都为绝、律短诗,以五言为主。这狭义的"神韵"论也是该诗歌学说最主要和最根本的内容。

广义的"神韵"论包含了王士禛其他一些更为丰富的诗歌主张。如他不仅肯定"发乎性情"的"兴会",也肯定"原于学问"的"根柢"(《带经堂诗话》卷四);不仅肯定"古澹闲远",也肯定"沈著痛快",以为诗歌之"逸品",其实亦含雄沉,"沈著痛快,非惟李、杜、昌黎有之,乃陶、谢、王、孟以下莫不有之。"(《芝廛集序》)他以为历来"尚雄浑则鲜风调,擅神韵则乏豪健",二者交相讥斥,最没有道理(《带经堂诗话》卷六)。

广义"神韵"论的上述内容,不是与狭义"神韵"论相对立的主张,而是对它的充实和丰富,旨在避免诗歌创作趋入过于静寂缥缈、虚幻离实的偏颇。作为王士禛完整的"神韵说",其狭义内涵主要是对历史上与"神韵"相关的诗论的继承,而其广义内涵则突出表现为王士禛个人对"神韵"诗论的建设性发展。后人对王士禛"神韵说"的理解各有不同,根本原因在于该学说本身存在上述广狭二义之别。若论王士禛"神韵说"而仅执其狭义,或兼及其广义而漠视其以狭义为重点的学说特征,皆不免与他提倡此说的本意有些隔阂。

第二节　叶燮《原诗》

叶燮(1627—1703),字星期,号已畦,称横山先生,吴江(今属江苏)人,康熙九年进士,曾任宝应令,因亢直忤长官落职,长期从事游历与著述,有《已畦集》。他长于论诗,所作《原诗》总结诗歌创作与批评史上的成果,特别吸取了明代至当时诗坛上复古与创新、宗唐与守宋等经验教训,着重探索了诗歌的发展规律、创作的主客观条件、艺术表现方法的多样性等问题,是古代诗话中理论性、逻辑性、系统性皆强的著作。《原诗》分内外篇四卷,"内篇,标宗旨也;外篇,肆博辨也"(沈珩《原诗叙》),即是仿古代诸子的理论著作的。

源、流、正、变和沿、革、因、创

叶燮从辨别诗歌发展的源流、本末、正变、升降、盛衰入手,集中论述了诗歌变化演进之道。源、流、正、变是指诗歌的历史发展,而沿、革、因、创是指诗歌发展中的继承和创造的关系。《原诗·内篇》开宗明义:

> 诗始于《三百篇》,而规模体具于汉。自是而魏,而六朝、三唐,历宋元明以下至昭代,上下三千余年间,诗之质文、体裁、格律、声调、辞句,递升降不同。而要之,诗有源必有流,有本必达末;又有因流而溯源,循末以返本。其学无穷,其理日出。乃知诗之为道,未有一日不相续相禅而或息者也。但就一时而论,有盛必有衰;综千古而论,则盛而必至于衰,又必自衰而复盛。非在前者之必居于盛,后者之必居于衰也。乃近代论诗者……既不能知诗之源流本末正变盛衰互为循环,并不能辨古今作者之心思才力深浅高下长短,孰为沿为革,孰为创为因,孰为流弊而衰,孰为救衰而盛……徒自诩矜张,为郭廓隔膜之谈,以欺人而自欺也。

他认为前代诗歌是源,后代是流;源是正,流就是变。在源流滚滚的诗歌发展长河中,从一个阶段来说,有正有变,由盛而渐衰,而总的趋势则表现为每一次衰落孕育新的兴盛。在"相续相禅"、"互为循环"的诗歌发展演进中,客观上总是既存在着沿袭和因循,又存在着变革和创造。引文所云"近代论诗者",指明代前后七子及"起而掊之,矫而反之"者,叶燮认为两者各偏执一辞,都未能高瞻远瞩,深入探讨,因而也不能正确说明诗歌创作和发展的实际过程。

叶燮坚持"变"的诗歌史观:

> 盖自有天地以来,古今世运气数递变迁以相禅,古云天道十年而一变,此理也,亦势也,无事无物不然,宁独诗之一道胶固而不变乎?(《源诗·内篇上》)

他运用"变"的观念分析《诗大序》提出的"正变"说。认为《诗》有正风、正雅,又有变风、变雅;变风、变雅虽是衰乱的政教时俗在诗歌中的反映,但其诗歌本身并不意味着衰颓,相反,恰恰是"正"的传统在新的情势下的延续,"时有变而诗因之,时变而失正,诗变而仍不失其正"。推而广之,汉魏以后,历代诗歌的"源流升降"发展演变历史,都无不是如此。因此,"不得谓正为源而长盛,变为流而始衰";也不得谓"在前者之必居于盛,后者之必居于衰",而是"惟正有渐衰,故变能启盛。"(均见《原诗·内篇上》)在正变问题上,将时衰与诗衰严格区别开来,又从"启盛"的角度大力肯定"变"的动力作用,这是叶燮对诗歌"正变"说的创造性发展。

叶燮又指出,"变"是"踵事增华"、"因时递变"即有所依托和凭借才发生的,而其一般的趋势又总是"以渐而进,以至于极","屡治而益精",后来居上的(同上)。因此,"变"的另一面必然是"启"与"承"、"因"与"创"的统一。"夫惟前者启之,而后者承之而益之;前者创之,而后者因之而广大之。使前者未有是言,则后者亦能如前者之初有是言;前者已有是言,则后者乃能因前者之言而另为他言。总之,后人无前人,何以有其端绪;前人无后人,何以竟其引伸乎?"(《原诗·内篇下》)他认为,各个时期的杰出诗人都是因其在启承、沿革、因创的"递变"中或"小变"或"大变"来奠定其历史地位的。就中他评价最高的是杜甫、韩愈、苏轼,原因就在于杜甫于前人诗"无一不备",而又"无一字句为前人之诗",韩、苏在唐宋诗歌史上既有继承,又敢于大变、敢于创造(《原诗·内篇上》)。当然叶燮对于丢弃汉、魏、盛唐的传统而片面截取中、晚唐或宋、元的,也表示不满。"推崇宋、元者,菲薄唐人;节取中、晚者,遗置汉、魏。则执其源而遗其流者,故已非矣;得其流而弃其源者,又非之非者乎！然则,学诗者使竟从事于宋、元、近代,而置汉、魏、唐人之诗而不问,不亦大乖于诗之旨哉！"(《原诗·内篇下》)

叶燮将从《诗经》到宋诗的历史发展比喻为是一颗树苗生根、萌芽、长大、枝叶茂盛、结蕊开花,又将宋朝结束以后的诗歌比喻为花开花谢,周而复始。很清楚,他认为宋以前是诗歌不断演进的阶段,宋以后则诗歌之树的生长期已告结束,局部的循环代替了整体的发展。叶燮对诗歌史所作出的这一描述,比明代以来复古论者的诗歌史观有很大进步,但是他的部分循环论含有某种轻今的倾向,与公安派"代有升降,法不相沿"重今观念相比,反而倒退了。说明叶燮的"相续相禅"说并不彻底,他对清诗发展的方向未能提出多少积极的意见,其原因也在于此。

理、事、情与才、胆、识、力

《原诗》还着重探讨了诗歌反映的对象与如何反映问题。它用"理、事、情"三者来概括世界的万物事理,"才、胆、识、力"四者来说明诗人的主观条件,创作是诗人主观条件与世界万物事理结合的产物。

> 曰理曰事曰情,此三言者足以穷尽万有之变态。凡形形色色,音声状貌,举不能越乎此。此举在物者而为言,而无一物之或能去此者也。曰才曰胆曰识曰力,此四言者所以穷尽此心之神明。凡形形色色,音声状貌,无不待于此而为之发宣昭著。此举在我者而为言,而无一不如此心以出之者也。以在我之四,衡在物之三,合而为作者之文章。大之经纬天地,细而一动一植,咏叹讴吟,俱不能离是而为言者矣。(《原诗·内篇下》)

这是叶燮诗论纲领性的意见,尤其是对"理、事、情"三者的总结,更是他诗论的代表。叶燮自己云:"仆尝有《原诗》一篇,以为盈天地间,万有不齐之物之数,总不出乎理、事、情三者。"(《与友人论文书》)张廷玉引述叶燮语曰:"盖诗为心声,不胶一辙,揆其旨趣,约以三语蔽之:曰理曰事曰情。"(《已畦集序》)薛雪《一瓢诗话》也说:"吾师横山先生诲余曰:作诗有三字,曰情曰理曰事。余服膺至今,时理会者。"都足以说明问题。"理、事、情"的作用所以比"才、胆、识、力"更加重要而成为叶燮诗论标志性的批评术语,是因为两者相比,"理、事、情"涵盖一切而更具有普遍性,"才、胆、识、力"本身也受其牢笼。叶燮从理、事、情与才、胆、识、力相结合的观点看待诗歌创作,在他看来,诗法的内涵和本质制约于理、事、情与才、胆、识、力,离开这些要素而空谈诗法是弃本就末。对于历来争论不休的诗法问题,叶燮高屋建瓴提出看法,是对胶柱于法则"虚名"而不顾其"定位"实质的狭隘诗法论的超越。

叶燮用下面的比喻来说明何为"理、事、情":"譬之一木一草,其能发生者,理也;其既发生,则事也;既发生之后,夭矫滋植,情状万千,咸有自得之趣,则情也。"(《原诗·内篇下》)据此,"理、事、情"在某种程度上概括了事物的本质、规律,其本身的发生及各种各样天然的姿貌状态。三者有机统一,随其自然而发展。而诗歌等文学作品则以"克肖其自然""为至文之立极",即创作的最高标准(同上)。在"理、事、情"三者中,情与诗歌的密切关系历来得到批评家普遍承认,对理与事的看法却颇有分歧。叶燮针对人们"若夫诗,理尚不可执,又焉能一一征之事实者乎"的疑惑,解释道:"子但知可言可知之理之为理,而抑知名言所绝之理之为至理乎?子但知有是事之为事,而抑知无是事之为凡事之所出乎?可言之理人人能言之,又安在诗人之言之;可征之事人人能述之,又安在诗人之述之。必有不可言之理不可述之事,遇之于默会意象之表,而理与事无不灿然于前者也。"(《原诗·内篇下》)说明理与事是指诗人对自然、人世的深刻体验和独特感受,是常人所不能言不能述、唯诗人能言能述之事理。叶燮同时也否定了诗歌言理与事即意味不能与理、事"有毫发之或离"的误解,强调诗人通过描写独特的社会自然现象及迥异于凡众的个人感受,超越常貌以追求神意契合,赋予诗篇中的"理""至虚而实,至渺而近"的特性,从而写出"理至事至情至之语",这与"可以言言,可以解解"即枯燥浅露、毫发勿离的言理述事之作,艺术高低迥别(同上)。因此叶燮的"理事情"说,不仅论述了诗歌表现的对象,也包含了对诗歌的艺术要求。

关于诗人主体条件"才胆识力",叶燮说:"大凡人无才则心思不出,无胆则笔墨萎缩,无识则不能取舍,无力则不能自成一家。"(《内篇下》)刘知幾以"才学识"为史家三长,晚明文人多贵"胆识",这些是叶燮的理论来源。叶燮所谓"才"是把思想认识用文辞表现出来的才能,也是掌握创作法则的才能。"胆"指敢于发表思想见解,敢于自由创作,敢于打破束缚的精神,"惟胆能生才",意谓有了胆略勇气,才华方能够伸展。"识"指对"理事情"及是非美恶的识别能力与对历代诗歌各种创作经验与方法的识别能力。"力"指概括各种事物与独自成家的笔力。叶燮认为"才胆识力"四者是互相发挥作用的,然而在其中起着主导作用的是"识"。诗人只有具备卓越的识见,才能够去发现理、事、情,将它们纳入到诗歌创作中;识高才能正确辨别诗歌源流正变,知取知避,向往高境;此外,"识"主要依靠后天人力扩充,与"才"主要得自天分不同,因此叶燮贵"识"也包含重后天努力的思想。

对待之两端,各有美有恶

叶燮指出:一切事物都存在对立的关系,对立的双方都存在"美"与"恶",而且按一定条件互相转化。诗歌艺术也是这样。《原诗·外篇上》对此作了详尽的分析:

> 以愚论之:陈熟、生新,不可一偏,必二者相济,于陈中见新,生中得熟,方全其美。若主于一而彼此交讥,则二俱有过。然则诗家工拙美恶之定评不在乎此,亦在其人神而明之而已。陈熟、生新,二者于义为对待。对待之义,自太极生两仪以后,无事无物不然。日月、寒暑、昼夜,以及人事之万有——生死、贵贱、贫富、高卑、上下、长短、远近、新旧、大小、香臭、深浅、明暗,种种两端,不可枚举。大约对待之两端,各有美恶,非美恶有所偏于一者也。其间惟生死、贵贱、贫富、香臭,人皆美生而恶死,美香而恶臭,美富贵而恶贫贱。然缝、比之尽忠,死何尝不美;江总之白首,生何尝不恶;幽兰得粪而肥,臭以成美;海木生香则萎,香反为恶。富贵有时而可恶,贫贱有时而见美,尤易以明。即庄生所云"其成也毁,其毁也成"之义。对待之美恶果有常主乎! 生熟、新旧二义以凡事物参之:器用以商周为宝,是旧胜新;美人以新知为佳,是新胜旧;肉食以熟为美者也,果食以生为美者也。反是则两恶。推之诗,独不然乎? 舒写胸襟,发挥景物,境皆独得,意自天成,能令人永言三叹,寻味不穷,忘其为熟,转益见新,无适而不可也。若五内空如,毫无寄托,以剿袭浮辞为熟,搜寻险怪为生,均为风雅所摒。论文亦有顺逆二义,并可与此参观发明矣。

上述对于各种事物美恶具体标准的分析,强调了美与恶对立统一及其在一定条件下的相互转化,这种认识相当卓越。它渊源于《庄子·齐物论》等事物相对的论说,与明清间方以智、王夫之等思想家的朴素辩证观相通,在美学与艺术论领域自有其创造性贡献。他的《汪秋原浪斋二集序》中说:"平奇、浓淡、巧拙、清浊,无不可为诗,而无不可为雅。诗无一格,雅无一格。"指出各种对立的风格都是美的,反映他对诗歌艺术风格多样化方面的宏通见解,这也可以与以上对立转化生美的论述互相补充。

《原诗》既是对古来诗学比较全面的总结,更有针砭时弊的意义,而它批判的对象除"诗必盛唐"的明代七子和公安、竟陵余风外,还有程家燧、钱谦益、冯班、吴乔、汪琬等学晚唐和宋元的诗派,其中更直接是针对汪琬的。事实上还不难发现,《原诗》中不少论点与王士禛神韵说也是有矛盾的。由于叶燮的观点与当时诗坛流行的风尚相左,其著作议论的风格与后来兴盛的朴学风气区别甚著,加上他僻处山野的境遇,也许还因为创作成绩的限制,《原诗》在作者生时没有产生应有的作用,以后的影响情况也改观不大。但它不愧为这时代富有理论光芒的著作,而其某些影响则主要是通过他的学生沈德潜来传播的。

第三节　沈　德　潜

乾隆时期是清王朝"文治武功"极盛的阶段,朝廷在加强思想钳制的同时,进一步重视文化建设,编纂《四库全书》是标志性工程。乾隆曾亲定《唐宋诗醇》等鼓吹"忠爱之志"、"温厚和平之义",实是制定诗歌批评的官方标准。《四库全书总目提要》中不少文学评论,系出自纪昀之笔,也代表官方观点。沈德潜提倡盛唐李白、杜甫雄浑宏壮格调与"温柔敦厚"诗教,正是为表现盛世之音与巩固当时社会秩序服务的,与乾隆论诗主旨合拍;其对讽刺诗的涵容,反映了其时统治者还有一定的自信力。此外,沈德潜作为一个有很深造诣的诗人和诗论家,对诗歌艺术有亲切而深入的体会,故其诗歌批评也表现了个人卓越的识见。

沈德潜(1673—1769),字碻士,一作确士,号归愚,长洲(今江苏苏州)人。乾隆四年进士,曾任内阁学士兼礼部侍郎。他以诗学得到乾隆的特殊赏识,继王士禛而领袖诗坛,以"格调说"相号召,完成了诗坛风气的转变。著有《沈归愚诗文全集》,其中《说诗晬语》为诗论专著。曾编选《古诗源》、《唐诗别裁》,又与人合选《明诗别裁》、《清诗别裁》。沈德潜是叶燮的学生,他的诗歌理论中不少观点渊源于叶燮《原诗》而有所变化和发展。

以李白、杜甫格调为宗

沈德潜师承叶燮注意分析诗歌历史源流正变,然而叶燮侧重于变,沈德潜侧重于复,因而也更加注重溯源,他强调唐诗是宋元的上流,而学唐诗还须上溯古诗,《古诗源》及"别裁"诗选系列正体现了这一批评意图;他对前后七子也有较多好评,表现出复古的倾向。

> 诗至有唐为极盛,然诗之盛,非诗之源也。……《记》曰:"祭川者先河后海。"重其源也。唐以前之诗,昆仑以降之水也。汉京、魏氏去风雅未远,无异辞矣。即齐、梁之绮縟,陈、隋之轻艳,风标品格未必不逊于唐,然缘此遂谓非唐诗所由出,将四海之水,非孟津以下所由注,有是理哉?有明之初,承宋、元之遗习,自李献吉以唐诗振天下,靡然从风,前后七子互相羽翼,彬彬称盛。然其敝也,株守太过,冠裳土偶,学者咎之,由守乎唐而不能上穷其源,故分门立户者得从而为之辞。则唐诗者,宋、元之上流,而古诗又唐诗之发源也。(《古诗源序》)

这里说明沈德潜注重溯源古诗和宗奉唐诗的态度。他肯定李梦阳等提倡唐诗的功绩,虽然也不满他们的机械模仿,但更认为他们的局限在于未能上溯唐诗之源,这显然是并不符合他们遭致非议的结症的。前后七子复古之风经多方批评之后,颇受挫折。沈德潜则在抛弃其"株守太过,冠裳土偶"之弊失后,又大力重振其向慕唐诗气象的声势,他的肯定七子正是继承他们规模盛唐李白、杜甫雄浑宏壮格调的传统。所以,他的编选唐诗,就是主要着眼于杜甫向往的"掣鲸鱼碧海中"(《戏为六绝句》)和韩愈赞扬李白、杜甫的"巨刃摩天扬"(《调张籍》)一类具有雄豪健壮风格音调的作品。《重订唐诗别裁集序》云:

> 新城王阮亭尚书选《唐贤三昧集》,取司空表圣"不著一字,尽得风流"、严沧浪"羚羊挂角,无迹可求"之意,盖味在咸酸外也,而于杜少陵所云"鲸鱼碧海"、韩昌黎所云"巨刃摩天"者,或未之及。余因取杜、韩语意定《唐诗别裁》,而新城所取亦兼及焉。

《唐诗别裁》以李白、杜甫为宗,不仅与《唐贤三昧集》不同,与过去一些唐诗选本相比也有其特色。它的《凡例》曾分析说:"唐人选唐诗,多不及李、杜,蜀韦毅《才调集》,收李不收杜,宋姚铉《唐文粹》只收老杜《莫相疑行》、《花卿歌》等十篇,真不可解也。元杨伯谦《唐音》,群推善本,亦不收李、杜。明高廷礼《正声》,收李、杜浸广,而未极其盛。是集以李、杜为宗,玄圃夜光,五湖原泉,汇集卷内,别于诸家选本。"《唐诗别裁》这部选本的重点是符合唐诗主流的,沈德潜提倡的大音壮声也因此选本的影响而在王士禛神韵说外另树一帜,一时得到诗坛广泛响应,促成了风气移转。当然《唐诗别裁》还兼顾了其他流派,包括初盛中晚唐优秀诗家之作。这反映沈德潜的评诗的识力,以及该选本体现一己之主张与兼存前人之佳作相结合的编选宗趣。

沈德潜宗李、杜仍是以七子格调说为中心。所谓格,往往指诗歌高古的体制规格;所谓调,又是指诗歌宏扬的韵律声调。以格调论诗,对作品的字法和调法就特别留意,而且往往偏重于古雅高壮的一面。沈德潜的诗论也有这些特点。但是,他又能吸取七子一派的教训,强调神明变化,"以意运法",反对固拘格式声调,"以意从法"(《说诗晬语》)。对于他《说诗晬语》和所编各种诗歌选本中讲求法式和分析格律声调的内容,应当结合着这层含义来加以认识。可是他的后学往往只注意其格调法式的方面,正如洪亮吉《西溪渔隐诗序》所说,"从之游者,类皆摩取声调,讲求格律,而真意渐漓",那是离开了沈德潜格调说的原意的,虽然和他"溯源"和"宗唐"思想的启导也不无关系。

提倡温柔敦厚诗教

沈德潜受其师叶燮以"胸襟"为作诗之"基"和关于"才胆识力"的论述(《原诗》)的影响,将"襟抱"和"学识"视为诗人从事创作的根本前提。说:"有第一等襟抱,第一等学识,斯有第一等真诗。如太空之中不着一点,如星宿之海万源涌出,如土膏既厚,春雷一动,万物发生。古来可语此者,屈大夫以下,数人而已。"(《说诗晬语》)这是非常宏通、精湛的见解,然其中时代的道德色彩也很鲜明。他经常运用"温柔敦厚"准则来评诗,并极力提倡"诗教",就具体体现了其"襟抱"、"学识"所达到的思想高度与内容。这里他要求诗歌有广阔的历史现实性,发挥重要的社会作用,而其根本目的则是服务于帝王治世。他认为学诗者在格调上宗奉唐代而在精神内容上则须继承《诗经》风雅的传统,而反对流连光景、缘情绮靡之作。

> 诗之为道,可以理性情,善伦物,感鬼神,设教邦国,应对诸侯,用如此其重也。秦汉以来,乐府代兴;六代继之,流衍靡曼。至有唐而声律日工,托兴渐失,徒视为嘲风雪、弄花草、游历燕衍之具,而诗教远矣。学者但知尊唐而不上穷其源,犹望海者指鱼背为海岸,而不自悟其见之小也。今虽不能竟越三唐之格,然必优柔渐渍,仰溯风雅,诗道始尊。(《说诗晬语》)

> 诗之为道,不外孔子教小子、教伯鱼数言,而其立言一归于温柔敦厚,无古今一也。自陆士衡有缘情绮靡之语,后人奉以为宗,波流滔滔,

去而日远矣。选中体制各殊，要惟恐失温柔敦厚之旨。

　　诗必原本性情，关乎人伦日用及古今成败兴坏之故者，方为可存，所谓其言有物也。若一无关系，徒办浮华，又或叫号撞搪以出之，非风人之指矣。尤有甚者，动作温柔乡语，如王次回《疑雨集》之类，最足害人心术，一概不存。（《清诗别裁·凡例》）

《清诗别裁》编了是送呈给乾隆去作序的，故其例言特别显得道貌岸然。但这也是沈德潜一贯的文学思想的发展。"温柔敦厚"诗教在长期的封建社会里，是维护伦常的工具，对诗歌抒情、言志、述事的批判功能常常形成束缚。但对于"诗教"不同的批评家所掌握的准则尺度却大有径庭。叶燮《原诗》特别指出《诗经》中具有强烈批判倾向的作品《巷伯》《投畀》之章为合符"诗教"的代表，借以提醒人们莫要片面理解"温柔敦厚"的完整含义。这一见解为沈德潜所继承与发展。他在倡导"温柔敦厚"诗教时，着重要求诗歌对不合理现象有所揭露，对民瘼时弊有所反映，让治人者得以借鉴，有所觉悟。因而他所评诗人和所编诸种诗选，对于批判现实、抒发愤郁的作品，如屈原、杜甫、白居易等这类篇章，均大量举例和采录，给予好评。这在古代许多选本中是比较突出的。当然沈德潜也常常宣扬作者在遭遇不平时仍要"怨而不怒"、"厚于自责"，要求"缀文之士，其知所节"（《说诗晬语》），尤其不满"温柔乡语"，受传统"诗教"束缚的痕迹依然很深，这与当时严酷的文字狱及归雅的文学背景也有一定的关系。

　　所以，全面看待沈德潜对"温柔敦厚"诗教的提倡，他虽然把"忠爱"、"温厚"作为诗歌创作的基本原则，但对诗歌批判现实内容的注重与涵容达到了封建时代相当高的限度。事实上，屈原、杜甫、白居易等的政治讽刺作品，尽管措词激切，并没有违背忠君的准则。沈德潜的评论也非歪曲。他鄙薄"缘情绮靡"一脉的诗歌，散发出较浓厚的卫道气息，特别在明清市民思想兴起时代，有抑制个性自然完善的作用。

主张比兴互陈、反复唱叹

　　沈德潜的"温柔敦厚"准则还表现于在诗歌艺术方面强调比兴手法和一唱三叹的情韵。他认为"比兴互陈、反复唱叹"可以更好地传达深厚的思想感情，更有效地进行讽刺批评，更具有感染力量，这里反映他对诗歌艺术特征的认识。《说诗晬语》云：

　　　　事难显陈，理难言罄，每托物连类以形之。郁情欲舒，天机随触，每借物引怀以抒之。比兴互陈，反复唱叹，而中藏之欢愉惨戚，隐跃欲传，其言浅，其情深也。倘质直敷陈，绝无蕴蓄，以无情之语而欲动人之情，难矣。

讽刺之词，直诘易尽，婉道无穷。

这里所谓"托物连类以形之"就是"比"，"借物引怀以抒之"就是"兴"。他的爱好唐诗，和这一艺术标准有关。《清诗别裁·凡例》说："唐诗蕴蓄，宋诗发露，蕴蓄则韵流言出，发露则意尽言中。愚未尝贬斥宋诗，而趣向旧在唐诗。"然而他的崇尚含蓄不露，主要在于使述事、言理、抒情委婉动人。《说诗晬语》在这方面有较好的见解，如云：

七言绝句，以语近情遥、含蓄不露为主。只眼前景、口头语，而有弦外音、味外味，使人神远，太白有焉。

对于"以议论为诗"，从严羽到王士禛都在不同程度上认为这会导致诗歌性情韵味的缺乏。叶燮《原诗》曾对诗论中这种说法予以反驳，举出《诗经》以至唐代李白、杜甫诗中都有议论，但叶说还未能从理论上解释议论入诗如何合于诗歌艺术特征。沈德潜《说诗晬语》对此有进一步的探讨分析：

人谓诗主性情，不主议论，似也，而亦不尽然。试思二《雅》中何处无议论？老杜古诗中《奉先咏怀》、《北征》、《八哀》诸作，近体中《蜀相》、《咏怀》、《诸葛》诸作，纯乎议论。但议论须带情韵以行，勿近伧父面目耳。戎昱《和蕃》云："社稷依明主，安危托妇人。"亦议论之佳者。

王维、李颀、崔曙、张谓、高适、岑参诸人，品格既高，复饶远韵，故为正声。老杜以宏才卓识，盛气大力胜之。读《秋兴》八首、《咏怀古迹》五首、《诸将》五首，不废议论，不弃藻缋，笼盖宇宙，铿戛韶钧，而横纵出没中，复含酝藉微远之志。目为"大成"，非虚语也。

在上述对杜甫《秋兴》诸诗的评价中，也体现了沈德潜对诗歌格调方面的要求，这说明他的格调说虽与前人的理论有关联，但有着自己的发展。

沈德潜的诗学，注意社会现实，也因此比离开社会现实较远者更能够直接服务于清王朝，雄浑宏壮的格调也比清远澄淡的神韵更能代表盛世之音，所以他的诗论在乾隆时期继王士禛之说而代兴，是有其适宜的气候和土壤的。然而他在"温柔敦厚""忠爱"的大前提下，对怨刺讥议之辞作了大量吸收，可说是一种比较开明的态度。

第四节　宋诗派及厉鹗

与明代诗歌批评相比,清代诗论的一个重要特色是,宗宋诗的呼声逐渐增高,并形成学宋的浪潮,与学唐互为补充而出现宗唐宗宋几乎平分秋色的格局。这从一个侧面反映了清人对待文学遗产较为宽大的气度。

叶燮《三径草序》引诗坛过来之人蒋曙来语曰:"有明之季,凡称诗者咸尊盛唐;及国初,而一变诎唐而尊宋,旋又酌盛唐与宋之间而推晚唐,且又有推中州以逮元者,又有诎宋而复尊唐者。"纳兰性德《原诗》云:"十年前之诗人,皆唐之诗人也,必嗤点夫宋;近年来之诗人,皆宋之诗人也,必嗤点夫唐。"虽然这样的描述有其夸张的一面,因为从明末清初以后至康熙前期,宗唐始终未曾出现过间断,但是由于期间掺杂着学宋浪潮间歇性的起伏波动,故对宗唐产生某种切割作用而构成了尊唐学宋的节律变化。以此而论二人上面的描述,与诗坛的实际情形基本还是相吻合的。

明清之际,一部分文人有鉴于七子模拟唐音而失之肤廓浮响,转而想从宋诗中去发现新的创作路径,加之受到易代的刺激而对宋末遗民悲壮的诗歌引起感情共鸣,这些因素促成了学宋思路的初步提出,它以钱谦益和黄宗羲为代表。两人都肯定宋诗的价值,但在取法对象上并不相同,钱谦益主要学苏轼、陆游,黄宗羲则称"吾家诗祖黄鲁直"(《史滨若惠洮石砚》)。两人的诗歌创作成就高低迥别,但他们的学宋之说皆产生了深远影响。钱谦益不仅影响了虞山诗派宗宋一支的产生,而且他尚学苏、陆也是清代前中期宋诗派成员最普遍的认识之一。乾隆十五年御定《唐宋诗醇》选录唐代李白、杜甫、白居易、韩愈和宋代苏轼、陆游六家作品,实际上也说明了官方对学宋诗苏、陆一路的承认。从中可以看到钱谦益诗论的影子。黄宗羲曾参预蒐讨编选《宋诗钞》,浙江提倡宋诗的不少文人是他的友人,或是他学生,黄宗羲对他们的影响可想而知。更重要的是,他以黄庭坚为宗这点虽然在清代前中期较有争议,但最终成为了宗宋阵营中最主要的一支,近代宋诗运动高举的也是黄庭坚的旗帜。

钱谦益、黄宗羲以后,肯定和提倡学宋诗而产生影响者,主要有吕留良(1629—1683)、吴之振(1640—1717)、吴自牧,三人编有《宋诗钞》一书;宋荦

(1634—1713)曾校刊施元之所注苏诗,查慎行(1650—1727)积一生精力作
《苏诗补注》,田雯(1635—1704)著有《古欢堂集》,汪懋麟(1640—1688)著有
《百尺梧桐阁集》、《百尺梧桐阁遗稿》。此外如一度宗宋的王士禛,通过辨析
诗歌源流正变为兼取宋诗寻找理论依据的叶燮,对学宋诗风气的形成和加
强都各有其作用(王士禛的影响尤著)。甚至连主张宗唐的朱彝尊,他强调
学问的一面也间接地帮助了宋诗流行。当然,上述批评家多数人对宋诗的
态度还是"兼学"或"旁及",《宋诗钞》编选者则与他们有明显不同,因此也就
赋予了这部宋诗选本某些特别的批评意义。

其意义之一,是强调与唐诗不同的宋诗本身的特色。吴之振《宋诗钞
序》说:

> 万历间,李蓘选宋诗,取其离远于宋而近附乎唐者,曹学佺亦云:
> "选始莱公,以其近唐调也。"以此义选宋诗,其所谓唐终不可近也,而宋
> 人之诗则已亡矣。

序文中提到的明人宋诗选本指李蓘《宋艺圃集》、曹学佺《石仓宋诗选》(《石
仓历代诗选》的宋诗部分)。李、曹二人在前后七子风盛之时,辟异径别求宋
诗,自有其眼力,但是选录具体作品则依然沿用唐诗的标准。吴之振认为
"以此义选宋诗",无疑是徒有宋诗之名而亡其实。这一批评颇能击中其要
害,同时也表明他自己与同志编选《宋诗钞》所追求的目标即在抉出宋诗独
特的真面目来,以求与唐诗相区别。

意义之二,是极力抬高黄庭坚在宋代诗歌史上的地位,欲用他的创作示
范于诗人,以与"规模唐调者"相抗衡。《宋诗钞》黄庭坚小传云:

> 宋初诗承唐余,至苏、梅、欧阳,变以大雅,然各极其天才笔力,非必
> 锻炼勤苦而成也。庭坚出而荟萃百家句律之长,究极历代体制之变,自
> 成一家,虽只字半句不轻出,为宋诗家宗祖,江西诗派皆师承之。史称
> 自黔州以后,句法尤高,实天下之奇作,自宋兴以来一人而已,非规模唐
> 调者所能梦见。

这实际上是对黄宗羲学宋诗而宗黄庭坚观点的一次具体化,而它又是与《宋
诗钞》编者强调要选出宋诗本身特色来的追求紧密相联系的。宋诗的特色
体现在江西诗派创作中,江西诗派诗人皆师承黄庭坚,所以黄庭坚是"宋诗
家宗祖",学宋即意味学江西诗派,特别是学黄庭坚,《宋诗钞》编者通过选诗
比较明确的流露出这层批评意图。

271

当时对学宋持非议的也大有人在。姜宸英《史蕉饮芜城诗集序》虽对学宋有所肯定,但着重批评道:"拙者为之,弊端百出。险辞单韵,动即千言,街坊谰语,尽充比兴。"《汪中允秦行诗略序》云:"目涉浅薄,率已自是,无论市儿村妪骂街诨室俚鄙之说,皆强取而韵之,谓之为诗,此学究之陋,借宋人以自诡者也。"徐乾学《宋金元诗选序》一面称宋诗"功深力厚",一面又主要批评学宋元者惟求"口吻之似",而造成"粗疏拗硬,佻巧滞涩"的流弊。他们对宋诗有限度的肯定,主要仍然是用唐诗作为衡量标准的,而对于学宋诗展开的批评,如因散文化、口语化成分增多而导致语词俚浅,因刻意寻求新奇生疏而使得语律拗硬,这些其实正是反映了宋诗本身的特点。所以从上述批评意见中,也可以了解到当时宋诗派的某些具体的艺术倾向。

宋诗派成员分布较广,浙西、浙东、吴中、扬州、金陵、北京等地皆有人从事于提倡学宋并付诸实践,其中又以浙江诗人和批评家用力专勤而且持之以恒,从而在创作上形成了以学宋诗为其基本标志的整体特色,人们也往往将浙诗派与宋诗派视为一体。康、雍、乾时期,浙诗派最重要的诗人是厉鹗,他的诗论构成了该阶段宋诗派诗歌理论的主干,而与沈德潜"格调说"形成对照。

厉鹗(1692—1752),字太鸿,号樊榭,浙江钱塘(今杭州)人。康熙五十九年举人,乾隆初举博学鸿词,报罢。诗词皆擅,为浙西词派中期的杰出代表。著有《樊榭山房集》、《宋诗纪事》等。

他目睹学唐学宋各呈弊端,欲于二者有所变通。说:"夫诗之道不可以有所穷也。诸君言为唐诗工矣,拙者为之,得貌遗神,而唐诗穷于是。能者参之苏、黄、范、陆,时出新意,末流遂澜倒,无复绳检,而不为唐诗者又穷。物穷则变,变则通。"(《懒园诗钞序》)他自己走的是一条以学宋为主、以酌唐为辅、以成就诗人一家之诗体为最终期望的诗歌创作道路。他的诗歌理论可以概括为三个字:"学"、"清"、"寒"。

"学"指融学问于诗。《绿杉野屋集序》云:

> 少陵之自述曰:"读书破万卷,下笔如有神。"诗至少陵止矣,而其得力处乃在读万卷书,且读而能破致之,盖即陆天随所云:"铹辏波涛,穿穴险固,囚锁怪异,破碎阵敌,卒造平澹而后已"者。前后作者,若出一揆。故有读书而不能诗,未有能诗而不读书。……夫黏,屋材也;书,诗材也。屋材富而亲庿桴桷,施之无所不宜;诗材富而意以为匠,神以为

斤,则大篇短章均擅其胜。

造屋所用大梁(宋㮣)、次栋、椽子离不开大量的杉木(㮣),写诗需有书本学问知识材料丰富的积累,所以"诗材富"是诗人作诗构意神思的基础和前提,无论写作"大篇"抑或"短章",均当如此。厉鹗欣赏"清恬粹雅,吐自胸臆,而群籍之精华经纬其中"(《汪积山先生遗集序》)的诗歌作品,也表达了对融学问于诗的重视。这与朱彝尊"诗篇虽小技,其源本经史。必也万卷储,始足供驱使"(《斋中读书十二首》)重学问主张相通。所不同者,厉鹗融汇"群籍"较诸朱彝尊源本"经史",其要求诗人用典实学问的范围又有进一步扩大,所以厉鹗诗中遣典更加冷僻,数量也更多。同样高度重视学问,提倡学唐与提倡学宋还是有其不同的地方。

"清"、"寒"意思相近,区别在于其程度。它们指诗人淡泊而高洁的心境寓之于幽隽秀峭的诗风之中,远离俗熟。

> 昔吉甫作颂,其自评则曰:"穆如清风。"晋人论诗,辄标举此语,以为微眇。唐僧奇己则曰:"乾坤有清气,散入诗人脾。"盖自庙廊风谕以及山泽之癯所吟谣,未有不至于清而可以言诗者,亦未有不本乎性情而可以言清者。(《双清阁诗集序》)

> 集中诗大都皆凋年急景,冰雪峥嵘,触于怀而托于音者也。初出以畀予,标其首曰"销寒",予献疑曰:"气之游者寒则敛,景之蒙者寒则清,材之柔者寒则坚。其在人也,寒女有机丝,人赖其用;寒士有特操,世资其道:寒亦何可竟销耶?况《复》之一阳,《临》之二阳,当顽飚凛烈之际,大山之生意已萌兆于下,寒亦何必遽销耶?……"(《余茁村诗集序》)

厉鹗以"清"、"寒"论诗,向往"清思眑冥,松寒水洁"(《秋声馆吟稿序》)的诗境,其中的人文蕴涵实为拗俗拒熟,持守"寒士"心灵中的"峥嵘",维护清坚特操。这与他对世俗的态度,以及当时迫人收敛畏谨的世道有关,同时这与江西诗派黄庭坚的不俗论在精神上也是遥相呼应的。黄庭坚《书嵇叔夜诗》云:"或问不俗之状。余曰:'难言也。视其平居无异于俗人,临大节而不可夺,此不俗人也。'"厉鹗赞赏等待大地萌兆生意的"忍寒"意志,鄙夷"效小儿女,骨脆不能凌吹,亟俟煦和"的庸弱俗态(见《余茁村诗集序》),正是对俗的自觉抗拒。近代宋诗派更是大力发展了"不俗"理论而成为其诗论的一项重要内容,其中也无疑有着厉鹗的影响。

273

第五节 袁 枚

在乾隆时代诗坛上,袁枚的诗学颇有反传统教条的色彩,他与赵翼、蒋士铨、郑燮等在当时提倡"性灵说"产生颇大影响,其中袁枚的作用尤为突出和重要。

袁枚(1716—1798),字子才,号简斋,浙江钱塘(今杭州)人,乾隆四年进士,曾任溧水、沭阳、江宁等知县,中年后即辞官居江宁小仓山下随园,号随园老人,从事诗文著述。《自嘲》道:"自笑匡时好才调,被天强派作诗人。"著有《小仓山房诗文集》、《随园诗话》等。

袁枚辟佛排仙,非议宋儒,也非议汉儒,不怎么相信儒家经典,颇有几分怀疑精神。道学家是他攻击的主要对象,而核心则是对他们宣扬的伦理道德观念进行了有力地冲决。他说:"今之理学,半德行之伪者也。舍此一门外,岂竟无地自居、无科可入?……仆之所以赧然力辞者,意有所不屑也,是傲也,非谦也。"(《答家惠缠孝廉》)这种思想精神给他的文学批评注入了新颖的内容。

标举"性灵","最爱言情之作"

袁枚论诗以标举"性灵"著称。其说渊源于钟嵘与南宋杨万里,更是晚明公安派"独抒性灵,不拘格套"诸论的继承与发展。他说:

> 凡诗之传者,都是性灵。(《随园诗话》卷五)
>
> 尝谓千古文章传真不传伪,故曰"诗言志",又曰"修辞立其诚"。然而传巧不传拙,故曰"情欲信,辞欲巧",又曰"神也者,妙万物而为言"。古人名家鲜不由此。今人浮慕诗名而强为之,既离性情,又乏灵机,转不若野氓之击辕相杵,犹应风雅焉。(《钱玙沙先生诗序》)

他所谓"性灵",主要指自然地、风趣地抒写自己个人的真实情绪、感受和思考。"性"即性情、情感,"灵"有灵机、灵趣等意思。"性灵"是"性情"与"灵机"、"真"与"巧"的结合,而性情的真实诚信又是其诗歌学说最重要的基础。《答何水部》说:"若夫诗者,心之声也,性情所流露者也。"同时他又强调,这种"流露"应该是自然而富于灵巧的,闪示艺术的机智,所以他非常重视艺术灵感的作用,要求诗歌应有新鲜的风味和灵活的笔致。说:"灵犀一点是吾师。"(《遣兴》)"味欲其鲜,趣欲其真,人必如此,而后可与论诗。"(《随园诗话》卷一)"人可以木,诗不可以木也。"(同上卷十五)"木"即是不灵。《随园诗话补遗》又说:"笔性灵,则写忠孝节义俱有生气;笔性笨,虽咏闺房儿女亦少风情。"紧密结合笔性灵巧来谈抒发真情真性,这一点与历来多数主张诗歌真情论者有了区别,与公安派"独抒性灵"也有所不同。

　　对言情之章的大胆肯定和提倡是袁枚诗论与当时正统的伦理观念和文学观念激烈冲突的一个方面。《随园诗话》卷十说:"余最爱言情之作,读之如桓子野闻歌,辄唤奈何!"这里所谓"情",包括家庭、亲戚、朋友之间怀旧感今、向慕亲和种种人之常情,其中他尤重男女之情。《答蕺园论诗书》说:

　　　　来谕谆谆教删集内缘情之作,云:"以君之才之学,何必以白傅、樊川自累。"……夫白傅、樊川,唐之才学人也,仆景行之尚恐不及,而足下乃以为规,何其高视仆卑视古人耶? 足下之意,以为我辈成名,必如濂洛关闽而后可耳。然鄙意以为得千百伪濂洛关闽,不如得一二真白傅、樊川。以千金之珠易鱼之一目而鱼不乐者,何也? 目虽贱而真,珠虽贵而伪故也。……且夫诗者,由情生者也。有必不可解之情,而后有必不可朽之诗。情所最先,莫如男女。古之人屈平以美女比君,苏、李以夫妻喻友,由来尚矣。

以这样一种诗歌观为指导,袁枚在具体诗歌批评中大力为艳体诗辩护,替诗歌史上的艳情诗人说话,为情诗一类作品的产生和流播制造舆论,从中可以看到他某些追求个性解放的因素。它反映明代新兴思潮在清乾隆时期的复兴,在当时诗坛注入了一股清泉。虽然袁枚因此而招致众多讥议,却始终不为所动。清代诗歌批评史上著名的袁沈(德潜)之争,是由于二人对包括以上问题在内的广泛的意见分歧引起的一场冲突,袁枚借争论集中而鲜明地表达了自己有关的思想。

袁、沈之争

　　袁枚与沈德潜关于选诗、作诗的原则问题,曾直接开展过激烈的争论。这场争论是因沈德潜在《清诗别裁》中揭示其评选标准引起的,而袁枚在批评中所涉及的内容则超过了沈说的范围和原来的意义。关于双方争论的材料,沈德潜留存下来的很少,主要见于袁枚《答沈大宗伯论诗书》、《再与沈大宗伯书》,《随园诗话》里也有一些零星的记述。

袁枚主要从四个方面对沈德潜的诗论展开批评。

（一）反对片面尊唐。沈德潜以格调论诗，向往唐音，虽能溯源，但是对宋以后诗歌新的流变较为轻视，因此他的宗唐观带有明显的复古色彩。袁枚《答沈大宗伯论诗书》则指出，"诗有工拙而无古今"，"未必古人皆工，今人皆拙"。他并不否定"宗师"古人"格调"的必要，但是坚持对诗歌创作有决定意义的是诗人的性情，而"性情遭际，人人有我在焉，不可貌古人而袭之，畏古人而拘之"。这就从根本上决定了一部诗歌史不断新变演进的性质，也即所谓"天籁一日不断，则人籁一日不绝"，善"学"者也就是善"变"者。任何人想"禁其不变"，都是办不到的，所以一切"禁变"的理论，都是谬说，应遭否定。

（二）反对呆板地服从传统诗教。沈德潜在给袁枚的论诗信中，重复了他一贯强调的观点，即"诗贵温柔，不可说尽，又必关系人伦日用"（自袁枚《答沈大宗伯论诗书》）。袁枚答信对此表示异议。"贵温柔，不可说尽"，是指儒家诗教，袁枚在信里将它理解为是诗人的表达态度、方式和诗歌的风貌呈现。他认为创作诗歌，"含蓄"、"说尽"皆当允许，唯温柔含蓄是求，只是一偏之见。"必关系人伦日用"，是着眼于维护封建社会的人伦关系对诗歌功能提出的一种要求。袁枚则认为，诗歌可以"有关系"，也可以"无关系"，对诗歌的社会功能不应该强求一律。仔细体会袁枚、沈德潜的分歧，并不是肯定"诗教"与否定"诗教"、坚持"关系"与反对"关系"的对立，而是单一与多样的区别，即袁枚主要反对沈德潜在上述诗论中所使用的"不可"、"必"这样的排他性词语以及它们所代表的诗歌观念。袁枚《再答李少鹤》曰："即如温柔敦厚四字，亦不过诗教之一端，不必篇篇如是。"正可佐证上面的结论。由于"诗教"在封建时代具有极高的权威性，袁枚仅以诗之"一端"视之，这本身便带有某种逆叛色彩，其进步性显而易见。

（三）反对排斥艳体情诗。沈德潜意识中具有突出的卫道自觉，他反对"缘情绮靡"之作，认为诗歌言情也必须与君臣朋友的伦常有关，尤其不满纯粹的艳体，《说诗晬语》云："《诗》本六籍之一，王者以观民风、考得失，非为艳情发也。虽四始以后，《离骚》兴美人之思，平子有定情之咏，然词则托之男女，义实关乎君父友朋。自梁、陈篇什，半属艳情，而唐末香奁，益近亵嫚，失'好色不淫'之旨矣。此旨一差，日远名教。"因而他选《清诗别裁》黜落王彦泓（次回）的香艳体（按：王氏卒于明亡之前，沈、袁皆视他为清代诗人，系对他的身世还不甚了解）。袁枚"性灵说"尤重表达男女真情，所以最不能容忍沈德潜的这种态度。他在《再与沈大宗伯书》中驳斥沈氏"艳体不足垂教"说,肯定"艳诗宫体,自是诗家一格",以为"孔子不删郑、卫之诗,而先生(指沈德潜)独删次回之诗",是滥用批评权利的"过"的行为。

(四)袁枚在对沈德潜诗论的批评中还提出了诗歌创作的题材风格必须多样化的问题。《再与沈大宗伯书》说:"盖实见夫诗之道大而远,如地之有八音,天之有万窍,择其善鸣者而赏其鸣足矣,不必尊宫商而贱角羽,进金石而弃弦匏也。且夫古人成名,各就其诣之所极,原不必兼众体,而论诗者则不可不兼收之,以相题之所宜。即以唐论,庙堂典重,沈、宋所宜也,使郊、岛为之则陋矣。山水闲适,王、孟所宜也,使温、李为之则靡矣。边风塞云,名山古迹,李、杜所宜也,使王、孟为之则薄矣。撞万石之钟,斗百韵之险,韩、孟所宜也,使韦、柳为之则弱矣。伤往悼来,感时记事,张、王、元、白所宜也,使钱、刘为之则仄矣。题香襟,当舞所,弦工吹师,低徊容与,温、李、冬郎所宜也,使韩、孟为之则亢矣。天地间不能一日无诸题,则古今来不可一日无诸诗。人学焉而各得其性之所近,要在用其所长而藏己之所短则可,护其所短而毁人之所长则不可。"这段话虽然某种程度上也是为"艳诗宫体自是诗家一格"故不可删弃而发的,但其意义并不限于这一个方面,它揭示了繁荣诗歌创作的一条重要规律。世界是丰富多彩的,诗歌反映的对象应是多种多样,范围极其宽广,应该容许诗人根据自己的性格、生活经历与专长进行创作,不能加以束缚和强迫。这些见解无疑是非常通达的。

钱泳《履园谭诗》对袁枚、沈德潜诗论产生的不同影响作比较道:"宗伯(沈德潜)专讲格律,太史(袁枚)专取性灵。自宗伯三种《别裁集》出,诗人日渐日少;自太史《随园诗话》出,诗人日渐日多。"袁枚以自己的理解向人们证明,诗歌并不是一门令人望而生畏的"格律"艺术,而是人们真诚的心声;不是神秘的深谷,而是辽阔畅达的平原,从而鼓励更多的人冲破格套,从事于诗歌创作,促进了清诗的进一步繁荣。

对"神韵"、宋调、"肌理"诸说的批评

从崇尚性灵出发,袁枚除了对沈德潜"格调说"作集中而激烈的攻驳之外,还将批评的矛头指向稍前及同时代其他主要的一些诗歌学说。

袁枚认为"神韵"乃诗歌中的一种风格、境界,确是有特色的,却不能作为普遍的法则,从而批评了王士禛与冯班的态度各有偏失:"严沧浪借禅喻诗,所谓'羚羊挂角,香象渡河',有神韵可味,无迹象可寻。此说甚是,然不过诗中一格耳。阮亭奉为至论,冯钝吟笑为谬谈,皆非知诗者。诗不必首首如是,亦不可不知此种境界。如作近体短章,不是半吞半吐、超超元箸,断不能得弦外之音、甘余之味,沧浪之言如何可诋?若作七古长篇、五言百韵,即以禅喻,自当天魔献舞,花雨弥空,虽造八万四千宝塔不为多也,又何能一羊一象显渡河挂角之小神通哉! 总在相题行事,能放能收,方称作手。"(《随园诗话》卷八)事实上,王士禛也并不是以"神韵"为唯一准则,他对于五、七言和长篇、短什的要求也并不相同。然而他自己创作的造诣、特别晚年的论诗旨趣,偏在神韵一面。因而袁枚的评论还是中肯的。袁枚对王士禛的诗歌成就是有所肯定的,但认为他"才力薄","气魄、性情俱有所短"。"气魄"之短指王士禛"为王、孟、韦、柳则有余,为李、杜、韩、苏则不足";"性情"之短指他的诗中杂有不真之情,所谓"阮亭主修饰,不主性情,观其到一处必有诗,诗中必用典,可以想见其喜怒哀乐之不真矣。"(《随园诗话》卷三)这些确实揭出了王士禛神韵一派诗歌的弱点。不过,神韵诗派巧妙造境的艺术与袁枚追求灵巧妙趣、反对木涩僵直有共同之处,加之该派在乾隆时期声势已逐渐减弱,所以袁枚对王士禛的批评总的来说是温和的。"我奉渔洋如貌执,不相菲薄不相师"(《论诗》),从袁枚这一自述可以去体会他与神韵派的关系。

破除宗唐宗宋门户之见,主张贯通而兼学,是袁枚一贯坚持的思想。当时以厉鹗为代表的学宋一派势力颇壮,其好在诗中用冷僻典故的偏嗜,与随着汉学地位不断上升而产生的以翁方纲"肌理说"为代表的普遍以考据入诗的倾向相汇融,使诗歌创作走上了一条学问化的道路。对此,袁枚大为不满。他说:

> 用典如水中著盐,但知盐味,不见盐质。用僻典如请生客入座,必须问名探姓,令人生厌。宋乔子旷好用僻书,人称"孤穴诗人",当以为戒。或称予诗云:"专写性情,不得已而适逢典故;不分门户,乃无心而自合唐音。"虽有不及,不敢不勉。(《随园诗话》卷七)

袁枚批评厉鹗及浙派诗:"吾乡诗有浙派,好用替代字,盖始于宋人,而成于厉樊榭。……廋词谜语,了无余味。樊榭在扬州马秋玉家,所见说部书多,好用僻典及零碎故事,有类《庶物异名疏》、《清异录》二种。董竹枝云:'偷将冷字骗商人。'责之是也。不知先生之诗,佳处全不在是。"(《随园诗话》卷九)袁枚说,有满腹书卷的人,可以去从事考据之学,也可以在骈文中尽情铺排,却不应拿到诗里来卖弄,因为诗歌是发露性情,"不关堆垛"。又说:"余续司空表圣《诗品》,第三首便曰《博习》,言诗之必根于学,所谓'不从糟粕,安得精英'是也。近见作诗者,琐碎零星,如剃僧发,如拆袜线,句句加注,是将诗当考据作矣。虑吾说之害之也,故续元遗山《论诗》,末一首云:'天涯有客号詅痴,误把抄书当作书。抄到钟嵘《诗品》日,该他知道性灵时。'"(《随园诗话》卷五)"天涯有客"一诗,后人以为是针对翁方纲而发。诗歌根植于学问但不能以考据为诗,袁枚据理力争捍卫诗歌的纯性,很难说"性灵说"当日在与宋诗派学问诗、"肌理说"互诘中占有多少优势,可能它还是处在下风的位置,但是就二者的理论而言,前者显然更契近于诗理。

第六节　翁　方　纲

对乾嘉时期以考据入诗风气的形成产生很大影响的是翁方纲的诗歌理论,其在诗坛的地位与当时姚鼐"义理、考证、文章"之说在古文领域牵执牛耳仿佛相当。翁方纲建立诗学稍晚于袁枚,后来受到袁枚诋諆。

翁方纲(1733—1818),字正三,号覃溪,晚号苏斋,直隶大兴(今属北京)人。乾隆十七年进士,官至内阁学士。著有《复初斋集》、《石洲诗话》、《小石帆亭著录》等。他是经史学家,尤长于金石考据之学,又是书法家,也致力诗学,继承"格调"、"神韵"诸说而力图补救其偏失,标举"肌理说"同当时袁枚"性灵说"相抗衡。《清史稿》本传说他"精研经术,尝谓考订之学,以衷于义理为主,《论语》曰'多闻'、曰'阙疑'、曰'慎言',三者备而考订之道尽。……所为诗,自诸经注疏以及史传之考订、金石文字之爬梳,皆贯彻洋溢其中,论者谓能以学为诗"。他的诗论内容倾向和上述治学态度、创作特征是一致的。

对格调、神韵说的修正补充

翁方纲为了继格调、神韵两说而建立自己的肌理说,他对神韵、格调两个概念作了新的解释,从而对前后七子与王士禛诗说作一定的修正与补充。他认为格调即诗歌的基本格式音节。诗当然应该具有格调,但不能泥执一家一代诗歌的格调而机械模拟。《格调论上》说:"《记》曰:'变成方,谓之音。'方者,音之应节也,其节即格调也。又曰:'声成文,谓之音。'文者,音之成章也,其章即格调也。是故噍杀、啴缓、直廉、和柔之别,由此出焉。是则格调云者,非一家所能概,非一时一代所能专也。……独至明李、何辈,乃泥执《文选》体以为汉魏六朝之格调焉,泥执盛唐诸家以为唐格调焉。于是不求其端,不讯其末,惟格调之是泥,于是上下古今只有一格调而无递变递承之格调矣。"

翁方纲认为"神韵"即古代诗论中的"神"和"理",包括创作的精神实质、内容和材料,意义极为广泛。王士禛举"空中之音,镜中之象"一端而不免堕于空虚,所以他又拈出"肌理"二字来加以充实:

> 盛唐之杜甫,诗教之绳矩也,而未尝言及神韵。至司空图、严羽之徒,乃标举其概,而今新城王氏畅之。非后人之所诣能言前古所未言也,天地之精华,人之性情,经籍之膏腴,日久而不得不一宣泄之也。自新城王氏一倡神韵之说,学者辄目此为新城言诗之秘,而不知诗之所固有者,非自新城始言之也。且杜云:"读书破万卷,下笔如有神。"此神字即神韵也。杜云:"精熟《文选》理。"韩云:"周诗三百篇,雅丽理训诰。"杜牧谓:李贺诗"使加之以理,奴仆命骚可矣"。此理字即神韵也。神韵者,彻上彻下,无所不该。其谓"羚羊挂角,无迹可求",其谓"镜花水月,空中之象",亦皆即此神韵之正旨也,非堕入空寂之谓也。其谓"雅人深致",指出"订谟定命,远猷辰告"二句以质之,此即神韵之正旨也,非所云理字不必深求之谓也。然则神韵者,是乃所以君形者也。昔之言格调者,吾谓新城变格调之说而衷以神韵,其实格调即神韵也。今人误执神韵,似涉空言,是以鄙人之见,欲以肌理之说实之。其实肌理亦即神韵也。昔之人未有专举神韵以言诗者,故今时学者若欲目神韵为新城王氏之学,此正坐在不晓神韵为何事耳。知神韵之所以然,则知是诗中所自具,非至新城王氏始也。其新城之专举空音镜象一边,特专以针灸李、何一辈之痴肥貌袭者言之,非神韵之全也。且其误谓理字不必深求其解,则彼新城一叟,实尚有未喻神韵之全者,而岂得以神韵属之新城也哉?(《神韵论上》)

翁方纲确实看到了王士禛神韵说和前后七子的格调说虽然具体的宗风不同,其模取形貌的弊病却有其共同性。《题渔洋先生戴笠像》说:"夫空同、沧溟所谓格调,其去渔洋所谓神韵者,奚以异乎? 夫貌为激昂壮浪者谓之袭取,貌为简淡高妙者独不谓之袭取乎?"因之,他把神韵这一概念的内涵扩大到几乎包罗万象,说明它古已有之,不是王士禛所独创,而王氏一家之言也不是神韵说的全部。《神韵论下》又说:"神韵者,非风致情韵之谓也。其谓神韵即格调者,专就渔洋之承接李、何、王、李而言之耳。其实神韵无所不该,有于格调见神韵者,有于音节见神韵者,亦有于字句见神韵者,非可执一端以名之也;有于实际见神韵者,亦有于虚处见神韵者,有于高古浑朴见神韵者,亦有于情致见神韵者,非可执一端以名之也。"

以上翁方纲论述格调、神韵两个概念的内涵外延及其异同,所谓"神韵无所不该"、"格调即神韵"、"肌理亦即神韵"云云,其实质是用他的"肌理说"整合两派的主张,而使它成为一种包容宽广的诗歌理论以指导诗坛。经过翁方纲重新解释的"神韵说"和"格调说",与它们原来的意思都已经有了相当差别,倒更像是他"肌理说"的别名。

"为学必以考证为准,为诗必以肌理为准"

翁方纲既然揭示王士禛诗说的缺陷为对"理"的认识不够,以致使人对"学"的重要性也产生误会。《神韵说下》中指出,王士禛援引了严羽"水月镜花"之说,而严羽诗说中"诗有别才非关学"一语,"是专为驽博滞迹者偶下砭药之词","是为善学者言,非为不学者言也";王士禛"未能喻'精熟《文选》理'‘理’字之所以然,则必致后人误会‘诗有别才’之语,臻堕于空寂"。因之,翁方纲揭出"肌理"而取代之。"肌理"一词,他自谓来自杜甫《丽人行》中诗句:

> 格调、神韵皆无可着手者也,予故不得不近而指之曰"肌理"。少陵曰:"肌理细腻骨肉匀。"此盖系于骨与肉之间,而审乎人与天之合。危乎艰哉!智勇俱无所施,则惟玩味古人之为要矣。(《仿同学一首为乐生别》)

杜诗之"肌"指"肌肤",而翁方纲的理解当为"肌肉",故说它联系骨与肉。"理"则指"肌"的纹理。翁氏认为诗体有肌理主要靠通过"玩味古人"而获得。

肌理说强调的主要是"理"与"学",而二者中重点又在于"理"字。翁方纲说,"理"是"民之秉"、"物之则"、"事境之归"、"声音律度之矩",因而具有"文理"、"条理"、"通理"的含义。又说:"义理之理,即文理之理,即肌理之理也。"(《志言集序》)可见,"理"在他心目中是一个含义丰富而本质一致的概念。就其诗歌批评的意义来说,"理"其实是指诗歌充实的含蕴及其诗化表现的艺术。

首先,翁方纲非常强调诗歌创作应该接受义理的指导,而义理则"根极于《六经》"(《杜诗精熟文选理理字说》)。他反对严羽不涉理路之说,对王士禛"理字不必深求其义"的说法深表不满,这不仅是着眼于善,也是着眼于诗歌含蕴的充实,以弥补专尚兴象超逸而导致空寂虚玄。尽管如此,他并不支持邵雍、庄泉一派"直以理路为诗"(同上)的理学诗、性气诗,恰似姚鼐重义理而贬斥"其辞芜杂俚近,如语录而不文"(《复曹云路》)。

其次,翁方纲"肌理说"很强调诗歌作品中的学问含量,这也是他以"理"论诗的重要所指。《志言集序》云:"士生今日,经籍之光盈溢于世宙,为学必以考证为准,为诗必以肌理为准。"《石洲诗话》卷四称戴复古"胸中无千百卷书,如商贾乏货本,不能致奇货",为论诗"务本之言"。都说明他特别重视用学问充实诗歌内容,援考据手段组织诗歌结构。他的"唐诗妙境在虚处,宋诗妙境在实处"是著名的说法。他将"宋贤精神"概括为"研理日精,观书日富","论事日密",这也是对宋诗"实"之"妙境"的描述。他虽然唐诗宋诗兼重,但是心仪尤其在于宋诗实境之美,因为宋诗之"实"更符合"肌理"的要求(《石洲诗话》卷四)。作诗重学问的倾向在诗论方面虽有渊源可寻,更重要还是产生于翁方纲对他自己时代学术风气积极的迎合,反映了二者之间十分密切的关系。它对学人诗派的形成有深刻的影响,而学问比重的增加对诗歌韵律流动的负面作用又使它成为人们非议的借口。

再次,以义理、学问入诗,必然会提出如何使之诗化的要求,这属于诗法的范畴,"肌理说"正是以重视诗法为自己的一个理论特征。翁方纲《杜诗精熟文选理理字说》认为,"理"包括"言有物"和"言有序",这显然受到方苞诠释"义法"的影响。他要求诗人"有序"地赋予诗歌作品以"肌理",由"实"达"化",其中"实"是根基。《神韵论中》说:"诗必能切己切时切事,一一具有实地,而后渐能几于化也。未有不有诸己,不充实诸己,而遽议神化者也。是故善教者必以规矩焉,必以彀率焉。"翁方纲讲的"规矩""彀率",很强调具体、切实、细密的叙写,对字句和首尾章节之间过渡、衔接的紧密和严谨有相当高的要求,诗歌意绪跳跃空间往往受到"实地"的牵引而相对减少。"肌理"诗派的诗歌往往具有质实的特点,与这种诗法观有关。翁方纲论诗法又云:"文成而法立。法之立也,有立乎其先、立乎其中者,此法之正本探原也;有立乎其节目、立乎其肌理界缝者,此法之穷形尽变也。"(《诗法论》)然而无论是"法之正本探原"或"法之穷形尽变"，归根结蒂都还处在古法的樊笼之中。所以《石洲诗话》对前人诗歌作法作了许多探析，《小石帆亭著录》中评校了《王文简公古诗平仄论》、《赵秋谷所传声调谱》外，还自著《五言诗平仄举隅》、《七言诗平仄举隅》，对古代诗歌的声律进行细密的考订圈识。这些都是他对诗法的擘肌分理功夫。翁方纲很推重李商隐，尤其是黄庭坚的诗学。《题渔洋戴笠像》云："古今善学杜者，无若义山、山谷。义山、山谷貌皆不似杜者也。"《同学一首别吴榖人》云："义山以移宫换羽为学杜，是真杜也；山谷以逆笔为学杜，是真杜也。"他所举李商隐、黄庭坚学杜的方法，实际上只是黄庭坚"脱胎换骨"的方法，也就是《诗法论》所揭示"穷形尽变"的范例。翁方纲以三年的光阴，与学人讲求黄庭坚诗法，极力推崇"以古人为师，以质厚为本"（见《渔洋先生精华录序》）二语；并自称"三十年来与天下贤喆论文，不出此语"（见《贵溪毕先生时文序》）。这里可以看到江西诗派的理论对"肌理说"的影响。

第四章　清代前中期词论

第一节　陈维崧及阳羡派

词学中兴是清代一个突出的文学现象，词人辈出，词派纷呈，词的创作及批评皆趋于高度活跃，盛况空前。其中尤以清初陈维崧为首的阳羡派、朱彝尊为首的浙西派，以及嘉庆以后张惠言为首的常州词派声势浩大，影响深广。

陈维崧（1626—1682），字其年，号迦陵，宜兴（今属江苏）人。康熙十八年试博学鸿词，授翰林院检讨。著有《陈迦陵文集》、《湖海楼诗集》、《迦陵词》等。该派史鉴、史惟圆、蒋景祁等也有值得注意的词论意见。蒋景祁编选《瑶华集》所收以顺治、康熙间词人作品为主，是一部较有规模的清初词选集。陈维崧及其阳羡派词论的主要内容是：极力推尊词体，以与经史并列；突出强调抒情写恨，而往往萦旋怀望故国的哀唱；肯定多种艺术风格，对苏、辛豪壮一脉尤为神往。

推尊词体与提高词品

在正统文学观念支配下，词连与诗文并提的资格都没有，更难以想像其与经史并列了。陈维崧像清初许多词家一样，一反俗见，推尊词体，标榜词道，为中兴词学而大力鼓吹。他的《词选序》是阳羡派一篇全面抨击"词为小道"、极力抬高词体地位的纲领性宣言：

> 客或见今才士作文，间类徐、庾俪体，辄曰："此齐、梁小儿语耳。"掷不视。是说也予大怪之。又见世之作诗者，辄薄词不为，曰："为辄致损诗格。"或强之，头目尽赤。是说也则又大怪。夫客又何知！客亦未知开府《哀江南》一赋，仆射在河北诸书，奴仆《庄》、《骚》，出入《左》、《国》，

即前此史迁、班掾诸史书，未见礼先一饭。而东坡、稼轩诸长调，又骎骎乎如杜甫之歌行与西京之乐府也。盖天之生才不尽，文章之体格亦不尽。上下古今，如刘勰、阮孝绪，以暨马贵与、郑夹漈诸家所胪载文体，廑部族其大略耳，至所以为文不在此间。鸿文钜轴，固与造化相关；下而谰语厄言，亦以精深自命。要之穴幽出险，以厉其思；海涵地负，以博其气；穷神知化，以观其变；竭才渺虑，以会其通。为经为史，曰诗曰词，闭门造车，谅无异辙也。今之不屑为词者固亡论，其学为词者，又复极意《花间》，学步《兰畹》，矜香弱为当家，以清真为本色。神瞽审音，斥为郑、卫。甚或爨弄俚词，闺襜冶习，音如湿鼓，色若死灰。此则嘲诙隐廋，恐为词曲之滥觞；所虑杜夔、左骖，将为师涓所不道。辗转流失，长此安穷！胜国词流，即伯温、用修、元美、徵仲诸家，未离斯弊，馀可识矣。余与里中两吴子、潘子咸焉，用为是选。……仅效漆园马非马之谈，遑恤宣尼觚不觚之叹，非徒文事，患在人心。然则余与两吴子、潘子仅仅选词云尔乎？选词所以存词，其即所以存经存史也夫！

陈维崧认为，各种文学体裁并无高低贵贱、正宗与非正宗的区别，扬诗抑词如同重古文轻骈俪一样，是经不起文学史实检验的。人的才能和擅长并不相同，文章体式也非常丰富，因此无论是鸿文钜篇，还是厄言逸语；不管是古文诗章，抑或骈俪词曲，皆须因作者的才性而随其选择，方能人尽其才，体尽其用。他还指出，作者选择不同的著作形式和文体式样进行写作，许多思维特点其实互相沟通，他们通过自己才、学、思、气的流贯倾注，使作品深渺宽厚，会通达变。这有力地打破了鄙视词体的传统偏见，为词争得了与经、史、诗同等的地位，使词学观念获得一次新的扩大。

同时，陈维崧认识到，词地位的真正提高还有待词本身质量的改善，就是要根本扭转词为"艳"科"媚"物的习见，开拓词的新疆域。他说，像曹贞吉雄豪浑茫一类"杰作"才能让呵斥词为小道者停止议论（见《曹实庵咏物词序》）。他批评词人"极意《花间》，学步《兰畹》，矜香弱为当家，以清真为本色"，以为正宗的词学观存在严重偏颇，拨转词风为当务之急。将推尊词体与提高词品结合起来考虑，以寻找词的发展方向，阳羡派其他词论家也有相似的意见，史惟圆曰：

今天下词亦极盛矣，然其所谓盛，正吾所谓衰也。家温、韦而户周、秦，抑亦《金荃》、《兰畹》之大忧也。夫作者非有《国风》美人、《离骚》香草之志,意以优柔而涵濡之,则其入也不微,而其出也不厚。人或者以淫亵之音乱之,以佻巧之习沿之,非俚则诬。(引自陈维崧《蝶庵词序》)

这些意见与浙西派观点有一致之处。朱彝尊等也重视立志寓意,反对俚词冶习,香媚靡弱。但是在具体词风取向上两者却不同,陈维崧所向往是"骎骎乎如杜甫之歌行与西京之乐府"的"东坡、稼轩诸长调"。他实际上以为,词体的崇高地位主要凭借对这一脉词风的发扬光大才能够确立,如果词依然限于正统词论规范之内,不摆脱"诗庄词媚"的束缚,就永远不会具有与诗一样的地位,也就根本谈不上通过选词存词以达到"存经存史"的目的。

强调抒情写恨,寄寓亡国之思

陈维崧自言早年作词追求"致语","毋事为深湛之思"(见《任植斋词序》)。至顺治十三年他父亲去世,家道完全败落,陈维崧生活方式极大改变以后,其词风才发生明显变化。而此时,南明政权大都消亡,桂王小朝廷虽存而穷途没落,复明完全无望。正是在家愁国恨、个人潦倒困踬诸因素的刺激下,陈维崧词风趋上,同时对作词也产生了新的认识。

他认为"穷而后工"同样适宜于说明词的创作(《王西樵炊闻卮语序》)。他强调词的抒情性,尤其欣赏穷苦潦倒、屈抑失志者郁勃痛愤、豪顿感激之词。"一卷《乌丝》饶寄托,怪时人只道填词手。说诗者,固哉叟。"(《贺新郎·寄兴呈遽庵先生》)《乌丝词》是陈维崧的一部词集名。他追求寄托、鸣悲道恨的写作大旨由此可见。他为别人词集作序,也往往将他们不幸的身世遭际与排奡撞激、贲猛粗厉之音联系起来考察。《朱幼安集序》既对朱氏狷介自守、不合俗好的性格表示理解和尊重,又对他雄奇苍劲,充满如怒流奔泻、惊涛拍岸般力度和气势的词作激赏不已。武进词人董元恺怀才不遇,侘傺牢骚一寓之《苍梧词》。陈维崧为其词集作序,对他"叩丹霄而无路,攀紫闼以谁阶"困顿落泊深表同情,又大力彰扬他"蘸杯盘而狂嗷"、淋漓酣畅、"剑拔弩张"的词篇。序还对词以抒愁的思想作了分析:

> 若使人间罢长恨之歌,天上少销魂之曲,井公多暇,惟解投壶;彭老无愁,未尝观井,则秦缶不弹,燕歌遂歇,石何言于晋国,鹤无语于尧年,无如海水长干,蓬池易浅。赵厕有不平之客,吴关多可惜之人,此则大夫思告其哀,匹士愿歌其事,言之不足,悲矣如何。且夫鸩岂善于为媒?鱼宁可以作媵?子虚亡是,讵常真有其人?暮雨朝云,要亦绝无之事,然而宋玉以寄其形容,相如以成其比兴。固知情难揽实,事比镂尘,托

谲迷以言愁,借嘲诙以写志。凡兹抹月批风之作,悉类咒神骂鬼之章。达者喻之空花,愚夫求之楮叶。

说明文学作品哀愁的主题根源于社会生活中无时无地不在的悲绪恨事,只要生活不如人意,"秦缶"、"燕歌"就不会消歇,词的愁声也将不绝于耳。同时又说明,文学作品包括词在内的抒情性往往借助虚幻的描写加以实现,作者通过艺术想像的笔墨使自己的讽意得到曲折而又尽畅的表达。

陈维崧还不断流露出抒写亡国哀痛的思想,这使阳羡派词论包容了比较深沉的历史和现实的内容。《吴初明雪蓬词序》通过对金陵古城兴亡衰变、人物流迁换易的深痛感慨,清楚告诉读者他内心悲哀中所萦系的故国情思。宋代遗民唐珏、林景曦等,借咏物小题以写黍离之思的《乐府补题》,多引起清初词人感情共鸣,成为当时填写咏物词的范本。《乐府补题》由朱彝尊搜辑,蒋景祁刊刻。陈维崧不仅予以倡和,而且以充满理解的口吻介绍《乐府补题》蕴含的沧桑之痛,"盘中烛炮,间有狂言;帐底香蕉,时而谰语。援微词而通志,倚小令以成声。此则飞卿丽句,不过开元宫女之闲谈;至于崇祯新编,大都才老梦华之轶事也。"并说人们闻此"妍唱""清歌",定然"抚掌"、"赏心"(《乐府补题序》)。其实这曲折表达了他自己经历明清易代后的幽思隐衷。陈维崧评同时词人的作品,也格外注目其感慨亡国触景生情之辞。评曹贞吉咏物词:"以彼流连小物之怀,无非淘洗前朝之恨。"(《曹实庵咏物词序》)又如评任绳隗《满江红·读南史有感》:"摇落江潭,胜读庾兰成一赋。"(《直木斋词》评语)可以说这是陈维崧以词"存经存史"说重要内涵之一。

肯定多种风格,尤尚豪放雄奇

在清初词派中,阳羡派对历史上不同阶段的词家以及姿态各异的艺术风格的遴选诠衡,是比较宽容的,他们不分南北宋为两宗,也不在婉约、豪放之间偏取一端。蒋景祁《刻瑶华集述》曰:"今词家率分南北宋为两宗,歧趋者易至角立。究之臻其堂奥,鲜不殊途同轨。①"陈维崧主张对婉约、豪放及其他风格的词都应全面撷取。《徐竹逸词序》称赞徐氏作词,"三千粉黛,掩

---

① "轨"为车子两轮间的距离,也可指车道,引伸为法度、规则之意。战国时各国轨制或不相同,秦统一后实行统一的度量衡制度及轨制,《史记·秦始皇本纪》谓之"一法度衡石丈尺,车同轨"。规定各种车辆的车轨宽度相同,于是可在全国各条宽度相同的车道上通行无碍。这就是"殊途同轨"之效。蒋景祁用此成语,以为南北宋不同词风而其间存在共同的创作法则,皆符合于词的艺术规范。陈维崧《今词选序》云:"诸家既异曲同工,总制亦造车合辙。"说的也是这层意思。

周、柳之香柔；丈八琵琶，驾辛、苏之感激。"《念奴娇·读顾庵先生新词兼酬赠什即次原韵》："较量词品，稼轩、白石、山谷。"他在《今词选序》里更对作词为何不能偏尚一体的原因作了说明：

> 原夫钟鸣谷应，截嶙竹以雄雌；晕满灰飞，缅桑弦于子母。算穷升龠，气可感乎八风；律准阴阳，根实生夫万事。……泊乎歌数绵驹，风行齐右，莫不性由习染，俗以人移。此之音调，大略可睹矣。盖诗自皇娥而下，词沿赵宋而前，历代相仍，变本加厉。……夫体制靡乖，故性情不异。弦分燥湿，关乎风土之刚柔；薪是焦劳，无怪声音之辛苦。譬之诗体，高、岑、韩、杜，已分奇正之两家；至若词场，辛、陆、周、秦，讵必疾徐之一致。要其不窕而不槬，仍是有伦而有脊，终难左袒，略可参观。仆本恨人，词非小道。遂撮名章于一卷，用存雅调于千年。诸家既异曲同工，总制亦造车合辙。聊存微尚，讵俪前型。

风土、习俗、性情、传统各不相同，受这些因素制约的词创作自然也会呈现千姿百态的格调风貌。对众多异曲同工的词作，偏袒一体的武断做法并不允当，让它们同列共存，互相"参观"才是明智的。陈维崧编《今词选》的这一原则，也贯穿在蒋景祁编选的《瑶华集》中。该书突出阳羡、浙西二派，又能比较如实地反映其他流派和词家的成就。这些都显示出阳羡派选词和开展词学批评宽容的态度。

在主张多种风格并擅其美的前提下，陈维崧又对苏轼、辛弃疾等人开创的豪放雄奇的词风更加神往。《贺新郎·奉赠邃庵先生》云：

> 识得词仙否？起从前欧、苏、辛、陆，为先生寿。不是花颠和酒恼，豪气轩然独有。要老笔万花齐绣，掷碎琵琶令破面，好香词污汝诸伶手。笑余子，徒雕镂。　秦关汉苑难描就，矗中原怒涛似箭，断崖如白。我有词人千行泪，扑地狮儿腾吼，声撼落枯中棋叟。鹤发鸡皮人莫笑，忆华年曾奉西宫帚。家本住，金台口。

陈维崧胸襟大，对词的期待又高，家愁国恨、个人颠沛落魄的痛苦，酿就他心中千行悲泪，而化为"狮儿腾吼"。清婉柔媚的词风不足以传递他的心声，雄沉豪快、壮采飞扬的苏、辛词风才适合他酣畅地吐泻胸臆。这决定了他在豪放、婉约两派中更向往豪放一路。《水调歌头·题友人词并示邻大匡》赞赏友人作品："新词句，真磊落，太纵横。……爽若并州快剪，又若短兵狭巷，杀贼不闻声。"同调《读董舜民苍梧词题后》形容董元恺(舜民)词"中有奇文兀臬，每夜必腾光怪,鳌掷与鲸呿。力压古聱叟,气摄万獠奴。”“既似苔纹瓦篆,又似碑残鼓罄,字里吼於菟。”从神往欧阳修、苏轼、辛弃疾、陆游到高度褒赞同时代词人纵横雄深的作品,体现着陈维崧词学追求的主导方面。

第二节　朱彝尊及浙西派

浙西派因龚翔麟编刻《浙西六家词》而闻名,它实际上是一个以朱彝尊为首,以浙西籍词人为主也包括一些宗尚相近的异地词人在内的词派。起始它与陈维崧为首的阳羡派平分秋色,后来其影响和阵容均超过阳羡派而成为词坛首领。浙西派词论主要由朱彝尊、汪森提出,朱、汪共同编选的《词综》集中而具体地显示了其词学宗旨,朱彝尊在该派中的作用尤为重要。

朱彝尊(1629—1709),字锡鬯,号竹垞,秀水(今浙江嘉兴)人。康熙十八年举博学鸿词科,官翰林院检讨,充史馆纂修官,后因故罢官,晚年居乡著述以终。著有《曝书亭集》等。诗与王士禛并称,词名尤著。王煜《清十一家词钞自序》曰:“竹垞淳深,独张南宋,抗颜《乌》、《帽》,词派始成。”“《乌》、《帽》”谓陈维崧《乌丝词》和纳兰性德《侧帽词》。朱彝尊从事词创作和批评的时间略晚于陈维崧而早于纳兰性德,所产生影响的广度和持久度在两家之上。

小令学南唐、北宋,慢词学南宋

在朱彝尊以前和同时代词人中,对南北宋词的评价存在较大分歧。云间派前期代表陈子龙推尊南唐和北宋词,后期的不少成员并将北宋词也摈弃不学,专摹五代,取途就更窄了。无论陈子龙抑或后期云间派词人,他们在专意小令和不好南宋词这两点上又是相一致的。与云间派不同,清初有些词论家对南宋词评价较高,王士禛、邹祗谟均主张兼学两宋。邹氏《远志斋词衷》更具体认为,北宋词人“自足名家”,然而“长篇不足”,“长调惟南宋诸家才情蹀躞,尽态极妍”。因此主张“小调不学《花间》,则当学欧、晏、秦、黄”,长调“至姜、史、高、吴,而融篇炼句琢字之法,无一不备”,当然他们也就成了后人创作长调学习的对象。朱彝尊综合和发展了以上诸说,提出小令、慢词分而习之,以兼南北宋之长:

曩予与同里李十九武曾论词于京师南泉僧舍,谓小令宜师北宋,慢

289

词宜师南宋。武曾深然予言。(《鱼季庄词序》)

予少日不喜作词,中年始为之,为之不已且好之。因而浏览宋、元词集几二百家。窃谓南唐、北宋惟小令为工,若慢词至南宋始极其变。以是语人,人辄非笑,独宜兴陈其年谓为笃论。信乎同调之难也。其年没后,予词亦不复多作。及读东田小令、慢词,克兼南北宋之长,与予意合。(《书东田词卷后》)

在朱彝尊看来,小令、慢词分宗两宋,其实就是要求取法词中最高一格,以兼有两宋词之美。这有对时人上述词论相承袭的一面,但更有其扩大取法范围、突破后期云间派不好宋词尤其是世人普遍拒绝南宋词的进步意义,虽然这主要还是以两宋婉约词为酌取对象,与同时的陈维崧钦羡"东坡、稼轩诸长调"(《词选序》)和王士祯以"苏、陆、辛、刘"为"英雄之词"(《倚声集序》)相比较,朱彝尊浙西派还显得气度有些狭小。

朱彝尊《词综发凡》云:"世人言词,必称北宋。然词至南宋始极其工,至宋季而始极其变。"联系他《书东田词卷后》的话,《词综发凡》所述主要是以慢词的进步作为词发展的标记。因此,他要求兼师南唐、北宋小令和南宋慢词,两者中其实又是以论慢词的宗尚为其重点的。后人论朱彝尊宗尚南宋,这大体还是符合朱彝尊词学思想的实际。宗南宋与重慢词在朱彝尊词论中其意思略约相同(当然他也并不完全排斥北宋慢词)。云间派专意小令,长篇非其所长。清人中兴词学,重要特征之一即是长调慢词渐受重视并日趋繁荣,这与咏物词的大量出现有关,同时也适合了词的学问化倾向的需要。邹祇谟《远志斋词衷》云:"盖词至长调而变已极。"彭孙遹《金粟词话》云:"今人作词,中小调独多,长调寥寥不概见,当由兴寄所成,非专诣耳。"他对龚鼎孳、吴伟业、曹尔堪等人的长调极为心折。这些都可以看做是清初词论家对长调的提倡。朱彝尊宗南宋重慢词的看法与他们是相一致的,而又比他们讲得明确,提倡更有力,这对推进清词的长调慢词创作具有深远影响。

宗姜、张,尚雅词

朱彝尊词论的重点是提倡学习南宋慢词,而在南宋词人中,姜夔、张炎又被推为一代典范。他说:"词莫善于姜夔。"(《黑蝶斋诗余序》)"倚新声玉田(张炎)差近。"(《解珮令·自题词集》)在他的影响下,以姜、张为宗又成为了浙西派一面旗帜,以至形成"浙西填词者,家白石而户玉田"(《静惕堂词序》)大体统一的格局。

宗姜、张其实反映的是尚雅思想。"填词最雅无过石帚"(《词综发凡》这句话恰好是"词莫善于姜夔"、"姜尧章氏最为杰出"(同上)的注脚。朱彝尊在《解珮令·自题词集》表示自己作词近张炎而远秦观、黄庭坚,也是指趋雅词、避艳情(尽管他实际上并未完全摆脱秦、黄词的影响)。"雅"是朱彝尊词论的核心。他反复强调:

> 盖词以雅为尚。(《乐府雅词跋》)
>
> 念倚声虽小道,当其为之,必崇尔雅,斥淫哇,极其能事,则亦足以宣昭六义,鼓吹元音。(《静惕堂词序》)
>
> 姚江楼上舍俨若工于词,囊留京师,辑《词鹄》一书,业开雕拓行,既而悔之。……上舍请易书名。予名之曰《群雅集》。盖昔贤论词,必出于雅正,是故曾慥录《雅词》,铜阳居士辑《复雅》也。(《群雅集序》)

朱彝尊崇雅的思想,就其直接的词学渊源来说,远绍姜夔、张炎,近继曹溶、曹尔堪。除此之外,这也是他自己整个文艺观中重视醇雅思想的一个有机组成部分。他论诗、文都以醇雅为高境,"一艺期至工,必也醇乎雅。"(《赠缪篆顾生》)"古文至南宋,日趋于冗长。独罗鄂州小集,所存无多,极其醇雅。"(《书新安志后》)说明朱彝尊诗、文、词论在尚雅这一点上是一致的。

"雅"在朱彝尊词论中具体含义是什么? 首先雅词当须合律。《群雅集序》指出,"填词入调","自开元、天宝始,逮五代十国,作者渐多"。宋初以后,词的格律更加发展,"徽宗以大晟名乐,时则有若周邦彦、曹组、辛膂次、万俟雅言,皆明于宫调,无相夺伦"。"洎乎南渡,家各有词……而姜夔审音尤精。终宋之世,乐章大备"。朱彝尊要求兼擅两宋之长,以姜夔为宗,很重要一点就是推崇宋词的音律和谐精美,特别是对"审音尤精"的姜夔作品无限神往。《群雅集》编者论词重宫调,朱彝尊盛称道:"旨哉,子之言词乎!"这些均说明合宫按调,是雅词的重要标志之一。朱彝尊肯定明初词人杨基、高启、刘基等词作"温雅芊丽,咀宫含商";批评"周白川、夏公谨诸老,间有硬语;杨用修、王元美则强作解事,均与乐章未谐"(《词踪发凡》)。这与《水村琴趣序》批评明词"排之以硬语,每与调乖;窜之以新腔,难与谱合",正可参见。这也证明朱彝尊将"咀宫含商"、谐合"乐章"作为区别词雅与否的一个重要标准。

其次,"雅"指词的立意和语言醇正精美,这往往与"俗""秽"对举。朱彝尊说:

> 词人之作,自《草堂诗余》盛行,屏去《激楚》、《阳阿》,而巴人之唱齐

进矣。周公瑾《绝妙好词》选本虽未全醇,然中多俊语,方诸《草堂》所录,雅俗殊分。(《书绝妙好词后》)

　　言情之作,易流于秽,此宋人选词多以雅为目。法秀道人语涪翁曰:"作艳词当堕犁舌地狱。"正指涪翁一等体制而言耳。……是集于黄九之作去取特严,不敢曲徇后山之说。(《词踪发凡》)

其一着重于语言雅俊,其二着重于含蕴雅正。朱彝尊谈作词之"术","绮靡矣而不戾乎情,镂琢矣而不伤乎气,夫然后足与古人方驾焉"(《孟彦林词序》)。他赞许蒋景祁词"秾而不靡,直而不俚,婉曲而不悔,庶几可嗣古人之逸响"(《蒋京少梧月词序》),其实也是对词的抒情达意、遣词造句归于雅正的具体说明。

浙西派提倡的醇雅既不同于亢激质俚绮艳,也有别于一味的柔滟绵婉,而是要求蕴藉之中兼有俊逸排宕笔致。朱彝尊称赞《绝妙好词》"中多俊语",汪森肯定"与清婉秀逸之中,绰有纵横排宕之致"(《故篔集长短句序》)。曹尔堪评朱彝尊词"芊绵温丽,为周、柳擅场。时杂以悲壮,殆与秦缶燕筑相摩荡,其为闺中之逸调耶?"(《曝书亭集》卷首载词原序)这些评语可以帮助我们体会他们提倡的雅词包含着对俊健语言风格的吸收。

寄情传恨与宴嬉逸乐

朱彝尊认为词具有"寄情""传恨"的功能:

　　词虽小技,昔者通儒钜公往往为之。盖有诗所难言者,委曲倚之于声,其辞愈微,而其旨益远。善言词者,假闺房儿女子之言,通之于《离骚》、变雅之义,此尤不得志于时者所宜寄情焉。(《陈纬云红盐词序》)

　　十五磨剑,五陵结客,把平生涕泪都飘尽。老去填词,一半是空中传恨。几曾围、燕钗蝉鬓。(《解佩令·自题词集》)

朱彝尊说的恨意衷情,既包括故国沧桑之感,也含有个人仕途颠困和私生活难以称心遂意所引起的悲怆哀怨,他认为这种种郁结幽怀都可以藉词泄露抒吐。其中谈到词人作词与《离骚》、变雅的创作精神相通,宜将经国济世意识、政治寓托和功名抱负通过儿女感情的描写隐约婉曲表达出来,即是强调了比兴寄托的重要性。这也是清初词论家普遍的认识。

关于词的功能,朱彝尊还讲过这样一段话:

　　昌黎子曰:"欢愉之言难工,愁苦之言易好。"斯亦善言诗矣。至于词或不然,大都欢愉之辞工者十九,而言愁苦者十一焉耳。故诗际兵戈

傲扰,流离锁尾,而作者愈工,词则宜于宴嬉逸乐,以歌咏太平。(《紫云词序》)

这与他自己在《陈纬云红盐词序》和《解珮令·自题词集》所肯定的不得志者借词以寄情传恨的观点有明显矛盾,而与陈维崧引述"穷而后工"说论词相比,认识上也表现出较大的差距。朱彝尊写这段话带有某种迎合新朝统治者的心理,从而使词论染上了几分御用色彩,这是毋庸讳言的。尚需指出的是:这又与他不适当地强调诗、词分工有关,实际上仍暴露了"诗庄词媚"的正统观念。此外,由于这是朱彝尊替分巡赣南道的丁炜的词集写序,其中多有招宾客倚声酬和之作,故得顾及词集流连景物、宴嬉逸乐的内容,难免在序文中有所附和,夹带几分应酬的意思。考虑到这些因素,所以我们还不能将朱彝尊这段话完全理解成是为清朝歌咏太平而张目,也不能因此而简单地认为他是对自己提出的寄情传恨说的完全放弃。对词的功能两种矛盾的认识,可能与朱彝尊始终俱随,虽然他们的主次位置或许会有所变换。

汪森(1653—1726),字晋贤,号碧巢,祖籍安徽休宁,居浙江桐乡。贡生,历官户部江西司郎中、桂林通判。著有《小方壶文钞》、《小方壶存稿》。他写的《词综序》是浙西派一篇重要词论。在这篇序里,他首先抬高词的文学地位,反对"词为诗余"等小视词体的偏见。其次,简述五代以后词的发展流变,突出姜夔在词史上的巨大作用,视南宋姜夔一脉词风为极境,并概括姜夔词的特点是"句琢字炼,归于醇雅",这八个字成为浙西派词论要义的最简明表述:

> 西蜀、南唐而后,作者日盛。宣和君臣,转相矜尚。曲调愈多,流派因之亦别,短长互见。言情者或失之俚,使事者或失之伉。鄱阳姜夔出,句琢字炼,归于醇雅。于是史达祖、高观国羽翼之;张辑、吴文英师之于前,赵以夫、蒋捷、周密、陈允衡、王沂孙、张炎、张翥郊之于后。譬之于乐,舞《箾》至于九变,而词之能事毕矣。

该文最后对《词综》编选情况作了说明,其中谈到编选此书的意图是要清除《草堂诗余》的影响,为词人标示宗尚,实即要求以姜夔、史达祖诸家为作词规范而予效仿:

> 世之论词者,惟《草堂》是规。白石、梅溪诸家,或未窥其集,辄高自矜翔。……历岁八稔,然后成书,庶几可一洗《草堂》之陋,而倚声者知所宗矣。

汪森《词综序》的基本观点与朱彝尊是完全相一致的。需要指出一点是,朱彝尊对词地位的重要性少所论及,《陈纬云红盐词序》也仅仅说,词能补诗之不足,因此虽为"小技",却更适合于失志者借以道情。汪森从长短句的形式追溯词的起源,将上古歌谣、《诗经》、乐府看做词的源头,得出近体诗与词"分镳并骋,非有先后"的结论,否定了词为诗余的传统意见。当然,长短句形式的萌芽不等于词的产生,汪森对词体发生的说明不免牵强,但他主要借此推翻词天生不如诗高贵的定案,意在推尊词体,为词的新发展制造舆论,这是有进步意义的。汪森《词综序》在这方面补充了朱彝尊的词论。

第三节　张惠言、周济及常州词派

常州词派兴起于嘉庆,大畅于道光,虽然这期间与以后浙派余势未消,但无论是在阵容声势抑或影响深广两方面,皆难与常州词派相颉颃,词坛易帜成为不可逆转的潮流。常州词派发轫于张惠言,其说至周济初成体系,董士锡、宋翔凤等人也对该派理论的建设有所贡献。

张　惠　言

张惠言(生平见本册第二章第三节)的词学观点主要见于由他主持,与弟张琦合编的《词选》一书,他写的《词选序》集中表述了该派的词学思想,书中评语则反映他论词的具体旨趣和批评方法。

《词选》的编选意图

《词选》二卷,原名《宛邻词选》,共选入唐五代两宋词四十四家一百十六首,刊于嘉庆二年八月。行世后,"多有病其太严者"(张琦《续词选序》)。其外孙董毅又编《续词选》三卷,选词五十二家(重出者十九家)一百二十二首,道光十年刊刻。张琦称编续选"亦先兄(张惠言)之志"(同上)。然董选补张炎词二十三首(《词选》仅选张炎一首),部分地反映了浙派趣尚,与张惠言原意有一定出入。

嘉庆初年,张惠言客居安徽歙县,从金榜研治郑《礼》,同时为金氏子弟讲授词学,他编《词选》的直接目的乃是备讲课之需。后来该书被常州派词

人奉为词学圭臬,是他始料不及的。但是这不等于张惠言编《词选》之初没有另存扭转和指导词坛风气的高远追求。《词选序》云:

> 故自宋之亡而正声绝,元之末而规矩隳,以至于今四百余年,作者十数,谅其所是,互有繁变,皆可谓安蔽乖方,迷不知门户者也。今第录此篇,都为两卷。……几以塞其下流,导其渊源,无使风雅之士,惩于鄙俗之音,不敢与诗赋之流同类而风诵之也。(据《张氏词选》)

清楚表明他想通过《词选》的传播,达到在词界"塞其下流,导其渊源",指示"门户"的目的。"下流"所指包括柳永、黄庭坚、刘过、吴文英诸人"荡而不返,傲而不理,枝而不物"的词风,张先、苏轼、秦观、周邦彦、辛弃疾、姜夔、王沂孙、张炎等人的词中间杂的"放浪通脱之言"(张惠言对以上八家总体上是肯定的,称其词"渊渊乎文有其质",这是另一回事);更是指后人偏嗜于此,变本加厉而衍成的弊病。领受张惠言教诲的金应珪在《词选后序》将当时词人作词的弊端概括为三点:淫词、鄙词、游词。这大致也是张惠言的看法。他们认为,这些弊端妨碍了词的健康发展,同时又为受正统文学观支配者否定词体提供了口实。因此他是从推尊词体的高度来认识"塞其下流"的重要性和急迫性,较诸一般就事论事的批评更显得凝重而有力。可是另一方面,又不免矫枉过正,如一概抹杀柳永、黄庭坚、刘过、吴文英词(《词选》不录四人作品),就属其例。《续词选》增入柳、刘、吴词,使其缺失得到部分弥补。

尊词意,崇比兴

《词选序》对词的特征阐述如下:

> 词者,盖出于唐之诗人,采乐府之音,以制新律,因系其词,故曰"词"。传曰:"意内而言外,谓之词。"其缘情造端,兴于微言,以相感动,极命风谣里巷、男女哀乐,以道贤人君子幽约怨悱不能自言之情。低徊要眇,以喻其致。盖《诗》之比兴、变风之义,骚人之歌,则近之矣。然以其文小,其声哀,放者为之,或跌荡靡丽,杂以昌狂俳优。然要其至者,莫不恻隐盱愉,感物而发,触类条鬯,各有所归,非苟为雕琢曼辞而已。

首先肯定词起源于唐,它是继承乐府的合乐传统、自成音律格式的一种新的文学体裁。此说前人多已论及,并无新意。张惠言这段话最重要的两个观点是:尊词意和崇比兴。他将许慎《说文解字》中用以解说词语之词的"意内言外"一语移用来作为词体之词的定义,明人徐士俊《古今词统序》已云:"考诸《说文》曰:'词者,意内而言外也。'不知内意,独务外言,则不成其为词。"可知此不是张惠言的发明。但是在"意"之内涵上，徐士俊强调的是"柔情"，张惠言则特别注重忠爱美刺内容，从而突出了在词创作中追求内在政治意蕴的重要性，而在研读前人词篇时，又往往强调以索求这样的词意为读者的阅读目的。他反对从气格、声调，或者如人们常说的风格流派方面去框套前人的创作，在具体批评实践中，他一般不特别关心词篇的格律、声韵、技巧等具体艺术特点，而是始终贯穿"务求其义"的批评原则，将释义作为评赏的要务，从而在词的创作论和批评论两方面共同体现出重意的倾向。这对克服和纠正词创作中轻视思想内蕴和批评方面流于琐碎微末的流弊具有积极意义。张惠言是一个经世意识和政治意识都比较强烈的学者和作者，他对文人埋首书卷、不问世事，或专意烦琐考据而迷失大意的积习甚不满意，要求学问与世运相结合。他论词重意正是这种处世态度和学术、文学思想的具体反映。

崇比兴与尊词意密切相关，尊词意谓在创作中增强而不是削弱词的思想内蕴，崇比兴则指通过以此喻彼、托物起兴的艺术手法表达作品的意蕴内涵。张惠言认为词的特征接近"《诗》之比兴、变风之义，骚人之歌"，这既是指词具有《诗》、《骚》那样比况感兴、美人香草的艺术风格，还指词应该包含《诗》、《骚》那样忠爱美刺的政治、伦理性内容，或者诉述与此有联系的个人政治命运升黜进退的遭际。因此，他提倡词有比兴，是兼谓词的写作手法和思想内容而言。张惠言与常州派其他词论家推崇词体，主要基于对词这两方面功能的肯定。比兴之词，"缘情造端，兴于微言"，"低徊杳眇，以喻其致"，其不同于直言陈诉自不待言，即与含蓄不露也未可同日而语，它往往将词人内心深处哀乐之衷和"幽约怨悱不能自言之情"借助对其他景事的咏唱，曲折、隐晦地表达出来，即所谓"言在于此，意在于彼"，通过作品表层意思与深层涵蕴之间形成的这种掩蔽关系，使词的真意更加深挚、渺远、幽邃，让读者感受无穷。从比兴的认识出发，张惠言批评"鄙俗之音"、"跌荡靡丽，杂以昌狂俳优"之词，因为这些作品在此之言既已失雅，在彼之意又荡然不存。另一方面，他也不满正统文士因词"文小"、"声哀"的特点而轻易予以否定，认为他们漠视了词人"恻隐盱愉，感物而发，触类条鬯，各有所归"的比兴之意。张惠言从意格和比兴两方面推尊词体，比之正统文士的保守态度自然开明进步，然而他们的思想认识的实质也存在相接近的一面：一则以为词不能载负忠爱美刺等正统高贵的内容而予以拒绝，一则认为词在这方面能与"诗赋之流同类"而加以称赞，两者对文学思想性本身的认识实无多少区别。

词的阐释思想及释义实践

张惠言的比兴之说除了从创作论角度提出了词的文学特征外,实际上也是为读者和批评者选定了一条通过他们对作品积极参与和补充以借赏、诠释词的意义的途径。优秀的词篇固然是作者"感物而发,触类条鬯",以表达内心的"恻隐盱愉",然而许多作品的内蕴并非单一和清晰,而是需要经过读者的移情作用使之具体化,于是词人托象言义与读者释象明义两者之"义"在量和质上未必完全是一样东西。张惠言《词选》目之为有比兴之义的不少作品,其实作者原先立意命义并非如此,确切地说,这些含蕴不是词人写出来的,而是评者读出来的。张惠言以比兴言词,这就为读者和批评者在阅读和赏析作品时再造词旨开了绿灯,而他本人就是这方面大胆的实践者。

《词选》入选一百十六首词,被"指发"出"幽隐"之"义"的作品共四十一首,占全书四分之一。张惠言对这些作品的解释可以分为三类情况。一种情况是大致符合题意,然而解说过于具体落实,反而显得拘泥牵强,启人疑窦。第二种情况是作品有多种解释,或者存在作多种解释的可能性,张惠言仅仅确认其忠爱美刺之意。第三种情况是作品原无什么寄托,却深文周纳,强为"指发"。以上三种情况都程度不同地反映出张惠言释读词作的随意性,表现了读者(批评者)主观意识对作品的渗润,使某些作品的含蕴经过选评者解释获得了一次新的丰富,从而引起别人更多的思考。这一旨在鼓励解释自由和读者能动创造的批评方法在当时好求微言大义的"公羊学派"(以常州人为首,又称"常州学派")渐盛的学术背景下备受人们青睐原是不足为奇的。可是,张惠言对词的诠释和批评也带有根本的缺点:第一,将解释作品旨意与考索作品本事混为一谈。不同的读者对同一篇作品的内蕴可以有多种解释,然而作品的本事(倘若有的话)却是确然无移的,而且多数作品的本事只有一件。求索作品本事应当谨慎,忌作臆测。张惠言以"为某某事而作"的判断来"指发"作品"幽隐",将旨意的寻求等同于本事的推断,这是不谨慎的,以致后人对他释词有"固哉"之讥(见王国维《人间词话》)。第二,推求词旨表现出泛政治化倾向,张惠言所说比兴之义往往与皇朝政治相关,因此他往往从这个特定的角度宣释作品蕴义,从而使他的解说蒙上了一层浓厚的政治色彩,如他对苏轼《卜算子》、欧阳修《蝶恋花》的解释无不这样。而事实上,这两首词除了可以像张惠言那样去领略其政治含蕴外,还可以从日常家事、情灵心趣等方面去感受和观赏作品的意旨和形象。张惠言评词的实践,意味着他在拓开任意地"指发"作品政治寓意的窗户时,却又缩小了读者对作品更广泛的审美理解的天地。第三,随意改变作品的单元形式,如他将温庭筠十四首《菩萨蛮》视为内容结构呼应贯串的组词,并将它们和表现失宠之意的《长门赋》的"篇法"互相比仿,他解释该组词的比兴之义正是建筑在对原作的单元形式重新组合的基础上。这是不可取的,理解自由应以尊重作品原来的单元形式为前提,否则就太不着边际了。

张惠言上述词的阐释思想和释义实践给周济"有寄托入,无寄托出"和近代谭献"作者未必然,读者何必不然"的理论以直接启发,他阐释批评的缺点在周、谭那里得到了较多克服,说明常州派的接受文学理论经过几代人努力逐渐趋于成熟。

周　　济

周济(1781—1839),字保绪,又字介存,号未斋,晚号止安,江苏荆溪(今宜兴)人。嘉庆十年进士,官淮安府教授,旋引疾去。著有《介存斋文稿》、《介存斋论词杂著》等,编有《词辨》(存二卷),评选《宋四家词》。他对常州词派的主要贡献是,在尊词体、重寄托、建词统诸方面,充实、完善、修正和发展了张惠言理论,进一步提高了该词派的词论水平。

诗有史,词亦有史

推尊词体是清代有识见的词论家一种普遍共识,周济对此亦作了如下阐述:

> 感慨所寄,不过盛衰:或绸缪未雨,或太息厝薪,或己溺己饥,或独清独醒,随其人之性情、学问、境地,莫不有由衷之言。见事多,识理透,可为后人论世之资。诗有史,词亦有史,庶乎自树一帜矣。若乃离别怀思,感士不遇,陈陈相因,唾沈互拾,便想高揖温、韦,不亦耻乎!(《介存斋论词杂著》)

"诗史"是后人对具有广泛现实内容和强烈社稷意识、能帮助后人认识历史真实的杜甫诗歌的概括,周济认为词的创作也要将描写、反映这类内容和意识摆在首位,这就是"词亦有史"的含义。他要求词人时刻关心国家的安危盛衰,民众的饥寒困苦,在混浊昏暗的政治、吏道面前保持清醒的头脑、高亮的节操,词篇即是熔铸这些思考、感慨、品操而成,借以提供时代盛衰变化的真实图景,成为"后人论世之资",这样才有可能在词坛"自树一帜"。周济又认为,高词意是尊词体和写好词的关键所在,说:"意能尊体。""信乎忠义之士,性情流露,不求工而工。"(《介存斋论词杂著》)他对粉饰太平、无聊应酬的"应歌"、"应社"之作相当鄙夷,称其为"无谓之词";即使词人抒写的确是真情,然而假如这种感情纯属个人"离别怀思,感士不遇"之念,也为周济所不屑。这些表明在他词论中忠君意识和理性精神同时得到加强,而在呼吁词人提高词格、充实意蕴的同时,对词人丰富的个性因素也作了不适当地限制,使词广泛的抒情功能受到一定程度的削弱。周济上述观点与陈维崧、朱彝尊,尤其是张惠言尊词体的论述十分接近,相比之下,他的词论更带有封建社会分崩离析前夕催促词人以词为工具起而拯救世道的急迫感。

"非寄托不入,专寄托不出"

这是周济词论中最富有理论色彩的一个命题,是对张惠言比兴说的丰富和发展,涉及到词的创作和解读两方面问题。他说:

> 初学词求有寄托,有寄托则表里相宣,斐然成章。既成格调,求无寄托,无寄托则指事类情,仁者见仁,知者见知。(《介存斋论词杂著》)
>
> 夫词,非寄托不入,专寄托不出。一物一事,引而伸之,触类多通,驱心若游丝之胃飞英,含毫若郢斤之斫蝇翼,以无厚入有间。既习已,意盛偶生,假类毕达,阅载千百,馨欬弗违,斯入矣。赋情独深,逐境必寤,酝酿日久,冥发妄中。虽铺叙平淡,摹绘浅近,而万感横集,五中无主。读其篇者,临渊窥鱼,意为鲂鲤;中宵惊电,罔识东西。赤子随母笑啼,乡人缘剧喜怒。抑可谓能出矣。(《宋四家词选目录序论》)

这说明词人应该如何表现寄托,以及高级形态的"无寄托"之词所能产生的阅读效果。词"有寄托"是指词人将自己内心特定的幽思、想望、感慨通过对"一物一事"的刻绘摹状,具体而微地表现出来,其精美之境是能够做到"假类毕达",意物相称,"表里相宣,斐然成章"。"无寄托"之词并不是降低词的内涵标准,而是要求将词人特定的寄托转化成为具有广泛涵盖性和包容性的意念,并将其包含在丰厚、饱满、经得起多种角度观赏的艺术形象之中。此时,词人已经不是故意要将自己的寄托填塞到词里去,而是他的识见学养和艺术造诣已经达到出神入化,"冥发妄中",深浅皆宜,无所不遂的高妙境地,其词篇虽无专门的寄托可言,但是作品所包蕴的思致却更加丰满、深邃,而且更具有启发性。因此,从"有寄托"到"无寄托"实是词的创作艺术的一次升华和飞跃。

在周济"非寄托不入,专寄托不出"的主张中,还包含着深刻的重视读者作用的接受文学理论。他指出,从读者方面看,"有寄托"和"无寄托"之词的区别是,后者更便于读者自由展开联想,让个人从作品中体味出不同的含义,对词的真谛得出不完全一致的认识。"无寄托则指事类情,仁者见仁,知者见知";"读其篇者,临渊窥鱼,意为鲂鲤;中宵惊电,罔识东西"。而阅读"有寄托"之词的结果,往往是"阅载千百,謦欬弗违",侧重与前人的作品建立精确的认知关系。说明"无寄托"之词拥有较强的再生性特征,给读者重新发现和能动构建词的意义提供了宽绰天地。这也正是他更加赞赏"无寄托"之词的重要原因。他还说:

> 夫人感物而动,兴之所托,未必皆本庄雅,要在讽诵紬绎,归诸中正。辞不害志,人不废言,虽乖谬庸劣,纤微委琐,苟可驰喻比类,翼声究实,吾皆乐取,无苟责焉。(《词辨序》)

意谓词人托兴之词,未必"庄雅",然而读者"讽诵紬绎",能够从中发现和联想到"中正"之意,借以"驰喻比类",那么其辞虽然"乖谬庸劣,纤微委琐",也无妨被认为是一首值得肯定的作品而选入他的《词辨》一书。他实际上认为,词篇的含义不仅来源于作者赋予和作品呈示,还来源于读者的联想和创造。无论是读者从作品中发现寓含的意蕴,还是本于作品"驰喻比类"的启示自由地联想和创造,都反映了阅读的积极成果而受到周济赞同。

显然,周济比张惠言对读者作用的认识更加自觉,阅读期待被作为词创作的一个重要前提进一步受到重视,他对词的接受观点的表述也更加具体、明确、圆融,这些标志着常州派富有意义的读者理论渐趋成熟。

辨正变,建词统

周济写《词辨序》在嘉庆十七年(1812),此书是他三十二岁以前编选的一部词读本。原稿十卷,不慎阨于行舟,后追忆得正、变二卷。《宋四家词选》成于道光十二年(1832)。前者重在辨别正变,后者旨在建立词统。两者有区别也相联系,而且都与纠正浙派流弊和拓扩张惠言词学途径有关。

常州派词论虽然发轫于张惠言,但是张氏初始并没有明显标宗立派的意图,周济才公开亮出反浙派旗帜,从此,作为自觉地与浙派对垒的常州词派才真正风靡开来。周济极其不满浙派宗尚姜、张,他自己以"纠弹姜、张"自鸣得意(见《宋四家词选目录序论》)。浙派首领朱彝尊等并不因为高推南宋词而偏废北宋词,可是后来浙派普遍形成专主南宋的倾向。周济以正变论词,《词辨》正变两部分中均有南、北宋词人的作品;《宋四家词选》以周邦彦、辛弃疾、王沂孙、吴文英四家统领宋词,也不阈限南北之分,这是对浙派偏见的纠正。

张惠言论词向往"正声",周济对此没有异议,但是他对"正声"的理解不像张惠言那样严格,而且以为"变"乃"正声之次"(《词辨序》),也当撷取。因此,选词较少拘固。《词辨》、《宋四家词选》相对张惠言《词选》,选词范围要广泛一些,这不仅表现在选词数量有较多增加,显得较为妥适,更在重意的前提下尚能够顾及风格的多样性。如周济选入温庭筠、韦庄、欧阳修、秦观、周邦彦、周密、吴文英、王沂孙等词人,即考虑到了他们"殊体而并胜"、"别态而同妍"(《词辨序》)词的风格特征和长处,与张惠言从尚意的思想角度肯定其中某些词人,着眼点并非完全相同。又比如张惠言沿袭旧见,排斥柳永、黄庭坚词,周济则说柳永词"铺叙委宛,言近意远,森秀幽淡之趣在骨"(《介存斋论词杂著》),认为訾柳词为"俗笔"是"瞽说"(《雨霖铃》"寒蝉凄切"评语);评黄庭坚词也有"本色俊语","不可抹杀"(《宋四家词选目录序论》)。周济反对以姜、张为宗,并尖锐指出他俩创作上的缺点,即使如此,他对姜、张词的技巧和风格方面的擅场亦予必要肯定。以上颇足说明周济的艺术视野相对来说比较开阔。

周济以正变论词,正声指合符温柔敦厚诗教的词篇,变声之词"骏快驰骛,豪宕感激",而又不失之"亢厉剽悍"(见《词辨序》)。《词辨》列为"正声"的词人有:温庭筠、韦庄、冯延巳、欧阳修、柳永、秦观、周邦彦、史达祖、吴文英、周密、王沂孙、张炎等;属"变声"的词人有:李煜、范仲淹、苏轼、辛弃疾、姜夔、陆游、刘过、蒋捷等。该书"正声"部分突出周邦彦,这与他晚年编《宋四家词选》将周邦彦奉为最高词境的代表是相一致的;王沂孙、吴文英选入词数居"正声"第二、第三位,这也基本确立了两人后来被选入《宋四家词选》的资格;辛弃疾词居"变声"部分之首,虽与"正声"相比,寓有某种抑辛之意,但总的来说周济对辛词是服膺的。由此看,周济在《词辨》中实际上已经突出了周、王、吴、辛四家在宋代词史上的地位和作用,这为后来他编选《宋四家词选》打下了基础,也说明他词学主张前后因续的基本一面。

周济编《宋四家词选》对早年思想有进一步发展。首先,消泯了正变的界限。辛弃疾被选为宋四大词家之一,与周邦彦、王沂孙、吴文英不再有正、变之别。范仲淹、苏轼、姜夔、陆游、蒋捷等附见于辛弃疾之后,他们与隶属于周、王、吴名下曾有"正声"之称的一些词人拥有了相当的地位。这说明周济词学观念进一步摆脱了传统的正变说影响。其次，明确提出"问途碧山（王沂孙），历梦窗（吴文英）、稼轩（辛弃疾），以返清真（周邦彦）之浑化"（《宋四家词选目录序论》），建立词统以供学词者因序渐进，以达高境。对于四家词，周济赞其意高旨远情深，以他们为宋词领袖，这充分反映了他对词旨的重视。在艺术风格方面，周济树立的词统说明，既不偏主婉约，也不任纵豪放，而是要求柔厚相济，婉健协洽，以浑化、老辣之境为词的艺术理想。在学词的具体步骤上，王沂孙"声容调度，一一可循"；"词以思笔为入门陛阶。碧山思笔，可谓双绝"，故周济将王沂孙当作学词入门之师。"稼轩由北开南，梦窗由南追北，是词家转境。"他要求学习吴、辛，寓有取南北宋词长处之意。最后方进入周邦彦自然浑厚的境界（见《宋四家词选目录序论》）。《介存斋论词杂著》里有一段话："初学词求有寄托……既成格调，求无寄托。……北宋词，下者在南宋下，以其不能空，且不知寄托也；高者在南宋上，以其能实，且能无寄托也。南宋则下不犯北宋拙率之病，高不到北宋浑涵之诣。"他树立的词统在某种意义上说，也是向词人指出的一条从"求有寄托"提高到"求无寄托"的学词途径。

第五章　清代前中期戏曲批评

第一节　金人瑞的戏曲批点和清初的曲论

　　戏曲批点,作为文艺批评的一种形式,明代中期以后,已逐渐盛行。戏曲批点是一些戏曲鉴赏家在阅读欣赏剧本时不拘形式地写下的随感,或于警醒处圈圈点点,或在字行之间、宾白曲词之首略加评语批注,意犹未尽者,更有于一段、一出之首尾另加批语,灵活多样,不拘一格。这种批评形式的盛行,与当时文艺思想的活跃,戏曲创作的繁荣,戏曲剧本之流行,戏曲流派的争妍斗艳等因素都有关系。徐渭、李卓吾、吴江派、临川派作者都喜欢运用这种批评形式,而冯梦龙改定的《墨憨斋定本传奇》,孟称舜选辑的《古今名剧合选》等,几乎全有批点。此外,明代书贾搜集诸家批点,以广招徕,甚至伪托名人批点,乘机牟利,对批点的盛行可能也起了推波助澜的作用。由于书贾插手,有些戏曲批点不免流于牵强附会,断章取义,所以前人往往视批点为卑不足道。事实上,经过披砂拣金的选择,不难发现,不少批点蕴含着益人神智的精湛见解,提出了颇为新鲜的艺术理论。譬如明末的山人陈继儒(1558—1639,字仲醇,号眉公、麋公,华亭人)批点的《琵琶记》就是一例。他认为《琵琶记》"纯是一部嘲骂谱:赘牛府,嘲他是畜类;遇饥荒,骂他不顾养;厌糠剪发,骂他撇下结发糟糠妻;裙包土,笑他不奔丧;抱琵琶,丑他乞儿行;受恩于广才,制他无仁义;操琴赏月,虽吐孝词,却是不孝题目;诉悲琵琶、题情书馆、庐墓旌表,骂到无可再骂处矣"(全剧总评)。这种对《琵琶记》主题思想的分析,不失为别具眼光的一家之言。第二十六出《拐儿绐误》批云:"世上只有长官骗百姓耳,百姓骗长官,更妙! 更妙!"真所谓信手拈来,言简意赅,别有一番新鲜解释。对剧中著名的赵五娘"传真"、"描容"等

303

刻画描写批道:"不特传蔡公蔡婆之神,并传赵五娘之神"(眉批),"两人真容,一生行境,俱在五娘口中画出,绝妙传神文字。"(均见二十九出《乞丐寻夫》)又批云:"《西厢》、《琵琶》俱是传神文字,然读《西厢》令人解颐,读《琵琶记》令人鼻酸,从头到尾无一句快活话,读一篇《琵琶记》胜读一部《离骚经》。"(四十二出《一门旌奖》)这些批语反映了作者敏锐而精当的艺术见解,文笔简练清晰,犀利泼辣,实在是很有特色的戏曲批评文字。金人瑞更是有意识地运用并发展了这一批评形式,他所批点的《西厢记》(即所谓《第六才子书》),引起了人们广泛的注意。

金　人　瑞

金人瑞(1608—1661),原名采,字若采,又名喟,号圣叹,本姓张,江苏吴县人。明诸生,入清后因哭庙案被杀。金圣叹少有才名,"为人倜傥高奇,俯视一切,好饮酒,善衡文评书,议论皆发前人所未发"。(廖燕《金圣叹先生传》)曾以《离骚》、《庄子》、《史记》、杜甫诗、《水浒》、《西厢记》合称"六才子书",尤以批点小说《水浒》、戏曲《西厢》著称于世。著有诗集《沉吟楼诗选》等。

对金圣叹批点《西厢记》的评价,历来存在着分歧。这是由于金圣叹的思想比较复杂,存在矛盾;他对《西厢记》剧本所作的批点,其中虽然不乏好的甚至是相当精彩的见解,却也夹杂着非常琐碎无聊的东西,正如鲁迅所说:"原作的诚实之处,往往化为笑谈,行文布局,也都硬拖到八股的作法上。"(《谈金圣叹》)更由于有一时期极"左"思潮的干扰,和以政治判断替代理论分析的不正学风,都给正确评价金圣叹的戏曲思想造成了困难。而事实上,如能具体分析其矛盾,全面考查他的批点,实事求是地进行衡量,则金圣叹未必是封建反动文人,他的批点也未必都是糟粕。

一、《西厢记》不是淫书

《西厢记》自问世之日起,就赢得了广大观众特别是青年男女的喜爱,同时也遭到了封建卫道者的诬蔑,骂它是"淫书",并诅咒作者"口孽深重,罪干阴谴"(见《消夏闲录》)。对此,金圣叹批驳道:"夫张生,绝代之才子也;双文,绝代之佳人也。以绝代之才子,惊见有绝代之佳人,其不辞千死万死,而必求一当,此必至之情也。即以绝代之佳人,惊闻有绝代之才子,其不辞千死万死,而必求一当,此亦必至之情也。"(《琴心》折总批)才子与佳人相爱,是男女间的"必至之情",金圣叹以为这是非常自然的事,并没有什么不正当。他抬出《诗经》作为驳论的依据,"盖《西厢》所写事,便全是《国风》所写事"(《读法》十一)。既然诗歌中《国风》可以反映男女之情,为什么戏曲之佼佼者《西厢记》却不能描写呢? 金圣叹分析《西厢记》所写题材的深刻社会意义道:

> 《西厢记》不同小可,乃是天地妙文。自从有此天地,他中间便定然有此妙文,不是何人做得出来,是他天地直会自己劈空结撰而出。若定要说是一个人做出来,圣叹便说此一个人即是天地现身。(《读法》一)
>
> 想来姓王名实甫此一人亦安能造《西厢》,他亦只是平心敛气,向天下人心里偷取出来。(《读法》七十五)

这无异是说崔、张之间的爱情故事乃是现实生活的反映,它存在于"天下人心里",王实甫把它反映出来,说出了天下人的心里话。"总之,世间妙文,原是天下万世人人心里公共之宝,决不是此一人自己文集"(《读法》七十五)。这样的剧本怎么可以称它为"淫书"呢?

《西厢记·酬简》描写莺莺终于挣脱思想牢笼,以实际行动大胆向封建礼教挑战,因此也最受卫道者们的攻击。"有人谓《西厢》此篇最鄙秽者,此三家村中冬烘先生之言也。夫论此事,则自从盘古至于今日,谁人家中无此事者乎? 若论此文,则亦自从盘古至于今日,谁人手下有此文者乎? 谁人家中无此事,而何鄙秽之有与? 谁人手下有此文,而敢谓其有一句一字之鄙秽哉? ……而彼三家村中冬烘先生独哓哓不休,詈之曰鄙秽,此岂非先生不惟不解其文,又独甚解其事故耶? 然则天下之鄙秽,殆莫过先生,而又何敢哓哓为?"(《酬简》总批)这样的批驳可谓恰中要害。"文者见之谓之文,淫者见之谓之淫耳。"(《读法》二)反戈一击,有力地揭示了"淫书"说的虚伪性。

金圣叹响亮地对崔张的追求爱情进行了率直的肯定,这与他思想中某些个性解放的因素应该是相通的。然而这并不等于说金圣叹敢于和封建礼教实行真正的决裂。不是的,"才子必至之情,但可藏之才子心中;佳人必至之情,则但可藏之佳人心中……先王制礼,万万世不可毁。"(《琴心》总批)在金圣叹看来,青年男女相互爱慕之情,"但可藏之心中",不得一泻无遗,否则有违"先王"之"礼"。又说:"才子佳人,必听之于父母,必先之以媒妁,枣栗脯修,乡党僚友,酒以告之。"似乎把已经肯定了的东西又否定了,也站在卫道者的同一立场之上。诚然,金圣叹否定封建礼教是有一定限度的。不过他对"礼"有自己的解释,老夫人已许过婚,"母氏诺之,两廊下三百人证之矣",张生与莺莺的行动并不违反"礼"。"夫夫人而未之尝许,则张生虽死,实应终亦不敢此自为,礼在故也。若夫人而既许之矣,张生虽至死无所忌惮,而俨然遂烦一介之使排闼以明告之双文,我谓此已更非礼之所得随而议之。何则?曲已在彼,不在此也。"(均见《琴心》总批)这样的解释,反映了金圣叹思想中的矛盾。他既同情崔、张对爱情的勇敢追求,揭露卫道者的虚伪无耻,但又不敢破坏封建礼教本身。

经过金圣叹的批点抗辩,《西厢记》所蒙受的诬蔑获得了澄清,作品中描写爱情的文字、情节,都在金圣叹笔下得到肯定。从实际情况分析,金批《第六才子书》,对于《西厢记》文学成就的宣传,以及它的社会影响的发挥,还是起了推动作用的。"顾一时学者爱读圣叹书,几乎家置一部"(《柳南随笔》),并非溢美之词。

二、注意分析人物形象

金圣叹相当注意剧中人物形象的分析。他从作品的全局着眼,揭示作品中主要人物形象与次要角色的区别。《读法》四十七有云:

> 《西厢记》止写得三个人,一个是双文,一个是张生,一个是红娘,其余如夫人,如法本,如白马将军,如欢郎,如法聪,如孙飞虎,如琴童,如店小二,他俱不曾着一笔半笔写,俱是写三个人时所忽然应用之家伙耳。

他把莺莺、张生和红娘看成是作者着意塑造的主要人物形象,其他人物则都是作者写主要人物"忽然应用之家伙",是剧中次要角色。这种认识,按诸《西厢记》的实际状况,与作者的原意基本相符。金圣叹又在分析主要人物的纷繁复杂的相互关系中,揭示这种关系对于人物性格塑造所起的积极作用。《读法》第五十一、五十二论莺莺:"若使不写红娘,却如何写双文?然则《西厢记》写红娘,当知正是出力写双文。""若使张生不要写双文,又何故写此双文?然则《西厢记》又有时写张生者,当知正是写其所以要写双文之故也。"换言之,《西厢记》中莺莺性格之所以如此丰满生动,有血有肉,是与红娘、张生形象的刻画成功紧密相联的,莺莺是在与张生、红娘等其他人物的关系交往中显示其栩栩如生的性格特征的。这样分析,有其合理的一面。可是金圣叹进而提出:"若是仔细算时,《西厢记》亦止写得一个人,一个人者,双文是也。"又说:"写红娘,止为写双文;写张生,亦止为写双文。"这无异是说，一部《西厢记》中唯有莺莺才是最重要的主人公。于是张生、红娘岂不成了描写莺莺时所忽然应用的"家伙"了吗？这当然是片面的论断。比金圣叹稍后的李渔，运用同样的方法，却作出了与金圣叹相反的判断："一部《西厢记》止为张君瑞一人。"（《闲情偶寄·结构第一》）金、李两人在同一个问题上为后人提供了不成功的教训。

人物形象应是活生生的，有它自己性格特征。对此，金圣叹对崔莺莺，主要抓住她"尊贵"、"有情"、"灵慧"、"矜尚"的特征，来揭示其行动的必然性。《赖简》一折，当张生接到莺莺"待月西厢"之诗后，贸然逾墙赴约，莺莺碍于红娘在前，违心地"赖简"。金圣叹批道："《西厢》如此写双文，便真是不惯此事女儿也。夫天下安有既约张生，而尚瞒红娘者哉，真写尽又娇稚、又矜贵、又多情、又灵慧千金女儿，不是洛阳对门女儿也。"结合莺莺的性格特征，来探索她在"赖简"前后出尔反尔举动的必然性，这对读者理解莺莺细微而炽烈的感情变化，不无帮助。

金圣叹还从人物的行动来剖析其性格特征。《请宴》折老夫人让红娘去邀请张君瑞赴宴，张误以为喜事来临，所以行动不免浮躁，急不可耐，一闻红娘敲门，忙不迭拜揖相迎，临出门又反复"顾影"等，动作很有性格特征，金圣叹批道："红娘未及敲门，张生已忙作揖，天未明起身人，便于纸缝里活跳出来。""正写张生疾忙便行，却斗然又用异样妙笔写出'来回顾影'四字，一时分明便将张生勾魂摄魄，召来纸上……"经过这样的批语提示，张生那种质朴、热情而又书生气十足的性格更是跃然纸上，引人瞩目。

金圣叹分析人物形态，注意联系作者构思时的思维情状来探讨。《酬韵》折描写张生在花园外窥视莺莺月夜焚香，两人隔墙酬唱，以及莺莺红娘倏然回房等情节都非常生动，特别是把张生那种初恋时的热切、焦躁的心理，刻画得淋漓尽致。对此，金圣叹分析道，所有这些描写，是与作者写作时能"设身处地"为人物设想分不开的，"真乃手搦妙笔，心存妙境，身代妙人，天赐妙想"，所以"将一时神理都写出来"了。所谓"心存妙境"者，就是作者挥笔之际，脑海里有着崔、张酬韵时的具体景象；"身代妙人"者，作者化身为剧中人物，而且设身处地，务使人物的行动、语言、神态无不惟妙惟肖，各具个性。换言之，在金圣叹看来，剧作家创作时的思维活动，不仅和具体的人物、景象紧密相连，而且作者也要全身心融化到人物的内心世界中去，深入到他们思想感情变化莫测的波涛中去，和笔下的人物同呼吸共命运，和他们一起"生活"在特定的矛盾冲突之中，才能像《西厢记》的作者那样，出色地完成预定的艺术使命。

三、注意总结艺术经验

金圣叹指出《西厢记》有一种成功的表现手法,叫作"目注彼处,手写此处"法。其特点是作者目光注视处,却并不直接描写,而是从远处写来,待到迤逦写到将至时,便停笔不写;另从远处更端写来,待到迤逦又写到将至时,又停笔不写;如此几经往复,尽情叙写,直至描写完毕,也不把目光所注视之处直接写出来。这样有什么好处呢?他说可以把文章妙处暗示出来,"使人于文外瞥然亲见",而不是由作者直接告诉读者,也就是注意调动读者的想像力。金圣叹又称之为"妙处不传"法:

> 夫所谓妙处不传云者,正是独传妙处之语也。停目良久睇之,睇此妙处,振笔迅疾取此妙处,累千百万言,曲曲写之,曲曲写而至于妙处,只用一二言斗然直逼此妙处,然而又必云"不传"者,盖言费却无数笔墨,止为妙处。乃既至妙处,即笔墨都停。夫笔墨都停处,此正是我得意处。然则后人欲寻我得意处,则必须于我笔墨都停处也。(《捷报》总评)

那么"妙处"究竟指什么?他说"既至妙处,即笔墨都停",而笔墨都停处,正是作者的得意处。则这个作者"不传"的"妙处",其实就是剧中主旨所在处。金圣叹看到了剧本的"妙处",不能由剧作者直接诉说出来,只能通过故事情节的展开、人物间的矛盾冲突来显示这样一个特殊规律。也许正是强调这一规律,所以金圣叹竭力主张《西厢记》应止于《惊梦》。他发现该剧第五本有"直写妙处"的嫌疑,违反"妙处不传"之法。他据以断定这第五本是别人的续作,不是王实甫的手笔。关于《西厢记》第五本是否王实甫所写,历来有不同看法;而且金圣叹力主止于《惊梦》,还和他的虚无思想有关,他说这样的处理才能使人领悟到人生如梦。可是金圣叹能不为以大团圆作结的习俗之见所囿,以《西厢记》的大团圆结尾为蛇足,在一定程度上也说明了他的美学眼光和艺术胆识。

金圣叹总结的艺术经验,对后来戏曲、小说的创作有影响。比如他总结的"狮子滚球"法,在著名剧作家孔尚任、洪升的言论里也可以找到其影子。金圣叹说:"文章最妙是先觑定阿堵一处,已却于阿堵一处之四面,将笔左盘右旋,右旋左盘,再不放脱,却不擒住,分明如狮子滚球相似。本只是一个球,却教狮子放出通身解数,一时满棚人看狮子眼都花了,狮子却是并没交涉。而狮子所以如此滚,如彼滚,实都为球也。"(《读法》十七)孔尚任在《桃花扇凡例》的第一则中说:"剧名《桃花扇》,则桃花扇譬则珠也,作《桃花扇》之笔譬则龙也,穿云入雾,或正或侧,而龙睛龙爪总不离乎珠,观者当用巨眼。"洪升评吕熊《女仙外史》二十八回有这样一段话:"……方知《外史》节节相生,脉脉相贯,若龙之戏珠,狮之滚球,上下左右,周回旋折,其珠与球之灵活,乃龙与狮之精神气力所注耳。是故看书者须睹全局,方识得作者通身手眼。"所谓"狮子滚球"、"龙戏珠",都是比喻,说法不同而内容大致相同。洪、孔两人显然受到金圣叹"妙处不传"说的启迪。

金圣叹对《西厢记》的结构表示赞赏。指出《西厢记》艺术结构的成功之处,主要在于严谨周密,全剧组成一个血肉相连的有机整体。"若是字便是字;若是句,便不是字;若是章,便不是句。何但不是字,一部《西厢记》,真乃并无一字;岂但并无一字,真乃并无一句。一部《西厢记》,只是一章。"(《读法》三十)他的意思是说,字在句中只能是全句的组成部分,句在章中只是一章中的一部分;字、句不能游离于它所在的句、章之外。《西厢记》中的一字一句,无不是全剧的有机组成部分。他又说:"若是章,便应有若干句;若是句,便应有若干字。今《西厢记》不是一章,只是一句,故并无若干句;乃至不是一句,只是一字,故并无若干字。《西厢记》其实只是一字。"(《读法》三十一)这是又进了一层,他赞赏《西厢记》的结构,严密完整得似同一个字一般,多一笔、少一笔,以至笔画部位稍有不妥,布置失当,都会破坏它的和谐优美。

丁　耀　亢

丁耀亢(1607—1678)字西生,号野鹤、紫阳道人、木鸡道人,山东诸城人,明末诸生,入清后任容城教谕。著有《丁野鹤先生诗词稿》、小说《续金瓶梅》。喜爱戏曲,撰有传奇《表忠记》(一名《蚺蛇胆》)、《赤松游》等。《赤松游》卷首刊有《题辞》、《啸台偶著词例数则》为丁氏论曲专文。

丁耀亢论曲主旨是:"凡作曲者,以音调为正,妙在辞达其意;以粉饰为次,勿使辞掩其情,既不伤词之本色,又不背元音,斯为文质之平,可作名教之助。"这大体是明末曲论的继续。他以为剧本必须便于舞台表演,不能只作文人案头欣赏:"……同一语也,元曲必求其稳贴,要使登场扮戏,原非取异工文,必令声调谐和,俗雅感动,堂上之高客解颐,堂下之侍儿鼓掌,观侠则雄心血动,话别则泪眼涕流,乃制曲之本意。"然而"时曲日竞,越吹吴歙,仅纂组而止可为案头之赏,较之元本,大径庭矣"。对于某些人的模拟仿效,丁耀亢批驳道:"近见自称作者,妄拟临川之《四梦》,遂使梦多于醒,因摹元海《十错》,又令错乱其真。不知自出机杼,总是寄人篱下。"又说:"时曲既多,新曲争艳,至有琢字镂词,截脂割粉,落韵不求稳而求生,立意不用平而用怪。故曲曰传奇,乃人中之奇,非天外之事,五伦外岂有奇人,三时中总完至性……"(均见《题辞》)都是针对当时创作中的问题而发的。

《啸台偶著词例数则》提出"词有三难":"一布局繁简合宜难,二宫调缓急中拍难,三修辞文质入情难。"其中所谓"布局繁简合宜",是对戏曲情节结构的要求。丁耀亢改编《鸣凤记》为《表忠记》,该剧第八出《盟义》批语云:"《鸣凤记》苦于头绪多,故收拾结束,不能合拍,多致纷乱。此出略出邹、林,以凤洲为盟主,既有同心,至赴义后始出结劲严之局,则线索清矣。"可知丁氏有感于《鸣凤记》的结构散漫、线索不清而有上述议论。另外"词有十忌"、"词有七要"、"语有六反"等,对戏曲的艺术性、写作技巧、思想内容、角色安置诸问题有简略论述,其中不乏真知灼见,可惜文字过简。如《词有七要》:

> 一要曲折,有全部中之曲,有一出中之曲,有一曲中之曲,有一句中之曲。二要安详,生旦能安详,丑净亦有安详,插科打诨,皆有安详处。三要关系,布局修辞,皆有度世之音,方关名教,有助风化。四要声律亮,去涩就圆,去纤就宏,如顺水之溜,调舌之莺。五要情景真,凡可那借,即为泛涉,情景相贯,不在衬贴。六要串插奇,不奇不能动人,如《琵琶·糟糠》即接《赏夏》,《望月》又接《描容》等类。七要照应密,前后线索,冷语带挑,水影相涵,方为妙手。

所云"曲折"、"安详"、"关系",虽有解释,仍不甚明确。《赤松游题辞》写于清顺治己丑(1649),比金人瑞批点《西厢记》和李渔《闲情偶寄》的成书时间早出一二十年,故附论于此。

黄周星

黄周星(1610—1680),又名黄人,字景虞、略似,号九烟,别署汰沃主人、笑苍道人、半非道人、圃庵、而庵。湖广湘潭(今属湖南)人,明崇祯十三年(1640)进士,除户部主事,入清不仕,以教经为生,清康熙十九年自沉而死。

自称"所撰者不下数十种,不幸洊罹锋燹,燔溺剽敓,所存不过千百之一二"。今存传奇《人天乐》、杂剧《惜花报》、《试官述怀》。曲论有《制曲枝语》十则,刊于《人天乐》传奇剧本卷首。

黄周星从历代优秀文学遗产的研读中认识到,成功的剧作容易为广大读者所接受,"试观王实甫、高东嘉之戏剧,妇孺皆能言之,而名公巨卿之鸿编大集,或毕世不入经生之目,则其他可知矣"。因是之故,他在六十岁高龄以后,面对险恶境遇,还是拿起笔来"始思作传奇","一为吾生哀穷悼屈,一为世人劝善醒迷",以达到读者观众"人人皆生欢喜之心,动修省之念,其于世道人心,或亦不无小补"(均见《人天乐自序》)。由此可见,黄氏戏曲对于作者、读者观众和国家社会的作用,是有所认识的。

《制曲枝语》全文不长,观点却相当集中而明确。"愚尝谓曲之体无他,不过八字尽之,曰'少引圣籍,多发天然'而已。制曲之诀无他,不过四字尽之,曰'雅俗共赏'而已。论曲之妙无他,不过三字尽之,曰'能感人'而已。感人者,喜则欲歌欲舞,悲则欲泣欲诉,怒则欲杀欲割,生趣勃勃,生气凛凛之谓也。嘻,兴观群怨尽于斯矣,岂独词曲为然耶。"他强调戏曲创作以"多发天然"为上乘,而天然的大敌是雕琢词藻,卖弄学问,"余见新旧传奇中,多有填砌汇书,堆垛典故,及琢炼四六句,以示博丽精工者,望之如恒饤牲筵,触目可憎"。因而他把"少引圣籍"与"多发天然"作为曲"体"的根本点。他对"能感人"的解释,也与戏曲艺术主要由人物的言论行动从感情上打动读者的特点相一致。所谓"生趣勃勃"、"生气凛凛",相当形象地描绘了戏曲角色的艺术特征。再看他关于制曲之诀的阐述:

> 制曲之诀,虽尽于雅俗共赏四字,仍可以一字括之,曰:趣。古云,诗有别趣。曲为诗之流派,且被之弦歌,自当专以趣胜。今人遇景之可喜者,辄曰有趣,有趣。则一切语言文字,未有无趣而可以感人者。趣非独于诗酒花月中见之,凡属有情,如圣贤豪杰之人,无非趣人,忠孝廉节之事,无非趣事,知此者可以论曲。

他把"趣"看作是"雅俗共赏"的集中表现,显然是受到明人李贽和袁宏道等人的影响。他把"圣贤豪杰"、"忠孝廉节"者统统看成是"有情"之"趣"人。在这一点上,黄周星之说"趣",比之明人所论有过之而无不及。

黄周星对汤显祖的戏曲极为推崇:"曲至元人尚矣,若近代传奇,余惟取汤临川《四梦》。"可是他又说:"而《四梦》之中,《邯郸》第一,《南柯》次之,《牡

311

丹亭》又次之,若《紫钗》不过与《昙华》、《玉合》相伯仲,要非临川得意之笔也。"说《紫钗记》不是汤显祖得意之作,不过是屠隆《昙花记》、梅禹金《玉合记》那样的水平,不是第一流作品,这是有见识的。可是其他三梦的排列,未免倒置:汤显祖的代表作应是《牡丹亭》。黄周星之所以持这种看法,或许由于他晚年处境艰险,企图在"莫问寰中日月,且谈世外乾坤"的思想境界中求得一种解脱的消极理念所致。黄周星与当时著名剧作家李渔是同龄人,评李渔剧作有云:"近日李笠翁《十种曲》,情文俱妙,尤称当行。此外尽有才调可观,而全不依韵……"在编剧论剧方面他与李渔比较接近。

尤　侗

尤侗(1618—1704),字同人、展成,号悔庵,晚年号艮斋,又号西堂老人。江苏长洲(今苏州)人。顺治拔贡,任永平县推官,后罢官。康熙十八年(1679)举博学鸿词科,授翰林院检讨,与修《明史》三年,告老还乡。尤侗诗文,时多新警之思;善戏曲,著有诗文集《西堂全集》、《鹤栖堂稿》,杂剧《读离骚》、《吊琵琶》、《桃花源》、《黑白卫》、《青平调》(原名《李白登科记》)及传奇《钧天乐》,名闻文坛。尤侗对戏曲有这样的认识:

> 古之人不得志于时,往往发为诗歌,以鸣其不平。顾诗人之旨,怨而不怒,哀而不伤,抑扬含吐,言不尽意,则忧愁抑郁之思,终无自而申焉。既又变为词曲,假托故事,翻弄新声,夺人酒杯,浇己块垒,于是嬉笑怒骂,纵横肆出,淋漓极致而后已。小序所云:"言之不足,故嗟叹之;嗟叹之不足,故永歌之;永歌之不足,不知手之舞之,足之蹈之也"。至于手舞足蹈,则秦声赵瑟,郑卫递代,观者目摇神愕,而作者幽愁抑郁之思为之一快。然千载而下,读其书想见其无聊寄寓之怀,忾然有余悲焉。然一二俗人,乃以俳优小伎目之,不亦异乎?(《叶九来乐府序》)

他以为戏曲同诗歌一样,能够抒发作者对于世道和时事的"不平之鸣"。可是他似乎更偏爱戏曲,这是因为诗歌受到儒家传统诗论所谓"怨而不怒,哀而不伤"的囿制,作者的情怀往往不能在作品中痛快淋漓地抒发表现出来。戏曲则不然,作者可以假托故事,翻弄新声,把自己激越之气,不平之鸣,通过人物之口,尽情地表露出来。所谓"夺人之酒怀,浇己块垒",骨鲠在喉,一吐为快。正是在这个意义上,尤侗称那些视戏曲为"俳优小伎"者是"俗人",

批评他们不懂戏曲的真谛。不仅如此,他对当时某些剧本也极为不满。"嗟乎!歌苦知希,曲高和寡。安得徐文长挝鼓、康对山弹琵琶、杨升庵敷粉挽双丫髻来演我剧者,虽为执爪所忻慕焉。彼世间院本,满纸村沙,真赵承旨所谓'戾家把戏'耳。何足道哉,何足道哉!"(同前)强烈要求在戏曲创作中当如徐渭、康海等人的作品那样有所寄托,不作无病呻吟。他在剧作自序中说得明白:

> 屈原楚之才子,王嫱汉之佳人。怀沙之痛,乱以招魂;出塞之愁,续以吊墓;情事凄怆,使人不忍卒业。陶潜之隐而参禅,隐娘之侠而游仙,则庶几焉。后之君子读其文,因之有感,或者垂涕,想见其为人。

尤侗这种要求戏曲有所寄托的主张,和他的诗文观是一脉相承的。他说:"诗之至者在乎道性情,性情所至,风格立焉,华彩见焉,声调出焉。"(《曹德培诗序》)他还强调写真意,出真情。

> 杜陵身遭离乱,而《赠妇》诗云:"香雾云鬟湿,清辉玉臂寒,何时倚虚幌,双照泪痕干。"……故知情之所钟,老子在此,兴复不浅。"为君援笔赋梅花,不害广平心如铁。"今道学先生才说着情,便欲努目,不知几时打破这个性字。汤若士云:"人讲性,我讲情。"然性情一也,有性无情,是气非性;有情无性,是欲非情。人孰无情,无情鸟兽耳,木石耳,奈何执鸟兽木石而呼为道学先生哉!(《西堂杂俎·五九枝谭》)

这种猛烈抨击道学的主张,推动尤侗在戏曲创作和理论批评中对现实生活的某些方面持批判态度。

关于文学体裁的发展演变,尤侗说:"文者与世变者也……使文而不变,则典谟之后无誓诰,誓诰之后无论策,论策之后无诗赋,诗赋之后无词曲,词曲之后无制义。"(《己丑真风序》)又论韵文的演变云:

> 盖声音之运,以时而迁。汉有饶歌横吹,而三百篇废矣;六朝有吴声楚调,而汉乐府废矣;唐有梨园教坊,而齐梁杂曲废矣。诗变为词,词变为曲,北曲之又变为南也。譬诸服夏葛者已忘其冬裘,操吴舟者难强以越车也,时则然矣。(《倚声词话序》)

这些文字中都强调"世"与"时"对于文体发展演变的制约作用。文中的"废",其意为"不再盛行"。尤侗并不全盘否定历史,恰恰相反,他主张给文学遗产以历史的评价。"苟执今是而嗤昨非,弃前愚而求后巧,皆不通变之论也"(《己丑真风序》)。对于前人的成功经验,艺术的客观规律等等,尤侗极为重视,反对任意废弃的轻率态度。比如关于词曲的音韵格律,他就非常重视,"然旧谱具存,疾徐高下,可以吾意揣度,分寸而得之,若徒缀其文而未谐其声,非词人之极则也"。不谐其声,不便演唱,就不是词人之"极则"。"大抵吾辈有作,当使情文交畅,声色双美,既妃青白,兼协宫商"(均见《倚声词话序》)。对于戏曲遗产也大体贯彻这样的原则。

尤侗与李渔以词曲相会,以"同调嘉宾"自许,他对李渔剧作和曲论颇为欣赏,称之为"真曲夫子"、"尤宜俎豆词场",赠诗有云:"可知一字千金值,尽道新腔是水磨。"其评《闲情偶寄·戒荒唐》云:"昔人传奇,今则传怪矣。笠翁此论,真斩蛟手。"在传奇创作中明代以来已有追求怪异的不良倾向,尤侗与李渔同样对之持批评态度。

第二节　李　渔

在清初戏曲界,以理论批评和作品为人所熟知,并有广泛影响的,首推李渔。但是长期以来,对李渔的评价,毁誉不一。黄宗羲以李渔剧作为"塞乏"、"不足数"(《胡子藏院本序》),轻蔑视之。《曲海总目提要》用寥寥数十字介绍李的生平,所谓"人以俳优目之",其意亦颇轻慢。董含则大加贬毁:"性龌龊,善逢迎……其行甚秽,真士林所不齿者……《一家言》皆坏人伦、伤风化之语,当堕拔舌地狱无疑也。"(《三冈识略》)可是也有人称赞他:"海内文人,无不奉为宗匠;鸡林词客,孰不视为指南。"(佚名《一家言弁言》)称他的作品"大都寓道德于诙谐,藏经术于滑稽,极人情之变,亦极文情之变"(包璿《李先生一家言全集叙》)。这种截然不同的评价,一直延续到 20 世纪初叶。

李渔(1611—1680 年),字笠鸿、谪凡,别署笠道人、随庵主人、新亭客樵,原籍浙江兰溪,生于江苏如皋,晚年定居于杭州西湖,因自号湖上笠翁,人称李笠翁。他兴趣广泛,才思敏捷,工诗善文,旁及杂艺,尤长戏曲。著作有传奇《十种曲》、短篇小说集《十二楼》及诗文杂著《一家言》等。《兰溪县志》说他"性极巧,凡窗牖床榻服饰器具饮食诸制度,悉出新意……最著者有词曲,其意中亦无所谓高则诚、王实甫也……当时李卓吾、陈仲醇名最噪,得笠翁为三矣。论者谓近雅则仲醇庶几,谐俗则笠翁为甚云"(卷五《文学》)。李渔喜爱遨游,足迹遍及大半个中国,著作丰富。他毕生以编演戏曲、印书卖文糊口,经常带着家庭戏班,搬演新剧旧戏,倾动一时。他的曲论主要见于《闲情偶寄》中的"词曲部"和"演习部",近人将其单独刊印,称《李笠翁曲话》。

论戏曲的社会功能

李渔对戏曲的文学价值有比较深刻的认识。"填词非末技,乃与史传诗文同流而异派者也"(《闲情偶寄·词曲部·结构第一》,以下引文凡不注出处者,均见同书"词曲部"或"演习部")。这对历来卑视戏曲的错误思想是一个有力的辩驳。论及戏曲的社会功能,他写道:"窃怪传奇一书,昔人以代木铎。因愚夫愚妇识字知书者少,劝使为善,诫使勿恶,其道无由,故设此种文字,借优人说法,与大众齐听,谓善者如此收场,不善者如此结果,使人知所趋避,是药人寿世之方,救苦弭灾之具也。"并宣称,他之所以创作剧本,既不是"发愤著书",更不是"托微言以讽世",不过是"借三寸枯管,为圣天子粉饰太平;揭一片婆心,效老道人木铎里巷……点缀剧场,使不岑寂而已"(《曲部誓词》)。甚至说:"武士之戈矛,文人之笔墨,乃治乱均需之物,乱则以之削平反侧,治则以之点缀太平。"(《凡例七则》)这种用戏曲向观众读者"劝善诫恶"、为封建统治"粉饰太平"的立场,反映出李渔曲论的局限,也影响到他的理论和创作的成就。他也不止一次谈到,甘愿做"词奴、曲婢",作"谈笑功臣,编摩志士",努力为观众读者提供娱乐,增加知识。他在《与陈学山少宰》书中就谈到:

> 渔自解觅梨枣以来,谬以作者自许;……当世耳目为我一新,使数十年来无一湖上笠翁,不知为世人减几许谈锋,增多少瞌睡。(《一家言》文集卷二)

非常清楚,李渔是把他的著作当作减少世人"瞌睡"、增加人们"谈锋"的读物,也即是说,李渔看到了戏曲艺术给人以愉悦,给人以知识这样的社会功能。这里涉及对戏曲艺术本质特征的认识。再说李渔以演戏卖文为职业,在当时文禁森严的环境里,恐怕不能不说一些冠冕堂皇、应酬敷衍的话,以取得其著作合法流行的护身符。有些话未必都是他的由衷之言。在《曲部誓词》和《戒讽刺》中反复表明"余生平所著传奇,皆属寓言,其事绝无所指,恐读者不谅,谬谓寓讽刺其中,故作此词以自誓",就透露了消息。所以说,李渔关于戏曲社会功能的认识,有糟粕,也蕴含着某些可取的见解。

论结构

元明以来的曲论,大都偏重音律,突出音律的作用。李渔则把结构提到首位。他在《闲情偶寄·词曲部》专门标出"结构第一",以区别于前人之成见。"填词首重音律,而予独先结构。"他自觉探索前人未见深论的课题。明代中期以前论及结构的为数不多,论述也较粗疏。明末王骥德《曲律》的论述才稍见深入。该书不少见解实际上是《闲情偶寄》曲论的滥觞。可是王骥德并没有特别重视结构,所以李渔自称"独先结构",发前人所未发,并非自诩。他还从创作过程的先后顺序来论证,"至于'结构'二字,则在引商刻羽之先,拈韵抽毫之始",指出创作和批评都不能"首重音律"。

关于戏曲的结构,李渔以"工师之建宅"作比喻,来阐明它的意义:

> ……工师之建宅亦然,基址初平,间架未立,先筹何处建厅,何方开户,栋需何木,梁用何材,必俟成局了然,始可挥斤运斧。倘造成一架而后再筹一架,则便于前者不便于后,势必改而就之,未成先毁,犹之筑舍道旁,兼数宅之匠资,不足供一厅一堂之用矣。故作传奇者,不宜卒急拈毫,袖手于前,始能疾书于后,有奇事,方有奇文,未有命题不佳,而能出其锦心,扬为绣口者也。

这段论述无论命意和文字都与《曲律·论章法第十六》极为接近,王氏提出必先"了然胸中,而后可施刀斲",李渔也说"必俟成局了然,始可挥斤运斧",都指出了结构在创作过程中的优先地位。但比较起来,李渔强调讲究结构是为了适应演出的需要,"未有命题不佳,而能出其锦心,扬为绣口"。事实上,清初的戏曲创作确实存在着结构组织不善,不便舞台表演的弊病。"尝读时髦所撰,惜其惨淡经营,用心良苦,而不得被管弦副优孟者,非审音协律之难,而结构全部规模之未善也。"联系戏曲的舞台演出特点来讨论结构问题,李渔确实比王骥德的论述来得深入。

再从作家处理生活素材的角度,揭示戏曲结构的两个特点。一是针线要紧密,"编戏有如缝衣,其初则以完全者剪碎,其后又以剪碎者凑成"。这是一个妙喻,形象地揭示了剧作家在选择、组织、排比、加工生活素材到编成剧本的过程中,既"剪碎"又"凑成"的秘奥。"剪碎"就是分析加工,目的是"凑成"。因为任何剧本都不是生活素材的照搬和堆积,这里需要剧作者结构组织的工力,只有针线紧密,才能使剧本成为生动而完整的有机体。

剪碎易,凑成难。凑成之工,全在针线紧密;一节偶疏,全篇之破绽出矣。每编一折,必须前顾数折,后顾数折。顾前者,欲其照映;顾后者,便于埋伏,不止照映一人,埋伏一事,凡是剧中有名之人,关涉之事,与前此后此所说之话,节节俱要想到。宁使想到而不用,勿使有用而忽之……

其次,头绪忌繁多。"头绪繁多,传奇之大病也。《荆》、《刘》、《拜》、《杀》之得传于后,止为一线到底,并无旁见侧出之情。三尺童子观演此剧,皆能了了于心,便便于口,以其始终无二事,贯串只一人也"。而不理解这一结构内在规律的某些作者,误以为多一人可以增加一个人的故事。殊不知人多事多,关目亦多,势必使观场者如入山阴道中,应接不暇,反而淹没主要人物和主要情节,冲淡了主题思想。"作传奇者能以'头绪忌繁'四字刻刻关心,则思路不分,文情专一,其为词也,如孤桐劲竹,直上无枝,虽难保其必传,然已有《荆》、《刘》、《拜》、《杀》之势矣。"李渔不愧是编剧的行家里手,明白揭示了戏曲结构之三昧。

《闲情偶寄·词曲部》的"结构第一"是一个大题目,下辖七题:戒讽刺、立主脑、脱窠臼、密针线、减头绪、戒荒唐、审虚实。由这些论题可知李渔所说的"结构",义同于"艺术构思",其内涵比现代文艺理论以文艺作品的组织方式和内部构造为"结构"要广泛得多。为叙述方便,下面分别予以评介。

论主脑

李渔提出剧本的写作一定要先立主脑。关于"主脑",他说:

古人作文一篇,定有一篇之主脑。主脑非他,即作者立言之本意也。传奇亦然,一本戏中有无数人名,究竟俱属陪宾,原其初心,止为一人而设。即此一人之身,自始至终,离合悲欢,中具无限情由,无穷关目,究竟俱属衍文,原其初心,又止为一事而设。此一人一事,即作传奇之主脑也。

文章的"主脑"是"作者立言之本意",传奇的"主脑"则是剧中主要的"一人一事"。这在李渔的理论体系里本来是相通的,并不矛盾。可是如果把"主脑"解释为"主题思想",这恐怕与李渔的原意有出入。李渔说:

如一部《琵琶》,止为蔡伯喈一人,而蔡伯喈一人又止为重婚牛府一事,其余枝节,皆从此一事而生……是"重婚牛府"四字,即作《琵琶记》之主脑也。一部《西厢》,止为张君瑞一人,而张君瑞一人又止为白马解

317

> 围一事,其余枝节,皆从此一事而生……是"白马解围"四字,即作《西厢》之主脑也。余剧皆然,不能悉指。

显然,李渔把《琵琶记》中的蔡伯喈、《西厢记》中的张君瑞理解为决定全剧的主要人物,将蔡伯喈重婚牛府、张君瑞白马解围理解为起决定作用的主干情节;而这"一人一事"就是剧中的"主脑"。然而,《琵琶记》的主题思想应是"子孝妻贤"和"教忠教孝",《西厢记》的主题思想应是"愿天下有情人都成了眷属"。所以不宜把李渔的"主脑"直接与现代的文论概念"主题思想"等同起来。

在李渔看来,脍炙人口的《西厢记》、《琵琶记》在结构上显得完整而集中,主次分明,详略得当,是与王实甫、高则诚能紧紧把握全剧的"主脑"密切关联的。这就充分显示了"立主脑"的重要性。可是,这样一个创作中的实际问题,并不是所有剧作者都已经明白了的。"后人作传奇,但知为一人而作,不知为一事而作。尽此一人所行之事,逐节铺陈,有如散金碎玉。以作零出则可,谓之全本,则如断线之珠,无梁之屋,作者茫然无绪,观者寂然无声,无怪乎有识梨园望而却走也。"总结元人创作中的成功经验,针对当时创作存在的问题,反复论证"立主脑"的必要,这是李渔理论思维的一点贡献。

当然,李渔的主脑说也有片面性。首先,人为地从一个剧本中,去确定起支配作用的"一人"和"一事"会碰到困难。比如上文所举金人瑞断定《西厢记》只有莺莺才是主角的例子,就很可说明问题。其次,也过于绝对,人物性格总是在与他人的交往中展现出来的,所以即使是非主要角色,自有其特定的价值。而李渔却把它们视为"陪宾",视为"衍文",相对地削弱了它们的重要性。

论创新

李渔很重视传奇的创新问题,指出"人惟求旧,物惟求新。新也者,天下事物之美称也。而文章一道,较之他物尤加倍焉。'戛戛乎陈言务去',求新之谓也。至于填词一道,较之诗赋古文又加倍焉。非特前人所作,于今为旧,即出我一人之手,今之视昨,亦有间焉。昨已见而今未见也,知未见之为新,即已知之为旧矣。"这段话突出了创新的意义。"新也者,天下事物之美称也",它为戏曲批评树立了一个准则。也是对当时曲坛不良倾向的针砭:"填词之陋,亦莫陋于盗剿窠白。我观近日之新剧,非新剧也,皆老僧碎补之衲衣,医士合成之汤药。取众剧之所有,彼割一段,此割一段,合而成之,即是一种传奇,但有耳所未闻之姓名,从无目不经见之事实。语云:'千金之裘,非一狐之腋',以此赞时人新剧,可谓定评。"唯有用创新去克服这种陋习,才能给戏曲创作带来艺术活力。可是艺术上的追求创新并不等于容忍故事情节的荒诞不经。"凡作传奇,只当求于耳目之前,不当索诸闻见之外。……凡说人情物理者,千古相传;凡涉荒唐怪异者,当日即朽。"所以《闲情偶寄》专门设有"戒荒唐"一节,细加论述,指出一些剧作之所以落他人窠臼或出现荒唐怪异,其主要原因当是作家们不是从生活中吸取无比丰富的养料,而是舍本逐末,或拾人牙慧,或面壁苦思,违反了现实主义的创作原则。所以从理论上来批判反现实主义的创作倾向,李渔指出的"脱窠臼"和"戒荒唐",可谓是切中肯綮的经验之谈。

李渔还从历史演变的创始、变革、保守中探索变革创新的理论依据:

> 千古文章,总无定格,有创始之人,即有守成不变之人;有守成不变之人,即有大仍其意,小变其形,自成一家而不顾天下非笑之人。

创始者为后人所承认,并不只是因为他敢于创新,更重要的是他的创新适应了现实的需要,推动了艺术的前进,包涵着相对真理的因素。保守者在前人创造的经验与成果面前不敢有所作为,以"守成不变"为满足,最终成为艺术发展的绊脚石。革新者并不绝对否定前人的创新,做到有继承,也有变革、创新,勇于实践探索。李渔说得分明,"变则新,不变则腐;变则活,不变则板"(《变调第二》)。他认为不仅创作是如此,即使是搬演前人作品,也不能依样画葫芦,照搬照演,应该注意剧本和演出的"变旧为新"。否则即使是古典名著也可能显得陈旧,不便于当代观众的欣赏。"世道迁移,人心非旧,当日有当日之情态,今日有今日之情态。传奇妙在入情,即使作者至今未死,亦当与世迁移,自嗤其舌,必不为胶柱鼓瑟之谈,以拂听者之耳。"世道变迁,人心趋新,情态不同了,反映世道人心的戏曲理所当然也应随之而作相应的变革更新。则创新实乃戏曲发展的必然趋势,任何人在世道人心已经变化的情况之下,对前人作品仍然守成不变,胶柱鼓瑟,岂不要被当今的观众抛弃吗?李渔这种关于变革创新的论述,处理传统剧目的见解,时至今日,仍有其值得借鉴的意义。

319

论虚实

剧作者选择题材,处理题材,都和他的创作意图、所要表现的主题思想,以及生活经验、艺术趣味等密切关联。李渔说:"传奇所用之事,或古或今,有虚有实,随人拈取。"这里说的"随人拈取",就是剧作者在选择题材的"古、今"、"虚、实"上的独立自主和发挥主观能动作用。他又说,作者具体创作时"又不宜尽作是观"。而应该采取这样的态度:"若纪目前之事,无所考究,则非特事迹可以幻生,其人之姓名,亦可以凭空捏造,是谓虚则虚到底也。""虚者,空中楼阁,随意构成,无影无形之谓也。"这分明是说,写今人今事,能虚不能实,理由是因为"目前之事,无可考究"。至于写历史题材,则是另一种处理方法:"若用往事为题,以一古人出名,则满场脚色皆用古人,捏一姓名不得;其人所行之事,又必本于载籍,班班可考,创一事实不得。非用古人姓字为难,使与满场脚色同时共事之为难也;非查古人事实为难,使与本等情由贯串合一之为难也。""实者,就事敷陈,不假造作,有根有据之谓也。"对于历史题材,能实不能虚。因为古人古事"传至于今,则其人其事,观者烂熟于胸中,欺之不得,罔之不能,所以必求可据,是谓实则实到底也"。以上论述,把艺术创作中的虚与实对立起来了。如果说所谓"虚",相当于"艺术虚构";"实"相当于"真人真事";那么,无论是描写现实题材或是历史题材,同样都不能绝对排斥。尤其是"艺术虚构",它是作者概括生活、塑造形象、结构情节、突出主题的一种重要艺术手法,即使是表现历史题材也不能绝对加以排斥。因为历史记录里面,不可能有一个天造地设的故事情节,可以不经过任何艺术加工,概括集中,不需要一点虚构,就能在舞台上成功地把历史的本质形象地表现出来。严格的真人真事,它可以成为构成戏剧矛盾冲突的基础,可以成为作品的原型,却并不一定完全符合戏曲艺术的需要。实践证明,戏曲中的"虚、实",是相辅相成,并行不悖,它们和取材并无必然的因果关系。所以说李渔关于虚、实问题的论述是有其片面性的。当然,李渔认真地把这个问题提了出来,为后来进一步探讨并解决它提供了思想资料。

论人物形象

李渔关于人物形象的不少论述,实质上已经涉及类型化甚至典型化问题。他说:"传奇无实,大半皆寓言耳。欲劝人为孝,则举一孝子出名,但有一行可纪,则不必尽有其事,凡属孝亲所应有者,悉取而加之,亦犹纣之不善不如是之甚也。一居下流,天下之恶皆归也。其余表忠表节,与种种劝人为善之剧,率同于此。"李渔以为凡是能够"劝人为孝"的人物形象,并不是生活中某个"孝子"的复制品,而是作者集中概括的结晶。"凡属孝亲应有者,悉取而加之",作者将许多"孝子"已有的和应有的"孝亲"言行集中起来,融合在一个人物形象身上,"举一孝子出名",成为一个理想的完备的"孝子"。假如剧作者的艺术表现是成功的,那么这个塑造出来的人物形象,就有可能比生活中的"孝子"更概括,因而具有普遍的意义。而要做到这一点,就需要剧作家对各种生活中习见的"孝亲"言行以及具体的人物故事,进行观察体验、分析选择、加工概括、想像虚构、提炼升华等一系列创造性劳动。也就是说,李渔指出了概括化的必要性、重要性。用如此明确的语言确认概括化之必不可少,确认塑造人物形象不能离开概括化,这在我国戏曲批评史上还是罕见的。李渔的某些剧本创作也贯彻了这一原则,"弟之见怒于恶少,以前所述剧本,其间刻画花面情形,酷肖此辈,后来尽遭杀戮,故生狐兔之悲是已。"(《闲情偶寄》文集《答沧园主人》)

李渔又认为成功的剧本,其人物都有鲜明的性格。他说:

> 务使心曲隐微,随口唾出,说一人肖一人,勿使雷同,弗使浮泛,若《水浒传》之叙事,吴道子之写生,斯称此道中之绝技。

"心曲隐微",义近于微妙隐蔽的内心世界。《水浒传》叙写人物几乎个个性格鲜明,绝不雷同,"叙一百八人,人有其性情,人有其气质,人有其形状,人有其声口","一百八人性格,真是一百八样",读者"任凭提取一个,都似旧时相识"(金人瑞语)。吴道子之人物画,笔迹磊落,势状雄峻,神情生动而有立体感。李渔要求人物形象的个性鲜明如《水浒传》之一百零八将,神情生动似吴道子笔下的人物画,其内心世界"随口唾出",惟妙惟肖,不雷同,不浮泛,表明他对于人物形象的性格特征,考虑得相当缜密,从外形到内心,从言语行动到情态风貌,各方面都注意到了。

李渔还深入探索了如何才能把人物形象塑造得个性鲜明,指出:

> 言者,心之声也,欲代此一人立言,先宜代此一人立心。若非梦往神游,何谓设身处地。无论立心端正者,我当设身处地,代生端正之想,即遇立心邪辟者,我亦当舍经从权,暂为邪辟之思。

所谓代人物形象"立言"必先代它"立心",所谓"代生端正之想"、"暂为邪辟之思",一定要"梦往神游"、"设身处地"云云,也就是认识到人物形象并不是作者随心所欲地创造出来的。它们自有其"言",自有其"心",自有其特定的"身、地"。质言之,人物形象各有其个性特征,它们的行动都受其性格发展特定逻辑的制约。至于所谓"梦往神游",则是作者构思过程中思维情状的形象化描写。"想入云霄之际,作者神魂飞越,如在梦中,不至终篇,不能返魂收魄。"那是作者完全沉浸在人物形象所活动的那个特定环境之中,几乎把自己当作剧中的一员。当此之际,作者精心构思的人物形象,绝不是模糊不清的影子,更不是干巴巴的概念,而是活生生的有鲜明个性的"活人"。它呈现在作者脑际,甚至可以和它言谈交往。由此可知,李渔不但看到了人物个性的重要,而且把人物个性的塑造刻画与剧作者的思维特点结合起来考察,形象地描述了艺术构思始终不离开感性的、具体生动的生活素材的思维特点。

正是基于以上认识,李渔认为无论刻画人物的行动,还是描绘它们的语言神态,"但宜从脚色起见","只就本人生发",都要从人物的个性出发,努力做到"说何人肖何人";"说张三要像张三,难通融于李四";切不可离开性格去任意安排,随便描写,"最忌无因而至,突如其来,与勉强生情,拉成一处"。凡有"包括之痕"、"断续之痕"的人物,必然影响其性格的完整,从而减弱了震撼观众心灵的艺术魅力。

作者刻画人物的语言行动,描绘它们的容貌和内心世界,有时会感到人物性格的执着的力量。它顽强地要求作者遵循人物自己的命运的轨迹和特定的个性发展的逻辑,去描写它是怎样行动,怎样生活,有时甚至会出乎作者的预料之外。在这种情况下,作者不能生硬地去违背这种要求,不能任意摆布它,不然就会损害人物形象的个性特征。对此,李渔屡有论及。他说作者落笔之际,有时有一种"心不欲然,而笔使之然"的感觉,本来打算这般写,却不能不改为那样写,"若有鬼物主持其间"。他绘声绘色地描述,当此之际,"楮墨笔砚,非同己物,有如借自他人;耳目心思,效用不能,到处为人掣肘,非若诗赋古文,容其得意疾书,不受神牵鬼制者。"说来有点神秘,可是只要拨开"鬼、神"一类迷幕,不难发现,李渔所强调指出的所谓"笔使之然"、"神牵鬼制"云者,无非是指人物个性独特的发展逻辑而已。

论词采宾白

李渔主张曲词应浅显而有机趣。"凡读传奇而有令人费解,或初读不见其佳,深思而后得其意之所在者,便非绝妙好词"。这是戏曲艺术特征所决定的。"曲文之词采,与诗文之词采非但不同,且要判然相反"。而且"传奇不比文章,文章做与读书人看,故不怪其深;戏文做与读书人与不读书人同看……故贵浅不贵深"。读者、观众不同,要求不一,语言之深浅当然也应有所区别。浅显通俗,便于观众了解接受,并不是排斥文采,不讲究曲词的艺术美,更不是粗制滥造,庸俗肤浅。李渔说剧作者要"能以浅处见其才","以其深而出之浅,非借浅以文其不深"。写出既浅显而又有机趣的曲词,使观众读者感到生动有趣、别有风致,容易了解而又趣味盎然,这才是"文章高手"。

关于宾白,李渔有所创见。以往的作家和批评家,不少人往往偏重曲词,忽视宾白。明末的王骥德在前人研究的基础上,概括了宾白的基本特点,为李渔深入论述提供了思想资料。李渔说:

> 曲之有白……就人身论之,则如肢体之于血脉,非但不可相无,且稍觉有不称,即因此贱彼,竟作无用观者。故宾白一道,当与曲文等视。有最得意之曲文,即当有最得意之宾白。但使笔酣墨饱,其势自能相生。

将宾白与曲文"等视"并重,并从理论上指出两者并重的发展方向,李渔较好地回答了创作实践提出的问题。"声务铿锵"、"语求肖似"、"词别繁减"、"字分南北"、"文贵洁净"、"意取尖新"、"少用方言"、"时防漏孔"、"戒淫亵"、"忌俗恶"、"重关系"、"贵自然"等等,都是李渔关于宾白(包括科诨)的具体要求。从这些具体而微的要求,可以看到以下几个特点。首先,李渔注重宾白的"观听咸宜"。他指出,作者下笔之时要"口代优人,耳当听者","手则握笔,口却登场,全以身代梨园,复以神魂四绕,考其关目,试其声音,好则直书,否则搁笔,此其所以观听咸宜也。"其次,注意运用宾白刻画人物,表现故事情节。"词曲一道,止能传声,不能传情。欲观者悉其颠末,洞其幽微,单靠宾白一着。"要求达到"说何人肖何人,议某事切某事",要写出具有性格特点的人物语言来。他批评《玉簪记》中道姑陈妙常的宾白夹有"尼僧字面",《幽闺记》中的"小生脚色"说话带有"花面口吻",都是人物语言与其身份不相符的败笔。其三,"作宾白者,意则期多,字惟求少",使人物语言"一句可当十句",言简而意赅。宾白之多少,应根据剧情发展和刻画人物的实际需要,详略得当,力求洁净,给观众以美的享受,"多而不觉其多,多即是洁;少而尚病其多者,少亦近芜"。

论鉴赏批评

我国古代不少剧作家都很重视观众和鉴赏家的意见。明代徐渭就有与学生共同鉴赏作品的轶事,王骥德把有鉴赏家在座观看称作"曲之亨",即演出顺当、作者有幸的标志之一。李渔有不少涉及鉴赏批评的见解,散见于《一家言》之中,值得注意。他认为鉴赏戏曲必须懂得戏曲"观听咸宜"的艺术特点。

> 千古上下之题品文艺者，看到传奇一种，当易心换眼，别置典型。
> 要知此种文字，作之可怜，出之不易。

读者欣赏剧本，是经过文字的中介；剧本的曲词宾白、结构体制，都有不同于诗歌、散文、小说的特点；而且戏曲剧本主要供舞台表演，剧场观众的欣赏，又有视觉直观的特点。李渔所谓品题戏曲时注意"易心换眼，别置典型"，正是根据上述特点提出来的。所谓"填词之设，专为登场"，则既是对作者的要求，也是对鉴赏批评的提示：不懂得戏曲的基本特点，就谈不上有真正的鉴赏。所以李渔赞赏朱素臣的《秦楼月》："几案氍毹，并堪赏心"（《秦楼月》卷末评语），既便于案头作文字欣赏，又适合舞台演出，便于观众欣赏，所以是"必传之作也"。他指出：

> 圣叹之评《西厢》，可谓晰毛辨发，穷幽晰微，无复有遗议于其间矣。
> 然以予论之，圣叹所评，乃文人把玩之《西厢》也。文字之三昧，圣叹已
> 得之矣；优人搬弄之三昧，圣叹犹有待焉。

所谓未得"优人搬演之三昧"，正是着眼于戏曲有赖舞台演出的艺术特点。

李渔比较重视戏曲鉴赏中"情"的因素。"文生于情，非情人不能为文人"，揭示了感情的作用：作者无情，塑造不出能感动观众的人物来，甚至不能成为作者。"乾坤有尽，情种无穷，恐读之者将掬泪浣西江耳。"（均见《秦楼月》评语）从另一方面讲，观众无"情"，也就无法鉴赏作品的真谛。一个"情"字贯穿于创作和鉴赏的全过程。"传奇无冷热，只怕不合人情。如其离合悲欢，皆为人情所必至，能使人哭，能使人笑，能使人怒发冲冠，能使人惊魂欲绝……"他把"合人情"、"人情所必至"当作是戏曲鉴赏必不可少的因素。换句话说，在李渔看来，戏曲鉴赏离不开"人情"的沟通。只有当作品与观赏者在"人情"上相同或相近时，才能产生感情的交流，引起共鸣；否则观赏者就不可能获得戏曲赏鉴所特有的美的享受，只能产生厌恶之感。这是明代李贽、公安派、汤显祖进步文艺观的继续，同时在清初也并不是人人都能认识到的。

观众观赏戏曲，总是根据自己的生活经验、美学趣味等等去欣赏理解的，所以戏曲鉴赏带有某种艺术再创造的性质。观众并不是消极接受，也不是纯粹的感知，而是包含着思维活动积极的感受、体验和认识的。李渔在与友人共同欣赏"清歌妙舞"后，曾发表过这样的议论：

> 弟非周郎，强之顾曲，便尔品题优劣，凿然言之，弟亦伤于不恕。然

胸中所见……大约即不如离,近不如远,和盘托出,不若使人想像于无穷耳。

"和盘托出"为什么不若使人想像于无穷呢?玩味这段文字,也许由于他们一起所观赏的戏曲,艺术上缺乏激发观众进行积极思维的因素,而是和盘托出,迫使观众成为消极的接受者,无法展开想像和联想的翅膀。从这个意义上说,可以把这段议论看作是对所观作品的委婉批评。而对于剧本中能够激起观众想像联想的成功之处,则倍加欣赏:"《忠谏》一折,乃一本中极顿挫文字……读者至此,不觉废卷惊疑,将谓吕生为薄情乎?为君子乎?为儿戏乎?"(《秦楼月》十一出评)引起读者(观众)的悬想、"惊疑",无异是赞赏作品并非"和盘托出"。观众由于"惊疑",势必进而思索、判断、推测,作种种揣想,于是就获得了某种艺术鉴赏的满足。有关这方面的评论,李渔集子里为数不少,这里不再一一列举。

李渔又提倡"细尝其味,深绎其词"的批评方法,认为唯有把欣赏品味和冷静的思考分析结合起来,才能对作品作出合乎实际的评论。认为无论是"淘金选玉"式的,或是"瑜中索瑕"式的评论,对于作者、读者(观众)都是不可缺少的。他对于批评家的意见相当重视:

> 此剧上半已完,已先付之优孟。……观场盛举,恐不能与。演《西厢》、《琵琶》,不必实甫、则诚在座,譬之杜康造酒,未必自谙酒味,孰清孰浊,某圣某贤,反不若刘伶、阮籍之能咀而善辨也。且虑周郎满座,十目相顾,咎有所归,不若匿形藏拙为愈耳。(《与某公》,《一家言》文集卷三)

《闲情偶寄》中的曲论,既是创作的"法脉准绳",也是鉴赏批评的规矩绳墨。另外,李渔在为《香草亭》传奇所作的序文里有一段比较集中的议论:

> 然卜其可传与否,则在三事:曰情,曰文,曰有裨风教。情事不奇不传,文词不警拔不传;情文俱备而不轨乎正道,无益于劝惩,使观者听者哑然一笑而遂已者,亦终不传。是词幻无情为有情,既出寻常视听之外,又在人情物理之中,奇莫奇于此矣。而词华之美,音节之谐,与予著《闲情偶寄》一书所论填词意义,鲜不合辙,有非警拔二字足以概其长者。三美俱擅,词家之能事毕矣。(《一家言》文集卷一)

这里李渔对所谓"三事"或"三美"的贡献,不在于论述的具体,而是把三者联系起来,明确地把它们视作权衡戏曲作品"可传与否"的尺度。

曲论体系的新生面

戏曲理论批评发展到明代,经过一代理论批评家的总结探索,扩大了研究领域。明代末年,王骥德的《曲律》,集前人研究成果之大成,在研究范围的确定,理论的系统化方面,做出了新的贡献。如果说《曲律》在古典戏曲理论批评的体系方面完成了草创的任务,那么不妨说,李渔在它的基础上又前进了一大步。《闲情偶寄》中的曲论,组织周密,条理清楚,形成了我国第一个比较完整的戏曲理论批评体系。将《曲律》、《闲情偶寄》中的曲论纲目细致分析比较,有以下几点值得注意:

一、就内容而论,《曲律》虽然在一定程度上突破了前人曲论专著大都偏重记载、论述某一方面的限制,如《中原音韵》是韵书,《唱论》专谈声乐,《青楼集》专记演员和作者生平,《录鬼簿》主要记作者生平及其所著剧目,《太和正音谱》侧重记载北杂剧的曲谱等等。但是《曲律》毕竟较多地保留了它们偏重音律的痕迹,几乎用一半篇幅记述曲谱、宫调和叙述戏曲衍变的历史。《闲情偶寄》则突破了"填词首重音律"的格局,倾全力于创作规律、戏曲特点的探索总结,研究戏曲的社会功能,论述范围扩展到表演、导演、欣赏批评等等,开了曲论体系的新生面。

二、在体制结构方面,《闲情偶寄》论曲,总的分词曲、演习两部(另有"声容部"内容驳杂),"部"下设若干章,各"章"有总论性的序言;"章"下有若干细目,标以倾向性的题目,提倡什么,批评反对什么,使读者一目了然。这样的体制结构基本上做到纲目清楚,主次分明,有整体感。《曲律》全书四十章,系统性稍差,不少重要课题放在"杂论"一章阐述;而"杂论"章确实"杂"而无章,是作者纵笔漫书而成,结构略欠周密。

三、《闲情偶寄》曲论:词曲部六章三十八款,演习部五章十六款。在这"部"与"章",以及"章"之下设"款"的关系上,反映了李渔对戏曲理论诸问题的分析归类的认识。而且"词曲"与"演习"两部的区分,也说明李渔把剧本、表演、导演等问题都作为研究对象,分别予以论述。这比《曲律》将四十章并列论述更见科学性、系统性。

四、《闲情偶寄》首列"结构第一",而"结构"章所论题目,使人有耳目一新之感;其余十章大体上包括了戏曲理论的主要问题,且对戏曲的舞台演出特点给予了特别的关注。《曲律》则以"曲源"、"调名"列先,各章所论较为琐细,有的章,"史"多于"论",且偏重编剧,表演、导演未加注意,无专门论述。

五、《闲情偶寄》突出了宾白的重要，《曲律》虽把宾白专门列了出来，但论述略欠深入细致。

第三节　洪升和孔尚任（附刘廷玑、吴仪一）

清代前中期，李渔之后，值得介绍的有戏曲家洪升、孔尚任的戏曲主张，评点批评家吴仪一以及刘廷玑《在园杂志》中的一些论曲见解。

洪　　升

洪升（1645—1704）字昉思，号稗畦，又号稗村，别署南村樵者，钱塘（今浙江杭州）人。洪升科场不利，只当了二十年国子监生。他先后受业于心怀明室的陆繁弨、毛先舒、朱之京等人，受他们的思想影响相当显著。因受师友的怂恿，逐渐把兴趣转向戏曲。所著《长生殿》传奇，轰动一时，与孔尚任齐名，当时有"南洪北孔"之誉。康熙二十八年此剧演出时，触犯宫廷丧葬禁忌，洪升被革去国子监生籍。"可怜一夜《长生殿》，断送功名到白头"（赵执信诗句），正是洪升因演剧受迫害的写照。后在吴兴酒后落水而死。另著有《回文锦》、《闹高唐》等剧本十余种，已亡佚。杂剧今存《四婵娟》一种。曲论除《长生殿》的自序、例言外，还有序文等有关文字多篇。

洪升很重视戏曲中"情"的作用。他自述《长生殿》剧本的创作，乃是"借太真外传，谱新词，情而已。"（第一出《传概》〔满江红〕曲词）在戏曲评论中也特别注意对"情"的剖析，评论汤显祖剧本《牡丹亭》云：

> 予又闻论《牡丹亭》时，大人云："肯綮在死生之际，记中《惊梦》、《寻梦》、《诊祟》、《写真》、《悼殇》五折，自生而之死；《魂游》、《幽媾》、《欢挠》、《冥誓》、《回生》五折，自死而之生；其中搜抉灵根，掀翻情窟，能使赫蹄为大块，逾糜为造化，不律为真宰，撰精魂而通变之。"（《三妇评牡丹亭杂记》洪之则跋）

指出《牡丹亭》的"肯綮"在"生死之际"，即男女主人公"自生而之死"、"自死而之生"的惊人情节，又说作者从中"搜抉灵根，掀翻情窟"。这是对汤显祖

327

的艺术构思和《牡丹亭》精髓的正确评价,并突出注意到作品中"情"的位置。至于所说"搜抉灵根,掀翻情窟,能使赫蹄为大块,逾糜为造化,不律为真宰,撰精魂而通变之",更揭示了"情"与作品中的积极浪漫主义精神的紧密关系。由此可知,洪升笔下的"情"字,与汤显祖所说"理之所必无","情之所必有"中的"情",在某种意义上是相通的。可是,洪升在《长生殿·自序》中又有这样的话:"从来传奇家非言情之文不能擅场,而近乃子虚乌有,动写情词赠答,屡见不鲜,兼乖典则。因断章取义,借天宝遗事掇成此剧。凡史家秽语概削不书,非曰匿瑕,亦要诸诗人忠厚之旨云尔。然而乐极哀来,垂戒来世,意即寓焉。"既承认"从来传奇家非言情之文不能擅场",又指出了表现人物感情是文学作品能够打动人的一个重要条件。再从《长生殿》中唐明皇、杨贵妃之间的所谓"生死不渝"之"情"来分析,可以看出洪升所要求的不违"典则"之"情",和《牡丹亭》中杜丽娘、柳梦梅所热烈追求的那种青年男女突破封建礼教的爱慕之"情",虽然都是男女之"情",然而其具体内容却是很不相同的。因为《牡丹亭》中男女主人公"自生而之死"的爱情悲剧,乃是封建礼教直接造成的。汤显祖着力表现这种悲剧,用主人公"自死而之生"的情节来歌颂他们忠于自主爱情的高尚情操,无疑具有反封建礼教的意义。而《长生殿》所表现的皇帝与妃子之间的所谓生死不渝之"情",无论从哪一方面讲,都不能和《牡丹亭》相提并论。李杨之间的爱情"悲剧",乃是唐明皇荒淫奢靡的结果。洪升在剧本中却把它当作不违"典则"之情大事渲染。这可能与他企图在戏曲中贯彻"诗人忠厚之旨"的认识有关。

　　洪升对戏曲的题材、思想内容提出了自己的看法。"明代所纂《雍熙乐府》,多取御筵歌唱,不无猥杂。金陵陈大声点缀升平,旁摭逸事,亦琐亵不雅观"。《雍熙乐府》为明人郭勋所辑之戏曲散曲集,选录丰富,保存了许多金、元、明人的作品;陈铎在金陵教坊有"乐王"之称,所作《秋碧乐府》、《梨云寄傲》等,多写闲情逸致和颓废生活,其《滑稽余韵》间有以城市居民生活为题材的作品。洪升对郭、陈颇有贬斥。看来洪升并不赞成"御筵歌唱"、"点缀升平,旁摭逸事"一类作品,而对于下列题材极为赞赏:

　　　　凡渔樵耕牧,嬉游士女,货郎村伎,花担秧歌,皆摩肩接踵,外及远方部落,雕题、黑齿、卉服长髟、袜兜离,罔不罗列院本。其传神写景,文思焕然;诙谐笑语,奕奕生动;比之吴昌龄村姑演说,尤错落有古致。而序次风华,即《紫钗》、《元夕》数折,无以过之。至于日本灯词,谱入"蛮语",怪怪奇奇,古所未有。即以之绍乐府余音,良不虚矣。吾知此剧之

传,百世以下犹可想见其盛,而况身际昌期者乎。(以上均见柳山居士《太平乐事》洪升序)

洪升以为《太平乐事》中生动地表现了民间的风俗人情(所谓"渔樵耕牧、嬉游士女、货郎村伎、花担秧歌"),少数民族的生活情态("远方部落,雕题、黑齿,卉服长髟、侏㑦离"云云),以及异国情调等等,一定能长传百世,久盛不衰。所可惜的,柳山居士(曹寅)的这个作品并没有经受住时间的考验,看来不一定有什么长传百世的艺术生命力。可是,只要剔除其中不切实际的阿谀之词,不难发现,其中还包涵着希望题材多样化和新鲜别致的合理成分。尤其是把民间风俗人情、少数民族生活情态和异国情调一类题材列入提倡之列,这在我国古代曲论中是不多见的。

关于故事情节,洪升要求避免落套,力求出新意。在《长生殿·序言》中,他自述该剧情节的提炼过程:

> 忆与严十定偶坐皋园,谈及开元、天宝间事,偶感李白之遇,因作《沉香亭》传奇。寻客燕台,亡友毛玉斯谓排场近熟。因去李白,入李泌辅肃宗中兴,更名《舞霓裳》,优伶皆久习之。后又念情之所钟,在帝王家罕有……因合用之,专写钗盒情缘,以《长生殿》题名。

序言中这段话,既谈到主题的开掘,也涉及情节的提炼。就情节而论,洪升在创作过程中接受毛玉斯提出的意见,为改进"排场近熟"的缺陷,把《沉香亭》改为《舞霓裳》。这可能由于《沉香亭》没有比前人作品(如屠隆的《彩毫记》等)提供新鲜的内容,故事情节没有突破旧作的窠臼。后来,着眼于帝王家所罕见的"钗盒情缘",终于写成《长生殿》。这个修改的过程,反映了洪升避免落套,力求出新的思想。洪升还注意全剧故事情节的完整以及便于舞台演出。他说:"《长生殿》行世,伶人苦于繁长难演,竟为伧辈妄加节改,关目都废。吴子(吴舒凫)愤之,效墨憨十四种,更定二十八折,而以虢国、梅妃别为饶两剧,确当不易。且全本……分两日唱演殊快,取简便当觅吴本教习,勿为伧误可耳。"(《例言》)《长生殿》全剧上下两卷共五十折,确实"繁长难演"。他反对"伧辈妄加节改",并非敝帚自珍,而是看到伶人随意删节,改得关目都废,破坏了全剧故事情节的完整性。这当然是不能容忍的。

创作《长生殿》,其间经过三次易稿,前后十三年的惨澹经营,精雕细琢,足见洪升的创作是严肃认真,孜孜以求的。这与他对戏曲的认识不无关系。他一再表示,创作戏曲应该达到"纪风俗,颂熙皡"和"垂戒来世"的目的。据

《小说考证》卷六所引《见山楼丛录》的记载,洪升所撰《闹高唐》的自序有这样一段话:

> 观柴进则当思所以择交,观李逵则当思所以惩忿,观蔺仁则当思所以报恩,观宋江则当思所以反邪归正,观殷天锡而知势力之不足倚,观高廉而知妖术之不可恃,观高俅而知权奸之误人家国,观罗真人、公孙胜而知纷争扰攘之中未尝无遗世独立之人也。……文官如柴进则不爱钱,武官如李逵则不惜死,故独为二人写照。

《闹高唐》剧本未见,从此序判断,其本事实出于《水浒传》第五十二回《李逵打死殷天锡,柴进失陷高唐州》,剧中人物与小说几乎完全相同。独为柴进、李逵这一文一武写照,则柴李两人必为主人公无疑。洪升对剧中人物逐一分析,明确阐述塑造这些人物的主旨,希望观众(读者)从中获得"择交、惩忿、报恩、反邪归正、势力之不可倚、妖术之不可恃、权奸之误人家国"一类教益。又《织锦记自序》自述创作动机,是希望剧本"或于阐教有小补"。(据诸匡鼎辑《今文短篇》)都说明洪升力图使自己的作品,能对观众读者产生思想影响,注意作品的社会作用。

孔 尚 任

孔尚任(1648—1718),字聘之,一字季重,号东塘、岸堂,自署云亭山人,山东曲阜人,孔子第六十四世孙。康熙帝至曲阜,赏其才,破格授国子监博士,官至户部主事、员外郎等职。曾趁疏濬淮河之便,在南京、扬州一带凭吊明朝遗迹,访问遗老,与著名文人、画家如叶燮、冒襄、汪琬、张潮、邓汉仪、吴绮、石涛、黄云辈往还。孔尚任的文学兴趣比较广泛,为诗主张"真、新、雅、清、趣",反对"平熟无味之意,含糊不了之辞",著有诗集《湖海集》、《岸堂集》、《长留集》(此集与刘廷玑合集)。尤其喜好戏曲,撰有传奇《小忽雷》(与顾天石合作)和《桃花扇》。《桃花扇》问世后,名动一时,"纵使元人多院本,勾栏争唱孔、洪词"(金埴题辞),盛况空前。孔尚任对戏曲理论有一定研究,《桃花扇》卷首附有《小引》[①]、《小识》、《本末》、《纲领》、《凡例》等,都有较好

---

① 《小引》作于康熙己卯,其中自述《桃花扇》的主旨云:《桃花扇》一剧,皆南朝新事,父老犹有存者。场上歌舞,局外指点,知三百年之基业隳于何人,败于何事,消于何年,歇于何地,不独令观者感慨涕零,亦可惩创人心,为末世之一救矣。

的见解。此外,《桃花扇》剧本原书刊有"总评"四十四则,眉批凡数百条,就剧本的内容和形式各个方面进行了广泛的评论,对创作思想、艺术构思等也有所阐发。这些文字,据《荀学斋日记》称,都出自孔尚任手笔。孔尚任自己也说,这些批评文字"皆借读者信笔书之,……已不记出自谁手",然"忖度予心,百不失一"(《本末》)。因此,一并予以介绍。

关于历史题材的处理

自 17 世纪初叶至中叶,是明清替代的政治大动荡时代,其间先后出现了一些描写历史题材的戏曲剧本。如李玉的《一捧雪》、《清忠谱》、吴伟业的《秣陵春》,一直到孔尚任的《桃花扇》。这些剧本由于剧作者都公开标榜以历史上的真人真事为素材,把个人命运与国家民族的重大事件相结合而引人瞩目。新的创作倾向,引起了理论界的关注。李渔认为传奇之取材,有古有今,有虚有实,随人拈取。但他主张"虚、实"不能相杂,"虚则虚到底","实则实到底"(《闲情偶寄·词曲部》)。吴伟业盛赞《清忠谱》"事俱按实",可作"信史"(《清忠谱序》)。并提出了"按实谱义"的主张。孔尚任则略有不同,他说《桃花扇》所写的"朝政得失,文人聚散,皆确考时地,全无假借。至于儿女钟情,宾客解嘲,虽稍作点染,亦非乌有子虚可比"(《凡例》)。他明白宣称,创作《桃花扇》,其中重大人物事件都不是虚构的,求"实"精神贯彻于创作的全过程。但也不废虚构,某些情节在事实允许的范围内"稍作点染",并没有绝对排斥艺术加工。由于求"实",孔尚任经过十多年的认真准备。"予未仕时,每拟作此传奇,恐闻见未广,有乖信史,瘝歌之余,仅画其轮廓,实未饰其藻采也"(《本末》)。为了不乖信史,他甚至在剧本前专列《考据》一章,列举传奇中重要故事情节所依据的文献资料,以昭信实。这样做固然反映了该剧主题的现实意义,稍有不慎,就有触犯新朝文网的危险。同时也表明了孔尚任视《桃花扇》如"信史",强调历史题材力求真实的创作思想。

然而,历史戏毕竟是艺术而不是历史。处理历史素材,历史家必须严格记述真人真事,艺术家则不必囿于真人真事。为增强作品的艺术感染力和人物形象的典型意义,剧作家决不排斥艺术加工,放弃虚构和想像。任何真人真事,只有经过艺术加工,经过提炼、升华,才更有典型意义。历史戏必须是历史真实与艺术加工的统一,不能有所偏废。孔尚任在《凡例》中说剧中有关儿女钟情、宾客解嘲一类关目已有所"点染",而其他故事情节都"确考时地",明确承认了"点染"之必不可少。同时,孔尚任还一再申明,剧中故事情节都围绕主题思想而展开,剧中人物务必刻画其内心世界,他在理论上是承认艺术加工之必不可少的。"剧名《桃花扇》,则桃花扇譬则珠也,作《桃花扇》之笔譬则龙也,穿云入雾,或正或侧,而龙睛龙爪总不离乎珠,观者当用巨眼"(《凡例》)。如果不借助艺术加工,离开了想像和虚构,他是无法实践这一宣言的。他也无法将全剧三十个人物组织在一起展开矛盾冲突,实现"借离合之情,写兴亡之感"这一艺术构思。

提倡独辟境界

孔尚任对于戏曲创作中陈陈相因、模拟雷同的不良倾向深为厌恶,认为只有"脱去离合悲欢之熟径",独辟境界,有所创新,作品才有给观众以美的享受的艺术力量。《桃花扇·凡例》为此专列一则:

> 排场有起伏转折,俱独辟境界,突如其来,倏然而去,令观者不能预拟其局面。凡局面可拟者,即厌套也。

所谓"局面可拟",就是观众看了上出可以猜出下出,看了开场能够预知结局,也就是毫无创新可言的"厌套"、"熟径"。这种东西历来为有识之士所不齿。"令观者不能预拟其局面",就必须在布局、构思等方面注意变化,给人以新鲜感。唯其如此,才能产生戏剧效果,为观众所乐意接受。"传奇者传其事之奇焉者也,事不奇则不传"(《桃花扇·小识》)。孔尚任在实践中恪守不逾。他说:

> 词中所用典故,信手拈来,不露饾饤堆砌之痕,化腐为新,易板为活;点鬼垛尸,必不可取。

> 曲名不取新奇,其套数皆时流谙习者,无烦探讨,入口成歌。而词必新警,不袭人牙后一字。

> 上下场诗乃一出之始终条理,倘用旧句俗句草草塞责,全剧削色矣。时本多尚集唐,亦属滥套。今但创为新诗,起则有端,收则有绪,著往饰归之义仿佛可追也。

> 每出脉络联贯,不可更移,不可减少,非如旧剧东拽西牵,便凑一出。(均见《凡例》)

追求创新,反对落套的思想贯串于创作和评点的全过程。关于《桃花扇》的结构,孔尚任煞费苦心,他一方面紧紧抓住侯方域、李香君的离合之情作为情节的主线,再围绕它展开南明小朝廷一代兴亡的场景,从而开了男女悲欢离合故事的新生面。另一方面,上本加"试一出"《先声》,下本"加二十一出"《孤吟》,作序幕;上本"闰"二十《闲话》作为结场,下本"续"四十出《余韵》作

为全剧的总结场。用这种关目处理来紧密全剧结构,突出全剧主旨,确是孔尚任的创见。再看他自己的解释:

> 首一出《先声》与末一出《余韵》相配,从古传奇有此开场否?然可一不可再也,古今妙语,皆被俗口说坏,古今妙文,皆被庸笔学坏,慎勿轻示俗子也。(试一出《先声》总评)
>
> 《哭主》一折,止报北京之失,而帝后殉国……皆于此折补出,虽补笔也,实小结场法。(闰二十出《闲话》总评)
>
> 下本开场,又辟新境,真匪夷所思。(加二十一出《孤吟》眉批)
>
> 此出全用词曲,与《闲话》一出相配。《闲话》上本之末,《孤吟》下本之首。(《孤吟》总评)
>
> 大笑之声,乾坤寂然矣,而秋波再转,余韵铿锵,从古传奇有此结场否?(续四十出《余韵》总评)
>
> 后之传奇者若效此为之,又一钱不值矣。(同上)

孔尚任创新的匠心及其理论的缜密周全于此可见一斑。

生旦当场团圆,已成为戏坛上的熟套,孔尚任摒弃不用。全剧总评为此指出:“离合之情,兴亡之感,融洽一处,细细归结,最散最整,最幻最实,最曲迂最直截……而观者必使生旦同堂拜舞乃为团圆,何其小家子样也。”(全剧总评)

艺术上的创新,实际上与作品的思想内容紧密相连的。如果离开了思想内容片面追求新奇,很可能走入为新奇而新奇的邪路。孔尚任在《小识》中对此有比较明确的阐述。他说《桃花扇》的故事情节并不新奇,歌妓与风流才子之间的爱情纠葛,不过是“事之鄙焉者也”,“事之细焉者也”,“事之轻焉者也”,“事之猥亵而不足道者也”。可是该剧之不奇而奇者,全在于把李香君的血痕与南明王朝的权奸魏阉断送“三百年之帝基”联系在一起。通过侯李离合之情,抒写南明兴亡之感,使“不奇而奇”的故事,成为“不必传而可传”的戏曲。可见孔尚任在这方面的经验是相当成功的。

剧中人物形象要跳跃纸上

孔尚任论及人物形象的塑造,有三点值得注意。首先,通过人物语言、动作的刻画,以表现其声音笑貌,揭示其内心世界。眉批如“写出秀才忙态”、“写出美人羞态”、“小人具形如画”、“如闻其声,如见其人”等等,正是这种认识的体现。《凡例》有云:

> 设科之嬉笑怒骂,如白描人物,须眉毕现,引人入胜者,全借乎此。
> 今俱细为界出,其面目精神,跳跃纸上,勃勃欲生,况加以优孟摹拟乎。

刻画人物形象一定要在"嬉笑怒骂"等动作和表情上用功夫,似同中国画的白描手法,只用淡墨钩勒不施色彩,却能使人物的神形毕现,跳跃纸上。这可在《桃花扇》得到印证。剧中人物,不论是男是女,是主角还是一般角色,个个神形兼备,个性鲜明。《截矶》出写左良玉在坂矶与黄得功对峙,颇为悲壮,总评指出:"摹写左黄二帅,各人心事,各人身份,各人见解,丝毫不同,而皆无伤人情,不碍天理,是何等笔墨,真可谓造化在手矣。"又三十七回总评:"南朝四镇,高杰庸将也,二刘叛将也,黄得功名将也,此折乃其尽节之日,看其闻报时如此忠,见帝时如此敬,夺驾时如此勇,毕命时如此烈,写尽名将气概。"十分注意从刻画人物个性特征方面进行分析评述。

其次,按照人物的性格特征,作认真的概括集中,以增强人物的典型意义。孔尚任借人物之口发表了类似的见解。《桃花扇》第十出柳敬亭的说书开篇有云:

> ……鼓板轻敲,便有风雷雨露;舌唇才动,也成月旦春秋。这些含冤的孝子忠臣,少不得还他个扬眉吐气;那般得意的奸雄邪党,免不了加他些人祸天诛;此乃补救之微权,亦是褒讥之妙用。

让含冤的孝子忠臣得到扬眉吐气的机会,为得意的奸雄邪党增加人祸天诛的遭遇,在集中概括加工塑造之中寄寓作者的褒贬爱恶之情,这确实是戏曲创作中有普遍意义的艺术方法。它和前人所说的"公忠者雕以正貌,奸邪者刻以丑形"(《梦粱录》),"极人物之万途,攒古今之千变"(汤显祖《宜黄县戏神清源师庙记》)的基本精神是相通的;与李渔所说的"一居下流,天下之恶皆归焉"(《审虚实》)等主张,可谓后先辉映,各臻其妙。

第三,安排人物注意为表现主题思想服务。《桃花扇》的主题是"借离合之情,写兴亡之感"。关于剧中人物安排组合,《纲领》有这样的论述:剧中人物分为左、右、奇、偶、总五部。左右两部各设正、间、合、润四色,以正生侯方域、正旦李香君为主,辅以杨龙友、苏昆生、柳敬亭、李贞丽等共十六人,共同烘托男女主角悲欢离合之情。奇偶两部各设中、戾、余、煞四气,以忠于明朝的正面人物史可法、左良玉、黄得功为中气,昏庸奢淫的弘光帝、祸臣奸贼马士英、阮大铖为戾气,反面人物黄杰、田雄等为余气、煞气,共十二人,侧重写他们在国家垂危之际的所作所为,借以反映南明王朝的覆灭。总部以张瑶星老赞礼为一经一纬，贯串全剧，将其余四部人物组织在矛盾斗争的统一体内，以完成"借离合之情，写兴亡之感"的总构思、总任务。

> 色者，离合之象也。男有其侪，女有其伍，以左右别之，而两部之锱铢不爽。气者，兴亡之数也。君子为朋，小人为党，以奇偶计之，而两部之毫发无差。张道士方外人也，总结兴亡之案。老赞礼无名氏也，细参离合之场。明如鉴，平如衡，名曰传奇，实一阴一阳之为道矣。（《纲领》）

这里相当细致地剖析了人物之间的关系，表明了孔尚任根据主题设计安排人物的独特匠心。

刘　廷　玑

刘廷玑，汉军镶红旗人，生平博学，留心风雅。生卒年不详。曾与洪升、孔尚任交往，孔尚任于康熙五十四年为其所著《在园杂志》作序，当是洪、孔同时人。《在园杂志》有论戏曲之记载若干则，如评何良俊、王世贞、臧懋循等关于《琵琶记》、《幽闺记》孰高孰低的论争云：

> 以予持衡而论，《琵琶》自高于《幽闺》。譬之于诗，《琵琶》，杜陵也；《幽闺》，义山也……《琵琶》语语至情，天真一片，曲调合拍，皆极自然，真是天衣无缝。至于才人点染，浅深浓淡，何事不然。……观杜陵诗，何法不备，何态不呈，乌可以一家之管见测之哉。

这里值得一谈的是评论的方法，所谓"观杜陵诗，何法不备，何态不呈，乌可以一家之管见测之哉"，其意是说，像杜甫诗歌、《琵琶记》一类取得多方面成就的作品，其"法"完备，其"态"纷繁，就不能以一家之所见，一己之好恶，去管窥蠡测。评论者应从作品出发，作实事求是的评论，不能对作家提出苛刻要求。他说：

> 文章幻变，体裁由人。《公》、《谷》短奥，《史》、《汉》冗长，各出己意，何难自我作古，所谓不可无一，不可有二也。《水浒》多用典故，未尝不与《荆》、《刘》、《拜》、《杀》四种白描者并传。又汪伯玉南曲失之靡，徐文长北曲失之鄙，唯汤义仍庶几近之，而失之疏。然三君已臻至妙，犹如

此訾议,诚太苛矣。近今李笠翁渔十种填词,洪昉思升《长生殿》亦大手笔,各有妙处。但李之宾白似多,洪之曲文似冗,又不知后人作何评论也。

反对批评中的苛求,反对求全责备,要求从作品的具体情况出发,对具体问题作细致分析,这种方法无疑是有可取之处的。

历史人物曹操,长期以来在舞台上被打扮成涂粉墨的反面人物。曹寅的《后琵琶》一反习俗之见,以"外"扮曹操,不涂粉墨,还赋予他派人兵临塞外,胁赎蔡文姬归汉与原配丈夫团圆的美德。于是有人攻击作者为同姓护短,替曹操"故为遮饰"。对此,刘廷玑反驳说:

> 不知古今来之大奸大恶,岂无一二嘉言善行,足以动人兴感者。由于罪恶重大,故小善不堪挂齿。然士君子衡量其生平,大恶固不胜诛,小善亦不忍灭,而于中有轻重区别之权焉。夫此一节,亦孟德笃念故友,怜才尚义豪举,银台表而出之,实寓惩劝微旨。虽恶如阿瞒,而一善犹足改头换面,人胡不勉而为善哉。

刘廷玑所说"大奸大恶,岂无一二嘉言善行,足以动人兴感者",相当有力地批驳了所谓为同姓护短之类的怪论,同时阐明了一个塑造人物的理论问题。在他看来,塑造人物形象,即使"大奸大恶"如曹操那样的历史人物,也要诛其大恶而不隐其小善,至于他笃念故友,怜才尚义之类的"豪举",就更应表而出之,以收劝善惩恶之效。换句话说,作者应按生活和人物的本来面貌,把人物性格的丰富性、复杂性表现出来;不能人为地为之"遮饰",把人物性格搞得过于单一纯净,以更好地显示典型人物的美学意义。

吴　仪　一

吴仪一,字璨符,一字舒凫,又字吴山,别称吴人,浙江钱塘人,生卒年不详。工诗词,爱戏曲,长于评点。与著名戏曲家洪升友谊甚笃,曾为洪所撰剧本详加评点,洪引以为知音。坊刻《吴吴山三妇合评还魂记》等书中也附有吴氏曲论片段。

吴仪一的评论,比较注意分析作者精巧的艺术构思,从而揭示作品蕴含的思想内容。《长生殿·进果》眉批云:"意在一路上踏坏多田多人,场上借一田父一耆者作旁州例耳。此折极写疾苦,则可见天宝时事,蕴乱已在眉睫,

而《舞盘》非劝淫之舞矣。"《骂贼》折有伶工雷海青痛骂安禄山和降顺新朝的武将文官的情节,吴仪一批道:

> 此折大有关系,雷海青琵琶遂可与高渐离击筑并传,尝叹世间真忠义不易多有,惟优孟衣冠妆演古人,凛凛然生气如在。若此折,使人可兴可观,可以廉顽立懦,世有议是刘为劝淫者,正未识旁见侧出之意耳。
>
> 满朝旧臣,甘心降顺,而一乐人独矢捐躯,烈性足千古矣……览者必于此处着眼,方不失作者苦心。

类似这样的批点,对于读者正确认识剧中故事情节的意义,无疑是有启发的。

对剧中精巧的情节设置和缜密的细节安排,吴仪一也有恰如其分的评论。《哭像》折有木像流泪的细节,批点云:"木人下泪最妙,若无一番情感,则一块顽香叫呼不应,了无意致矣。"对当时颇有争议的这一细节安排作了令人信服的解释。《长生殿》的剧情发展到《寄情》折,全剧的高潮已过,情节的发展已近尾声。该折眉批:"剧中钗盒定情,长生盟誓是两大关节。钗盒自殉葬一结,又携归仙院分劈,《寄情》月宫复合;盟誓则是证仙张本,尤为吃紧。以此二者传信,已足收束全剧,下两折特申衍其义耳。"将《寄情》折与《得信》、《重圆》二折之间的内在联系剖析得比较清楚。

吴仪一和洪升都很欣赏《牡丹亭》的艺术成就。洪升认为该剧的"肯綮"在生死之际,妙在作者"搜抉灵根,掀翻情窟",吴仪一对之甚表赞同,并进而有所发挥:

> 人受天地之中以生,所谓性也。性发为情而或过焉,则为欲。《书》曰"生民有欲"是也。流连放荡,人所易溺。《宛丘》之诗以歌舞为有情,情也而欲矣。故传曰:"男女饮食,人之大欲存焉。"至浮屠氏以知识爱恋为有情,……而后之言情者,大率以男女爱恋当之矣。夫孔圣尝以好色比德,诗道性情,《国风》好色,儿女情长之说,未可非也。若士言情,以为情见于人伦,伦始于夫妇;丽娘一梦所感,而矢以为夫,之死靡忒,则亦情之正也。(《三妇合评还魂记》附《还魂记或问》十七条)

他从儒家典籍中寻找戏曲"言情"合理性的根据,恐怕未必符合汤显祖"言情"的原意。可是他这样做,在客观上却起了驳斥卫道者们诬蔑的效果。在维护戏曲作品不拒"言情",尤其是肯定《牡丹亭》表现了"情之正"这一点上,是有一定说服力的。又论《牡丹亭》之"工"云:

337

　　为曲者有四类：深于情思，文质互见，《琵琶》《拜月》其尚也；审音协律，雅尚本色，《荆钗》《牧羊》其次也；吞剥坊言谰语，《白兔》《杀狗》之流也；事事雕章逸词，《昙花》《玉合》之亚也。案头场上，交相为讥，下此无足观矣。《牡丹亭》之工，不可以是四者名之。其妙在神情之际。试观记中佳句，非唐诗即宋词，非宋词即元曲，然皆若若士之自造，不得指之为唐，为宋，为元也。宋人作词，以运化唐诗为难，元人作曲亦然。商女《后庭》，出自牧之；"晓风残月"，本于柳七。故凡为文者，有佳句可指，皆非工于文者也。

他把前人作品的特点归纳为四点，虽然内容形式兼顾，但稍嫌粗疏，与南戏传奇的全部特点相比，此"四者"尚不能全部包容概括。说《牡丹亭》"妙在神情之际"是不错的。这里更值得注意的是剧本语言的分析。吴仪一以为汤显祖在"运化"前人语言长处方面，已达到唐诗宋词元曲无所不取，"然皆若若士之自造"，即融化为己有的境地，所以特别可贵，是《牡丹亭》"工"之所在。由此，又推导出普遍的结论："凡为文者，有佳句可指，皆非工于文者也。"这当然是一个高标准，非对前人作品有深刻研究者，是无法企及的。

第四节　地方戏繁盛时期的戏曲理论批评

　　自清初雍正、乾隆朝至 19 世纪鸦片战争，作为历来戏曲代表的传奇和杂剧，走完了它们的鼎盛时代，虽然从事传奇、杂剧创作者仍不乏其人，但再也无法恢复昔日的领袖地位。代之而起的，是各种新兴的地方剧种。在当时政治经济暂时相对安定的环境里，全国各地的声腔剧种，适应当地观众的需要，获得了迅速的发展。以当时南方经济重镇扬州为例：

　　　两淮盐务例蓄花、雅两部以备大戏。雅部即昆山腔，花部为京腔、秦腔、弋阳腔、梆子腔、罗罗腔、二簧调，统谓之乱弹。（李斗《扬州画舫录》卷五）
　　　郡城花部，皆系土人。谓之本地乱弹，此土班也。至城外邵伯、宜陵、马家桥、僧道桥、月来集、陈家集人，自集成班。戏文亦间用元人百种，而音节服饰极俚，谓之草台戏，此又土班之甚者也。若郡城演，皆昆腔,谓之堂戏;本地乱弹只行之祷祀,谓之台戏。迨五月昆腔散班,乱弹不散,谓之火班。后句容有以梆子腔来者,安庆有以二簧调来者,弋阳有以高腔来者,湖广有以罗罗腔来者,始行之城外四乡,继于暑月入城,谓之赶火班。而安庆色艺最优,盖于本地乱弹,故本地乱弹间有聘之入班者。京腔用汤锣不用金锣,秦腔用月琴不用琵琶。京腔本以宜庆、萃庆、集庆为上。自四川魏长生以秦腔入京师,色艺盖于宜庆萃庆集庆之上,于是京腔效之,京秦不分。迨长生还四川,高郎亭入京师,以安庆花部,合京秦两腔,名其班曰三庆,而曩之宜庆萃庆集庆遂湮没不彰。(同前)

在当时称作"雅部"的昆曲,只在扬州城内拥有观众;而被称为"乱弹"或"花部"的各种地方戏,竟然远离本乡本土,来到繁华的扬州城演出,而且五月以后的炎热夏天也不停演,直至进城成为"赶火班",可见其拥有何等雄厚的观众基础,受到观众何等的欢迎。再说扬州本地的"乱弹"和外地涌来的"花部"剧种,大都于扬州四郊集镇演出,然后再向城内发展,其基本观众当然与昆腔不同。从以上两则记载中,不难看到"花部"的繁荣发展以及"雅部"的式微衰落。事实上,花部崛起,昆腔衰落,早在明代末年已见端倪,新兴而起的地方剧种已有取昆腔而代之的趋势。清代经过李渔、孔尚任、洪升等人的努力,昆腔稍稍恢复了一点生气。可是好景不长,至雍正、乾隆时期,终于一蹶不振。地方戏曲则在全国各地遍地开花,一派繁荣景象。昆腔衰落和"花部"(乱弹)繁荣,这是我国戏曲发展史上的一件大事。它表明,像我国这样一个幅员辽阔、方言众多的大国,一种乃至少数几种戏曲形式,无论如何无法适应广大观众的需要。换言之,花部(乱弹)的发展繁荣,实乃观众的需要,历史发展的必然结果。

历来的戏曲批评家(除少数例外)囿于正统观念,对于各种地方戏种往往采取卑视态度,他们对新兴的、来自民间的新剧种不承认不理解;更有甚者,有些人对之谩骂诬蔑,加以种种莫须有的罪名,企图阻挠它们的发展。所以有关"花部"的理论批评比较稀少。

此外,在政治上,清朝统治者沿用明律,严格控制戏曲的创作和演出,也直接影响了戏曲理论批评。"兹据伊龄阿复奏:派员慎密搜访,查明应删改者删改,应抽掣者抽掣,陆续粘签呈览。再查昆腔之外,尚有石碑腔、秦腔、弋阳腔、楚腔等项,江、广、浙、闽、四川、云、贵等省,皆所盛行。请敕各督抚查办等语,自应如此办理。著将伊龄阿原折抄寄各督抚阅看,一体留心查察。但须不动声色,不可稍涉张皇。"(乾隆四十五年十一月二十八日上谕,载《史料旬刊》第二十二期)乾隆五十年明令禁止秦腔在北京演出。大规模的删改抽掣和禁演,不仅对戏曲创作构成严重威胁,同时也是对理论批评的钳制。另外"花部"在民间演出,由于受到种种限制,演出剧本大都缺乏文字记载。所有这些,都是造成这个时期戏曲理论批评尤其是关于"花部"的评论比较稀少的客观因素。

徐 大 椿

徐大椿(1693—1772),一名大业,字灵胎,晚号回溪老人,江苏吴江人。当时著名的"神医",工文辞,精音律。所著《乐府传声》,专论戏曲唱法,间亦论及戏曲的一般理论。

《乐府传声·源流》有云:"曲之变,上古不可考……若今日之声存而可考者,南曲北曲二端而已。北曲之始,金之董解元《西厢记》,元之马致远《岳阳楼》之类。南曲之传,如元人高则诚《琵琶记》,施君美《拜月亭》之类。宫调既殊,排场亦异,然当时之唱法,非今日之唱法也。北曲如董之《西厢记》,仅可以入弦索,而不可以协箫管。其曲以顿挫节奏胜,词疾而板促。至王实甫之《西厢记》及元人诸杂剧,方可协之箫管,近世之所宗者也。若北曲之西腔、高腔、梆子、乱弹等腔,此乃其别派,不在北曲之例。南曲之异,则有海盐、义乌、弋阳、四平、乐平、太平等腔。至明之中叶,昆腔盛行,至今守之不失。其偶唱北曲一二调,亦改为昆腔之北曲,非当时之北曲矣。此乃风气自然之变,不可勉强者也。"徐大椿从戏曲声腔发展演变的历史中,清理出一条南北曲演变发展的线索。并且肯定无论是北曲还是南曲,就其声腔的发生和发展看,"乃风气自然之变,不可勉强者也"。这种因时因地而变化发展的观点,无异从理论上肯定了新声腔诞生和存在的合理性,这在当时是非常难能可贵的。

《乐府传声》论述戏曲体制特点云:"元曲为曲之一变。……若其体则全与诗词各别,取直而不取曲,取俚而不取文,取显而不取隐。盖此乃述古人之言语,使愚夫愚妇共见共闻,非文人学士自吟自咏之作也。若必铺叙故事,点染词华,何不竟作诗文,而立此体耶?……但直必有至味,俚必有实情,显必有深义,随听者之智愚高下,而各与其所能知,斯为至境。……总之,因人而施,口吻极似,正所谓本色之至也。"(《元曲家门》)徐大椿所归纳的:直而有至味,俚而有实情,显而有深义三大特点,包括了思想内容、语言风格、戏味等重要方面。而且这三个特点又都以方便平民百姓"共见共闻"，便于"听者"接受为出发点。说明徐大椿分析研究戏曲作品，既注意到剧本的文学性，又将重点放到舞台表演方面，较好地掌握了戏曲的特点。

徐大椿研究戏曲演唱方法，并不孤立地讲究音律技巧，往往把戏曲唱法和作品表现的思想感情等结合起来。如论宫调："古人分立宫调，各有凿凿不可移易之处……其大旨，犹可按词而求之者，如黄钟调，唱得富贵缠绵；南吕调，唱得感叹悲伤之类。其声之变，虽系人之唱法不同，实由此调之平仄阴阳，配合成格，适成其富贵缠绵，感叹悲伤，而词语事实又与之合，则宫调与唱法须得矣。"语词事实必须与宫调相合，这是一个既简单而又十分重要的原则，而"后世填词家不明此理"，乱用宫调，不注意所用宫调与曲词、情节关目之思想感情是否相合，"使唱者从调则与事违，从事则与调违，此作词者之过也。"另一种情况，"若词调相合，而唱者不能寻宫别调，则咎在唱者。"从作者、唱者，实际上还有批评欣赏者的角度，研究宫调与剧情、戏曲语言之间的内在联系，这是戏曲歌唱法研究的正确途径。

徐大椿要求演唱者充分注意"曲情"，做到既唱曲，又唱情：

> 唱曲之法，不但声之宜讲，而得曲之情为尤重。盖声者众曲之所尽同，而情者一曲之所独异。不但生旦丑净口气各殊，凡忠义奸邪，风流鄙俗，悲欢思慕，事各不同。使词虽工妙，而唱者不得其情，则邪正不分，悲喜无别，即声音绝妙，而与曲词相背，不但不能动人，反令听者索然无味矣。然此不仅于口诀中求之也。《乐记》曰："凡音之起，由人心生也。"必唱者先设身处地，摹仿其人之性情气像，宛若其人之自述其语，然后其形容逼真，使听者心会神怡，若亲对其人，而忘其为度曲矣。……若世之止能寻腔依调者，虽极工亦不过乐工之末伎，而不足语以感人动神之微义也。（《曲情》）

徐大椿这段论述完全可以与前面介绍的金圣叹和李渔关于人物形象的论述媲美。如果没有对戏曲演、唱的深刻研究，没有对曲情与唱法之间关系的正确认识，徐大椿不可能有这样的看法。"不但声之宜讲，而得曲之情为尤重"，对戏曲演唱具有普遍的指导意义。

341

杨　潮　观

杨潮观（1712—1791），字宏度，号笠湖，金匮（今江苏无锡）人，乾隆时举人,历任州官等职。精音律,善词曲。任四川邛州(今四川邛崃)知州时,曾就卓文君妆台旧址,筑吟风阁,所撰杂剧取名《吟风阁杂剧》。

《吟风阁杂剧》有三十二个短剧,每剧一折。短剧兴起于明代嘉靖时期,徐渭的《四声猿》可为代表。此后作家辈出,至清代进入全盛时期。杨潮观、桂馥等人的作品尤为时人所称赞。《吟风阁杂剧》不但思想内容、艺术形式颇有一些特点,而且发表了不少具有一定价值的戏曲见解。如:

> 《吟风》之曲,往年行役公余遣兴为之,其天籁耶? 人籁耶? 殊不自知。年来与知音商榷次第,被诸管弦,至兹始获刊定。夫哀乐相感,声中有诗,此亦人事得失之林也。士大夫诗而不歌久矣,风月无边,江山如画,能不以之兴怀。惟是香山乐府,止期老妪皆知;安石陶情,不免儿辈亦觉矣。(《吟风阁杂剧自序》)

相当明确地阐述了创作戏曲的宗旨。他以诗歌喻戏曲,对士大夫"诗而不歌"不满,希冀恢复"声中有诗",即古代诗乐结合的传统。要把作品写得像白居易的乐府诗那样通俗易懂。又在卷首《题词》中有这样的词句:

> 百年事,千秋笔,儿女泪,英雄血。数苍茫世代,断残碑碣。今世难磨真面目,江山不尽闲风月。有晨钟暮鼓送君边,听亲切。(摘自〔满江红〕)

> 借丹青旧事,偶加渲染,渔樵闲话,粗与平章。颠倒看来,胡芦提起,青史何人姓名香。(摘自〔沁园春〕)

这里也都包含有他的创作主旨。所以杨潮观取材历史故事,远譬近指,褒贬美刺,在作品中寄寓着自己的情怀,不比寻常吟风弄月无病呻吟之作,都和创作思想密不可分的。

《吟风阁杂剧》各个短剧前都有小序,简明扼要地阐述剧本主旨,意在帮助读者了解作者立意之所在。如《汲长孺矫诏发仓》小序云:

> 发仓,思可权也。为国家者,患莫甚乎弃民;大荒召乱,方在其难,君子饥不及餐,而日待救西江,不索我于枯鱼之肆乎? 诗曰:"载驰载驱,周爰咨度。"汲长孺有焉。

其他诸剧之小序如:"《新丰店》,思行可也"(《新丰店马周独酌》);"《大江西》,思任运也"(《大江西小姑送风》);"《行雨》,思济世之非易也"(《李卫公替龙行雨》)等。就其内容而言,属题解性质,可供读者作阅读时参考;就其形式而论,则直接继承了白居易《新乐府》点明主题的方法,更远还可追溯到汉代的《毛诗序》,杨观潮把它们移植到戏曲创作中来,成为带有一定理论色彩的短文,值得在戏曲理论批评史上提及一笔。

李　调　元

　　李调元(1734—?),字羹堂,又字赞庵、鹤洲,号雨村,别署童山蚕翁,绵州(今四川绵阳)人。乾隆进士,官至直隶通永道,曾因得罪权臣而充军边远,赎归后专门从事著述。著有《童山全集》,编辑《全五代诗》及民歌《粤风》等,曲论专著有《雨村曲话》和《剧话》。

　　对于日趋繁荣的地方戏,李调元予以充分的注意。《剧话》有云:

　　　　俗传《缀白裘》外集,有"秦腔"。始于陕西……俗呼"梆子腔",蜀谓之"乱弹"。金陵许苞承云:"事不皆有征,人不尽可考,有时以鄙俚俗情,入当场科白,一上氍毹,即堪捧腹。此殆如冬烘相对,正襟危坐,正尔昏昏思睡,忽得一诙谐讪笑之人,为我羯鼓解秽,快当何如!……"其论亦确。按:《诗》有正风、变风,史有正史、霸史,吾以为曲之有弋阳、梆子,即曲中之变曲、霸曲也。又有"吹腔",与"秦腔"相等……(卷上)

把秦腔、弋阳腔、吹腔等诸地方剧种都看作是戏曲的组成部分,并为之辩解。认为《诗经》有正风、变风之分,那么地方剧种就是戏曲中之变曲,绝不能把它们排斥于戏曲之外。这是对当时流行的以"雅部"昆腔为曲之正宗,视地方剧种"花部"、"乱弹"为旁门邪道一类鄙俗之见的一种否定和批判。他还郑重宣称:"曲者,正鼓吹之盛事也","岂不亦可兴、可观、可群、可怨乎?"(《曲话序》、《剧话序》)借儒家《诗经》可以兴观群怨之说以喻戏曲,明人早有此说。可是联系李调元以地方戏为"变曲"的主张,则兴观群怨之说又有了新的涵义,实际上是给予了地方剧种以文学正统的待遇,承认它们同样可以"兴、观、群、怨",也是"鼓吹之盛事"。在曲论体系中能包涵这种通达之见的著作,前人少见,在当时也是寥若晨星的。《剧话》中有记述地方戏的史料:

　　　　"弋腔"始弋阳,即今"高腔",所唱皆南曲。又谓"秧腔","秧"即"弋"之转声。京谓"京腔",粤俗谓之"高腔",楚、蜀之间谓之"清戏"。向无曲谱,只沿土俗,以一人唱而众和之,亦有紧板慢板。王正祥谓:"……'高腔'即《乐记》'一唱三叹',有遗风之意也。凡曲藉乎丝竹者曰

343

'歌'，一人发其声曰'唱'，众人成其声曰'和'，其声联络而杂于唱和之间者曰'叹'，俗谓'接腔'。'叹'即今'滚白'也。曲本混淆，罕有定谱……"皆立论甚新，几欲家谕而户晓；然欲以一人一方之腔，使天下皆欲倚声而和之，亦必不得之数也。（卷上）

其中记述了有关声腔的历史沿革、流传地区和主要艺术特征等等，为后来研究者提供了很有价值的史料。

《剧话序》专论戏曲与人生、戏曲与社会生活的关系，借以阐明作《剧话》的主旨，颇有一些不常见的论点：

> 剧者何？戏也。古今一戏场也。开辟以来，其为戏也多矣……戏之为用大矣哉。……今举贤奸忠佞，理乱兴亡，搬演于笙歌鼓吹之场，男男妇妇，善善恶恶，使人触目而惩戒生焉，岂不亦可兴、可观、可群、可怨乎？夫人生无日不在戏中，富贵、贫贱、夭寿、穷通，攘攘百年，电光石火，离合悲欢，转眼而毕，此亦如戏之倾刻而散场也。故夫达而在上，衣冠之君子戏也；穷而在下，负贩之小人戏也。今日为古人写照，他年看我辈登场。戏也，非戏也；非戏也，戏也。尤西堂之言曰："《二十一史》，一部大传奇也。"岂不信哉！……予恐观者徒以戏目之，而不知有其事而疑之也，故以《剧话》实之；又恐人不徒以戏目之，因有其事遂信之也，故仍以《剧话》虚之。故曰：古今一戏场也。

这里有两点值得注意。首先，李调元看到了戏曲对于人生，对于现实生活（包括历史）的依赖，所谓"今日为古人写照，他年看我辈登场"云云，承认了戏曲描写人生，描写历史，离不开人生，离不开历史这样一个朴素的真理。因而他贬斥荒诞不经的神仙鬼怪剧为"不足论"。当然，也毋庸讳言，所谓"人生无日不在戏中"、"古今一戏场也"，其中还夹杂有不能正确认识现实社会生活的消极因素。其次，提出了要求人们正确认识戏曲的课题，指出了两种倾向。"徒以戏目之，而不知有其事"。这是一种凡戏曲都属无稽之谈的片面认识，它一方面否定了戏曲反映人生反映历史，同时也否定了戏曲影响人生影响历史的社会功能。"不徒以戏目之，因有其事，遂信之"。把戏曲和人生几乎完全等同起来，同样也是片面的认识。因为它貌似重视戏曲，实际上却否认了戏曲反映人生的集中概括的艺术特征，从而也就抹煞了它的典型意义。疗救的办法是"以《剧话》实之"，"以《剧话》虚之"，从理论和史实方面来端正认识。所谓"实之"，从《剧话》的主要内容来看，无非是考查戏曲作品题材的出处来源；所谓"虚之"，就是征引前人论述，排比组织，借以阐明戏曲与现实生活的区别。对此，李调元在《剧话》中是认真地贯彻的。如："庾吉甫《买臣负薪》剧，见《汉书》。今俗传此事，大略相符；而言买臣既贵，妻再拜马求合，买臣取盆水覆地，以示其不能更收之意，妻遂抱恨死，此则太公望事，词曲家所撮合也。"其中"见《汉书》"云，就是"实之"；"词曲家所撮合"云，大概是"虚之"之谓。类似的记述贯串始终，所论未必都能切中论敌要害，但他关于戏曲与人生这重要理论问题的探索，却不是毫无意义的。至少，他把问题直接提了出来，对后人是有所启示的。

李调元不满明代的"吴音一派"，指责这些作家专在琢句修词上花费精力，梁伯龙开其端，王世贞在理论上倡导，以致形成"不惟曲家本色语全无，即人间一种真情话，不可得"，批评这一派作家"不知以藻缋为曲，譬如以排律诸联入《陌上桑》、《董妖娆》乐府诸题下，多见其不类，又何曲之足云！"（《雨村曲话》）严厉指责他们破坏了戏曲之本色。对沈璟等吴江派也有尖锐批评：

> 沈伯英审于律而短于才，亦知用故实、用套语之非宜，欲作当家本色俊语，却又不能；直以浅言俚句，拥拽牵凑，自谓独得其宗，号称词隐。而越中一二少年，学慕吴《趋》，遂以伯英为开山，私相伏膺，纷纭竞作。非不东钟、江阳，韵韵不犯，一禀德清；而以鄙俚可笑为不施脂粉，以生硬稚率为出之天然，较之套词故实一派，反觉雅俗悬殊。使伯龙、禹金辈见之，益当千金自享家帚矣。（《雨村曲话》卷上）

指出格律派末流的弱点是"鄙俚可笑"、"生硬稚率"，比之"吴音一派"，反觉雅俗悬殊，更加缺少艺术力量。我们在第五编第二章已经指出，吴江派沈璟等人戏曲主张的片面性，给戏曲创作带来了不良影响。二百年后，李调元结合当时曲坛实际又一次批评他们，可见其影响是何等深远。

《曲话》、《剧话》两书对于元明和清代著名剧本，间亦有所评论。认为《西厢记》曲词"工于骈俪，美不胜收"。称赞《琵琶记》"体贴人情，描写物态，皆有生气，且有裨风教，宜乎冠绝诸南曲，为元美之亟赞也。"评论汤显祖的作品以《牡丹亭》为第一。又如：

> 孔东塘《桃花扇》今盛行，其曲包括明末遗事，所写南渡诸人，而口吻毕肖，一时有纸贵之誉。
> 洪昉思《长生殿》，尽删太真秽事……有"可怜一夜《长生殿》，断送

功名到白头"之句,可想其工。

李渔音律独擅,近时盛行其《笠翁十种曲》。

铅山编修蒋心余士铨曲为近时第一,以腹有诗书,故随手拈来,无不蕴藉,不似笠翁辈一味优伶俳语也。

阮大铖……所撰《燕子笺》,名重一时。然其人心术既坏,惟觉淫词可憎,所谓亡国之音也。

这些评论表明,李调元既注意分析作品的思想意义,鉴赏它的艺术成就,还联系作者的政治品德,尽力避免论其一点不及其余的片面性。可是对一些充斥着封建伦理道德说教的作品,又情不自禁地称赞一番。如说"《香囊》虽不动人而雅","《五伦全备记》三本……所述皆名言,天下大伦大理,尽寓于是;言带诙谐,不失其正,盖邱文庄公假以劝善者。"替早已为有识之士指为思想内容、表现形式都无足取的《香囊记》、《五伦全备记》做翻案文章。都明显地表现了李调元思想上的局限。

焦　　循

焦循(1763—1820)字理堂,一字里堂,江苏甘泉(今扬州)人。学识渊博,爱好戏曲,对于地方戏曲尤有研究。著作甚多,论曲专著有《曲考》(已佚)、《剧说》及《花部农谭》。

《花部农谭》是焦循论述、考索"花部"著名剧目的专著。全书虽仅十则,但它对于"花部"的见解却很引人瞩目。该书自序阐述写作动机,指出当时"梨园共尚吴音",而焦循独好"花部",显出他的识见比一般士大夫高出一筹。序文从"吴音"(昆腔)与"花部"的分析比较中,指出了"花部"的三个优点。第一,就表现题材和思想内容而言,吴音多"男女猥亵",而花部所表现的大都是"忠、孝、节、义"一类故事。焦循对描写男女恋爱故事的作品心存偏见,他甚至宁愿肯定汤显祖的《邯郸梦》,而以《牡丹亭》为"不足观",那当然是不足取的。可是从昆曲题材的实际情况看,才子佳人几乎成为不可更易的俗套。那么,焦循的这个意见还多少有一点针对性。其次,吴音谐于音律,一唱三叹,能使听者回肠荡气;而花部则高亢慷慨,能使观众血气为之振荡。两者有着明显的区别。第三,吴音出自文人之手,文词典雅,富于文采,但往往不便舞台搬演,不便观众特别是下层观众欣赏;而花部的曲词宾白大都通俗浅显,接近方言口语,为各地城乡男女老少所喜闻乐见。焦循的这些分析比较未必完善,可是联系当时统治者压抑花部,一般文人卑视花部的特定环境,能摒弃流俗之见,喜爱有加,进而研究它,历数其种种特征,这是他的贡献。

《花部农谭》的评论不乏很好的艺术见解。花部中的《赛琵琶》,焦循最为喜爱,他详细记述了该剧的主要情节,并提出了剧情处理一定要满足观众欣赏要求的主张。《赛琵琶》演陈世美弃妻事,剧情有与《琵琶记》极为相似之处。可是该剧并没有采用《琵琶记》以大团圆结局的处理方法,而是像解剖刀那样深入剖析陈世美的肮脏灵魂。结尾处写秦香莲母子审问陈世美,秦香莲历数其罪,洋洋千言,富有浓郁的浪漫主义色彩。《女审》一出陈、秦面对面的斗争,把剧情推向了高潮。对此,焦循评论道:

> 说者谓《西厢·拷红》一出,红责老夫人为大快,然未有快于《赛琵琶·女审》一出者也。盖《西厢》男女猥亵,为大雅所不欲观;此剧自三官堂以上,不啻坐凄风苦雨中,咀荼啮蘖郁抑而气不得申,忽聆此快,真久病顿苏,奇痒得搔,心融意畅,莫可名言,《琵琶记》无此也。然观此剧者,须于其极可恶处,看他原有悔心。名优演此,不难摹其薄情,全在摹其追悔。当面诟王相,昏夜谋杀子女,未尝不自恨失足。计无可出,一时之错,遂为终身之咎,真是古寺晨钟,发人深省。高氏《琵琶》未能及也。

焦循对剧中女主人公亲自审问陈世美这一情节设计特别赞赏,他以为这种大胆而新颖的艺术构思,比之《西厢记》中红娘面责老夫人那种脍炙人口的精彩关目,有过之而无不及。《琵琶记》大团圆式的结尾,总给人以温文尔雅、情趣不高的感觉;《女审》出则完全突破旧有模式,且有敢于赤手缚苍龙的磅礴气势,能唤起普通观众强烈的共鸣。所谓"久病顿苏,奇痒难搔,心融意畅,莫可名言"等等,正是剧场观众获得美的满足的形象写照。换句话说,《赛琵琶》在剧情处理上扬弃了大团圆俗套,痛快淋漓地惩罚了陈世美,满足、适应了剧场观众的鉴赏要求,所以特别值得称道。

焦循评花部《清风亭》的结局,认为正好体现了花部剧本的特点,比昆腔作品高出一筹。《清风亭》剧情是根据唐张仁龟遗弃养父养母故事发展而来的。《北梦琐言》载,张仁龟"既登第,仕为官,遂忘处士养育之义。处士以无据,郁恨而死。已而仁龟出使,自缢于驿亭,相传为张处士冥诉阴谴之"。剧中改为张仁龟为雷电殛死。焦循对此倍加赞赏,以为比自缢更能触动观众。

他还用传奇《双珠记》、《西楼记》中人物为雷电所殛的情节作比较："余忆幼年随先子观村剧,前一日演《双珠·天打》,观者视之漠然。明日演《清风亭》,其始无不切齿,既而无不大快。铙鼓既歇,相视肃然,罔有戏色;归而称说,浃旬未已。彼谓花部不及昆腔者,鄙夫之见也。"可以看出,焦循之欣赏花部,乃是经过长期鉴赏实践和调查研究观察观众反应的结果。他喜爱花部戏,既不是猎奇好异,也不是人云亦云。他相当认真地观察观众的反应,深入了解作品演出后的社会效果,看到了观众获得"奇痒得搔"似的艺术享受,和他们"相视肃然,罔有戏色,归而称说,浃旬未已"的沉思回味。而且他所观赏的是"村剧",不是高门大户红氍毹前的演出。

《花部农谭》第一则,评花部《铁丘坟》,论述中涉及戏曲创作的概括、集中和虚构等问题。他批评故事情节与《铁丘坟》极其相似的传奇《八义记》,处理历史题材缺乏必要的概括集中,没有必要的艺术虚构,赞美《铁丘坟》作者,能"假《八义记》而谬悠之,以嬉笑怒骂于(徐)绩耳"。所谓"谬悠",义近于虚构。《庄子·天下》:"谬悠之说,荒唐之言。"焦循以为剧中某些故事情节,貌似"无稽之至者",却正是作品"妙味无穷"之处,远非"抄袭太史公"者所能比拟的。充分肯定了艺术加工的积极作用。又如第三则评《两狼山》:"花部有《两狼山》剧,演杨业死事,则全归狱于美。延昭诉枉于朝,召寇准谳定其狱,而潘之害贤,寇之嫉恶,淋漓慷慨,毫发毕露……为此戏者,直并将偗洗去,使罪专归于美,与史笔相表里焉。"焦循充分肯定这部作品对历史题材所作的艺术加工,强调艺术虚构之必要。

《剧说》写成于嘉庆乙丑年,比《花部农谭》早十多年,篇幅较长,共六卷。卷首有"引用书目"一项,罗列征引古籍书目一百六十六种(实际上远远不止此数)。卷一有题记云:

> 乾隆壬子冬月,于书肆破书中得一帙,杂录前人论曲、论剧之语,引辑详博,而无次序。嘉庆乙丑,养病家居,经史苦不能读,因取前帙,参以旧闻,凡论宫调、音律不录,名之以《剧说》云。

简要地说明了此书体例特点:不录宫调音律,但记前人论曲论剧之语,以"详博"见长。它和李调元的《雨村曲话》、《剧话》非常相似,主要辑录前人言论。如卷三引《茧瓮闲话》:"《琥珀匙》,吴门叶稚斐作。变名陶佛奴,即传奇中翠翘故事,中有句云:'庙堂中有衣冠禽兽,绿村内有救世菩萨。'为有司所恚,下狱几死。"引《茶余客话》:"《东林点将录》,乃吏部尚书陕人王绍徽所辑,魏忠贤干儿也,当时称为'王媳妇',都人撰《百子图》传奇刺之。"

　　《剧说》直接记述焦循曲论的为数不多。书中引辑前人言论,有一些引自罕见的珍本,具有较大的史料价值。此外还记载了一些曲坛趣闻,作家艺坛轶事等等,也可作戏曲理论研究资料之用。

第六章　清代前中期小说批评

第一节　金　人　瑞

金人瑞,生平已见第五章第一节。他以一部《贯华堂本第五才子书水浒传》奠定了他在中国《水浒》评论史,乃至整个小说批评史上最为杰出的地位。这部《水浒》,是在删改袁无涯刊一百二十回本《忠义水浒全传》的基础上,托称"古本",再加以大量的批语,认真而详细地揭抉了《水浒》的创作精神和艺术特点,赢得了广大读者的喜爱,风行了有清一代三百年。他开创的将序、读法和总批、夹批、眉批等方式综合运用的格式,将中国传统的评点样式提高到一个新的水平,为批评家们提供了更为宽展的用武之地;他在批评《水浒》中阐发的一系列小说观点及原理,大大地丰富了我国古代小说理论的宝库,影响了整个清代的小说批评界。

矛盾的思想认识

金人瑞幼年生活尚属优裕,"拈书弄笔三时懒,扑蝶寻虫百事宜"(《沉吟楼诗选·念舍弟》),但很早就父母去世,家境中落。清兵南下时,"苦遭丧乱,家贫无资"(《第六才子书·拷艳》批语),以后就更加困顿,有时竟至出现"无米又无菜"、"妻孥相对饿"的局面。直到晚年,他的生活窘况也没有多大改善。金人瑞困苦的生活、低下的地位使他切身感受到社会的黑暗、百姓的疾苦。然而,他生活在封建社会里,十岁入塾,长期接受的是当时统治阶级的思想教育。儒家思想构成了他的思想核心,佛道两家对他也有很深影响。明末清初,又是个动荡不安的年代。明末政治的极端腐败,农民起义的风起云涌,清初统治的野蛮专制,民主思想的逐步抬头,都给他的思想打上了烙印。金人瑞作为生活在这种社会中一个下层知识分子,他不满黑暗现实和政治压迫,以至最后为反对贪官酷吏而献出了自己的生命;但他并不反对整个封建制度,而是竭力维护封建统治的正常秩序,其思想是十分复杂而矛盾的。

金人瑞在幼年时即对《水浒》发生兴趣并开始评点。他批评《水浒》的最初动机,就是因为觉得"《水浒》之文精严,读之即得读一切书之法也",然而,《水浒》这部小说是描写人民起义的。这对于主张"不好犯上,不好作乱,是庶民实法"的金人瑞来说,是不能接受的。特别当时明王朝在农民起义的冲击下已岌岌可危,而不得不明令禁止《水浒》的出版的形势下,金人瑞更不允许《水浒》宣扬"犯上作乱"。为此,他在《序二》中对《水浒》中造反的英雄直接加以谴责和辱骂:

> 若夫耐庵所云《水浒》也者,王土之滨则有"水",又在水外则曰"浒",远之也。远之也者,天下之凶物,天下之所共击也;天下之恶物,天下之共弃也。……且亦不思宋江等一百八人,则何为而至于《水浒》者乎?其幼,皆豺狼虎豹之姿也;其壮,皆杀人夺货之行也;其后,皆敲朴劓刖之余也;其卒,皆揭竿斩木之贼也。有王者作,比而诛之,则千人亦快,万人亦快者也。

在七十回《水浒》正文的批语中,也有零星类似的论述,但一般都比不上这一段话的集中和刻毒。

基于对造反为"盗"为"贼"者的否定,金人瑞竭力反对招安并称扬《水浒传》为"忠义"。接着上文,他指出:

> 由耐庵之《水浒》言之,则如史氏之有《梼杌》是也。备书其外之权诈,备书其内之凶恶,所以诛前人既死之心者,所以防后人未然之心也。由今日之《忠义水浒》言之,则直与宋江之赚入伙,吴用之说撞筹,无以异也。无恶不归朝廷,无美不归绿林,已为盗者读之而自豪,未为盗者读之而为盗也。

因此,金批本《水浒》以"梁山泊英雄惊恶梦"作为全书的结束,不取宋江受招安以后的情节。这一回最后写嵇康责骂梁山英雄:"我若今日赦免你们时,后日再以何法去治天下?"金人瑞在这里批道:"不朽之论,可破续传招安之谬。"当嵇康处斩梁山英雄时,又赞曰:"真正吉祥文字。"这些地方都明显地表明了金人瑞的封建正统立场。

除了序言和结尾处突出地反映了金人瑞反对人民起义,维护封建统治之外,他对宋江的攻击也引人注目。《读第五才子书法》就指出:"《水浒传》有大段正经处,只是把宋江深恶痛绝,使人见之,真有犬彘不食之恨。"宋江从起义走向投降,对他的评价从来存在着分歧。李贽称他为"忠义之烈",叶昼则骂他为"假道学,真强盗"。金人瑞继承了叶昼的观点,一再把宋江说成是阴险虚伪的小人,所谓"宋江一片假","宋江权诈乃至忍于欺其至亲"(第三十五回批语),直至把他当作谋害晁盖的凶手。当然,他咒骂宋江,并不因为厌恶其投降行径,甚至与叶昼的观点也不尽相同。在《读第五才子书法》中,他表明之所以"独恶宋江",就是"奸厥渠魁之意",主要目的是为了"擒贼先擒王",通过否定宋江来否定《水浒传》的"犯上作乱"。

金人瑞主要从以上几个方面,对于《水浒传》中所表现的"犯上作乱"作了恶毒的攻击。然而,金人瑞却又是个主张"要放普天下人出头"的人,反对统治者无限制地压榨人民,而要求给百姓以安居乐业的条件。他认为:"民之所好所恶,天地之生;连忙好之恶之,圣人之位。略作迟疑,圣人之位已失了。"(《唱经堂语录纂》卷一)但现实的政治正像《水浒传》中所描写出来的一样,十分黑暗、腐朽。对此,他深感不满,认为这就必然走向"官逼民反"、"破国亡家"的道路。基于这样的认识,金人瑞的评点又坚持了暴露黑暗、批判现实的创作精神。他在《楔子》总批中说:

> 为此书者,吾则不知其胸中有何等冤苦而为如此设言。然以贤如孟子,犹未免于大醇小疵之讥,其何责于稗官?后之君子,亦读其书哀其心可也。

而其心之所以可哀,就因为《水浒传》所反映的现实确是无道之世:"记一百八人之事,而亦居然谓之史也何居?从来庶人之议皆史也。庶人则何敢议也?庶人不敢议也。庶人不敢议而又议,何也?天下有道,然后庶人不议也,今则庶人议矣。"(第一回总批)这就不但纠正了自己在《读第五才子书法》中故意和李贽唱反调而说的"施耐庵本无一肚皮宿怨要发挥出来"的话,肯定了《水浒传》是一部发愤之作,而且曲折地表明了自己之所以批书议书,也就因为是处于无道之世而借题发挥罢了。

在这基础上他进一步指出,宋江等人的"作乱",正是在这样的无道之世中由统治者逼出来的。为了强调这一点,他特意把高俅出场移作第一回,并在这一回的总批中劈头指出:

> 一部大书七十回,将写一百八人也。乃开书未写一百八人而先写

> 高俅者,盖不写高俅,便写一百八人,则是乱自下生也;不写一百八人,
> 先写高俅,则是乱自上作也。……一部大书七十回,而开书先写高俅,
> 有以也。

当高俅出场时,又批注道:

> 开书第一样脚色。作书者盖深著破国亡家结怨连祸之皆由是辈
> 始也。

在全书中,金人瑞对高俅等贪官污吏时时痛加鞭挞,严厉批判,并把他们的存在作为封建政治生活中普遍的现象来看待,有时甚至把矛头引向了封建王朝的最高统治者。贯华堂本《水浒传》第一回第一句"其时去仁宗皇帝已远"下,他就作评注以提醒读者:"有上失其道,民散久矣之痛。"在这一回中,他又指出:"作者于道君皇帝每多微词焉。"引导读者用批判的眼光去注意最高统治者。这在封建社会中,不能不说是难得的。

金人瑞评点《水浒》的进步性,还表现在他对受迫害的人民及其某些反抗斗争是同情的、赞美的。第十四回阮小五道:"如今那官司一处处动掸便害百姓,但一声下乡村来,倒先把好百姓家养的猪羊鸡鹅都吃尽了,又要盘缠打发他。"金人瑞批道:"千古同悼之言,《水浒》之所以作也。"接下去,阮小二道:"我虽然打不得大鱼,也省了若干科差。"又批道:"十五字抵一篇《捕蛇者说》。"第十回写林冲感慨自己被高俅坑陷得有家难奔,有国难投,不得不上梁山落草时,金也批道:"一字一哭,一哭一血,至今如闻其声。"在这些地方,都可以清楚地看到金人瑞曾经为深受迫害的人民群众和逼上梁山的英雄好汉流过同情的眼泪。基于这样的感情,他对那些上梁山的"盗贼"基本上是抱有好感的。《楔子》批"本山虽有蛇虎,并不伤人"时写道:"一部《水浒传》一百八人总赞。"第十四回阮小五表示不去破坏仗义疏财的晁盖劫夺生辰纲时,金批:"《水浒》一百八人人品心术,尽此一言。"在全书中,他又对李逵、武松、鲁智深等众多的梁山英雄的优秀品质作了大量的、出自肺腑的赞美。这些赞美,并不全是着眼于抽象的性格美。事实上,小说中的人物性格与其言行是密不可分的。金人瑞对李逵等可爱的性格的激赏,就包含着对他们的英雄行为的钦佩。有时,甚至对他们铤而走险也流露出同情之感和颂扬之词,如宋江吟反诗系狱,李逵道:"吟了反诗,打甚鸟紧,万千谋反的,倒做了大官!"金人瑞批道:"骇人语! 快绝,快绝!"六十四回张顺道:"老爷生在浔阳江边……只因闹了江州,占住梁山泊里,随从宋公明纵横天

下,谁不惧我!"批道:"雄文骇俗,读之起舞!"特别是对梁山英雄的拒捕官兵、攻城夺县等武装斗争,也常常赞叹不已。应该说,这些都是直接歌颂反抗斗争的。因此,我们不能简单地说金人瑞反对农民起义,而必须看到在整个封建社会中能像他这样大胆地、热情地对这样一部书、这样一些人、这样一些事作这样同情和歌颂的,实在为数不多。

出色的艺术分析

金人瑞把《水浒传》看作是一部包有"一切书之法"的具有最高艺术价值的著作,其评点主要也是致力于艺术分析。

一、人物论

金人瑞将文学作品中塑造人物形象的问题明确地提到了一个突出的位置上,并作了比较深入的探讨。小说和其他文学作品的一个重要特征就是要塑造人物形象。早在宋代赵令畤的《元微之崔莺莺商调蝶恋花》中,对小说的人物形象塑造问题已有接触。明末,叶昼等对《水浒》的人物性格作了十分精辟的论述,但他并没有作必要的强调。金人瑞则在《读第五才子书法》中论述《水浒》的艺术成就时特别指出:

> 别一部书,看过一遍即休。独有《水浒传》,只是看不厌。无非为他把一百八个人性格,都写出来。
>
> 《水浒传》写一百八个人性格,真是一百八样。若别一部书,任他写一千个人,也只是一样,便只写两个人,也只是一样。

这就明确地指出了《水浒传》之所以百看不厌,具有强烈的艺术吸引力,关键就是成功地塑造了性格鲜明的人物形象,"把一百八个人性格都写出来了"。反之,假如小说中的人物"只是一样",公式化概念化,就必然使读者"看过一遍便休"。金人瑞将创造有性格的人物形象作为衡量小说艺术成就高下的根本标志,这应该说是在我国小说批评史上的一个重大进步。

金人瑞基于对塑造人物形象的重视,就在叶昼"同而不同"论的基础上,对《水浒》中的人物个性作了进一步的分析。在《读第五才子书法》中,他对几十个《水浒》人物一一作了评论,其中有的分析还相当细腻:

> 《水浒传》只是写人粗卤处,便有许多写法:如鲁达粗卤是性急,史进粗卤是少年任气,李逵粗卤是蛮,武松粗卤是豪杰不受羁靮,阮小七粗卤是悲愤无说处,焦挺粗卤是气质不好。(《读第五才子书法》)

金人瑞在分析人物个性时,注意到了性格的多重性。如上第二十五回总批指出,武松之所以可称之为"天人"者,就因为他"固具有鲁达之阔,林冲之毒,杨志之正,柴进之良,阮七之快,李逵之真,吴用之捷,花荣之雅,卢俊义之大,石秀之警者也"。这里所说的"鲁达之阔"等等,也是指各人性格的主色调,并不是承认他们性格的单一性。如关于鲁达,《读第五才子书法》说他"心地厚实,体格阔大。论粗卤处,他也有些粗卤;论精细处,他亦甚是精细"。这说明鲁达的性格并非"阔"而已。再如关于"李逵之真",小说也并非一味描写他的"真"。第五十三回总批指出:"李逵朴至人……乃此书但要写李逵朴至,便倒写其奸猾。写得李逵愈奸猾,便愈朴至,真奇事也。"《水浒》这样多侧面地表现了人物性格的复杂性,就愈能显示各人个性的鲜明、生动。金人瑞在重视其鲜明的个性特点时,又注意到人物形象包含一定的普遍意义,如"白龙庙英雄小聚义"一节评张顺这个形象时就说:"直写出豪杰朋友神理。"正因为《水浒》中的人物形象既有独特个性,又有某类共性,故金人瑞在《读第五才子书法》中认为《水浒》塑造人物已达到了"任凭提起一个,都似旧时熟识"的境界。这与近代俄国别林斯基对典型所作的"熟识的陌生人"的著名论断,是何等相似! 在这里还应该一提的是,金人瑞在第三十一回评武松送宋江时已使用了"典型"这个词:"真正哥哥既死,且把认义哥哥远送,所谓'虽无老成人,尚有典刑'也。""虽无老成人,尚有典刑('刑'通'型')",语见《诗经·大雅·荡》。这里的"典型"一词显然与我们今天所理解的典型形象有相当距离;它与谢肇淛《五杂俎》、桃源居士《唐人小说序》等把"典刑"当作常规、成法来解释相差不多。但是它毕竟开始将"典型"一词用到评价人物形象上来了。

　　关于塑造性格鲜明的人物形象的具体方法,金人瑞比较注意"人有其声口",即语言的个性化。《读第五才子书法》说:"《水浒传》并无之乎者也等字,一样人便还他一样说话,真是绝奇本事。"这在各回批语中有较多的具体说明。如第十回林冲请求王伦收录时,金人瑞批道:"林冲语。须知此……虽非世间龌龊人语,然定非鲁达、李逵声口;故写林冲另是一样笔墨。"第五十七回写鲁智深听说史进被贺太守监禁时"史家兄弟不在,这里酒一滴不吃"云云处,批道:"……非鲁达定说不出此语,非此语定写不出鲁达。妙绝,妙绝。"这种个性化的语言除了符合人物的身份、性格外,又必须与当时说话的具体环境和感情状态等和谐统一,这样才能使人物栩栩如生。第五十五回写时迁盗甲时偷听徐宁夫妇、使女间谈话时评道:"写时迁一夜所听说话,是家常语,是恩爱语,是主人语,是使女语,是楼上语,是寒夜语,是当家语,是贪睡语,句句中间有眼,两头有棱,不只死写几句而已。"除此之外,金人瑞也注意到小说通过环境渲染、心理活动、细节描写和不同人物之间的相互映衬等手法多方面地描写人物性格的特色。如第六十三回评"宋公明雪天擒索超"时,点出了描写雪天的特定环境与刻画人物之间有着密切联系。他指出,这段文字中"雪天穿插无痕","写雪天擒索超。略写索超而勤写雪天者,写得雪天精神便令索超精神。此画家所谓衬染之法,不可不一用也。"不但环境描写能衬托人物性格,而且不同人物之间能相互衬托。金人瑞认为,这有反面衬托和正面衬托两种。反面衬托,即他所说的"背面敷粉法"。《读第五才子书法》云:"有背面敷粉法,如要衬宋江奸诈,不觉写作李逵真率;要衬石秀尖利,不觉写作杨雄糊涂是也。"正面衬托,他又称"染叶衬花法",即要画牡丹,须画好枝叶,写主要人物前,先写好次要人物。如第六十三回写宣赞以高超的武艺大战花荣时批道:"写宣赞者非止写宣赞也,写宣赞所以写关胜也。古有之云:欲知其人,先看所使。但极写宣赞,便已衬出关胜来也。"金人瑞这样注意小说通过人物的相互关系来揭示人物的特点,指出"写彼人而令此人生色",确是总结了塑造人物形象的一条经验。

金人瑞从批评《水浒》入手,能这样自觉地注意到塑造人物形象在小说创作中的重要性,并认真而多方面地总结了塑造人物形象的经验,这在中国小说批评史上具有重要的意义。它标志着中国以小说、戏曲为主的叙事文学理论批评进入了一个新的阶段。

二、结构论

金人瑞对结构布局等问题也作了探讨。他认为,"盖天下之书,诚欲藏之名山,传之后人,即无有不精严者。何谓之精严? 字有字法,句有句法,章有章法,部有部法是也。……夫固以为《水浒》之文精严,读之即得读一切书之法也。"(《第五才子书施耐庵水浒传序三》)因此,一部《水浒传》,在他看来也是一个统一的整体:"凡人读一部书,须要把眼光放得长。如《水浒传》七十回,只用一目俱下,便知其二千余纸,只是一篇文字,中间许多事体,便是文字起承转合之法。若是拖长看去,却都不见。"正是从考虑《水浒》结构严密性出发,金人瑞大胆地认为一部《水浒》的故事情节发展到大聚义便是"大结束"。他所批评的七十回本《水浒》的结尾,以后尽管遭到这样或那样的责难,但在肯定其艺术结构的完整性这一点上,后人却是没有异议的。

金人瑞在探讨结构布局时,既能从大处着眼,鸟瞰全局,又能从小处着手,不遗毫末。他认为《水浒》之所以"部法""精严",是由于作者在落笔前已

有一个整体构思,所谓"全部书在胸而后下笔著书":

> 一部书共计七十回,前后凡叙一百八人,而晁盖由其提纲挈领之人也。晁盖提纲挈领之人,则应下笔第一回便与先叙;先叙晁盖已得停当,然后从而因事造景,次第叙出一百八个人来,此必然之事也。乃今上文已放去一十二回,到得晁盖出名,书已在第十三回。我因是而想:有有全书在胸而始下笔著书者;有无全书在胸而姑涉笔成书者。如以晁盖为一部提纲挈领之人,而欲第一回便先叙起,此所谓无全书在胸而姑涉笔成书者也。若即以晁盖为一部提纲挈领之人,而又不得不先放去一十二回,直至第十三回方与出名,此所谓有全书在胸而后下笔著书者也。夫欲有全书在胸而后下笔著书,此其一部七十回一百有八人轮回搁叠于眉间心上,夫岂一朝一夕哉!(第十三回总评)

与此同时,他对全书叙事过程中的波浪起伏,前后照应,作者手中之针线,胸中之经纬,多有细心体会。在这基础上,他第一次比较系统地总结了小说创作中的一些具体方法和技巧,提出了"倒插法"、"夹叙法"、"草蛇灰线法"、"绵针泥刺法"、"弄引法"、"獭尾法"等十几种"文法"。这些"文法",难免有失诸拘泥穿凿的地方,但往往也能阐发作者的艺术匠心,并非都是八股腐迂之谈。比如《读第五才子书法》中提出的第一种"文法"即"倒插法":

> 有倒插法:谓将后边要紧字,蓦地先插放前边,如五台山下铁匠间壁父子客店,又大相国寺岳庙间壁菜园,又武大娘子要同王干娘去看虎,又李逵去买枣糕收得汤隆等是也。

可见,金人瑞注意到了我国小说中早已存在的倒叙法,这比起后来不少人认为我国小说创作到近代才从西方学到这种方法的说法来,显然高明得多了。再如,他论述行文过程中的"避"与"犯",也颇精彩。他反对一般的文章家简单地强调"避",即避免雷同的描写,而认为文章的高妙处就在于"犯",即故作相近的描写。"犯之而后避之,故避有所避也;若不能犯之而但欲避之,然则避何所避乎哉?是故行文非避之难,实能犯之难也。"(第十一回总评)他依据这种犯中有避,同中求异的艺术见解,多处揭示了《水浒传》中的犯笔之妙。如《读第五才子书法》中指出的情节相犯之妙:

> 有正犯法:如武松打虎后,又写李逵杀虎,又写二解争虎;潘金莲偷汉后,又写潘巧云偷汉;江州城劫法场后,又写大名府劫法场;何涛

捕盗后,又写黄安捕盗;林冲起解后,又写卢俊义起解;朱仝、雷横放晁盖后,又写朱仝、雷横放宋江等。正是故意把题目犯了,却有本事出落得无一点一画相借以为快乐是也。

这类具有独到见解的地方还有不少,这里不能一一列举。总之,对于他所总结的这些"文法",不能视为形式主义的僵死的框框,其中多少指出了一些小说创作的经验和艺术的形式美。事实上,他的这些"文法",对清代小说批评和欣赏产生了极大的影响。

三、创作论

金人瑞在分析作品艺术性的同时,也注意研究创作过程中的秘密。在《水浒》的大量批文中,诸如"写得真是如镜"、"笔情如镜"等批语俯拾皆是。这面"秦宫铜镜"的作用就是反映客观事物。因此,他认为"文人所以必用妙笔",如"美人所以必须用妙镜也"(第三十四回夹评),强调"才子之心"要起到"烛物如镜"的作用(第二十四回批语)。正是基于客观生活第一性的认识,金人瑞提出了"澄怀格物"论。他在《第五才子书施耐庵水浒传序三》中说:"学者诚能澄怀格物,发皇文章,岂不一代文物之林。"所谓"格物",即是接触、感受、体悟外界事物。这种"格物"的前提是必须"澄怀",即不带偏见,不存杂念。"盖其心清如水,故物来毕照"(第六十一回夹评),能普遍地、客观地格物。因此,他一再强调"格物之道,以忠恕为门"。这里的忠恕,也主要是指忠实、客观的意思。文章的好坏,就决定于作家的"澄怀格物"。天下文章之所以无有出《水浒》右者,就是因为"天下之格物君子,无有出施耐庵先生右者"。接着,金人瑞就论述了施耐庵"格物"与创作《水浒》之间的关系:

> 《水浒》所叙,叙一百八人,人有其性情,人有其气质,人有其形状,人有其声口。夫以一手而画数面,则将有兄弟之形;一口而吹数声,斯不免再咉也。施耐庵以一心所运,而一百八人各自入妙者,无他,十年格物而一朝物格,斯以一笔而写百千万人,固不以为难也。

这就十分清楚地阐明了施耐庵之所以能在艺术上取得极大的成功,塑造了众多的鲜明生动的人物形象,关键就在于"十年格物而一朝物格",也就是说作家对现实生活中的人情物理经过了长期的观察、琢磨之后,就有一天会了然于胸中,下笔起来就如澄鉴照形,挥写自如,不要说"叙一百八人之性情气质形状声口",就是写百千万人,也没有什么困难了。

"澄怀格物"指的是熟悉生活,但艺术不等于照搬生活。金人瑞是很懂得记录真人真事和进行艺术虚构的不同特点的。他在《读第五才子书法》中说:

> 某尝道《水浒》胜似《史记》,人都不肯信,殊不知某却不是乱说。其实《史记》是以文运事;《水浒》是因文生事。以文运事,是先有事生成如此如此,却要算计出一篇文字来,虽是史公高才,也毕竟是吃苦事。因文生事即不然,只是顺着笔性去,削高补低都由我。

这里说的"因文生事",实际上就是指作家以形象思维的规律进行创作时进行艺术虚构。这种"因文生事",即艺术虚构的特点,在"醉打蒋门神"一节的批文中他作了具体生动的说明。他说:"武松为施恩打蒋门神,其事也;武松饮酒,其文也;打蒋门神,其料也;饮酒,其珠玉锦绣之心也。"由于作家"因文生事",便写了"酒人"、"酒场"、"酒时"、"酒令"、"下酒物"、"酒风"、"酒赞"等"笔墨淋漓"的"奇绝妙绝之文"。这些描写,都是"此篇之文也,并非此篇之事也"。如果只写事,那只要"大书一行":"施恩领却武松去打蒋门神,一路吃了三十五六碗酒。"金人瑞认为,假如这样"毫无纵横曲直经营惨淡"地写,那人们就不必读小说,只要读《新唐书》之类的历史书就可以了。

"因文生事"并不是胡扯乱写,创作必须遵循一定的规律。为此,金人瑞在序和批语中反复强调了"因缘生法"。比如第五十五回的总评就说:

> 因缘和合,无法不有。自古淫妇无印板偷汉法,偷儿无印板做贼法,才子亦无印板做文字法也。因缘生法,一切具足。

"因缘生法"原是佛教词语。"因"是事物生起或坏灭的主导条件,"缘"是其辅助条件;"法"则泛指世界上的一切事物和现象;一定的因缘产生一定的法。金人瑞在这里借以说明作家要按照事物的因果关系及其发展规律去描绘人物和事件。比如淫妇和偷儿,尽管没有一定的模式,但只要作家按照这些反面人物的规律去描写,就能写出生动的淫妇和偷儿的形象来。金人瑞指出"杀阎婆惜"一节,就是施耐庵运用"因缘生法"的妙绝文章。不但"写淫妇,便写尽淫妇",而且宋江之杀淫妇,是"从婆惜叫中来;婆惜之叫,从鸾刀中来"。施耐庵就按照这种人物之间的因缘关系,写出人物行动的必然性,金人瑞便称赞道:"作者真已深达十二因缘法也。"

在"澄怀格物"、"因文生事"、"因缘生法"的基础上,金人瑞还提出:作家在塑造人物形象时必须"动心",才能使各色各样的人物形象活现于纸上。

关于这一点,他在《水浒传》第五十五回总批中作了详细的论述。他说,作者忽然写豪杰、奸雄,忽然写淫妇、偷儿,都很逼肖。写豪杰、奸雄之所以能写好,或许施耐庵自己就有豪杰、奸雄的气质。然而"若夫耐庵之非淫妇、偷儿,断断然也。今观其写淫妇居然淫妇,写偷儿居然偷儿,则又何也?"对此,金人瑞自己解释道:

> 非淫妇定不知淫妇,非偷儿定不知偷儿也。谓耐庵非淫妇非偷儿者,此自是未临文之耐庵也。……若夫既动心而为淫妇,既动心而为偷儿,则岂惟淫妇偷儿而已。惟耐庵于三寸之笔、一幅之纸之间,实亲动心而为淫妇,亲动心而为偷儿。既已动心,则均矣。又安辨泚笔点墨之非入马通奸,泚笔点墨之非飞檐走壁耶?

这就是说作家之所以能塑造各类形象,关键就在于临文时为各类人物"动心"。所谓"动心",就是将自己的思想、感情完全融化到所描写的角色中去,好像亲如其人、身临其境。只有这样,才能逼真地描绘出各种各样"性情气质形状声口"不同的人物来。金人瑞在强调作家"格物致知"的基础上对创作过程中的一些奥秘能作如此细致的探索,在当时实在是很可贵的。

第二节　毛纶、毛宗岗父子与张道深

金人瑞的评点才能震动了当时文坛。一时间反对他、詈骂他的人固然不少,但崇拜他、学习他的人却更多。就在金人瑞遇害后不久,廖燕即作传赞道:"予读先生所评诸书,领异标新,迥出意表,觉作者千百年来始开生面。"并指出,当时"效先生所评书"已成风气(《二十七松堂集·金圣叹先生传》)。在金人瑞之后的小说评点史上,用力最勤、声名最大的要数毛纶、毛宗岗父子评点《三国志演义》和张道深评点《金瓶梅》了。

毛纶、毛宗岗父子

毛本《三国》,近现代一般著录为毛宗岗所作。毛宗岗(1632—1709 以后),字序始,号子庵,长洲(今江苏吴县)人,是金人瑞的同乡,与《隋唐演义》

的编撰者褚人获友善。但据毛纶《第七才子书琵琶记总论》等记载,《三国志演义》的评改实由毛宗岗与其父毛纶共同完成。毛纶,字德音,号声山,与金人瑞是同时代人。他在当时也颇有文名,但一生穷困不仕。中年以后,双目失明,乃评《琵琶记》、《三国志演义》以自娱。评书时,由他口授,再由毛宗岗校订、加工和最后定稿。其书卷首有康熙己未(1679)李渔序一篇,称《三国志演义》为"四大奇书第一种"。后通行本将李序删改,伪题"金人瑞圣叹"作,并改称《三国志演义》为"第一才子书"。序后有《凡例》十条,说明毛氏父子修订《三国》的原则。其主要精神为:修改文词,使之流畅;辨正史事,增删内容;整顿回目,改为对偶;削除论赞,改为古诗;删尽原评,另作批点。从中透露了他们对于历史演义小说的某些看法。他们对《三国志演义》的批评,除了见于回评和夹批之外,卷首的《读三国志法》则是一篇纲领性的文字。

《读三国志法》第一条就是强调正统思想:"读《三国志》者,当知有正统、闰运、僭国之别。正统者何?蜀汉是也;僭国者何,吴魏是也;闰运者何?晋是也。"根据这种思想,他批评了"陈寿之《志》,未及辨此"和"司马光《通鉴》之误";而表示要依据朱熹的《通鉴纲目》来进行修改和评点。他们认为《三国志演义》的作者之意"重在严诛乱臣贼子以自附于《春秋》之义",因此,这部小说是"继麟经而无愧"。这可以说是他们批评《三国》的思想纲领,对后人评价《三国志演义》的思想意义和人物形象也产生了很深的影响。

毛氏父子对于作品、包括故事与人物的具体批评多为史论,但他们还是有小说家的眼光,特别是对于历史小说特点的认识和对于《三国》这部小说的结构及其人物形象的分析颇有见地。

对于历史小说特点的认识

《三国志演义》作为中国文学史上最优秀的一部历史小说,毛氏父子给予高度的评价:"吾谓才子书之目,宜以《三国演义》为第一。"这是由于,这部作品兼有史书与小说之长,却无史书与小说之短。他们将《三国》与《史记》相比,认为"《史记》各国分书,各人分载","分则文短而易工";《三国》"殆合本纪、世家、列传而总成一篇","合则文长而难好";而《三国》之高就在于能从"难"中见"好"。他们又将《三国》与小说《西游记》、《水浒传》相比,认为"《西游》捏造妖魔之事,诞而不经,不若《三国》实叙帝王之事,真而可考也";《水浒》"无中生有任意起灭,其匠心不难。终不若《三国》叙一定之事,无容改易而卒能匠心之为难也"。这里,主要是从文学作品表现"匠心"之"难"的角度上来肯定优秀历史小说的惨淡经营的：它要将分散的史实整合成一个有机的长篇，又要将真实的故事点化成一部有趣的小说。毛氏父子在这里对《西游》、《水浒》所作的贬低难免失之片面，但他们所总结的这一历史小说创作的特点却也颇有道理。

与此同时，他们论及了历史小说的"实"与"虚"的问题。金人瑞曾经将"以文运事"的《史记》与"因文生事"的《水浒》区别开来，强调小说艺术的虚构性；进而甚至过分地否定《三国》"分明如官府传话奴才，只把小人声口替得这句出来，其实何曾自敢添减一字？"(《读第五才子书法》)明显贬低"据实指陈"的历史著作与历史小说。或许是针对这种过激言论的矫枉过正，毛氏父子提出《三国》"真而可考"而优于"诞而不经"和"无中生有"的《西游》、《水浒》。这从理论上讲，不能不说是对小说艺术的虚构缺乏理解。但同时也应该看到，毛氏父子欣赏历史小说崇实，只是从总体上着眼，并没有如余邵鱼那样强调"记事一据实录"(《题全像列国志传引》)，而是认为在具体"作文"时不妨适当的添设、妆点、虚构，以增强艺术的感染力：

> 三大国将兴，先有三小丑为之作引；在小丑既灭，又有众小丑为之余波。从来实事，未尝径遂率直，奈何今之作稗官者，本可任意添设，而反径遂率直耶？(第二回回评)
>
> 虽未有此事，然不可无此文。(第五十回夹批)
>
> 虽孔明未必如此之诈，而作文者不可无如此之曲。(同上)

除了这类直接肯定作文虚构的言论外，毛评在正文中对于大量的虚构性情节与人物不但一无指责，反而却一再称妙，如对关羽的"秉烛达旦"、"独行千里"、"义释华容"、"单刀赴会"和能"以衽席为战场，以脂粉为甲胄"的貂蝉的大力赞颂等，都间接地表明了他们对于能增强小说艺术感染力的虚构并不持彻底排斥的态度。他们的这种以真为主、以虚为辅的历史性与小说性相统一的理论，实际上也正是"七实三虚"的《三国志演义》创作实践的总结。

毛氏父子既然重视历史小说的历史性，要在"叙一定之事，无容改易"之中而又"卒能匠心之为难"，也就必然十分重视选材的重要性。他们认为，《三国》之所以能吸引读者，在很大程度上取决于三国这一段历史本身的精彩。从人物来看，"古史甚多，而人独贪看《三国志》者，以古今人才之众未有盛于三国者也。"(《读三国志法》)从故事来看，他们一再强调《三国》之文之所以"如此之幻，如此之巧"就是本于"造物自然之文"，"造物者可谓善作文

矣";"古事所传,天然有此等波澜,天然有此等层折,以成绝世妙文,然则读
《三国》一书,诚胜读稗官万万耳。"(同上)历史素材本身的丰富奇幻、生动有
趣对于历史小说创作的成败得失的确具有重要的意义,毛氏父子总结的这
一点,不论是从小说与现实的总体关系上看,还是从历史小说创作的具体条
件来看,都有它合理的因素,但他们过分地强调"天然自有"的决定性意义,
未免对作家主体的创造力估计不足,且又往往把这种"天然妙文"说成是由
"造物者"所作,决定于"天",那就更不足取了。

论《三国》的结构与人物形象

毛氏父子论《三国》的艺术结构颇有见地。在《读三国志法》中,他们论
小说的总体构思曰:

> 《三国》一书乃文章之最妙者。叙三国不自三国始也;三国必有所
> 自始,则始之以汉帝。叙三国不自三国终也;三国必有所自终,则终之
> 以晋国。……假令今人作稗官,欲平空拟一三国之事,势必劈头便叙三
> 人,三人便各据一国。有能如是之绕乎其前,出乎其后,多方以盘旋乎
> 其左右者哉!

接着,他们指出小说有六条线索相互联接于其间:

> 《三国》一书,总起总结之中,又有六起六结,其叙献帝,则以董卓废
> 立为一起,以曹丕篡夺为一结;其叙西蜀,则以成都称帝为一起,而以绵
> 竹出降为一结;其叙刘关张三人,则以桃园结义为一起,而以白帝托孤
> 为一结;其叙诸葛亮,则以三顾草庐为一起,以六出祁山为一结;其叙魏
> 国,则以黄帝改元为一起,而以司马受禅为一起结;其叙东吴,则以孙坚
> 匿玺为一起,而以孙皓衔璧为一结。凡此数段文字,联络交互于其间,
> 或此方起而彼已结,或此未结而彼又起,读之不见其断续之迹,而按之
> 则自有章法之可知也。

在这里,他们既分析了小说有六条线索,又强调了它们之间的"联络交互",
因此"读之不见其断续之迹",换言之,小说是一个严密的整体。在整个毛评
中,他们十分重视小说结构的完整性与和谐性,常常褒赞小说"自首至尾读
之,无一处可断","文之彼此相伏、前后相因,殆合十数卷而只如一篇,只如
一句也。""文如常山率然,击首则尾应,击尾则首应,击中则首尾皆应,岂非
结构之至妙者哉!"(第九十四回回评)在这整体认识的基础上,他们对《三
国》的艺术构思的具体分析颇有见地,而反之,如《列国志》一类结构松散的

363

小说，"到底不能贯串"，遭到了他们的批评。在他们总结的一些"文法"中，大都是关系到结构之妙的。如"横云断岭、横桥锁溪之妙"，是说文章连与断的和谐；"将雪见霰、将雨闻雷之妙"、"浪后波纹、雨后霡霂之妙"，是说大段正文前后引子及余波的安排；"寒冰破热、凉风扫尘之妙"、"笙箫夹鼓、琴瑟间钟之妙"，是说喧与静、刚与柔的配合；"添丝补锦、移针匀绣之妙"是说前照后应、相互补衬。这些都从不同的方面来说明小说的结构既要多姿多彩、引人入胜，又要和谐自然、完整统一。毛氏父子的小说艺术结构论，在中国小说理论批评史上是相当引人注目的。

对于小说中的人物形象，他们也注意到"三国人才之盛，写来各各出色"，分析了作者运用多种艺术手法刻画了众多鲜明生动的形象。他们特别认为，诸葛孔明、关云长、曹操这三个主要人物形象为"前后史之所绝无者"，小说成功地塑造了这贤相、名将、奸雄中的"三奇"，就能吸引读者"独贪看《三国志》"。他们论人物形象的塑造，虽然也注意个性美，说小说"一人有一人性格，各各不同"，但侧重的还是从人物的才能、品德，乃至某一类型的角度来品评人物，如论"运筹帷幄如徐庶、庞统"、"行军用兵如周瑜、陆逊、司马懿"、"料人料事如郭嘉、程昱、荀彧、贾翊、步骘、虞翻、顾雍、张昭"等等，都明显地从某一类型的角度来肯定《三国》为"人才一大都会"，这与金人瑞重在论"性格"是有所不同的，但与他们所批评的小说的创作实践是相吻合的。

张　道　深

张道深(1670—1698)，字自得，号竹坡，铜山县(今属江苏省)人，有诗集《十一草》，曾评点过《东游记》、《幽梦影》等，而以竹坡名批评《金瓶梅》著称于世。刘廷玑《在园杂志》载其评点《金瓶梅》的情况说："……《金瓶梅》真称奇书。……彭城张竹坡为之先总大纲，次则逐卷逐段分注批点，可以继武圣叹，是惩是劝，一目了然。惜其年不永，殁后将刊板抵偿凤逋于汪苍孚。苍孚举火焚之，故海内传者甚少。"

批评家主体意识的加强

张道深将《金瓶梅》称之为"第一奇书"，以"崇祯本"作为底本进行评改。其卷首有谢颐(或谓即张潮)序之外，自作《凡例》及《竹坡闲话》、《批评第一奇书金瓶梅读法》、《金瓶梅寓意说》、《苦孝说》、《第一奇书非淫书论》、《冷热金针》、《杂录小引》等多篇专论和一些资料类索。这与每回的回评与夹批、

眉批、圈点等相配合,使我国小说评点的形式更为完善。其《竹坡闲话》谈到他批书的指导思想曰:

> 《金瓶梅》我又何以批之也哉? 我喜其文洋洋一百回,而千针万线同出一丝,又千曲万折不露一线。闲窗独坐,读史,读诸家文,少暇,偶一观之,曰:如此妙文,不为之递出金针,不几辜负作者千秋苦心哉!……迩来为穷愁所迫,炎凉所激,于难消遣时,恨不自撰一部世情书,以排遣闷怀。几欲下笔,而前后结构,甚费经营,乃搁笔曰:我且将他人炎凉之书,其所以前后经营者,细细算出,一者可以消我闷怀,二者算出古人之书,亦可算我今又经营一书。我虽未有所作,而我所以持往作书之法,不尽备于是乎! 然则,我自做我之《金瓶梅》,我何暇与人批《金瓶》也哉!

这很清楚地表明了张道深批书的目的,一方面固然是为了揭示《金瓶梅》文本的“作书之法”和作者的“千秋苦心”,并“使天下人共赏文字之美”(张道渊《仲兄竹坡传》),而更重要的是,他是将文学批评当作是批评家自己表露社会观点、美学理想,乃至抒发个人情怀的工具,突出了批评家的主体意识。正在这意义上,他说批《金瓶梅》是一种具有独立意义的创作,是“我自做我之《金瓶梅》”。这些都表明了张道深作为一个小说批评家,更自觉,更理性。

世情小说理论的完善

张道深在总结《金瓶梅》的写实成就时,主要是发展了世情小说的理论,更明确地阐述了生活真实与艺术虚构的关系。他在《金瓶梅寓意说》中说:

> 稗官者,寓言也。其假捏一人,幻造一事,虽为风影之谈,亦必依山点石,借海扬波。故《金瓶》一部,有名人物,不下百数,为之寻端竟委,大半皆属寓言。

历来称小说是寓言虚谈者比比皆是,特别是叶昼在评《水浒》时,一方面说“《水浒传》文字原是假的”,另一方面又说“世上先有《水浒传》一部,然后施耐庵、罗贯中借笔墨拈出”,对于小说的艺术虚构与生活真实的关系已谈得比较辩证。但后来如金人瑞比较强调了虚构的一面,毛纶父子则重视“真而可考”,一些世情小说论者则多提倡写“耳目之内、日用起居”的“时俗”,甚至说《金瓶梅》是一大“帐簿”。张道深就在前人的基础上,既明确点出世情小说也是“假捏”、“幻造”,但又有生活的根据,是依现实之山点艺术之石,借生活之海扬小说之波,并从中寄寓了作家一定的情怀。世情小说之所以既不是等同生活,又不是完全"幻造",就在于它的描写能符合人之常情,符合生活逻辑,这用他的话来说,就是"尽人情","得天道",或者更简单地说"得情理"。他说:"做文章不过是情理二字。今做此一篇百回长文,亦只是情理二字。"(《读法》)"情理二字",实际上就是生活真实上升到艺术真实的契合点。至于作家如何能"得情理"?他吸取了金人瑞等人的见解,也认为"必曾于患难穷愁,人情世故,一一经历过。入世最深,方能为众脚色摹神也"(同上);在临文创作时,必须"专在一心",体察人物的精神面貌,"于一个人心中,讨出一个人的情理,则一个人的传得矣"。当"一心所通"之后,作家再"实又真个现身一番"(同上),即自己化身为作品中的人物,亲历一遍,这样创作出来的人物当然能"尽人情"、"得天道"了。总之,张道深将世情小说的创作之路归结为由物到心,再由心化到物化,相当完整而精到地论述了小说与现实的关系。

张道深不仅从艺术哲学的高度上来论述世情小说的特点,而且注意从《金瓶梅》的文本出发,多角度地分析了写作世情小说的一些经验。从题材来说,其特点是"隐大段精彩于琐碎之中"(《第一奇书凡例》),像《金瓶梅》那样,"读之似有一人亲曾执笔,在清河县前西门家里,大大小小,前前后后,碟儿碗儿,一一记之"(《读法》)。而又能以小见大,"因一人写及全县",由一家而写及天下。写人物,要"此一人开口,是此一人情理",安全符合其感情与性格发展的逻辑。他强调要在各种关系的相互映衬、矛盾冲突中刻画人物的性格(见第七回、六十五回、八十七回等回评),分析了如金莲那样淫荡性格的形成与发展,与她生活的环境的关系(《读法》),肯定了环境描写对于塑造人物的重要性。在情节结构方面,他提出了在"正经"的主干文字内"穿插"他人他事的"趁窝和泥"法(第十九回回评),打破传统的线性流程,主张情节在纵向展开时,同时向四面八方横向拓展,使作品的故事将同生活一样自然真实而气象万千。如此等等,张道深比之前人更为完善地构建了我国古代的世情小说理论。

此外,他在阐发小说的文本时,提出了"泄愤说"、"苦孝说"等,强调作品的批判性与劝戒性,坚决反对将《金瓶梅》视作"淫书",痛斥"凡人谓《金瓶》是淫秽书者,想必伊止知看其淫处也。若我看此书,纯是一部史公文字。"(《读法》)这是继东吴弄珠客、金人瑞之后从接受的角度来否定"淫书"说的一种很有影响的说法。除此之外,他还分析了本书说"淫话"的具体情况,指出这些笔墨主要还是为了"深罪西门",意在暴露。这对肯定《金瓶梅》这部小说的价值具有一定的意义。他的《冷热金针》一文,继《新刻绣像批评金瓶梅》评点之后,大谈"以冷热二字"作为"一部之金钥",这对以后曹雪芹创作《红楼梦》、李百川创作《绿野仙踪》等产生了明显的影响。当然,我们也不可否认,他的评点,同时夹杂着道学的说教与庸俗的趣味,为探求作品的深意与人名的奥妙,难免有不少牵强附会之处,实开了以后小说研究中索隐派的先河。

第三节　蒲松龄、纪昀与有关《聊斋志异》的评论

明清两代,文言小说的创作与理论在总体上是不能与通俗小说并驾齐驱的,但自康熙中叶《聊斋志异》的横空出世,接着《阅微草堂笔记》等作品相继不断,志怪小说的理论随之而得到了新的发展。乾隆年间《四库总目提要》的编撰,对古代的文言小说的创作与理论作了一次小结,也自有它的影响。

对于《聊斋志异》的评论,最为引人关注的还是蒲松龄本人的有关言论。

蒲　松　龄

蒲松龄(1640—1715),字留仙,别号柳泉居士,山东淄川(今淄博市)人。他在《聊斋自志》中提出,创作这类志怪小说的目的是在于抒发"孤愤":

> 集腋为裘,妄续幽冥之录;浮白载笔,仅成孤愤之书:寄托如此,亦足悲矣!

蒲松龄强调寄托"孤愤"是与他当时门庭之"凄寂"、境遇之"萧条"(同上)所分不开的,也与他认识到"仕途黑暗,公道不彰"(《与韩刺史樾依书》)密切相关。"人生大半不称意,入言岂必皆游戏?"(《同毕怡庵绰然堂谈狐》)他就在谈狐说鬼之中寄寓着满腔的悲愤。在不少作品中就直接放言讽世、骂世,如《潍水狐》篇"异史氏曰":"愿临民者以驴为戒,而求齿于狐,则德曰进矣。"《冤狱》篇"异史氏曰":"俨然而民上也者,偃息在床,漠若无事,宁知水火狱中有无数冤魂伸颈延息发望拔救耶!"与此同时,他还借小说以追求理想的生活。其《巩仙》的"异史氏曰":

袖里乾坤，古人之寓言耳，岂真有之耶！抑何其奇也！中有天地，有日月，可以娶妻生子，而又无催科之苦，人事之烦。则袖中虮虱，何殊桃源鸡犬哉！设容人常住，老于是乡可耳。

这样，将志怪小说明确地与批判现实、憧憬理想结合起来，不能不说是志怪小说理论的一大飞跃。后来，他的孙子蒲立德（1684—1751）为《聊斋志异》作跋，相当全面地总结了《聊斋志异》的艺术特点和创作精神。他说：

……而于耳目所睹记，里巷所流传，同人之籍录，又随笔撰次而为此书。其事多涉于神怪；其体仿历代志传；其论赞或触时感事，而以劝以惩；其文往往刻镂物情，曲尽世态，冥会幽探，思入风云；其义足以动天地、泣鬼神，俾畸人滞魄，山魈野魅，各出其情状而无所遁隐。此《山经》、《博物》之遗，《远游》、《天问》之意，非第如干宝《搜神》已也。

至乾隆年间，曾官翰林院编修的余集在中进士前一年，为《聊斋志异》的刊刻而作了整理之后又写了一篇序，正确地指出这部作品在"恍惚幻妄，光怪陆离"之中："托志幽遐"，有"微旨所存"。这正像屈原那样，描写"神灵怪物，琦玮僪佹，以泄愤懑，抒写愁思"，具有强烈的批判现实的精神。接着又对小说主体的创作精神作了探索。他说：

按县志称先生少负异才，以气节自矜，落落不偶卒困于经生以终。平生奇气，无所宣渫，悉寄之于书。故所载多涉诙诡荒忽不经之事，至于惊世骇俗，而卒不顾。嗟乎！世间有服声被色，俨然人类，叩其所藏，有鬼蜮之不足比，而豺虎之难与方者。下堂见蛩，出门触蠚，纷纷杳杳，莫可穷诘。惜无禹鼎铸其情状，镯镂决其阴霾，不得已而涉想于杳冥荒怪之域，以为异类有情，或者尚可晤对；鬼谋虽远，庶其警彼贪淫。呜呼！先生之志荒，而先生之心苦矣。

这里深切地指出了作者面对着鬼蜮不如、豺虎相仿的"俨然人类"，在"志荒"与"心苦"的矛盾之中，不得不把希望寄托于理想中的有情"异类"，这就是《聊斋志异》之所以高出一般志怪小说的创作基础。蒲立德、余集等人这些观点，足以说明我国志怪小说的理论有了长足的进步。

纪昀及有关《聊斋》的评点

对于《聊斋志异》的流传和清代文言小说较有影响的还有王士禛的评

点。蒲、王两人，素有交往。王士禛尽管有很高的政治地位和诗坛声誉，但一直十分推重蒲松龄，所谓"数奇其才，谓非寻常流辈所及也"（《淄川县志·蒲松龄小传》）。蒲初步完稿后，即请王士禛过目。王士禛阅罢前两册，即题诗一首，对作品的艺术特色与感染力作了较高的评价：

> 姑妄言之姑听之，豆棚瓜架雨如丝。
>
> 料应厌作人间语，爱听秋坟鬼唱时。

随即又选择了十余篇作品加以评批。如《促织》篇批曰："顾以草虫纤物，殃民至此耶！惜哉！"《张诚》篇批曰："一本绝妙传奇，叙次文笔亦工。"这些批语，略可窥见王士禛对《聊斋》的价值是有所认识的。这对以后的《聊斋》研究者和其他小说批评家产生了影响，以致有人认为清代的小说"自王新城喜读说部，其书始寖寖盛"（观鉴我斋《儿女英雄传序》）。

正当《聊斋》逐渐风行之时，纪昀对这部小说提出了不同的看法。他说：

> 《聊斋志异》盛行一时，然才子之笔，非著书者之笔也。虞初以下，干宝以上，古书多佚矣。其可见完帙者，刘敬叔《异苑》、陶潜《续搜神记》，小说类也。《飞燕外传》、《会真记》，传记类也。《太平广记》，事以类聚，故可并收。今一书而兼二体，所未解也。小说既述见闻，即属叙事，不比戏场关目，随意装点。伶玄之传，得诸樊嬺，故猥琐具详；元稹之记，出于自述，故约略梗概。杨升庵伪撰《秘辛》，尚知此意，升庵多见古书故也。今燕昵之词，媟狎之态，细微曲折，摹绘如生。便出自言，似无此理；使出作者代言，则何从而闻见之？又所未解也。（盛时彦《〈姑妄听之〉跋》所引）

纪昀之所以否定《聊斋》，是由于他不理解蒲松龄在文体上有所创造，"一书而兼二体"；反对小说在"既述见闻"之外"随意装点"。这说明他对"小说"的看法还比较保守。在《四库总目提要》子部小说家类的序文中，他对所选录的三百十九部（其中存目一百九十六部）谈了自己的选录标准：

> 迹其流别，凡有三派：其一叙述杂事，其一记录异闻，其一缀辑琐语也。唐宋而后，作者弥繁。中间诬谩失真，妖妄荧听者，固为不少；然寓劝戒、广见闻、资考证者，亦错出其中。班固称小说家流，盖出于稗官。如淳注谓王者欲知闾巷风俗，故立稗官，使称说之。然则博采旁搜，是亦古制，固不必以冗杂废矣。今甄录其雅训者，以广见闻，惟猥鄙

荒诞、徒乱耳目者,则黜不载焉。

纪昀在这里将小说归为三类,比起胡应麟分为志怪、传奇、杂录、丛谈、辨订、箴规六类(见《少室山房笔丛·九流绪论下》)来,删除了辨订、箴规,显得更为"整洁",但却不取传奇,又不能不说是一种退步。他认为,小说的基本特点是"博采旁搜",其内容当不失其"真",语言要"雅驯"、"简澹",效用是"寓劝戒、广见闻、资考证",总的仍囿于传统的经史观,对小说的形象描绘与艺术典型化的特点是不认识的。据此而论小说,《三国》、《水浒》等白话小说无疑被全部摒弃于《四库全书》之外,连《剪灯新话》及《聊斋志异》等,也当然会被斥为"才子之笔"而非"著书之笔","猥鄙荒诞,徒乱耳目","则黜不载"了。

对于纪昀的这种观点痛加驳斥的是著名的《聊斋》评点家冯镇峦。冯镇峦,字远村,曾于嘉庆二十三年(1818)评点《聊斋》。他在卷首的《读聊斋杂说》中尖锐地指出:

> 《聊斋》以传记体叙小说之事,仿《史》《汉》遗法,一书兼二体,弊实有之,然非此精神不出,所以通人爱之,俗人亦爱之,竟传矣。虽有乖体例可也。纪公《阅微草堂》四种,颇无二者之病,然文字力量精神,别是一种,其生趣不逮矣。

这就指出了《聊斋志异》虽然不合以往体例,但其新的创造是雅俗共赏的。纪昀的《阅微草堂笔记》仿照古体,追踪晋宋,尚质黜华,排斥小说创作中应有的艺术虚构和典型化,就必然缺乏小说艺术的"生趣",成为"别是一种"的笔记。在这基础上,冯镇峦进一步认为《阅微草堂笔记》等都无法同《聊斋》相比,《聊斋》乃是当代最杰出的小说,所谓"当代小说家言,定以此书第一"(同上),坚决地捍卫了《聊斋志异》在文学史上应有的地位。

冯镇峦在肯定《聊斋志异》时,对其艺术成就作了比较全面的分析。在分析中,特别赞美作者笔下的人物、故事、结构、意境等都能变幻无穷,新意不断。《读聊斋杂说》云:

> 《聊斋》之妙,同于化工赋物,人各面目,每篇各具局面,排场不一,意境翻新,令读者每至一篇,另长一番精神。如福地洞天,别开世界;如太池未央,万户千门;如武陵桃源,自辟村落。不似他手,黄茅白苇,令人一览而尽。
>
> 《聊斋》说鬼说狐,层见叠出,各极变化。如初春食河豚,不信复有深秋蟹螯之乐。及至持螯引白,然后又疑梅圣俞不数鱼虾之语徒虚

语也。

冯镇峦重视《聊斋》"变"和"新"的同时，又强调要符合情理。志怪小说，谈狐说鬼，看来可以任意想像，随便捏合。"昔人谓莫易于说鬼，莫难于说虎。鬼无伦次，虎有性情也。说鬼到说不来处，可以意为补接；若说虎到说不来处，大段着力不得。"（《读聊斋杂说》）这种"画鬼易"的思想肇自《韩非子·外储说》。到明末，张无咎《平妖传叙》、睡乡居士《二刻拍案惊奇序》、笑花主人《今古奇观序》，乃至金圣叹都大大地发挥了"幻易而真难"的观点。这从强调文艺要反映生活真实来看，当然是有道理的。但是，反过来，真正要画好"鬼"，写好奇幻浪漫的志怪作品，也决不可胡编乱造，而是要合情合理，符合生活的逻辑。为此，冯镇峦批驳了"易于说鬼"的看法说：

> 说鬼亦要有伦次，说鬼亦要得性情。谚语有之：说谎亦须说得圆。此即性情伦次之谓也。试观《聊斋》说鬼狐，即以人事之伦次、百物之性情说之。说得极圆，不出情理之外；说来极巧，恰在人人意愿之中。虽其间亦有意为补接、凭空捏造处，亦有大段吃力处，然却喜其不甚露痕迹牵强之形，故所以能令人人首肯也。

这实际上接触了神魔志怪小说作品的真实性问题。它比起明末袁于令在《西游记题词》中所说的"天下极幻之事，乃极真之事；极幻之理，乃极真之理"来，显然切实细致得多了。

冯镇峦对自己的小说评点颇为自负。他认为，"李卓吾、冯犹龙、金人瑞评《三国演义》及《水浒》、《西厢》诸小说、院本，乃不足道"（《读聊斋杂说》），王士禛"评语亦只循常，未甚搔着痛痒处"。而"予批《聊斋》，自信独具冷眼。""《聊斋》得远村批评一番，另长一番精神，又添一般局面。"（同上）他论自己的批评体例与原则是："有五大例：一论文，二论事，三考据，四旁证，五游戏。皆平日读书有得之言，浅人或不尽解。至其随手记注，平常率笔，无关紧要，盖亦有之，然已十得八九矣。"（同上）他反对批评者"毫无别见，只顺文演说，如周静轩读史诗，人云亦云，令观者欲呕"，而主张要"眼明手快"，"从书缝中看出"问题。这对当时纷如牛毛的小说评点来说，是有一定的针砭意义的。

于冯镇峦之后，但明伦的花二十余年心血评点的《聊斋》风行一时。但评的特点是注意发伏《聊斋》的思想意义，对于官吏的贪赃枉法、贿赂公行，时加鞭挞，对于民生疾苦深表同情，更加关心作品有益于"人心风化"。同时,更加注重"为文之法"的分析,总结了挪展法、暗点法、反逼法、钩连法、先断后叙法、设色生香法、情文相生法等二十余种"文法",相当细致地探讨《聊斋》的叙事技巧与作家的艺术匠心,发展了中国古代的艺术形式论。

第四节 曹雪芹、脂砚斋及其他

清初才子佳人小说理论

《金瓶梅》问世以后,"三言"、"二拍"等继而风行,于明末清初出现了大批描写才子佳人恋爱的小说。当时最著名的才子佳人小说家要数天花藏主人和烟水散人。有关他俩的真实姓名学界有多种说法,尚无定论,但两人的观点比较接近,故这里将他们作为明末清初才子佳人小说理论的代表,合在一起加以论述。

明末清初才子佳人小说的理论,以及后来曹雪芹等人的观点,基本上是从明代世情小说及其理论的基础上发展而来的。他们主要着眼于描写"耳目见闻"中的"世态人情",强调"逼真",而不注重"传奇"。然而,他们的理论又不等于明代世情小说理论。这主要是他们并不主张广泛地描写社会生活,揭露现实矛盾,而只是以才子佳人的恋爱婚姻为小说的主要内容,强调表现他们的"才情"。明代中后期,许多文学家从不同的角度上强调写"情"。例如冯梦龙在《情史叙》中曾提出"《六经》皆以情教",并说"情始于男女",非常重视小说描写男女之情。天花藏主人等受到这种观点的影响,认为小说主要描写"天下有情士女","风流情种,垂艳人齿","惟深于情,故奇于遇"(徐震《合浦珠序》)。他们强调"情"时,又注重"才"。在他们小说中的青年男女主人公,郎为才子,女也多有异能,吟诗联韵能压倒群士,机谋权变竟力挫权奸。在徐震等看来,人生在世,"独才情则有得有不得焉,故一品一行,随人可立,而绣虎雕龙,千秋无几"(天花藏主人《天花藏合刻七才子书序》),"盖世不患无倾城倾国,而患无有才有情"(徐震《合浦珠序》)。这样一种强调描写"才情"的理论,就使他们小说中的主人公,虽然避免成为一些粗鄙恶浊的脚色,但也往往与下层百姓无缘,而多数是风流文雅的封建仕女了。整个作品也染上了那种温柔敦厚、缠绵悱恻的情调。

才子佳人小说论者虽然强调"才情",但并不如汤显祖、冯梦龙等能突出"情"和"理"的矛盾,置情于理之上,而是主张"所受于天之性情"中,要正"性"定"情"。如天花藏主人的《定情人序》就明确地说:"情一动于物则昏而欲、迷荡而忘返,匪独情自受亏,并心性亦未免不为其所牵累。故欲收心正性,又不得不先定其情。""情定则由此而收心正性,以合于圣贤之大道。"这也就是说,写才子佳人小说要"发乎情,止乎礼义",不能超出封建道德。在这思想指导下,才子佳人小说颇多封建说教,乐道功名富贵,大大地降低了作品的思想意义。但是,这也使作者鄙弃《金瓶梅》以来的猥亵描写,致意于风雅,使爱情小说的写作走上了一条比较干净的道路。同时,我们也应该注意到,这些小说家出身低微,怀才不遇,因而也主张将"胸中欲歌欲哭"之语,发泄于小说之中(《合刻七才子序》),表示写小说要有"针世砭俗之意"(徐震《珍珠舶序》),"描写人生幻境之离合悲欢以及善善恶恶,令阅者触目知警"(天花藏主人《幻中真序》),故他们的小说对权贵势要和社会的黑暗面也有所揭露。因此,才子佳人小说在当时社会上有其一定的价值,它的风行决不是偶然的。

当然,天花藏主人等编撰这类小说的动机主要是为了"绣虎雕龙","借乌有先生发泄其黄粱事业"(《合刻七才子序》),没有深厚的思想基础,再加上生活圈子的狭窄,就决定了这类作品缺乏浓厚的生活气息,在思想内容上大同小异,终于逐步走向千篇一律的公式化概念化的道路。对此,他们自己已有所警觉,如《快心编凡例》云:

> 从来传奇小说,往往托兴才子佳人,缠绵烦絮,刺刺不休,想耳目间久已尘腐。是编独构异样楼阁,别见玲珑,虽叙述凌、李、石、裘等未尝尽脱窠臼,然于聚合处自不容不尔。

看来,他们主观上很想跳出窠臼,别见玲珑,但是,他们在理论上并没有抓住根本,而只是致力于材料奇异、构思曲折而已,即所谓"蒐罗间巷异闻,一切可惊可愕可欣可怖之事,罔不曲描细叙,点缀成帙,俾观者娱目,闻者快心"(《珍珠舶序》)。这样的结果,不但跳不出千人一面的圈子,反而会导致出现更多的破绽,显得不合情理,违反生活真实。这正如静恬主人在《金石缘序》中批评的那样:

> 如《情梦柝》、《玉楼春》、《玉娇梨》、《平山冷燕》诸小说,脍炙人口,

由来已久,谁知其中破绽甚多,难以枚举。试即一二言之:堂堂男子,乔扮女妆,卖人作婢,天下有是理乎? 龆龄闺媛,诗篇字法,压倒朝臣,天下又有是理乎? 且当朝宰辅,方正名卿,为女择配,不由正道,将闺中诗词索人倡和,成何体统? 此皆理之所必无,宁为情之所宜有?

因此,静恬主人在强调小说情节曲折、色色俱备的同时,又提出要做到:

> 征引事迹,酌乎人情,合乎天理,未尝露一毫穿凿之痕,中间序次天然,联络水到渠成,未尝有半点遗漏之病。

静恬主人在这里提出要在"事"、"情"、"理"三方面都写得自然真实,其认识是比较全面的。他的这些观点和李渔也很接近。清初爱好写才子佳人的戏曲和小说的李渔也早对小说的公式化表示不满。他对自己的小说创作曾有这样一段自评:"若稗官野史则实有微长,不效美妇一颦,不拾名流一唾,当世耳目,为我一新。"(《与陈学山书》)他所谈的创新,也是强调从"人情物理"中来。这一点在《闲情偶寄·词曲部》的《戒荒唐》中谈得很清楚。然而,李渔也好,静恬主人也好,实践和理论毕竟有很大距离。由于生活道路、思想境界、艺术修养等种种局限,他们认识了一些问题,但最后并没有在《十二楼》、《金石缘》等创作实践中取得光辉的成就。继欣欣子、天花藏主人、静恬主人等几代人的不断探索,后来终于沿着这条道路在理论上、特别是在创作实践中攀上高峰的就是曹雪芹。

曹　雪　芹

曹霑(1715—1763),字梦阮,号芹圃、芹溪、雪芹。他所创作的《红楼梦》之所以取得巨大的成就,原因当然是多方面的。但其中重要的一点是由于他对小说艺术的特点具有足够的认识。关于他在小说理论批评方面的文字,虽然没有专著流传下来,但从《红楼梦》的一些章回中,特别是第一回中,还是可以窥见其一斑的:

> 历代野史,或讪谤君相,或贬人妻女,奸淫凶恶,不可胜数。更有一种风月笔墨,其淫秽污臭,涂毒笔墨,坏人子弟,又不可胜数。至若佳人才子等书,则又千部共出一套,且其中终不能不涉于淫滥,以致满纸潘安、子建、西子、文君,不过作者要写出自己的那两首情诗艳赋来,故假拟出男女二人名姓,又必傍出一小人,其间拨乱,亦如剧中之小丑然。

且环婢开口,即者也之乎,非文即理。故逐一看去,悉皆自相矛盾,大不
近情理之话。

这里将小说分为"历代野史"、"风月笔墨"("更有一种风月笔墨,其淫秽污
臭……"一句为甲戌本、戚本及通行本所有)、"佳人才子"书三类,他指责前
两类小说时,尽管反映了他没有完全摆脱封建伦理道德的局限,但于此反对
简单地将小说作为泄忿导欲的工具,希望能纯洁小说的文字,也不无意义。
不过,他在这里着重批评的乃是以往小说的公式化、脸谱化,以致"大不近情
理"。在小说第五十四回中,还借贾母之口,大破"陈腐旧套",指出作者既无
崇高的创作目的,又无坚实的生活基础,一味靠"假拟妄称"臆造情事,这样
写出来的作品就难免"都是一个套子","最没趣儿"。曹雪芹对才子佳人小
说公式化的批判,触及了一些文学创作的根本问题,其见解是比较深刻的。

曹雪芹在批评公式化时,强调在艺术上追求"新鲜别致"、"不借熟套"、
"令世人换新耳目"。艺术创新的基础是生活,他继承了明代的世情小说理
论,特别重视小说描写现实。他在《红楼梦》第一回中,就反复申明《红楼梦》
是"实录其事"而非"假拟妄称",描写的是"半世亲睹亲闻的这几个女子"和
"亲自经历的一段陈迹故事",其间"离合悲欢,兴衰际遇",都"追踪蹑迹,不
敢稍加穿凿,徒为哄人之目而反失其真传者"。曹雪芹在主张小说描写生活
真实时,特别提倡描写普通的、日常的真实生活。他说自己的《红楼梦》"第
一件,无朝代年纪可考;第二件,并无大贤大忠、理朝廷治风俗的善政"。这
就是说,它的题材并不是什么可入史册的国家大事,它的人物也不是什么大
忠大贤等英雄豪杰,它描写的只是"家庭闺阁琐事,以及闲情诗词",刻画的
只是"几个异样的女子,或情或痴,或小才微善,亦无班姑、蔡女之德能"。总
之,事是普通的事,人是一般的人,都是现实的写照,生活的真实。这些确是
这位现实主义文学大师的经验之谈。

曹雪芹小说理论的特色还反映在注重"情"、"趣"。在第一回中,他自称
《红楼梦》"大旨谈情"。这里的"情",显然不是指一般的人物思想感情,而主
要是指青年男女的爱情。《红楼梦》实际上主要也是写恋爱故事。这类题材
的作品最易犯的毛病就是"一味淫邀艳约,私订偷盟",描写一些庸俗低劣的
雷同故事,而并不能传写出青年男女的真挚纯洁的爱情。天花藏主人等曾
经也强调言情,但正如曹雪芹通过一僧一道的对话所指出的那样:"大半风
月故事,不过偷香窃玉,暗约私奔而已,并不曾将儿女之真情发泄一二。"《红
楼梦》的突出成就,就是能将"儿女之真情"抒发得痛快淋漓,并从中揭示了

一些重大的社会问题。这与他强调小说"谈情"是分不开的。至于对小说的
"趣味",他也屡屡提到,例如第一回中说:

> 看官,你道此书从何而起?说来虽近荒唐,细玩深有趣味。

> 石兄,你这一段故事,据你自己说,有些趣味,故编写在此,意欲问
世传奇。

曹雪芹强调小说有"趣味",主要是从小说的社会效果来考虑的。他认为,
"市井俗人,喜看理治之书者甚少,爱看适趣闲文者特多"。这是因为"理治
之书"往往枯燥无味,趣味浓郁的小说,尽管属于闲文,但却有极强的艺术感
染力。而且,"适趣"才能"解闷",有趣味才可以"消愁破闷",受到群众欢迎。
这里所说的"趣"、"趣味",实际上指生动的人物形象和曲折的故事情节所带
来的艺术感染力。有无趣味,实际上是作品有无艺术性的重要标志。因此,
曹雪芹强调小说有趣味,就是强调作家掌握丰富的表现技巧,使作品具有高
度的艺术性。

总之,曹雪芹是一位伟大的小说家。他的小说理论虽然远不能与他的
创作实践相提并论,显得吸取前人的居多,自己创新的较少;一般的论点居
多,精辟的见解较少。但是,他的长处就在于对当时社会上的进步小说观
点,以及即使被自己批判过的小说中的精华,都能真正领会,兼收并蓄,并切
切实实付诸实践。这就保证了他的《红楼梦》在艺术上取得极大的成功。而
《红楼梦》创作的成功,反过来又引起人们对他小说理论的珍视,使他的小说
理论在批评史上占有重要的一席。

脂砚斋及其他《红楼梦》评点

最早而最有影响的《红楼梦》评论者当推脂砚斋。脂砚斋批评过的《石
头记》(或《红楼梦》)称为脂砚斋评本,简称脂评本。从目前发现的十余种脂
评本来看,虽然里面署名有脂砚斋、畸笏叟、棠村、梅溪、松斋、鉴堂、倚园、玉
蓝坡、左绵痴道人等作了批注,但最多最重要的无疑是脂砚斋。脂砚斋其
人,清裕瑞在《枣窗闲笔》中先指为小说作者的叔父,继而胡适考证为"雪芹
的嫡堂弟兄或从堂弟兄"(《考证红楼梦的新材料》),不久他自己又改证为
"曹雪芹自己"(《跋乾隆庚辰本脂砚斋重评〈石头记〉钞本》)。俞平伯也推测
脂评"大概是作者自己做的"(《脂砚斋红楼梦辑评》的《引言》)。另外,周汝

昌又认为是《红楼梦》里史湘云的原型。总之,目前尚难断定为何人,但有一点大家是比较一致的,即从批注的内容和口气看来,脂砚斋与曹雪芹关系密切,非同一般。他不但熟知曹雪芹的一生,而且两人有不少共同的经历,甚至在曹雪芹创作、修改《红楼梦》时参与了不少意见。由于脂评在字里行间透露了一些曹雪芹的身世、生活、思想、性格和《红楼梦》的创作情况,因而历来为《红楼梦》研究者所重视。近年来有人怀疑脂砚斋为后人所伪托,但证据尚欠确凿,难以得到广大研究者的认可。

脂砚斋的小说批评深受金人瑞的影响,有正本第五十四回批语曰:"噫!作者已逝,圣叹云亡,愚不自谅(量),辄拟数语,知我罪我,其听之矣。"而其小说观,又与曹雪芹十分一致。他结合《红楼梦》的评点,在一些理论问题上比之前人谈得更为详细和深入。

一、关于作品的"本旨"与"总纲"

《红楼梦》的主旨,历来是众说纷纭。脂砚斋作为小说作者的知情人与第一个评论家,他的观点值得注目。本来,在小说第一回中,作者就自称这部作品"大旨谈情",脂砚斋也认定这部小说的主旨既不在于演义历史,也不在于揭露时政;既非称颂英雄,也非阐扬哲理;而是在于写"情"。有正本第六十六回总批云:"……故结句曰:'来自情天,去自情地。'岂非一篇情文字。"这就是他对曹雪芹的写情说的最明确的呼应。当然,由这部小说的题材所决定,它所写出的情主要是"闺友闺情"。甲戌本《凡例》云:"此书只是着意于闺中,故叙闺中之事矣。""开卷即云"风尘怀闺秀",则知作者本意原为记述当日闺友闺情,并非怨世骂时之书矣。虽一时有涉于世态,然亦不得不叙者,但非其本旨耳,阅者切记之。"关于"并非怨世骂时之书"这一点,他在《凡例》及第一回批语中反复作了强调:"此书不敢干涉朝廷","毫不干涉时世","非伤时骂世之旨",并称这些话是"要紧句"。再从全书的实际内容来看,也确实如此。当然,它作为一部世情小说,难免也"有些指奸责佞贬恶诛邪之语"(第一回),脂批认为此等语"亦断不可少"(甲戌本旁批)。小说第四回写到:"雨村便徇情枉法,胡乱判断了此案。"甲戌本旁批又云:"实注一笔更好。不过是如此等事,又何用细写。可谓此书不敢干涉廊庙者,即此等处也。莫谓写之不到。"这些都揭示了《红楼梦》这部世情小说,虽然不可避免地触及到朝廷时政,但只是带到而已,其总体上说,主要还是在谈情,而且是"闺情"。这是从客观表现的内容来说的。至于从作者主观内心来看,他谈"闺友闺情",是有所寄寓的。小说第一回写到:"无材补天,幻形入世。""无材可去补苍天。"脂砚斋于此分别批道:"八字便是作者一生惭恨。""书之本旨。"(甲戌本旁批)这里的"本旨"与着眼于谈作品内容的"本旨"不同,是侧重在讲作者创作这部小说的心理动因。但这两个"本旨"的精神是相通的,无非都表明了作者生于"钟鸣鼎食之家",而终以"蓬牖茅椽,绳床瓦灶",落魄潦倒,无缘补天,胸中郁积的满腔怨愤,不得已"着意于闺中",借谈情以舒怀,这就使这部正宗的言情之作,弥漫着浓郁的悲剧气氛。

曾经从"温柔富贵乡"中败落下来的贵族子弟,不堪回首以往,放眼前程又一片迷惘,在哀怨与抑郁之中,难免会觉得世事如梦,万境皆空。因而脂砚斋与曹雪芹一样,又会很自然地将"梦"与"空"作为小说的"总纲"。《红楼梦》第一回写道:"瞬息间则又乐极悲生,人非物换,究竟是到头一梦,万境归空。"于此,甲戌本旁批道:"四句乃一部之总纲。"在庚辰本第四十八回中又有夹批云:"一部大书起是梦,宝玉情是梦,贾瑞淫又是梦,秦之家计长策又是梦,今作诗也是梦,一并风月亦从梦中所有,故红楼梦也。余今批评亦在梦中,特为梦中之人特作此一大梦也。"脂砚斋的这一"总纲"观,尽管流露了虚无消沉的色彩,却也从某一方面点中了《红楼梦》的要害。与此同时,也暴露了小说作者与批者共同的思想局限。

二、"真正情理之文"

脂砚斋与曹雪芹一样,十分强调小说的写实性,在评点中常常指出某些情节具有作者自传的性质,如第十八回批元春省亲的情景时说:"非经历时,如何写得出。"(庚辰本眉批)第二十五回写马道婆胡诌佛法经典时批曰:"一段无伦无理信口开河的浑语,却句句都是耳闻目睹者,并非杜撰而有。作者与余实实经过。"(甲戌本旁批)第七十七回写王夫人抄检大观园,赶走晴雯等人时,又批道:"……况此亦余旧日目睹亲闻、作者身历之现成文字,非搜造而成者。"(庚辰本夹批)正因此,后来胡适等人就把《红楼梦》看作是一部自传体小说。实际上,脂砚斋在这里无非是强调作者要有生活体验,而不是在提倡小说要死板地记录事实。他在许多地方同时又肯定了小说的虚构特征,认为"此书原系空虚幻设"(己卯本第十二回夹批),"雨村者,村言粗语也。言以村粗之言,演出一段假话也"(甲戌本第一回旁批)。他在第二回、第十八回等处反复论述了小说有与无、事实与情理之间的关系:

> 余最喜此等半有半无,半古半今,事之所无,理之必有,极玄极幻,荒唐不经之处。(甲戌本)

> 按理论之,则是天下本无事,庸人自扰之。若以儿女之情论之,则

> 是必有之事,必有之理,又系今古小说中不能写到写得,谈情者亦不能
> 说出讲出,情痴之至文也。(己卯本)

再如庚辰本第四十六回批语也指出小说中所写出的人物和事件,就像"镜中花,水中月,云中豹,林中之鸟,穴中之鼠",既是"有迹可追,有形可据",而又"无数可考,无人可指"。这也点出了小说艺术具有虚构的特点。因此,脂砚斋在评价作品的高下时,并不绝对地根据"亲睹亲闻"还是"极玄极幻",而归根到底是衡量其是否符合生活的"情理"。如有正本第五十六回评宝玉之梦境曰:

> 叙入梦景极迷离,却极分明,牛鬼蛇神不犯笔端,全从至情至理中写出,《齐谐》莫能载也。

脂砚斋就在多处高度肯定了《红楼梦》在"有"与"无"的和谐统一中写出了"至情至理"。他认为,《红楼梦》之所以杰出,就是因为"一部中皆是近情近理必有之事,必有之言"(庚辰本第十六回眉批),是"真正情理之文"(甲戌本第一回批语)。

三、"写形追象"论

脂砚斋高度评价《红楼梦》在塑造人物形象方面的成就,他说:"试问诸公,从来小说中可有写形追象至此者?"(甲戌本第三回眉批)他认为,小说中"如闻如见"、"活龙活现"的人物形象,"写一种人,一种人活像"(甲戌本第七回夹批)。"《石头记》中公勋世宦之家以及草莽庸俗之族,无所不有,自能各得其妙。"(甲戌本第六回批语)这些栩栩如生的人物形象,"新奇别致",个性独特,并不如"近之小说中有一百个女子,皆是如花如玉一副脸面"(甲戌本第三回批语),而是从"举止言谈",到"身体面庞"、"风流态度",都各有特点,如"黛玉宝钗二人,一如姣花,一如纤柳,各极其妙者,然世人性分甘苦不同之故也"(甲戌本第五回批语)。在这基础上,他认为曹雪芹塑造的贾宝玉、林黛玉这些形象,都是世上独一无二的艺术创造,是与众不同的"这一个":

> 按此书中写出一宝玉之为人,是我辈于书中见而知有此人,实未曾目亲睹者,又为宝玉之发言,每每令人不解,宝玉之生性,件件令人可笑。不独出心裁于世上亲见这样的人不曾,即闻今古所有之小说传奇中,亦未曾见这样的文字。于颦儿处为更甚。……合目思之,却如真见一宝玉,真闻此言者,移之第二人万不可,亦不成文字矣。(己卯本第十九回批语)

然而,这些经艺术家创造出来的具有鲜明的独特个性的人物形象,又具有一定的普遍意义。庚辰本第十七回批贾宝玉说:"不肖子弟来看形容,余初见之,不觉怒焉,谓作者形容余幼年往事,因思彼亦自写其照,何独余哉!"这就说明了贾宝玉这个人物既像作者,又像评者,甚至是所有世族不肖子弟的影子。这也正如他在庚辰本第七十七回评语中所说的:"想遭令(零)落之大族见(儿)子见此,难(虽)事有各殊,然其情理似亦有默契于心者焉。"这就是说,《红楼梦》中所塑造的人物形象,尽管是独特的、个别的,但同时却有其一定的普遍意义的。

与此同时,脂砚斋又认为,这些个性独特的人物形象之所以能鲜龙活跳,就是建立在真实的基础之上的。他强调人物就要写成"言语形迹无不逼真"(有正本第十五回总批)的"真体实传"(甲戌本第八回批语)。比如"真正美人",他认为往往也"有一陋处",而不能笼统地写成"满纸羞花闭月,莺啼燕语"(己卯本第二十四回批语)。他最恨近之野史中,恶则无往而不恶,美则无一不美得"不近情理"(庚辰本第四十三回批语)。人物要写得真实,人物活动的环境也要写得真实,要有个性特征,决不能把人都写在"牡丹亭、芍药圃、雕栏画栋,琼榭砾(珠)楼,略无差别"的环境中活动(己卯本第十七回批语),家里的摆设也不能都是"商彝周鼎、绣幕珠帘、孔雀屏、芙蓉褥"之类(甲戌本第三回批语)。总之,小说中的人物及其活动的环境、生活细节都要在作者"身经目睹"的基础上,写得不在"情理之外"(同上)。

为了使人物符合生活的"情理",就不能将人物写得简单化,而必须注意表现其性格的复杂性、丰富性。己卯本第十九回夹批论贾宝玉人物性格的多重性曰:

> 这皆是宝玉意中心中确实之念……说不得贤,说不得愚,说不得不肖,说不得恶,说不得正大光明,说不得混帐恶赖,说不得聪明才俊,说不得庸俗平凡,说不得好色好淫,说不得情痴情种,恰恰只有一颦儿可对,令他人徒加评论,总未摸着他二人是何等脱胎,何等心臆,何等骨肉。余阅此书亦爱其文字耳,实亦不能评出此二人终是何等人物。

这里就用了相当生动的笔墨说明了贾宝玉这一人物的性格是不能用一句话加以概括得了的。他是善与恶、聪俊与愚俗、好色与重情的多重性格组合的立体化的人物。只有这样的人物形象,才有其真实性、新奇性,从而具有高度的审美性。于此可见,脂砚斋在有关塑造人物形象的问题上,比叶昼、金人瑞、张道深的认识又进了一步。

此外,脂砚斋对于《红楼梦》的写作技巧与艺术表现经验也作了广泛的总结,在金人瑞等人的基础上又归纳了不少"秘法",在甲戌本第一回眉批中他就作了如下的交待:

> 事则实事,然亦叙得有间架,有曲折,有顺逆,有映带,有隐有见,有正有闰,以至草蛇灰线,空谷传声,一击两鸣,明修栈道、暗渡陈仓,云龙雾雨,两山对峙,烘云托月,背地傅粉,千皴万染诸奇。书中之秘法亦复不少,余亦于逐回中搜剔刳剖,明白注释,以待高明,再批示误谬。

如第二十七回庚辰本他就作了这样的眉批:

> 《石头记》用截法、岔法、突然法、伏线法、由近渐远法、将繁改简法、重作轻抹法、虚敲实应法,种种诸葛亮法,总在人意料之外,且不曾见一丝勉强,所谓"信手拈来无不是"是也。

诸如此类,对于揭示小说的形式美和作者的艺术匠心无疑是具有意义的。

第五节　"卧本"《儒林外史》的评点

《儒林外史》是一部以批判与讽刺儒林为中心的世情小说。目前所见的最早刻本是嘉庆八年(1803)卧闲草堂本。其卷首有署名"闲斋老人"的序一篇,绝大多数回末附有无名氏的总评。序和回评是有清一代评论《儒林外史》的最重要的材料,影响颇大。有关闲斋老人与回评者的情况,众说不一。有的认为闲斋老人即是小说作者吴敬梓,也有人认为是和邦额;有人提出写序者与回评者是同一人,也有人从评语的前后矛盾中觉得写序者与回评者可能不是同一人。这些都有待于资料的发现而找到确证。从序与回评的具体内容来看,前者较为概括,后者较为具体,但观点上大致相同,故放在一起加以论述。

一、"功名富贵为一篇之骨"

闲斋老人序之所以受到人们的重视,首先就在于它抓准了《儒林外史》的主旨:

381

其书以功名富贵为一篇之骨。有心艳功名富贵而媚人下人者,有倚仗功名富贵而骄人傲人者,有假托无意功名富贵自以为高,被人看破耻笑者,终乃以辞却功名富贵,品地最上一层,为中流砥柱。

事实正是这样,《儒林外史》的基本思想就是对于知识分子追求功名富贵的批判。它把知识分子对于功名富贵的不同态度作为区别他们品格高下的标尺,辛辣地鞭挞了形形色色追名逐利的无耻文人,热情地歌颂了一些轻视功名富贵的正人君子,从而深刻地揭露了科举制度的危害和封建社会的罪恶。回评也接着一再指出:"功名富贵四字是此书之大主脑"(第二回);"功名富贵四字是全书第一着眼处,故开口即叫破,却只轻轻点逗,以后千变万化,无非从此四个字活现出地狱变相,可谓一茎草化丈六金身"(第一回)。而在当时,知识分子追求功名富贵是与科举制度密切相关的,因而评者必然与小说作者一样,将批判的矛头直指"科举之法":"自科举之法行天下,人无不锐意求取功名。其实,千百人求之,其得手者不过一二人。不得手者,不稂不莠,既不能力田,又不能商贾,坐食山空,不至于卖儿鬻女者几希矣。倪霜峰云:可恨当年误读了几句死书。死书二字,奇妙得未曾有。不但可为救时之良策,亦可为醒世之晨钟也。"(第二十五回评)这样的批评对于正确认识小说的主题无疑是有积极意义的。

二、于平实中得神似

卧闲草堂本序文和回评的贡献还在于丰富和深化了我国世情小说的写实论。闲斋老人序的开头,即在与"《三国志》、《西游记》、《水浒传》及《金瓶梅演义》"这"四大奇书"的比较中指出了《儒林外史》的特点:"迥异元虚荒渺之谈也"。在回评中,曾多次谈到《儒林外史》描写的是"世间真事",追求的是"近情着理"(第三回)。它要求写人物都要"量体裁衣,相题立格"(第三十六回),使"魑魅魍魉,毛发毕现"(第三回)。于此,他还提出了"真玉有瑕"说:

衡山之迁,少卿之狂,皆如玉之有瑕。美玉以无瑕为贵,而有瑕正见其为真玉。

这一观点与脂评所说的"真正美人""有一陋处"说相通。回评者在提倡真实性、合情理时,比之前人有所发展的是更强调了写实的客观性。我国的通俗小说从"说话"发展而来,叙事主体往往以"看官听说"等形式直接介入,以致带有强烈的主观色彩。这到《金瓶梅词话》仍不能完全做到冷静、客观的描写。《儒林外史》在这方面有了根本性的突破,因而促使了回评者在理论上进步,非常强调写实小说不加议论,不作评判,而只是通过真实、客观的描写,让读者从故事情节与人物形象中自己去感受是与非、褒与贬。这就叫做"不加论断,而是非立见"(第七回):

> 张静斋劝堆牛肉一段,偏偏说出刘老先生一则故事。席间宾主三人侃侃而谈,毫无愧怍。阅者不问,而知此三人为极不通之品。此是作者绘风绘水手段,所谓直书其事,不加断语,其是非自见也。(第四回)
>
> 才说不占人寸丝半粟便宜,家中已经关了人一口猪。令阅者不繁言而已解。使拙笔者为之,必且曰:看官听说,原来严贡生为人是何等样。文字便索然无味矣。(同上)

在强调写实的客观性的同时,回评者又提出要对现实的日常生活进行艺术概括,追求"神似"。他在第六回回评中说:

> ……俗笔稗官,凡写一可恶之人,便欲打欲骂、欲杀欲割,惟恐人不恶之,而究竟所记之事皆在情理之外,并不能行之于当世者,此古人所谓"画鬼怪易,画人物难",世间惟最平实而为万目所共见者,为最难得其神似也。

这段话有两点值得注意,一是强调世情小说就要写"最平实而为万目所共见者",也即闲斋老人序所说的"摹写人物事故,即家常日用米盐琐屑",这是承传了欣欣子序提出的"寄意于时俗"、凌濛初等主张写"耳目之内,日用起居"的观点;二是在这基础上进一步提出要对这些日常生活进行艺术概括而"得其神似",写平常的人物也要"写出其人之骨髓"(第七回),追求一种高于生活的普遍意义。《儒林外史》正是达到了这一"神似"的境界,因而使人读完后"乃觉日用酬酢之间无往而非《儒林外史》",似乎生活到处像小说中所描写的那样。

三、"以谑语诛之"

《儒林外史》是一部以讽刺见长的世情小说,所以鲁迅从表现手法的角度来分类时将它称之为"讽刺小说"。它将明代《西游记》、《金瓶梅词话》以来的谐谑讽刺艺术推向了高峰。卧本回评者对此颇有认识,因而在总结这方面的艺术经验时注意到了这一点。他指出了《儒林外史》娴熟地运用讽刺手法的社会原因并肯定了它的积极意义。在第四回回评中说:

上席不用银镶杯箸一段，是作者极力写出。盖天下莫可恶于忠孝廉节之大端不讲，而苛索于末节小数，举世为之而莫有非之，且效尤者比比然也。故作者不以庄语责之，而以谑语诛之。

《庄子·天下篇》有云："以天下为沉浊，不可与庄语。"故这里"不以庄语"云云，即明示作者当时乃"天下沉浊"，像范进那样"大端不讲，而苛索于末节小数"的虚伪矫饰之风已经弥漫于整个世界。回评者认为，在这样的社会背景下，用谑语讽刺乃是针砭浊世的有效良药，诛灭恶习的特殊武器。在讽刺理论并不发达的中国古代，卧本回评者的这一见解值得注意。

在肯定讽刺艺术的社会价值的前提下，回评者对小说的讽刺技巧作了多方面的总结。最基本的也就是通过客观、冷静的描写，使讽刺对象在与自身言行或相互关系的对比中自然地暴露出破绽或矛盾，从而产生讽刺的效果。"所谓直书其事，不加断语，其是非自见"，既是写实文学的基本要求，也是讽刺艺术的重要基础。比如第二回写夏总甲其人，"夫总甲是何功名？是何富贵？而彼意气扬扬，欣然自得，颇有'官到尚书吏到都'的景象"。读者将他的神态与身份一对照，就不能不感到十分可笑。再如胡屠户，平时根本不把范进放在眼里，而当范进一旦中举，他就把范进当作"文曲星"下凡，无限敬畏。第三回评曰："轻轻点出一胡屠户，其人其事之妙一至于此，真令阅者叹赏叫绝！"与这类同一人物的前后言行的对照不同，评者还指出了运用人物间的相互对比、映衬而产生了讽刺的效果。如第二十九回评曰："以小杜之风流，形三人之龌龊。"这是借正面人物来以正形反，以显"微辞"。另一类是运用侧笔、反笔和加一倍等方法来达到讽刺的目的。如第十一回中有两则回评就揭示了这一表现手法：

夫以一女子而精于举业，则此女子之俗可知。盖作者欲极力以写出编修之俗，却不肯用一正笔，处处用反笔、侧笔以形击之。写小姐之俗者，乃所以写出编修之俗也。

老阿呆才进相府，便荐出一位高人。阅者此时已深知老阿呆之为人，料想老阿呆所荐之人平常可知，然而不知其可笑又加此老一等。……吾不知作者之胸中能容得多少怪物耶？

卧本的回评者对于《儒林外史》讽刺艺术的总结尽管还不够深入，但自有其真知灼见；他对中国古代世情小说的写实论也有所发展，值得重视。《齐省堂增订〈儒林外史〉例言》称其"论事精透，用笔老辣"。解弢的《小说话》甚至认为它的评点超过了金人瑞："小说评语,吾最取《儒林外史》。金人瑞之《西厢》、《水浒》,其才过人,笔亦夭矫,然吾总嫌其过于张皇。"这些评价虽似过分,但也有它的道理所在。

第七编　近　　代

绪　　论

　　从1840年鸦片战争到1919年五四运动这80年左右的近代历史,是中国社会新旧交替发生急剧变化的历史。一方面封建统治的没落反动,外国资本势力的侵略渗透,使中国沦为半封建、半殖民地;一方面中国人民大众与新兴资产阶级反对帝国主义、封建主义的斗争,掀起了民族、民主革命的层层壮阔波澜。随着鸦片战争和太平天国革命、戊戌变法维新运动、辛亥革命的风雷激荡而使文学思潮波谲云诡、新变叠现:既有对传统文化的总结与批判,又有西方新学说的输入引进,对文学的内容和形式的改革与创造提出种种要求,闪耀出爱国和民主精神的光芒,开辟了前代文学批评史上未有的新奇境界。但总的说来,这是旧民主革命时期的文学批评发展历史,本编所述以此为主。至于五四运动前夕新文化思想的萌芽则属于现代文学批评史的范围了。

鸦片战争至太平天国革命时期的诗文批评

　　鸦片战争的大炮,打开了封建帝国的大门,暴露了清王朝的腐败本质,激起中国人民的反抗斗争,开启了近代史的序幕。19世纪中叶前后外国资本势力侵入,农村自然经济加速瓦解,民族资本主义经济有了滋长,封建阶级也产生了分化,部分开明知识分子发出改革内政、取法西方、抵抗侵略的呼声,也提出文学新变的主张。龚自珍、魏源是这时期首开风气的人物。龚自珍在鸦片战前,已敏锐地揭露封建统治的黑暗,提出有民主因素的改革方案和防御外侮的策略。他在文学上揭橥"尊情""宥情",以充分抒写情感和完满地解放个性为创作首要条件;并提出以"受天下之瑰丽而泄天下之拗怒"作为诗歌的最高境界,要求文学作品集中反映客观世界的美好事物和表达广大民众强烈心声。这是司马迁"发愤著书"说优秀传统和晚明"童心说"

进步思潮的重大发展,反映出一种新的社会意识。魏源直接参加过抗英战斗,主张"师夷之长技以制夷","变古""便民"。他认为诗文纂辑具有"考治"、"辨学"、"合听"、"合观"作用,强调诗歌的"言志"、"发愤"与"比兴"手法的结合,表现出对文学作品政治意义的重视和一定的民主思想。他以"其道常主于逆"来评定龚自珍的学术和文章,更鲜明地显示出他们追求变革现实的精神。龚、魏在学术上都属于"托古改制"的今文学派,文学上既崇尚创新,也涂着复古的色彩,稍后的冯桂芬突出诗歌在沟通"上下之情"方面的作用,王韬强调"自抒胸臆",表现自我,都重视文学推动政治改革的作用,并体现了某种解放精神。

与龚、魏大略同时的桐城派"姚门高第"的文学思想,一方面保守其传统,但也有不同程度的变化。梅曾亮就说,"文章之事,莫大乎因时",其价值在于"得其真","肖乎我"。方东树捍卫桐城文统表现出相当坚决的态度,并以桐城论文方法论诗;但也承认"文无古今,随事以适当时之用而已"。姚莹以其参加反侵略斗争和遭受贬谪压抑的经历,注意时事及与龚自珍、魏源思想交流,论文尚"奇",注重"经济世务"的内容和"沉郁顿挫"的风格,颇有违离桐城家法之处。他有《论诗绝句六十首》,首重抉发古代诗歌中忧国愤世的真情实感,寄寓着自己的身世感慨与抱负。以镇压太平天国起家的曾国藩,致力于支撑桐城文统,联络了一批文人,称为湘乡派。他自述"初解文章,由姚(鼐)先生启之",注意文学的"怡悦"作用,又突出"经济"与"雄奇瑰丽之文"以补救姚鼐文论首标"义理"的空疏和文风偏于庸弱之弊,另编《经史百家杂钞》与姚氏《古文辞类纂》并行,选录范围扩大到经史诸子和骈文。该派总的倾向是力图重振奄奄待绝的桐城旧门楣。当然其中有的成员和弟子如郭嵩焘、吴汝纶的文艺评论中也是有某些较好见解的。

太平天国曾猛烈地打击了清王朝封建统治和外国侵略势力,采取过严厉而简单的禁书运动。它开始对"孔孟诸子百家妖书邪说者尽行焚除,不准买卖藏读",继而对四书五经进行删改后颁行。领袖洪秀全曾称"诗韵(即《诗经》)一部,足启文明",亲自加以删定。他所作批示"纯以俗语",强调文章的"明白晓畅"与实用。洪仁玕是太平天国领导阶层中思想比较新颖、知识比较丰富的人物,所撰写的《军次实录》和参与撰定的《士阶条例》、《戒浮文巧言谕》等,是关于文化政策方针的重要文献。他强调文章要阐发"天理真教",但又要求能反映"民心公议";他主张"文以纪实"、"言贵从心"及"朴实明晓",但却不承认艺术的虚构、想象与夸张,指斥为"大话"、"荒唐"、"轻浮";他认为创作当根于生活,多读"书卷",但又将灵感归于"上帝默牖予衷",充满着矛盾。

维新运动中的"诗界革命"和文体改革论

清王朝镇压了太平天国之后,洋务派兴办了若干军事、民用工业,但未能达到富国强兵目的。民族资本有所发展,但受到封建势力与外国资本的压迫。19世纪70年代以后,世界资本主义逐渐向帝国主义过渡,日、俄、英、法等国加剧对中国的侵略,国家面临被瓜分的危机。公元1898年(戊戌),康有为、梁启超、谭嗣同、黄遵宪、严复等维新派发动了一次变法运动,企图自上而下进行政治经济改革,发展中国资本主义,救亡图强。他们的变法运动虽遭到以慈禧太后为首的反动势力的镇压而失败;他们在思想文化领域中倡导新变,提出"诗界革命"与文体改革的主张,则产生了巨大的影响。

黄遵宪是"诗界革命"的主将。他"少日喜为诗",即有"别创诗界之论",并认为"诗虽小道,然欧洲诗人出其鼓吹文明之笔,竟有左右世界之力",显然是借鉴了西方资产阶级革命及其文学创作经验,力图以诗歌来为维新事业服务。他的作诗原则是"诗之外有事,诗之中有人",即反映时代现实与作者个性,因而主张对"今日之官书会典、方言俗语以及古人未有之物,未辟之境,耳目所历,皆笔而书之";广泛吸收古今诗文特点,"不名一格,不专一体,要不失乎为我之诗"。这是具有新内容、新意境和独创性的诗歌。他提出"我手写吾口"的口号,倡导诗文口语化,指出了语、文统一对发展文学、启发民智和保种强国的重要意义,实为白话文运动的先驱。梁启超是"诗界革命"的理论宣传家,他积极崇扬黄遵宪等人之诗,以为迈越前人。梁启超还揭示"革命当革其精神",指出"诗界革命"不是"堆砌满纸新名词"而是"能以旧风格含新意境",有"深邃宏远"的"理想"。他所谓"新意境"和"理想",主要指近代科学、民主的思想和物质文明。但他对诗歌形式革新方面却相对地注意不够。康有为对"诗界革命"也是支持的,提出要"更搜欧亚造新声"。他认为黄遵宪的诗作乃是日辟"异境"的新声典范。蒋智由较注意吸取西方新的文艺思想,提出了创作"自由"、构造"理想之美"等一些新颖独特的见解,其认识水平超出了当时一般的维新派。

近代以来提倡通俗文体的,太平天国领袖洪秀全、洪仁玕外,有王韬、薛福成、黄遵宪、谭嗣同、梁启超等。正式高举"崇白话,废文言"旗号而作系统宣传的是裘廷梁的《论白话为维新之本》。他把白话文与国家命运联系起来,强调国家兴亡征兆于民智程度,文言是"愚天下之具"而白话则是"智天下之具";又指出"文言之美,并非真美",如"以白话代之,质干具存,不损其美"。当时提倡白话文的还有陈荣衮等,可说是五四白话文运动的先声。

严复与林纾是近代翻译大家,他们把翻译西方社会科学著作与文学作品作为思想启蒙与促进维新的重要工作。严复创"译事三难:信、雅、达"之说,比较全面地列举了翻译艺术的标准。他的译书成就很大,也有片面追求文字古雅而牺牲"信""达"的情况。当时古文家吴汝纶很推重严复译书的爱国精神,在译文方面则提出"与其伤洁,毋宁失真",企图用桐城派"雅洁"的教条加以束缚。黄遵宪、梁启超都高度评价严复的译作,黄遵宪还以"造新字""变文体"相勉,梁启超则以"太务渊雅"相针砭,均属有益的意见。严复与林纾都反对白话文。林纾鼓吹桐城派古文理论尤力,其《春觉斋论文》等专著比较全面地总结了古文的艺术特点和写作技巧,在某种意义上可以说是二百年桐城古文理论的总结。

辛亥革命前后民主革命派的文学思想与斗争

戊戌政变和义和团运动之后,清王朝的腐朽反动性彻底暴露,帝国主义侵略愈加急剧,维新派则逐步蜕变为保皇派。20世纪开始,以孙中山为首的资产阶级民主革命运动蓬勃兴起,提出了推翻清朝、建立民国的政治纲领。于1911年(辛亥)爆发武昌起义,次年清帝被迫退位。由于中国资产阶级的软弱性、妥协性,政权为袁世凯所窃夺。这次革命未能完成反帝反封建的任务,但结束了中国两千年的封建君主制,使民主共和国观念深入人心,仍具有伟大的历史意义。

章炳麟是民族民主革命的政论家与文学家。他奋笔同康有为保皇主张论战,又为邹容《革命军》作序,称之为"义师先声",并大力肯定"跳踉搏跃言之"的风格,猛烈地冲击了封建统治与传统文艺教条,表现出资产阶级革命时期的勃勃生气。章炳麟还系统地考核了文学的定义界限,认为文学包括一切书面文字,"以有文字著于竹帛故谓之文,论其法式,谓之文学"。他着重批判了阮元等"俪语为文,单语为笔"的"文笔说",也指出西方传来"学说以启人思,文辞以增人感"之说的不足。然而他把"成句读"与"不成句读"者

"通谓之文"，也属大而无当，忽视了文学的艺术性。章炳麟精审地论析了论说文与诗歌的特征，强调论说文的逻辑性与内容的充实、诗歌的吟咏性情与发扬意气。他还极力推崇晚周、魏晋之文，以为"文学之业，穷于天监"，而完全否定中唐以后诗歌的发展。他晚年更对新文化运动持反对态度。金天翮在吸取西方美学观点与总结传统艺术理论的基础上，阐发了"文学者之心"等一些颇有新意的见解。

以柳亚子及陈去病、高旭为首的南社，是辛亥革命时期成立的进步文学团体，以反对满清王朝、宣传民族和民主革命为宗旨。他们的诗歌创作与评论都带有明显的政治倾向。柳亚子对于当时活跃于诗坛上的王闿运、樊增祥、易顺鼎，乃至康有为、梁启超等都提出过尖锐的批评，而将宋诗派归为"罢官废吏"、"盗臣民贼"而攻击尤甚。近代提倡宋诗的，道光、咸丰之间有祁寯藻、郑珍、莫友芝、何绍基等，同治、光绪时期更有郑孝胥、陈三立、沈曾植、陈衍，所作称"同光体"。陈三立实为魁首，陈衍尤致力于诗论。同光体诗人在政治上大都开始时还有一定维新要求，旋即退作旁观者，清亡以后更以遗老自居。他们论诗主要宗奉北宋黄庭坚，力图使"学人之言与诗人之言合"，强调"诗者，荒寒之路"，崇尚"清而有味，寒而有神，瘦而有筋力"的艺术境界，体现了抱残守缺的幽怀孤绪，同当时革命形势与新思潮格格不入。故柳亚子严加抨击，但因而对尚宋诗者一概排斥，则又未免失诸偏激了。

近代词论的发展

近代词学在清前中期繁荣的基础上有不少进步。刘熙载论词能不傍门户，肯定苏轼、辛弃疾等的豪放词风。他注重词的社会现实意义，承认温庭筠、周邦彦等人的作品艺术精美，而不满其思想品质。关于词的艺术，他提倡情景交融、多种风格和表现手法的结合，尤其重视整体之美。谭献、陈廷焯推衍常州派词论而各有发展。谭献继周济"非寄托不入，专寄托不出"之说提出"作者之用心未必然，而读者之用心何必不然"，接触到作品的意境深远、形象丰富所产生的联想作用问题，陈廷焯论析沉郁风格和比兴手法颇为细致入微，但强调从温庭筠、周邦彦等绮语艳词中求寄托，贬低辛弃疾、陈亮等直抒胸臆之作为浅露。他期望词作能创辟前人"未造之境"，则表现出发展的观点。冯煦既重秦观、晏几道的"淡语有味，浅语有致"，又高度评价辛弃疾、陆游的"高世之才，不可羁勒"，"屏除纤艳，独往独来"，这些识见超过一般常州词派。王国维《人间词话》融会中西文艺学理论而自成体系。他的"境界说"强调写"真景物"、"真感情",探索了"写境"与"造境"、"有我之境"与"无我之境"的区别,在对待创作与生活关系的问题上,提出了"须入乎其内,又须出乎其外"的主张,创造性地发展了古代严羽、王士禛等人的诗说,借鉴了西方尼采、叔本华等人的美学理论,对不同文学创作方法与精神的不同特点与相互结合进行了接近科学和比较辩证的论述,他的文艺主张是中西学术思想初步接触、新旧交替时代的产物,产生了很大的影响。

戏曲理论批评的浓厚政治色彩

鸦片战争后,在西方列强侵略淫威面前,清朝政府进一步暴露了它的腐朽没落本质。表现在戏曲理论批评和创作方面,它一方面运用行政手段制造反动舆论,加大对戏曲的钳制镇压力度,一方面又以物质刺激鼓励御用文人参加剧本创作,用大量粗制滥造充满没落封建意识的作品,去占领演出舞台,麻痹毒化人民大众的思想意识。太平天国起义初期,曾禁绝一切戏曲活动。后来活跃于英王陈玉成军中的"同春班",则以其鲜明的剧场效果,说明太平军有些将领是懂得利用戏曲演出来宣传战绩、鼓舞士气、团结群众的。

自觉站在清统治者一边的余治,竭力鼓吹一切作品必须以宣扬"忠孝节义"一类封建礼教为主题,并由"贤士大夫主持风教",把关审查。他竭力污蔑受下层观众所喜闻乐见的作品,是导致国家垂危,"是非颠倒"的罪恶渊薮,是败坏"教化"和"人心"之大害,应予一概禁绝。为此,他拼凑禁戏的种种说教,搜集禁戏的"乡规民约",统统编入其杂著《得一录》之中,献媚于当权显贵,以备参照选用。集中于《得一录》中的曲论主张,是戏曲理论批评史上罕见的负面教材,产生过很坏的影响。考据家俞樾对余治其人其文的赞扬,更增加了余治戏曲观点在历史上的消极影响。

自19世纪末至20世纪初的二十多年间,一些报刊杂志上涌现出大量戏曲理论批评专文,其文艺观往往与资产阶级维新改良主张相结合。这种文章大都引述我国古代文论曲论,借鉴西方文艺理论,试着用中西结合的视点,重新分析戏曲的艺术特征,特别重视戏曲的社会作用,公开主张将戏曲纳入为维新变法运动服务的轨道,凸现出浓厚的政治色彩。文章的作者对当时的戏曲都极为不满,普遍认为传统戏曲不进行改造,就无法适应新形势的需要。这就形成了近代改良传统戏曲的舆论浪潮。1897年严复和夏曾佑的《国闻报馆附印说部缘起》一文,首先吹响了戏曲改良的号角。稍后,康有为、梁启超相继而起,大力鼓吹运用戏曲向人民大众进行一次资产阶级启蒙思想教育。梁启超论历史剧,尤其是关于孔尚任《桃花扇》剧本的批评注释,往往把剧中人物的"故国之思"以及他所谓的"种族之感",巧妙地和他所强调宣传的"民族之思想"相联系,把批判的矛头对准满清统治者。虽然梁启超这种寓政治于剧评借题发挥的做法有时不免牵强附会,但在客观上有助于广大观众对于剧本主题思想的重新认识。部分文章具体论述了戏曲改良的方针和要求,主张禁止那些不利"开化民智",为封建统治张目旧剧目的演出;发扬光大那些有益于"世道人心",能给人民以精神鼓舞的传统好戏;提倡向西方学习,把光学、电学等科学知识引进到编、演中来等等。

创刊于 1904 年,由陈去病和汪笑侬主持的《二十世纪大舞台》杂志,是近代我国第一个戏曲专刊,虽然被清政府扼杀,只刊印了两期,却相当集中地代表了当时资产阶级民主革命人士的戏曲见解。他们公开宣言,创办杂志、鼓吹戏曲"以改革恶俗,开通民智,提倡民族主义,唤起国家思想为唯一目的"。他们同样提倡"改良戏曲",但具体内容与维新派有显著区别。柳亚子所撰《发刊词》,不仅论述了戏曲的巨大艺术感染力和极大的群众性,而且深入剖析了不同作品所起的截然相反的社会作用,呼吁"持运动社会,鼓吹风潮之大方针者",要重新认识戏曲,注意发挥其积极意义,自觉地把它纳入政治思想宣传的轨道。希望在剧本中表现诸如"扬州十日之屠,嘉定万家之惨,以及虓酋丑类之慆淫,烈士遗民之忠荩",宣传诸如"法兰西之革命,美利坚之独立,意大利希腊之光复,印度波兰灭亡之惨烈"一类触目惊心警人奋起的古今中外历史故事,借以唤起人民大众的觉醒,使广大读者观众"崇拜共和,欢迎革命",进而投身于民族民主主义革命的洪流。柳亚子等人顺应历史潮流,把改良戏曲与推翻清朝封建腐朽政权的伟大政治目标相联,赋予戏曲改良以充实的政治内容。

对古代戏曲进行系统的研究和总结

随着时代的前进,政治思想文化的演变,近代学者专家对古代戏曲文化进行系统研究总结的有姚华、王国维和吴梅等人,他们通过研究总结,企图改变戏曲现状,推动戏曲发展。

姚华称戏曲为"有形有色之文章",视野比较宽阔,把曲论与书论、画论联通起来论述,抓住了中国戏曲艺术与书法、绘画、诗词等艺术样式彼此相通的特点。他的《菉漪室曲话》一反历来一些曲论不求系统采取随笔漫议的体制,而是集中分析评论著名戏曲集《六十种曲》中的部分作品,持论务求言必有据。这和他把戏曲当作"人文之所系",即人类文化的组成部分看待有关。姚华剖析文艺创作发展演变的原因,除指出受时世、政治文化等社会因素的影响,还受到地理环境造成的风俗人情等因素的制约。"虽关时世,亦缘地理",姚华的这种见解包含着历来曲论家未经揭示的宝贵内容。姚华特别欣赏《东郭记》,把它称为"滑稽文学"之最,显示出他对于喜剧文学价值的真知灼见。这和姚华从西方美学思想、文艺理论中得到启迪有关。所著《曲海一勺》,对辛亥革命后戏曲发展状况作了分析,总结出"斟酌于古今,镕铸于中外"带有方针性的意见,既考虑到时代前进、社会演变的特点,又注意到文化领域里古今中外诸因素的联系和影响,似已蕴涵古为今用、洋为中用这样的思想因素,颇有新意。当然,姚华在论述中往往情不自禁地把落脚点偏重于"温故"一面,留恋于传统戏目中的文人之作,以致把戏曲的希望倾注于昆腔的复兴上,而对梆子腔一类地方戏曲持错误的态度,又反映出他理论与实践的矛盾。

王国维继承清代"朴学"大师们的治学精髓,汲取西方的美学思想和方法论,注重文献文物资料,对中国古代戏曲进行了系统的研究和总结,使戏曲研究的科学化前进了一大步,并取得巨大成就。他概括元杂剧的基本特点是"合语言、动作、歌唱以演一故事",而且在语言的运用上已过渡到"于科白中叙事,曲文全为代言"。唯其如此,才算得上是我国的"真戏曲"。王国维的这些总结概括,实际上为近代学术界替中国戏曲下科学定义奠定了良好基础。他研究戏曲的目的之一,是为了振兴中国的戏曲事业,繁荣剧本创作,以缩短中国戏曲"比之西洋名剧相去不能以道里计"的不正常差距。在研究方法上,王国维对历史上出现的具体问题,凡是有文献、文物资料可供稽钩查考者,都逐一加以分析印证,分别撰写成专门著作,尔后再作综合性研究,得出相应的结论,为近代戏曲史这门独立学科的建设,作出了开创性的劳动。关于中国古代戏曲中角色分工,他认为其中寄寓着人物性格区分的意思,"虽我国作戏曲者尚不知描写性格,然角色之分则有深意存焉。"他从考证中发现,宋、金时期的角色区分,大体上表示人物的职业和社会地位;至元、明时期则进一步表示人物品性的恶善;清代的戏曲,以孔尚任《桃花

扇》为代表，又开创了以人物"气质"的阴阳刚柔来区分角色的新路子。这样
认识，确是一个进步，一个理论认识上的深化。王国维关于人物"气质"的见
解，虽然并不完善，与典型论尚有距离，但他能把医学、生理学以至心理学方
面的知识，融合到戏曲史人物理论中来，对于突破长期弥漫于曲坛的人物类
型化，有着不容忽视的作用，弥足珍贵。"元剧为一代之绝作"这一著名论
断，王国维的论述包含着"元曲为中国最自然之文学"，具有"悲剧"之特质，
文章有"意境"，多用民间俗语和自然之声音来表现形容人事物理等内容，比
之前人，颇有新意。

吴梅，曾被时人誉为堪与王国维、姚华鼎足而三的一代曲学大师，将词
曲课程大胆引入大学课堂教学的尝试者。他的戏曲理论批评著作，大都脱
胎于明清以来的曲学著作，数量不少，继承多于创新，间有发明创造。和王
国维相比，在学习西方，借鉴其美学、文艺理论，以及系统整理分析文献文物
资料方面，王国维有其所长；而吴梅则在论述传统戏曲的具体问题，诸如度
曲音韵方面，显然有其独特的会心之处，往往能结合其实践，颇有发挥建树，
为学界注目。如论"剧作法"，归结为"真"、"趣"、"美"；论"酌事实"，对李渔
《闲情偶寄》中的"虚则虚到底"、"实则实到底"之说有较好的补充发挥，堪称
提纲挈领，恰到好处。吴梅论元曲，他不用习惯所称"关、马、郑、白"为元曲
四大家之说，改称为王实甫、关汉卿、马致远为元曲三大流派，论明代戏曲，
则提出了以吴江、临川、昆山为三大流派的说法；以"流派"来概括一批作家
的艺术成就，显示出他戏曲赏鉴力的锐利和胆识。论清代戏曲的演变，吴梅
能结合历史传统、政治学术思想和戏曲构成诸因素来分析考查，其结论大都
为后人所接受。

小说理论批评的新局面

清末民初，我国的小说理论批评进入了一个新的历史阶段。

我国从 19 世纪末期起，以康有为、梁启超为首的维新派为了配合政治
斗争，他们寻找着一切便于抨击旧制度、宣传新思想的舆论工具。特别是戊
戌变法失败后，由于政治地位的丧失，他们的活动更偏重于宣传方面，企图
以此迫使统治集团中的顽固派作出某些让步。与此同时，以孙中山为首的
资产阶级民主革命派也在积极开展斗争。他们为了使人们理解革命主张，
号召和引导人们参加革命，也渴望有一种通俗易传的宣传工具。在这样的

情况下,资产阶级维新派和革命派都注意到了小说这一文学样式。小说,在我国历史上曾经出现过不少反抗封建制度、批判封建伦理观念的好作品。它们曾赢得了人民群众的喜爱,得到了日益广泛的流传,产生过良好的社会作用。对于小说的这种社会作用,我国古代的进步小说理论家曾经作过一定的阐发。这些都为资产阶级维新派和革命派认识小说的社会功能提供了必要的条件。同时,维新派和革命派中的大多数人物,由于政治上的需要,都或多或少地接受了西方资本主义文化思潮的影响。资本主义国家的小说理论对于他们理解小说在文学中的地位和在政治变革中的积极意义,也起了促进作用。正是由于这些原因,才使维新派和革命派都认识到小说是一种特别适合于他们进行宣传的工具,并着重对它进行理论上的研究和探索,使小说理论得到迅猛的发展。

清末民初小说理论出现新局面的一个重要标志,就是涌现了一大批前所未有的小说专论和专著,有力地表现了小说论著独立化、系统化、理论化的倾向。我国古代的小说批评,一般散见于各类笔记丛谈,或是附见于小说的叙跋批点。它们大都是杂感随笔式的述评,缺乏有系统成体系的论述。到晚清,这类笔记、序跋、评点等传统批评手段虽仍继续运用,但是,一些在新兴的报刊上发表的小说专论和"小说话",显然是异军突起,并占着主导地位。它们之中著名的如《国闻报》的《本馆附印说部缘起》、梁启超的《小说与群治之关系》、夏曾佑的《小说原理》、狄平子的《论文学上小说之位置》、王锺麒的《中国历代小说史论》、王国维的《红楼梦评论》、徐念慈的《余之小说观》以及管达如的《说小说》、吕思勉的《小说丛话》等,都是一些独立地、集中地研讨有关小说理论问题的专论,往往写得条理清晰、论证周密,具有相当的系统性、理论性。这清楚地显示了清末民初的小说理论批评,在清代小说评点为主要形式的基础上有了新的突破。

清末民初小说批评的新局面,更重要的是表现在理论的广度和深度方面。这时的小说理论家,既明确号召从政治斗争的立场上来肯定小说的社会作用,又注意从审美价值的角度上来分析小说的艺术特征;既从横的方面认真探讨中外小说的普遍问题,又从纵的方面积极总结小说发展的历史经验;其涉及的问题是多方面的,但主要反映在关于小说的社会作用、小说的艺术特征以及对于中外小说的评价三个方面。

对于小说社会作用的强调

这是清末民初小说理论中阐述最多、影响最大的一个问题。当时的小说理论家,尽管有维新派与革命派的区别,但都十分重视和反复论证了小说在政治变革中的重大作用,强调必须改革小说,使它成为自觉地为政治斗争服务,推动社会前进的工具。1897 年《国闻报》发表的最早的小说专论《本馆附印说部缘起》,就把小说与国家的兴盛、民族的进步联系起来,认为"欧、美、东瀛,其开化之时,往往得小说之助"。一年后,梁启超发表了《译印政治小说序》,进一步肯定资本主义"各国政界之日进,则政治小说为功最高焉",并推崇小说为"国民之魂"。四年后,他在《小说与群治之关系》中详细地论述了小说对社会、人生和政治变革的巨大作用,明确提出了"小说界革命"的口号。梁启超的这个号召,得到了社会的热烈响应。一时间,如陶祐曾的《论小说之势力及其影响》、王锺麒的《论小说与改良社会之关系》、《新世界小说社报发刊词》,乃至资产阶级革命派的宣传刊物《浙江潮》、《江苏》等发刊词,纷纷强调小说的社会作用,号召革新小说为政治斗争服务。应该承认,这些文章大力推崇小说在改革政治中的巨大作用,对于从根本上扭转过去轻视小说的观点,促进小说创作和小说理论的繁荣,是有一定积极意义的。但是,在这样一股潮流中,不少人过分夸大了小说对社会的影响,从而得出了本末倒置的结论。例如《新世界小说社报发刊词》就这样说:"有释奴小说之作,而后美洲大陆创开一新天地;有革命小说之作,而后欧洲政治特辟一新纪元。……小说势力之伟大,几几乎能造成世界矣。"这类唯心、片面的看法,往往与政治上主张改良、保皇相联系。这是因为改良主义者害怕革命,只是希望通过小说等舆论宣传,以引起最高统治者的警觉,从而幡然思改,变革政治。这样只把眼睛盯着小说创作等舆论宣传的范围内,就势必会走向无限夸大其作用的极端。

资产阶级革命派往往与此不同。他们首先重视武装斗争,进行暴力革命,所以不可能把小说的作用夸大到不适当的程度,而往往能比较正确地指出小说与政治斗争、社会现实之间的关系。如陈天华在《狮子吼》中,就借人物之口说明小说虽然对"开通国内风气"十分重要,但毕竟是整个革命事业中的一部分。只有将小说创作与军事斗争、立法工作等相互配合,才能取得革命成功。对于梁启超等过分夸大小说社会作用的说法,进行了批判。如黄人在《小说林发刊词》中说:"昔之视小说也太轻,而今之视小说又太重也。……(今也)虽稗贩短章,苇苕恶札,靡不上之佳谥,弁以吴词;一若国家之法典,宗教之圣经,学校之科本,家庭、社会之标准方式,无一不偶于小说者。其然,岂其然乎?"在这基础上,徐念慈在《余之小说观》中指出:"平心而论,则小说固不足生社会,而惟有社会始成小说者也。"黄世仲弟兄也在重视"小说造时势"的同时,强调"时势造小说"。这就把小说与社会的关系摆到了比较适当的位置上。

对于小说艺术特征的探索

清末小说理论在探讨这一问题时,原是跟解释小说的普及性结合在一起的。他们在实际生活中深切感到小说拥有特别多的读者群,因此想利用小说来作为宣传自己政治主张的工具。而为了提倡小说,就必然要从理论上来说明小说何以有这样大的影响,这就牵涉到了小说的艺术特征问题。《国闻报》的《本馆附印说部缘起》就对小说的"易传"问题作了解释。它在解释时就跳出了传统的框框,不仅仅用"通俗"和"趣味"这两点来加以说明,而进一步指出小说的特点是运用"繁法之语言",这就是"衍一事为数十语,或至百语、千语,微细纤末,罗列秩然,读其书者,一望之顷,即恍然若亲见之事者然"。接着,文章又指出小说是"言日习之事"和"其事为人心所虚构"。这实际上指出了小说是一种既具体形象地反映现实生活、又要进行必要虚构的语言艺术。本文作者之一夏曾佑后来又写了《小说原理》,进一步发挥了这种观点,强调小说具有如画一般的形象、直观的特点,并指出写"诳设(虚构)之事"的小说胜过写"实有之事"的历史,因为"诳设之事常称艳",比生活中"实有"而"平淡"之事更集中、更强烈。夏曾佑的这些观点在当时产生了一定影响,狄平子、侠人等都在有关的文章中作了申述。

在《小说与群治之关系》中,梁启超对小说的艺术特点表明了自己的看法。他认为,小说最能发挥文学作品的两大特点和四种力量。这就是小说最善于"导人游于他境界"和把现实中的情事"和盘托出",最具有"熏"、"浸"、"刺"、"提"等艺术感染力,因而,"小说为文学之最上乘也"。在这里,梁启超看到了小说具有虚构、形象等特点和极大的艺术感染力。他明确地把小说作为一种文学作品,把历来理解不一的小说真正归之于文学之伍,而同时又将它推崇为"最上乘",这也就与他肯定小说有巨大的社会作用相呼应,从根本上改变了人们对小说的看法。

在当时探讨小说艺术特征的过程中,也有一些人开始吸取和运用西方的美学思想,以王国维、黄人、徐念慈、吕思勉等人比较突出。王国维的《红楼梦评论》在运用叔本华等美学思想来探求《红楼梦》的悲剧意义时,就指出了艺术的特点在于"贵具体而不贵抽象","能就个人之事实,而发见人类全体之性质"。黄人在《小说林发刊词》中也明确指出:"小说者,文学之倾向于美的方面之一种也"，并论证了小说当为"美"、"诚"、"善"的统一。黄人的同乡徐念慈则进一步探索了小说的美学特征，在《小说林缘起》一文中提出："所谓小说者，殆合理想美学、感情美学而居其最上乘者乎！"他还运用了黑格尔等人的观点，从合于理性、引起美感、具体性、形象性、理想化等多方面来加以讨论，企图对小说的艺术特征作比较系统的探索。后来，吕思勉的《小说丛话》更详细地分析了小说的美的性质，认为它是经过模仿、选择、理想化和创造四个阶段而制作出来的比生活更理想的美，而这种美具有深刻而广泛的"代表主义"（即典型意义）。他们的这些论述，对于发展我国"绘形""传神"等传统的关于小说的形象性、典型化等艺术理论，是有贡献的。

对于中外小说的评价

随着小说地位的提高，人们越来越注意对中外著名小说的评价和小说史的研究。对于中国古典小说，开始有两种不同的倾向。一种是予以全盘否定，如梁启超在《译印政治小说序》等文章中说："中土小说""不出海淫海盗两端"，为"吾中国群治腐败之总根源"。不过，持这种观点者较少。更多的是用当时资产阶级观点将古代作品作现代化的解释，如王钟麒、侠人、定一等认为《红楼梦》为"政治小说"，《水浒传》"纯是社会主义"，《聊斋志异》是"排外主义"等等。这两种倾向表面上似乎相反，实则都是根据各自不同的政治需要，用一种唯心、实用的观点来解释历史。与此略异的是，王国维纯粹用西方哲学观和美学观来讨论我国古代小说。他的研究，在肯定《红楼梦》的美学价值，指出它的悲剧精神方面虽不无意义，但由于他所据的哲理本身是叔本华的厌世唯心的一套，故最后得出的结论也是极其错误的。当然，此时也有一些比较客观平允的评论，也有人开始自觉地进行小说史的探索。这些工作，大都为提高我国古代小说在文学史上的地位和增强民族自尊心起了积极作用。但总的说来，当时带着政治色彩的评论较多，进行细致平实的研究较少，因而显得不够深入。

清末的资产阶级小说理论家，一开始就注意欧美和日本的小说。后来翻译小说的繁荣，更促进了对国外小说的评价。梁启超、夏曾佑等较早的文章，主要是重视国外小说在政治变革中的积极作用。稍后，人们就注意分析西方小说的艺术特点和对中西小说做比较，其中以林纾的影响为最大。林纾的观点主要散见于他的一些译作的序跋中。他重视翻译和评价国外小说的目的，是为了促进中国的政治变革和寻找艺术上的借鉴。他对于一些作家作品的评述也有一定见地。然而，他不懂外文，也没有系统地钻研过外国

401

的小说史,故所论多肤浅、零碎,且往往被"古文家"的一套框框所束缚。然而,对于外国小说的评论还仅仅是开始。对于这些陌生的作家作品的认识还需要有一个过程。一般说来,林纾的认识还是代表了那个时代水平的。

　　总之,清末民初的小说理论,在以前的基础上又接受了一些外来的影响,有了极大的发展,对中国的文学事业作出了贡献。它彻底改变了历来轻视小说的传统观点,使人们确认了小说的巨大社会作用和在文学中的重要地位;它引导作家自觉地创作有益于社会的作品和追求艺术上的完美,扭转了小说创作中一度泛滥的表现飞刀断头、情天泪海的逆流;它使小说迅速成为全社会所关心的主要文学样式,形成了一个小说创作空前繁荣的局面。这一切都对嗣后以小说为主要文艺样式的"五四"新文学运动产生了积极的影响。

第一章　近代的诗文批评与词论

第一节　龚自珍、魏源及其他

鸦片战争前后,龚自珍、魏源等生活在国运衰微、列强侵逼、西学东渐、风云变幻的历史大变动时期,敏锐地觉察到社会的危机,倡言变革,强调经世致用、救国富民和个性的解放,在哲学、政治、文学理论等许多方面闪耀出反对旧传统、憧憬新事物的光芒,揭开了近代文化史的序幕。

龚　自　珍

龚自珍(1792—1841),字尔玉,又字璱人,号定庵,一名易简,字伯定,更名巩祚。晚号羽琌山民。浙江仁和(今杭州)人。出身于三世京官的家庭,道光九年(1829)进士,历官礼部主事等。仕途蹇塞,四十八岁时愤然辞官,五十岁暴卒于丹阳云阳书院。有《龚自珍全集》。

龚自珍在学术上认同经今文学派,提倡通经致用,面对"衰世","慷慨论天下事",尖锐地揭露当时的专制统治和社会腐败,强调"一祖之法无不敝,千夫之议无不靡"(《乙丙之际箸议第七》),呼吁变革。他曾致力于边疆历史地理的研究,主张开发西北,防御外侮。又曾致函林则徐,激励其坚决查禁鸦片,抵抗侵略,洋溢着爱国的热情。与其哲学思想与政治观点密切相关,他的文学批评也富有新的时代特点。其核心,则是他的"尊情"说。

龚自珍的"尊情"说,在其《长短言自序》中得到了最明确的表述:

> 情之为物也,亦尝有意乎锄之矣;锄之不能,而反宥之;宥之不已,而反尊之。龚子之为《长短言》何为者耶?其殆尊情者耶?情孰为尊?

> 无住为尊，无寄为尊，无境而有境为尊，无指而有指为尊，无哀乐而有哀
> 乐为尊。情孰为畅？畅于声音。声音如何？消瞀以终之。如之何其消
> 瞀以终之？曰：先小咽之，乃小飞之，又大挫之，乃大飞之，始孤盘之，
> 闶闶以柔之，空阔以纵游之，而极于哀，哀而极于瞀，则散矣毕矣。

这篇序言，当是道光三年龚自珍三十二岁刊定其早年词作时写的。它说明
了其词作都是有情而发，尊情而作，畅情而成的。所谓"尊情"，就是心无成
念，一无拘束，情之所至，自由驰骋。所谓"畅情"，就是"畅于声音"，即抑扬
顿挫，悲歌慷慨，哀怨怒愤，一寄于声。总之，创作要完全尊重作者当时的真
情实感，并充分地表达好这种感情。

龚自珍的这一"尊情"说几乎贯串了他的一生。《长短言自序》即称，早
在十五年前他开始倚声填词时，就"求为声音之妙盖如是"，且"十五年锄之
而卒不克"。十九岁时所作的《宥情》篇，即形象地申述了对于自己"朗朗乎
无滓"的感情"姑自宥也"。二十八岁从刘逢禄治今文学，思想发生了较大的
变化，但仍说："情多处处有悲欢，何必沧桑始浩叹。"（《杂诗，己卯自春徂
夏，在京师作，得十有四首》）于此可见，龚自珍的尊情、畅情、宥情的观点，早
在青年时代已经基本形成，到写《长短言自序》时已经显得相当明确而完整。
之后，龚自珍始终坚持这种看法。直到晚年写《己亥杂诗》时，还不胜感慨地
吟道："少年哀乐过于人，歌泣无端字字真。既壮周旋杂痴黠，童心来复梦
中身。"他在对"童心"的呼唤声中，还顽强地表露了尊重感情、歌泣真情是诗
人所认为的理想境界。正因为龚自珍如此"尊情"，也就难怪被时人公认为
"天下善言文章之情者"（《钱吏部遗集序》）了。

在中国古代传统的文论中，强调创作之"情"，从来都这样或那样地带着
反对封建教条窒息人的正当感情和不满文学僵化的色彩。龚自珍的"尊情"
说无疑继承了这样一个传统。然而崭新的时代气息和个人的特殊经历决定
了龚自珍的"尊情"说自有其独特之处和超乎前人的地方。这主要表现在以
下四个方面。

第一，强调抒发衰世之哀怨拗怒之情。龚自珍认为："民饮食，则生其
情矣，情则生其文也。"（《五经大义终始论》）然而，民生何情？情生何文？还
取决于客观条件。因此，他强调文学与时代、环境有密切的关系，所谓"一代
之治，即一代之学"。（《乙丙之际箸议第六》）龚自珍在他同时代人中，用最
明确的语言和坚决的态度认定：当时的社会已经犹如"日之将夕，悲风骤
至，人思灯烛，惨惨目光，吸饮暮气，与梦为邻"（《尊隐》），进入了可怕可痛的

"衰世"。面对着这样的衰世,有头脑的"才者",只能产生忧患、哀怨、拗怒之情。文学作品要"尊情",就特别要尊这种对于社会现实的不满、忧虑、愤怒和反抗之情。他曾经"榜其居曰'积思之门',颜其寝曰'寡欢之府',铭其凭曰'多愤之木'"(《与江居士笺》)。在《宥情》、《长短言自序》等文中,更明确地表示自己的作品并不能符合儒教正统的要求,去"引而上者","引而之于旦阳",而只能引"阴气"而畅其悲怨之情。他在评好友王昙的文章时说:"其为文也,一往三复,情繁而声长……其一切奇怪不可迹之状,皆贫病怨恨,不得已诈而遁焉者也。"(《王仲瞿墓表铭》)他称赞同乡袁通的词集云,"以阴气为倪,以怨为轨,以恨为筛,以无如何为归墟"(《袁通长短言序》)。而在《送徐铁孙序》中更提出了"受天下之瑰丽而泄天下之拗怒"的极则。总之,怨恨、悲愤、拗怒之情,就是龚自珍所尊之情。他的这一观点,与传统的"发愤著书"说有所不同。这是因为他所处的"衰世"不仅仅是一个清王朝政权的岌岌可危,而是整个封建社会走向了没落。龚自珍虽然不可能理解社会发展之必然,但他已经敏锐地感受到了历史已经进入到了一个严重的关头。他大胆地揭示当前的社会是"衰世",呼吁诗人反映时代的危机,抒发哀怨拗怒之情,虽然仍然是从封建地主阶级改革家内部发出的声音,但已经打上了新的时代的烙印,具有启蒙意义,对后来者批判和否定整个封建社会起了积极的开风气的作用。

第二,提倡在"自尊其心"的基础上写真情。龚自珍的"尊情"说,也要求"歌泣无端字字真",在创作中表现真情。他在《述思古子议》中说:

> 言也者,不得已而有者也。如其胸臆本无所欲言,其才武又未能达于言,强之使言,茫茫然不知将为何等言,不得已,则又使之姑效他人之言。效他人之种种言,实不知其所以言。于是剿掠脱误,摹拟颠倒,如醉如寐以言,言毕矣,不知我为何等言。

这段话,一方面要求文学作品"言人情不得已"(《涼燠》),抒胸臆,达真情;另一方面批判了当时文坛上弥漫的说假话、空话的虚伪文风。当时的文学界,在封建专制思想的钳制之下,剿掠摹拟,万喙一词,虚为矫饰,言不由衷。龚自珍对于这种"伪体"的猖獗十分痛恨。他借古喻今,吟诗一首,以指斥"伪体",歌颂真情:

> 天教伪体领风花,一代人材有岁差。我论文章恕中晚,略工感慨是名家。(《歌筵有乞书扇者》)

所谓"工感慨",也就是能面对衰败的社会现实自然地抒写真情实感。诗人能做到这一点,即可称名家。这是与当时盛行的"伪体"针锋相对的。

龚自珍斥伪体,重真情,是与其思想上追求个性解放密切相关的。他认为人的本性"无善无不善"(《阐告子》),一切善恶都是后起的。人要向上,当"各因其性情之近"而"自尊其心",做一个有个性的人才。他说:"心尊,则其官尊矣;心尊,则其言尊矣。官尊言尊,则其人亦尊矣。"(《尊史》)而他所尊之心,乃是一颗天真无邪的"童心":"瓶花帖妥炉香定,觅我童心廿六年",(《午梦初觉,怅然诗成》);"既壮周旋杂痴黠,童心来复梦中身"(《己亥杂诗》)。龚自珍一再呼唤、无限尊重的"童心",就是一颗有个性的真心。作家能尊心,就能尊重自己的个性,尊重自己的见解,"心之向背趋舍其定矣",就敢说敢为,而决不随人俯仰,与世浮沉,所谓"心术不欺,言语不伪"(《述思古子议》),所作诗文,情必逼真。因此,要尊情,必先"尊心";只有尊重个性,才能抒发真情。龚自珍所宣扬的"童心"与"真情",显然是把矛头指向了封建末世特别猖獗的理学说教和专制思想的,具有反对封建禁锢和促进思想解放的积极作用的。

第三,提出"完"这个人与诗和谐统一的美学原则。龚自珍认为"人才如其面"(《与人笺五》),各有其个性特征,文学创作表现真情实感,也就能使作品显露出鲜明的个性,达到一个完美的境界。于是,他在《书汤海秋诗集后》中提出了一个"完"的美学原则:

> 人以诗名,诗尤以人名。唐大家李、杜、韩及昌谷、玉溪,及宋元眉山、涪陵、遗山,当代吴娄东,皆诗与人为一,人外无诗,诗外无人,其面目也完。益阳汤鹏,海秋其字,有诗三千馀篇,芟而存之二千馀篇,评者无虑数十家,最后属龚巩祚一言,巩祚亦一言而已,曰:完。何以谓之完也? 海秋心迹尽在是,所欲言者在是,所不欲言而卒不能不言在是,所不欲言而竟不言,于所不言求其言亦在是。要不肯挦撦他人之言以为己言,任举一篇,无论识与不识,曰:此汤益阳之诗。

这里所揭示的"完",就是"诗与人为一,人外无诗,诗外无人",作品的风貌与作家的个性达到完整而美好的统一,呈现出一种个性美。作品能"完",就是成功的标志。而要达到这种"完"美的境界,就既要彻底在表现作家的真情实感,使其"心迹尽在是";又要用独特的语言和表现形式,不"挦撦他人之言"。总之,在表现的内容与形式上都要真实,都要个性化,并使两者有机地统一起来,最后能使作品的面目独具,个性鲜明。在《病梅馆记》一文中,龚自珍又从梅花的具体形象入手,说明了"完"这种自然、真实、完好的个性美的取得,必须同社会上种种束缚、摧残天然本性的势力作斗争。他说,江浙一带,在以敧、疏、曲为美的错误观点指导下,将梅花斫其正、删其密,锄其直,拼命地扼杀其天然的生机,以致这些梅花"无一完者"。他为了使这些梅花"复之全之",重归完美,就"纵之,顺之,毁其盆,悉埋于地,解其棕缚",让它们自由地生长,充分地重现个性。于此可见,龚自珍在尊情、尊心的基础上提出的"完"的美学原则,不但在中国文学批评史上有其独到之处,而且在"徒戮其心"的泯灭个性、窒息思想的封建"衰世"中特别富有战斗气息。它正是一种反对封建主义精神压迫,追求个性解放在文艺理论中的表现。

第四,推崇《庄》、《骚》的艺术风格。与强调泄"衰世"拗怒之情,真实地表现个性精神相适应,龚自珍特别推崇庄周、屈原等浪漫主义的艺术风格。他在诗歌中一再谈到:

> 名理孕异梦,秀句镌春心。《庄》、《骚》两灵鬼,盘踞肝肠深。
>
> 晓枕心气清,奇泪忽盈把。少年爱恻悱。芳意嬗幽雅。(《自春徂秋,偶有所触,拉杂书之,漫不诠次,得十五首》)
>
> 早年撄心疾,诗境无人知。幽想杂奇悟,灵香何郁伊?(《戒诗》五章)

这里所说的"恻悱"、"幽雅"、"奇悟"、"幽想",以及孕"名理",镌"秀句"等,就从不同的角度揭示了《庄》、《骚》的艺术风格。当然,庄周与屈原两人本来并不相同,甚至差距甚大:一个倾向出世,鄙夷权要,蔑视富贵,具有一种冲决统治罗网的反抗精神;一个积极入世,热爱祖国,关心现实,执著地追求政治进步。到唐代,李白继承和结合了庄、屈两家的精神实质,也用瑰丽的文词、丰富的想像,创造了一种前所未有的新的浪漫的境界。故龚自珍在《最录李白集》中说:"庄、屈实二,不可以并;并之以为心,自白始。"他自己也正是承传了这一传统:"庄骚两灵鬼,盘踞肝肠深。"并认为尽管受到了社会的种种压力,也难以摆脱这种风格,所谓"欲为平易近人诗,下笔清深不自持"(《杂诗,己卯自春徂夏,在京师作,得十有四首》)。龚自珍继承这种风格,赞赏这种风格,也突出地表现在对一些诗人的评价上。例如他评屈大均的诗文集道:"灵均出高阳,万古两苗裔。郁郁文词宗,芳馨闻上帝。"(《夜读番禺集书其尾》)就把屈原式的奇逸之作尊为"郁郁文词宗"。尤其能反映龚自珍观点的是,在《己亥杂诗》中评价"隐逸诗人"陶潜时,突出了陶诗"二分《梁甫》一分《骚》"的风格,亦即认为陶潜既"酷似卧龙",具有远大的政治抱负,又像屈原那样热爱祖国,感情强烈,而并不是一味"平淡"。总之,龚自珍之所以推崇《庄》、《骚》的艺术风格,一方面由于所处的时代和所历的厄运陶铸了他的个性气质和艺术兴味与庄子、屈原等有相通之处,而另一方面他已明确到这种"姑猖狂恢诡以言之之言"所表现出来的"恣意横溢"、"怒若未毕"的风格,更能表现那个"衰世"压在一代诗人心灵深处的忧郁悲愤的情绪。因此,龚自珍所推崇的《庄》、《骚》风格是有强烈的时代气息的。

龚自珍以"尊情"说为核心的文学理论,强调立足于那个日薄西山、气息奄奄的封建末世,采用奇逸浩涩的艺术风格,真实、自然地抒发一种由不满、忧虑乃至反抗现实所产生的饱和着时代精神和个性特征的哀怨拗怒之情。这种理论,深刻地打着中国近代社会开始转折的时代烙印,反映了先进之士解放思想、探求真理的理论勇气,在当时和以后相当长的时间内起着促进变革和推动社会进步的积极作用。因此,尽管龚自珍所尊之"心"与"情"没有超脱唯心主义的羁绊,根本上还是站在封建地主阶级立场上希望挽救封建王朝的覆灭,在理论上也受到"循环论"的影响,有"复于古"的意味,但总的精神和在历史上所起的作用是向上的,是向着新的世界的。"一事平生无齮龁,但开风气不为师"(《己亥杂诗》)。龚自珍身负着两千多年封建社会的沉重的精神枷锁,已经面向着新的社会。他不愧为我国近代文学批评史上的一个开时代风气的前驱。

魏　　源

魏源(1794—1857),字默深,湖南邵阳人。道光二十五年(1845)五十一岁时中进士,官至高邮知州。他与龚自珍、林则徐友善,同属通经致用的今文学派。鸦片战争前,受江苏布政使贺长龄之聘,辑《皇朝经世文编》,对近代经世致用的思潮推动甚大,以后数十年间,"凡讲求经济者,无不奉此书为枭釐"(俞樾《皇朝经世文编序》)。鸦片战争期间,入两江总督裕谦幕,直接参加浙东抗英斗争,痛愤时事,著《圣武记》,论述了清代军事及政治体制上的问题。又受林则徐之托,编成《海国图志》,提出著名的"师夷之长技以制夷"的口号,推崇西方民主制度,宣传变法改革的思想。它作为中国近代科学与民主运动史上第一部兼顾两者的重要著作而"风行天下"(薛福成《庸庵笔记》)。所以梁启超《论中国学术思想变迁之大势》说："数新思想之萌蘖，其因缘不得不远溯龚、魏。"其主要著作另有《古微堂集》、《元史新编》、《老子本义》等。中华书局整理出版其诗文集名《魏源集》。

魏源的文学主张主要表现在两个方面：在强调经世致用的基础上重视文学的社会功能，在尊重人的个性的前提下提倡作品的情至文真。

一、文学的功用论

魏源自幼接受的是文学"贯乎道"、"济乎义"的理论，同时又作为一个在现实生活中积极鼓吹变法图强的改革家，所以势必非常重视文章的社会内容和客观效果，排斥巧言不实、"售世哗世"之文。这在他的《默觚上·学篇二》中表达得最为明确：

> 文之用，源于道德而委于政事，百官万民，非此不丑，君臣上下，非此不牖，师弟友朋，守先待后，非此不寿。夫是以内亹其性情而外纲其皇极，[其]缊之也有原，其出之也有伦，其究极之也动天地而感鬼神，文之外无道，文之外无治也，经天纬地之文，由勤学好问之文而入，文之外无学，文之外无教也。执是以求今日售世哗世之文，文哉，文哉？《诗》曰："巧言如簧，颜之厚矣！"

很清楚，他是把文章视作唯一可以由贯道而达到治国，由办学而起到教育作用的法宝。"道"与"学"，指文章的内容，"治"与"教"，是文章的功用。这就是所谓"文之外无道，文之外无治"和"文之外无学，文之外无教"。魏源的这种思想，在代陶澍所作的《国朝古文类钞叙》中，也有所发挥。他认为，《六经》是道与学结合的典范，可谓"古今文字之辰极"，而后世之文章，失其本旨，以致"上不足考治，下不足辨学"，失却了作文的意义。他于此批评后世的总集道：

> 宋、景、枚、马以后，不知《六经》之旨成文，而文始不贯于道。萧统、徐陵以后，选文者不知祖《诗》、《书》文献之谊，瓜区豆剖，上不足考治，下不足辨学，而总集始不秉乎经。

与"文贯乎道"相适应的，魏源提倡"诗以言志"，强调诗歌作品也要有思想内容，有益于社会政治。这在他的《诗比兴笺序》中论述得相当集中：

> 《离骚》之文，依诗取兴，善鸟、香草以配忠贞，恶禽、臭物以比谗佞，灵修、美人以媲君王，宓妃、佚女以譬贤臣，虬龙、鸾凤以托君子，飘风、

409

> 雷电以为小人,以珍宝为仁义,以水深雪雰为谗构。荀卿赋蚕非赋蚕
> 也,赋云非赋云也,诵诗论世,知人阐幽,以意逆志,始知《三百篇》皆仁
> 圣贤人发愤之所作焉,岂第藻绘虚车已哉!

应该说,魏源面对着当时那样一个艰难而动荡的现实,诗文领域内弥漫着形式模拟的风气,这样倡言寄托,鼓吹言志,是有其意义的,但过于强求寄托,难免失之于主观臆测、穿凿附会。而且过分地强调作品的思想内容亦难免要轻视文学的艺术表现。魏源在《诗比兴笺序》中指责《文选》编选专重文采,李善诠释只主名物典故,并进一步批评了钟嵘、司空图、严羽等诗论"专揣于音节风调,不问诗人所言何志,而诗教再敝",就明显地表现了一定的片面性。

总的看来,魏源所标举的"文贯乎道"、"诗以言志"的旗号似乎颇为陈旧,且所言"道"与"志"的内容在总体上也不脱儒家正统的道德范围。但他不是一个思想僵化的复古主义者,而是立足于现实的变革来高唱传统的理论,或者说,是用传统的旗号来倡言文学为变法图强服务。他所言的"文贯道"和"诗言志",深刻地包涵着经世致用,为现实政治服务的精神。假如说上文所引《默觚·学篇二》、《国朝古文类钞序》、《诗比兴笺序》等文表露得还不够明显的话,那么他选编的《皇朝经世文编》就十分鲜明地提出了一个"经世致用"的原则。其《皇朝经世编五例》曰:"书各有旨归,道存乎实用。志在措正施行,何取纡途广径?既经世以表全编,则学术乃其纲领。"其书所选的文章,不论是有关经典学术和政治理论的研究,还是有关制度和行政方面的专题论述,都是旨在变革政治,解决当代社会的实际问题。在这里要特别指出的是,由于魏源与龚自珍一样,认为当今处于"衰世"、"乱世",所谓"治久习安,安生乐,乐生乱;乱久习患,患生忧,忧生治",故要面对现实,解决实际问题,就必须"主逆","逆气运以拨乱反治"。根据这种"逆则生,顺则夭矣;逆则圣,顺则狂矣"(《默觚·治篇二》)的精神,他在《定庵文录序》中高度评价了龚自珍的"主逆"精神:

> ……其道常主于逆,小者逆谣俗,逆风土,大者逆运会,所逆愈甚,则所复愈大,大则复于古,古则复于本。若君之学,谓能复于本乎? 所不敢知,要其复于古也决矣!

魏源在这里所说的"逆",就是指不阿时好,变革现实,以求复古返本。他一方面打着"古道"的旗帜,另一方面高呼"主逆"的口号,实质上强调的也就是

要因时适变,经世致用,文学为现实政治服务。这就是他的文学的功用论。

二、文学的创作论

魏源为陈沆《简学斋手书诗稿》所写的"题辞",可以看作是他的创作论的一篇纲领性的文章。在这篇文章中,他看出了创作的"三要":

> 盖华者暂荣而易萎,实者坚朴可久,而又含生机于无穷,此其所以不贵彼而贵此也,然不华安得有实?窃谓此有三要:一曰厚,肆其力于学问性情之际,博观约取,厚积薄发,所谓万斛泉源也。一曰真,凡诗之作,必其情迫于不得已,景触于无心,而诗乃随之,则其机皆天也,非人也。一曰重,重者难也,蓄之厚矣,而又不以轻泄之焉。

其一,所谓"厚",即要求学问与性情两方面都要有丰富的积累,具备雄厚的生活基础。他所强调的"厚",实际上也包含着"亲",即重视其亲身的经历、真切的感受。他在《默觚·治篇五》中说:"读父书者,不可以言兵;守陈案者,不可以言律;好剿袭者,不可以言文。善琴弈者不亲谱,善相马者不按图,善治民者不泥法。无他,亲历诸身而已!"既要"厚积",又要"亲历",魏源道中了生活积累的根本问题。

其二,所谓"真",即在生活积累的基础上,诗人触景生情,情动于中,"迫于不得已",自然流露。魏源的这一思想,虽然并不如龚自珍那样表达得充分,但也十分明确,且多次加以强调,如其评《简学斋诗存·到湘阴哭张一峰姊丈》曰:"情至诗自真,无心于杜而自杜。"在《致陈松心书》中说:"诗以言志,取达性情为上……此诗家真伪关,不可滥借。"总之,情至诗真,真者为上。这实际上是魏创作三"要"中的核心论,与龚自珍的"尊情说"紧相响应。

其三,所谓"重",指创作的态度要慎重而不要"轻泄"。这固然可视作对前二要的补充。假如真正能做到"博观约取,厚积薄发"与"景触于心,而诗乃随之",无疑也不会轻率从事,但魏源在这里所释的"重者难矣",当包含着具体临文时的推敲、经营,考虑如何以完美的形式加以表达。

综观三要,从生活积累,到灵感触发,到临文表现,较为全面地涉及了创作过程中的一些基本问题。其基础是厚积,其核心是情真,其表现又要慎重,魏源的这些观点值得我们重视。

411

显然,魏源在讨论这些问题时,是较多地从艺术上着眼的,其前提就是:"盖华者暂荣而易萎,实者坚朴可久,而又含生机于无穷,此其所以不贵彼而贵此也。然不华安得有实?"这说明他在重视文章"实"的同时,也注意到文章的"华"。本来,魏源作为一个改革志士,由于过分地强调文学作为社会变革的工具难免会发表一些重"实"轻"华"的言论,除前文引述的《诗比兴笺序》中指责《昭明文选》及钟嵘、司空图、严羽等人偏重艺术之外,他在《默觚·学篇》中曾经以这样的语言来论述过"华"与"实"之间的关系:

> 羽翼美者伤其骸,枝叶茂者伤其荄,经霜雪而彫后之木,非必有灼灼夭艳之材也。故饰其外,伤其内;肤其情,害其神;见其文,蔽其美。

"深于道家言"(黄象离《重刊古微堂集跋》)的魏源在这里又明显地染有老子"信言不美,美言不信"的色彩。因此,从总体来看,魏源在理论上将文学的艺术特征放在次要的地位。但他自己毕竟是一位有成绩的诗人,故对文学的艺术性并非一概排斥,能对诗歌创作的问题进行探讨,并紧紧地抓住了"情至诗真"这一本质的问题。此外,如强调诗歌的比兴、含蓄,所谓"词不可以径也,则有曲而达焉;情不可以激也,则有譬而喻焉"(《诗比兴笺序》),也不无所见。这都证明,魏源实际上对文学的艺术特征是有认识的,只不过有时在过激地强调现实斗争需要和接受传统思想影响的交叉点上,蒙上了一层重质轻文的阴影而已。

魏源之后,于维新派之前,在一些"睁眼看世界"型的政治改革家中,对文学改革有兴趣也有影响的当以冯桂芬和王韬为最著。

冯 桂 芬

冯桂芬(1809—1874),字林一,号景亭,又号邓尉山人,江苏吴县人。道光二十年(1840)进士,授编修。他是林则徐的学生,与魏源、郭嵩焘等人交好,重视经世致用之学,注意接受西方文化,主张"以中国伦常文教为原本,辅以诸国富强之术",为张之洞"中学为体,西学为用"的先声。其生平著述,有《校邠庐抗议》、《显志堂集》、《梦奈诗稿》等。关于文学改革的主张,主要见于《复陈诗议》与《复庄卫生书》两文。

《复陈诗议》见于《校邠庐抗议》卷上。"复陈诗",即恢复古代的陈诗制度。具体的办法是,"令郡县举贡生监平日有学行者作为竹枝词、新乐府之类抄送山长,择其尤,椟藏其原本,录副隐名送学政,进呈国学,由祭酒进呈,候皇上采择施行",有效赏之,无效则罚。冯氏的这一主张主要是为了消除"君民隔阂"的弊病。他认为,当时上下不通之弊十分严重,连部院大臣至州县各级官吏"亦绝不知民间情事",因此冯桂芬将解决上下隔阂问题视作政治改革的重要内容。这虽然还谈不上是资产阶级民主和自由的呼声,但确实包含着新的时代特点,而决不是简单的复古。

《复庄卫生书》主要是论散文的改革。其文云:

> 蒙读书为文三四十年,所作实不少,而才力苶靡不能振,天实限之,亦何敢侈口论文? 顾独不信义法之说。窃谓文者,所以载道也。道非必"天命"、"率性"之谓,举凡典章、制度、名物、象数,无一非道之所寄,即无不可著之于文。有能理而董之,阐而明之,探其奥赜,发其精英,斯谓之佳文。故长于经济者,论事之文必佳,宣公奏议,未必不胜韩、柳,长于考据者,论古之文必佳,贵与《考》序,未必不胜欧、苏。文之佳者,随其平奇浓淡,短长高下,而无不佳。自然有节奏,有步骤,反正相得,左右咸宜,不烦绳削而自合,称心而言,不必有义法也;文成法立,不必无义法也。

《清史稿》本传称冯氏"少工骈体文,中年后乃肆力古文辞",其古文写作颇有名于世,然不入桐城牢笼。这篇文章就是针对桐城义法,力主散文改革的宣言。其积极的意义是在于:强调文章的内容不局限于程朱理学、性命之谈;表现的形式和艺术的风格当由内容决定,"称心而言","文成法立",不拘泥于某一法式和格局。这对于冲破桐城义法的樊篱,推动近代散文的变化和发展,无疑是有功绩的。后来的时务文正是沿着这一历史潮流而产生和发展的。但必须指出,冯桂芬并没有完全超越古文家的道统和文统。就文而言,他还是以韩、柳、欧、苏为典范;就道而言,他还是以"文以载道"为纲领。他主要还是从一个政治家和学者的角度上来论文的。假如根据冯氏所理解的"道"去写作,同样未必能使文学性的散文走上健康发展的道路。实际上,就他对于文法的全盘否定和对"别有经天纬地之大文"的强调来看,他对散文的文学性并没有予以应有的重视。他心目中的"文",主要还是指政治论文和学术论文。这正是作为一个政治家论文的特色。后来发展的时务文,也就打着这种印记。

413

王　　韬

王韬(1828—1897),初名利宾,字兰卿,又字紫铨,号仲弢,别号弢园老人、天南遯叟等。江苏长洲(今吴县)人。长期从事译书工作。1874年始，在香港主编十年《循环日报》，评论时政，鼓吹变法图强。后任《申报》编纂主任、格致书院掌院。曾游历欧洲、日本。人称"清季士大夫喜言洋务，而又洞究于海外诸邦政艺者，盖以韬为一时之选"(张舜徽《清人文集别录》)。一生著述约有四十种之多，涉猎面极广。文学作品主要有《弢园文录外编》、《蘅华馆诗抄》及《遯窟谰言》、《淞隐漫录》、《淞滨琐话》等。

王韬文学思想的核心是强调"自抒胸臆"，表现自我。其论散文创作云：

> 惟念宣尼有云辞达而已，知文章所贵在乎纪事述情，自抒胸臆，俾人人知其命意之所在，而一如我怀之所欲吐，斯即佳文，至其工拙，抑末也。鄙人作文，窃秉斯旨，往往下笔不能自休。若于古文辞门径，则茫然未有所知，敢谢不敏。(《弢园文录外编自序》)

其论诗歌创作云：

> 余不能诗，而诗亦不尽与古合，正惟不与古合，而我之性情乃足以自见。……然窃见今之所为诗人矣，扯掊以为富，刻画以为工，宗唐祧宋以为高，摹杜范韩以为能，而于己之性情无有也，是则虽多奚为？……时代既殊，人才亦变。……自有所为我之诗者，足以写怀抱，言阅历，平生须眉，显显如在，同此风云月露、草木山川，而有一己之神明入乎其中，则自异矣。(《蘅花馆诗录自序》)

显然，他与冯桂芬一样，对于当时文坛上流传的桐城古文与"宗唐祧宋"的诗歌十分不满，申明自己决不入此"门径"而独来独往，其文学主张主要是针对时弊而发的。当然，他与冯氏攻击的角度不同。冯氏主要是从文学的社会功用着眼，强调文学为改良政治服务而否定桐城的"义法"说和建议"复陈诗"；而王韬则从创作主体出发，认为文学作品不论纪事述情论事，都须直抒胸臆，自见性情，不受任何框框的约束。他在《弢园尺牍续钞自序》中批判那种"有家法，有师承，有门户，有蹊径，其措辞命意，俱有所专注，蕴蓄以为高，纛括以为贵，纡徐以为妍，短简寂寥以为法"的"今世之时文"时说，自己作文均"以胸中所有悲愤郁积，必吐之而始快"，因而"其气势磅礴勃发，横决溢出，如急流迅湍，一泄无馀"。从表面来看，王韬的文学思想与袁宏道、袁枚以来的"性灵说"，乃至与龚自珍的"尊情说"并无二致，但实际上，王韬的"自抒胸臆"，表现"自我"的理论与两袁及龚自珍的"尊情说"是有所差异的。他周游世界，长期接受西方文化的熏染，呼吸"自由、民主"的空气，故此"自我"

意识,虽然与前人的"性灵说"一脉相承,但已注入了西方文化的血脉,在性质上已有变化。同时,他的"自抒胸臆"说也与他政治上鼓吹变法图强紧密相联。其《弢园文录外编自序》说得很清楚:"余与人书,辄直抒胸臆,不假修饰,不善作谦词,亦不喜为谀语。少即好纵横辩论,留心当世之务,每及时事,往往愤懑郁勃,必尽倾吐而后快,甚至于太息泣下,辄亦不知其所以然。……故言之无所忌讳,知我罪我亦弗计也。"特别是他的政论文和报告文学,议论纵横,新见叠出,为"变法自强"大喊大叫,具有鲜明的政治倾向性。因此,他的文学主张尽管与冯桂芬的视角和侧重有所不同,但实质上异途同归,都将文学作为推动当时政治改革的工具。

第二节　太平天国的文化政策及洪仁玕

太平天国始于农民革命,终于封建专制。它曾经带着广大贫苦百姓的要求,以政治、经济、民族、男女四大平等为号召,鼓吹"天下一家,共享太平"的理想,吸引着千万群众为摧毁腐朽没落的清朝封建统治而作了殊死的斗争,并赢得了后世新旧民主革命者的深切同情和高度评价。然而,以洪秀全、杨秀清为首的太平天国领导集团,实际上越来越以西方基督教的皮毛与中国传统的封建思想相结合来作为其指导思想,整个十年又都处在战争动乱之中,在其政权越来越宗教化、封建化、专制化的过程中,其文化(文学)政策在总体上是以破字作先导,以实用为目的,严重地带有宗教愚昧、封建专制、简单粗暴的特点。

太平天国公布了诸般"条禁",把以前所有不符合其指导思想的作品都斥为"妖文书"、"邪歌邪戏"及"以凡情歪理编成诗文"。太平天国发动狂热的禁书运动的主要目的是企图将拜上帝教定于一尊,而其所谓"天教真道"本身亦包含着浓重的神学迷信和封建说教。因此,他反对儒、道、佛及一切偶像,本质上只是用一种迷信来反对另外的迷信,主要并不是以反封建思想作为指导。恰恰相反,在洪秀全的头脑中儒教封建的一套根深蒂固,在他的训谕言论中就不止一次地引用过孔孟的教条。后来,天京专门成立了"删书衙",对"四书"、"五经"进行删定,洪秀全还亲自主持了这项工作。洪秀全虽然把这项工作看作是"万象更新"的一部分,其目的是为了"足启文明",但实

415

际上删书衙对"四书"、"五经"的删定工作,正如张汝南《金陵省难纪略》所载那样"……涉鬼神丧祭者削去……《论语》'夫子'改'孔某','子曰'改'孔某曰'",也即主要是删去了与上帝教教义相抵触的内容和更改了个别文字,而对儒家经典的基本内容全予保存。很清楚,这样做的目的无非是为了借用儒家经典来强化其封建化的统治。

太平天国的文艺政策还具有明确的实用性。他们对于戏剧、绘画、建筑、民间艺术,乃至诗歌、散文,都从实用功利来决定取舍。所以,他们对于文章的基本要求是:用"明白晓畅"的语言来宣传"真道","以便人人易解"。这虽然不仅仅是针对诗歌散文的创作,但在实际上也包括了对所有文学作品的要求。将文学作品仅仅视为宣传现实政治的实用工具,就势必会无视作品的艺术特征,从根本上取消了文艺。这也就难怪在整整十余年的太平天国时期,没有产生多少像样的文学作品。

神学化,这也是太平天国文艺政策的又一特征。在太平天国队伍中,"万事皆是天父天兄排定,万难皆是天父天兄试心"(《天命诏旨书》),成为普遍的信条,乃至像"万事总有天父的主张、天父担当"之类的话成为公文往来中的例行套话(《贼情汇纂》卷七)。太平天国的文艺也就自然离不开天父天兄的主宰:"皇上帝,亲教导,授诗章,赋真道。"(《三字经》)这里以最清楚的语言表明:创作的灵感和基础来自上帝。神是文学作品的唯一源泉。这样的文学主张,在一部中国文学批评史上是很难找到同调的。

太平天国的文化政策及文学思想大致如此,主要表现在一些诏谕条令之中,比较起来,洪仁玕在这方面发表的言论较多,且相对集中。

洪仁玕(1822—1864),广东花县人,洪秀全族弟,早年参与创立拜上帝会。1851年赴广西参加起义,受阻而回,此后逗留香港、上海等地,较长时期地学习西方资本主义的宗教、政治和文化。1859年到达天京,不久即被封为干王,晋位军师,总理朝纲。他自己也颇思奋发有为,及时写下了著名的《资政新篇》等著作,从政治、经济、科学、文化等方面比较完整地提出了一套整顿、革新的方案。这些著作使他赢得了很高的声誉。甚至连曾国藩的机要幕僚赵烈文也认为《资政新篇》"颇有见识","观此一书,则贼中不为无人"(《能静居士日记》)。然而,此时已经封建专制化了的太平天国矛盾重重,民心冷淡,大势已去。1864年七月天京陷落。十月,洪仁玕在江西兵败被俘,十一月就义。

当时颇具新思想的容闳在《西学东渐记》中评洪仁玕说:"盖干王居外

久,见闻稍广,故较各王略悉外情。即较洪秀全之识见,亦略高一筹。凡欧洲各大强国所以富强之故,亦能知其秘钥所在。"应该说在洪仁玕的思想体系中颇具科学与民主色彩,倾向于发展资本主义,比之洪秀全等,不仅仅是"见闻稍广","略高一筹",甚至可以说是属于封建主义和资本主义的两个不同范畴。他才可以称得上是太平天国中"向西方寻求革命真理"的一个。但是初来乍到的洪仁玕在太平天国队伍中并未拥有实权。他在根本上没有得到洪秀全及诸王的理解和支持,不久即遭到猜忌和牵制,这也就逼着洪仁玕有时不得不抛弃自己一些先进的思想,去迁就洪秀全等封建专制、迷信落后的倾向。他本身又少习儒家经史,长信西方基督,再加上严峻的形势,现实的需要,都使他的有关文学及文化方面的言论显得颇为复杂矛盾,从总体来看,比之他在科学技术、社会经济等方面,更显得符合太平天国的正统思想。下面就三个方面来分别论述。

一、就文学功用而言,他强调阐发"天理真教",但又要求反映"民心公议"。

洪仁玕在总体上是把文学作为一种实用的工具,所以常常将文学作品与实用文字混为一谈,认为"空言无补"(《军次实录》),指责过去的作品"不务实学,专事浮文","文士之短简长篇,无非空言假话"(《资政新篇》),在实际上对于文学艺术的虚构、夸张和愉悦审美功能是认识不足的。这典型地反映在《资政新篇》中他将世间之宝分为三等。所谓"上宝"乃是太平天国官方崇奉的神灵,敬而信之,则可改造灵魂,增进智慧;"中宝"则为西方近代科技,均为"有用之物";而"诗画美艳"被列为"下宝",与"演戏斗剧"一起如同男子蓄指甲、女子缠小脚,养鸟斗蟋、打鹌赛胜、戒箍手镯、金玉粉饰,乃至"庵寺和尼"等都属一类,为"小人骄奢之习"。显然,他认为诗画之"美艳"是不足取的。洪仁玕如此否定文艺作品的审美娱乐作用,是与太平天国的禁欲主义分不开的。他曾在《克敌诱惑论》、《辟邪崇正论》等文章中公开号召人们要"遏欲存理",其实质与宋代强调"存天理,灭人欲"的道学家们认为文艺是"玩物丧志"是一脉相承的,不同的只是更多了一层宗教色彩罢了。

洪仁玕在论述文学的功用时,其新的闪光思想主要呈现在他的新闻论中。新闻是当时一种新兴的散文形式,广义上说,也属于文学的范畴。洪仁玕在《资政新篇》中论新闻云:

> 设新闻馆,以收民心公议,及各省郡县货价低昂事势常变,上览之得以资治术,士览之得以识变通,商农览之得以通有无,昭法律,别善

恶,励廉耻,表忠孝,皆借此以行其教也。

　　与各省新闻官,其官有职无权,性品诚实不阿者,官职不受众官节制,亦不节制众官,即赏罚也不准众官褒贬,专收十八省及万方新闻篇有招牌图记者,以资圣鉴,则奸者股慄存诚,忠者清心可表,于是一念之善,一念之恶,难逃人心公议矣。人岂有不善,世岂有不平哉。

这里可注意者有三:其一,论述新闻的社会作用,把它完全从骗人的神学和狭隘的政治中解放出来,顾及到士农工商、经济、法律、道德、风尚等诸多方面,既广泛,又实际;其二,突出的不是"天父天兄天王",而是"民心公议",所谓"收民心公议","难逃民心公议",即是强调要反映人民群众的意志和愿望,发挥舆论监督作用;其三,自古以来用最清楚的语言表明了新闻独立的思想,所谓新闻官"不受众官节制,亦不节制众官",以独立地发挥作用。洪仁玕的这些言论,显然接受了西方影响,带有近代民主的色彩,与封建统治者是格格不入的。洪秀全看了以后即批曰:"此策现不可行。"因此在太平天国期间未能实现。但是,洪仁玕的这种强调新闻作品和文学创作当从"人心公议"出发,自由独立地发挥多方面的社会作用的思想,应当引起我们足够的重视。

　　二、就文学的特征而言,他强调真实性、通俗性,但否定了艺术性。

　　1861年,洪仁玕遵照洪秀全的指示,与幼赞王蒙时雍、忠诚二天将李春发联名发布了一道"宣谕合朝内外官员书士人等"的文告,即著名的《戒浮文巧言谕》。其全文如下:

　　　　照得文以纪实,浮文所在必删;言贵从心,巧言由来当禁。恭维天父、天兄大开天恩,亲命我真圣主天王降凡作主,施行正道,存真去伪,一洗颓风。是以前蒙我真圣主降诏,凡前代一切文契书籍不合天情者,概从删除,即《六经》等书,亦皆蒙御笔改正,非我真圣主不恤操劳,诚恐其诱惑人心,紊乱真道,故不得不亟于弃伪从真,去浮存实,使人人共知虚文之不足尚,而真理自在人心也。

　　　　况现今开国之际,一应奏章文谕,尤属政治所关,更当朴实明晓,不得稍有激刺、挑唆、反间,故令人警奇危惧之笔。且具本章,不得用龙德、龙颜及百灵、承运、社稷、宗庙等妖魔字样。至祝寿浮词,如鹤算、龟年、岳降、嵩生及三生有幸字样,尤属不伦,且涉妄诞。推原其故,盖由文墨之士,或少年气盛,喜骋雄谈,或新进恃才,欲夸学富,甚至舞文弄笔。一语也,而抑扬其词,则低昂遂判;一事也,而参差其说,则曲直难分。倘或听之不聪,即将贻误非浅。可见用浮文者不惟无益于事,而且有害于事也。

　　本军师等近日登朝,荷蒙真圣主面降圣诏:"首要认识天恩、主恩、东西王恩;次要实叙其事,从某年月日而来,从何地何人证据,一一叙明,语语确凿,不得一词娇艳,毋庸半字虚浮。但有虔恭之意,不须古典之言。故朕改《字典》为《字义》也。"本军师等朝奏钦遵之下,不能敬凛。为此特颁宣谕,仰合朝内外官员书士人等一体周知:嗣后本章禀奏以及文移书启,总须切实明透,使人一目了然,才合天情,才符真道。切不可仍蹈积习,从事浮虚,有负本军师等谆谆谕诫之至意焉。特此宣谕,各宜凛遵。

严格意义上说,这只是一道关于"本章禀奏以及文移书启"等公文、书信类文章改革的告谕,不是一篇文学理论批评的著作,但考虑到洪仁玕等对于文学与文章之间界线的理解本身是模糊的,且在实际上与他的文学思想是一致的,故不妨将它作为太平天国时期的一篇重要文论来加以论列。这篇文告的主旨十分清楚,就是在强调一切文章必须在"合天情""符真道",即符合太平天国的指导思想和政治原则的前提下,在内容上做到"文以纪实","言贵从心",在风格上提倡"朴实明晓",杜绝虚浮;在语言上要求"切实明透,使人一目了然"。为此,甚至具体规定了禁止使用"龙德"、"龙颜"、"鹤算"、"龟年"等陈词滥调和典故。所谓"改《字典》为《字义》",是指洪秀全将《康熙字典》中的释例引文作为"古典之言"而全部删去,只留音某二字,及《说文》作某字解数字,后改名为《字义》)。总之,这篇文章的核心是号召"弃伪从真,去浮存实",强调文章的真实性、通俗性。

　　诚然,文学离不开真实,通俗性也是文学作品能争取群众的重要关键。然而,真实性与通俗性并不是文学艺术的基本特征,文学创作需要在生活真实的基础上进行必要的艺术虚构和进行形象的描绘。假如以《戒浮文巧言谕》所要求的应用文章须"实叙其事,从某年月日而来,从何地何人证据,一一叙明,语语确凿,不得一词娇艳,毋庸半字虚浮"来要求文学创作的话,实际上是否定了文学形象和虚构的特点而取消了文学。可惜洪仁玕对于文学的基本认识正是这样。他在《军次实录》中,就将诗文同"经济之方策"来比较,认为"多是吟花咏柳之句,六代故习,空言无补",并说:

　　本军师于军次案箧内,每见诗卷,多是吟花咏柳,偶披览之,即与怀肠相悖,乃急吟此以洗之:"诗家多大话,读者喜荒唐;花柳轻浮句,偏私浅嫩肠。薰陶成僻行,习惯变庸常。学生精于择,勉哉性理章。"

这里虽然不明白洪仁玕具体所指的作品是哪些,但可以看出,他对无关政治大局的作品都斥为"吟花咏柳",将艺术的虚构、想像、夸张和形象,一古脑儿的指责为"大话"、"荒唐"、"轻浮"。归根到底,他要求诗歌写成"性理章",消除艺术性。由此可见洪仁玕的真实性与文学的艺术性是矛盾对立的。我们不应当在文学批评史上对他提倡的真实性、通俗性作过高的评价。

　　三、就创作的基础而言,他承认书卷的作用,生活是根本,但又宣传上帝是主宰。

　　洪仁玕在论述书卷、生活与上帝三者对于创作的关系问题时颇为矛盾。这集中地反映在《谕天下读书士子》一文中:

　　　　盖自道德坏而为才智,才智变而为技艺,无知者谓为精而弥精,有识者谓为世风日下,舍本趋末。本军师于持笔为文时,司绳以格此心,甚以为不然。惟喜读古文纲鉴,每得忠真节义之句,便念念不忘,究不解所谓文法也。惟自幼追随真圣主天王,于坐立言行,俨有箴规之训在侧,即癍痳饮食间亦惟天父上帝是祇而已。即今之意思层出,文墨异人,殆亦由立心取法之殊而来也。惟自不解,故悉备己意,以为天下有识士子猜摹,庶知教化之殊,将有一代之文蔚在斯乎! 本军师所到之处,禁止焚屋焚书,意欲寻经济之方策。无如所见多是吟花吟柳之句,六代古习,空言无补,与其读之而令人拘牵文义,不如不读尤有善法焉。盖读书不在日摹书卷,惟在诚求上帝默牗予衷,则仰观俯察之间,定有活泼天机来往胸中,非古箧中所有者。诚以书中所载之理,亦不外乎宇宙间所著观者,岂天地外复有所谓精理名言乎哉? 本军师得以固纵之性,每多此等笔墨,以洗从前花柳陋习,识者鉴之。

这段文字,对于书卷、生活、神灵三者都有所触及。对于书卷,洪仁玕不同于其他太平天国领袖一概排斥而"禁止焚屋焚书"。他"喜读古文纲鉴","寻求经济之方策",也"披览"诗卷。阅读时,不拘于"文法"而求其精神大义。对于生活,他认为比读书更重要:"诚以书中所载之理,亦不外乎宇宙所著观者,岂天地外复有所谓精理名言乎哉?"这说明他也认识到,书本中的知识,本身也是客观世界的反映。他有咏笔诗(其一)云:"一枝卓立似干戈,横扫千军陈若何？鏖罢文场书露布，饱离墨海奏旋歌。龙跳虎伏归毫底，鱼跃鸢飞入兴么。幸我毕生随宝手，天地古今任搜罗。"（《军次实录》）这也表达了文学广泛地反映生活的思想。应该说，洪仁玕的这些观点是有道理的。然而，根深蒂固的神学观念使他最终走入了歧途，去乞灵于上帝。他吹嘘自己今天之所以"意思层出，文墨异人"，是由于"寤寐饮食间亦惟天父上帝是祗而已"，鼓吹创作灵感"惟在诚求上帝默牖予衷，则仰观俯察之间，定有活泼天机来往胸中"，又冲淡和否定了书本知识、生活实践对于创作的意义，这不能不感到遗憾。

洪仁玕及太平天国的文学政策正像太平天国本身一样十分复杂。毫无疑问，他们对腐朽没落的清朝封建统治及其文化的打击是沉重的。但是，中国近代化的总的历史进程是科学化、民主化，在文学上是世界化、现代化。假如放在这个历史大背景上实事求是地来衡量太平天国文学政策功过的话，我们就不难对那种在总体上是宗教而排斥科学的、封建而不提倡民主的、实用而不讲艺术的文学政策找到恰当的位置。

第三节　梅曾亮、方东树、姚莹、曾国藩等桐城派与何绍基、陈衍等宋诗派

桐城派至姚鼐时最盛，其门人以梅曾亮（1786—1856）、管同（1780—1831）、方东树（1772—1851）、姚莹（1785—1853）最为著名，曾国藩《欧阳生文集序》说："四人者，称为高第弟子，各以所得传授徒友，往往不绝。"其中，管同早卒，故本节以梅曾亮、方东树、姚莹及曾国藩为代表，略窥姚鼐之后的桐城派文论。

梅　曾　亮

梅曾亮，字伯言，江苏上元（今南京）人。在姚门四大弟子中，梅曾亮是最短于考证和少谈义理而自认为"稍知者独文字耳"（《答吴子叙书》）。在《赠汪写园序》中，就强调"宁自居于文人之畸而不欲以功名之庸庸者自处"，"决其一而专处之"。应该说，在我国传统的诗文理论领域内，能这样肯定文

学独立的人是不多的。正因此,梅曾亮对我国古代一直占统治地位的文学从属于德行,德行可取代于文学的观点不以为然,认为这是两门学问,"自古大贤不能兼",以至对"有德者必有言,有言者不必有德"的圣人结论也明确地表示了异议。

在强调文学独立性的基础上,他指出了文学的特性在于"合乎古而乐乎心"(《复邹松友书》)。所谓"乐乎心",就是指文章能使人产生一种快乐愉悦的情趣。所谓"合乎古",其实质就是"能得其真"(《朱尚斋诗集序》)。他在《杂说》、《黄香铁诗序》、《太乙舟山房文集序》、《吴笏庵诗集序》等文中反复强调了文学作品的价值就在于"得其真";而"得其真"的关键在于"肖乎我",有鲜明的个性特征。其《太乙舟山房文集序》云:

> 见其人而知其心,人之真者也;见其文而知其人,文之真者也。人有缓急刚柔之性,而其文有阴阳动静之殊。譬之查梨橘柚,味不同而各符其名,肖其物;犹裘葛冰炭也,极其所长,而皆见其短。使一物而兼众味与众物之长,则名与味乖;而饰其短,则长不可以复见:皆失其真者也。失其真,则人虽接膝而不相知;得其真,虽千百世上,其性情之刚柔缓急,见于言语行事者,可以坐而得之。盖文之真伪,其轻重于人也,固如此。

梅曾亮把"真"归结为个性,"肖乎我",这是很有见地的。在中外文论史上,人们在讨论艺术之真时,较多的是着眼在作品与客观世界的关系上,只是个别的注意到从作家个性、特定感情与被反映的事物相互交融的角度上来考虑艺术中的真实性,至于像梅曾亮这样说得较为透彻的,更是并不多见。

方　东　树

方东树,字植之,安徽桐城人,有《仪卫轩文集》、《昭昧詹言》等。他是桐城派的忠实继承者。在道统方面他极力宣传程朱理学,著《汉学商兑》以反对汉学,声称"余平生读书,惟于朱子之言为独契,觉其与孔、孟无二,故见人著书凡与朱子抵触者辄恚恨"(《汉学商兑》三序)。因此,他在论文时标榜程朱,鼓吹义理比他的先辈方苞、姚鼐等走得更远。这与他的前辈相比,乃至在整个桐城派中显得特别突出。假如说于姚鼐之后,梅曾亮以文人自居,姚莹以功业名世的话,那么,方东树就以卫道者著称。他论文的最大特点就是打着程朱理学的招牌,强化了桐城文派的"有物"说。

　　然而,方东树所标榜的宋儒义理只是个旗号或外壳,今从其一生的主要倾向来看,他所论的义理气节重在适时用世,为改变当前的衰敝局面而建功立业。对此,他专论其"道"的《辨道论》说得很清楚:"君子之言为足以救乎时而已!苟其时之敝不在是,则君子不言。故同一言也,失其所以言之心,则言虽是而不足传矣。"又说:"人第供当时驱役不能为法后世,耻也;钻故纸著书作文冀传后世而不足膺世之用,亦耻也。必也才当世用,卓乎实能济世,不幸不用而修身立言足为天下后世法。古之君子未有不如此励志力学者也。"方东树之"道"既然要立足于"救时"、"济世",以究兴衰成败治乱之理,故他在论及文章之"本"、强调古文"有物"之时,往往与"实"、"用"、"经济"、"功业"、"政事"等联系在一起,并不空谈其"道"或"理"。如《书惜抱先生墓志后》说:"夫唐以前无专为古文之学者,宋以前无专揭古文为号者。盖文无古今,随时以适当时之用而已。"在《姚石甫文集序》中论及文章根本时,也首先强调"本之以经济以求其大"。总之,方东树不仅在论"道",而且在论"文"时,都强调经世致用,建功立业,以救时济世。宋儒鼓吹的一套义理气节,都被他涂上了时代的色彩而加以改造过了。

　　《昭昧詹言》是方东树晚年所著的一部诗论,其特点是以桐城古文的"文气"、"文法"论诗,多采姚范、姚鼐之说,可视为桐城派论诗之学的代表作。书中强调章法、句法;"承上启下"、"草蛇灰线"这类评八股文、试帖诗的术语,也随处可见。但还是不乏精到的见解。比如在卷一中,他认为"诗之为学,性情而已",强调文字"从自家胸臆中真流出",要做到"自成一家","自开一境"。他还提倡"用意高妙,兴象高妙,文法高妙","叙事情景,须得画意";主张论诗要"以意逆志","论其人","问其志"。凡此等等,都较合理。再如他对具体作家的评论也能做到不因人废言,而能作出比较全面和实事求是的批评,例如对于曹操、王粲辈的"人品",他从封建正统观点出发而深恶痛绝,但同时又认为"文士之不足校人品","但取其一能,乃亦流传不朽",故在同一卷中又肯定曹操"可谓千古诗人第一之祖",王粲诗"苍凉悲慨,才力豪健,陈思而下,一人而已"。这些都可以看出方东树论诗总的倾向还是比较通达的。

姚　　莹

　　姚莹,字石甫,一字明叔,号展和,晚号幸翁,安徽桐城人,姚鼐的侄孙。

他较早就注意时务与世界大势,收购外国书籍。任台湾道时,值鸦片战争起,积极防御,击败英国侵略者,反而被诬,贬官四川。曾奉命入藏处理两呼图克图之间的争端。在贬谪期间,仍努力寻求抵抗外国侵略之策,著文纵论时事,指陈得失,对英、法、俄等国情况,对印度、尼泊尔入藏交通要道以及喇嘛、天主教等问题进行了研究。所著《康輶纪行》着重考察西藏地区,警惕英国侵藏野心,建议清政府加强沿海与边疆防务。咸丰初年,与林则徐一起起用,参加镇压太平天国的活动,病死于军中。有《中复堂集》。

姚莹曾得姚鼐嫡传,但丰富的经历、学历与爱国思想,使他的文学理论较桐城传统有较大的发展。其一是注重"经济",也即是经世致用之学。他曾补充修正姚鼐的"义理"、"考证"、"文章"为学问三要素之说,《与吴岳卿书》提出读书作文的"要端有四:曰义理也,经济也,文章也,多闻也"。与姚鼐说比照,除了将"考证"易为更切实际的"多闻"外,更补入了"经济"为第二要端。按刘大櫆《论文偶记》已云:"人无经济,则言虽累牍,不适于用。故义理、书卷、经济者,行文之实",注意到"经济"对于文章的作用。但刘氏文论强调的重点别在"行文"之"能事",而姚莹则显然把它当作重点,例如《与陈恭甫书》说:

> 海内名人先达,生平闻见多矣。精考订或拙于文章,工辞翰又弱于气节,至于经济世务,多迂曲鲜通。阁下独驰骋于翰墨之场,研参于贾、郑之席,气节世务,矫然通伟,宜可以膺当世之任而塞人士之望矣。

这里显然是把"经济世务"看作最难能可贵的一端了。更值得注意的是,根据姚莹自己的作为与著述,他的所谓"经济世务",虽然基本上仍限于维护清王朝封建统治,但有了改革弊政、反对侵略的新内容。

其二,姚莹论文还提倡"发愤著书"的传统与"沉郁顿挫"的风格。方苞论文重"雅洁",姚鼐并举"阳刚"、"阴柔"之美,虽崇尚"阳刚",而自己所作乃偏于"阴柔",这是由所谓"康乾盛世"与方苞、姚鼐的生活地位所决定的。姚莹以其危陒困顿的遭遇与愤慨世事的思想感情,进一步突破了桐城派的传统家法。他在《答张亨甫书》中就详细地论述了文章"不穷不奇,不奇不可以大而久"的观点。其中列举了孔子、老子、庄子、屈原、贾谊、司马迁、曹植、李白、杜甫、韩愈等不同文体的优秀之作,以为它们都可称为"奇",然后议论说:

> 是奇也,大抵有所为而后发。……非困顿沉郁,势极情至而不可

已,则发之也浅,其成之也不可以大而久。……非困穷忧患,则圣人之遇不奇;非绝无仅有,则宇宙之奇不泄。诸子亦各以其穷为其奇而不朽。盖从古无安常处顺、坐至富贵而能奇者,斯其与草木同腐耳。

在《康輶纪行》中他更标举"文贵沉郁顿挫"的主张,对于这种风格的艺术特征与其情思、学识和生活基础作了细致的分析:

> 古人文章妙处,全是"沉"、"郁"、"顿"、"挫"四字。"沉"者,如物落水,必须到底,方著痛痒,此沉之妙也。否则,仍是一"浮"字。"郁"者,如物蟠结胸中,展转萦遏,不能宣畅;又如忧深念切而进退维艰,左右窒凝,塞阨不通,已是无可如何,又不能自己。于是一言数转,一意数回,此郁之妙也。否则,仍是一"率"字。"顿"者,如物流行无滞,极其爽快,忽然停住不行,使人心神驰响,如望如疑,如有丧失,如有怨慕,此"顿"之妙也。否则,仍是一"直"字。"挫"者,如锯解木,虽是一来一往,而齿凿巉巉,数百森列,每一往来,其数百齿必一一历过。是一来,凡数百来;一往,凡数百往也。又如歌者,一字故曼其声,高下低徊,抑扬百转。此挫之妙也。否则,仍是一"平"字。文章能去其浮、率、平、直之病,而有沉、郁、顿、挫之妙,然后可以不朽。《楚辞》、《史记》、李杜诗、韩文是也。呜呼!此数公者非有其仁孝忠义之怀,浩然充塞两间之气,上下古今穷情尽态之识,博览考究山川人物典章之学,而又身历困穷险阻惊奇之境,其文章亦乌能若是也者!今不求数公之所以为人,而惟求数公之所以为文,此所以数公之后罕有及数公者也。

这些识见,较之一般桐城文论的以揣摩古人的行文手法为能事者是超过多了。他的这种文学观念,与龚自珍、魏源颇为接近,事实上也受到他们的影响。他在道光初年到北京时即与龚自珍、魏源、汤鹏、张际亮等交好,他们的思想言论文章给他留下深刻的印象,直到晚年还念念不忘,曾写《汤海秋传》回忆道:

> 道光初,余至京师,交邵阳魏默深、建宁张亨甫、仁和龚定庵及君。定庵言多奇僻,世颇訾之。亨甫诗歌几追作者。默深始治经,已更悉心时务,其所论著,史才也。君乃自成一子。是四人者皆慷慨激励,其志业才气欲凌轹一时矣。世乃习委靡文饰,正坐气薾耳。得诸子者大声振之,不亦可乎!

这里有力地赞扬了龚、魏、汤、张诸人的对社会现实的关心与了解,议论的奇伟,志怀才气的慷慨激昂,肯定他们之作的振聋发聩作用,表现出与他们共同的思想艺术倾向,而所批判的萎靡文饰的不良风气,恰也切中一般桐城派的通病。这决定了姚莹在桐城文派发展中的特殊地位。方宗诚《桐城文录序》中说:"植之先生同时友才最大者,惟姚石甫先生,虽亲炙惜抱,而亦能自出机杼,洞达世务,长于经济。植之先生称其义理多创获,其议论多豪宕,其辩证多浩博,而铺陈治术,晓畅民俗,洞及人情。先生自谓其文博大昌明,诚有然也。文事虽未精,而有实用。"又说:"桐城之文,自植之先生之后,学者都务为穷理之学,自石甫先生后,学者都务为经济之学。"指出了姚莹对姚鼐的独特创造及方东树、姚莹在桐城文派中的不同影响。然而方宗诚对姚莹的文章是有遗憾的,所谓"文事未精",即意味着它不甚合于桐城文统的要求。

姚莹也注意诗论,表现出与其文论同样宗旨。如《复杨君论诗文书》说:"夫诗之与文,其旨趣不同矣。顾欲善其事者,要必有囊括古今之识,胞与民物之量,博通乎经史子集以深其理,遍览乎名山大川以尽其状,而一以浩然之气行之,然后可传于天下后世;岂徒求一韵之工,争一篇之能而已哉?"又说:"诗之与文,尤无二道也。"他也特别赞扬沉雄悲壮的诗风,如称汤鹏"感慨抑郁,诗多悲愤沉痛之作"(《汤海秋传》);称张际亮"以其穷忧慷慨牢落古今之意发为诗歌,益沉雄悲壮"(《张亨甫传》)。姚莹还有《论诗绝句六十首》,其中不乏真知灼见,如第二首云:"辛苦十年摹汉魏,不知何故远风骚;而今悟得兴观旨,枉向凡禽乞凤毛。"深刻地讽刺了诗坛摹拟汉魏古诗的形貌而遗弃《国风》、《离骚》精神的风气,指出了"兴观群怨"是作诗的要旨,这是对宋严羽诗论以至明清时代摹拟汉魏盛唐复古之风的批判。又如对李商隐的诗,姚莹也强调了他的《有感》、《重有感》等感时忧国的诗,而不赞成历来论者的一味崇慕其缠绵情思之作:"牙旗玉帐真忧国,莫向《无题》觅瓣香。"姚莹在论陆游诗时,更突出了其中的爱国主义精神、恢复失地的雄心壮志:

> 铁马楼船风雪里,中原北望气如虹;
> 平生壮志无人识,却向梅华觅放翁。

姚莹这些论诗的绝句,在抉发前人愤世匡时的真情实感中,也寄托着自己时代身世的感慨与抱负。

曾　国　藩

梅、管、方、姚之后，桐城派的阵脚已不免散乱，尤其经过太平天国在东南一带的活动，对桐城派的社会和思想基础也进行了猛烈的冲击。所以曾国藩(1811—1872)在《欧阳生文集序》中详细地追叙桐城派文统时，慨叹"不闻桐城诸老之声欬也久矣"，而他也就以努力重振旗鼓自任。曾国藩字伯涵，号涤生，湖南湘乡人，故以他为中心的文派也称湘乡派。他是以镇压太平天国起家而成为摇摇欲坠的清王朝的"中兴功臣"，也为日薄西山的"桐城古文的中兴大将"。有《曾文正公集》。

曾国藩曾称姚鼐"持论闳通，国藩之初解文章，由姚先生启之"(《圣哲画像记》)，并尊姚氏于历代孔、孟、程、朱等三十二位圣哲之列。他的文论，既重张桐城姚鼐的旗号，也有很多变化和发展。这主要表现在以下三个方面。

第一，正式突出"经济"。桐城派自方苞起标举"义法"，其"义"指"言有物"，范围应当说还是灵活的，但失之笼统，且在具体诠释和创作实践上常囿于程朱理学，使作品越来越显得空疏。当时汉学正盛，考据家们以己之长，攻人之短，颇使桐城派难堪。姚鼐为摆脱困境，打出了义理、考据、文章三者合一的旗号，以调和汉宋之争。对此曾国藩十分折服。然而，义理与考据并重，不等于就此能真正摆脱"空疏"与"琐屑"之病，使文章有切实的内容，为社会所关心。而当时的现实，内忧外患，交相煎迫，更使人迫切地感到空洞的教条、烦琐的考证，难以直接地起到救世除弊、振兴中国的作用。因此一些有识之士都转向经世实用之学，并要求以此来充实文章的内容。这股历史潮流也影响着桐城派的理论。早在刘大櫆的《论文偶记》中即指出"义理、书卷、经济者，行文之实"。姚鼐也重视诗文表现"忠义之气、高亮之节、道德之养、经济天下之才"(《荷塘诗集序》)。在桐城前辈中，擅长经济功业最著的姚莹更明确地增加了"经济"一项而提出读书作文"要端有四：曰义理也，经济也，文章也，多闻也"(《与吴岳卿书》)。曾国藩接过这一口号，一方面将"多闻"还原为"考据"，以装得更像直接继承姚鼐的样子，力主"有义理之学，有词章之学，有经济之学，有考据之学"，"此四者缺一不可"(《求阙斋日记类编》)。另一方面，又进一步将此四者与孔门的德行、文学、言语、政事四科联系起来，以增加其权威性。他当时解释义理、考据、辞章、经济四者的涵义和关系曰：

> 义理者,在孔门为德行之科,今世目为宋学者也。考据者,在孔门为文学之科,今世目为汉学者也。辞章者,在孔门为言语之科,从古艺文及今世制义诗赋皆是也。经济者,在孔门为政事之科,前代典礼政书及当世掌故皆是也。(《劝学篇示直隶士子》)

当然,在曾国藩的心目中,这四者并非并重,"义理之学最大,义理明则躬行有要,而经济有本。词章之学,亦所以发挥义理者也。"(《曾文正公家书》)卷四《致诸弟》)又说:"苟通义理之学,而经济该乎其中矣。""义理与经济,初无两术之分,特其施功之序详于体而略于用耳。"可见,他认为尽管义理与经济相合,但义理为体,统帅经济;经济为用,落实义理。假如再加以考据多闻,文章内容就不但显得充实,而且会增强其现实性,更能发挥其社会作用。这一发展无疑会使桐城文士觉得找到了补救空疏之弊的良策,使桐城派文论进入了一个新的阶段。

第二,重视文艺特性。曾国藩在《致刘孟容》书中,尽管承袭了前人的看法而强调了"知道"对于"明文"的重要意义,但坚决反对"崇道贬文之说"。并进一步指出了"道"与"文"之间毕竟存在着矛盾,各自具有特点,假如强行将二者糅合在一起而欲达"道与文兼至交尽"的地步是十分困难的。相反,假如将"道"与"文"分开,让"文"充分表现其个性,则能使古文写得更好。因此,他在《覆吴南屏书》中竟说:"尝谓古文之道,无施不可,但不可说理耳。"这样明目张胆地提出文学作品之一的古文"不可说理"的主张在古代文论中是极不多见的。这种论调在《与刘霞仙书》中说得更加充分,并明确地提出了文章当具有"怡悦"人心的特点和功用:

> 由孔孟以后,惟濂溪《通书》、横渠《正蒙》,道与文可谓兼至交尽;其次如昌黎《原道》、子固《学记》、朱子《大学序》,寥寥数篇而已。此外则道与文,竟不能离而为二。敝意欲发明义理,则当法经说理窟及各语录札记;欲学为文,则当扫荡一副旧习,赤地新立,将前此所习,荡然若丧其所守,乃始别有一番文境。望溪所以不得入古人之阃奥者,正为两下兼顾,以至无可怡悦。

自古以来,中国的文士将"立言"与"立德"、"立功"并称,"盖文章,经国之大业,不朽之盛事",一直把它的地位看得非常崇高,假如在后起的本身被视作"小道"的戏曲小说领域内还承认其娱乐消遣作用的话,那么在正统的诗文领域内则从来都是强调其政治教化作用的。而且文与诗相比,更显得具有浓厚的卫道气息。那些持"作文害道"说的道德家的说教姑且不论,就是"文以载道"、"明理"等思想也在一定程度上阻挠了散文得以健康活泼的发展。如今,曾国藩能冲破这一框框,大胆地提出"道与文相离为二",并标出"怡悦"二字,指明古文乃不同于理学教条文字而"别有一番文境",其目标是要产生一种怡情娱乐的功用。这可以说是一种在中国散文理论史上"扫荡旧习,赤地新立"的见解。

正因为曾国藩对文学的特性自有其认识,故不计较当时文坛上的骈散门户之争,而往往能采取比较调和和折衷的态度,主张"古文之道与骈散相通"(庚申三月日记)。他的《经史百家杂钞》也选录了若干骈赋。曾国藩之所以重视治古文者济以选学,也是为了补救桐城古文的弊病。桐城前辈强调文字清澄雅洁,不许将"魏晋六朝人藻丽俳语,汉赋中板重字法"入古文,难免使桐城散文的语言流于简朴无味。曾国藩在《湖南文征序》中指出了这一点,说汉学家攻击桐城古文即"所谓义理之文淡远简朴者,或摒弃之,以为空疏不足道"。假如桐城古文内容惟性理说教而"空疏",形式又"淡远简朴"而乏美,则不是走进了死胡同吗? 曾国藩不满方苞"不用华丽非常字眼"也正由于此。而当时整个文坛上也逐渐滋长起一种骈散相通的看法,姚门弟子刘开在《与王子卿论骈体书》中就发表了"两者但可相成而不可偏废"的见解。与曾国藩同时代的李兆洛、蒋湘南等都有类似的看法。曾国藩及时吸取了这些新鲜的观点,希望古文家学习骈文以及重视小学训诂、音节神气,博采众长,兼收并蓄,就是为了在加强行文气势(下详)的同时,以增饰文采而救其短。

第三,深入探讨文境。曾国藩在中国文学批评史上引起人们注意的还有对于姚鼐阳刚阴柔说的进一步发挥。他又把姚鼐分析的"阳刚之美"与"阴柔之美"与政治道德原则联系起来,谓前者为"天地之义气",后者为"天地之仁气"(《圣哲画像记》)。"仁"与"义"在古代有不同的意义。《说文》:"仁,亲也。""义,已之威义(仪)也。"段玉裁注引董仲舒说:"仁者,人也;义者,我也。谓仁必及人,义则由中断制也。"曾国藩于两美之中偏尚阳刚,"平生好雄奇瑰玮之文"(《复吴南屏书》),既以补一般桐城古文偏于阴柔之不足,也反映了他注重"威仪""断制"的封建政治道德方面的倾向。另外,他又进一步把文境细分为"雄、直、怪、丽、茹、远、洁、适"八种,也有一定的借鉴意义。

梁启超曾赞曾国藩集"桐城派之大成"(《国学入门书要目及其读法》),

《饮冰室文集》卷七十）。这虽然主要是就他的古文创作而言,但也适用于对他的古文理论的评价。曾国藩在总结历史、针对现实、博采众说、兼收并蓄的基础上,就古文创作的思想内容、艺术特质以及文章风格等方面都发表了比较通融的看法,有些地方明显地对前人有所突破。这些问题,又都属中国古文理论批评史上所长期讨论的重要问题,而自他之后又"罕有抗颜行者"（钱基博《中国现代文学史》）。因此,曾国藩的古文理论不仅集桐城派之大成,在某种意义上也可以看作是对于整个中国古文理论批评的一次小结。

曾国藩中兴桐城派之所以在文坛上造成了很大的声势,一方面固然由于他以特殊的权势和文学才能确立了无可争议的领袖地位,另一方面与他自始至终注意培养和团结一大批人材有着密切关系。据薛福成《叙曾文正公幕府宾僚》一文所录,其幕僚前后共有八十三人之多。除最后十三人罕以文学见称外,馀皆文声藉藉。而就古文辞而言,其中张裕钊、吴汝纶、薛福成、黎庶昌声名尤著,世称"曾门四弟子"。四弟子中,吴汝纶在文论方面的影响最大。

吴　汝　纶

吴汝纶(1840—1903),字挚甫,安徽桐城人。他在曾国藩古文"不宜说理"的基础上再前进了一步,明确表示不宜将"义理之说施之文章"（《答姚叔节》）。并在对宋学信念产生动摇的同时,对西学产生兴趣,曾主张"救时要策,自以讲习西文为务"（《与李赞臣》）。他为严复的《天演论》、《原富》及多种美日学者的著作写序,在他主持的学堂里,特聘英文、日文教员,开设西学课程。他这样大张旗鼓而又切切实实地倡导研习西学,都为清末思想的近代化作出了贡献。

吴汝纶之后,桐城派的嫡传有范当世、马其昶、姚永朴、姚永概诸人,大都抱残守缺,缺乏创新精神,逐渐成为时代的落伍者,终使绵延两百年的一代文派最后带着"谬种"的恶谥,在新文化运动中溃不成军。而同时有严复与林纾者,早年均非受业于桐城门下,然中年后皆与吴汝纶交好,且论文喜谈桐城遗说,故被认为是"桐城嫡派"（胡适《五十年来中国之文学》）。由于严、林两人在清末文坛上各有成绩,声名甚著,故本欲附桐城以自重的严、林,却反过来给予末代桐城派带来了一点光彩;而他们翻译西方著作的业绩,又反过来加速了桐城古文的灭亡。

严　复

严复(1854—1921),字又陵,又字幾道,晚号瘉懑老人,福建侯官(今福州)人。福州船政学堂第一届毕业生,留学英国格林尼次海军大学。回国后历任天津北洋水师学堂总教习、总办等。甲午战争后,在天津《直报》发表《论世变之亟》、《原强》、《救亡决论》、《辟韩》等文,反对顽固保守,提倡新学,主张向西方学习,培养民智、民力、民德,洋溢爱国热情和革新精神,所用文体则为渊雅的古文。主办天津《国闻报》,积极宣传维新运动。戊戌变法后,他翻译了赫胥黎的《天演论》、亚当·斯密的《原富》、约翰·穆勒的《群己权界论》和《穆勒名学》、孟德斯鸠的《法意》、斯宾塞尔的《群学肄言》、瓯克斯的《社会通诠》和耶芳斯的《名学浅说》等西欧哲学社会科学名著,系统地介绍和传播西方资本主义文化,成为近代中国杰出的翻译家与启蒙思想家。有《瘉懑堂诗集》、《严幾道诗文钞》等,译著有《侯官严氏丛刻》、《严译名著丛刊》等。

严复翻译作品中最著名的是《天演论》(1898年出版),为此他还提出了"信"、"达"、"雅"的翻译准则,这是具有首创性的,并产生了深远的影响。《译天演论例言》云:

> 一、译事三难:信、达、雅。求其信已大难矣,顾信矣不达,虽译犹不译也,则达尚焉。海通以来,象寄之才,随地多有,而任取一书,责其能与于斯二者则已寡矣。其故在浅尝,一也;偏至,二也;辨之者少,三也。今是书所言,本五十年来西人新得之学,又为作者晚出之书,译文取明深义,故词句之间,时有所倒到附益,不斤斤于字比句次,而意义则不倍本文,题曰"达旨",不云"笔译",取便发挥,实非正法。什法师有云:"学我者病。"来者方多,幸勿以是书为口实也。

> 一、西文句中名物字,多随举随释,如中文之旁支,后乃遥接前文,足以成句,故西文句法,少者二三字,多者数十百言。假令仿此为译,则恐必不可通,而删削取径,又恐意义有漏。此在译者将全文神理,融会于心,则下笔抒词,自善互备。至原文词理本深,难于共喻则当前后引衬,以显其意。凡此经营,皆以为达,为达即所以为信也。

> 一、《易》曰:"修辞立诚,"子曰:"辞达而已。"曰:"言之无文,行之不远。"三者乃文章正轨,亦即为译事楷模。故信达而外,求其尔雅。此不仅期以行远已耳;实则精理微言,用汉以前字法句法,则为达易,用

近世利俗文字,则求达难,往往抑义就词,毫厘千里。审择于斯二者之间,夫固有所不得已也,岂钓奇哉?不佞此译,颇贻艰深文陋之讥。实则刻意求显,不过如是。又原书论说,多本名数格致,及一切畴人之学。倘于之数者向未问津,虽作者同国之人,言语相通,仍多未喻,矧夫出以重译也耶!

这里的"信"指忠于原著,"达"是表达顺当,"雅"即文辞尔雅。从原则上讲,这三条标准确实是涉及到翻译工作的三个主要方面,具有指导意义,故在学界产生了深远的影响。然而,这三者之间本身存在着矛盾,要恰当地处理好这三者之间的关系,连严复自己也感到棘手。这问题的关键是由于西方的名物、概念非中土所有,其由修饰成分构成的"多者数十百言"的复合句,更难照样直译,故严复提倡"将全文神理,融会于心","前后引衬,以达其意"。但这"达旨"毕竟有点近于改写或再创作,往往难达全"信",故他自己也承认并非"正法"。稍后他在"原富"的《译事例言》中略有改变,说:"虽于全节文理不能不融会贯通为之,然辞义之间,无所颠到附益。"就表现出更为谨严的态度。在这三条标准中,最明显地暴露严复局限的是"雅"。"雅"假如从抽象意义上指注意修辞,富有文采,那就无可非议。可惜的是,深受桐城古文"雅洁"论影响的严复,在这里主要是指文辞的"尔雅"。为了"雅",他竟认为:"精理微言,用汉以前字法句法,则为达易;用近世利俗文字,则求达难。"这种违反常例的见解正说明了他的文字结习未除的落后的一面。对此,尽管得到了当时桐城盟主吴汝纶的赞赏,并以曾氏"辞气远鄙"之说,鼓励他"与其伤洁,毋宁失真",要将桐城之"雅"置于"信"、"达"之上。但这遭到了新派人物激烈的反对。非常推崇严译的梁启超在《新民丛报》上发表《介绍新书〈原富〉》一文说:"吾辈所犹有憾者,其文章太务渊雅,刻意摹仿先秦文体,非多读古书之人,一繙殆难索解。夫文界之宜革命久矣,欧、美、日本诸国文体之变化,常与其文明程度成正比例……况此等学理邃赜之书,非以流畅锐达之笔行之,安能使学童受其益乎?著译之业,将以播文明思想于国民也,非为藏山不朽之名誉也。文人结习,吾不能为贤者讳矣。"与梁启超由此而提倡"文界革命"略异而主张"无革命而有维新"的黄遵宪,也劝说严复在翻译时能"造新字"、"变文体",并说"自鸠摩罗什辈出,而内典别成文体,佛教益盛行矣。本朝之文书,元、明以后之演义,皆旧体所无也,文字一道,至于人人遵用之乐观之,足矣"(《与严又陵书》)。应该说,梁、黄两人所批评和期望的,颇为中肯有理,然严复坚持古雅,反对通俗,即撰《与〈新民丛报〉论所译〈原富〉书》予以答辩，认为意义深邃、文词美妙的文章只是为"多读中国古书之人"服务的，而与"世俗"、"众人"、"庸夫"无关。由于他这样过分地强调文字渊雅而轻视"近世利俗文字"，故不但使他提出的译事三原则最终不能得到完美合理的解释和贯彻，而且使他在整个文学白话化的进程中显得落后和保守。假如在这里他诅咒曾经赞扬过的"报馆之文章"犹如朝生暮死之蜉蝣，是有点意气用事的话，那么到晚年，仍然坚持说古文辞决不会亡，攻击五四新文化运动，就显得十分顽固了。

林　纤

　　林纾（1852—1924），字琴南，号畏庐、冷红生、践卓翁、蠡叟等。福建闽县（今闽侯）人。三十一岁中举，后不图仕进，以教书、作文、翻译、卖画终其一生。林纾能诗，然他在清末民初的文坛上主要以翻译小说和古文名世。他自己最自许的是古文。吴汝纶曾称赞林文"遏抑掩蔽，能伏其光气者"（林纾《赠马通伯先生序》），并托以校勘《古文四象》。后入京师大学堂任教，又与桐城马通伯、姚永概同气相应，名噪一时。当时一般文人谈论古文，均以林纾为师法。为维护桐城古文，他曾先与提倡魏晋文的章炳麟论战，后又谩骂白话文之兴起，至死犹信"学非孔孟皆邪说，语近韩欧始国文"（《留别听讲诸子》）。临终以指书子手上曰："古文万无灭亡之理。"其文论除散见《畏庐文集》、《畏庐续集》、《畏庐三集》之外，尚有专著《韩柳文研究法》、《春觉斋论文》（重印时易名《畏庐论文》）、《文微》。评选本《左孟庄骚精华录》、《古文辞类纂选本》等，在当时也颇有影响。

　　林纾作为桐城派古文的殿军，为维护日趋衰亡的桐城古文的正统地位而不遗余力。他的《桐城派古文说》云：

　　　　文字有义法，有意境，推其所至，始得神韵与味；神也，韵也，古文之止境也。不知者多咎惜抱妄癖桐城一派。以愚所见，万非惜抱之意。古文无所谓派，犹之方言不能定何者为正音，亦唯求其近与是而已。近者，得圣人立言之旨；是者，言可为训，不轶于伦常以外。惜抱正深得此意耳。

他始终否认姚鼐等有意开辟桐城一派，而强调归、姚之文客观上符合"正规"，桐城古文事实上处于"正宗"地位。这比起"侈言宗派，收合党徒"者来确为高明。于此可见林纾为捍卫桐城派的文统地位真是煞费苦心了。

林纾论古文,基本上遵循"义法"之说。在思想内容方面不提"经济",不重"考据",只是强调"发明义理",具有倒溯吴、曾、姚、刘而上,复归到方苞的倾向。其《元明文序》云:"综言之,古文者先义理而后言词,义理醇正,则立言必有可传。"

然而,林纾在古文理论方面也有贡献和发展,这主要表现在对古文艺术特点和写作技法的总结方面。特别是他的《春觉斋论文》和《文微》两书,可谓中国最为系统、全面的古文艺术论的著作。黄侃曾评《文微》说:"彦和以后,非无谈文之专书。而统纪不明,伦类不析。求如是书之笼圈条贯者,盖已稀矣。"(《林纾年谱简编》)《文微》分"通则"、"明体"、"籀诵"、"造作"、"衡鉴"、"周秦文评"、"汉魏文评"、"唐宋元明清文评"、"杂评"、"论诗词"十类。《春觉斋论文》分"述旨"、"流别论"、"应知八则"、"论文十六忌"、"用笔八则"、"用字四法"六章。其中"应知八则"从"意境"、"识度"、"气势"、"声调"、"筋脉"、"风趣"、"情韵"、"神味"八个方面概括了古文艺术的基本内容和要求,以立"意境"为首要,求"神味"为极境,统之以明"道理"为根本,自成为一个体系。为了达到这"应知八则"的艺术境地,林纾又提出了"论文十六忌",为探求古文艺术堂奥者铺设了具体阶梯。如"忌直率",即要求"于命局制词时在在经心,于读古人文字时亦在在经心";"忌剿袭",即主张"学古而能变化","为文当肖自己";"忌庸絮",即希望"宜节处便节,宜繁处即繁",文笔简练;"忌虚枵",即提倡"根柢于经","言之有物";凡此种种,都偏重于写作技巧。再进一步,乃至论"起笔"、"伏笔"、"顿笔"、"顶笔"等如何"用笔"以及"换字"、"拼字"等"用字"之法,十分细致,颇有条理,不能不说对学习古文与认识古文是有益的。林纾作为末代桐城派大家,他的文论在某种意义上可以视作二百年桐城派古文理论的总结。但总的看来,他的文论著作,虽有综合前人之功、条分缕析之力和不乏真知灼见之处,终因缺乏一种恢宏气象和新的理论开拓,故难免给人以陈腐、琐碎的感觉。其根本原因是他所崇奉的儒家义理和所总结的文学对象本身已经趋向没落了。日薄西山的桐城古文在声势汹涌的新文化运动中再也不可能造就出一个有活力、有气魄的理论家了。

近代诗坛上崇尚宋诗的空气相对活跃。一般认为,道、咸间的宋诗运动直接发轫于程恩泽。程恩泽(1785—1837),字云芬,号春海,官至户部侍郎。

434

他认为诗自性情出,而"性情又自学问中出"(《金石题咏汇编序》),推崇以黄庭坚为代表的宋诗,开了"远俗"、"清介"的风气(伍崇曜《程侍郎遗集跋》)。当时在诗坛上与他相呼应的是祁寯藻。祁寯藻(1793—1866),字叔颖,又字淳甫,后避讳改实甫,号春圃。官至礼仁阁大学士、太子太保。同治初,以大学士衔为礼部尚书。他也主张"通训诂,明义理"(秦湘业《祁文端公神道碑铭》),"为杜,为韩,为苏,为黄"(陈衍《近代诗钞序》),其作品被陈衍《近代诗钞》赞为"学人之言与诗人之言合"的典范而冠以卷首。程、祁两人身居高位,烜赫于世,此唱彼和,推波助澜,宋诗运动乃得以有力的开展。继程、祁之后,何绍基、魏源、曾国藩、郑珍、莫友芝等都喜言宋诗。今从文学理论批评而言,在道、咸间的宋诗派中,还是要数何绍基的言论最为突出。

何　绍　基

何绍基(1799—1873),字子贞,号东洲,晚号蝯叟,道州(今湖南道县)人。何绍基论诗的精义和核心,在于标举了"不俗"这一概念。其《使黔诗钞序》云:

> 顾其用力之要何在乎? 曰:"不俗"二字尽之矣。所谓俗者,非必庸恶陋劣之甚也。同流合污,胸无是非,或逐时好,或傍古人,是之为俗。直起直落,独来独往,有感则通,见义则赴,是谓不俗。高松小草,并生一山,各与造物之气通。松不顾草,草不附松,自为生气,不相假借。泥涂草莽,纠纷拖沓,沾滞不别,腐期斯至。前哲戒俗之言多矣,莫善于涪翁之言曰:"临大节而不可夺,谓之不俗。"欲学为人,学为诗文,举不外斯恉。

另外,在《题冯鲁川小像册论诗》、《与汪菊士论诗》中解释"临大节而不可夺,谓之不俗"时,一再声称:"俗非坏字眼,同流合污,黏泥带水之谓也。""流俗污世,到处相习成风,谓之俗。人如此我也如此,不能离开一步,谓之俗。做人如此,焉能临大节而不夺乎!"很清楚,他的"不俗"不是指一般意义上的"俗"的对立面"雅",而是指有完美而鲜明的个性:做人即要"直起直落,独来独往,有感则通,有义则赴",追求个性;诗文也要"要起就起,要住就住,不依傍前人,不将就俗目"(《与汪菊士论诗》),表现个性。因此,何绍基的"不俗"说,与他朋友龚自珍的"尊情"论具有相通之处:都是或显或隐地反映了追求个性解放的精神。两者稍有差异的是：一侧重在正面强调充分地表现自己的感情和个性，一则倾向于从反面告诫诗人不要取消个性而趋向雷同；一以积极入世的态度而使"尊情"论带有强烈的忧世伤时甚至叛逆的色彩，一则以消极避世的精神而使"不俗"说带有浓重的士大夫式的淡泊清高的印记。这就使他们的理论为后人提供了两种不同的取向，或积极，或消极地都对近代诗歌产生了很大的影响。

同治年间(1862—1874)，郑珍、莫友芝、曾国藩、何绍基等先后去世。不久，沈曾植(1850—1922，字子培，号乙庵)、陈三立(1852—1937，字伯严，号散原)、陈衍(1858—1938，字叔伊，号石遗)、郑孝胥(1860—1938，字苏堪，又字太夷)等又一批不主唐音，崇尚宋诗的年轻诗人于光绪年间崛起。他们互相标榜，结成一派，并提出了"同光体"的名目。在光绪以后的宋诗派中，各人的政治态度、艺术风格、创作理论不尽一致，但毕竟具有共同的倾向。陈衍则是他们的理论家。

陈　　衍

陈衍，福建侯官(今闽侯)人，光绪八年(1882)中举，官学部主事。曾入张之洞幕，任官报局总纂。与沈曾植、陈三立等一样，曾参与维新变法活动。晚年寓居苏州，与章太炎、金天翮倡办国学会，任无锡国学专门学校教授。所著有《石遗室文集》、《石遗室诗集》、《石遗室诗话》；辑有《近代诗抄》、《辽诗纪事》、《金诗纪事》、《元诗纪事》等。其《石遗室诗话》总成四十二卷，篇幅之浩繁，为历代诗话之冠，在近现代旧诗界影响巨大，故"时人称之为诗坛救主"(邵镜人《同光风云录》)。

"诗莫盛于三元"

光绪己亥年(1899)，陈衍与沈曾植论诗时提出"三元"说，认为"诗莫盛于三元：上元开元，中元元和，下元元祐也"(《石遗室诗话》)。后来，沈曾植又在《与金潜庐太守论诗书》中进一步提出"三关"说，将"三元"说的开元换上了元嘉，说"诗有元祐、元和、元嘉三关"，号召学诗要从元祐而上，连通三关，意在上溯到颜延之、谢灵运，融通晋、宋。而陈三立在《漫题豫章四贤像拓本》中也把江西派的渊源上推到陶渊明。郑孝胥则"三十以前专攻五古，规模谢灵运而浸淫于柳宗元，又以孟郊琢洗之。……三十以后，乃肆力于七言，自谓为吴融、韩偓、唐彦谦、梅尧臣、王安石，而最喜王安石"(钱基博《现代中国文学史》)。凡此种种,都说明光、宣后的宋诗派虽主宋诗而不专宗宋诗。他们吸取了前人"墨守盛唐"的反面教训而注意拓宽门径,以使他们崇尚宋诗的主旨既能得以切实的贯彻,又能争取广泛的响应。

"学人之言与诗人之言合"

陈衍的"学人之言与诗人之言合"的思想,早在光绪戊戌(1898)与沈曾植相交时已露端倪。当时,"博极群书"而已成名的学者沈曾植"不屑措意"于词章,陈衍就勉励他将考据学问同抒情、说理结合起来,从事诗歌创作:"吾亦耽考据,实皆无与已事。作诗却是自己性情语言,且时时发明哲理。及此暇日,盍姑试此! 他学问皆诗料也。"后在《瘿盦诗序》中,即以《诗经》为学问入诗的典范,并对严羽《沧浪诗话》所言"诗有别才,非关学也"提出了驳议,力主"诗也者,有别才而又关学者也"。但陈衍认为这种"学人之言与诗人之言"的结合,当"始"之于"别才"而"终"之于"学问",由诗人之诗,进而到学人之诗,反对"由学人之诗作到诗人之诗"。在《石遗室诗话》卷十四中他说:"不先为诗人之诗,而遽为学人之诗,往往终于学人,不到真诗人境界。"由此看来,由诗人之诗进而到与学人之诗结合,乃是上升到更高层次的境界。这可见其内心深处还是重学问根底,重学人之诗的。

"诗最患浅俗"

陈衍在《知稼轩诗序》、《海藏楼诗序》等文中一再强调诗歌"不落于浅俗"、"高调要不入俗"。他说"诗最患浅俗。何谓浅? 人人能道语也。何谓俗? 人人所喜语是也。"(《石遗室诗话》卷二十三)他这样反对用"人人能道语"和"人人所喜语",并不是简单的创雅反俗,引导晦涩和险僻,其主要精神和何绍基一样,都是强调艺术要有独创,表现鲜明的个性。在这基础上,他特别强调不受"世缘"干扰,甘走"荒寒之路",甘处"困"、"寂"之境,以保持个性的独立,其《何心与诗序》云:

> 寂者之事,一人而可为,为之而可常,喧者反是。故吾尝谓:诗者,荒寒之路,无当乎利禄,肯与周旋,必其人者贤者也。既而知其不尽然。犹是诗也,一人而不为,虽为而不常,其为之也惟恐不悦于人,其悦之也惟恐不竞于人,其需人也众矣;内摇心气,外集诟病,此何为者! 一景一情也,人不及觉者,己独觉之;人如是观,彼不如是观也;人犹是言,彼不犹是言也,则喧寂之故也。清而有味,寒而有神,瘦而有筋力,己所自得;求助于人者得之乎?

437

从一般意义上说，反对接受"利禄"之诱，号召"勿寂与困之畏"，以保持诗人的高洁情操和独立精神，是无可厚非的。这不仅仅是指清亡之前，能自甘寂寞，不去攀龙附凤，以求飞黄腾达，具有一定的积极意义，就是对当时充斥于社会的一大批打着"维新"、"革命"旗号的利禄之徒，也极有针砭意义。陈衍在这里不是号召人们不关心现实，而只是提倡个人用独立的理智和感情去认识生活，反映现实，哪怕是遇到种种艰难困苦，也要坚持到底。这就是"勿寂与困之畏"的精义所在。因此，我们不能光看字面而简单地将它判定为引导人们脱离现实的理论，当然，另一方面我们也应该看到，他标举的"寂"、"荒寒之路"，确实带着封建士大夫的没落情绪和远离社会大变革的阴暗色彩。

陈衍的《石遗室诗话》篇幅浩繁，内容丰富，对历代诗人、诗作及诗论、诗法等多有评述，除上述主要论说之外，尚有不少精见。他一生在诗歌领域里确是坚持了他自己倡导的一条"荒寒之路"，不畏困寂，孜孜不倦，把宋诗派的理论有力地推进了一步，同时在实际上也成为中国古典诗学的最后一个真正的理论家。然而，他在政治思想上未能跟上时代的脚步，对于蓬勃兴起的文学革新运动也格格不入。他当时致力于用传统的观点来总结传统的文学，实际上也变成用新的观点来呼唤新文学的阻力。他的理论、观点不管如何圆通、丰富和精到，毕竟犹如进入四季之冬，呈现出一派"荒寒"凋衰的景象。

第四节　梁启超、黄遵宪等"诗界革命"与裘廷梁的白话文体论

中国近代文学的发展随着资产阶级维新派登上历史舞台而发生了激变。19世纪末，康有为、梁启超、黄遵宪、谭嗣同、夏曾佑、蒋智由等致力于变法活动的同时，文学的价值观念有所变化，意识到文学需要革新，也创作了一些"新派诗"和"新文体"作品，但并未特别予以强调和号召，故未具规模，声势不大。戊戌变法的失败，逼着他们更加重视舆论宣传，而文学作为通俗、有效的宣传工具自然引起他们浓厚的兴趣。同时，孙中山等领导的资产阶级民主革命运动也在迅猛发展，广大群众的思想觉悟和文明程度有了

极大提高。这些都促使资产阶级文学革新运动得以巨大发展并迅速形成了高潮。1899年,梁启超率先明确提出"诗界革命"、"文界革命"(《汗漫录》,又称《夏威夷游记》),不久又提出"小说界革命"和"戏剧改良",全面而又具体地描述了各体文学革新的纲领和目标。他的号召得到了维新派和部分革命派乃至其他政治派别的进步作家的广泛响应,在文学的创作、评论、研究、翻译等各个方面出现了一个崭新、全面的兴盛局面。后来,随着维新派蜕变为保皇党,特别是于1906年前后与革命派公开论战之后,威信大跌,其文学革新运动也由盛转衰。综观这场来去匆匆的文学革新运动,虽然未能彻底地清算传统旧文学的糟粕,也未能妥善地吸取西方新文学的养料,难免有"粗率浅薄"之弊,但它在中国文学和文学思想史上毕竟具有划时代的意义。它标志着中国旧文学的结束和新文学的兴起。"五四"新文化运动正是在这基础上进一步将中国文学推进到现代化。而在这场运动中影响最大的当推梁启超。

梁　启　超

梁启超(1873—1929),字卓如,号任公,别号饮冰室主人,广东新会人。他是康有为的学生,同为维新运动的领袖,并称"康梁"。戊戌政变后逃亡日本,主张立宪,辛亥革命后任司法总长、财政部长,晚年在清华学校讲学。平生著作宏富,编为"饮冰室全集"。"诗界革命"这一口号乃是梁启超东渡日本之后在新形势下思想稍有激进,又受了日本译英语"Revolution"一词为"革命"的影响而首先提出的。根据目前所知的文献资料,最早见于梁启超1899年12月25日的《汗漫录》(又名《夏威夷游记》):

> 予虽不能诗,然尝好论诗。以为诗之境界,被千年来鹦鹉名士(予尝戏名辞章家为鹦鹉名士,自觉过于尖刻)占尽矣。虽有佳章佳句,一读之,似在某集中曾相见者,是最可恨也。故今日不作诗则已,若作诗,必为诗界之哥伦布、玛赛郎然后可……
>
> 欲为诗界之哥伦布、玛赛郎,不可不备三长。第一要新意境,第二要新语句,而又须以古人之风格入之,然后成其为诗。……若三者具备,则可以为二十世纪支那之诗王矣!……

这段话可谓梁启超关于"诗界革命"的纲领性文字。自1902年至1907年在

439

《新民丛报》上连载的《饮冰室诗话》，则是通过对于当代诗人、诗作的批评，进一步阐发"诗界革命"的理论和总结"诗界革命"的实践。综合两者的基本精神，其论"诗界革命"的要旨如下（本节引文未注明出处者，均见以上两书）。

一、分析了"诗界革命"的大势：诗界必须革命，而今正当时机。

梁启超认为，中国千余年诗之境界被"鹦鹉名士"占尽，大都因袭模仿，难有创意，这种局面犹如"地力已尽，生产过度"，不求新，无出路，所谓"非有诗界革命，则诗运殆将绝"。然而近年来，在学习西方的过程中，在维新变法的运动中，以黄遵宪、夏曾佑、蒋智由"诗界三杰"为代表的诗人，陆续创作了一些"新诗"，开辟了诗界的新境，正预示着诗歌发展的趋势。正因此，他热情地肯定了"新诗"的进步，坚决地反对"薄今爱古"，认为"诗界革命"的时机已趋成熟。梁启超对于"诗界革命"形势的这一分析，一方面固然是受了进化论的影响，但主要还是基于他对于政治形势的认识。他认为当时的国家正处于维新变革之期，作为服务于这一变革的诗歌也必然随之而革新。所以他的《汗漫录》在分析了"诗界革命"的形势后明确地说："上所举者，皆其革命军月晕础润之征也，夫诗又其小焉者也。"这清楚地说明了他将诗界的新机看作是革命风雨将临的征兆。换言之，诗界革命乃是政治变革的必然产物。

二、指明了"诗界革命"的方向：新意境、新语句、古风格"三长具备"。

梁启超这里所说的"意境"，与王国维所标举的情景真切、自然交融的意境有不同的含意，主要是指诗歌的思想内容及描写对象。他所说的"新意境"乃"不可不求之于欧洲"，实为表现近代世界新兴的社会理想、哲学观念以及其自然科学、物质文明。比如他推崇黄遵宪《今别离》等诗"纯以欧洲意境行之"，"陵轹千古，涵盖一切"，就是因为歌颂了轮船、火车、电报、照相等新事物及对地球自转的科学发现等。当然，他也指出这些诗的"新意境"，主要还是停留在"物质上琐碎粗疏处"，未得"欧洲之真精神真思想"，以"诗界革命"的高标准而言，还未达到应有的境界，但与过去相比，也不妨谓之描写了"新理想"，"独辟境界，卓然自立于二十世纪诗界中"。与此相联系的，梁启超的"新意境"当然也包含着歌颂爱国、图强、尚武、变革等现实政治内容。如他盛赞黄遵宪的《出军歌》等"精神之雄壮活泼沈浑深远不必论，即文藻亦二千年所未有也，诗界革命之能事至此而极矣"。又如评"感种族之将烬，代一棒于当头"的来稿《灭种吟》曰，"溶铸进化学家言，而每章皆有寄托，真诗界革命之雄也"，都反映了梁启超的"新意境"的实际内容是相当广泛的，但其基本精神是要求反映新思想，描写新事物，将国民引向新境地。至于梁启超所说的"新语句"，主要是指运用"欧洲语"、"新名词"。他指出，丙申、丁酉间谭嗣同、夏曾佑等作"新学之诗"，就"颇喜捋撷新名词以自表异"，如谭诗《金陵听说法》云："纲伦惨以喀私德，法会盛于巴力门。"喀私德即 Caste 之译音，指印度分人为等级之制度。巴力门即 parliament 之译音，为英国议院之名。又如其赠梁氏诗四章中有"三言不识乃鸡鸣，莫共龙蛙争寸土"等语，乃用《新约全书》的故实，若非当时同学者，断无从索解。另外，所谓"古风格"、"旧风格"、"古声"，梁氏虽无具体诠解，但从其实际运用中可以窥见，大致是指传统诗词的风味格律。梁启超认为：有新意境、新语句，而又以古人之风格入之，"三者具备，则可以为二十世纪支那之诗王矣"！

　　三、规定了"诗界革命"的重点：输入"欧洲之真精神真思想"。

　　梁启超所提出的"三长"实可分为内容和形式两个方面。其"新意境"即指新的革命的思想内容，其"新语句"、"古风格"是指诗歌的表现形式和语言运用。两者之中，梁启超明确地将诗歌的思想性放在第一位。他说：

　　　　过渡时代，必有革命，然革命者，当革其精神，非革其形式。吾党近好言诗界革命。虽然，若以堆积满纸新名词为革命，是又满洲政府变法维新之类也。能以旧风格含新意境，斯可以举革命之实矣。苟能尔尔，则虽间杂一二新名词，亦不为病。不尔，则徒示人以俭而已。

很清楚，"新名词"并非革命要义，"旧风格"本无所谓革命，三者之中要"革命"者首为"精神"，以创造"新意境"。正因为黄遵宪最能将"欧洲意境行之"，"溶铸新理想入旧风格"，所以梁启超在字里行间对黄遵宪的评价高于沾沾自喜于搬弄新语句的夏曾佑、谭嗣同。但是，即使是对黄遵宪，他也认为"未能确然成一家言，即其所谓欧洲意境语句，多物质上琐碎粗疏者，于精神思想上未有之也"。究其原因，当时"学界之情状"如此："在祖国无一哲理、政法之书可读"，"欧洲之真精神真思想尚且未输入中国，况于诗界乎？"因此，梁启超的结论就是：在当前革命的形势下，诗界必须革命；诗界要革命，必须首先革其精神创新意境；要革其精神，必须首先输入欧洲的"真精神真思想"。他作为"诗界革命"的倡导者，就表示"吾虽不能诗，惟将竭力输入欧洲之精神思想，以供来者之诗料"，充当诗界革命的马前卒。

　　综观梁启超"诗界革命"的理论，其目的是为当时中国的政治社会变革服务，其精神主要是输入西方的新思想、新事物，其结果确实促进了当时诗歌的革新,推动了中国诗歌近代化的进程。然而,他过分地强调了诗歌的政治性、功利性,而就形式方面明确提倡的只是"新语句"、"古风格"。其"新语句"难免显得偏侠,其"古风格"毕竟趋于保守,不要说与以后的白话诗运动相比存在距离,就是梁启超自己也看到"新语句与古风格,常相背驰",三者之间存在着矛盾。归根到底,梁启超由于并未注重倡导艺术形式的革新,致使他的"诗界革命"本质上只是一种"旧瓶装新酒"的号召,旧形式的束缚难免影响着新意境的创造,影响了"诗界革命"的实绩。

　　"文界革命"口号的正式提出,与提倡"诗界革命"同时,也见于《汗漫录》。梁启超在该文中谈及有关日本政论家德富苏峰著作的读后感时说:

　　　　其文雄放隽快,善以欧西文思入日本文,实为文界别开一生面者,余甚爱之。中国若有文界革命,当亦不可不起点于是也。

很清楚,他将输入"欧西文思"视作"文界革命"的起点。"文思"两字分而解之,包括形式和内容两个方面;合而解之,则重要是指西方的文化精神。因此,梁启超"文界革命"的核心内容和基本精神是与其"诗界革命"合拍而呼应的。然而,梁启超个人与诗界和文界的因缘大不相同。对于诗,他自称"向不能为诗,自戊戌东徂以来,始强学耳",倡导"诗界革命"后,以一部《饮冰室诗话》在舆论界树立了权威;对于文,他尽管几无一篇专论,却以从"时务体"到"新民体"的大量创作实践和夹杂着片段的论说而成了"文界革命"的旗手。故他的"文界革命"的思想和理论实际上贯串于戊戌变法前后,不自1899年正式提出"文界革命"始。

　　梁启超散文改革的思想是与其积极参与维新活动,重视"报章文字"密切相关的。早在维新运动的准备阶段,如王韬、郑观应、陈炽等人就认识到报纸为"国之利器"(陈炽《庸言·报馆》),"上则裨于军国,下则益于编氓"(《新政真诠·新政论议》),强烈要求解言禁,办报纸。梁启超从投身于维新活动起,就十分重视报纸的作用。1895年5月,他在《致汪穰卿书》中即指出:"非有报馆不可,报馆之议论,既浸渍于人心,则风气之成不远矣。"不久,他先后主持《中外纪闻》、《时务报》的笔政,开始其"报馆生涯"。其《时务报》创刊号即有《论报馆有益于国事》一文指出:"觇国之强弱,则于其通塞而已……去塞求通,厥道非一,而报馆其导端也……阅报愈多者,其人愈智;报馆愈来愈多者,其国愈强。"他认为,报纸不仅可"向导国民",而且能"监督政府":"报馆者,摧陷专制之戈矛,防卫国民之甲胄也"(《敬告我同业诸君》)。总之,他把报纸作为鼓吹维新,动员群众的最理想的工具,竭尽心力地从事报章文字的撰述和编辑工作,致使《时务报》一时风靡全国,"为中国有报以来所未有"。他的以"报章文字"为主体的"新文体"散文也随之而大放光彩。

梁启超倡导"文界革命"的方向与其对思想内容的要求同"诗界革命"的精神基本一致,但其对于语言方面的要求两者却有很大的出入。在诗歌领域,梁启超坚持传统的"古风格",这就与运用"新语句"存在着很大的矛盾,故他实际上对于诗歌镶嵌"新语句"、"新名词"的态度是比较保守的。而他对于散文的态度则大不相同,不但自己的创作杂以俚语和外国语法,显得通俗明畅,而且在理论上一再强调言文合一,鼓吹"俗语文学",有力地推动了中国文学的白话化。他说:

> 文学之进化有一大关键,即由古语之文学变为俗语之文学是也。各国文学史之开展,靡不循此轨道。……苟欲思想之普及,则此体非徒小说家当采用而已,凡百文章,莫不有然。(《小说丛话》)

另外,狄葆贤在《论文学小说之位置》一文中也写到:

> 饮冰室主人常语余,俗语文体之流行,实文学进步之最大关键也。各国皆尔,吾中国亦应有然。近今欧美各国学校,倡议废希腊、罗马文者日盛,即如日本,近今著述,亦以言文一致体为能事。……故俗语文体之嬗进,实淘汰、优胜之势所不能避也。中国文字衍形不衍声,故言文分离,此俗语文体进步之一障碍,而即社会进步之一障碍也。为今之计,能造出最适之新字,使言文一致者上也;即未能,亦必言文参半焉。

所谓"俗语文学"(或称"俗语文体"),实际上就是"言文一致"的白话文学。梁启超在"文界革命"中,尽管其理论上还没有如裘廷梁等提出"崇白话而废文言"的响亮口号,其实践也停留在"言文参半"的阶段(后来他也写白话文),但难能可贵的是他能清醒地认识到还是俗语文学为上,指明了"俗语文体"即是"文界革命"在语体上改革的方向。中国的白话文学正是经过了"文界革命"到"五四"新文化运动而逐步走向成熟,梁启超倡导"俗语文学"是有其历史功绩的。

"诗界革命"的口号由梁启超首创,一时间得到广泛的响应。然后,被梁启超誉为"近世诗家三杰"之首、其作品可称"诗界革命之能事至斯而极"(《饮冰室诗话》)的黄遵宪,却至死不脱君主立宪的政治立场,处处讳言"革命"两字,故他自始至终一直没有附和"诗界革命"的口号。晚年《与严又陵书》云:"公以为文界无革命,弟以为无革命而有维新。"这实际上也就是他对于"诗界革命"的明确态度:既反对严复的顽固立场,也反对梁启超的激进提法,而主张用"维新"两字来概括当时诗歌及整个文学的革新运动。因此,自胡适《五十年来中国之文学》起,一般论著将黄遵宪作"诗界革命"的"最早的倡导者",实有所误会。当然,梁启超的"诗界革命"本质上是一场资产阶级诗歌革新运动,其形成有一个过程。黄遵宪的诗歌"维新"的理论和实践与梁启超"诗界革命"在大方向及主要内容方面都是大体一致的,故作为中国19世纪末20世纪初整个要求诗歌革新的思潮而言,黄遵宪无疑是一个最初的发动者,而且是一个最有成绩的实践家。

黄　遵　宪

黄遵宪(1848—1905),字公度,广东嘉应州(今梅县)人,光绪二年(1876)举人,历任驻日参赞、美国旧金山总领事、驻英参赞、新加坡总领事,注意研究外国政治经济等情况,致力于保护华侨利益。回国后,任江宁洋务局总办,加入强学会,参与创办《时务报》,以救亡图存为己任。1897 年,任湖南长宝盐法道,署按察使,协助湖南巡抚陈宝箴推行新政,创议设学校、筹水利、兴商业,力谋国家的富强独立。次年任出使日本大臣,未行,戊戌政变起,罢归。著有《日本国志》、《人境庐诗草》等。

黄遵宪于晚年(1903)当梁启超竭力鼓动"诗界革命"之时,在《与丘菽园书》中回顾、总结了一生对于革新诗歌的看法云:

> 思少日喜为诗,谬有别创诗界之论,然才力薄弱,终不克自践其言,譬之西半球新国,弟不过独立风雪中清教徒之一人耳,若华盛顿、哲非逊、富兰克林,不能不属望于诸君子也。诗虽小道,然欧洲诗人出其鼓吹文明之笔,竟有左右世界之力。仆老且病,无能为役矣。执事其有意乎?(《小说月报》第八卷第一号)

这里,他提出了自己早在青少年时代即有"别创诗界之论",并以目前"不克自践其言"而感到遗憾。今查黄遵宪"别创诗界之论"初见于同治六年(1868)二十一岁时所作的"杂感"诗。此诗表示了对"古文与今言,旷若设疆圉"的现象表示困惑,提出了"我手写吾口,古岂能拘牵"的主张。这虽然很难说是"诗界革命的一种宣言",但确可说明他革新诗界的动机早已萌发。此后,他在实践中努力创作"新派诗"。光绪十七年(1891),他将诗作初次编集后作《自序》一篇,对其"别创诗界"的经验进行了总结:

> 仆尝以为诗之外有事,诗之中有人;今之世异于古,今之人亦何必与古人同? 尝于胸中设一诗境:一曰复古人比兴之体;一曰以单行之神,运排偶之体;一曰取《离骚》乐府之神理,而不袭其貌;一曰用古文家伸缩离合之法以入诗。其取材也,自群经、三史,逮于周、秦诸子之书,许、郑诸家之注,凡事名物名,切于今者,皆采取而假借之。其述事也,举今日之官书会典、方言俗谚,以及古人未有之物,未辟之境,耳目所历,皆笔而书之。其炼格也,自曹、鲍、陶、谢、李、杜、韩、苏,讫于晚近小家,不名一格,不专一体,要不失乎为我之诗。诚如是,未必遽跻古人,其亦足以自立矣。

同年,他有《与梁任公书》,所谈意见与上《序》大致相同。1896、1897 年间,维新党人夏曾佑、谭嗣同辈作"新学之诗"成风,黄遵宪也就在《酬曾重伯编修并示兰史》中首次揭橥了"新派诗"的名目。其诗云:"废君一月官书力,读我连篇新派诗。风雅不忘由善作,光丰之后益矜奇。文章巨蟹横行日,世变群龙见首时。手撷芙蓉策虬驷,出门惘惘更寻谁?"前有小序云:"重伯序余诗,谓古今以诗名家者,无不变体,而称余善变,故诗意及之。"此诗及序说明了"新派诗"乃"善变"而来。诗中"光丰之后"谓道光、咸丰以来,"巨蟹横行"指横写的西方文学。此两句说明了"新派诗"产生发展的时代背景和对它前途的展望。不久,梁启超即大力鼓吹"诗界革命",并以黄遵宪的作品为"新诗"的模范。黄遵宪"避其名而行其实",虽然不提"诗界革命",但其"维新"诗歌的精神与梁启超息息相通。1902 年给梁启超一信又对革新诗歌发表了重要意见:

> 报中(按:指《新小说》)有韵之文自不可少。然吾以为不必仿白香山之新乐府、尤西堂之明史乐府。(西堂以前,有李西涯乐府甚伟,然实诗界中之异境,非小说家之支流也。)当斟酌于弹词粤讴之间,或三或九,或七或五,或长短句,或壮如陇上陈安,或丽如河中莫愁,或秾如《焦仲卿妻》,或古如《成相篇》,或俳如俳伎辞(即"骆驼无角,奋迅两耳"之辞也),易乐府之名而曰杂歌谣,弃史籍而采近事。至其题目,如梁园客之得官,京兆尹之禁报,大宰相之求婚,奄人之纳职,候选道之贯物,皆

445

绝好题目也。此固非仆之所能为,公试与能者商之。吾意海内名流,必有迭起而投稿者矣!(《黄公度先生手札》)

以上,将黄遵宪"别创诗界"、"维新"诗歌的主张作了历史的描述。将此与梁启超"诗界革命"的理论相比较,其中有异者,略有以下几点。

一、对于革新诗歌思想内容方面的要求不够鲜明、直接和大胆。

梁启超态度非常明朗:首先,"革命者,当革其精神",把"创新意"、写"新思想"放在第一位;其次,强调创造"新意境"首要是"输入欧洲之精神思想",用"欧西文思",创造"欧洲意境",提倡引进西方新兴的哲学社会思想和物质文明来改变旧的面貌。因此,其理论新的色彩十分鲜明。黄遵宪则不然。他既没有将思想内容的革命加以强调,又从未直接号召诗中输入当时先进的西方文化精神,只是借用一些古老的命题、含混的提法来达到革新诗歌内容的目的。他的纲领性的口号即是"诗外有事,诗中有人",也即为关心现实,表现个性。用类似的语言来表达这样的思想,在中国古代、近代文论中已屡见不鲜。当然,黄遵宪诠释这句口号时有新的内涵:要求诗歌"举今日之官书会典、方言俗谚,以及古人未有之物,未辟之境,耳目所历,皆笔而书之",也即"用今之所见之理,所用之器,所遭之时势,一寓于诗"。这样广泛而笼统的范围当然也包含着反映西方的"新思想、新事物"。特别是就黄遵宪本人的"耳目所历"而言更不容置疑,所以他的诗作确实也如梁启超所赞誉的那样,能创造"欧洲意境"。但是,一般人的"耳目所历"与黄遵宪等少数先进人物相比存在着很大的距离,仅仅以其个人的见闻和思想是很难一定创造出新意境的。总之,黄遵宪在陈旧的口号之中,其理论导向是不鲜明的。这或许与他在政治改革运动中一直采取"潜移"、"缓进"、"蚕食"等比较稳健的立场有关。

二、对于革新诗歌语言形式方面的主张比较明确、切实和强烈。

早在 21 岁所写的《杂感》诗中,黄遵宪就率先提出了诗歌口语化的重要问题。后来在《日本国志·学术志二·文学》中进一步根据中外言文分合的历史经验,从理论上总结"语言与文字离,则通文者少;语言与文字合,则通文者多"的发展规律,呼吁更变文体以"适用于今,通行于俗"。梁启超正是接受了他的影响也大谈言文合一,倡导"俗语文学"。然而,梁启超提倡"俗语文学"时,主要将目光集中在散文领域,促成"文界革命"。对于"诗界革命",虽也将"新语句"作为内容之一,但他的"新语句"主要是指诗句中镶嵌一些"新名词"而已,没有强调整个诗歌语言的口语化。而且,他觉得"新语句"与

"古风格"存在矛盾,"新语句"又非"革命之实",故实际上不大注重诗歌语言的革新。与此不同,黄遵宪不断注意语言形式的革新问题,不但将言文一致的思想贯彻到诗歌领域,而且努力推举一些与此相关的其他表现形式问题。如在《人境庐诗草自序》中主张"以单行之神,运排偶之体","用古文家伸缩离合之法以入诗",就是希望继承发展韩愈、苏轼、曾国藩等"以文为诗"的传统,以散文自由变化的句式融入诗歌,解放诗体。晚年与梁启超信中提出的"杂歌谣"更值得注目。据他设想,这种"有韵之文","斟酌于弹词、粤讴之间",其句式"或三或九,或七或五,或长短句",毫无限制;其风格或壮或丽、或古或俳,或称至百花齐放。假如这样形式的诗歌又以口语写出,岂非是一种全新的诗!以后白话诗的模式不就是已经呼之欲出了吗? 对此,黄遵宪虽然谦虚地说"此固非仆之所为",但实际上,他一生一直在自己的实践中对诗歌语言形式的革新作大胆的探索,如《出军歌》、《幼稚园上学歌》、《小学校学生相和歌》等就写得语言通畅,形式自由,节奏明快,别成一体,乃至如《山歌》九首等被胡适称为"全是白话的"了。当然,从黄遵宪诗作的总体来看,还是写得奥衍富赡,"以使事用典擅长"(钱仲联《梦苕庵诗话》),一些"新诗"在艺术上也并不很圆熟,"现在看来,实在平常的很,浅薄的很"(胡适《五十年来中国之文学》)。但这些"新诗"及理论上提倡诗歌语言形式的革新,正反映着巨大的变革,代表着发展的方向。黄遵宪在中国近代诗歌革新运动史上最突出的贡献恐怕也正在此。

三、对于吸取古代诗歌优秀传统的论述比较具体。

黄遵宪反对盲目崇古,模拟因袭,"去古人之糟粕,而不为古人束缚",但他并不简单地一概排斥传统,而是主张积极吸取传统的精华,为当前诗歌的"维新"服务。特别在《人境庐诗草自序》中,他从创作精神到表现手法,多方面地谈了自己对于继承传统的看法。除了上文引及的主张学习"以单行之神运排偶之体"和"用古文家伸缩离合之法以入诗"之外,还提出要继承《诗经》以来的比兴义、《离骚》和古乐府的"神理",乃至对于曹植、鲍照、陶潜、谢灵运、李白、杜甫、韩愈、苏轼及近代诗人的艺术经验都要不拘一格地借鉴、吸取,使自己的诗歌在新的时代中,既深深地植根于民族传统的沃土中,又"不失乎为我之诗",具有独特的新风貌。黄遵宪的这一思想和创作实践,为梁启超所赞赏。梁启超就认为黄遵宪诗歌的最大成绩是"能熔铸新理想以入旧风格"。但是"古风格"的内涵是什么? 如何"以古人之风格入之"? 梁启超在当时都没有具体论述。到他真正对古典诗歌发生兴趣和认真研究的时候,"诗界革命"的热情早已衰退了。不过,不论是梁启超还是黄遵宪,对于"古风格"的追求,固然使他们注意从民族传统中吸取营养,但同时也束缚了诗体的彻底解放,影响了"新派诗"向"白话诗"的过渡。

在维新派诗人中,对革新诗歌感兴趣的大有人在。就理论方面而言,作为维新派政治领袖康有为的意见也值得重视。

康　有　为

康有为(1858—1927),又名祖诒,字广厦,号长素,戊戌后易号更生,广东南海人。他是维新运动的领导人,变法失败后,流亡出国,思想日趋保守,组织保皇会,反对民主革命,至辛亥革命后仍进行复辟活动,但他始终是个坚定的爱国主义者。著有《新学伪经考》、《孔子改制考》、《大同书》、《南海先生诗集》等。康有为学诗,深受杜甫影响。其诗学观念,也基本上未出传统樊篱。特别是前期,他强调创作诗歌的要领是"情深而文明",并循"温柔敦厚"的诗教,用富有想像的夸张的语言来加以表达,即所谓"咏叹淫佚之辞"(《味梨集序》)。戊戌变法以后,在学生梁启超"诗界革命"的理论影响下,也有一些新的因素注入了他的诗学观念中。当然,他与黄遵宪一样,口头上是坚决不谈"革命"的,但实际上还是附和了"诗界革命",并以他的影响壮大了这场运动的声势。1909年,也即梁启超提出"诗界革命"后十年,他在《与菽园论诗兼寄任公、孺博、曼宣》中比较明确地表示了自己关于诗歌的新看法:

> 一代才人孰绣丝,万千作者亿千诗。吟风弄月各自得,复将凝薪空尔悲。正始如闻本风雅,丽葩无奈祖骚词。汉唐格律周人意,悱恻雄奇亦可思。
>
> 新世瑰奇异境生,更搜欧亚造新声。深山大泽龙蛇起,瀛海九洲云物惊。四圣崆峒迷大道,万灵风雨集明廷。华严帝纲重重现,广乐钧天窃窃听。
>
> 意境几于无李杜,目中无处着元明。飞腾作势风云起,奇变见犹神鬼惊。扫除近代新诗话,惝恍诸天闻乐声。兹事混茫与微妙,感人千载妙音生。

邱炜蓘(菽园)与麦孟华(孺博)、麦仲华(曼宣)兄弟,都是当时维新派中的重要人物。康有为在这里对着分别撰写过《饮冰室诗话》的梁启超和《五百石洞天挥尘》的邱炜萲说要"扫除近代新诗话"，口气不可谓不大，但究其实质，所论不过是梁启超"旧风格写新意"的翻版。试看第一首，在批判弥漫诗坛的吟风弄月的作品毫无价值的同时，指出了诗歌要学习《诗》、《骚》的精神，重风雅，有寄托，并继承汉唐以来传统的艺术形式，注意文采，情感深沉，笔力雄奇。正是在这"旧风格"的基础上，他在第二首中强调了创造"新世瑰奇异境"。而这种"新意境"的创造，主要取决于扩大眼界，把目光投向世界，即是"更搜欧亚造新声"。这种由于吸取国门之外的新题材、新思想所创造出来的"新声"，自然是古代诗人所不能企及的，于是康有为歌颂这类作品为"意境几于无李杜，目中无处著元明"，乃至如天上妙音，能感人千载。这就是康有为所描绘的一幅革新诗歌的蓝图。在这里，核心是一句："更搜欧亚造新声。"关于这一句的思想，在他前几年写的《人境庐诗草序》及《日本杂事诗序》中可以找到注脚。因为这两部诗集的作者黄遵宪正是康有为心目中"更搜欧亚造新声"的典范。其《人境庐诗草序》云：

> 嘉应先哲多工词章者，风流所被，故诗尤妙绝，及参日使何公子峨幕，读日本维新掌故书，考于中外之政变学艺，乃著《日本国志》，所得于政治尤深浩。及久游英、美，以其自有中国之学，采欧、美人之长，荟萃溶铸，而自得之，尤倜傥自负，横览举国，自以无比；而诗之精深华妙，异境日辟，如游海岛，仙山楼阁，瑶花缟鹤，无非珍奇矣。

这里就正确地揭示了黄遵宪新诗之所以能日辟"异境"，其关键就是由于能将中、西学术之长"荟萃溶铸而自得之"。本文所论采欧、美、日之长，偏重在政治思想方面，犹梁启超所说的"新理想"，而《日本杂事诗序》中所述黄氏所采，则偏重在名物、历史等知识，从而扩大了诗歌的内容题材：

> 吾友嘉应黄观察公度，壮使日本，为《日本杂事诗》……如游扶桑之都，迈武门之酷炎，羡维新之昌图，嘉高、蒲之秀烈，庶王、朱之令谟。其于民俗、物产、国政、人才，了如豁如，如家人子之自道其家人生产也。黄子文而思，通以瑟，周历大地，略佐使轺，求百国之宝书，罗午旁魄，其故至博以滋；而日本同文，而讲其沿革、政教、学俗，以成其《国志》，而耸吾国人，用意尤深，宜其达政专对绰绰也。《杂事诗》者，亦黄子威凤之一羽而已。

当然,作品的题材、内容与思想倾向往往是密不可分的。作品的取材本身就包含着某种倾向。康有为认为,描写日本维新的新事物、新现象,就能引导国民以"日本新强"为借鉴,走变法维新之路。所以他接着上文说:"方今日本新强,争我于东方,考东国之故者,其事至急。诵是诗也,不出户牖,不泛海槎,有若臧旻之画、张骞之凿矣。"归根到底,他还是希望"更搜欧亚造新声"的作品为其现实政治服务。他指出,黄遵宪之所以能成为杰出的诗人,就是因为他首先是个超群不凡的政治家,诗歌激荡着忧时爱国、关心人民的深情:

> 自是久废,无所用,益肆其力于诗:上感国变,中伤种族,下哀生民,博以寰球之游历,浩渺肆恣,感激豪宕,情深而意远,益动于自然,而华严随现矣。公度岂诗人哉!而家父、凡伯、苏武、李陵及李、杜、韩、苏诸巨子,孰非以磊砢英绝之才,郁积勃发,而为诗人者耶!公度之诗乎,亦如磊砢千丈松,郁郁青葱,荫耸竦鳌,千岁不死,上荫白云,下听流泉,而为人所瞻仰徘徊者也。

康有为主张笔搜欧亚,创造新境,为现实政治变革服务,其精神是符合"诗界革命"大方向的。梁启超在1902年至1907年《新民丛报》上连载《饮冰室诗话》时,他也经常赐稿与梁,可见他并不反对学生在那里高唱"诗界革命",并在实际上接受了梁启超的影响。但我们应当注意的是,康有为明确表示"更搜欧亚造新声"的观点都是属于后期的。此时他们与民主革命党公开决裂,打出保皇的旗帜,政治上日趋反动。因此他所强调的诗歌政治性在本质上已经脱离、甚至违背了历史潮流。后来他遍游欧、亚、美、非四大洲三十一国,考察政治风俗,寻求救国药方,结果所得的结论竟是:"熟考中外之故,明辨欧华之风,鉴观得失之由,讲求变革之事,乃益信吾国经三代之政,孔子之教,文明美备,万法精神,升平久期,自由已极。"(康有为《法兰西游记》)正因为他带着有色眼镜观察欧亚,欧亚也就在他眼里变了形。这正如钱基博在《现代中国文学史》中所说的:"有为……尤喜以孔子学说,衡量欧、美一切宗教、道德、政治、风俗,犹之林纾以古文义法衡量欧美文学也,所言之韪不免于非。"他所搜的"欧亚"也难以创造出"新声"。

在19世纪末、20世纪初,梁启超、黄遵宪等大力推动"新文体"、白话化,乃至"文界革命"的运动中,谭嗣同、裴廷梁等人有关文体革命的呼声也值得注意。

谭　嗣　同

谭嗣同(1865—1898),字复生,号壮飞,湖南浏阳人。维新变法中的激进派。变法失败,慷慨就义。后人编有《谭嗣同全集》。他是"新学之诗"的积极实践者,也是"报章文字"的热情倡导者。他认为:"新闻报纸最足增人见识……今日切要之图,无此过者。"(《报贝元徵书》)因此,他在自己积极为《时务报》《湘学报》撰稿的同时,竭力号召维新党人勇于投入报刊实践,撰写新体散文,进行舆论宣传。1897年《致汪康年书》说:"居今之世,吾辈力量所能为者,要无过撰文发报之善矣。"针对当时一些顽固派"时时以文例绳之",用老框框来挑剔"新文体",他在《时务报》上发表了专论《报章文体说》,热情洋溢地歌颂报刊文章为"总宇宙之文","斯事体大,未有如报章之备哉灿烂者也",迎头痛击了顽固派对于新文体的种种谰言。当然,谭嗣同所论的"报章文体"与现代意义上的艺术散文距离极大。他不但将政论文、应用文统统包括在内,甚至将诗赋韵文等也"兼容并包"。显然,他完全是从报刊宣传的效果出发,而不是从文学艺术的角度来看待文体革命的。但是,在中国近代文学史上,正是这种"报章文体"猛烈地冲破了古文、骈文、八股文等传统散文的陈规陋习,为现代散文的产生开辟了广阔的前景。因此,谭嗣同与梁启超等大力倡导"报章文体",不仅仅在近代报史上影响深远,而且在文学批评史上也意义重大。

谭嗣同在鼓吹改革文体时,进一步强调改革文字,以促进文体的变革,其《管音表自叙》强调"求文字还合乎语言、声音,必改象形字体为谐声,易高文典册为通俗"。平心而论,他在这方面的意见并无多少新义。只是把它放在文体革命、变法维新的大前提下,由他这位变法运动中的著名活动家振臂一呼,就显得有点非同一般了。

黄遵宪、梁启超、谭嗣同等人在近代文体革命的运动中态度是积极的,影响是巨大的。他们甚至也相信"俗语文学"必将代替文言文学。但是,他们在理论上、实践上都没有能坚决彻底地提出废止文言文,也没有能明确响亮地提倡白话文。在当时,敢于正式打出"崇白话而废文言"旗号的是裘廷梁。

裘　廷　梁

裘廷梁(1857—1943),字葆良,江苏无锡人。早年能作古文,被称为

"梁溪七子"之一,后留心西学,积极投入维新运动,提倡白话文,组织过"白话学会",编印过《白话丛书》,主办过《无锡白话报》(1898 年出版,第五期起改名为《中国官音白话报》)。辛亥革命后废原名、字不用,"更名可桴。示不复预时事"(丁福保《可桴裘先生家传》)。著有《可桴文存》。1898 年他在《苏报》上发表的《论白话为维新之本》,是一篇系统宣传白话文的代表作。

《论白话为维新之本》的基本思想,黄遵宪、梁启超、谭嗣同等或多或少地均有所触及。裘廷梁与黄、梁等人稍有不同的是提倡白话文的态度更加自觉,精力相对集中,论述比较系统,实践最为积极。这特别表现在以下三个方面。

一、否定文言文坚决而彻底。

从黄遵宪起提倡言文合一,就意味着对文言文的否定。他们对骈文、古文,特别是八股文也进行过猛烈批判,像梁启超等也坚信"俗语文体"的嬗进是历史发展的必然趋势。但他们对于当前的文言文并不主张立即废止,而是希望经过一个"言文参半"的过渡阶段,待"造出最适之新字"后,才进入"言文一致"的境界(狄葆贤《论文学上小说之位置》引梁启超语)。他们对于传统散文的批判,也往往侧重在种种"陈规陋习"上。而且,他们把"俗语文体"流行与否往往限定在"文学进化"的范围内,认为这种文化现象固然与国家盛衰有关,但它本身不是政治。裘廷梁的态度则比较激烈。他认为,文言文使"中国有文字而不得为智国,民识字而不得为智民",从而濒临"将亡"的境地;因此他主张只有将整个文言文立即废止,"崇白话而废文言","则吾黄人聪明才力无他途以夺之",国家才能得以振兴。显然,这种过激观点的大方向是正确的,在当时为彻底破除对于文言的迷信具有一定的积极意义。

二、赞美白话文具体而全面。

时论推重白话文的好处主要是"适用于今,通行于俗",便于写,便于读,便于大众所接受,从而充分地发挥其社会作用。一般说来显得比较笼统。裘廷梁的《论白话为维新之本》则分八个方面列述了白话文的优越性:

> 请言白话之益。一曰省日力:读文言日尽一卷者,白话可十之,少亦五之三之,博极群书,夫人而能。二曰除骄气:文人陋习,尊己轻人,流毒天下;夺其所恃,人人气沮,必将进求实学。三曰免枉读:善读书者,略糟粕而取菁英;不善读书者,昧菁英而矜糟粕,买椟还珠,虽多奚益?改用白话,决无此病。四曰保圣教:《学》、《庸》、《论》、《孟》,皆二

千年前古书,语简理丰,非卓识高才,未易领悟。译以白话,间附今义,发明精奥,庶人人知圣教之大略。五曰便幼学:一切学堂功课书,皆用白话编辑,逐日讲解,积三四年之力,必能通知中外古今及环球各种学问之崖略,视今日魁儒耆宿,殆将过之。六曰炼心力:华人读书,偏重记性。今用白话,不恃熟读,而恃精思,脑力愈浚愈灵,奇异之才,将必叠出,为天下用。七曰少弃才:圆颅方趾,才性不齐;优于艺者,或短于文,违性施教,决无成就。今改用白话,庶几各精于一艺,游惰可免。八曰便贫民:农书商书工艺书,用白话辑译,乡僻童子,各就其业,受读一二年,终身受用不尽。

所论"八益"中,"保圣教"一端虽反映了维新派尊孔保教,与封建主义保持着千丝万缕的关系,但也包含着要继承民族优秀传统,托古改制,借孔学以推行变法的意图。其余各点,大都符合实际,反映作者希望用白话文来推动社会进步的思想。

三、强调了"白话为维新之本"。

白话文有利于宣传教育,开发民智,维新强国,这在梁启超的《变法通议》等文中早已有所触及,但一般都没有将文体变革同维新变法之间的关系提得像裘廷梁这样直接、明确,更没有将白话文的社会功用夸大到"维新之本"的高度。《论白话为维新之本》开宗明义,即将白话文与国家兴亡直接联系起来,认为"今之善觇国者觇其民":"入其国而智民多者,靡学不断,靡学不奋,靡利不兴";而智民的关键则在于"崇白话而废文言"。接着,他既"虚言其理",又证以实效,分别以"中国古时用白话之效"、"泰西用白话之效"、"日本用白话之效",反复论证白话乃是智民强国的根本:

> 由斯言之,愚天下之具,莫文言若;智天下之具,莫白话若。吾中国而不欲智天下斯已矣,苟欲智之,而犹以文言树天下之的,则吾前所云八益者,以反比例求之,其败坏天下才智之民亦已甚矣。吾今为一言以蔽之曰:文言兴而后实学废,白话行而后实学兴;实学不兴,是谓无民。

推广白话文,对于开民智,兴实学,强国家无疑是十分有益的,但过分夸大了白话的社会效果,颠倒了经济、政治与文化的关系,显然是不适当的。文中有些证据也失于穿凿。不过就总体而论,这篇旗帜鲜明、论证全面的文章不失为中国近代白话文运动史上的一篇名作。它吹响了彻底废止文言的号角,预示着近代文体改革将进入一个新的阶段。

当时早于裘廷梁《无锡白话报》的有《演义白话报》,于 1897 年 11 月 7 日在上海创刊,系一种用白话文编写的文艺性小报,由章伯初、章仲和等主编。该刊第一号《白话报小引》云:"中国人要想发奋立志,不吃人亏,必须讲究外洋情形、天下大势,必须看报。要想看报,必须从白话起头,方才明明白白。"这也明确地把白话文的改革同国家的奋发图强联系起来。稍后提倡白话文中较著名的还有陈荣衮(字子褒)。他也认为"开民智莫如改革文言"。于 1899 年专撰了《论报章宜改用浅说》一文,强调富有宣传力的报纸首先当改用白话。正是在裘廷梁、陈荣衮等倡导下,一时间白话报纸风行全国,除《演义白话报》、《无锡白话报》之外,还有《杭州白话报》(1901)、《苏州白话报》(1901)、《扬子江白话报》(1904)、《中国白话报》(1903)、《绍兴白话报》(1903)、《宁波白话报》(1903)、《初学白话报》、《上海新中国白话报》、《安徽俗话报》、《国民白话报》、《江西新白话报》、《潮州白话报》、《北京白话报》、《伊犁白话报》、《蒙古白话报》等等,据有人统计,清末民初计有白话报刊一百七十余种,数量十分可观。同时,白话书籍大量印行,拼音文字的研究也有很大开展。如戊戌变法领导人之一王照,在认识到"今各国教育大盛,政教日兴,以及日本,号令之一,改变之速,固各有由,而言文合一,字母简便,实其至要之原"(《官话合声字母原序》)的前提下,创造了"官话字母"六十个,对文体改革以有力促进。就这样,理论上的热情呼唤,实践上的互相配合,一场声势浩大的白话文运动迅速形成。它作为维新派领导的"文界革命"的一部分,虽然存在着种种局限,最后也没有完成白话文替代文言文的目标,但它对当时思想文化领域内的维新运动如报刊发行、书籍出版、学校教育、拼音文字等有着多方面的推动,为以后"五四"白话文运动扫清了道路,积累了经验。它无疑是当时历史条件下的一次进步的语文运动。

蒋　智　由

蒋智由(1866—1929),字心斋,别号观云、愿云、因明子等,浙江诸暨人。中日甲午战争后,力言变法。1902 年冬游学日本,与梁启超相识,曾参与《新民丛报》的编辑工作,思想比较激进,一度倾向民主革命,参加过中国教育会、光复会等。1907 年参与发起政闻社,担任《政论》主编,鼓吹君主立宪。晚年寓居上海,黯淡孤寂以终。

蒋智由是维新派的活跃分子,新诗派的重要诗人。梁启超曾将他与黄遵宪、夏曾佑并称为"近世诗界三杰"(《饮冰室诗话》)。他早年在努力介绍西方新学时,也注意吸取新的文艺思想,写下了《中国之演剧界》、《冷的文章热的文章》等论文和翻译、评论了《维朗氏诗学论》,发表了一些新颖独特的见解。

一、提倡用西方自由"原理",开近世文艺的"新天地"。

1905 年,《新民丛报》第三年第二十二号起连载了蒋智由翻译的《维朗氏诗学论》。维朗(Ev-eron)氏为法国学者。日本近代著名的自由民权运动的政治家、人称"东洋卢梭"的中江笃介曾将其美学著作《Esthetigue》译成日文。蒋氏就"取其关于诗学者译述之,以供我国文艺界之参观"。译述中时有按语,以发挥蒋氏之"己意"。如云:

> 按近世纪文化之一大进步,要而言之,谓为"自由"之所产生可也。……文艺亦然,应自由之一原理,遂得脱去古人种种之窠白,文艺于是有新生命。不然,谓文章之气运,至古人而已尽可也。伟矣哉! 开近世纪之新天地者,一自由神之权力也。

这在中国文论史上,比较明确地提出了创作自由的原则。这一原则的提出,对于冲决封建文化的罗网,开辟文艺的新天地,具有重要的意义。同时,由于自由、平等、博爱等思想也为资产阶级革命派所接受,所以创作自由的原则也为革命派文论家所首肯。如后来周树人、周作人兄弟在《摩罗诗力说》和《论文章之意义暨其使命因及中国近时论文之失》中所论"民声所寄,得尽其情"、"平和之破,人道蒸也",也和蒋智由等反对封建文化专制,主张文艺创作自由的精神息息相通的。

二、要求遵循艺术规律,构造"理想之美"。

蒋智由提倡创作自由,不等于主张艺术家可以任意涂写。所谓"自由",主要是指"创一自得之见,发一独到之论",但也关系到在艺术上遵循一定的规律,去创造理想美,而这种理想美又体现了个性美。他说:"无论画家写天然之景物,至于若何其巧,必不能及照相之尤能逼真。而可称为画家最高之术者,不可不知有理想美。理想之美存于各人精神之间,非可得而模拟,其所到之境界,亦不能追穷其一究竟。窃谓此理即可以之论诗。诗家若但以能咏天然之景物为至高之境,纵语极其工,其能事不过如天而止;而理想上之景物,则全由人意之所构造,其奇妙有非天然之可得而及者。惟所谓理想大有高下之分,此则又当各视乎其人耳。"在这里,所谓"理想美",就是在生活真实的基础上,经过艺术加工,予以典型化、理想化了的美。他又指出,"理想大有高下之分",一个作家要成为"一代之大家",其思想当"占时代思想中最高之一位",这样才能创造"奇妙"的"理想之美"。然而,他同时又认为,一代有一代的人心风俗,"作者之思想必与时代相同","无论何等作者,其思想虽欲过高超绝于一代人心之外,而常若有所不能"。为此,他较好地论述了一个"大家""必与时代相合而又必稍稍有高出乎时代之处"的辩证关系曰:

> 又谓作者之思想,不可不与一代之人心同。其间亦稍有辨:盖一时代之人,往往有以风俗人心退化之故,其思想有甚失之于卑近者,若必强作者而与流俗同好,其造诣不必能高。余尝论英雄之所以能成为英雄者,谓必与时代相合,而又必稍稍有高出乎时代之处。盖过高,则其理为当世之人所不能解,遂于人心之上,不能占有何等之势力;而过卑,则白茅黄苇,亦不能崭露头角,而为千人之所皆见。诗人亦然,其思想不出时代之中,而又不可不占时代思想中最高之一位置,此其所以能为一代之大家也。

这实际上就是指出了作家创造"理想之美"的基础:即要立足现实,顺乎时代的潮流;又能高屋建瓴,站在时代的前列。在当时资产阶级维新派和革命派中,多数人接受了英雄史观,往往自视高出于群众之上。像蒋智由这样既看到了"一代之大家"有高出于时代的一面,而又强调其合乎时代,亦即不脱离群众的一面,确实是难能可贵的。

三、论"冷的文章"与"热的文章"。

蒋智由论文的一大特色,是将文学作品分成两大类:"冷的文章"与"热的文章"。他在《新民丛报》第四年第四号上发表的《冷的文章热的文章》一文,较为全面地论述了这两类文章的理论基础和相互交融等问题。他首先指出这两类文章的不同特点是:

> 热的文章,其激刺也强,其兴奋也易,读之使人哀,使人怒,使人勇敢,此热的文章之效也。冷的文章,其思虑也周,其条理也密,读之使人疑,使人断,使人智慧,此冷的文章之效也。

以"冷"、"热"一组对立的概念来论文,实始自明末《新刻绣像批评金瓶梅》之评点,其后曹雪芹、李百川、张竹坡、脂砚斋、哈斯宝、张新之等人均多有论述。不过蒋智由"冷"、"热"论的理论源头主要来自姚鼐的"阳刚"、"阴柔"之说,且与西方浪漫主义、现实主义的理论也有相通之处,然又有他自己的特色。用他自己的话来说,其区别主要在于:"姚氏盖专以文章之态度言,余则不专以文体论,而从作者所抱之性质及读者所受之影响,而本心理学之义。"这就是说,"冷热"论的视角不重在作品的本体,而主要是从作家创作和读者接受的角度看问题,而其理论基础,则是西方的心理学。

蒋智由的文学思想较多地融进了西方的新思想,故显得新鲜、活泼、辩证,在维新派的文论家中是非常突出的。但可惜的是,蒋智由在维新与革命的徘徊之中,最后倒向了君主立宪,致使他的理论最终蒙上了一层黯淡的色彩。这和革命派的文论家一比,是可以明显地感受到的。

第五节　章炳麟、南社等资产阶级革命派文论

1894 年甲午中日战争后,以孙中山为首的资产阶级革命派已开始了革命活动,但进展不大。20 世纪开始,随着戊戌变法的流产,革命救国的呼声遂日益高涨,革命团体相继出现,革命运动得以迅猛发展。在革命的风云中,涌现了一大批资产阶级的思想家、文学家。尽管他们之间并没有严密的统一的思想,各人所走的道路也很不相同,但他们在当时民族民主革命的大方向上是一致的,这就使他们在文学理论批评方面也具有某种共同的倾向。

章　炳　麟

章炳麟(1869—1936),字枚叔,一名绛,号太炎,浙江余姚人。初向往维新派,任《时务报》撰述。戊戌政变后,与孙中山相识,积极宣传资产阶级民主革命。1903 年在上海《苏报》发表《驳康有为论革命书》,主张推翻清王朝;又为邹容《革命军》作序,为武装起义鼓吹宣传,因被捕入狱。1906 年至日本,任同盟会《民报》主编,后在东京讲学。他是著名的朴学家,在文学、历史学、语言学等方面均有很多贡献。晚年以讲学为主,反对新文化运动,但坚持爱国立场。著作宏富,刊入《章氏丛书》、《章氏丛书续编》、《章氏丛书三编》等。

章炳麟一生的历史地位,主要是在 1900 年至 1908 年间作为民族、民主

457

革命的一个出色的宣传家而决定的。他的文学批评，也是在与反清革命紧密相联的时候，更显得光芒四射。《序〈革命军〉》就是这类作品的代表。邹容的《革命军》于1903年5月由金天翮等集资印行。它是一本热情宣传资产阶级革命的通俗宣传品，在辛亥革命时期流传最广，影响最大。正如鲁迅在《坟·杂忆》中所说："那时悲壮淋漓的诗文，也不过是纸片上的东西，于后来的武昌起义怕没有关系。倘说影响，则千言万语，大概都抵不过浅近直截的'革命马前卒'邹容做的《革命军》"。6月10日《苏报》发表了章炳麟的《序〈革命军〉》。这篇文章不但本身充满着激情，具有雷霆万钧之力、横扫千军之势，而更重要的是，它抓准了当时革命党人面临的一个最紧迫的问题，即如何写宣传文章，造革命舆论的问题。虽然《序〈革命军〉》一文除了辨析"革命"与"光复"两词的含义之外论述了两个问题：要不要造革命舆论和如何造革命舆论？实际上对于前一个问题，革命党人已有相当认识，当时众多革命报刊的发刊词等时有涉及，所以章炳麟在这里也只是作为文章的过渡而顺便提一下而已。接着他指出了当前问题的要害是："文墨议论又往往务为蕴藉"，即造革命舆论却打不破"主文讽切"的框框，写得温文尔雅，缺乏战斗性、鼓动性。他自己就承认："虽余亦不免是也。"而邹容如今写了"辞多恣肆，无所回避"的《革命军》后也还担心人们"恶其不文"。可见，当时呼唤革命战斗的文风相当迫切。因此，他在这里大力提倡、反复强调写宣传文章必须"以跳踉博跃言之"、"壹以叫咷恣言"，这样才能"震以雷霆之声"、"为义师先声"，产生巨大的社会效果。假如再用以"径直易知"的俚语，那么影响就更广泛。章炳麟用"雷霆之声"来形容尖锐泼辣、一往无前的战斗文风，能引起革命党人心理上的共鸣，也确实更符合当时革命实际需要。再加上由此而引起的"《苏报》案"中章炳麟慷慨赴难的英雄精神为人们所倾倒，这就难怪他的《序〈革命军〉》名震一时，有的《革命军》翻印本就干脆题作《章邹合刻》。总之，《序〈革命军〉》虽然并不是一篇严格意义上的文学论，而是一篇广泛意义上的文章论，但它在客观上对于促进资产阶级革命文学的形成和发展产生了巨大的影响。正是在这意义上，它不失为一篇资产阶级革命文学的宣言书。

　　但是，在章炳麟一生论文著作中，这类具有鲜明的革命色彩、推动历史潮流进步的作品并不多。他精心结撰的《文学说例》（1902）、《文学总略》（1906年据东京国学讲习会上讲演稿《论文学》增删成《文学论略》，发表于《国粹学报》，后又损益易名为《文学总略》，收入《国故论衡》）、《定式》、《辨诗》等呈现的色彩是十分复杂的。他在《文学总略》中对"文学"下了这样一个定义：

> 文学者，以有文字著于竹帛，故谓之文；论其法式，谓之文学。凡文理、文字、文辞皆称文。言其采色发扬，谓之彣。……夫命其形质曰文，状其华美曰彣，指其起止曰章，道其素绚曰彰，凡彣者必皆成文，凡成文者不皆彣，是故榷论文学，以文字为准，不以彣彰为准。

这里，他虽然也承认有一种主于文采绘饰的"彣彰"，但坚决反对将此与"文章"等同起来，而只承认"彣"是"文"的中一种。他心目中的"文"，乃是指一切文字纪录。这将文学的概念几乎复古到先秦的时代，使之包罗了一切书面文字。表面上看，他的"文"无所不包，因而也无懈可击，实质上只是通过取消文学的特性而倒退到了一个混沌的世界。对此，即使是当时他的学生鲁迅也"默然不服"，对许寿裳说："先生诠释文学范围过于宽泛，把有句读的和无句读的悉数归入文学，其实文字和文学固当有分别的。"（许寿裳《亡友鲁迅印象记》七）

在"言文合一"问题上，我们不能否认章炳麟在强调作品为宣传工具，使"屠沽负贩之徒"易于接受时，也曾主张过用俚语写得"径直易知"（《序〈革命军〉》和"文亦适俗"（《〈洪秀全演义〉序》），但当他一本正经地讲论起文学来就不取时俗之"言语"、"口谈"。他在《文学总略》和《文学说例》等文中都认为：言语一旦形成文字则"二者分流"，且文字明显高于言语。在言文相离的情况下，言文者首先要"精练小学"，以近雅远俗，才能正确地遣文达意，"文辞闳雅"，如汉代司马相如、杨雄、班固等人的作品就堪称典范。后世昧此"雅训"，则每况愈下。特别是自宋至今，因"《苍》、《雅》之学，于兹歇绝"，故使"六百年中，人尽盲瞽"。这些夸大其辞的话无非是要证明"知小学而可言文"的观点。章炳麟的这种观点与近代文学语言通俗化的潮流是明显相违背的。

章炳麟的文学发展史观的理论基础来自《易传·系辞》的通变论。他说："《易》曰：穷则变，变则通。文之久而变者，亦《易》道然也。"（《天放楼文言序》）他在《与人论朴学报书》中曾说：

> 抑自周孔，以逮今兹，载祀数千，政俗迭变，凡诸法式，岂可施于晚近？……《毛诗》、《春秋》、《论语》、荀卿之录，经纪人伦，平章百姓，训辞深厚，宜为典常。然人事百端，变易未艾，或非或是，积久渐明。岂可定

一尊于先圣？……岂有百世之前发凡起例，以待后人遵其格令者？

应该说，章炳麟的这一文学史观实在是闪光的，在某些方面超越了进化论的局限。可是令人惋惜的是，他没有将这种发展的文学史观坚持到底：有时候高唱历史的发展论，有时候则又大谈文学的停滞和倒退；对于某一文体在某一朝代前他认为是发展的，而到了某一朝代后就指摘其停滞和倒退了。比如论文，他在专论《论式》一文中提出"以魏、晋为法"的观点，认为魏晋之文在继承周、汉以来散文传统的基础上发展到高峰："魏、晋之文，大体皆坤于汉，独持论仿佛晚周，气体虽异，要其守己有度，伐人有序，和理在中，孚尹旁达，可以为百世师矣。"至于魏、晋之后，则每况愈下。其论诗的变迁，详见《国故论衡·辨诗》，他认为"《三百篇》者，四言之至也"；到了嵇、应、潘、陆，"四言之势尽矣"；到李白的时代，"五言之势又尽，杜甫以下辟旋以入七言"，然"其势则不可久，哀思主文者，独杜甫为可与！""自尔千年，七言之数以万，其可讽诵者几何？"到了"宋世，诗势已尽，故其吟咏情性，多在燕乐"；而到当今，"词又失其声律，而诗尨奇愈甚"。章氏以上所论有其合理因素。从某一具体的文学样式而言，确有其独自产生、发展、成熟，到僵化、衰亡的过程。他对某些文学样式的兴衰历史的分析，时有所见。但从总体来看，他的基本立论是以小学为基础，以古雅为准则，强调要使"民知返本"，强种救国，"且以文学复古为前导"（《太炎文录·别录·革命道德说》），而忽视后世的新进展，故他的文学史观最终呈现出了一半儿进化论，一半儿退化论的特点，与王国维的戏曲史观一样，都是半截子的发展观。这一倾向又表现在他的正式文论之中而不是在其他杂著中顺便带及，故往往更为人们所注目。

金　天　翮

金天翮（1874—1947），初名懋基，后改名天翮、天羽，字松岑，号鹤望（舫）、天放楼主人等。江苏吴江人。1903年，在上海加入爱国学社，结识章炳麟、蔡元培、邹容等，曾作《国民新灵魂》、《女界钟》及译述《三十三年落花梦》、《自由血》等鼓吹革命，风行一时。小说《孽海花》（前六回）亦负盛名。又工诗词。有人认为其诗"可以与人境庐媲美"，是"'诗界革命'在江苏的一面大纛"（钱仲联《三百年来江苏的古典诗歌》）。晚年与章太炎在苏州成立国学会，主要从事写作和教学工作。其诗文见于《天放楼诗集》、《天放楼文言》、《天放楼续集》、《天放楼诗续存》、《鹤舫中年政论》等。

　　20 世纪初,刚入文坛的金天翮朝气蓬勃,论文富有革命精神,十分强调文学改造社会的作用和主张文学本身的变革。在《国粹学报》第三十二期上,他发表了《文学观》(收入《天放楼文言》时作《余之文学观》)一文,鲜明地提出了文学必须在"义"与"例"两方面进行变革和创新,强调"赤手开创"、"独立改制",顺应和推动了当时资产阶级文学革命的潮流。1905 年,金天翮还在《国粹学报》上发表了《文学上之美术观》提出了"文学者之心"有第一、第二之双重美术性:

　　　　余尝以为世界之有文学,所以表人心之美术者也;而文学者之心,实有时含第二之美术性。《左氏传》曰:"言之无文,行之不远。"刘彦和曰:"文之为德大矣。玄黄色杂,方园体分。日月叠璧,以垂丽天之则,山川焕绮,以铺理地之形。仰观吐曜,俯察含章,高卑定位,故两仪既生矣。惟人参之,性灵所钟,是谓三才,为五行之秀,实天地之心。心生而言立,言立而文明,自然之道也。"故夫肺脏欲鸣,言词斯发,运之烟墨,被之毫素者,人心之美感,发于不自己者也。若夫第二之美术者,则以人之心,既以其美术表之于文,而文之为物,其第一之效用,故在表其心之感;其第二之效用,则以其感之美,将俪乎物之美以传。此文学者之心,所以有时而显其双性也。

这里,金天翮是在吸收西方美学观点和总结传统艺术理论的基础上,从内容与形式两方面来考虑的。他认为,文学作为一种"美术",第一在于"表其心之感",即表现文学家对于世界的认识和感受,其特点是往往"发于不自己";第二则表其"感之美",即作家的心灵通过"俪乎物之美"的形式表达出来。他在比较明确地就内容和形式区分了两者不同的特征和"效用",又注意到彼此的联系和不可分离性,反映出他对文学审美特征的认识水平。他在本文中又说:"文之精焉,以美术之心,寓乎美术之用而著。彼心者内籀,而用者外籀;内籀为君,外籀为辅;君辅合德,文学必王。"这里又强调了"心"与"用"的结合。于此可见,他认为精美之文学就在于"心感之美"与"俪物之美"有机结合,从而达到"美术之心"与"美术之用"的统一。换言之,他的"文学上之美术观"的实质,即强调作家的心感之美与作品的形式之美、作家主观的"心"与作品客观的"用"的统一。这样的认识在当时无疑是难能可贵的。

　　金天翮论诗文注意到文学家所具有的不同于常人的"诗人之心"、"文学者之心"。《文学上之美术观》论及文心所具双重美术性时，就是从"文学者之心"的特殊思维能力出发的。其《惜旷轩诗序》就标举"诗人之心"曰："夫诗人之心，其机杼经纬，往往得于天而寓于物，执司契以为象，心手和同，无有端倪。"后来他在《梦苕庵诗存序》中作了重要的发挥：

> 诗者尽人所能为也，所贵者在乎有诗人之心。诗人之心出幽入明，控古勒今，不局限于当前之境，恒与造化者游处，其心哲，其思虑沈，其德惜惜，夫是之谓诗人之心。诗人之心因时而变……诗人之心因其世而变，治世之心广博而愉夷，乱世之心郁勃而拗怒。其或拨乱世反之正，则必以弘伟平直之心发为音声以震动天下。……凡一诗人之心，必合众诗人之心以为长，无古无今，无中无外，去其疵累，撷其所长，而又必具有我之特长，是工也。……自肖者，非特肖其诗人之为也，必有贤圣悲悯之心，豪服天下之量，而隐文谲义，又往往得之春秋。

金天翮对这篇诗序自视甚高，曾在《两忘宦诗稿序》中说过这样的话："吾于诗无独至之才，而好为独至之论。暴序发父仲联诗，昌昌乎其言之无隐也。"此言不欺。审自司马相如论及"赋家之心"，特别是陆机《文赋》、刘勰《雕龙》以后，论"文心"者不乏其人，然金氏之说，确有"独至"之见。他这里所说的"诗人之心"，不仅仅是指诗人独具的一种创作构思时无比活跃的形象思维的能力，而且强调还当有敏锐的目光，深刻的思想和高尚的道德。这种"诗人之心"又在客观上受到时代和社会的制约。这些观点前人多有论述，金氏在此略加综合，显得集中和条理分明。接着，金氏指出："诗人之心"当是个性与共性的统一。它既"具有我之特长"即鲜明的艺术个性，而又能"合众诗人之心以为长"。"合"者，即呈现出"无古无今，无中无外"的普遍性；"长"者，即显示出"去其疵累，撷其所长"的典型性。达此境界，可称之谓"工"。为此，他认为诗人的后天修养，不只是着眼于作一诗人，"肖其诗人之为"，而当以"贤圣"为目标，具有强烈的社会责任感和同情心，以及有无比阔大的胸怀，并当学习《春秋》精神，使作品"隐文谲义"，包含深邃的意蕴。金天翮的这番论述相当全面，且在吸取西方典型论的基础上，使中国传统的"文心"论增添了一些新的气息。

462

　综观金天翮一生，在文学领域内多有建树，在当时的学术界、文学界也颇有影响。然正如其自述："志有余而学未纯"（《小匏叶龛诗钞第一序》），博涉有余而钻研不足，又被传统的"国学"所桎梏，未能阔步于涉足的西学领域,故其理论虽然时见新意,但均未深入,这是令人十分惋惜的。

陈去病、高旭、柳亚子与南社

　　1909 年 11 月,在资产阶级革命接近高潮之际正式宣告南社成立。南社是中国近代文学史上一个在反清革命旗号下集合起来的十分庞杂而松散的文学团体。第一次在苏州"雅集"时才十七人,至辛亥革命前迅速发展到二百人,辛亥革命后则达一千一百人以上,这就难免鱼龙混杂,泥沙俱下。社员的政治倾向和文学观点十分复杂。而组织者始终没有考虑提出一个在"反清"之外的明确而贯穿始终的政治纲领和文学纲领,在组织上也是靠不定期的少数人的"雅集"和编印《南社》丛刻、社友通讯录等来加以维系,故它始终未能成为一个统一严密的战斗团体。随着革命的深入,时代的发展,其间各色人等,鱼龙变幻,荃蕙化茅,很快地分裂和蜕化。这个烜赫一时的文学团体终于在"五四"新文化运动的冲击下迅速解体。不过在辛亥革命前后,以发起人陈去病、高旭、柳亚子为代表的南社成员在促进革命文学的发展方面的历史功绩是不容抹煞的。

　　陈去病(1874—1933),原名庆林,字佩忍。后改名去病,改字巢南,均寓反清之意。江苏吴江人。他在三个南社发起人中年龄最长。高旭在《诗中八贤歌》中明确指出陈去病是"主盟"南社的"南社社长"。南社第一次"雅集"成立,即由他出面在报上公开发表《南社雅集小启》。其中用"天气肃清,春意微动"、"彼南枝乎,殆生机其来复乎"等形象而隐晦的语言,曲折地表明了作者对于当时形势的估计和南社的政治倾向。稍后,如宁调元撰《南社集序》说:"诗者,志之所之也。……吾友高子钝剑、柳子亚卢等,既以诗词名海内,复创南社,以网罗当世骚人奇士之作,蔚为巨观。钟仪操南音,不忘本也。"(《南社》丛刻第二集)姚光撰《淮南社序》说:"今此社之结,因文学而导其保种爱类之心,以端其本。"(《南社》丛刻第五集)这些论调都与陈氏所说大致相同。后来柳亚子在回顾南社的成立时说:"它底宗旨是反抗满清,它底名字叫南社,就是反对北庭的标帜。""所以我们的提倡,就侧重在民族主义那一边,而民权民生,不免疏略了一点。"(《新南社布告》)就陈去病《南社诗文词选叙》等主张来看,确实主要在于提倡文学为反清革命服务。这一点与维新派相比,无疑是有质的区别。而且,在当时情况下,以民族革命这一最低纲领作为旗号,可以最大限度地团结反清的力量,也有其积极的一面。

463

但是,它毕竟不提倡反对帝国主义、反对封建主义,且夹带着狭隘的民族情绪,故具有很大的局限性。

高旭(1877—1925),字天梅,号剑公,别署钝剑、慧云、汉剑等。江苏金山县(今属上海市)人。他在发起成立南社过程中起过重要作用。1909年10月17日,高旭先于陈去病的《南社雅集小启》而在上海《民吁报》上公开发表《南社启》,宣称"今者不揣陋鄙,与陈子巢南、柳子亚卢有南社之结"。这就不难理解有人认为高旭即为南社的发起人了(蒋慎吾《南社纪念会之史的回顾》,见柳无忌编《南社纪略》附录)。

高旭的《南社启》实可视为南社的成立宣言(同上)。它明确表示要领袖文坛,呼唤国魂,将文学作为改天换地的武器,"深望同声相应,同气相求,与之同步康庄,以挽既倒之狂澜,起坠绪于灰烬"。后来,他在《无尽庵遗集序》中追忆南社成立时说:"当胡虏猖獗时,不佞与友人柳亚子、陈巢南于同盟会后,更倡设南社,因以文字革命为帜志,而意实不在文字间也。"这篇《南社启》虽然鉴于当时的政治形势而不能明说此番结社意在革命,但统观全篇,就不难看出所谓"挽既倒之狂澜,起坠绪于灰烬",即意在"驱除鞑虏,建立民国"。因此,高旭的《南社启》与陈去病的《南社诗文词选叙》同样旨在号召文学为反清革命服务,同样是南社成立时期的纲领性文件。

在南社核心中,高旭还比较自觉地探讨诗歌理论,撰有《愿无尽庐诗话》,选有《变雅楼三十年诗徵》。在《愿无尽庐诗话》中,他直接地号召南社文学要"鼓吹人权,排斥专制,唤起人民独立思想,增进人民种族观念"。他另有《题所爱诵之书五首》,对《史记》、《墨子》、《庄子》、《仁学》、《明夷待访录》五书所作的颂扬中,也突出了民权、民主、民生等思想,如云:

> 放出毫端五色霞,国民主义始萌芽。史公岂仅文章祖,政治家兼哲学家。(《史记》)
> 民权发达最高潮,难得黎洲识相超。试读中华《民约论》,东方原亦有卢骚。(《明夷待访录》)

这样比较清晰地将文学与民主革命联系起来,在南社初期骨干中是并不多见的。他对于"复古"与"创新"的论述也受人注目:

> 世界日新,文界、诗界当造出一新天地,此一定公例也。黄公度诗独辟异境,不愧中国诗界之哥伦布矣,近世间无第二人,然新意境、新理想、新感情的诗词,终不若守国粹的,用陈旧语句为愈有味也。林少泉

往年以一书寄我,所言可谓先得我心矣……国事亟,吾党之才足以作为文章鼓吹政治活动者,已如凤毛麟角,而近人犹复盛持文界革命、诗界革命之说,下走以为此亦季世一种妖孽,关于世道人心靡浅也。吾国文章实足称雄世界。日本因无文字,故虽国势盛至今日,而彼中学子谈文学者犹当事事丐于汉土。今我顾自弃国粹,而规仿文辞最简单之东籍单字片语,奉若邱索,此真可异者矣。

　　诗文贵乎复古,此固不刊之论也,然所谓复古者在乎神似,不在乎形似。……今之作者有二弊:其一病在背古,其一病在泥古,要之二者均无当也。苟能深得古人之意境、神髓,虽以至新之词采点缀之亦不为背古,谓之真能复古可也,故诗界革命者乃复古之美称。

此番议论,粗看十分矛盾,似乎高旭在"古"与"新"之间摇摆不定,甚至认为他最后否定了诗文的革新。这种错觉之所以会造成,主要是由于在一般意义上理解高旭所说的"古"。其实,高旭所要复之"古",乃是指国之"粹",国之"魂",实即当时被理想化了的中国古代的优秀传统和民族精神。正是在这意义上,他指出创造"新意境、新理想、新感情"的"诗界革命"即是"复古之美称"。换言之,文学界的"革命"与"复古"乃一而为二,二而为一,在精神上是完全相通的。因此,这位高擎"复古"大旗的南社主将,始终是革新诗歌的积极实践者和热情倡导者。他早年写过不少新诗,梁启超主编的《清议报》、《新民丛报》、《新小说》上都发表过他的"挦撦新名词"的新诗和通俗配乐的歌谣。他对黄遵宪的作品始终评价很高,称为"三百年来见此诗"(《黄友圃以〈人境庐诗集〉见贻赋谢》)。更突出的是,他"旁求名集,博访通人,去门户之嫌,泯异同之辨"(傅尃《变雅楼三十年诗征序》),搜辑了近今最新的诗作,成《变雅楼三十年诗徵》一书。所谓"变雅",即是对这三十年时代特征和诗歌精神的基本概括。正如傅尃在序言中所解释的那样,这三十年是:"亡清之季,政教益醨,降及光、宣,遂成弩末。《小雅》尽废,而夷侵国微;四维不张,而丧亡无日。由是识时之士,撼痛苦之忱;操笔之英,奋呼号之志;虽文狱屡构,而斯道弥光。"因此他认为,这部诗徵"匪第蔚为词林,兼可探其世变"。它正是"此三十年中,新旧递嬗,思潮消长"(蔡寅《变雅楼三十年诗徵序》)的历史见证。高旭自己也曾在《答胡寄尘书》(载《南社丛选》文选卷七)中,对这三十年的诗歌作了如下评价:

　　惟三十年来,则千奇万变,为汉唐后未有之局。世风顿异,人才飙发，用夷变夏，推陈出新。故诗选之作，以三十年为断。亦以见文字之鼓吹，足以转旋世界，发扬国光，其力之大为未有也。窃尝谓：诗之奇，莫奇于此三十年；诗之正，莫正于此三十年。

他认为，此三十年是"千奇万变"的三十年，也是"发扬国光"的三十年，故"奇"莫奇于此，"正"也莫正于此。在这里，他对近今"推陈出新"的新诗予以热情的赞扬，甚至过分地夸大了它们有"转旋世界"的力量。于此足证：高旭基本上是一个正视现实变革、肯定诗界进步的革新派。他所说的"复古"，主要是指继承和发扬中国古代诗歌的优秀传统。当然，我们不否认高旭受到了狭隘民族主义的影响，有时片面地强调"国粹"，鄙薄"欧风"。这位曾经以"鼓吹欧潮"为己任的先知先觉，到南社成立时竟说："盖中国文学为世界各国冠，泰西远不逮也。而今之醉心欧风者，乃奴此而主彼，何哉！"甚至危言耸听地说："今观古之灭人国者，未有不先灭其语言文字者也。嗟乎，痛哉！伊吕倭音，迷漫大陆。蟹行文字，横扫神州。此果黄民之福乎？人心世道之忧，正不知伊于胡底矣！"（《南社启》）就在"国粹"思想的影响下，高旭对于新派诗的看法竟会滑坡到认为"用陈旧语句愈有味"的地步。这比之梁启超所说"诗界革命"的要义是"第一要新意境，第二要新语句，而又须以古人之风格入之"（《汗漫录》）来，明显地倒退了一步。

柳亚子（1887—1958），初名慰高，号安如；更名人权，号亚庐；再更名弃疾，号亚子。江苏吴江人。1903年（光绪二十九年）入上海爱国学社，受教于章太炎、蔡元培等，确立革命思想。1906年参加同盟会。他是南社的创始者与主持者之一，始终是南社最积极、最活跃的分子，被人视为"南社灵魂"。著有《磨剑室诗集》、《词集》、《文集》，生前均未刊行；1959年出版《柳亚子诗集选》；1983年后陆续刊行《柳亚子文集》。

南社时期柳亚子诗论的核心是强调诗歌为当前的种族革命服务。为此他与诸多南社成员一样，大力宣传宋明两代忠臣节士和近今革命先进之作。如《潘节士田先生遗诗序》、《题张苍水集为太炎先生校定》、《有怀章太炎邹威丹两先生狱中》、《论诗六绝句》、《怀人诗十章》等，都是以高昂的热情，歌颂他们的作品洋溢着爱国之心和战斗精神，鼓动创作反清革命的诗歌。柳亚子的这些作品鼓动性极强，与其说是文学批评，毋宁说是一种政治宣传。

从文学发展的角度上看，柳亚子提倡"唐音"，反对"宋诗"，曾经在当时产生了巨大反响。其观点集中反映在《胡寄尘诗序》中：

囊者畏庐老人序林先生述庵诗曰:"近十年来,唐诗祧矣。一二钜子,尚倡为苏、黄之派;又降则力慕临川;又降则非后山、简斋,众咸勿齿。忆壬寅都下与某公论诗,竟严斥少陵为颓唐。余至嗫不能声,知北地、信阳在今更刍狗耳。"呜呼! 何其言之痛也。虽然,今日诗道之弊,其本原尚不在此。论者亦知倡宋诗以为名高,果作俑于谁氏乎? 盖自一二罢官废吏,身见放逐,利禄之怀,耿耿勿忘。既不得逞,则涂饰章句,附庸风雅,造为艰深以文浅陋。彼其声气权势,犹足奔走一世之士,士之夸毗无识者,辄从而和之,众响漂山,群盲诧日。后生小子,目不见先正之典型,耳不闻大雅之绪论,氓之蚩蚩,惟扪盘逐臭者是听;而黄茅白苇之诗派,遂遍天下矣。夫天水一朝,最重名节……而今之称诗坛渠率者,日暮途穷,东山再出,曲学阿世,迎合时宰,不惜为盗臣民贼之功狗,不知于宋贤位置中,当居何等也。其尤无耻者,妄窃汝南月旦之评,撰为诗话,己不能文,则假手捉刀,大书深刻,以欺当世。就而视之,外吏则道府,京秩则部曹,多才多艺,炳炳麟麟;而韦布之士,独阒然无闻焉。呜呼! 此与职官表、缙绅录何异,而诗话云乎哉? 昔吕崇德有言:"今日之文字,坏不在文字,其坏在人心风俗。"夫人心风俗之既坏,即工诗何益? 而况其背谬嚣妄,如畏庐所言者耶? 余与同人倡南社,思振唐音以斥伧楚,而尤重布衣之诗,以为不事王侯,高尚其志,非肉食者所敢望。海内贤达,不非吾说,相与激清扬浊,赏奇析疑,其事颇乐。

可见,他提倡唐音,主要是针对当时弥漫诗坛的同光体的。对于宗唐抑宋的思想根源和写作《胡寄尘诗序》的背景,柳亚子自己后来作了很好的说明:

从满清末年到民国初年,江西诗派盛行,他们都以黄山谷为鼻祖,而推尊为现代宗师的却是陈散原、郑孝胥二位,高自标榜,称为同光体,大有去天尺五之概。我呢,对于宋诗本身,本来没有什么仇怨,我就是不满意于满清的一切,尤其是一般亡国大夫的遗老们。亡友陈勒生烈士(案:陈勒生,名子范,福建侯官人。南社社员。一九一三年因反对袁世凯而制爆烈弹,不慎自炸死)……对于他们是深恶痛绝的,而我便很同情勒生。在南社第五集上替胡寄尘兄作诗集叙,已在痛骂同光体的元老了。(原注:这篇叙,末署辛亥七月,是公元一九一一年做的。当时满清尚未亡国,他们是尚未授亡国大夫。不过我是反清的,我以为清朝的臣子没有一个是好的,所以就大大的攻击,而提倡着布衣之诗

467

了。)(《我和朱鸳雏的公案》)

这就是说,柳亚子攻击同光体,与其说是厌恶同光体的诗,不如说是痛恨宋诗派的人。他完全是因人及诗,再由同光体的诗而扩大到否定宋诗。今核之《胡寄尘诗序》,其中除"造为艰深以文浅陋"一语就诗歌之弊批判同光体外,其余火力均集中在对于"罢官废吏"、"盗臣民贼"的"人"的攻击。扩而大之,他对于当时诗界尚有一定影响的王闿运、樊增祥、易顺鼎,乃至康有为、梁启超等的批判,也首先是由于政治上的对立和分歧。他有诗云:

> 少闻曲笔《湘军志》,老负虚名太史公。古色烂斑真意少,吾先无取是王翁。
>
> 郑、陈枯寂无生趣,樊、易淫哇乱正声。一笑嗣宗广武语,而今竖子尽成名。
>
> 一卷生吞杜老诗,圣人伎俩只如斯。兰陵学术传秦相,难免陶家一蟹饥。(《论诗六绝句》之一、二、三)
>
> 逐臭吞膻事可怜,淮南鸡犬早成仙。荒江却有鸿文在,饱死蟫鱼不值钱。(《题饮冰室集》)

这里短短数语,却将当时诗坛上的同光体、汉魏六朝诗派、中晚唐诗派的大人物一网打尽。他在抨击各派时,一没有据"尊唐抑宋"的标准(樊增祥、易顺鼎、康有为都直接学唐,而宁调元《南社集序》说:"学汉、魏不能,或犹类唐。"在宁调元、柳亚子他们的心目中,学汉魏六朝当高于学唐),二也不是针对各家的拟古(柳亚子本身也好拟古。他尊唐而特别崇拜龚自珍。林之夏《与柳亚子书》论其诗"迫似龚定庵"。柳在《海上赠剑刘季平》中亦自认:"我亦当年龚定庵"),而完全是采取了各抓一点,不及其余的手法将各派分别骂倒的。究其实质,乃是心目中先否定其人,然后再否定其诗的。而对于人的否定,主要是根据其政治立场。因此,柳亚子论诗本质上是在论人,论人的政治性。所谓"唐音"与"宋诗"的区别,在他的心灵深处,差不多就成了革命与反动的代名词。以至后来,即便南社社员有爱好宋诗的倾向,他也会怒不可遏兴师讨伐,接连与姚鹓雏、闻野鹤、朱鸳雏、成舍我等发生争执,甚至将一生孤贫而"学为南北宋凄清枯涩之音"(叶楚伧《朱鸳雏墓志铭》)的青年"布衣"朱鸳雏逐出南社。二十四岁的朱鸳雏不久郁郁而死,而南社也从此不振,很快分崩离析了。柳亚子后来对此事很懊悔,写了《我和朱鸳雏的公案》表示歉意。此场公案之所以发生,作为南社主任的柳亚子的作风固然有可议之处,然症结之所在,则是由于他把艺术风尚、个人爱好与政治的关系看得过于紧密,乃至将两者之间简单地划上等号,终至酿成一场悲剧。

　　1918年,柳亚子因与朱鸳雏等纷争,愤而辞去社长之职,于是社友推举姚光继任其事。姚光(1891—1945),字石子,号复庐。他在《南社》第二十二集上发表的《紫云楼诗集序》,可视为这场唐宋之争的小结:

> 呜呼,晚近诗道庞杂极矣,其下者固无论,上者斤斤于唐宋之辨,余亦未以为可也。余闻声音之道,与政相通:治世之音安以乐,乱世之音怨以怒,亡国之音哀以思……满清之季,我党之子好为高抗激楚之声,以收光复之功。清室大夫所作,多务枯瘠之语,奄无生气,卒覆其社,此其故可深长思也。自入民国,彼二三清室大夫,尚以江西立派,拘于格调,以冒宋诗之名,实则遭逢不偶,叹老嗟卑,其言愈冷,其中愈热,鲜不至于失身者,非仅为亡国之音已也。此其害盖不在文字,而在性情矣,性情之失,而身名随之,乃后生小子不辨其义,翕然从风,咸为蹙涩之音,以苦其神思,而汩其性情,此则世道人心之隐忧也已。夫诗之义,备乎三百,辞则与世而移。李杜苏黄,要旨有得于三百之义者。故得其义,为唐为宋可也;失其义者,皆伪体耳。

这篇序文,虽然也强调诗歌大而与国家政治,小而与个人性情具有密切的关系,并在这基础上指出南社的"唐音"是"光复"之声,同光体的"宋诗"是亡国之音。但是,他与柳亚子不同,不斤斤计较于外在风貌的唐宋有别,而紧紧地抓住诗歌内在本质即"诗义"的差异来分析问题,"得其义,为唐为宋可也;失其义者,皆伪体耳",这就能击中肯綮。从"诗意"着眼,纷扰一时的"唐宋之辨",确实该到休止的时候了。自此以后,伴随着白话新诗的崛起,自明清以来,时起时伏的崇唐尊宋的纷争终于再难兴起风浪了。

　　在尊唐还是宗宋方面,另有南社诗人、翻译家马君武(1881—1940)的观点值得一书。1909年南社成立后不久,他于德国写有《寄南社同人》诗一首云:

> 唐宋元明都不管,自成模范铸诗人。须从旧锦翻新样,勿以今魂托古胎。辛苦挥戈挽落日,殷勤蓄电造惊雷。远闻南社多才俊,满饮葡萄祝酒杯。

他在崇古迷古之风弥漫天下之际,能强调跳出窠臼,自铸伟词,确实是切中时弊,棋高一着。这正如南社社员周祥俊后来在《更生斋诗话》中所说的"果能融会古今中外哲学家言,大含细入,锻炼琢磨,不蹈袭前人窠臼,以自铸伟词,别成一家,岂非诗界更新之雄杰哉!"(见《更生斋全集》)马君武对于诗歌的思想内容,提倡"鼓吹新学思潮,标榜爱国主义"(《马君武诗歌自序》),也比一般南社社员只强调种族革命深刻、高明得多。他留学日本、欧洲,眼界宽泛,注意吸取西方文化以开创中国新文学的道路,曾说:"文明开发真君事,欧墨新潮尽向东。"(《变雅楼三十年诗徵题词》)在此认识基础上,他积极介绍、翻译外国文学。他是我国最早译解西欧诗歌的人,且在翻译理论上强调语言化繁为简、通俗晓畅(芝翁《马君武的真性情》),反对严复的"曲意求雅"和伍光建的"离旨甚远",为我国翻译文学从意译向直译过渡作出了贡献。

第六节　刘熙载、谭献、陈廷焯等词论及王国维的《人间词话》

近代词坛,继清代前中期一破元、明冷寂局面而"中兴"之后,涌现出了中国词学史上最后一个高潮。

刘　熙　载

刘熙载(1813—1881),字融斋,晚号寤崖子,江苏兴化人。道光二十四年(1844)进士,官至广东提学使,晚年主讲上海龙门书院。他的文学批评著作《艺概》一书分《文概》、《诗概》、《赋概》、《词曲概》、《书概》、《经义概》六部分。实际上可以视作一部分体艺术史。本节介绍其论词部分,也体现了他的主要文学倾向(引文见《艺概·词曲概》的,一般不另注出处)。

刘熙载和常州词派一样,推尊词体并注重寄托微婉的特征:

> 《说文》解"词"字曰:"意内而言外也。"徐锴《通论》曰:"音内而言外,在音之内,在言之外也。"故知词也者,言有尽而音意无穷也。

按张惠言《词选》开端附会《说文解字》"词"字的释义,以为词体争文坛地位和说明词的思想艺术特点,刘熙载更引徐锴《说文解字通论》作补充。学者论词,能不再鄙为小道,把它提高到与经史诗文同等地位,已是思想解放;但以训诂之学牵强附会,则又不免迂腐。

值得注意的是刘熙载关于词体发展中"正"、"变"的看法。自从《诗经》"风"、"雅"有"正"、"变"之分,正统学者多崇"正"抑"变",而进步批评家则多肯定"变"体的发展,如叶燮《原诗》揭示"诗变而仍不失其正",为诗体的发展明确了合法地位。词论中也有这样情况,对唐五代宋词,论者大都以温庭筠、周邦彦等的绮丽婉媚为宗,而视苏轼、辛弃疾等豪放之作为非本色。这种本色论自然为历代不少敢于创造的词家所突破,但依然居于正统的位置。张惠言《词选》高标追溯风骚之旨,实仍受到本色之论的牢笼,故所选以温派为多。周济《宋四家词选》以周邦彦、吴文英、王沂孙与辛弃疾并列,意图调和,而最终评价仍有轩轾。刘熙载则明确指出,从词的起源看,晚唐五代婉丽之风实为变调,而苏、辛之词,恰是返于正途:

> 太白《忆秦娥》声情悲壮,晚唐五代惟趋婉丽,至东坡始能复古。后世论词者,或转以东坡为变调,不知晚唐五代乃变调也。

> 苏、辛皆至情至性人,故其词潇洒卓荦,悉出于温柔敦厚;世或以粗犷托苏、辛,固宜有视苏、辛为别调者哉!

这里举李白《忆秦娥》为词的源头,虽可商榷,此词是否李白所作还无定论。但考之唐代民间词,本来不枸一格,偏尚婉丽之风,实为后起。刘熙载的说法是合乎词史发展的。又词的本色论者,往往强调音律的特殊性,而刘熙载则认为:"词固必期合律,然'雅'、'颂'合律,'桑间'、'濮上'亦未尝不合律也。'律和声'本于'诗言志',可为专讲律者进一格焉。"给予以审音律为主的词论以有力冲击。他在《赋概》中也有云:"赋当以真伪论,不当以正变论。正而伪,不如变而正。""变风变雅,变之正也。《离骚》亦变之正也。"都说明他的文学思想是比较解放的。

刘熙载肯定苏轼、辛弃疾及其词作,乃至对陈亮、刘克庄、文天祥等作品也都作了高度的评价,相反,对于温庭筠、韦庄、冯延巳、柳永、周邦彦等词,虽然也赞赏它们艺术形式的精美,但对他们的思想境界都感到有所不足,这与常州词派把虚无缥缈所谓寄托硬塞到他们绮语之中而加以拔高的评价,表现出不同的倾向:

471

> 温飞卿词精妙绝人,然类不出乎绮怨。韦端己、冯正中诸家词,留连光景,惆怅自怜,盖亦易飘扬于风雨者。若第论其吐属之美,又何

加焉！

　　柳耆卿词，昔人比之杜诗，为其实说无表德也。余谓此论其体则然，若论其旨，少陵恐不许之。

　　周美成词，或称其无美不备。余谓论词莫先于品。美成词信富艳精工，只是当不得个"贞"字。

刘熙载并不反对言情之作，不过他主张抒写正当的感情而不取庸凡的艳情，他还不满足于专写儿女私情，而认为小词也应有时代的风云气概。"词家先要辨得情字。《诗序》言'发乎情'，《文赋》言'诗缘情'，所贵于情者，为得其正也。忠臣孝子，义夫节妇，皆世间极有情之人。流俗误以欲为情，欲长情消，患在世道。倚声一事，其小焉者也。"刘熙载的肯定"正"与反对"欲"是以封建教义为指导的，所谓"词家彀到名教之中自有乐地，儒雅之内自有风流"，即流露浓厚的儒家正统观念，然而与一概排斥言情的道貌岸然者还有所不同。

　　刘熙载在艺术形式方面也发表了不少较好的见解。他提倡情景交融，多种风格与表现手法的结合，精心锻炼、戛戛独创而臻于自然天成："词或前景后情，或前情后景，或景情齐到，相间相融，各有其妙。""昔人论词要如娇女步春。余为更当有以益之，曰：如异军特起，如天际真人。""词尚清空妥溜，昔人已言之矣。惟须妥溜中有奇创，清空中有沈厚，才见本领。""词要恰好，粗不得，纤不得，硬不得，软不得。不然，非伧父即儿女矣。黄鲁直跋东坡《卜算子》'缺月挂疏桐'一阕云：'语意高妙，似非吃烟火食人语，非胸中有万卷书，笔下无一点尘俗气，孰能至此！'余案：词之大要，不外厚而清。厚，包诸所有；清，空诸所有也。词澹语要有味，壮语要有韵，秀语要有骨。""古乐府中至语，本只是常语，一经道出，便成独得。词得此意，则极炼如不炼，出色而本色，人籁悉归天籁矣。词中句与字，有似触着者，所谓极炼如不炼也。晏元献'无可奈何花落去'二句，触着之句也；宋景文'红杏枝头春意闹'，'闹'字，触着之字也。"诸如此类，他对词的艺术特征的概括都颇具识见，对于诗、文创作也都是有意义的。

　　《艺概》涉及面很广，其词论很得批评家的推崇。冯煦《宋六十一家词选例言》云："兴化刘氏熙载所著《艺概》于词多洞微之言，而论东坡尤为深至。"王国维《人间词话》亟称其评周邦彦、史达祖词的"周旨荡而史意贪"语为"令人解颐"；又转述其论南、北宋词风之区别一段云："刘融斋熙载曰：'北宋词用密亦疏、用隐亦亮、用沈亦快、用细亦阔、用精亦浑。南宋只是掉转过来。'

可知此事自有公论。"反映了该书对后来词论的影响。

谭　　献

　　谭献(1832—1901),初名定献,字仲修,号复堂,浙江仁和(今杭州)人。同治六年(1867)举人,历任安徽歙县等地知县,晚年主湖北经心书院。有《复堂类稿》。他能诗,工骈文,于词学尤有研究,曾选录清人词为《箧中词》。他的词论,散见于《箧中词》、周济《词辨》中的批语和《复堂日记》。他的弟子徐珂于光绪庚子(1900)辑成为《复堂词话》(本节引文见《复堂词话》,不另注出处)。

　　谭献论词,继承与发展常州词派张惠言、周济的词学,他的选《箧中词》即是"以衍张茗柯、周介存之学"。他对清代词家陈维崧、浙派的朱彝尊、厉鹗及吴锡麒、郭麐等均有所不满,认为他们各有成就,但分别存在粗率、琐碎、词藻堆砌、模仿因袭、轻薄浮滑等缺点;他推许常州词派的提倡比兴寄托为端正了词体发展的方向,但他也指出常州词派所产生的穿凿附会、平庸迂阔的流弊,还说:"常州词派,不善学之,入于平钝廓落,当求其用意深隽之处。"态度还是比较平允的。

　　周济的词学,尤深得谭献的推崇,认为超过张惠言:"此《四家词选》,为后来定本,陈义甚高,胜于《宛邻词选》。"又高度评价周济"夫词非寄托不久,专寄托不出"之论为"千古辞章之能事尽,岂独填词为然"。谭献的"作者之用心未必然,而读者之用心何必不然"一说,即是由此发展而来的。他曾自述其词学的成长历程道:

　　　　献十有五而学诗。二十二旅病会稽,乃始为词;未尝深观之也,然喜寻其悁于人事,论作者之世,思作者之人。三十而后,审其流别,乃复得先正绪言,以相启发。年逾四十,益明于古乐之似在乐府,乐府之余在词。昔云礼失而求之野,其诸乐失而求之词乎。然而靡曼荧眩,变本加厉,日出而不穷,因是以鄙夷焉,挥斥焉。又其为体固不必与庄语也,而后侧出其言,旁通其情,触类以感,充类以尽,甚且作者之用心未必然,而读者之用心何必不然,言思拟议之穷,而喜怒哀乐之相发,向之未有得于诗者,今遂有得于词。如是者年至五十,其见始定。

他开始研究词学,注意考察作品的本事,分析作者的身世,进一步,他认识到

473

词体是古代乐府的继承者,作品中思想倾向不是直接表达,而是通过比兴手法,触类旁通,使读者可以得到无穷体会,甚至超出作者原来的主观意图。这实际上是作品意境的蕴蓄深远和形象的典型性、丰富性所决定的,因而具有更普遍的意义。谭氏此说,对文学作品的形象性、感染作用以及批评与欣赏方法进行了有意义的探索。例如苏轼的《卜算子》(缺月挂疏桐),其中寄寓着某种思想情操是完全可能的,然而张惠言《词选》谓其句句有讽刺,并以君臣关系附会其寓意,比之为《诗经·卫风·考槃》(《诗序》谓系刺卫庄公“不能继先公之业,使贤者退而穷处”),则胶柱鼓瑟,流于穿凿。谭献认为虽然苏轼创作的本意已从无考证,但根据词的形象意境,读者又何尝不能作种种体会呢?“此亦鄙人所谓作者未必然,读者何必不然。”这种分析继承张惠言的观点,却比张惠言来得通达了。因之,谭献论词,常常激赏含蓄蕴藉之作,崇尚“柔厚之旨”,对于倾向鲜明之作,就有所不满,如赞扬李煜《浪淘沙》(帘外雨潺潺)为“雄奇幽怨,乃兼二难”而贬低辛弃疾说“后起稼轩,稍伧父矣。”这里流露了与常州词派共同的局限。

冯　　煦

与谭献大致同时的冯煦(1843—1927),字梦华,号蒿庵,江苏金坛人。光绪十二年(1886)进士,官至安徽巡抚,辛亥革命后以遗老自居,又号蒿隐公。他曾从明毛晋所刻《宋六十名家词》(实为六十一家)选其精华为《宋六十一家词选》,并在例言中加以评介(今通行本《蒿庵论词》为其例言的辑录)。其论与周济、谭献之说相出入而有自己的特点。

他对唐、五代,特别是冯延巳尤为推重,非常突出。其《唐五代词选序》称:“吾家正中翁,鼓吹南唐,上翼二主(李璟、李煜),下启欧、晏,实正变之枢纽、短长之流别。”在《阳春集序》中淋漓尽致地运用了常州词派的基本观点,诸如“若显若晦”,“比兴为多”;“旨隐词微”,“意内言外”;“忧生念乱”,“郁不自达,一于词发之”云云,高度地崇扬了冯延巳。他与前人相比,更强调词作要在“国势岌岌”之中“有所匡救”。他之所以对冯延巳以及晚唐、五代词特别欣赏,与其说是对于那个时代与作品的客观评论,毋宁说是由于家国身世之感的共鸣而借题发挥,藉此宣扬其“忧生念乱”的词论。也正是从这种思想出发,偏爱于怨悱不乱、婉约蕴藉的他,对于南宋爱国忧民的豪放词人也给予高度的评价。在《蒿庵论词》中,除评辛弃疾“负高世之才,不可羁勒,能于唐宋诸大家外别树一帜"、评陆游"逋峭沈郁之概,求之有宋诸家,无可方比"之外,又赞向子諲、张孝祥、陈亮、刘克庄等词作"辞旨怨乱","感愤淋漓","忠愤之气,随笔涌出,拳拳君国,似放翁。志在有为,不欲以词人自域,似稼轩"等等,足证其论词,随着时世的剧变,越来越突出忧时念乱、忠君爱国的基调,以致发展到了"不论工拙",不顾"本色",几乎到了以"独往独来",骀宕奔放之势突破"低徊要眇"、"温柔敦厚"藩篱的边缘了。

冯煦词论的另一特色,就是在常州词派的基础上又能融贯众家之长,用颇为辩证的观点评析一些代表作家的艺术风格,使近代词论史上出现了若干转机。例如他用明确的语言指出稼轩能"推刚为柔,缠绵悱恻"(《蒿庵论词》),而且扩而大之,认为苏词也能刚柔相济,既雄豪纵轶,又缠绵深婉,空灵蕴藉。他还以情深与语浅、清空与幽涩、绵密与空灵等辩证关系来论析秦观、姜夔、吴文英等名家之词,亦别具只眼,对近代词论的发展产生了一定的影响。

陈　廷　焯

陈廷焯(1853—1892),字亦峰,江苏丹徒人,光绪十四年(1888)举人,他所著《白雨斋词话》,为常州派后期重要著作。自叙作于光绪十七年,原有十卷,删刻本为八卷,约七百条,卷帙之富,为词话中所少见。今上海古籍出版社又据其手稿十卷足本及所评选的《词则》影印出版。

陈廷焯论词标举《国风》、《离骚》的传统,强调比兴与寄托,要求有深厚的思想感情和沈郁顿挫的艺术风格。《白雨斋词话自序》云:

> 夫人心不能无所感,有感不能无所寄;寄托不厚,感人不深;厚而不郁,感其所感,不能感其所不感。伊古词章,不外比兴,《谷风》阴雨,犹自期以同心,攘诟忍尤,卒不改乎此度,为一室之悲歌,下千年之血泪,所感者深且远也。后人之感,感于文不若感于诗,感于诗不若感于词,诗有韵,文无韵,词可按节寻声,诗不能尽被弦管。飞卿、端己,首发其端;周、秦、姜、史、张、王,曲竟其绪。而要皆发源于风雅,推本于《骚》、《辩》,故其情长,其味永,其为言也哀以思,其感人也深以婉。嗣是六百余年,沿其波流,丧厥宗旨。张氏《词选》,不得已为矫枉过正之举,规模虽隘,门墙自高,循是以寻,坠绪未远。而当世知为者鲜,好之者尤鲜矣。萧斋岑寂,撰词话十卷,本诸风骚,正其情性,温厚以为体,沈郁以

为用，引以千端，衷诸壹是。

他的词话基本上发挥常州派一脉相承的观点，然而在论"沈郁"的艺术风格与表现手法方面，则有了更深入细致的分析。首先他认为沈郁风格来源于《国风》《楚辞》，作者思想品质的忠诚醇厚是其主要的内在因素：

> 作词之法首贵沈郁，沈则不浮，郁则不薄。顾沈郁未易强求，不根柢于风骚，乌能沈郁？ 十三国变风，二十五篇《楚词》，忠厚之至，亦沈郁之至，词之源也。

> 入门之始，先辨雅俗；雅俗既分，归诸忠厚；既得忠厚；再求沈郁；沈郁之中，运以顿挫，方是词中最上乘。

他认为沈郁是诗词中最高境界，然而诗歌长篇不妨畅达，词则由于形式比较短小，不宜说尽。这是把委婉含蓄作了沈郁的基本形式特征：

> 诗词一理，然亦有不尽同者。诗之高境，亦在沈郁，然或以古朴胜，或以冲淡胜，或以钜丽胜，或以雄苍胜：纳沈郁于四者之中，固是化境；即不尽沈郁，如五七言大篇，畅所欲言者，亦别有可观。若词则舍沈郁之外，更无以为词。盖篇幅狭小，倘一直说去，不留余地，虽极工巧之致，识者终笑其浅矣。

> 所谓沈郁者，意在笔先，神余言外。写怨夫思妇之怀，寓孽子孤臣之感。凡交情之冷淡，身世之飘零，皆可于一草一木发之。而发之又必若隐若见，欲露不露，反复缠绵，终不许一语道破。匪独体格之高，亦见性情之厚。飞卿词，如"懒起画蛾眉，弄妆梳洗迟"，无限伤心，溢于言表。又"春梦正关情，镜中蝉鬓轻"，凄凉哀怨，真有欲言难言之苦。又"花落子规啼，绿窗残梦迷"，又"鸾镜与花枝，此情谁得知"，皆含深意。此种词，第自写性情，不必求胜人，已成绝响。后人刻意争奇，愈趋愈下。

他还以"沈郁"的准则来广泛地评论了历代各派词家，不拘豪放与婉约，都以沈郁为标准："张綖云：'少游多婉约，子瞻多豪放，当以婉约为主。'此亦似是而非、不关痛痒语也。诚能本诸忠厚，而出以沈郁，豪放亦可，婉约亦可；否则豪放嫌其粗鲁，婉约又病其纤弱矣。"这在某种意义说，"沈郁"应是"豪放"与"婉约"的结合。然而从他对一系列作家、作品的具体批评中，虽也表扬豪放慷慨，但毕竟仍以深婉隐约为宗。他于晚唐五代极力推崇的是温庭筠，以为李白、李煜尚有所不及，韦庄、冯延巳差可拟；在宋代词人中，他最赞赏苏轼、秦观、周邦彦、姜夔，尤其向往王沂孙之作，而认为后三者之词为绝旨：
"词法之密，无过清真。词格之高，无过白石。词味之厚，无过碧山：词坛三
绝也。"苏轼、秦观都不够此格了。对柳永、辛弃疾、陈亮等作，陈廷焯更在肯
定之余，颇多遗憾。如说柳永词"善于铺叙，羁旅行役，尤属擅长。然意境不
高，思路微左，全失温、韦忠厚之意"。又说辛弃疾《永遇乐·京口北固亭怀
古》等词"才气虽雄，不免粗鲁"，"为后世叫嚣者作俑"，并强调"读稼轩词"要
"去取严加别白"。他称道了陈亮的"豪气纵横"，又认为"《龙川词》一卷合者
寥寥"，并评陈亮《水调歌头》"尧之都"五句云："精警奇肆，几于握拳透爪，可
作中兴露布读，就词论则非高调。"意谓这些都是不合于歌词艺术规律的。
他还曾说张孝祥《六州歌头》"忠愤气填膺"一句，"提明忠愤，转浅转显，转无
余味"，也出于同一理由。

晚清词坛称有"四大家"：王鹏运、郑文焯、朱孝臧、况周颐。王鹏运
（1848—1904），字佑遐，一字幼霞，自号半塘老人，广西临桂（今桂林）人。其
词论最突出的是提出了"重、拙、大"的理论（见况周颐《餐樱词自序》）。这一
理论经他的同乡后学况周颐《蕙风词话》的宣扬和发挥，在清末词坛影响极
大。况周颐（1859—1926），原名周仪，字夔笙，号蕙风词隐等。他在《蕙风词
话》中说："作词有三要，曰重、拙、大。南渡诸贤不可及处在是。"他所领会的
"重、拙、大"，即是词人创作所追求的一种理想的"体格"。三者当融为一体，
而又各有所重。具体而论，所谓"重"，即是情真理足，而表现得沉着浑厚；所
谓"拙"，即指醇朴自然，炉火纯青；所谓"大"，是指才情大，托旨大，有大家的
风度。综上所述，"重、拙、大"三者虽然各有内涵，各有侧重，然相互渗透，相
辅相成。其主要精神是强调词有寄托，主旨重大，而其感情需至真，流露任
自然，风貌呈浑厚，格调具深沉。它融合了常州词派前辈理论的要义，又针
对现实而作了新的理论概括。应该说这一理论在晚清词坛具有一定的针对
性，且也道中了词作的某些艺术规律。

在晚清词坛"四大家"中，朱孝臧致力于词集校刊，另有郑文焯（1856—
1918，字俊臣，号小坡，大鹤山人等）也喜谈艺论词，其论词文字后人辑为《大
鹤山人词话》。

文焯论词不脱常州派习气，然亦自有其特点。特点之一是相对更重视
音律研究。对不谙音律者批评甚苛。特点之二是重"骨气"。所谓"骨气"，
是指词中有学养，有内容，但必以清空出之，不露痕迹。他说：

　　词之难工，以属事遣词，纯以清空出之。务为典博，则伤实质；多著

477

才语,又近昌狂。……所贵清空者,曰骨气而已。其实经史百家,悉在熔炼中,而出以高澹,故能骚雅,渊渊乎文有其质。如石帚之用"三星",则取之诗"跂彼织女"之疏,梦窗之用"棠笏",则取之《旧唐书》李蓁之传,余类不可胜数。若子集中所取裁者益夥,读者贵博观其通耳。

近代常州词派,从谭献起,冯煦、陈廷焯等面对动荡的现实,都程度不同地强调忧时念乱,反映世变。然而,随着时代潮流的滚滚向前,处于末世的封建文人,终于尝到一种"无可奈何花落去"的涩味。那种关切时代命运的声音到后来相对薄弱了。郑文焯、朱孝臧、况周颐等的词论,就反映了这一倾向。至于辛亥革命之后,他们即以遗老自居,在理论上也难以有所创见了。

谢　章　铤

　　谢章铤(1820—1903),字枚如,晚号药阶退叟,福建长乐人。毕生致力于教育和著述。已刊有《赌棋山庄集》,包括其诗文、笔记等十种。其中《赌棋山庄词话》正续编十七卷(本节以下简称《词话》,引文不再注明出处),积五十年之力,汇注了作者词学心得。

　　晚清词坛,自谭、庄起,至王、郑、朱、况"四大家",大都承张惠言、周济之绪,贬抑浙西。谢章铤与他们生于同时,却无交往,故能独立于宗派之外,少门户之见,比较客观公允地评价浙、常两派的功过得失。他对浙派末流提出了严厉的批评,认为其要害是"不攻意,不治气,不立格",忽视思想内容,多为空洞无物、无病呻吟之作。这确是对浙派末流的一针见血之论。但对浙西派的代表人物朱彝尊、厉鹗能"挺持百辈",也给予极高的评价。就《词综》而言,谢章铤实际上是把它与张惠言的《词选》放在同等地位上的:一使"词不入于俚",一使"词不入于浅",各有其功。在《稗贩杂录·词话纪余》中,他又说:"国朝词书,有以竹垞《词综》、皋文《词选》为最善。《词综》繁而有理,可以穷词趣,《词选》简而不陋,可以敦词品。"也是将两者相提并论。

　　至于对宗风正炽的常州词派,谢章铤也能保持清醒的头脑。他盛赞常州词派的开山祖张惠言在浙派衰微之时所起的救弊补偏作用,将推衍常州词派理论纲领的《词选》一书褒扬为"词家正法眼之作"。然而,他同时又指出张氏比兴寄托之说,谓"字字有隐衷,语语有微辞","未免强作解事",陷入穿凿附会的泥潭。

　　谢章铤词论的另一特色是注重辨词体。他在《眠琴小筑词序》中说:

> 诗以道性情尚矣！顾余谓言情之作,诗不如词:参差其句读,抑扬其音调,诗所不能达者,宛转而寄之于词,读者如幽香密味,沁入心脾焉;诗不宜尽,词虽不必务尽而尽亦不妨焉;诗不宜巧,词虽不在争巧而巧亦无碍焉。……故工诗者余于性,工词者余于情。

这就是说,词与重在"言志"的诗略有不同,更偏于缘情,更适宜于婉转、细致、曲折地抒情。另外,他在《叶辰溪我闻室词叙》中进一步指出了词所言之情的特点在于"柔曼",能给读者以一种"若惝恍缠绵不自持而敦挚不得已之思隐焉"的美学感受。它不亢不狎,既不同于诗,也有异于曲,具有独特的个性。关系词之"文",除上引《叶辰溪我闻室词叙》中谈及的"绮靡"之外,他特别标举"雅趣"两字:

> 词宜雅矣,而尤贵得趣。雅而不趣,是古乐府。趣而不雅是南北曲。李唐、五代多雅趣并擅之作。雅如美人之貌,趣是美人之态。有貌无态,如皋不笑,终觉寡情。有态无貌,东施效颦,亦将却步。

谢章铤将"趣"字引进词论并加以强调,在当时对以才学为词和强求寄托的词家末流都是有一定针砭意义的。

关于"音"作为词的特性之一,谢章铤也是重视的,认为"高下疾徐,抗坠抑扬",当"按之谱而无碍"。他本人对韵书也有钻研。但他反对拘泥于音律,考虑到词学发展到清代的现实情况,在音乐性与文学性间,他明显地倾向于重视文学性,重视抒发其真情实感。他说:"窃谓词以声为主,宋词固可歌而亦不尽可歌,至今人不能歌宋词,犹宋人不能歌唐人绝句。既不能歌,则徒文也,亦求尽乎为文之道而已矣。"(《与黄子寿论词书》)又说:"与其精工尺而少性情,不若得性情而未精工尺。"谢章铤的这一见解,与王鹏运、郑文焯、朱孝臧、况周颐等时论大不相同,抛弃了以音乐为本位的狭隘的词学观点,为提高词的文学价值,促进词的创作,具有一定意义。

王国维《人间词话》

王国维(1877—1927),字静安,号观堂,浙江海宁人。清代秀才,曾留学日本,归国后历任学部所属图书馆编译等。辛亥革命后,以遗老自居,晚为清华研究院教授。有《观堂集林》、《海宁王静安先生遗书》。他是近代著名学者,在中国古代史学、古文字学方面作出了不少成绩。早年钻研西方哲学及美学,于德国尼采、叔本华学说尤有心得,从事文学研究,著有《红楼梦评论》、《人间词话》、《宋元戏曲史》等。

《人间词话》最初刊载于1908年《国粹学报》,今通行本增入其未刊稿和其他论词资料。此书以论词为主,比较全面地反映了王氏的文学观点,继承中国古代艺术论传统,吸取西方美学成果而自成体系,在新旧文艺思想交替的历史时期产生了深广的影响。

一、"能写真景物、真感情者,谓之有境界"

《人间词话》的理论核心是"境界说"。从《国粹学报》最初发表的六十四则《词话》来看,约略可分两个部分:前九则为标举"境界说"的理论纲领;后面部分则是以"境界说"为基准的具体批评。王国维跳出浙西、常州两派词论的牢笼而独标"境界",旗帜十分鲜明,其开宗明义即说(本节引文见于《人间词话》者,一般不另注出处):

> 词以境界为最上。有境界则自成高格,自有名句。五代北宋之词所以独绝者在此。

其第九则在比较"境界说"与前人理论高下时又十分自负地说:

> 沧浪所谓"兴趣",阮亭所谓"神韵",犹不过道其面目,不若鄙人拈出"境界"二字,为探其本也。

所谓"探其本",就是说把握了文学艺术之所以为美的本质属性。那么,标举"境界"何以能"探其本"呢?在回答这个问题时就必须先辩清"境界"一词的一般意义与王国维作为批评基准的"境界"的异同。

"境界"一词,《诗·大雅·江汉》"于疆于理"句汉郑玄笺云:"正其境界,修其分理。"谓地域的范围。《说文》训"竟"(俗作"境")本义曰:"竟,乐曲尽为竟。"为终极之意。而又云:"界,竟也。"后佛经翻译成风,"境界"一词频频出现。如三国时翻译的《无量寿经》上:"比丘白佛,斯义宏深,非我境界。"指教义的造诣境地。至唐代,开始用"境"或"境界"论诗,如传为王昌龄著的《诗格》云"诗有三境",即"物境"、"情境"、"意境"。到明清两代,"境界"、"意境"已成为文学艺术界普遍使用的术语。就在王国维同时代的词学名著《白雨斋词话》、《蕙风词话》中,也屡次出现"境"、"境界"、"意境"的概念。然而,各人所道"境界"的含义不尽相同,有的指某种界限,有的指造诣程度,有的指作品内容中的情或景,或两者统一。即以王国维《人间词话》一书而论,其中提到"境界"一词,也并非都具同一的"探本"意义。如第二十六则云"古今之成大事业大学问者必经过三种之境界",即指修养的不同阶段,又如附录第十六则云:"抑岂独清景而已,一切境界,无不为诗人设。"此"境界"当指客观景物。如此等等,当细致辨别这类"境界"虽与作为王国维"境界说"批评基准的特殊概念"境界"有所联系,但并不相同。

作为王国维"境界说"所标举的"境界"有其特殊的含义。《词话》第六、七两则作了如下说明:

> 境非独为景物也,喜怒哀乐,亦人心中之一境界。故能写真景物、真感情者,谓之有境界。否则谓之无境界。

> "红杏枝头春意闹",著一"闹"字而境界全出。"云破月来花弄影",著一"弄"字而境界全出矣。

分析这两则话,有三层意思:第一,"境界"是情与景的统一;第二,情景需真;第三,"真景物,真感情"得以鲜明真切地表达。总之,王国维标举的"境界"乃是指真切鲜明地表达出来的情景交融的艺术形象。这主要是侧重于作者的感受、作品的表现的角度上来强调表达"真感情、真景物"的。在《词话》第三十六则后,王国维又连续使用了"隔"与"不隔"的概念,对"境界说"又偏重于从读者审美的角度加以补充。他说:

> 问"隔"与"不隔"之别。曰:陶谢之诗不隔,延年则稍隔矣;东坡之诗不隔,山谷则稍隔矣。"池塘生春草"、"空梁落燕泥"等二句,妙处唯在不隔。词亦如是,即以一人一词论,如欧阳公《少年游·咏春草》上半阕云:"阑干十二独凭春,晴碧远连云,千里万里,二月三月,行色苦愁人",语语都在目前,便是不隔。至云:"谢家池上,江淹浦畔"则隔矣。白石《翠楼吟》:"此地宜有词仙,拥素云黄鹤,与君游戏,玉梯凝望久,叹芳草萋萋千里",便是不隔,至"酒祓清愁,花消英气"则隔矣。然南宋词虽不隔处,比之前人,自有浅深厚薄之别。

综观上引数例,不论是"写情"还是"写景",凡是直接能给人以一种鲜明、生动、真切感的则为"不隔",所谓"语语都在目前,便是不隔",也就是"其言情也必沁人心脾,其写景也必豁人耳目,其辞脱口而出,无矫揉妆束之态"。反之,若在创作时感情虚浮矫饰,遣词过于造作,如多用"代字"(按:如"以'桂华'二字代月"等)、"隶事"乃至一些浮而不实的"游词",以致或强或弱地破坏了作品的意象的真切性,这就难免使读者欣赏时犹如雾里观花,产生了"隔"或"稍隔"的感觉。因此,归根到底,"隔"与"不隔"的关键还是在于作品

481

本身是否真切地表达了"真感情、真景物"。"境界全出"的作品，欣赏者一定能得到"不隔"的审美感受；无境界的作品，一定会给人以一种"隔雾看花之恨"。"隔"与"不隔"之说只是对"境界"这一范畴偏于读者审美感受方面再作一点补充，使其内涵覆盖到作者、作品、读者三个方面，更加完善。

综上所述，王国维标举"境界说"使当时的词论能跳出浙、常两派的窠臼，显然具有强烈的现实意义。然而，从理论发展史来看，他采用的"境界"一词已被历来文艺批评家广泛使用，且其主要内涵如强调情景交融、崇尚真切等也为论者所常道，那么其"境界说"从理论发展的历史上看，究竟有何意义，价值何在呢？

第一，它使众说纷纭的"意境"探讨植根于"本"的求索上而不是着重于"末"的玩味上。沧浪之"兴趣"，阮亭之"神韵"本与"境界"相通，但"兴趣"、"神韵"之说都偏重于读者的审美感受，又说得迷离恍惚，难以捉摸，而王国维的"境界"则使人注重之所以产生"兴趣"、"神韵"的美的本质属性，使人从观赏"面目"而深入到追究本质，使空灵蕴藉的回味找到具体可感的形象实体。故他认为"兴趣"、"神韵"等"不过道其面目"，而"'境界'二字，为探其本也"。又说："言气质，言神韵，不如言境界。有境界，本也。气质、神韵，末也。有境界而二者随之矣。"

第二，它对"意境"之"本"——"情"、"景"作了新的明确界定。他指出："景"、"以描写自然及人生之事实为主"，是"客观的"、"知识的"；"情"为"吾人对此种事实之精神之态度"，是"主观的"、"感情的"。这一解释，由于吸取了西方的美学观念，比之以前更为切实，且把"情"亦列入艺术再现的对象，说"激烈之感情，亦得为直观之对象、文学之材料"，"喜怒哀乐亦人心之一境界"，这也是前人所没有明确的。

第三，它既强调了"意境"之"本"，又包容了"意境"之"末"，照顾到作者的体验、作品的表现、读者的感受等方方面面，所以比之"兴趣"、"神韵"诸说不但更为切实，而且更为全面。

此外，王国维还借用了西方的美学观念，对其"境界"作了"造境"与"写境"、"有我之境"与"无我之境"等分类，使"意境"说的讨论得到了进一步的深入和注入了新的血液。

二、"造境"与"写境"

《人间词话》论"造境"与"写境"云：

> 有造境，有写境，此理想与写实二派之所由分。然二者颇难分别。

因大诗人所造之境,必合乎自然,所写之境,亦必邻于理想故也。

　　自然中之物,互相关系,互相限制。然其写之于文学及美术中也,必遗其关系、限制之处,故虽写实家亦理想家也。又虽如何虚构之境,其材料必求之于自然,而其构造,亦必从自然之法,故虽理想家亦写实家也。

这两则论说写得十分明白:"造境"与"写境"之分主要是由不同的艺术创作方法所造成的。它们构成的"材料"虽然相同,都"必求之于自然",然"造境"主要是由理想家按其主观"理想"及虚构而成;而"写境"则主要是由写实家按其客观"自然"描写而成。要之,"造境"即是"虚构之境","写境"即是写实之境。由于这两种不同的创作方法而造成了两种不同境界,文艺就分成了理想与写实两派。

　　然而,他比梁启超所论"理想派"、"写实派"有所发展。这主要反映在他不但注意到了两派的区分,而且进一步着重分析了两派的联系和渗透。王国维认为,写实并非是照搬自然,依样画葫芦,而必须用先验的审美理想去扬弃生活中"关系限制之处",加以提炼、改造;而造境也并非是胡编乱造,随意捏合,而必须遵循自然规律,植根于客观世界;故"大诗人所造之境必合乎自然,所写之境亦必邻于理想",理想与现实统一于一体。王国维对"写实"与"理想"两派(也即后来通译的现实主义与浪漫主义两派)不同创作方法的特点、区别和联系作如此论述,是比较精辟的,在文学批评史上作出了新的贡献。

三、"有我之境"与"无我之境"
王国维又论"有我之境"与"无我之境"云:

　　有有我之境,有无我之境。"泪眼问花花不语,乱红飞过秋千去。""可堪孤馆闭春寒,杜鹃声里斜阳暮。"有我之境也。"采菊东篱下,悠然见南山。""寒波澹澹起,白鸟悠悠下。"无我之境也。有我之境,以我观物,故物皆著我之色彩。无我之境,以物观物,故不知何者为我,何者为物。古人为词,写有我之境者为多。然未始不能写无我之境,此在豪杰之士能自树立耳。

　　无我之境,人惟于静中得之。有我之境,于由动之静时得之。故一优美,一宏壮也。

综合这两则论说的主要观点为:"无我之境"的观物方式是"以物观物",结果给人的美感是"优美"；而"有我之境"的观物方式是"以我观物"，结果给人的美感为"宏壮"。故"有我之境"与"无我之境"是根据"观物"方式（审美观照）不同及由此而产生的美感性质的不同来区分的。在这里，王国维使用的"以物观物"、"以我观物"的语言乃至某些精神，虽与宋代道学家邵雍在《皇极经世全书解·观物外篇》中所论相同，但其论"有我之境"与"无我之境"的基本思想无疑是来自博克、康德、叔本华等的美学观。我们只要深入研究王国维在《红楼梦评论》等处有关区别"优美"与"壮美"的论述，对"有我之境"、"无我之境"内涵的理解就可以迎刃而解。

他所谓的"无我之境"并不是指一般意义上的"无我"，即作品不带任何作者的主观感情及个性特征，而是指审美主体"我""无丝毫生活之欲"，与外物"无利害之关系"，审美时"吾心宁静之状态"，全部沉浸于"外物"之中，达到了与物俱化的境界。"按一句有意味的德国成语来说，就是人们自失于对象之中了……好像仅仅只有对象的存在而没有觉知这对象的人了，所以人们也不能再把直观者（其人）和直观（本身）分开来了，而是两者已经合一了；这同时即是整个意识完全为一个单一的直观景象所充满，所占据。"（叔本华《作为意志和表象的世界》，商务印书馆 1982 年版）此时创造的诗境，即为物我合一的"无我之境"。如陶渊明《饮酒》的"采菊东篱下，悠然见南山"及元好问《颖亭留别》的"寒波澹澹起，白鸟悠悠下"都因为是表达了一种心境完全融化在客观淡远静穆的景物之中，从而创造了一种"无我之境"。这种"无我之境"不是无感情、无个性的境界，而是一种对"无利害之关系"的外物静观而产生的物我浑化的"优美之境"。

所谓"有我之境"也不是指感情强烈、个性鲜明之境，而是指"我"之意志尚存，且与外物有着某种对立的关系，当"外物大不利于吾人"而威胁着意志时观物而所得的一种境界，用王国维的语言来说，此时"吾人生活之意志为之破裂，因之意志遁去，而知力得独立之作用，以深观其物"，得"壮美之情"。这段话颇为费解。假如参阅今人所译叔本华《作为意志和表象的世界》中有关论述的话，就比较容易理解。叔本华说，此时审美主体"以强力挣脱了自己的意志及其关系而仅仅只委心于认识，只是作为认识的纯粹无意志的主体宁静地观赏着那些对于意志（非常）可怕的对象，只把握着对象中与任何关系不相涉的理念，因而乐于在对象的观赏中逗留；结果，这观察者正是由此而超脱了自己，超脱了他本人，超脱了他的欲求和一切欲求；——这样，他就充满了壮美感，他已在超然物外的状况中了，因而人们也把那促成这一状况的对象叫做壮美。"于此,我们就明白了王国维"有我之境"的"以我观物"之所以不同于"无我之境"的"以物观物",其关键是因为存有"我"的意志,且与外物存在着对立关系;他所谓有的"由动之静",是由于"我"经历了一个"由强力挣脱了自己的意志及关系而仅仅只委心于认识"的过程。冯延巳《鹊踏枝》"泪眼问花花不语,乱红飞过秋千去",描写的是独立黄昏、惜春伤逝之"我",而面对雨横风狂、落花飘零的"外物"而产生的一种无可奈何的伤感。而秦观《踏莎行》"可堪孤馆闭春寒,杜鹃声里斜阳暮"是写春寒袭人、杜鹃啼血、夕阳西下,"外物"从触觉、听觉、视觉几方面给飘泊蓬转之"我"以刺激,创造了一种孤独、寂寞、无限凄婉之境。这两首词都是描绘了一种"外物大不利于吾人"时"以我观物"所得之境,故称之谓"有我之境"。

据上所述,"无我之境"与"有我之境"的创造显然有难易之别。因为根据叔本华的哲学思想,人莫不有生活之欲,受意志之支配。只有绝灭意欲才得解脱。然一般人难以达到这境界,往往带着"我"的意志观物,常与外物处于对立状态,作品总是带着欲望和意志的色彩,表现"有我之境"。相对来说,能绝灭欲念,能达到物我浑然的境地,写出"无我之境"就比较难得。正是在这意义上王国维说:"古人为词,写有我之境者为多,然未始不能写无我之境,此在豪杰之士能自树立耳。"然而从既成作品的文学意义上看,不论是"优美"的"无我之境",还是"壮美"的"有我之境",都能给人以美的享受,"使吾人离生活之欲",具有共通性。故他在《红楼梦评论》中论"壮美之情"说:"其快乐存于使人忘物我之关系,则固与优美无以异也。"因此,没有必要在美学上将"有我之境"与"无我之境"强分优劣高下。

王国维的《人间词话》在中西文艺思想交流融合的道路上迈出了坚实的一步。尽管他受到时代的局限和唯心主义哲学及美学观点的束缚,不可避免地带有某些缺陷和疏误,但总体来说,它观点新颖,立论精辟,自成体系,在中国诗话、词话发展史上堪称是一部划时代的作品。因此,它理所当然地受到国内外学者的普遍重视。

第二章　近代戏曲理论批评的发展和演变

第一节　19 世纪的戏曲理论批评

自 18 世纪初至 19 世纪,我国戏曲界呈现地方戏曲空前繁盛的局面。在地方戏的发展兴盛过程中,来自清政府的行政干预愈演愈烈。当权者运用行政手段,对清新刚健的地方戏曲作品,或指派御用文人肆意篡改,或冠以种种罪名横加扼杀。与此同时,他们加强措施,刺激剧本创作,大肆刊印,强令艺人搬上舞台,以致一时间舞台上充斥着那种为封建统治歌功颂德、粉饰太平,丑化劳动群众,严重歪曲历史和现实的坏作品。人民群众对此极为反感,竭力加以排斥。

太平天国起义初期禁绝一切戏曲活动,及奠都南京后,英王陈玉成曾在军中组建了戏武合一的"同春班",招募壮健少年,一面习武,一面学戏,所编有反映太平军战绩的四十六本连台本戏《洪杨传》,一时称盛,这说明陈玉成是懂得通过戏曲艺术来宣传战绩、鼓舞士气团结群众的。

这个时期,清政府从中央到地方,不断颁布刑律禁令,加紧了对戏曲的钳制。他们诬蔑地方戏曲是"靡曼之音,斗狠之技,长奸诲盗,流弊滋多,于风俗人心,更有关系"(《大清文宗显皇帝实录》卷五十一)。他们唆使御用文人和地方官绅勾结,制订乡规民约,制造舆论,为查禁民间戏曲推波助澜。江南一带,这种活动尤其嚣张,以致有的地方出现了禁毁、审核戏曲小说书籍的专门机构。为清政府出谋献策,鼓吹呐喊最卖力的可以余治为代表。

余　　治

余治(1809—1874)字翼廷,号莲村,自署寄云山人、晦斋居士,江苏无锡人。热衷科举,五应乡试不中。太平军进据江浙,余治奔走呼号,卖力地向清军献策分化义军。他于戏曲艺术所知甚少,却苦心孤诣地创作剧本发表评论。著有京剧剧本三十余部,今存《庶几堂今乐》二十八个剧本。所著《尊小学斋集》及所辑《得一录》中收有他的戏曲言论。

余治认为:"古乐衰而梨园之典兴,原以传忠孝节义之奇,使人观感激发于不自觉,善以劝,恶以惩,殆与《诗》之美刺,《春秋》之笔削无以异,故君子有取焉。贤士大夫主持风教者,固宜默握其权,时与厘定,以为警瞆觉聋之助,初非徒娱心适志已也。"(《庶几堂今乐自序》)他承认戏曲作品与《诗经》、《春秋》一样,具有劝善惩恶的社会作用;看到戏曲有"使人观感激发于不自觉"的艺术特征,这是余治与其侪辈一点不同之处。可是,所谓"初非徒娱心适志"云云,实际上又把"劝善惩恶"与"娱心适志",即作品的思想意义与艺术感染力人为地割裂开来了。而且他规定戏曲作品的内容是"传忠孝节义之奇",并主张由"贤士大夫主持风教者","默握其权,时与厘定",十分清楚地显示了余治理论的本质。正是基于上述维护封建秩序的顽固立场,余治对于一些地方戏曲作品,竭尽其谩骂诬蔑之能事:

> 近世轻狂佻达之徒,又作为诲淫诲盗诸剧以悦时流之耳目。演《水浒传》则以盗贼为英雄,而奸民共生艳羡;演《西厢记》则以狭邪为韵事,而少年群效风流。其他一切导欲增悲不可为训者,且纷然杂出,使观之者荡心失魄,以假为真,而古人立教之意遂荡焉无存,风教亦因以大坏。(《庶几堂今乐自序》)

再看他关于《水浒传》戏文的评论:

> 自《水浒》戏文出,而是非颠倒定例亡矣。夫英雄好汉义士美名也,以之加于盗贼,颠倒孰甚焉。即如《神州会》(按:即《神州擂》)一出,其主将陈元(即任元)摆列擂台,招集义勇,其意固欲团练一方,杀尽梁山大盗,为国灭贼者,岂非真英雄真好汉耶?顾竟至为逆贼所败,败矣而看戏之人尚或能为之惋惜,为之不平,是非尚未泯灭,人心犹然不死也。乃遍察今日看戏之人,则异口同声,无人不笑陈元之败绩而快梁山之得胜者。呜呼,人心死矣,无怪乎结党争雄者效尤日甚,举凡贪财亡命之徒,均以《水浒》落草为逋逃薮也。(《儒先今乐论跋》)

《神州擂》剧的故事情节取材于小说《水浒传》的第七十四回,其主题思想则比之小说有了深化,更突出了梁山泊好汉与政府官兵之间的根本对立。在改编和移植中深化主题,赋予明确的思想意义,是当时许多地方戏曲的一个共同特点,它反映了广大城乡人民,尤其是农民群众的意愿和美学趣味。因此,《神州擂》上演后理所当然地受到了人民群众的喜爱。而余治则被此剧在舞台上演出的成功震撼得目瞪口呆,惊呼"是非颠倒定理亡矣","人心死矣",这就暴露了他顽固地与人民大众敌对的面目。

《教化两大敌、人心两大害论》是余治为清政府的禁戏措施制造舆论、提供理论根据的主要文字。他说:"从来天下之治乱,系乎人心,人心由乎教化……近世竟有坏法乱纪,敢与教化为大敌,可为痛哭流涕长太息者,厥有两端,一曰淫书,一曰淫戏。"而他所谓的"淫书、淫戏",就是指《水浒传》、《西厢记》、《神州擂》、《红楼梦》一类广泛流传于人民群众之中的戏曲、小说,以及活跃于民间舞台上的地方戏曲作品。他把它们称为令人"心伤发指,切齿同仇,不与共戴天日"的"夏廷之洪水","成周之猛兽","人心之蠹虫","政治之蟊贼","圣道之荆榛","师儒之仇寇",必欲"扫荡廓清,不使稍留遗孽"而后快。所以余治大声呼吁:"今日淫戏之宜禁,邪说淫词之宜毁,非为治者第一要务耶?"(均见《尊小学斋文集》卷一)余治所辑的《得一录》,就是向"为治者"实施其所谓的"第一要务"出谋划策的大杂烩,全书十六卷中有两卷专辑有关戏禁的说教、章程条例、具体的书目剧目。他在此书的《跋后》中直言不讳:"是编所集,事事可以仿行,溥为实惠……况经大劫……得是编而广布之,知必有观感兴起,推行尽利者……"原来余治从人民起义运动中引出了一条教训,民间戏曲往往能成为起义人民动摇封建王朝统治基础的精神力量。他看到光是采取禁止的办法,无法实现其预期目的,因而提出了"因势利导"即将戏曲纳入符合统治者所需要轨道的方针,并且自己动手编撰剧本,筹款刊印。"余不揣浅陋,拟善恶果报新戏数十种,一以王法天理为主,而通以俗情。意取劝惩,无当声律……于以佐圣天子维新之化,贤有司教育之穷,亦当不无小补也。"(《庶几堂今乐自序》)他惟恐观众读者不领会他所宣扬的"王法天理",所有剧名都一一注明题旨。如《后劝农》(劝孝力田)、《同胞图》(劝悌)、《海烈妇记》(表贞烈惩奸恶)……等等。这些作品的故事情节,大都荒诞不经,纯属主观臆造,图解政治概念;人物形象也都虚假干瘪,性格模糊。所以"观者寥寥,旋作旋辍,近则如《广陵散》矣"(黄协埙《淞南梦影录》)。

余治的理论批评和创作活动,都毫不掩饰他竭力维护封建统治的目的。如果说一百年前乾隆朝设局抽彻删削剧本时弘历帝指示其臣属务必在暗中进行,"但须不动声色,不可稍涉张皇"(《大清高宗纯皇帝实录》卷一千一百十八),那是由于当时正处于"康乾盛世",统治者亟需笼络人心,安定局面的缘故;那么,百年后余治在政府卵翼下进行的露骨活动,则反映了腐朽透顶的清政府,在经过了以太平天国为代表的人民起义运动风暴的猛烈冲击后,预感到封建统治大厦之即将瘫塌,为苟延残喘,不得不进行绝望的垂死挣扎了。

俞　　樾

　　俞樾(1821—1907)字荫甫,号曲园,浙江德清人,道光进士,官至翰林编修、河南提学使。因所拟试题触犯禁讳而被革职,后任教苏州紫阳书院,并长期任诂经精舍山长。俞樾以经学、考据、文学闻名于国内外,著作繁富,合称《春在堂全书》。他对戏曲及小说偶有涉猎,编撰杂剧《老圆》;加工润色石玉昆的小说《三侠五义》为《七侠五义》,刊行后流行一时。

　　俞樾著作中论曲的文字为数不多,散见于《茶香室丛钞》、《小浮海闲话》和《春在堂杂文》。俞氏长于考据,故论曲文字也往往偏重考据,理论意义反而不显著。"世传元人以曲取士,此于元史无征。沈德符《顾曲杂言》云:'元人未灭南宋时,以此定士子优劣,每出一题,任人填曲,如宋宣和画学出唐诗一句,能得画外趣者登高第。故宋画元曲千古无匹。'"(《茶香室丛钞》)似乎注意到政治提倡与功名利禄给予戏曲艺术发展的某种影响。又如:

> 元刘一清《钱塘遗事》云:"戊辰己巳间《王焕》戏文盛行于都下,始自太学,有黄可道者为之,一仓官诸妾见之,至于群奔,遂以言去。"按:《王焕》不知何人戏文,所演亦不知何事,遂至诲淫如此,亦奇。(《茶香室四钞》卷二十三)

《王焕》戏文,是早期的南戏作品,现在仅存曲词残篇,大体可以断定,全剧演书生王焕与妓女贺怜怜的离合故事。俞樾对一个不知作者、不了解剧情的作品,竟沿袭旧说诳传,贸然斥之为"诲淫",这只能表明他思想认识上的保守。俞氏偶然也做一点艺术分析。评女作者刘古香传奇云:"余就此十种观之,虽述旧事,而时出新意,关目节拍皆极灵动。至其词,则不以涂泽为工,而以自然为美,颇得元人三昧。视李笠翁《十种曲》,才气不足,而雅洁若过之。"(《刘古香十种传奇序》,《春在堂杂文六编》卷九)就此序权衡、品赏的要求，以及对李渔《十种曲》的态度而言，是与明清以来有影响的曲论家所论一脉相承的。

《余莲村劝善杂剧序》比较集中地表明了俞樾的戏曲见解。此文有两点值得注意。第一点，指出了戏曲在感人的深切、移人的便捷快速方面，远远超过了抽象的说教。第二点，引用《乐记》的话论证了戏曲存在的合理性。然而，就在这篇序文中，俞樾评论我国戏曲的发展进程，有所谓自唐代咸通朝以来，"俳优不已，至于淫纵"的不正确结论。同时他对剧坛现状极为反感，"夫床笫之言不逾阈，而今人每喜于宾朋高会，衣冠盛集，演诸淫亵之戏，是犹伯有之赋'鹑之贲贲'也"。这无论是对于民间"乱弹"，还是"雅部"昆腔，都是缺乏分析的。俞樾对余治的《庶几堂今乐》倍加赞赏，说它肩负着"化民成俗"的重任。"今以郑卫之音节，而寓古乐之意，《记》所谓'其感人深，其移风易俗易'者，必矣此乎在矣。余愿世之君子，有世道之责者，广为传播，使之通行于天下，谁谓周郎顾曲之场，非即生公说法之地乎！"可见俞氏对之寄托着多么深切的期望。关于余治的作品，前面已作简要剖析，揭露了它为封建统治张目的真实面目。因此，不必多费笔墨，就不难看出俞樾异乎寻常地称美《庶几堂今乐》的用意所在，以及它在历史上所起的负面作用。

第二节　梁启超、姚华的戏曲理论批评

19世纪末至20世纪初的戏曲改良舆论

自19世纪末至20世纪初，伴随着资产阶级维新宣传活动的日趋高涨，在雨后春笋般兴起的报纸、杂志上，刊登了相当数量的戏曲理论批评文章。这些文章大都引述我国古典曲论，借鉴西方文艺理论，突出强调戏曲的社会功能，重新分析戏曲的艺术特征，主张戏曲为维新变法运动的政治、思想斗争服务；这些文章对戏曲的现状极为不满，竭力主张对传统戏曲作必要的改革，从而形成了改良戏曲的舆论高潮。1897年天津《国闻报》发表严复、夏曾佑的《国闻报馆附印说部缘起》(天津《国闻报》)，可以看作是鼓起这个浪

潮的号角;继之而起并产生广泛影响的是康有为的《闻菽园居士欲为政变说部诗以速之》诗(《南海先生诗集》卷五《大庇阁诗集》),尤其是 1902 年梁启超的《论小说与群治之关系》(《新小说》第一期),对戏曲和小说的改良起着极大的推动作用。严复和夏曾佑认为"说部"(主要指小说和戏曲)具有左右"天下之人心风俗"的积极作用,所以《国闻报》附印"说部"的"本原之地,宗旨所存,则在乎使民开化",提倡通过戏曲小说向人民大众进行资产阶级启蒙教育。梁启超明白宣言:"欲新一国之民,不可不先新一国之小说(按:包括戏曲)……小说有不可思议之力支配人道故。"这样将戏曲小说看成是"支配"人们思想的力量,虽然不免夸大,有点强调过了头,但他们以启蒙运动宣传领袖的身份登高鼓呼,这在当时的戏曲小说界无疑会产生振聋发聩的作用。

　　吾以为今日中国之文界,得百司马子长、班孟坚,不如得一施耐庵、金圣叹;得百李太白、杜少陵,不如得一汤临川、孔云亭。吾言虽过,吾愿无尽。(狄葆贤《论文学上小说之位置》,《新小说》第七期,1903 年)

　　剧也者,于普通社会之良否,人心风俗之纯漓,其影响为甚大也。(箸夫《论开智普及之法首以改良戏本为先》,《芝罘报》第七期,1905 年)

　　吾以为今日欲救吾国,当以输入国家思想为第一义……欲无老无少,无上无下,人人能有国家思想,而受其感化力者,舍戏剧末由。盖戏剧者,学校之补助品也。(天僇生《剧场之教育》,《月月小说》二卷一期,1908 年)

　　蒋心余之言曰:天下之治乱,国之兴衰,莫不起于匹夫匹妇之心……感之久,则风俗成而国政亦因之固焉。故欲善国政,莫如先善风俗;欲善风俗,莫如先善曲本。曲本者,匹夫匹妇耳目所感触易入之地,而心之所由生,即国之兴衰之根源也。记者曰:蒋君其知本哉……论世者谓学术有左右世界之力,若演戏者,岂非左右一国之力哉?中国不欲振兴则已,欲振兴可不于演戏加之意乎?(佚名《观戏记》,1903 年,引自《黄帝魂》)

491

以上引文从不同的角度论证戏曲小说的无比重要,它们只是为数众多的种种说法的几个代表。

　　阐述戏曲的艺术特征。严复、夏曾佑等认为,戏曲小说所以能有左右

"天下之人心风俗"的力量,不仅由于它们与历史著作相比,有着语言文字、叙述方法更为生动等等艺术长处,而且以表现人类之"公性情"见长。所谓"公性情",义近于后来所说的"普遍的人性",显然受西方文艺理论的影响。蒋观云则提出"悲剧"的概念。他说:"中国之演剧也,有喜剧,无悲剧。每有男女相慕悦一出,其博人之喝彩多在此,是尤可谓卑鄙恶俗者也"。但他称赞汪笑侬的《党人碑》是"切合时世一悲剧也"。关于"悲剧"的内涵,他这样解释:"悲剧者,能鼓励人之精神,高尚人之性质,而能使人学为伟大人物者也。故为君主者不可不奖励悲剧而扩张之。"甚至说:"悲剧者,君主及人民高等之学校也,其功果盖在历史以上。"(均见《中国之演剧界》,《广益报》1906年第九十八期)这里指出的主要是悲剧的作用,并没有讲清什么是悲剧,而且断言中国没有悲剧并抹煞喜剧的价值,不免失诸片面。但能提出使用显然来自西方文艺理论的"悲剧"、"喜剧"这样的概念,并用以衡量戏曲作品的价值、意义,在戏曲批评史上,无疑是有新鲜感的。我国古代曲论不用悲剧、喜剧的美学概念对戏曲进行分类,如元代有人将金院本分为"上皇院本"、"题目院本"、"霸王院本"、"诸杂大小院本"等类(参见陶宗仪《辍耕录》卷二十五);将杂剧分成"驾头、闺怨、鸨儿、花旦、披秉、破衫儿、绿林、公吏、神仙道化、家长里短之类"(见《说集》本《青楼集》卷首附夏伯和《青楼集志》);明代初年朱权的《太和正音谱》将元杂剧分成"神仙道化"、"忠臣烈士"、"悲欢离合"等十二科;后来有人根据文词特点将杂剧、戏文分为"本色派"和"骈俪派";而这样分类几乎一直沿用到近代。

　　试图阐述戏曲改良方针、要求的,以三爱所撰《论戏曲》一文较为详细,此文举出五点改良要求。第一,"宜多编有益风化之戏",也就是"以吾侪中国昔时荆轲、聂政、张良、南齐云、岳飞、文天祥等大英雄之事迹,排成新戏,做得忠孝义烈,唱得激昂慷慨,于世道人心极有益"。同时,像《长坂坡》、《九更天》一类传统戏中的优秀剧目,"亦可以发生人之忠义之心",应该加以发扬光大。第二,向西方戏剧汲取有益成分,"采用西法,戏中有演说,最可长人之见识,或演光学、电学各种戏法,则又可练习格致之学"。第三,不演神仙鬼怪之戏,因为"鬼怪事,大不合情理,宜急改良"。第四,"淫戏伤风败俗",应予废弃。最后一点,排除富贵功名之俗套,"演戏必有益于风俗"(《新小说》第十四号,1905年)。五点中只有第二点涉及表演形式,其余主要是指思想内容方面的改良。由此可以看出,当时盛极一时的"戏曲改良",其实质主要是利用戏曲旧形式来表现资产阶级的启蒙思想。

梁　启　超

梁启超关于历史剧的言论在此时期也颇有影响。

梁启超所以重视戏曲的原因是多方面的。首先,他指出戏曲文学有很多优点,如描写故事淋漓尽致,塑造人物不受限制,组织结构灵活自由,句法、音律较易创新,为其他文体所望尘莫及。其次戏曲文学用"俗语"写作,观众读者容易接受,"苟欲思想之普及,则此体非徒小说家当采用而已,凡百文章,莫不由然"(均见《小说丛话》,以下不注出处者同此)。第三,孔尚任的《桃花扇》剧中的故国之思,兴亡之感,与清末的政治环境、维新变法主张有某种相似相通之处。寓政治宣传于戏曲批评,运用戏曲批评做政治宣传,梁启超颇费了一番功夫。他从《桃花扇》的结构、文藻和寄托三方面来分析评论,而以"寄托"的分析为较富有特色。如:

> 《桃花扇》沉痛之调,以《哭主》、《沉江》二出为最。《哭主》叙北朝之亡,《沉江》叙南朝之亡也……此数折者,余每一读之,辄觉酸泪盈盈,承睫而欲下。文章之感人,一至此耶!

> 《桃花扇》于种族之感,不敢十分明言,盖生于专制政体下,不得不尔也。然书中固往往不能自制,一读之使人生故国之感。余尤爱诵者,如"莫过乌衣巷,是别姓人家新画梁"(《听稗》)。"谁知歌罢剩空筵? 长江一线,吴头楚尾路三千,尽归别姓,两翻云变,寒涛东卷,万事付空烟"(《沉江》)。……读此而不油然生民族之思想者,必其无人心者也。

为了扩大影响,梁启超专门注释了《桃花扇》剧本。他的注文大体上与孔尚任的《桃花扇·考据》相同,意在进一步为剧中故事情节寻找史实的依据,其间有涉及历史剧创作问题的论述。如:

> 扬州破于四月二十五日,史公即于其日遇害。福王之逃,在五月初九日。此皆时日昭昭凿凿绝无疑窦者。若如本出所演"今夜扬州失陷,才从城上缒下来"……"原要南京保驾,不想圣上也走了",则时隔十三日,何从牵合,无稽甚矣。云亭著书在康熙中叶,不应于此等大关节目尚未考定,其所采用俗说者,不过为老赞礼出场点缀地耳。但既作历史剧,此种与历史事实太相反之纪载,终不可为训。(三十八出注一)

像史可法为明朝殉难、南明福王弃京逃亡等确凿无疑的重大事件之时间,梁

493

启超以为剧本一定要按照史料记载,如实谱写,绝不能由于点缀人物的需要而采用不足为训的"俗说",不能随意改动虚构。这种尽量求实的观点,贯串于《桃花扇》的全部注文之中。可是,梁启超并没有由于强调求实而混淆了历史剧与历史著作的界限。对于剧中有关李香君匡正侯方域,拒绝权奸阮大铖收买等情节的描写,他议论道:"云亭度曲,惟取其意,而稍易其人其事及其时,既非作史,原不必刻舟求剑也"(第七出注一)。这就非常明确地承认了集中、概括、虚构之必不可少(另外参见三十一出注一、三十二出注二等)。既要严格按照历史的本来面目去反映历史,又肯定集中概括与虚构之必不可少,梁启超关于历史剧与历史的区别和历史剧创作原则的论述,在一定程度上避免了前人论述的片面性。

姚　华

姚华(1878—1930)字重光,号茫父,贵州息烽人。光绪甲辰(1904 年)进士,授工部虞衡司主事。对金石、文字、诗词、书画、戏曲都有一定造诣。在维新变法声中,留学日本研究政治法律,归国后曾任邮传部科长。辛亥革命后姚华"四居议席",终因理想未见实现,愤而退居古庙,重理旧业,先后担任朝阳大学等校教授。著有《弗堂论稿》,戏曲论著有《元刊杂剧三十种校正》、《菉漪室曲话》和《曲海一勺》。

姚华经常以书画喻曲,其曲论与书论画论往往相通。

> 余尝评剧,以为是有形有色之文章,事须极其荒唐,旨须衷诸情理,乃可为美。而世之好新者,务为写实,常至不能转圜,亦云笨矣。猴技之为戏,虽极简陋,并无情理,一味荒唐,可谓真戏。昔人论画,谓须不似而后神似,此岂可与儿女子语哉。(《弗堂论稿·雨窗琐记》)

称戏曲为"有形有色之文章",说明他已认识到戏曲通过舞台演出创造视觉形象感动观众的特点。姚华对据实铺陈式的"写实"颇有微词,以为"写实"只能"形似";而所谓"事须极其荒唐",也就是画论所说的"不似"之似的"神似"。

明人何元朗论诗、词、歌曲的演变,有所谓"诗亡而后有乐府,乐府阙而后有诗余,诗余废而后有歌曲。大抵创自盛朝,废于叔世……"(《菉漪室曲话》引文)的说法。姚华评论道:"元朗所云,多足与鄙说相证……乐府以皦迤扬厉为工,诗余以媚丽流畅为美;北曲宜宗乐府,南曲宜祖诗余,南北分流,渊源各别,虽关时运,亦缘地理。由此推论,尚有至言,惜乎元朗未之发明。"(《菉漪室曲话》卷一)在何元朗论述的基础上,进而提出"虽关时运,亦缘地理",显然是理论分析的深入。时世、政治等社会因素对诗词戏曲等文艺作品发展演变的影响、制约,前人论述较多,惟有地理环境的影响则很少有人专门论及。姚华说:"诗之转变,由词及曲,古今异声,辞缘声变,因是殊体。"古今之"声"不同,因此其"辞"不能不随之而变。自宋元以来,历朝都城地理位置的变迁,直接影响到主要戏曲体制的演变。

> 杂剧一科,且为词话开山,传奇导源,接受相承,皆北宋。徽、钦既降,宋徙而南;金据以北,北剧入金转盛……北杂金风,南参浙调,乐府余音,当在北矣。金源既亡,元又继承,南北混一,两系皆存。顾帝都所在,故院本特用北调……元社既屋,明又都南,南曲宜盛。迄于迁燕,曲与俱来,南北并参,更生合套。曲之演变,至此而极。(《曲海一勺》)

他注意到帝都之"风土"给予戏曲演变的巨大影响。所谓"风土",应包括地理环境、方言土音和风俗民情。这是从纵的历史联系中进行考察。再就横的地理环境差异来分析,词发展为曲以后,"其时海盐、弋阳诸腔,各地乡曲,振其土音,流衍甚盛,所谓列国之风,其鄙实甚,自经士夫润色,又屡屡以词入曲,由鄙而都,于是《琵琶》、《幽闺》诸本,遂为南曲祖。"(《曲海一勺》)这里把乡曲土音称之为"鄙",文人润色为"都",反映出姚华未能排除鄙视民间作品的旧俗偏见。可是,文中明确阐述各种地方声腔的形成和兴盛,与各地的乡曲土音、地理环境之间的密切联系,并且直接影响到"南曲"即传奇的发展,其中包涵着前人尚未揭示的合理因素。

对《东郭记》以喜剧手法尽情讽刺社会上的丑恶现象,姚华非常欣赏,并称《东郭记》一类剧作为"滑稽文学"。在他看来,滑稽文学的精神是与《庄子》寓言、《史记·滑稽列传》等古典名著一脉相承的,"滑稽之源,出于蒙庄,腐迁列传,少见梗概"。它与圣贤文章和其他文体相比,具有更为独特的艺术力量。"文学之至,喻于上天,滑稽文学,且在天上。滑稽者,文学之绝谊也。古今才人,虽合众长,不足一战。予是以崇拜滑稽。"而《东郭记》、《齐东绝倒》诸作,"皆滑稽之雄","顾当世未闻或重之者,大名不名,又奚怪耶!"他崇拜滑稽文学,又为世人之未能识其妙处而感到愤愤不平。如果说《东郭记》、《齐东绝倒》可以称为讽刺喜剧,那么所谓"滑稽文学",其实就是喜剧。

由于反映的矛盾冲突和表现手法的差异,对于观众读者所起感染作用的不同,喜剧与悲剧、正剧都有它们自己的特点。可是,它们的社会功能和文学价值应该是并无高低优劣之分的。姚华特别崇拜喜剧,甚至称之为"文学之绝诣",这固然表明了他的偏爱;然而,如联系历来论家绝少论及喜剧,有的甚或故意贬低其价值等具体情况,那么,姚华的见解可以说是不同凡响的。王国维特别重视悲剧(参见《红楼梦评论》);姚华则偏爱喜剧,都反映了20世纪初叶曲论家汲取西方文艺理论、美学思想来解释我国古代戏曲现象的尝试。

《曲海一勺》从多方面阐述戏曲的作用和价值,反复批驳卑视戏曲的偏见,主张恢复古代传统,寓礼乐之教于戏曲之中,以挽救社会上的衰颓之风。论及戏曲界的现状及其发展趋势时指出:

> 辛亥革命,前世斯斩,文章之道,当亦随之。以曲推移,理宜一变。变将奚若? 愚见所测,今乐西来,将趋兴盛,音即备矣,辞或阙如。观夫胶庠所习,坊肆所陈,产若芝草,涌譬醴泉,非不成章,仅能具体,不足铺张国华,涵养民性,其必斟酌于古今,镕铸于中外,不见温故之功,焉见知新之益?

指出辛亥革命后戏曲的发展演变,应当遵循"斟酌于古今,镕铸于中外"的道路,说明作者考虑革命带来的时代特点,注意到古今中外诸种因素的影响,但实际上他是把重点放在"温故"这方面的。姚华对梆子腔抱极端错误的态度,他把清朝的倾覆和民国建元以来的"不靖",统统归咎于梆子腔的流行发展。而对于日见衰落的昆曲却推崇备至,说什么"昆曲所被,莫不文物荟焕,叹为乐土,人安其居,各守厥常,为善之不遑,奚敢以乱?""昆曲之盛衰,实兴亡之所系。"他把昆曲捧为救世之良方。面对昆曲观众日见稀少,已接近难以维持的现状,所以他发出了"及昆曲之将绝,急恢复而新之"的哀号。这样,我们可以指出姚华的"斟酌于古今",其中实际上包涵着片面尊崇昆曲和卑视梆子腔的因素。这反映了姚华思想和艺术上新旧混杂的多元性,乃是辛亥革命后出现的复古思潮在戏曲理论上的一种畸形表现。

第三节　王国维的戏曲理论

1907年至1912年期间,王国维对我国古代戏曲进行了系统研究,先后完成了《曲录》、《戏曲考原》、《录鬼簿校注》、《优语录》、《唐宋大曲考》、《录曲余谈》、《古剧脚色考》和《宋元戏曲史》等八种专著及论曲文章若干篇,取得了引人瞩目的成果。

必合言语、动作、歌唱以演一故事,而后戏剧之意义始全

在探索我国戏曲的渊源时,王国维指出:古代的巫戏、俳优、滑稽、歌舞、杂技、百戏、傀儡、影戏等诸种伎艺,对戏曲的形成和发展有着密切的关系。可是,无论哪一种伎艺本身还不就是戏曲,只有到了元代,获得充分发展的杂剧,才是我国的戏曲艺术达到成熟阶段的重要标志。因为杂剧不但具备了"合言语、动作、歌唱以演一故事"的特征,而且在语言的运用上完成了"于科白中叙事,而曲文全为代言"的演变;在乐曲的体式方面也突破了大曲、诸宫调的局限,比较自由地适应和配合剧中叙事、抒情、状物的需要,而又有自己的特点。"此二者之进步,一属形式,一属材质,二者兼备,而后我中国之真戏曲出焉。"(以上均见《宋元戏曲史》),这些见解不啻是给戏曲作了定义性的概括,它和我国戏曲一般都有说有唱载歌载舞以表演故事的实际情况是基本相符的。

关于戏曲所反映的内容,王国维曾指出:"追原戏曲之作,实亦古诗之流。所以穷品性之纤微,极遭遇之变化,激荡物态,抉发人心,舒惨哀乐之余,摹写声容之末,婉转附物,惆怅切情……"(《曲录自序》二)这段话表述得相当清楚,他认为戏曲作品应是"人心"、"物态"的模写和反映。联系他在《宋元戏曲史》中所说:"元杂剧……又以其自然故,故能写当时政治及社会之情状,足以供史家论世之资者不少。"则所谓"当时政治及社会之情状",应是此处"人心"、"物态"的另一种表述。因此,不妨说王国维看到并且承认戏曲作品内容对于社会生活的依赖。再说文中所说的戏曲作品"足以供史家论世之资者不少",实际上是肯定了戏曲作品的认识功能。也许正是基于这种对于戏曲认识功能的认识,所以对于历来颇为流行的卑视戏曲的习俗之见,王国维提出了尖锐的批评。他写道:

> 胡元瑞谓韩苑洛以关汉卿比司马子长,大是词场猛诨。余谓汉卿诚不足道,然谓戏曲之体卑于史传,则不敢言。意大利人之视唐旦(按:今译但丁),英人之视狭斯丕尔(今译莎士比亚),德人之视格代(今译歌德),较吾人之视司马子长抑且过之。之数人曷尝非戏曲家耶!(《录曲余谈》)

他理直气壮地以西方人士重视戏曲家的事例为论据,两相比较,有力地证明戏曲作品与史传著作具有同样的价值。

开近代戏曲史研究之风气

自明、清以来,我国专门研究戏曲发展史的文人学者,几乎是空荡无人,一些曲论专著偶有论及的,也大都顺便带到,语焉不详,漫无系统。真正把戏曲发展史作为一门学问看待,作比较系统分析研究的,则首推王国维。

> 凡一代有一代之文学,楚之骚,汉之赋,六朝之骈语,唐之诗,宋之词,元之曲,皆所谓一代之文学,而后世莫能继焉者也。独元人之曲,为时既近,托体稍卑,故两朝史志与《四库》集部,均不著于录;后世儒硕,皆鄙弃不复道。而为此学者,大率不学之徒;即有一二学子,以余力及此,亦未有能观其会通,窥其奥窔者。遂使一代文献,郁埋沈晦者,且数百年,愚甚惑焉。往者读元人杂剧而善之;以为能道人情,状物态,词采俊拔,而出乎自然,盖古所未有,而后人所不能仿佛也。辄思究其渊源,明其变化之迹,以为非求诸唐、宋、辽、金之文学,弗能得也……(《宋元戏曲史序》)

而事实上,王国维从事戏曲研究的缘由恐怕还不止于此,他在《静庵文集续编序》之二中曾经自述研究戏曲的动机及其经过:

> 近年嗜好之文学亦有由焉,则填词之成功是也……然词之于戏曲,一抒情一叙事,其性质既异,其难易又殊,又何敢因前者之成功而遽冀后者乎。但余所以有志于戏曲者,又自有故。吾中国文学之最不振者莫戏曲若,元之杂剧,明之传奇,存于今日者尚有百数,其中文字虽有佳者,然其理想及结构,虽不谓至幼稚至拙劣不可得也,国朝之作者虽略有进步,然比之西洋之名剧相去尚不能以道里计,余所以忘其不敏,而独志乎是也。

研究戏曲是为了振兴戏曲,繁荣戏曲创作,以改变中国戏曲"比之西洋之名剧相去尚不能以道里计"的不合理状况,其用心不可谓不苦。虽然王国维对我国古代戏曲总的评价并不十分确切,对西方名剧也赞誉过当缺乏分析,但是通过深入研究戏曲遗产,发扬其优良传统,阐发其艺术特点,作为推动创作的借鉴,以促进戏曲的发展繁荣,确是有识之见。

在研究方法上,王国维根据我国古代戏曲和歌舞、诗词等关系密切,以及源远流长的特点,经过缜密考虑,决定采取先查考戏曲发展过程中出现的各个具体问题,逐一予以排比分析,然后再作综合研究的办法。他是从搜集记录整理剧目入手,以期从浩瀚而又分散的史料中,对宋元以来的作家作品有一个概略的了解,为此写成《曲录》和《录鬼簿校注》两部专著;进而再就古代戏曲中剧曲的发展演变的概况,作一番探究查考,写成《戏曲考原》一书;同时完成的《唐宋大曲考》一书,深入探索唐、宋"大曲"的发展沿革,以及它与戏曲的异同;《优语录》则专门钩稽历代著名艺人等的遗闻轶事、言论见解,倾注了作者珍视前人曲论的心血;对于戏曲中人物扮演、脚色行当,王国维也作了专题研究,撰有《古剧脚色考》。在此广泛研究的基础之上,王国维感到:"从事既久,续有所得,颇觉前人之说,与自己之书,罅漏日多,而手所疏记,与心所领会者,亦日有增益。"终于完成了综合研究的成果——《宋元戏曲史》的写作。此书综论宋、元两代戏曲发展,力图阐明其全部实际状况,凡当时所能搜集到的文献资料,都择要引以为据。全书论述:"上古至五代之戏剧"、"宋之滑稽戏"、"宋之乐曲"、"宋之小说杂剧"、"宋官本杂剧段数"、"金院本名目"、"古剧之结构"、"元杂剧之渊源"、"元剧之时地"、"元剧之存亡"、"元剧之结构"、"元剧之文章"、"元院本"、"南戏之渊源及时代"、"元南戏之文章"等大小十多个专题,自具系统,论述范围涉及宋元戏曲之方方面面,为近代研究戏曲史,无论在方法、史料和观点方面,都提供了有益的借鉴。

论人物形象塑造与脚色分工

对于戏曲创作中人物形象塑造的重要意义,王国维有不少中肯的见解。比如前面已经提到,他把"代言体"作为判断一定时期的作品是否达到"真戏曲"水准的一个重要标志,以及强调戏曲必须表演故事情节等论述,都和他重视人物形象塑造的认识分不开的,或者说都是从侧重人物形象塑造这一角度来立论的。因为他所说的"代言体"不是别的,它表现在剧本中,人物语言都是第一人称,用"我"的口吻来说话,表达思想感情;表现在舞台表演上,演员是以所扮演的剧中人物形象出现在观众面前,而不是以演员自己的口吻来叙述故事情节的。"代言体"是"表演"人物,"叙事体"则是"叙述"故事情节。"表演"比之"叙述",更便于人物形象的刻画塑造,尤其是在舞台上,演员可以运用各种艺术手段把人物表演得栩栩如生,性格鲜明,形神兼备。但是从王氏戏曲理论的总体来看,他对于脚色分工的分析尤其值得我们注意。"……虽我国作戏曲者尚不知描写性格,然脚色之分则有深意存焉。"(《录曲余谈》)从戏曲发展演变的历史进行考察,我国戏曲中的脚色分工,确实寄寓着塑造形象、刻画性格的"深意"。这是王国维的独到心得。他根据史料得出结论,隋、唐以前,戏曲还在萌芽时期,尚无所谓脚色分工。待到中唐时期,参军戏中的"参军"和"苍鹘",可以看作戏曲人物扮演中脚色的最早分工。稍后,宋、金两代戏曲舞台上的人物形象日见众多,已有明显的脚色分工。"宋杂剧、金院本二目所现之人物,若妲、若旦、若徕,则示其男女及年龄;若孤、若酸、若爷老、若邦老,则示其职业及位置;若厥、若倈,则示其性情举止;若孝、若郑、若和,虽不解其义,亦当有所指示。然此等皆有某脚色扮之,而其身非脚色之名,则可信也。"(《宋元戏曲史》)可是,脚色分工大体上以表示人物的性别、年龄、职业和地位为主。这是脚色区分的第一级,即第一阶段。元、明以后进入了第二级,脚色表示人物品性的善恶。据他分析,元代的戏曲,尤其是明代,剧中的主要人物总是由"末、旦"或"生、旦"配合扮演,而且剧中主要的正面人物又一般"多善鲜恶",反面人物总是让"净"或"丑"角去扮演,久而久之,形成了脚色的区分又有品性善恶的寓意。清代作品以孔尚任的《桃花扇》为代表,脚色表现人物进入了第三级,突破传统,剧中正面人物艺人柳敬亭、苏昆生由丑和净来扮演,开创了以人物气质之"阴、阳、柔、刚"来区分脚色的新路子。王国维以为脚色由第一级经第二级,发展到以气质的阴阳刚柔来区分的第三级,乃是一个由低级向高级的进步。关于气质,或者说用气质的学说来解释戏曲中的脚色,王国维是这样论述的:

> 夫气质之为物,较品性为著。品性必观其人之言行而后见,气质则于容貌举止声音之间可一览而得者也。盖人之应事接物也,有刚柔之分焉,有缓急之殊焉,有轻重强弱之别焉。此出于祖、父之遗传,而根于身体之情状,可以矫正而难以变革者也。可以之善,可以之恶,而其自身非善非恶也。善人具此,则谓之刚德柔德;恶人具此,则谓之刚恶柔恶;此种特性,无以名之,名之曰"气质"。自气质言之,则亿兆人非有亿兆种之气质,而可以数种该之。此数种者,虽视为亿兆人气质之标本可也。吾中国之言气质者,始于《洪范》三德,宋儒亦多言气质之性,然未有加以分类者。独近世戏剧中之脚色,隐有分类之意,虽非其本旨,然其后起之意义如是,不可诬也。脚色最终之意义,实在于此。以品性,必观其人之言行而后见,而气质则可于容貌、声音、举止间,一览而得故也。(《故剧脚色考·余说一》)

他断言"气质"较"品性"更为显著,"品性必观其人之言行而后见,气质则于容貌、声音、举止之间可一览而得者也",说明了自表现品性发展到表现气质之所以是一种进步的理由。关于气质分类与脚色分工之间的内在联系,王国维在《录曲余谈》中发表过这样的见解:

> 罗马医学大家额伦,谓人之气质有四种:一热性,二冷性,三郁性,四浮性也。我国剧中脚色之分,隐与此四种合。大抵净为热性,生为郁性,副净与丑或浮性而兼冷性,或浮性而兼热性,虽我国作戏曲者尚不知描写性格,然脚色之分则有深意义存焉。

把戏曲中的生、旦、净、丑同西方医学中所说的"热、冷、郁、浮"四性相比附,王国维从其中找到了彼此之间联系的线索。这种古今中外广泛比附联系的做法,也许对我国戏曲塑造人物形象不无推动作用。把脚色区分理解为气质分类,有助于观察分析人物、描写表现人物,向着揭示人物性格的复杂性、丰富性方面前进。同样,以气质论人,比以职业、地位、品性论人来得广泛而深刻。气质表现在情绪的兴奋上(如感情发生速度的快慢、感情力量的强弱);表现在感情向外表露的大小趋向上(如动作、语言、表情等);表现在动作速度,即灵活性上。据此,剧作者和演员如能按照人物的不同气质去观察分析,体验掌握,描写表演,至少可以在一定程度上避免人物类型化的弊病,或者说可以在职业、地位、品性善恶区分的基础上前进深入一步。应该指出,王国维的以上论述不是没有缺陷的。首先,从人的气质分类来看,无论把它分为"阴阳刚柔"、"热冷郁浮",还是所谓"胆汁、多血、抑郁、黏液"质,都是大的归类。而实际上大多数人都是一种气质的个别特征与其他气质若干特征的组合,而且一个人在不同年龄或不同生活、活动的范围里,往往表现出并不完全相同的气质特征。质言之,一个人的气质并不是一成不变的,只有极少数人才是某种气质的"纯净"不杂而又不变的。对此,王国维似乎没有注意到。其次,气质与性格是两个密切关系而涵义不完全相同的概念。性格是表现在人的行为和态度方面的比较稳定的心理特征,它可以包括气质,却并不等于气质,王国维则有时将两者混淆不清,存在着将"脚色"与"性格"简单划等号的缺点。

元剧为一代之绝作

自从明、清以来,人们对于元剧文学价值的认识逐渐有所提高。王国维提出的"元杂剧为一代之绝作"的著名论断,对以后元剧研究以及文学史的撰著都有深广的影响。

501

元曲之佳处何在？一言以蔽之，曰：自然而已矣。古今之大文学，无不以自然胜，而莫著于元曲。盖元剧之作者，其人均非有名位学问也；其作剧也，非有藏之名山，传之其人之意也。彼以意兴之所至为之，以自娱娱人。关目之拙劣，所不问也；思想之卑陋，所不讳也；人物之矛盾，所不顾也；彼但摹写其胸中之感想，与时代之情状，而真挚之理，与秀杰之气，时流露于其间。故谓元曲为中国最自然之文学，无不可也。若其文字之自然，则又为其必然之结果，抑其次也。（《宋元戏曲史·元剧之文章》）

元剧文章之"自然"，不止是表现在语言文字方面，它是由各方面的诸种因素决定的。"其人均非有名位学问也"，剧作家的社会地位在起作用；"其作剧也，非有藏之名山，传之其人之意也"，剧作家的创作动机比较朴素现实。他们并不打算把作品藏起来，以待后世知音的赏识，而是"以意兴之所至为之，以自娱娱人"。他们的创作既为了满足自己的审美需要，同时也可以给他人以美的享受。王国维所说的"意兴"，似与宋时诗论中的"意兴"相近，"诗有词理意兴。南朝尚词而病于理，本朝人尚理而病于意兴。"（魏庆之《诗人玉屑》卷二《诗评》）宋诗尚"理"而病"意兴"，可知"意兴"是指作品的形象性与抒情性。王国维以诗论概念来论曲，其含义当与之近似。下文又说剧作者创作时，"但摹写其胸中之感想，与时代之情状"。仔细揣摩其用意，可知"意兴"当是形象地表现了作者胸中的感想，以及由客观社会之情状所激起的情感活动。唯其如此，所以关目布置是否拙劣，思想表现是否卑陋，人物塑造是否矛盾，都在所不顾，但求一吐为快。这就形成了元剧特有的所谓"自然"，为其他文体所不可企及。

其次，元剧中的"悲剧"才是最有价值的。王国维并不欣赏喜剧情节之先离后合、始困终亨。他说：

明以后，传奇无非喜剧，而元则有悲剧在其中。就其存者言之：如《汉宫秋》、《梧桐雨》、《西蜀梦》、《火烧介子推》、《张千替杀妻》等，初无所谓先离后合，始困终亨之事也。其最有悲剧之性质者，则如关汉卿之《窦娥冤》，纪君祥之《赵氏孤儿》。剧中虽有恶人交搆其间，而其蹈汤赴火者，仍出于其主人翁之意志，即列之于世界大悲剧中，亦无愧色也。（《宋元戏曲史·元剧之文章》）

文中所说《窦娥冤》、《赵氏孤儿》等最具悲剧之性质云云，明显地受到西方悲剧理论的影响。而能够承认元杂剧中的悲剧"即列之于世界大悲剧中,亦无愧色也",这在当时并不是所有曲论家都能认识到的。

第三,元剧的主要特点是有"意境"。他写道:

> 然元剧最佳之处,不在其思想结构,而在其文章。其文章之妙,亦一言以蔽之,曰:有意境而已矣。何以谓之有意境? 曰:写情则沁人心脾,写景则在人耳目,述事则如其口出是也。(《宋元戏曲史·元剧之文章》)

"意境",乃中国古文论常用概念,王国维引以论曲,专指剧中写情、写景、叙事所达到的完美、感人的程度,颇具新意。

第四点,元剧多用"新言语",即多用俗语和自然之声音来形容事物。他说:"古代文学之形容事物也,率用古语,其用俗语者绝无。又所用之字数亦不甚多。独元曲以许用衬字故,故辄以许多俗语或以自然之声音形容之。此自古文学所未有也"。他从大量例子中得出这样的结论:"元剧实于新文体中自由使用新言语,在我国文学中,于《楚辞》、《内典》外,得此而三。……其写景抒情述事之美,所负于此者,实不少也。"(同上)

关于元剧繁荣的原因,王国维特别反对所谓元代以词曲取士促进了元剧繁荣的说法。"余则谓元初之废科目,却为杂剧发达之因。"在他看来:

> 盖自唐、宋以来,士之竞于科目者,已非一朝一夕之事,一旦废之,彼其才力无所用,而一于词曲发之。且金时科目之学,最为浅陋。……此种人士,一旦失所业,固不能为学术上之事。而高文典册,又非其所素习也。适杂剧之新体出,遂多从事于此;而又有一二天才出于其间,充其才力,而元剧之作,遂为千古独绝之文字。(《宋元戏曲史·元剧之时地》)

以上是从政治制度的变动和剧作者文化水平方面找原因。其次,剧作者的政治地位,也直接对元剧产生影响。他系统地考查了元明清三代剧作家的里居和官职,从中理出一条规律:凡是士大夫插手戏曲创作之际,也就是戏曲丧失其生气之时。他写道:

> 元初名公,喜作小令套数……然不作杂剧。士大夫之作杂剧者,唯白兰谷(朴)耳。此外杂剧大家,如关、王、马、郑等,皆名位不著,在士人与倡优之间,故其文字诚有独绝千古者,然学问之弇陋与胸襟之卑鄙,

亦独绝千古……至明，而士大夫亦多染指戏曲。前之东嘉，后之临川，皆博雅君子也；至国朝孔季重、洪昉思出，始一扫数百年之芜秽，然生气亦略尽矣。（《录曲余谈》）

注意元剧作者大都"名位不著"，"故其文字诚有独绝千古者"，这显然受明代李开先、胡侍等人有关论述的影响；而指出戏曲一经封建士大夫染指，虽能一扫数百年来"学问夐陋"与"胸襟卑鄙"等"芜秽"，可是戏曲就此丧失其"生气"，乃是王国维深入研讨的结果。这个研究成果，比较突出地揭示了剧作家的创作准备，与封建官僚、士大夫的"学问"、"胸襟"的区别，把前人探讨问题的深度大大推前了一步。

第四节　《二十世纪大舞台》杂志和
吴梅的戏曲理论批评

《二十世纪大舞台》杂志

20 世纪最初几年，资产阶级革命派的政治思想宣传日趋活跃，影响所及，戏曲的理论批评和创作、演出，也出现了新因素、新趋向。光绪三十年（1904）陈去病、汪笑侬等创办的我国第一个戏曲专门杂志《二十世纪大舞台》，虽只出了两期就被清政府封禁，却集中地反映了他们的戏曲主张。

陈去病（1874—1933）字佩忍，原名巢南，自署醒狮、垂虹亭长，江苏吴江人。出身于富商家庭，早年受改良派影响，后转向革命。当时进步文学团体南社发起人之一，曾主笔《警钟日报》等报刊。辛亥革命后，从事政治活动。历任大学教授、校长、南京博物馆馆长。

汪笑侬（1858—1918）满族人，本名德克俊，又名僢，号仰天，自署孝农。出身官宦家庭，青年时开始酷爱戏曲，离开官场后苦心学戏，并以编、演戏为职业。所编演的《瓜种兰因》（据《波兰衰亡史》改编）、《党人碑》、《桃花扇》、《长乐老》等新戏，程度不同地寄寓着对清政府腐朽统治的不满，艺术形式也作了改革的尝试，一时被誉为"改良新戏"，受到社会舆论的注意。《二十世纪大舞台》杂志的创办,正是为推进"戏剧改良"而采取的一个重要的舆论宣传步骤。

陈去病、汪笑侬公开宣传他们创办刊物,是"以改革恶俗,开通民智,提倡民族主义,唤起国家思想为唯一目的"。他们的宣言带有明显的政治色彩:

> 同人痛念时局沦胥,民智未迪,而下等社会犹如睡狮之未醒。侧闻泰东西各文明国,其中人士注意开通风气者,莫不以改良戏剧为急务,梨园子弟,遇有心得,辄刊印新闻纸,报告全国,以故感化捷速,其效如响。吾国戏剧本来称善,幸改良之事兹又萌芽,若不创行报纸,布告通国,则无以普及一般社会之国民,何足广收其效,此《二十世纪大舞台丛报》之所由发起也。(《〈二十世纪大舞台丛报〉招股启并简章》,刊《二十世纪大舞台》第一期。以下引文只标第一期、第二期者同此)

近代中国资产阶级经过一系列政治较量的成功与失败,有识之士逐渐意识到单靠本阶级力量孤军作战,最终无法实现其政治纲领,必须争取"下等社会"广大人民群众的帮助以壮大革命声势。而在资产阶级看来,那些"下等社会"的人民大众,还处在蒙昧不醒状态,只有通过启蒙教育,灌输新的意识,才有可能成为可以利用的助力。为此,必须选择一种既能为"下等社会"乐于接受,又能立见成效的宣传教育工具。于是,改良派首先找到了小说(也包括戏曲),革命派则既重视小说,更侧重于戏曲。

《二十世纪大舞台》杂志的《发刊词》(柳亚子著,署名亚夫)深刻地分析了戏曲的社会功能:

> ……顾我国民非无优美之思想与刺激之神经也。万族疮痍,国亡胡虏,而六朝金粉,春满红山;覆巢倾卵之中,笺传《燕子》,焚屋沉舟之际,唱出《春灯》;世固有一事不问,一书不读,而鞭丝帽影,日夕驰逐于歌衫舞袖之场,以为祖国之俱乐部者。事虽民族之污点乎,而利用之机,抑未始不在此。又见夫豆棚柘社间矣……然而父老杂坐,乡里剧谈,某也贤,某也不肖,一一如数家珍;秋风五丈,悲蜀相之殒星,十二金牌,痛岳王之流血,其感化何一不受之优伶社会哉?世有持运动社会、鼓吹风潮之大方针者乎,盍一留意于是!

柳亚子这段论述,不仅正确指出了戏曲的巨大艺术感染力量和广泛的群众性,而且进一步揭示了不同戏曲作品对于不同观众所产生的迥然相反的作用。他以为明末阮大铖的《春灯谜》、《燕子笺》一类作品,只能是那些置国家危亡于脑后的醉生梦死之徒的消遣品;而表现发奋图强精神、歌颂民族英雄的优秀作品,则可以给人民大众以鼓舞,产生积极有益的社会影响。同时,十分尖锐地提出:那种以戏曲为腐化享乐之玩物的行为,其实是"民族之污点",与我国戏曲的优良传统格格不入;而以演戏去"媚神"祷福,也不能算是"善良之风俗"。如此有分析地讨论戏曲的社会作用,这是明清以来曲论家很少有人能够企及的。《发刊词》认为戏曲创作应该针砭时弊着重表现我国特有的,诸如"扬州十日之屠,嘉定万家之惨,以及虏酋丑类之慆淫,烈士遗民之忠荩"一类历史题材,以至像"法兰西之革命,美利坚之独立,意大利希腊之光复,印度波兰灭亡之残酷"一类外国历史故事。使广大观众从中得到启示,进而认清满族贵族统治集团的残暴淫虐,吸取印度波兰的惨痛教训,以法国、美国、意大利、希腊人民为榜样,振奋起"报复之谋",举国上下,人人"崇拜共和,欢迎革命",投身到资产阶级民族民主革命的洪流,推翻清朝的封建统治。(引文均见第一期)

陈去病在《论戏剧之有益》中指出:

> 吾一般社会青年,既不仕虏廷,效杨坚、郭威之烈,又不隐山泽,逐黔布、彭越之踵;徒日扰扰奔走于通商之场,高言运动,无补于时;断发胡服,依然域外之民,痛饮清歌,终化泥中之絮,如鬼如祟,如梦如呓,首鼠射工,神乎其技;盖造福不足,而败事有余,较其人格,为优几何? 则吾转不如牺牲一身,昌言堕落,明目张胆而去为歌伶;"朝从屠沽游,夕拉驺卒饮",逍遥跌宕,聊以自娱;亦宁非于今新学界上,灿灿烂烂,突然另起一生力军,临风飐飐,而高树一独立自由之帜乎?

把戏曲和崇高的革命事业,与"独立自由"联系起来,这非但是对戏曲从业者的莫大鼓励,就是于一般社会青年也有极大的动员作用。又论戏曲的艺术特征云:

> ……此其奏效之捷,必有过于劳心焦思,孜孜矻矻以作《革命军》、《驳康书》、《黄帝魂》、《落花梦》、《自由血》者殆千万倍。彼也囚首而丧面,此则慷慨而激昂;彼也间接于通人,此则普及于社会,对同族而发表宗旨,登舞台而亲演悲欢,大声疾呼,垂涕以道。此其情状,其气概,脱较诸合众国民在北米利坚费城府中独立厅上撞自由之钟,而宣告独立之檄文,夫复何所逊让? (均见第一期)

这些论述都有浓厚的新时代特点。

著名戏曲演员汪笑侬被誉为"中国第一戏剧改良家"，柳亚子热烈称赞他的演出为"梨园革命军"，是戏剧改良的奠基石。柳亚子写道："张目四顾，山河如死"，唯有戏剧改良给人们带来了生气，带来了希望：

> 南都乐部，独于黑暗世界，灼然放一线之光明：翠羽明珰，唤醒钧天之梦；清歌妙舞，招还祖国之魂；美洲三色之旗，其飘飘出现于梨园革命军乎！基础既立，机关斯备，组织杂志，以谋普及之方，则前途一线之希望，或者在此矣。（《发刊辞》）

作者的原意是清楚的，无非是突出强调戏曲的作用，强调戏曲改良实践的重要意义，以及创办专门刊物的必要性。只是强调过了分寸，不无偏颇。当时的评论，比较重视思想内容和教育意义。如《观〈长乐老〉剧愤书》，充分肯定剧本的思想意义，并议论道："呜呼！王国恩（按：剧中人物）往矣，后世如王国恩其人者，诚不知几十百万也，亦安有张瑶星出而当场辱詈，挝正平之鼓，使天下丧心病狂、卖国求荣者，有以摄其魄而惊其魂哉！"（胎石著，刊于第二期）署名梦和的《题汪笑侬〈桃花扇〉京剧即以寄赠》诗云："沈沈日月天何醉，惨惨笙歌我独来。一曲《桃花》南渡影，是谁恸哭到西台。人自酣嬉国自亡，《春灯》、《燕子》太仓皇。斜阳不照冬青树，剩有寒蛩泣晓霜。钩党纷纷祸有芽，揭来扇底问桃花。眼前多少兴亡恨，敢为苍生惜齿牙。旧曲翻成新乐府，伤心不数《雨零淋》。若容怀酒论肝胆，君是昆生我敬亭。"（第一期）把当时改编演出历史名剧《桃花扇》的意义，用诗歌的形式表达出来，对观众读者颇有启发。

陈去病还注意做演员的工作。他鼓励上海戏曲女演员学习汪笑侬等人敢于自编自演新戏的进取精神，用新戏来"开通这般痴汉，唤醒那种迷人。"以期群策群力，不断扩大戏曲改良（署名醒狮《告女优》，刊第一期）。为了宣传优秀戏曲演员的历史功绩，提高他们的社会地位，陈去病先后撰写了《南唐伶工杨花飞别传》和《日本大运动家名优宫崎寅藏传》。前者讴歌了南唐中主李璟时内廷伶工杨花飞，所谓"当南唐君臣靡曼上下相蒙之秋，而直道之存乃独攸赖于一二优伶之身，以系人吊思，则优伶亦何负于国家哉？"后者介绍了旧民主革命时期中国人民的朋友宫崎的事迹，意在借以说明日本演员的政治活动和社会地位。此传是我国介绍宫崎的第一篇传记。《二十世纪大舞台》还刊登了一些剧作家、评论家、编者、演员、读者观众之间的通讯和诗词赠答；介绍了一些"改良新戏"的演出情况、艺人动态等等。汪笑侬的《缕金箱》上演后，有报导绘声绘色地介绍说：

> ……笑侬自扮杨龙友，夜来香则扮方芷，中间描写满洲兵南下之残酷，汉人出城逃难之悲惨，与方芷力劝龙友之殉节，隐讥显刺，妙绪环生。夜来香口齿清锐，辩若悬河，其激烈处声色俱厉，较之前演李香君《却妆》一节，尤为切挚，以故新党抱亡国之痛者，观之莫不悲从中来，伤心一恸云。（《纪〈缕金箱〉之内容》）

这不啻是一篇演出评论。这些都表明，杂志的编者和作者，千方百计地扩大"改良戏曲"的影响，期待着广大读者的同情和支持。

《二十世纪大舞台》杂志的创办，受到读者的热烈欢迎，第一期被争购一空，有的读者还写信表示支持。署名崇鼎的读者，对杂志编者的工作给予了极高的评价。"斯人也，何人也，创办《大舞台》之伟人也。神州有如是伟人，吾安得不震之，慑之，爱之，服之，鞠躬屈膝五体投地而崇拜之！"（《崇拜〈大舞台〉》）香港的《中国日报》以热情的笔调盛赞刊物"精神高尚，词藻精工，歌曲弹词，自成格调，读之令我国家民族之思想，攸然兴发，不能自已"（《介绍〈大舞台〉》）。此种情况说明，杂志的出刊确实顺应了时代的趋势，符合社会的需要，在推动戏曲反映资产阶级民主革命派的意志，动员群众方面，已初见成效。可是，它的尖锐、泼辣的文风，犀利的笔触，毕竟刺痛了清政府的神经。1905年初，正当编者筹备刊印第三期时，终于为清政府所查禁。

吴　梅

吴梅（1884—1939），字瞿安，号霜崖，自署癯庵、呆道人等，江苏苏州人。刻苦自学戏曲，长期从事戏曲创作和理论研究，先后在北京、上海、南京、广州等地大学讲授词曲。1907年与陈去病等结为"神交社"，关心国事。后来是著名文学团体南社的积极参与者。吴梅青壮年时期开始戏曲创作，著有《风洞山传奇》、《血飞花》、《轩亭秋杂剧》等剧本十多种。作品大都能与现实斗争相呼应，并以激昂悲壮的声音，暴露鞭笞清政府的昏庸腐败，鼓吹民族主义思想。晚年潜心词曲，校勘明清剧本，刻为《奢摩他室曲丛》一、二集，刘世珩编刻的《暖红室汇刻传奇》大都经他校勘。戏曲理论著作有《顾曲麈谈》、《中国戏曲概论》、《曲学通论》、《霜崖曲跋》等多种，另有单篇论文多篇。

《风洞山传奇》创作于 1904 年,该剧的《自序》和《例言》颇能反映吴梅早期的某些戏曲主张。

> 本朝词曲,可谓大备,如赵、蒋诸公,曾不一思瞿起田(按:瞿式耜字起田),此亦词场一恨事。岂当时有所忌讳,故不敢出之欤? 如史可法,则又现诸优孟之间,且入内廷也,此又何说之辞!(《例言》)

发掘历史题材,以表现民族主义思想,是晚清进步戏曲的一个共同特点。吴梅选择清代戏曲家没有表现过的明末抗清将领瞿式耜事迹为素材,编写成《风洞山传奇》,以消除掉所谓的"词场一恨事",可说是这种创作思想的典型表现。他批评瞿氏后人所编《鹤归来》剧本,"以填词当立传","通本家事咸备","以自己登场,以赐谥结穴"等不妥之处,在《风洞山传奇》的创作过程"力更其弊,煞费苦心",注意故事情节的集中概括。"是编事实俱见瞿锡元所著《庚寅始安事略》。锡元为式耜后人,所言当有可信。余通本篇目,悉据以为排次。"吴梅对待历史题材,态度相当谨严。揆测他的用意,似乎在于强调信守史料以增加作品的感人力量。

晚清时期有相当一部分戏曲作者,往往片面侧重政治宣传,不太重视戏曲艺术的规律和特点,甚至缺乏正确认识。因此,剧中人物的性格不鲜明,缺乏立体感,削弱了作品的感染力。有人公开主张通过人物之口发表演说,向观众直接灌输"国民精神"。所以吴梅尖锐地批评道:

> 邹慰丹(容)上台至下场,坐也不坐,动也不动,要也不要,张着口,一口气唱到下场,仅叹了几口气完结了。排场之不讲究,如此其极!(《复金一书》,《江苏》杂志第二期)

这样切中戏曲创作一时通病之要害的评论,确是当时之佼佼者。

吴梅的戏曲理论,大都脱胎于明清以来的曲论遗产。以其主要理论著作《顾曲麈谈》为例,全书主要篇幅着重于宫调、音韵、曲谱、传闻轶事(谈曲),是"填词首重音律"的老体制,偏重于继承。可是,在一些传统戏曲具体问题的论述中,他往往结合自己的研究所得,巧妙地表述自己的见解,有所发挥,有所建树。以"作剧法"为例,吴梅在分别论述"结构"、"词采"、"宾白"之前,明确提出"真、趣、美"的要求,他说:

> 大抵剧之妙处,在一"真"字。"真"者,切实不浮,感人心脾者

也。……其次须有风趣……曰"真",曰"趣",作剧者不可不知。"真"所以裨风化,"趣"所以动观听,而其唯一之宗旨,则尤在"美"之一字,此其大概也。

吴梅在"剧之妙处"在于"真"所以补风化,"趣"所以动观听等等思想资料基础上,进而提出作剧的"唯一之宗旨则尤在'美'之一字",把"美"及其包蕴的"真、趣",视为作剧法纲领(大概)。换言之,在他看来,作剧之法是以"美"为宗旨的有机整体,所有"结构"之谨严,"词采"之超妙,"宾白"之优美等等,都是"美"的重要组成部分。以"美"论曲,虽然语焉不详,却不能否认它的理论意义。

再如,"酌事实"的基本论点,取自李渔"审虚实"中首创的"虚则虚到底"、"实则实到底",吴梅作了一点发挥:

> 古之传奇,用事实之最胜者,莫如《桃花扇》;用臆说之最胜者,莫如《牡丹亭》。《桃花扇》所用事实,俱见明季人野史;卷首有《考据》数十条,东塘已自计明晰矣。抑知记中所有纤小科诨,亦皆有本乎?……盖几几乎无语不征矣。《牡丹亭》之杜丽娘,以一梦感情,生死不渝,亦已动人情致。而又写道院幽媾之凄艳,野店合婚之潦草,无一不出乎人情之外,却无一不合乎人情之中。惟虏谍之立马吴山,李全之闹兵淮颍,则是确有其事。但此为本书之辅佐,故不能指为全书之瑕疵也。二书一虚一实,各极其妙。余每读其文,辄有季札观止之叹,此亦天下之公论也。

吴梅不仅仅把"用事实"和"用臆说",即李渔所说的"虚、实",看成是两种具体的艺术手法,而是更趋向于把它们当作两种不同的创作方法。又说"用臆说"最为成功的《牡丹亭》,并不绝对排斥选用"确有其事"的素材,作为全剧之"辅佐"。这就无异承认"虚"中不妨有"实","虚"、"实"不同,却可互为"辅佐",对李渔的"虚"、"实"说作了很好的补充。另外,吴梅在评论汤显祖《牡丹亭》等剧本时,明确提出"词家所谱事实,宜合于情理之中"的原则。认为"虚"必须"合乎人情","实"应该"合于情理",这是吴梅的发挥。再联系当时的创作:"最妙以前人说部中可感可泣,有关风化之事,揆情度理,而饰之以文藻,则感动人心,改易社会,其功可券也。"(以上引文均见《顾曲麈谈·制曲》)

评介元人杂剧,吴梅不采用以"关、马、郑、白"或"王、马、郑、白"为元曲

四大家的习惯说法,另外提出以王实甫、关汉卿、马致远为代表的元曲三大流派的新见:

> 自实甫继解元之后,创为研炼艳冶之词;而关汉卿以雄肆易其赤帜,所作《救风尘》、《玉镜台》、《谢天香》诸剧,类皆雄奇排奡,无搔首弄姿之态;东篱则以清俊开宗,《汉宫秋雁》臧晋叔以为元剧之冠,论其风格,卓尔大家。自是三家鼎盛,矜式群英……熹豪放者学关汉卿,工锻炼者宗实甫,尚清俊者号东篱……(《中国戏曲概论·元人杂剧》)

王实甫的代表作《西厢记》,是元杂剧百花园中的一朵奇葩。明代初年贾仲明的挽词〔凌波仙〕曲子说王实甫"《西厢记》天下夺魁",足见早在元末明初,《西厢记》已被认为是堪夺魁首的佼佼者。然而不少曲论家将王实甫置于"元曲四大家"之外,这其实是不公平的。王实甫的艺术造诣确有其独特之处,吴梅把它称之为"研炼艳冶"一派之祖,是很有识见的。因此元曲三大流派的归类,比之"四大家"的习惯称法更符合实际。

评论明代戏曲,吴梅提出"一代之文,每与一代之乐相表里"的观点,认为唯有与当时"社会之风尚性情"相印合的作品,才称得上是"天然之文",比之"乐官造作"的"官样文章"更有意义。(《中国戏曲概论·明总论》)他又提出明代作家可分三派的新见解。他说:

> 有明曲家作者至多,而条别家数,实不出吴江、临川、昆山三家。惟昆山一席,不尚文字,伯龙好游,家居绝少。吴中绝技,仅在歌伶。斯由太仓传宗(太仓魏良辅,曾订曲律,歌者皆宗之。吴江徐大椿为再传弟子),故工艺冠绝一世。中秋虎阜,斗韵流芬(吴中歌者,每逢中秋,必至虎阜献技。见张宗子《陶庵梦忆》、沈宠绥《度曲须知》)。沿至清初,此风未泯。亦足见一时之好尚,不独关于吴下掌故也。(《中国戏曲概论·明人传奇》)

在吴江、临川两派之外,另举出昆山派,这是一个新见。可是,仔细推究起来,吴梅所说的"昆山派",与习惯所称的"吴江"、"临川"派其实并不完全相同。它并不是具有某种创作特点的戏曲流派,而是一种唱曲的流派。近人周贻白《中国戏曲发展史纲要》则称郑若庸、梁辰鱼、梅鼎祚、许自昌、屠隆和张凤翼等风格相接近的戏曲家为昆山派,可作为吴梅见解的补充。吴梅指出,沈璟的缺点是"以俚俗之语求合律",而汤显祖也有"以北词之法作南词"的缺点。所以,他以为唯有"以临川之笔协吴江律"(《明人传奇》)才是最理想的。分析汤显祖的作品，他能联系汤显祖自己所说的"理之所必无，安知非情之所必有"，"人间何处说相思，我辈钟情如此"等言论，并进而肯定"盖惟有至情可以超生死，忘物我，而永无消灭。否则形骸且虚，何论勋业；仙佛皆妄，况在富贵"。在一定程度上揭示了作品的思想意义，给予那种"徒赏其节目之奇，词藻之丽"，甚至"诃为绮语，诅以泥犁"一类皮相之见以有力的抨击。

吴梅还对清代戏曲作出评论。吴梅断言清代戏曲的成就远远比不上明代，其原因是多方面的。首先是前朝遗风的影响，"开国之初，沿明季余习，雅尚词章，其时文人，皆用力于诗文，而曲非所习。"其次，"乾嘉以还，经术昌明，名物训诂，研钻深造，曲家末艺，等诸自郐"，学术界偏重经学考据，卑视戏曲。第三，有地位的台阁巨公对戏曲缺乏兴趣，"自康、雍后，家伶日少，台阁巨公，不熹声乐，歌场奏艺，仅习旧词，间及新著，辄谢不敏。文人操翰，宁复为此？"最后一点，地方声腔民间戏曲空前繁盛，"光、宣之际，黄冈俗讴，风靡天下，内廷法曲，弃若土苴，民间声歌，亦尚乱弹，上下成风，如饮狂药，才士按词，几成绝响，风会所趋，安论正始。"（《清总论》）从以上分析的四点可以看出，吴梅所说的清代戏曲，主要是指文人创作的戏曲剧本，无论是传奇还是杂剧，其中并不包括所谓"黄冈俗讴"一类当时甚为流行的民间声歌。可见，他对地方声腔戏曲并不欣赏。他甚至说过这样的话："故论逊清戏曲，当以宣、光为断。咸丰初元，雅郑杂矣；光、宣之际，则巴人下里，和者千人，益无与于文学之事矣。"（同上）竟然将地方戏曲完全排斥于文学之外。这可能与吴梅偏爱昆曲，始终未能摆脱以昆曲为正统"国剧"的时风有关。当然，吴梅对清代，尤其是18世纪末以后的文人创作，并非没有清醒的认识。如"余尝谓乾隆以上，有戏无曲；嘉、道之际，有曲无戏；咸、同以后，实无戏无曲"（《清人传奇》）。文中的所谓"戏"，是指故事情节的戏剧性；"曲"，指剧曲的优美合律。这段评论十分简要地勾勒了清代文人作品每下愈况的实际状况。

对于清代戏曲界超过明人的成就，吴梅也一一予以肯定。他指出在结构情节方面，清代作品能注意避免明人"拖沓泛滥"和"假神仙鬼怪，以为生旦团圆"的通病，大都做到"取材说部，不事臆造。详略繁简，动合机宜。长剧无冗费之辞，短剧乏局促之弊"。其次，清代的曲谱和韵书，由于文字音韵学的进展，也有不少比明人著作更为完善，便于编剧实际使用之处。第三，戏曲理论著作有李渔的《闲情偶寄》和焦循的《剧说》等等。

第三章　近代的小说理论批评

第一节　梁启超与"小说界革命"

梁启超的小说理论批评

　　1840 年鸦片战争以后,中国进入了近代社会。然而,从小说创作、特别是小说理论批评方面来看,在相当长的一段时间内基本上停留在传统的观点和方法上,并没有跳出旧的圈子。1872 年蠡勺居士所作的《昕夕闲谈小序》,是随着翻译小说的陆续出现而将眼光注意到了西方,这不能不说带有一些新的气息。但从总体来看,它还是运用了我国古代小说理论中的一些传统的观点和术语来评价中西小说的。我国近代小说理论的新局面,是随着资产阶级维新派登上政治舞台并大力提倡"小说界革命"而出现的。在这场"小说界界革命"中,梁启超是最著名的代表人物。

　　梁启超等资产阶级维新派在强调各体文学为他们的政治运动服务时,特别注意到小说通俗易传,便于开通民智的特点。维新运动的领袖康有为就说:"仅识字之人,有不读经,无有不读小说者。故《六经》不能教,当以小说教之;正史不能入,当以小说入之;语录不能谕,当以小说谕之;律例不能治,当以小说治之。"(见梁启超《译印政治小说序》所引)正是从这种精神出发,梁启超在 1896 年《变法通议》的《论幼学第五·说部书》中,就开始主张革新这种"读者更多于《六经》"的小说的内容。1897 年,他在为《蒙学报》、《演义报》作序时,进一步指出"今日救中国第一义"为"教小学,教愚民",而小说是其中最有力的工具。然而,当时由于梁启超等主要致力于自上而下的政治变革,对小说的看法也没有彻底摆脱传统的观点,因而对小说的革新还没有作大张旗鼓的宣传。

1898年9月,戊戌政变失败,梁启超就亡命日本。严酷的斗争现实,沉重地打击了梁启超等企图依靠最高统治集团自上而下地改革政治、变法图强的幻想。政治地位的丧失,也逼得他们不得不更加重视制造舆论来继续斗争。10月,在日本创刊《清议报》,在该报"规则"中,强调了写作"政治小说",并发表了由他亲自翻译的当时日本著名的政治小说《佳人奇遇》,其序即有名的《译印政治小说序》。这篇序言重新提出了革新小说的主张,进一步强调小说与政治的关系,是近代小说批评史上的一篇重要论文。当时,梁启超在翻译、介绍、论述、提倡政治小说的同时,开始酝酿创作政治小说《新中国未来记》。1902年春,他又创刊了《新民丛报》,发表了《劫灰梦传奇》(未完)、《新罗马传奇》(未完)两剧,表达了创作小说戏曲的目的,务在"振国民精神","把一国的人从睡梦中唤起来"。到1902年11月,在长期的理论探讨和创作实践的基础上,梁启超终于在横滨主持出版了《新小说》杂志。《新小说》是我国第一种近代新型的小说刊物。它以小说创作为主,兼及理论、笔记等。

在《新小说》创刊号上,梁启超发表了《小说与群治之关系》这篇具有纲领性的小说理论文章,明确提出"小说界革命"的号召,在整个文坛上发生了巨大的影响,迅速地形成了一个声势浩大的小说革新运动,使小说创作和理论批评出现空前繁荣的局面。在这场运动中,到1906年1月停刊,共出二十四期的《新小说》无疑是梁启超等进行小说革命的最重要阵地。它不仅发表了《二十年目睹之怪现状》、《痛史》、《九命奇冤》(均吴趼人著)、《新中国未来记》(梁启超)、《黄绣球》(颐琐)等重要小说作品,而且发表了《论文学上小说的位置》(楚卿)、《论写情小说与新社会之关系》(松岑)等有分量的理论文章。从1903年第七号起,梁启超还仿照诗话、词话的体例,创设《小说丛话》的专栏,带头撰写和亲自组织短小活泼的理论性文章,在小说批评史上产生了积极的影响。

总之,梁启超在戊戌变法前后,从资产阶级维新派要求变法图强的政治目的出发,根据当时小说界的实际情况,倡导和推动了一场小说革新运动。这场运动之所以形成,固然是由于当时政治斗争的需要,是历史发展的必然结果,但我们也决不能由于梁启超当时的理论局限和以后政治上的落伍而否定他在"小说界革命"中的历史功绩。梁启超不仅是近代小说革新运动的倡导者,而且也是近代小说理论的奠基者。他的主要理论贡献有以下几个方面。

"小说有不可思议之力"

在我国古代社会中,小说被绝大多数正统文人视为"小道"。但与此相反而肯定和推崇小说的,也代不乏人。这些都应该说是梁启超的前驱。梁启超正是在这基础上进一步强调小说的社会作用,把小说提到了前所未有的高度。他在《小说与群治之关系》的开头就说:

> 欲新一国之民,不可不先新一国之小说。故欲新道德必新小说,欲新宗教必新小说,欲新政治必新小说,欲新风俗必新小说,欲新学艺必新小说,乃至欲新人心,欲新人格,必新小说。何以故? 小说有不可思议之力支配人道故。

梁启超在这里论述的小说的社会作用,与前人是很不相同的。这不仅仅表现在比前人更加强调,提得更高,更为重要的是与资产阶级维新运动紧密结合而带有新的时代和阶级的特色。他主要不是为了维护旧秩序,而是为了产生新制度。因而不仅是崭新的,而且也是符合历史潮流的。

梁启超论述小说社会作用时,在方法上也有其特点。这就是喜欢通过总结中西小说的历史经验而证明小说在实践中确实起过巨大的作用。他认为,我国古代小说都是不好的,因而在实际生活中所起的作用也坏极,乃至是"中国群治腐败之总根源"。其《变法通议》就说我国古代小说"海盗海淫,不出二端,故天下之风气,鱼烂于此间而莫或知,非细故也。"以后在《译印政治小说序》和《小说与群治之关系》中都坚持这样的观点。他说:"吾中国人状元宰相之思想何自来乎? 小说也。吾中国人佳人才子之思想何自来乎? 小说也。吾中国人江湖盗贼之思想何自来乎? 小说也。吾中国人妖巫狐鬼之思想何自来乎? 小说也。……"总之,它所起的作用是"陷溺人群"(《小说与群治之关系》)。这样评价我国古代小说本身当然是错误的,然其目的是为了强调小说能起巨大的作用。与此相反,他认为欧洲各国及日本在"变革之始"所写的政治小说产生了极大的社会作用,他说:

> 在昔欧洲各国变革之始,其魁儒硕学,仁人志士,往往以其身之经历,及胸中所怀政治之议论,一寄之于小说。于是彼中缀学之子,黉塾之暇,手之口之,下而兵丁、而市侩、而农氓、而工匠、而车夫马卒、而妇女、而童孺,靡不手之口之,往往每一书出而全国之议论为之一变。彼

美、英、德、法、奥、意、日本各国政界之日进,则政治小说为功最高焉。英名士某君曰:"小说为国民之魂。"岂不然哉! 岂不然哉!(《译印政治小说序》)

因而,他认为"今日救中国",小说也是最有效的工具,必须学习西方和日本的经验,充分发挥小说的积极作用。应该说,梁启超这样的论证方法在当时形势下是极有号召力的,加上他一再强调,屡加宣扬,因而小说的巨大社会作用就此被大多数人所认识,小说的社会价值因而大大提高,从根本上扭转了我国几千年来普遍轻视小说的传统看法。

然而,他的这一主张与传统的"文以载道"说息息相通,在矫枉时又往往过正。《小说与群治之关系》以夸张的笔调所赞扬的小说的"不可思议之力",简直是把小说当作医治千疮百孔、腐朽没落社会的灵丹妙药,不适当地夸大了小说的社会作用。至于他在强调小说的社会作用时,把封建社会中的一切腐败现象都归之于小说的罪过,则在客观上为清朝统治者开脱了罪责。他极力诅咒小说导致"今我国民,绿林豪杰,遍地皆是,日日有桃园之拜,处处为梁山之盟……遂成为哥老、大刀等会,卒至有如义和拳者起,沦陷京国"等等,又反映了他对人民革命的恐惧,暴露了资产阶级改良派软弱的本质。

"欲新政治,必新小说"

梁启超是个划时代的小说理论家,但他首先是个叱咤风云、名重一时的政治活动家、宣传家。他强调小说的社会作用,极力鼓吹革新小说,决不是单纯地为小说而小说,而是为了使小说这种强有力的舆论工具紧密地为他的变法运动服务。他说的"欲新政治,必新小说",从顺序来看,是把新小说放在新政治的前面;但从因果来看,新小说毕竟是为了新政治。因而在戊戌变法前后一段时间内,他重视小说,论述小说,创作小说,翻译小说,都有一根线贯串着,这就是十分注重小说为当时资产阶级维新变法的政治服务。这也可以说是梁启超小说理论的灵魂。

1896 年,梁启超开始提出小说革新,就是在《变法通议》中作为"变法"的一项重要内容;到 1902 年正式号召"小说界革命",也是为了"吾国前途"计,所以才强调"今日欲改良群治,必自小说界革命始"。其间,他创作小说,就是"专欲发表区区政见,以就正于爱国达识之君子"(《新中国未来记绪言》);他翻译小说,也是为了"关切于今日中国之时局"(《译印政治小说序》);他办《新小说》期刊,其宗旨也是"专在借小说家言以发起国民政治思想,激励其爱国精神"(新小说报社《中国唯一之文学报新小说》)。总之,无一不是为了他们的变法,一切为了他们的政治。

梁启超在号召小说为政治服务时,第一次在我国提出了"政治小说"的概念。"政治小说者,著者欲借以吐露其所怀抱之政治思想也。其立论皆以中国为主,事实全由于幻想。"(同上引)梁启超在《译印政治小说序》中说:"政治小说之体,自泰西人始也。"而对梁启超产生直接影响的恐怕来自日本。日本自1868年明治维新以后,一批民权运动的政治家、政论家所写的政治小说主要也是鼓吹人生来就是自由平等的这种天赋人权论为基础的政治理想,其形式一般都是贯串着慷慨激昂的政治演说,充斥着说理、空想和传奇,而并不如实地描绘社会生活。就以梁启超翻译并为之写序的《佳人奇遇》来说吧,它就是一部作者根据遍游欧美的经历,以同世界各国志士会面时慷慨激昂地谈话的内容为素材而写成的小说。这类小说本身并无文学价值,但在当年风行一时,不仅淘汰了长期被人轻视的低级游戏文学,使小说注入了新的内容,而且对当时政治运动产生了积极的影响,这正如梁启超所说的"日本之变法,赖俚歌与小说之力"(《蒙学报演义报叙》)。梁启超当时所处的时代及情势,与日本当年大有类似之处,因而就难怪他拼命地效法日本"变革"时代的政论家、小说家,把小说与政治紧密地结合起来,大力地翻译和创作政治小说。梁启超他们当时翻译的小说,首先就是日本当年创作和翻译的作品;而梁启超创作的以《新中国未来记》为代表的小说,也就是如《佳人奇遇》一类著作。梁启超的小说理论,主要就建筑在这样的翻译和创作实践基础上的。总之,梁启超提倡政治小说是明显地受到了欧美,特别是日本资产阶级民主革命影响的。

梁启超号召小说紧密地为政治服务,甚至直接提倡政治小说,这对当时人们重视小说的思想内容,提高小说的社会地位,无疑产生了积极影响,对于推动1898年前的维新变法运动,宣传资产阶级思想也是不无意义。但是,他过分强调小说为政治服务也带来了不少弊病。这首先往往表现在以政治性取消了艺术性。梁启超在《新小说》上初次发表《新中国未来记》时,就谈到自己的小说为了"发表政见,商榷国计",而弄得"不知成何种文体",以致"毫无趣味",面临着"覆瓿"的危险。同时,过分强调小说为政治服务,势必造成粗制滥造。所谓为政治服务,实际上就是为当前运动服务,当然要赶时间。康有为催促丘炜菱为"政变说部"时,就希望"十日为期速画诺"。梁启超写《新中国未来记》时,就是这样的情况:"计每月为此书属稿者,不过两三日,虽复殚虑,岂能完善,故结构之必凌乱,发言之常矛盾,自知其决不能免也。"(《绪言》)正因为如此,在梁启超提倡小说界革命的前后,社会上一时出现的大量的政治小说,大都质量低劣,缺乏艺术生命。至于梁启超等所谈政治本身的局限性,给政治小说带来的不良影响,那就更是显而易见了。

"小说为文学之最上乘"

梁启超在提倡小说紧密地为政治服务时,客观上忽视了小说的艺术性,但是,这决不等于说梁启超对小说的特征毫无认识。恰恰相反,他之所以强调小说有巨大的社会作用,把小说作为政治斗争的重要工具,就是因为他对小说的特征具有自己的见解,特别是他对小说这种文学样式何以为广大群众所欢迎的问题作了比前人更加深入的探讨。

长期以来,人们在论述小说为什么有极大的普及性这个问题时,往往只是注意到其通俗易懂,谐谑有趣的特点。梁启超在 1898 年写的《译印政治小说序》中还是因袭旧说,认为"凡人之情,莫不惮庄严而喜谐谑"。但是,他经过几年的思索之后,终于有所突破。1902 年《新民丛报》第十四号刊载关于《新小说》的广告就说:

> 小说之道感人深矣。泰西论文学者必以小说首屈一指,岂不以此种文体曲折透达,淋漓尽致,描人群之情状,批天地之窍奥,有非寻常文家所能及者耶!中国自先秦以前,斯道既呰。《汉书·艺文志》已列小说家于九流。但汉唐以后,学者拘文牵义,困于破碎之训诂,骛于玄渺之心性,而于人情事理切实之迹,毫不措意,于是反鄙小说为不足道。夫人之好读小说,过于他书,性使然矣。

而在《小说与群治之关系》中,他就更明确地指出了"以其浅而易解故,以其乐而多趣故",是不能完全解释"人类之普遍性,何以嗜他书不如其嗜小说"的问题的。他认为人们爱好小说的关键,是由于小说具有这样两个特点:其一,能表达异境和理想,即能"常导人游于他境界,而变换其常触常受之空气者也"。这样就能使读者大开眼界,了解"身外之身,世界外之世界";其二,是能真实细致地描绘人生,将人的怀抱经历、喜怒哀乐,"和盘托出,彻底发露之",使人们对"行之不知,习矣不察"的思想行为,不仅"知其然",而且能"知其所以然"。梁启超认为,小说的这两种特点,正是符合人类希望广阔地了解世界和深切地认识自己的本性恒情的。因而,他最后得出了这样的结论：

> 此二者,实文章之真谛,笔舌之能事。苟能批此窾,导此窍,则无论为何等之文,皆足以移人;而诸文之中能极其妙而神其技者,莫小说若。故曰: 小说为文学之最上乘也。

在认识小说及其他文学作品具有这两种特点的基础上,梁启超在西方理论的影响下,第一次在我国将小说分成理想派与写实派两种。他紧接上文说:

> 由前之说,则理想派小说尚焉;由后之说,则写实派小说尚焉。小说种目虽多,未有能出此两派范围外者也。

这实际上谈的是浪漫主义和现实主义的创作方法问题。由于梁启超在论创作方法时是从分析作品的特点和读者的心理出发的,因而颇具一定的说服力,在小说理论史上是应该受到重视的。

梁启超在《小说与群治之关系》中又总结了小说"支配人道"的四种艺术感染力。一曰熏,"熏也者,如入云烟中而为其所烘,如近墨朱处而为其所染。"这是说,小说能起熏陶作用,使读者在"不知不觉之间"受其感染,"今日变一二焉,明日变一二焉;刹那刹那,相断相续",久而久之改变了性情。二曰浸,"浸也者,入而与之俱化者也。"这是说,小说使读者身入其境,其思想感情受到渗透而不断地变化。浸与熏都是指一种潜移默化的力量。两者的不同是:"熏以空间言,故其力之大小,存其界之广狭;浸以时间言,故其力之大小,存其界之长短。"三曰刺,"刺也者,刺激主义也。……刺之力,在使感受者骤觉。刺也者,能入于一刹那顷,忽起异感而不能自制者也。"这是指作品突然强烈地震动读者的心灵,使读者情不自禁地受到感动,接受教育。刺与熏、浸不同的是,一是刹那起作用,一是慢慢地起影响,即所谓"熏浸之力利用渐,刺之力利用顿"。四曰提,"凡读小说者,必常若自化其身焉,入于书中,而为其书之主人翁。……夫既化其身以入书中矣,则当其读此书时,此身已非我有,截然去此界以入于彼界。"这就是指作品产生了一种"移人"的力量,使读者感情完全融化入小说之中,与主人翁合而为一。提与前三种力的不同之处是:"前三者之力,自外而灌之使入;提之力,自内而脱之使出,实佛法之最上乘也。"在分别论述了小说的四种艺术感染力之后,梁启超作出了这样的总评价:

此四力者,可以卢牟一世,亭毒群伦,教主之所以能立教门,政治家所以能组织政党,莫不赖是。文家能得其一,则为文豪;能兼其四,则为文圣。有此四力而用之于善,则可以福亿兆人;有此四力而用之于恶,则可以毒万千载。而此四力最易寄者,惟小说。可爱哉小说! 可畏哉小说!

梁启超尽管对小说的艺术力量估价极高,但他自己也承认这四种力并不为小说所特有,而是一切文学作品,乃至政治家、宗教主所共有。小说与之不同者乃"此四力所最易寄者"而已。因此,他只知小说有感染力,而不真正懂得小说何以有感染力。假如说,他所说的小说能"和盘托出","彻底发露"人生社会的特点还与艺术的形象性略有关系的话,那么,他所说的小说"常导人游于他境界",就决不是指比现实生活更强烈,更典型,更理想,更有普遍性,而仅仅是指日常所见之外的另一世界,和睡乡居士在《二刻拍案惊奇序》中所说的"点缀域外之观"相差无几,这和艺术典型化根本是两回事。由此可见,他还没有深入地抓住小说艺术的特殊性。不过我们也不能由此而否认他对小说艺术感染力的探索。他的探索已大大地超出了前人笼统、表面的赞颂而进行了理论的分析和概括。事实上,近代大多数人在这方面并没有超越他的这些认识。

总之,梁启超作为一个资产阶级维新派,他在戊戌变法前后发表的小说理论和倡导的"小说界革命",都是为其政治革新运动服务的。正如这场政治运动本身积极因素和消极因素交织在一起一样,其小说理论和"小说界革命"也有正反两方面的作用。不过总的来看,应该是功大于过。他为中国小说创作及理论批评开创新局面的历史功绩是不容否定的。

夏 曾 佑

夏曾佑生平已见本编第一章第三节。他于 1897 年 10 月与严复、王修植等在天津合办《国闻报》,一时同梁启超在上海主编的《时务报》遥相呼应,对戊戌变法起了有力的推动作用。11 月 10 日至 12 月 13 日的《国闻报》,连载《本馆附印说部缘起》一文。1903 年,《绣像小说》第三期又以"别士"之名发表《小说原理》一文。这两篇文章都是近代"小说界革命"中的著名论文,在文学批评史上具有重要的地位。

《本馆附印说部缘起》一文发表时没有署名。梁启超在《小说丛话》中说,此文"实成于几道与别士之手"。今据文中"生平孤露,早迫饥驱,尝溯长江,观六代之故都"云云,恐怕主要成于别士一人之手。当然,严几道身为《国闻报》主编,在思想上是同意本文的观点的,甚或还稍加了润色。这篇文章观点新颖,紧扣形势,材料丰富,文笔雄辩,洋洋洒洒,一万余言,实为我国第一篇小说专论,震动了当时的文坛。梁启超曾说:"天津《国闻报》初出时有一雄文,曰《本馆附印小说缘起》,殆万余言……余当时狂爱之。"看来,这篇文章之所以产生,当然是受到了康梁思想的影响;但写成以后,又对梁启超等小说革新派有所促进。

这篇文章着重论述了小说"入人之深,行世之远",具有经史无法比拟的优点,强调小说的社会功用,大大地提高了小说的社会地位。它是从内容和形式两方面来对此加以说明的。

从内容而言,作者站在人性论和历史哲学的高度上,列举了大量的中外史实,以证明只有描绘英雄与男女这两大人类的"公性情",才能符合人性,打动人心。他断言:"非有英雄之性不能争存,非有男女之性不能传种。""明乎此理,则于斯二者之间,有人作可骇可愕可泣可歌之事,其震动于一时,而流传于后世,亦至常之理,而无足怪矣。"作者的这种提法,显然不够全面。梁启超就说:"然吾以为人类于重英雄,爱男女之外,尚有一附属性焉,曰畏鬼神。以此三者,可以赅尽中国之小说矣。若以泰西说部文学之进化,几合一切理想而冶之,又非此三者所能限耳。"(《小说丛话》)但是,夏曾佑从内容入手来探索人们喜爱小说的"公情性",对梁启超也是有启发的。梁启超在《小说与群治之关系》中论述人们爱看小说的两种原因时,多少受了他的影响。

假如说《本馆附印说部缘起》对小说内容的分析不够全面的话,那它对小说表现形式的特点的分析是比较中肯的。这是由于他紧紧地扣住小说是一种语言艺术的特点,从语言表达的角度,一层层地分析下去。他认为,经史子集及稗史小说都是赖语言文字而言理记事,检验其"传之易不易"有五点原则:一、"书中所用之语言文字,必为此种人所行用,则其书易传;其语言文字为此族人所不行者,则其书不传。"二、"若其书之所陈,与口说之语言相近者,则其书易传。若其书与口说之语言相远者,则其书不传。"三、"繁法之语言易传,简法之语言难传。"四、"言日习之事者易传,而言不习之事者不易传。"五、"书之言实事者不易传,而书之言虚事者易传。"根据这五点原则,则小说是在使用本族文字的基础上,语言通俗而接近口谈,使用"繁法"而重在描绘日习之事如耳闻目见,又可进行凿空虚构以迎合人心。总之,从作者来说,可以"称心而言";从读者来看,也觉"合乎人心"。在这里除了指出小说是艺术虚构的产物之外,对小说具有形象直观的特点的分析是比较深入的。他指出,小说能使"读其书者,一望之顷,既恍然若亲见之事者然",是与小说用"繁法之语言","衍一事为数十语,或至百语、千语,微细纤末,罗列秩然",是密切相关的。在刘辰翁的《世说新语》眉批中,特别是明清大量的小说评点中,批评家早就喜欢用"如画"之类的字眼来评价小说的形象性。但对小说为什么能有如画的特点并没有作深入探讨。至此夏曾佑才对运用语言文字表现的文学作品而具有如同绘画一般作用的特点,作了比较中肯的分析。以后,他在《小说原理》中对这个问题作了进一步的探讨,在近代小说批评史上产生了影响。

文章在详细分析小说"入人之深,行世之远,几几出于经史上"之后,指出了小说具有巨大的社会作用:"天下之人心风俗,遂不免为说部之所持",并以中国"不胜其说部之毒"和"欧美、东瀛,其开化之时,往往得小说之助"来加以证明。最后归纳到他们刊印小说的"宗旨所在,则在乎使民开化",并认为具有"愚公之一畚,精卫之一石"的作用。这些观点,与梁启超都十分一致,清楚地说明了他们的理论都是维新变法的一个组成部分。

1902年梁启超发表《小说与群治之关系》后,夏曾佑与之呼应,又写了一篇《小说原理》。《小说原理》尽管在有的地方只是进一步申述了梁启超的观点,但总的说来,它还是具有自己的特点和创见的。例如他在《本馆附印说部缘起》中提出的"繁法之语言易传"的基础上进一步阐述欣赏小说具有"不费心思"的特点就值得重视。他说,"人所乐玩者",第一为看画,其次为看小说,再次就是读史,读科学书,读古奥之经文。这是因为阅画与小说是"如在目前之事","去亲历一等耳"。更何况"世间有不能画之事,而无不能言之事,故小说虽稍晦于画,而其广过之"。这就在将小说同绘画的比较中,指明了小说具有用感性形象来反映现实生活的艺术特点。接着,他又将小说与同样记事的"史"进行了比较。从比较中得出:"实有之事常平淡,诳设之事常秾艳,人心去平淡而即秾艳,亦其公理,此史之处于不能不负者也。"这里的"诳设",即是《本馆附印说部缘起》中所说的"虚构",就是合乎生活情理的艺术加工,所谓"秾艳",就是比生活中平淡的实有之事更强烈,更集中,更典型。由此可见夏曾佑对小说艺术的特点比梁启超有更深入的理解。

夏曾佑对小说批评的贡献还在于结合当时小说创作的实际,指出了作小说有五易五难："一、写小人易,写君子难";"二、写小事易,写大事难";"三、写贫贱易,写富贵难";"四、写实事易,写假事难";"五、叙实事易,叙议论难"。其基本精神,实际上是强调了现实主义的创作原则,即作者只有根据自己的亲身经历和生活体验,真实地客观地反映现实,才能创作好的作品。反之,作者"非过来人",对笔下的人物任意推测,对描绘的事实并未经历,只是凑合一些假事,羼入大段议论,这就必然要失败。可悲的是,当时维新派提倡的政治小说,恰恰是写一些英雄豪杰,国家大事,传奇空想,连篇议论,堕入了这"五难"之中。夏曾佑敏锐地觉察了这个问题,指出道:

> 吾谓今日欲作小说,莫如将此生数十年所亲见亲闻之实事,略加点化,即可成一绝妙小说,然可以牟利而不可以导世。若欲为社会起见,则甚难。盖不能不写一第一流之君子,是犯第一忌;此君子必与国家之大事有关,是犯第二忌;谋大事者必牵涉富贵人,是犯第三忌;其事必为虚构,是犯第四忌;又不能无议论,是犯第五忌。五忌俱犯,而欲求其工,是犹航断港绝潢而至于海也。

这实际上已预告了违反现实主义创作方法的"导世"小说的必然命运。在资产阶级维新派的早期小说理论家中,夏曾佑比起梁启超来确是更懂艺术的特点和创作的规律,但当时在舆论上占压倒优势的是简单地强调为当前的政治服务而忽视对小说艺术规律的深入探讨。因而,夏曾佑即使看到了这个问题,也无法挽回局面。

《新小说》的其他小说论

梁启超主编的《新小说》,在重点发表小说创作和翻译作品的同时,也注意陆续发表一些批评文字。其主要的有楚卿(狄葆贤,字平子)的《论文学上小说之位置》(第一卷第七号)、松岑(金天翮)的《论写情小说于新社会之关系》(第二卷第五号),以及由饮冰及平子、曼殊(麦仲华,一说为梁启勋)、侠人、浴血生、定一(于定一)等十余人所撰的《小说丛话》(由第一卷第十七号至第二卷第二十四号连载)。这些作者的生活道路、政治态度并不一致,但当时基本都能和梁启超意气相投,关系密切,其论点主要也是附和梁氏提倡的小说界革命。不过其中有的充实和发展了梁启超的观点,也有的与梁启超的观点相左,甚至是针锋相对,颇具学术上自由讨论的风气。这里选择两个问题分述于下。

一、关于小说的艺术特征

如前所述,梁启超对小说特点的论述主要在于"二种德四种力",侧重于小说的普及性、感染力,对其艺术特征和创作规律并没有作进一步深入的探讨。对此,楚卿就在《论文学上小说之位置》中明确指出:"至以文学之眼观察之,则其妙谛,犹不止此。"他认为,"凡文章常有两种对待之性质",如"简与繁"、"古与今"、"蓄与泄"、"雅与俗"、"实与虚","而所谓良小说者,即禀后五端之菁英以鸣于文坛者也",所以特别伟大。他在解释小说的"繁"、"今"、"泄"、"俗"、"虚"时,其实就是指出了小说具有重在描写,真实细致,形象直观、通俗普及、虚实结合等艺术特点。这当然是有道理的。但这些观点大都由别人早已指出,他在这里只是重加组织与稍加发挥而已。比较起来,侠人在《小说丛话》中所谈的又有些新的见解。他明确指出了小说的"神力"在于"明著一事焉以为之型,明立一人焉以为之式",即描写典型的事情,塑造典型的人物。这种人和事的典型性,首先是具体的、形象的、直观的,而不是"空言""谈理",因而容易使读者有所"观感"而"兴起"。这样从典型性的角度来谈小说具有直观形象的特点,就比夏曾佑、狄葆贤辈深了一层。同时,侠人又指出这种典型性不同于生活的真实,而是由作者理想化,作了必要的艺术加工:"吾有如何之理想,则造如何之人物以发明之,彻底自由,表里无碍,直无一人能稍掣我之肘者也。"因为小说塑造了这样既是形象直观的,又是带着作者理想化的典型的人物,所以小说有这样三种力:第一,典型人物"立其前而树之鹄,则望风而趋之",有一种榜样的力量;第二,"为撰一现社会所极需而未有之人物以示之,于是向之怀此思想而不敢自坚者,乃一旦以之自信矣",即有一种坚人之自信力;第三,"小说者,固应于社会之热毒,而施以清凉散也"。因为"凡人在社会中所日受惨毒而觉其最苦者二:一曰无知我之人,一曰无怜我之人",而于小说中找到知心人,"相结之情乃益固",故小说有一种使人得到"监督"、"慰藉"的特别势力。正因为小说具有这样巨大的社会功用,所以他相信即使孔子生于今日也必不作历史的《春秋》,周秦诸子生于当世也将不垂空言以昭后人,而必将写记人记事的小说来传播思想,鞭辟人类。因而《红楼梦》、《水浒》比之《春秋》之类是代表了不同发展"阶级"的"文界进化",是杰出的。总之,侠人更明确到小说的特点在于塑造典型和强调典型所起的社会作用,这比起前人来是一种进步。

另外,针对梁启超提出小说具有描写理想,"常导人游于他境界"的特点,浴血生和曼殊两人作了重要补充。浴血生说:"小说能导人游于他境界,固也。然我以为能导人游于他境界者,必著者之先自游于他境界者也。"这就是说,"理想派"的小说,在"悄思冥索"时,必须先"设身处地",自己有这种生活体验。而曼殊在这基础上进一步揭示了任何小说都是社会现实的反映,唯物地解释了小说与社会之间的根本关系。他说:

> 小说者,"今社会"之见本也。无论何种小说,其思想总不能出当时社会之范围,此殆如形之于模,影之于物矣。虽证诸他邦,亦罔不如是。即如所谓某某未来记、某星想游记之类,在外国近时之小说界中,此等书殆不少,骤见之,莫不以为此中所言,乃世界外之世界也,脱离今时社会之范围者也。及细读之,只见其所持以别善恶决是非者,皆今人之思想也。岂今人之思想,遂可以为善恶是非之绳墨乎? 遂可以为世界进步之极轨乎? 毋亦以作者为今人已耳。……近来新学界中之小说家,每见其所以歌颂其前辈之功德者,辄曰"有导人游于他境界之能力",然不知其先辈从未有一人能自游于他界者也。岂吾人之根性太棉薄,尝为今社会所围而不能解脱乎? 虽然,苟著者非如此,则其所著亦必不能得社会之欢迎也。今之痛祖国社会之腐败者,每归罪于吾国无佳小说,其果今之恶社会为劣小说之果乎,抑劣社会为恶小说之因乎?

正因为曼殊能唯物地认识文学与社会的关系,所以能敏锐地发现了梁启超理论中的一个严重错误,即从根本上颠倒了小说与社会之间的关系,从而把中国社会之腐败归罪于无佳小说。当然,我们不能否认劣小说对恶社会有一定影响,但根本的还是劣社会决定了产生恶小说。曼殊在这里的最后一个问题问得好,可以说击中了过分夸大小说作用的"小说界革命"的要害。

二、对于中国古典小说的评价

梁启超谓《水浒》、《红楼》,海盗海淫,将中国古典小说,一笔骂倒。《小说丛话》的作者们则大都与这个《新小说》的主编大唱反调,竭力用资产阶级的观点来评价、推崇我国的古典小说,并将它们推上了从未有过的高度。如前所述,侠人就将《红楼梦》、《水浒》与《春秋》相比,认为是"文界进化"。也是这个侠人,鲜明地认为"吾国近百年来有大思想家二人,一曰龚定庵,一曰曹雪芹",并评《红楼梦》道:

> 吾国之小说,莫奇于《红楼梦》,可谓之政治小说,可谓之伦理小说,可谓之社会小说,可谓之哲学小说、道德小说。……而世之人,顾群然

曰："淫书、淫书。"呜呼！戴绿眼镜者，所见物一切皆绿，戴黄眼镜者，所见物一切皆黄；一切物果绿乎哉？果黄乎哉？《红楼梦》非淫书，读者适自成其为淫人而已。

这简直是指着鼻子骂梁启超了。当然，他在这里具体用政治、伦理、社会、哲学、道德等观点来分析《红楼梦》时，也有不少牵强附会之处，但它的主流是要用资产阶级的观点来强调《红楼梦》的思想意义，在评红史上是值得注目的。

对于《水浒》，他们也涂上了全新的色彩。如定一说：

　　……吾观《水浒》诸豪，尚不拘于世俗，而独倡民主、民权之萌芽，使后世倡其说者，可援《水浒》以为证，岂不谓之智乎？吾特悲世之不明斯义，污为大逆不道。噫！诚草泽之不若也。（是段系辛丑作）

　　施耐庵之著《水浒》，实具有二种主义。一即上所言者，一因外族阑入中原，痛切陆沈之祸，借宋江之事，而演为一百零八人。以雄大笔，作壮伟文，鼓吹武德，提振侠风，以为排外之起点。叙之过激，故不悟者误用为作强盗之雏形，使世人谓为诲盗之书，实《水浒》之不幸耳。

在驳斥"诲盗诲淫"的谬论，全新评价《水浒》《红楼》的同时，他们对《金瓶梅》、《聊斋志异》、《儒林外史》、《镜花缘》等古典小说都作了较高的评价。其中突出的是对《金瓶梅》的评价也从报仇说中解放出来。曼殊断言："《金瓶梅》之声价，当不下于《水浒》、《红楼》。""此书的是描写下等妇人社会之书也。"平子也说："《金瓶梅》一书，作者抱无穷冤抑，无限深痛，而又处黑暗之时代，无可与言，无从发泄，不得已藉小说以鸣之。其描写当时之社会情状，略见一斑。……且其中短简小曲，往往隽韵绝伦，有非宋词、元曲所能及者，又可征当时小人女子情状，人心思想之程度，真正一社会小说，不得以淫书目之。"

他们普遍对我国古典小说评价极高，也就不会同意梁启超崇外的简单化论调。他们有意识地将中西小说进行比较。如侠人就从小说分类的精粗、情节的繁简、篇幅的长短、开头的奇正等分别作了比较后，得出如下结论：

　　准是以谈，而西洋之所长一，中国之所长三，然中国之所以有三长，正以其有此一短。故合观之，而西洋之所长，终不足以赎其所短；中国之所短，终不足以病其所长。吾祖国之文学，在五洲万国中，真可以自豪也。

当然，侠人不通西文，仅据一二译本来作比较，也未免失之片面。他所说的"吾国小说之价值真过西洋万万也"，也太偏激。但能注意具体的比较，至少在方法上是可取的，且对于驳斥鄙视祖国小说的民族虚无主义还是有积极意义的。

第二节　吴　沃　尧

继梁启超主编的《新小说》之后，《绣像小说》、《新新小说》、《月月小说》、《小说林》等小说杂志陆续问世，发表了不少创作和译著，产生了一批著名的作家。在这些小说家中，比较注意理论批评的首推《月月小说》的主笔吴沃尧。吴沃尧(1866—1910)，字小允，又字茧人，后改趼人，广东南海(今广州)人。因居佛山镇，故别署我佛山人。一生著述甚富，达三十种以上，以创作小说《二十年目睹之怪现状》著名于世，其批评文字除若干专论外，散见于所著小说及其序跋、评语中。

吴沃尧在政治上倾向于改良派。他的小说创作和理论明显地受到梁启超等影响。但是，他比之梁启超毕竟晚了一辈。当他正式跻身于小说界时，威武悲壮的戊戌变法早已成了过去的历史。改良派遭到沉重的政治打击之后，虽然梦寐以求东山再起，但事实上已没有力量卷土重来。在新的革命形势面前，他们抱残守缺，停步不前，迷信君主立宪，逐步向保守方面转化，早年那种奋不顾身、慷慨救国的精神也正在慢慢地被无可奈何、消极颓唐的情绪所代替。吴沃尧的理论和创作就打上了这种烙印。他虽然热烈响应梁启超早在1893年《变法通议》中所说的小说要揭露"官途丑态、试场恶趣、鸦片顽癖、缠足虐刑"等社会丑态，竭力主张小说成为捶击黑暗社会的武器，但他反对暴力革命，甚至连梁启超所说的"变革"也缺乏勇气谈了，只是一味强调小说当为"德育"的工具，用道德来救国。而这道德又不是梁启超等鼓吹的"新道德"，而是我国"固有的道德"。"小说家之伟功"就在于"陈说忠孝节义"，使读者"遂暗受其教育，风俗亦因之以良也"(《小说丛话》)。吴沃尧小说理论的这种特点，突出地反映在《月月小说序》中。

《月月小说序》发表在1906年《月月小说》创刊号卷首。这篇文章不但正面阐述了吴沃尧主要的小说观，而且也宣布了这家杂志的编辑宗旨。它的中心，就是鼓吹"借小说之趣味之情感，为德育之一助"。在他看来，于此世风浇漓、道德沦丧之际，要改良社会，佐群治之进化，小说家必须以审慎的创作态度，考虑到作品的社会效果，"夫使读吾之小说者记一善事焉，吾使之也；记一恶事焉，亦吾使之也"，不管编写历史小说，还是社会小说、家庭小说、科学小说、冒险小说，都要"务使导之以入于道德范围之内"，即使写艳情小说，"亦必轨于正道"。这种思想贯串在他关于社会小说、写情小说和历史小说的一些论述中。

一、论社会小说

在维新思想的影响下，清末产生了一批企图广泛地描写社会生活，揭露社会黑暗，反映社会问题的小说，其中以李宝嘉《官场现形记》、吴沃尧《二十年目睹之怪现状》、刘鹗《老残游记》、曾朴《孽海花》最为著名。吴沃尧除了《二十年目睹之怪现状》外，又创作了《瞎骗奇闻》、《近十年目睹之怪现状》、《上海游骖录》、《发财秘诀》、《胡宝玉》等，描绘了当时社会的种种阴暗污浊的现象。显然，吴沃尧是一个创作这类在小说史上具有某些新特点的社会小说的能手，因而关于他对这类小说的理论和看法就首先应该引起我们的重视。

关于这类社会小说的特点，吴沃尧作了多方面的论述。

第一，重在客观暴露。吴沃尧在《二十年目睹之怪现状》的《楔子》中首先指出："里面所叙的事，千奇百怪，看得又惊又怕。"这种"千奇百怪"的事，都是当今社会中的丑恶现象，其中不少为作者所亲历。在《二十年目睹之怪现状》的评语中他就一再指出："回想甲申、乙酉间之上海社会，如在目前"（第二十二回评语），"形容上海名士，阅者必当疑为过于刻薄，不知皆当日实情也"（第三十五回评语）。社会小说所描绘的现实社会的实情，又不如古代一般的世情小说那样线条比较单一，内容比较狭窄，而是广泛地暴露了社会的上下左右，"千奇百怪"，要将"上中下三等社会一齐写尽"。因此，吴沃尧实际上指出了这种社会小说在内容上是具有多方面地暴露现实怪状的鲜明特点。

第二，文具嬉笑怒骂。吴沃尧在《月月小说序》、《李宝嘉传》、《近十年之怪现状自叙》等文中，多次指出他和李宝嘉所写的是"嬉笑怒骂之文"。所谓嬉笑怒骂，就是讽刺与谴责兼而有之。他自己认为，《二十年目睹之怪现状》"绝类《儒林外史》"（第三十七回评语）。的确，清末社会小说与《儒林外史》

有许多相似之处。但它们之间毕竟不同。其不同之处不仅在清末的社会小说所描写的内容更为广泛、复杂,而且在表现形式上不像《儒林外史》那样寓辛辣的讽刺于冷静的刻画之中,显得比较含蓄;而是更直接地嘲笑,谴责,甚至禁不住加以怒骂,表现得比较直率。这正如吴沃尧在《发财秘诀跋》中所说的:下笔时"每欲有所描摹,则怒皆为之先裂",一种嫉恶如仇的强烈感情,往往使他不能冷静下来。这样,讽刺、嘲笑、谴责、怒骂熔为一炉,虽比之《儒林外史》来"辞气浮露",但不失为清末社会小说的一种特色。

第三,注意迂回曲折。小说创作具体的表现手法很多,金人瑞在《第五才子书读法》中就总结了不少"文法",而吴沃尧特别注意在小说创作中使用伏笔、侧叙等手法,使文章曲折多变,引起读者的悬念,增强艺术效果。例如《二十年目睹之怪现状》第四回写苟观察礼贤下士的情景,而至结尾处却又逗出他并不是礼贤下士就戛然而止。对此,吴沃尧评道:"阅者且休阅下回,试掩卷思之,毕竟是何缘故? 任是百思,当亦不得其解,此现状之所以为怪也。"到第五回读者急欲读个究竟,而第五回评道:"上回礼贤下士一节,此回偏不便表明,令读者捉摸不定。"关于这种表现手法,吴沃尧曾多次指出道:"令人急欲追求,却又霎时勒住,诡秘如是,不怕阅者纳闷耶!"(第十一回评语)"……此书迂回曲折,不肯骤以真相示人,读者其宁心以俟之。"(第十六回评语)吴沃尧何以特别注重这种迂回曲折的表现手法? 这是因为清末社会小说与我国小说杂志可以说是同时的产物。当这些小说在杂志上连载时,为了在时间间断的情况下牢牢地吸引住读者,就不得不注意这种表现手法了。当然,清末社会小说还有其他一些艺术特点,吴沃尧所注意到的这些是从自己的创作甘苦中总结出来的,比起后来一般人用《儒林外史》等小说的框框来衡量清末社会小说,显然中肯得多了。

二、论写情小说

吴沃尧在以最大的心力关注社会小说的同时,又重视"写情小说"。他在创作《恨海》的第一回中说:

> 我提起笔来,要叙一段故事,未下笔之先,先把这件事从头至尾,想了一遍。这段故事叙将出来,可以叫得做"写情小说"。我素常立过一个议论,说人之有情,系与生俱来。未解人事以前,便有了情。大抵婴儿一啼一笑都是情,并不是那俗人说的情窦初开那个情字。要知俗人说的情,单知道儿女私情是情,我说那与生俱来的情,是说先天种在心里,将来长大,没有一处用不着这个情字,但看他如何施展罢了。对于

君国施展起来便是忠,对于父母施展起来便是孝,对于子女施展起来便是慈,对于朋友施展起来便是义。可见忠孝大节,无不是从情字生出来的。至于那儿女之情,只可叫做痴。更有那不必用情,不应用情,他却浪用其情的,那个只可叫做魔。还有一说,前人说的那守节之妇,心如槁木死灰,如枯井之无澜,绝不动情的了。我说并不然,他那绝不动情之处,正是第一情长之处。俗人但知儿女之情是情,未免把这个情字看的太轻了。并且有许多写情小说,竟然不是写情,是在那里写魔;写了魔还要说是写情,真是笔端罪过。

很清楚,他对"写情小说"的解释,是针对当时社会上开始泛滥的描写庸俗的"儿女私情"和写"痴"写"魔"小说的。《劫余灰》开头就这样写道:"情情,写情,写情,这个情字岂是容易写得出,写得完的么。……即如近来小说家所言,艳情、爱情、哀情、侠情之类,也不一而足,据我看来,却是痴情最多。"他又借《劫余灰》中的人物批评这类小说道:"可笑世人论情,抛弃一切广大世界,独于男女爱悦之间用一个情字。却谁知论情不当却变了论淫。还有一种能舍却淫字而论情的,却还不能脱离一个欲字,不知淫固然是情的恶孽,欲字便也是情的野狐禅。"在这里,他又加眉批:"此写情小说也。而此数语却骂尽一切写情小说。"(见《月月小说》第十八号)

吴沃尧在痛骂社会上流行的爱情小说时,在理论上提出了补救的办法:一是从情的量来看,写情小说必须从儿女私情扩大到人类的普遍感情。在他看来,喜怒哀乐,忠孝慈义无不是"情"的表现,都应该写。二是从情的质来论,所写之情不能逾越一般的"固有的道德"。这在《杂说》中说得比《恨海》的开头更直截了当:

> 作小说令人喜易,令人悲难,令人笑易,令人哭难。吾前著《恨海》,仅十日而脱稿。未尝自审一过,即持以付广智书局。出版后偶取阅之,至悲惨处,辄自堕泪,亦不解当时何以下笔也。能为其难,窃用自喜。然其中之言论理想,大都皆陈腐常谈,殊无新趣,良用自歉。所幸全书虽是写情,犹未脱道德范围,或不致为大雅君子所唾弃耳。

这就说明了吴沃尧自己认为《恨海》这部写情小说是成功的。但它的成功并不在于"论理想"时有什么"新趣",引进什么西方的新文明,更不在于导淫导欲,重在描写"情窦初开的那个情字",而是由于所写的情皆"未脱道德范围"。这就暴露了吴沃尧写情小说的理论完全是建筑在用道德来改良社会的思想之上的,具有相当的封建色彩。这比之冯梦龙"借男女之真情,发名教之伪药"的"情"来,在某种意义上说还是一种倒退。正因为他们在反对风行的爱情小说时是在政治上并不代表进步倾向,在理论上又提不出新鲜的东西,所以尽管他的《恨海》、《劫余灰》等创作实践,还在写情之中衬托着一些较大的社会内容,但在事实上根本无法阻止写痴、写魔小说的发展。在他之后不久就在新的社会条件中形成了一股"写情小说"的狂澜,产生了"鸳鸯蝴蝶派"。

三、论历史小说

吴沃尧既是清末社会小说的名作家、写情小说的标榜者,又是当时最积极的历史小说的编撰者。他除创作《痛史》、《九命奇冤》、《两晋演义》、《云南野乘》外,又在《月月小说》第一号上发表了《历史小说总序》、《两晋演义序》等理论文字,受到了人们的重视。其实,他在同期杂志上发表的《月月小说序》中一段论述历史小说的话首先应该引起我们的注意:

> ……吾人丁此道德沦亡之时会,亦思所以挽此浇风耶?则当自小说始。是故我发大誓愿,将遍撰译历史小说以为教科之助。历史云者,非徒记其事实之谓也,旌善惩恶之意实寓焉。旧史之繁重,读之固不易矣;而新辑教科书,又适嫌其略。吾于是欲持此小说窃分教员一席焉。……是则吾不敢以雕虫小技妄自菲薄者也。

这里十分清楚地讲明了编写历史小说的目的就是要旌善惩恶,移风易俗,改良社会,而决不能以雕虫小技妄自菲薄。吴沃尧认为,小说本身与群治之关系非常密切,能对社会产生巨大的作用,而历史又是维新派素来认为是启迪民心的重要工具:"年来吾国上下竞言变法,百度维新,教授之术亦采法列强,教科之书日新月异,历史实居其一。"(《历史小说总序》)因此,这位从事小说创作以来"改良社会之心,无一息敢自已"的吴沃尧,就自然十分强调创作历史小说了。

在论述历史小说的艺术特点时,吴沃尧继承了传统的批评方法,首先将历史小说同历史著作进行比较。他的《历史小说总序》在分析小说与史书的不同后,指出历史小说具有以下特点:

> 盖小说家言,兴味浓厚,易于引人入胜也。是故等是魏、蜀、吴故事,而陈寿《三国志》读之者寡,至如《三国演义》,则自士夫迄于舆台,盖靡不手一篇者矣。

这种比较,自从庸愚子的《三国志通俗演义序》以来多有论述,吴沃尧的论点比起前人虽无多少新意,但却比较完备。稍有不同的是,他更强调历史小说的"趣味"、"兴味"了。

吴沃尧注意历史小说的趣味性,但同时强调要有真实性。他认为以往的历史小说,不是附会过多,乱人耳目,就是失于简略,殊乏意味,甚至既简略无味,又蹈虚附会,使人读之,愚而益愚。在《两晋演义序》中,他尖锐地批评了以往历史小说的这种缺点,主张写历史小说当使历史真实性与艺术趣味性相统一。长期以来,关于历史小说究竟是传真还是贵虚的问题争论不休,吴沃尧兼顾两者而有自己的见解。他既认为历史小说可为"教科之助",当然首先就强调必须忠于"历史真相",主张历史小说"当以发明正史事实为宗旨",确定"小说附正史以驰"的原则。他的《两晋演义》就是"以《通鉴》为线索,以《晋书》、《十六国春秋》为材料,一归于正"。但是,他是一个小说家,十分重视小说的艺术特点,不但认为可以作必要的次序颠倒等文字加工,而且也不绝对排斥"蹈虚附会"等艺术处理,因为只有这样才能使小说富有艺术趣味,使读者读来兴味浓厚,真正起到"正史籍小说为先导"的目的。然而,吴沃尧也看到真实与虚构之间毕竟有矛盾,历史小说家要处理好这对矛盾是十分困难的,有时两者实在是无法统一的。这时,他认为作为小说艺术本身来看,还是必须使小说成为小说,当以趣味为第一,但同时,可借助眉批指出历史的真相,使读者不致惑乱。这就是吴沃尧的历史小说论的主要观点,它可以说是对传统的历史小说理论中争论贵真还是贵虚的一个小结。吴沃尧的这个见解,集中于《两晋演义》第一回的回评:

> 作小说难,作历史小说尤难。作历史小说而却不失历史之真相尤难。作历史小说不失其真相,而欲其有趣味,尤难之又难。其叙事处或稍有参差先后者,取顺笔势,不得已也。或略加附会,以为点染,亦不得已也。他日当于逐处加以眉批指出之,庶可略借趣味以佐阅者,复指出之,使不为所惑也。

另外,吴沃尧将历史小说同其他类型的小说进行了比较。他认为"小说虽一家言,要其门类颇复杂,余亦不能枚举,要而言之,奇正两端而已。"他所擅长的社会小说之类就是"奇言",其特点是"谲谏",用"谐词"。而历史小说是"正言",其特点是"正规",用"庄语"。这实际上就是说明历史小说主要是通过正面的描述,而不是用反面的讽刺,这也可以说是吴沃尧对历史小说的一点特殊的认识。

第三节　徐念慈与黄世仲弟兄

资产阶级革命派的小说观

20世纪初,正当梁启超等资产阶级改良派竭力鼓吹"小说界革命",号召小说为维新政治,改良社会服务的时候,资产阶级革命派也不甘落后,纷纷注意小说的创作和翻译,并在理论上积极加以倡导。当然,资产阶级革命派中有的人与改良派有着千丝万缕的关系,有的观点明显地受到梁启超等的影响,甚至有的作品就发表在《新小说》等改良派刊物上。但在一些主要问题上,革命派与改良派的不同小说观还是泾渭分明的。在晚清小说理论批评史上,资产阶级革命派的小说理论还是有其鲜明的特点,比之改良派也有不少深入的地方。

资产阶级革命派重视小说,主要也是由于认识到了小说具有巨大的社会作用。例如1904年叶嬛珺女士为鼓吹女界革命的《女狱花》作序时就说:"小说为文学之上乘,风气之先声,最易提倡国民之思想,发达人心爱恶,功力甚巨。"为什么小说具有如此巨大的功力呢,青年女作家王妙如在《女狱花》第十二回中说:"……看近日世界大势,移风易俗,莫妙于小说。世界上的人,或有不看正书,决无有不看小说的。因正书中深文曲笔,学问稍浅的人,决不能看,即使看了,也是恹恹闷倦。惟小说中句句白话,无人不懂,且又看着嬉笑怒骂各种声口,最能令人解颐,不知不觉将性质改变起来。"这些观点,的确和改良派很为接近,甚至可以说,就是受了梁启超等人的直接影响。我们应当承认,梁启超迫于当时政治斗争的需要,继承发展了前人肯定小说社会作用的进步观点,把小说的作用提高到在社会变革中"为功最高"(《译印政治小说序》)的空前程度,是有其历史贡献的。资产阶级革命派吸取其合理的因素,重视小说的作用,也是非常自然的事情。但是,我们必须指出,资产阶级革命派并不是简单地重复人人熟知的口号,他们在肯定梁启超等重视小说作用时包含着否定的因素,和梁启超的观点并不完全一致。这主要表现在:梁启超等在宣传小说社会作用时,走向了极端,往往片面地夸大小说对现实的作用，甚至颠倒了小说与生活的关系，认为"小说有不可思议之力支配人道"（《小说与群治之关系》），"几几乎可以改造世界矣"（《新世界小说社报发刊词》）。而资产阶级革命派重视小说作用时，一般是看到了小说和现实之间的相互关系，并肯定了社会生活对小说创作的决定性。例如黄人在《小说林发刊词》中着重论述这个问题时，开头以骈散兼行、瑰丽雅洁的文笔铺叙了"今之时代"小说"风行于社会"与"影响于社会"之种种，最后对小说的作用作了这样的小结：

> ……则虽谓吾国今日之文明，为小说之文明可也；则虽谓吾国异日政界、学界、教育界、实业界之文明，即今日小说界之文明，亦无不可也。

可见，他对当时"兴也勃焉"、"异军特起"的小说的社会作用是作了高度评价的。然后，他笔锋一转，尖锐地批判了过去轻视小说和当今夸大其作用的两种错误倾向：

> 虽然，有一蔽焉：则以昔之视小说也太轻，而今之视小说又太重也。昔之于小说也，博弈视之，俳优视之，甚且酖毒视之，妖孽视之；言不齿于缙绅，名不列于四部（古之所谓小说家者，与今大异）；私衷酷好，而阅必背人；下笔误征，则群加嗤鄙……今也反是：出一小说，必自尸国民进化之功；评一小说，必大倡谣俗改良之怡。吠声四应，学步载途。以音乐舞蹈，抒感甄挑卓之隐衷；以磁电声光，饰牛鬼蛇神之假面。虽稗贩短章，苇苴恶札，靡不上之佳谥，弁以吴词；一若国家之法典，宗教之圣经，学校之科本，家庭社会之标准方式，无一不锡于小说者，其然，岂其然乎？

几乎同时，他又在《小说小话》中一方面赞叹"小说之力，有什伯千万于《春秋》之所谓华衮斧钺者，岂不异哉！"一方面又明确指出："小说之影响于社会固矣，而社会风尚实先有构成小说性质之力，二者盖互为因果也。"于此可见，资产阶级革命派一般对于小说社会作用的评价比较中肯，对于小说与社会生活之关系的理解也比较恰当。他们虽高度重视小说的社会作用，但不加以无限夸大；既看到小说与现实之间互为因果，又能指出两者的先后轻重。他们就这样用朴素的唯物辩证的观点，纠正了梁启超以来唯心片面地夸大小说作用的流行看法，对引导作家接近现实，反映现实，是有积极意义的。

资产阶级革命派的小说论者，大都是革命家。他们重视小说，表面上和改良派一样,都是为了使小说成为政治斗争的有力工具。但在实质上,两家是背道而驰的。梁启超鼓吹的"新政治",是从维新,到保皇,到反对革命的政治。而革命派的政治乃是推翻专制王朝,实行民主革命的政治。例如东京青年会会员张肇桐在托名"犹太遗民万古恨著,震旦女士自由花译"的《自由结婚》的《弁言》中说,他创作这部小说就是为了"使天下后世知亡国之民,犹有救世之志"。这个"救世之志"就如第一回中解释的:"老夫伤怀故国,对景生悲,恨不得把那些狗奴才划除净尽,使我国民个个雄赳赳,将来建立自由的国家组织,共和的政府……成世界第一等强国。"就是编撰历史小说,资产阶级革命派也坚决主张密切配合当前推翻清朝政府的革命斗争。如署"痛哭生第二"的《仇史凡例》就说:"是书专欲使我四万万同胞洞悉前明亡国之惨状,充溢其排外思想,复我三百余年之大仇,故名曰仇史。"黄小配也在《洪秀全演义例言》中明确表示自己创作这部历史小说是为了"扫成王败寇之腐说,为英雄生色",是"全从种族着想"。所有这些,都清楚地表明了资产阶级革命派要求小说创作的政治方向与改良派是根本不同的。

资产阶级革命派要求小说为民主革命服务,同时也注意到小说创作在整个革命工作中的应有地位和作用。著名革命活动家陈天华在《狮子吼》中就通过人物的对话说:

> 绳祖道:"现在求学(按:前文写到有人想到欧美去学习宪法、军事等),固然要紧,但内地的风气不开通得很,大家去了,那一个来开通国内的风气呢?世界各国,那一国没有几千个报馆?每年所出的小说,至少也有数百种,所以能够把民智开通了。中国偌大地方,这些就应十倍于他们了。不料只有上海一地有数种腐败的报,此外就没有了;所有新理想的小说,更没有一种,这样民智又怎么能开呢?任凭有千百个华盛顿、拿破仑,也不能办出一点事来呀。所以弟想在内地办一种新报,随便纂几种新小说,替你们在家先打通一条路,等你们学成回来,一切就有帮手了。"众人叫道:"很妙很妙!赞成赞成!如今的事,本来复杂得很,大家只有分头办理的一法,我办我们的,你办你们的,自然是并行不悖。"

这段话很有代表性。它首先指出,创作小说就是为了"开通国内的风气",也就是使广大人民群众"闻革命排满之言而不以为怪",理解革命,响应革命。作者认为,这种开通风气,制造舆论的工作十分重要,假如群众不悟,民智不开,只靠几个革命党包打天下,那"任凭有千百个华盛顿、拿破仑,也不能办出一点事来"。这就阐明了小说的创作目的及其对革命的作用。但这里并没有过分突出办报纸、编小说等舆论工作,而指出这仅仅是复杂的革命工作的一部分,与军事、政法等其他革命工作是"并行不悖",相辅相成的,只有各方互相配合,齐心协力,"我办我们的,你办你们的",才能奏效。这就进一步说明了小说与革命之间的关系:小说虽从属革命,但作用巨大;它虽然是不可缺少的重要工作,但毕竟只是整个革命机器的一个环节。由此可见,在小说与政治的关系问题上,资产阶级革命派比之改良派,不但富有革命性,而且认识较全面。

在小说与现实、小说与政治等关系问题上,革命派的看法之所以比较全面、合理,不像改良派往往失诸片面、夸大,这除了与不同的思想方法有关外,主要是由不同的政治态度所决定的。梁启超等害怕革命,当然不敢也不可能承认"群治腐败之总根源"是社会制度,把社会看成决定意识的根本。特别在戊戌变法失败后,他们既失掉了政治权势,又不主张武装斗争,就不得不把目光集中在舆论宣传上。而具有通俗易传特点的小说,正是一种有效的宣传工具。于是,他们重视它,鼓吹它,夸大它,最后就势必把它强调到不适当的程度。资产阶级革命派则不然。他们认为社会腐败的总根源在于专制王朝,封建政体,首先着眼于暴力革命,然后再注意到舆论工作。他们重视写小说,编报刊,造舆论,但从来没有想以此来掩盖或取代武装斗争等其他必要的革命工作,因而就不可能把小说的作用无限夸大,以致颠倒了小说与社会的关系,搞乱了小说与革命的位置。在这个意义上也可以说,资产阶级革命派的进步的小说观,是由其革命的世界观所决定的。

资产阶级革命派明确了小说创作的政治方向后,必然强调小说有革命的思想内容,以保证沿着规定了的方向前进。海天独啸子的《女娲石凡例》提出要"傅以伟大国民之新思想",陈天华在《狮子吼》中称革命小说为"新理想的小说",都是提倡革命小说要表现"新思想"、"新理想"。在要求反映新理想时,他们不排斥暴露旧社会,他们认为,"……革命之事,先从破坏,后归建立"(俞佩兰《女狱花叙》)。只有先"驱逐鞑虏",然后才能"建立民国"。因此,他们一致要求小说猛烈地批判凶残腐朽的专制王朝,抨击如虎似狼的帝国主义,这正如《自由结婚弁言》所说的,他所描写的小说内容分三期,"首期以儿女之天性,观察社会之腐败,次期以学生之资格,振刷学界之精神,末期以英雄之本愿,建立国家之大业"。他们在批判旧社会、旧风俗、旧政权时,往往把批判的锋芒指向专制政体以"从根本上着想"："我们要鼓吹自由，推翻专制，一定要从政体着手，政体一有变，其余便势如破竹，迎刃而解了。"（《自由结婚》第十二回）这样要求小说家怀有打碎旧的国家机器的勇气和决心来揭露现实，表现了强烈的革命性，完全不同于李宝嘉之流尽管也把清政府描写得腐败不堪，但目的不是为了推翻它，而是为了"编几本教科书教导"官员们，"叫他们读了知过必改"（《官场现形记》第六十回）。这两种不同的小说观就决定了两种小说的不同内容：革命派在暴露现实时痛快淋漓，不留余地；而改良派在嬉笑怒骂之中，往往能止乎礼义，不逾规矩。革命派描绘的前景是打碎专制政体，实行民主共和；而改良派的理想是官员改过，保皇立宪。前者代表了群众的意志，历史的趋势；后者则保守落后，趋于反动了。

　　从内容与形式比较而言，资产阶级革命派当然侧重在强调小说内容的革命性，但并不等于不注意艺术形式的探讨，他们也希望作品能"闻者愈多"，具有一定的艺术效果。为此，他们除了一般地要求"小说欲普及，必不得不用官话演之"（海天独啸子《女娲石凡例》）、"文亦适俗"（章太炎《洪秀全演义序》）和"结构之奇幻，言词之沉痛"（张肇桐《自由结婚弁言》）等外，他们特别注意研究了作为一种宣传革命的"政治小说"，如何能找到一种较好的表现形式的问题。

　　一般说来，自从梁启超提倡写"政治小说"以来，社会上的小说，不论是改良派的还是革命派的，往往是充斥着议论教条，而忽视形象描绘，因而缺乏艺术感染力。梁启超在发表自己的《新中国未来记》时，就谈到这部作品"往往多载法律章程演说论文等，连篇累牍，毫无趣味，知无以餍读者之望矣"。资产阶级革命派看到了这个当时流行的弊病指出道："近时之小说，思想可谓有进步矣，然议论多而事实少，不合小说体裁。"（俞佩兰《女狱花叙》）看到了这个弊病后如何补救呢？《女娲石凡例》接着俞佩兰的批评意见提出了一种矫正的办法："近日所出小说颇多……其论议多而事实少也。是篇力反其弊，凡于议论，务求简当，庶使阅者诸君，不致生厌。"这里表明的压缩议论，使之简当，多叙事实，吸引读者，应该说是一种补救的办法。其二，《自由结婚弁言》提出："全书以男女两少年为主……关于政治者十之七，关于道德教育者十之三，而一贯之佳人才子之情。今名政治小说，就其所侧重者言也。"这是一种寓政治教育于爱情描写之中的办法。第三种是"冷热之笔兼出之"。拜一的《读母大虫小说》认为，小说有冷的和热的两种。所谓冷的小说，就是重于冷静的描写；而热的小说，则偏于热烈的鼓动。只

537

有两者兼用,才能获得成功:

> 小说有冷的,有热的。冷的小说,读之使人疑,使人惑,有不可思议之象,热的小说,读之使人壮,使人快,有拔剑斫地之概。二者各有所长,然亦各有所短。热的小说,其激刺也强;激刺强,则失之烈。冷的小说,其兴感也缓;兴感缓,则失之柔。然则何道而可曰小说者? 热而济之以冷,冷而益之以热,不偏于热,不偏于冷,二者互相连续,而使人读之,不失之烈,不失之柔,而得其中。

这里的冷热显然牵涉到创作方法的问题,但和处理议论与事实之间的关系,如何创作好基调激昂的政治小说也是很有关系的。以上这些见解,虽然是零碎的,甚至很表面的,但从中还是可以看出他们在积极探索适当的表现形式的精神面貌。

在探索小说艺术特征的过程中,资产阶级革命派注意学习和运用了西方资产阶级的美学观点和艺术思想。早在 1904 年,保皇派王国维即依据西方的美学观点来分析《红楼梦》,在社会上引起了反响。但总的说来,王国维用消极虚无的观点来歪曲《红楼梦》的悲剧意义,在真正的艺术特点方面的分析是很不够的(详下一节)。革命派与他不同。这不仅表现在人生态度上是积极向上的,并且更多的着眼在文学特征上,而不是在哲学思想上。黄人在《小说林发刊词》中说:

> 小说者,文学之倾于美的方面之一种也。宝钗罗带,非高蹈之口吻;碧云黄花,岂后乐之襟期? 微论小说,文学之有高格可循者,一属于审美之情操,尚不暇求真际而择法语也。然不佞之意,亦非敢谓作小说者,但当极藻绘之工,尽缠绵之致,一任事理之乖僻,风教之灭裂也。玉颅珠颔,补史氏之旧闻,气液日精,据良工所创获,未始非即物穷理之助也。不然,则有哲学、科学专书在。《额天》诉虐,金山之同病堪怜;《渡海》寻仇,火窟之孝思不匮,固足收振耻立懦之效也。不然,则有法律、经训原文在。且彼求诚止善者,未闻以玩华绣悦之不逮,而变诚与善之目的以迁就之,则从事小说者,亦何必椎髻饰劳,黩容示节,而唐捐其本质乎? 嫱、施天下之美也,鸱夷一舸,讵非明哲? 青冢一杯,不失幽芬。藉令没其倾吴宫、照汉殿之丰容,而强与孟庑齐称,娥台合传,不将疑其狂易乎? 一小说也,而号于人曰,吾不屑屑为美,一秉立诚明善之宗旨,则不过一无价值之讲义、不规则之格言而已,恐阅者不免如听古乐,即

作者亦未能歌舞其笔墨也。名相推崇,而实取厌薄。是吾国文明,仅于小说界稍有影响,而中道为之安障也。

这段文字首先用明确的语言指出小说是"文学之倾向于美的方面之一种也"。如果小说不"美",抛弃了艺术性,只是一味追求真实地反映现实和鼓吹政治道德教育,那不过是"一无价值之讲义,不规则之格言而已"。可见黄人是注意到了小说艺术的特殊性的。但他并不把"美"绝对化,只要求作者"极藻绘之工,尽缠绵之致",不去"求真际而择法语"以致写出来的作品违背现实,有害风教。他认为,"求诚止善"是创作的"目的",小说就要有"诚"与"善"的"本质"。因此,归根到底,只有小说沿着"美、诚、善"统一的道路健康发展,才能对吾国文明产生良好的影响。这种见解在晚清小说理论中显得非常突出。与他观点比较接近,且在某些方面论述得更加深入的还有徐念慈。

徐　念　慈

徐念慈(1875—1908),字彦士,别号东海觉我,江苏昭文县(今常熟县)人。1901 年组织教学同盟会,后为著名革命团体中国教育会常熟支部的负责人之一。1905 年为曾朴创办小说林书社的编辑部主任,同时担任竞存公学、爱国女校等教学工作。1907 年 2 月起,与黄人等一起创办小说月刊《小说林》,后实由他主编。出至十一期,因误服药物而暴亡,年仅三十四岁,《小说林》十二期出专刊纪念徐念慈说:"先生常谓小说足以启牖民智,故不殚竭力提倡之,斯报为先生手创,月出一期,选稿维严,讵料第十一期甫发行而先生竟长辞人世",风行一时的《小说林》就此也告停刊。徐念慈一生著述甚多,小说理论文字有《小说林缘起》、《余之小说观》、《觉我赘语》及《小说管窥录》(发表于《小说林》时未具名)等。著名学者孟森称他一生"著作已成林,言语从来妙天下"。的确,就是从小说理论来看,徐念慈在晚清崭露头角,也是一个值得重视的人物。

首先,他在探究新小说风行的原因时,依据西方黑格尔、康德等人的美学观点,真正抓到了小说的艺术特征之所在。这集中反映在《小说林缘起》一文中。这篇文章开头就提出了这样一个问题:

伟哉! 近年译籍东流,学术西化,其最欹动吾新旧社会,而无有文

539

野智愚咸欢迎之者,非近年所行之新小说者?夫我国之于新小说,向所视为鸩毒,悬为厉禁,不许青年子弟稍一涉猎者也,乃一反其积习,而至于是。果有沟而通之,以圆其说者耶?

这个问题,梁启超曾经回答过。梁的答案说主要是由于小说有熏、浸、刺、提四大作用,即有巨大的艺术感染力。徐念慈同意这个观点。用他的话来说,即是小说有"鼓舞与感觉""吾人之理性"的价值。但是,进一步要问:小说为什么有这巨大的感染力呢?梁启超冥思穷鞠的结果,认为主要是由于小说有"常导人游他境界",和抒情状物能"和盘托出,彻底而发露之"这两大特点。这个看法并不十分新鲜且也没有切中要害。后来黄人进一步用一个字来概括其特点,曰"美"。然而,"美"又表现在何处呢?徐念慈就在这篇文章中从五个方面来回答了这个问题。其一,他认为美在"合于理性之自然"。他在论述这个观点时引述了黑格尔的话:"艺术之圆满者,其第一义,为醇化于自然。"但在具体解释时,实际上渗透、结合了他自己的思想。他认为,满足人的美的欲望,首先是使人感到圆满,没有遗憾,这就要艺术逼真地反映生活发展的内在规律,使人在理性上感到自然。因此,他要求合于理性之自然,实际上就是要求符合生活的规律,而不是符合黑格尔的"绝对观念"。其二,他认为美要富有具体的个性特征。所谓"事物现个性者,愈愈丰富,理想之发现也愈愈圆满,故美之究竟在具象理想,不在于抽象理想。"而小说就适合表现繁富的具有个性特征的人物和故事,因此能使人百读不厌,饶有兴味。其三,在感情上能引起"美之快感"。他认为,如"吴用之智(《水浒》),铁丐之真(《野叟曝言》),数奇若韦痴珠(《花月痕》),弄权若曹阿瞒(《三国志》),冤狱若风波亭(《岳传》),神通游戏若孙行者(《西游记》)、济颠僧(《济公传》),阐事烛理若福尔摩斯、马丁休脱(《侦探案》),足令人快乐,令人轻蔑,令人苦痛尊敬,种种感情,莫不对于小说而得之。"其四,有形象性。"形象者,实体之模仿也",也就是具体现象的描摹和反映。只有形象性,才能使读者感到亲切,触动感情,引起快感。这比之夏曾佑等在《本馆附印说部缘起》中说的小说用"繁法之语言"使读者"恍然若亲见之事者然",表达得也更贴切。其五,为理想化。他的理想化实际上有两种意思。一种是指艺术的典型化:"理想化者,由感兴的实体,于艺术上除去无用分子,发挥其本性之谓也。小说之于日用琐事,亘数年者,未曾按日而书之,即所谓无用之分子则去之。"另一种是指在现实基础上的科学的想像:"月球之环游,世界之末日,地心海底之旅行,日新不已,皆本科学之理想超越自然而促其进化者也。"这里的后一种理想化,是与梁启超所谓的"导人游于他境界"相差不多,而前一种则大大超过了梁启超。徐念慈在这里已认识到文艺并不是把生活中的现象"和盘托出",而是要经过去芜存菁的提炼,使"发挥其本性",表现一定的社会生活的本质。综上所述,徐念慈在当时西方文艺思想的影响下,从美学的角度来探索小说的艺术特征时,尽管有些地方显得概念并不清晰,分析也欠细致,但毕竟抓住了艺术的形象性、典型化和美感作用等关键问题。他认为,小说的美,就在于描绘了既合于理性的自然,又有鲜明的个性,既能引起快感,又是理想化了的具体形象。这种见解,比之王国维在《红楼梦评论》中所说的"惟美术之特质,贵具体而不贵抽象,于是举人类全体之性质置诸个人之名字之下",也高明得多。这在当时不能不说是显得出类拔萃的。就是在今天,仍有相当的参考价值。

在小说与社会的关系问题上,徐念慈的认识也较周备。他的《余之小说观》的第一节,就专论了"小说与人生"的关系,可见其对这个问题的重视。他说:

> 小说者,文学中之以娱乐的,促社会之发展,深性情之刺戟者也。昔冬烘头脑,恒以鸩毒霉菌视小说,而不许读书子弟一尝其新,是不免失之过严。今近译籍稗贩,所谓风俗改良,国民进化,咸惟小说是赖,又不免誉之失当。余为平心论之,则小说固不足生社会,而惟有社会始成小说者也。社会之前途无他,一为势力之发展,一为欲望之膨胀。小说者,适用此二者之目的,以人生之起居动作,离合悲欢,铺张其形式,而其精神湛结处,决不能越乎此二者之范。故谓小说与人生,不能沟而分之,即谓小说与人生,不能阙其偏端,以致仅有事迹,而失其记载,为人类之大缺憾,亦无不可。

他在这里同黄人一样,批评了对待小说的禁之过严和誉之过当的两种错误态度,同时明确地指出:"小说固不足生社会,而惟有社会始成小说者也。"这就肯定了社会是第一性的,小说是社会的反映。小说之所以是社会的反映,不仅在于它描写的"起居动作、离合悲欢"是现实的,就是反映"精神湛结处",即思想感情等也不能超脱社会。在这基础上,他又说"小说与人生不能沟而分之","不能阙其偏端",两者具有密切的关系,小说具有特殊的社会作用。这个作用就是:一、可以将"人类"的"事迹""记载"下来,不致留下缺憾;二、"小说者,文学中之以娱乐的,促社会之发展,深性情之刺戟者也"。

541

实际上,他在这里说明了小说对于人生具有认识作用,教育作用,美感作用和娱乐作用。而这又是"潜蓄之势力",潜移默化,慢慢地起作用,日后"益益发展","益益膨胀","效用日大"(《余之小说观》)。可见,其看法也是比较全面和恰当的。比起梁启超等无限夸大小说具有"支配人道"的力量来,显然科学得多了。

　　徐念慈小说理论的另一大特色是立足于现实。这不仅表现在他积极地及时地介绍批评"海内译著新书",写了《小说管窥录》和《觉我赘语》等不少当代小说的评语,而更突出地反映在他注意调查研究读者的要求,"人心的趋向",以从中发现当前存在的问题,探求小说发展的正确途径。在《余之小说观》中,他为我们提供了不少当时实际情况的统计数字。例如从"小说销数的类别"来看:"记侦探者最佳,约十之七八;记艳情者次之,约十之五六;记社会态度,记滑稽事实者又次之,约十之三四;而专写军事、冒险、科学、立志诸书为最下,十仅得一二也。"再从"文言小说与白话小说"销行的情况来看,他竟"出于意料外"地发现文言较白话为优的社会现象。于是他又统计"今之购小说者""其百分之九十出于旧学界而输入新学说者,其百分之九出于普通之人物,其真受学校教育而有思想、有才力、欢迎新小说者,未知满百分之一否也?"再如1907年的著作小说与翻译小说印行数字来看,他统计得"著作者十不得一二,翻译者十常居八九"。诸如此类,他从调查研究入手,提出了当前主要的问题是小说没有面向"普通社会"而只是为少数"旧学界而输入新学说者"服务,迎合一些庸俗的心理。这个问题提得迫切而尖锐。他认为,"惟人民知爱其国家,而后赴汤蹈火不辞,此文明之国民所异于专制国民者在此。"(《觉我赘语》)因此,小说应当从"形式、体裁、文字、旨趣、价值"等各方面都要为广大的学生、军人、女子和实业社会的人着想。为此,他对服务于学生社会、军人社会、实业社会、女子社会的小说都作了一些十分具体的设想。当然,这些设想从今天看来是幼稚的,机械的,但在当时使作者的眼光从上层社会真正转到普通社会,促进小说的普及发展和对革命起推动作用,都是有积极意义的。

　　徐念慈逝世时,曾朴曾哀悼他说:"初本以算术著,继乃以教育著,近更于小说界,崭然露头角,盖棺戢雄志,吾为中国哭斯人。"徐念慈在当时小说界确是个十分显眼的人物。他论述到的一些小说观点,比之同时代人都高出一等,而这些问题又都是当时面对的一些主要问题。因此,假如说梁启超是晚清小说理论的奠基者的话,那么,徐念慈在某种程度上可以说是代表了晚清小说理论的高度。可惜的是其年不永,这么一颗耀眼的明星在文坛上一闪即逝了。以致有的地方论得还不够透彻,许多问题还没有接触到,这不能不说是我国小说理论史上的一大遗憾。

黄世仲与黄伯耀

黄世仲(1872—1912),字小配,亦作配工,号禺山世次郎,笔名黄帝嫡裔,又署世、棣、老棣、世次郎等,广东番禺人。他生于粤中望族,后家道中落,与兄伯耀(字耀公,笔名病国青年,又署翟、光翟、老伯等,生卒年不详)一起赴南洋谋生,同时充任邱炜萲创办的《天南新报》记者,加入兴中会外围组织中和堂,走上资产阶级民主革命的道路。1903 年后,弟兄两人参与过《中国日报》、《世界公益报》、《广东日报》、《有所谓报》等编、撰工作,又一起创办过《少年报》、《中外小说林》等报刊。1905 年同盟会成立的当年入盟。辛亥广东光复后,世仲任广东军政府枢密处参议、民团总局局长、军团协会副会长,后为都督陈炯明所忌而被杀。此后十年间其兄行止不详。1924 年改组后的国民党接办《香港晨报》时,黄伯耀出任总编至该报停刊,后又不知所踪。综观世仲、伯耀弟兄两人,都是晚清港穗地区有名的资产阶级革命宣传家,又都热衷于小说的创作与理论的探讨,尤以世仲的《洪秀全演义》负有重名。他们的理论文字,除世仲的《洪秀全演义自序》、《宦海潮自序》等序跋散见者外,集中于他们所办的《中外小说林》、《粤东小说林》上。由于他们的生活道路和理论观点大致相同,故合在一起加以论列。

一、"小说造时势"与"时势造小说"

黄氏弟兄重视"小说造时势",认为"小说之影响于社会巨矣",但他们不同于当时一般的小说论者片面地强调小说的社会作用,而同时也承认"时势造小说"。黄伯耀在《小说发达足以增长人群学问之进步》中说:"时势造小说耶,抑小说造时势耶? 是二者固未可决言。"这就是说,两者互有影响。他所说的"时势造小说",实从读者接受与作家创作两方面着眼的。古代优秀小说的功用之所以"弗彰",就因为当时的"时势"是"风气未开",读者在接受过程中存在着障碍。而今的作品之所以能产生巨大的社会作用,一方面由于读者已善于接受,另一方面也由于"著小说者""趋时势之潮流","就时势以立言",归根到底也受到了社会的影响。在晚清小说理论家论述社会对小说的作用时,如黄人、曼殊等一般均从小说写的内容着眼,强调"小说者,今

543

社会之见本也"（曼殊《小说丛话》），而今黄氏弟兄在注意"有新事而后有新戏"（黄世仲《改良剧本与改良小说关系于社会之轻重》，见《中外小说林》第二年第二期）的同时，着重就整个社会风气与时代精神对作家和读者接受的影响来看待社会的基础作用，是有新意的。

二、中国古代小说之功与过

梁启超曾认为，中国小说以《水浒》、《红楼》为代表，"诲盗诲淫，不出二端"，是"中国群治腐败之总根源"，而外国政治小说对"各国政界之日进""为功最高"。黄氏弟兄与此针锋相对，对中国古代小说在总体上予以肯定："吾国小说，至明元而大行，至清初而愈盛。昔之《齐谐志》、《山海经》，奇闻伙矣；《东周》、《三国》、《东西汉》、《晋》、《隋唐》、《宋》诸演义，历史备矣；后之《水浒传》、《西厢记》、《红楼梦》、《金瓶梅》、《阅微草堂》、《聊斋志异》，五光十色，美不胜收。"（黄世仲《小说风尚之进步以翻译说部为风气之先》，见《中外小说林》第二年第四期）"无论其为章回也，为短篇也，为传奇与南音班本也，其人其事，有顿令人心经开豁，脑灵苗发者。"（黄伯耀《小说发达足以增长人群学问之进步》）他们从资产阶级民主革命的要求出发，特别赞赏那些能"发挥国家之意(思)想，寓言民族之独立"的作品，如《三国演义》被赞为"深明尊汉之理，讨贼之义"，被梁启超目为"诲盗"的《水浒传》，他们则颂扬为"理想之独立小说"，"吾知中国自今而往，不可一日无《水浒》矣"（《著水浒传之施耐庵与施耐庵之著水浒传》，见《中外小说林》第二年第八期），而所谓"诲淫"之《红楼梦》，他们也认为是"吾国小说之铮铮有名者"（黄伯耀《曲本小说与白话小说之宜于普通社会》，见《中外小说林》第二年第十期）。因此，黄世仲曾将"中国之施耐庵、罗贯中、曹雪芹"与"外国之柴四郎、福禄特尔辈"并提（《小说风尚之进步以翻译说部为风气之先》）。不但如此，他们还特意指出了所谓"诲盗诲淫"的《水浒传》、《西厢记》等作品恰恰对外国的政治革新起了促进的作用："吾闻日本维新，基功小学，且多以吾国著名小说家之《水浒传记》、《西厢演义》为教科讲义者"（《小说与风俗之关系》），"日人之崇拜耐庵，则以小说之足以饷世界，导社会，如《水浒传》者，实有巨功焉"（《著水浒传之施耐庵与施耐庵之著水浒传》）。这在当时说来，可谓是对中国古代小说的最高评价。

然而，黄氏弟兄对中国古代小说的评价并没有绝对化，在反对梁启超全盘否定的同时，并没有矫枉过正，一味颂扬。黄世仲在《中国小说家向多托言鬼神最阻人群慧力之进步》等文中，力斥古代小说家用鬼神迷信等"无烟毒炮，无形砒霜，以错我脑灵，而阻碍进化之进步也"。即使对一些优秀小说,他也一分为二,如云:"《三国演义》……于陇上装神一段,反以诸葛亮者污蔑诸葛亮,使后之读《三国》者,几以诸葛亮为怪物焉。又如施耐庵编《水浒传》……所谓三十六天罡,七十二地煞者,仍蹈于鬼神之臼里,使后之读《水浒》者,又以为天罡地煞之英雄,非可以人事造焉。"这一批评是有道理的。从中可见黄世仲对于古代小说能坚持具体分析,而其分析批判的标准还是立足于开发民智,有利革命。

三、"翻译者如前锋,自著者如后劲"

黄氏弟兄"观社会之现情,审风气之趋势",对翻译小说与自著小说的历史作用与相互关系作了较为清醒的估价。清代末年,翻译小说犹如洪水决口,大量涌入。徐念慈在统计 1907 年的小说情况时说:"著作者十不得一二,翻译者十常居八九。"(《余之小说观》)因此,对这一现象能作出正确分析,十分迫切。黄世仲在 1908 年所写的《小说风尚之进步以翻译说部为风气之先》即专论这一问题。他在分析翻译小说发达的原由和功绩时,认为翻译小说"足为社会进化之导师",给予了充分的肯定。与此同时,他也看到了自著小说在外来新风的刺激下自然地发展起来了。然后,他对这两种小说作了如下评价:

> 翻译者如前锋,自著者如后劲,扬镳分道,其影响于社会者,殆无轩轾焉,虽此中之谁优谁劣,犹是第二问题,可弗置辩。而以小说进步为报界之进步,即以小说发达为民智之发达,吾诚不能不归功于小说,尤不能不以译本小说为开道之骅骝也。

黄世仲在评价这两种小说时,心中有一个"新风过渡"观。他认为,翻译小说作为"引渡新风之始",其"前锋""开道"之功甚大。但从历史发展的长河中来考察,翻译小说先行,只是"小说发达之初级时代"。他预言:"自今而往,译本小说之盛,后必不如前;著作小说之盛,将来必逾于往者。"但是,"后劲"与"前锋",在不同历史阶段各自有不同的功用,故难分其优劣轻重,"其影响于社会者,殆无轩轾焉"。总之,黄世仲对于晚清翻译小说和自著新小说各自发达的原由、功绩和相互关系的论述是比较客观平允的,而这正是当时小说界迫切需要回答的新问题。

四、去锢习,导新思,重白话

黄氏弟兄撰写小说理论文章的目的很清楚,始终紧紧围绕着"小说改良",即革新小说,为当前的创作实践服务。黄世仲在《改良剧本与改良小说关系于社会之轻重》一文中明确指出"改良小说"的方向是:

> 所谓改良者,因(固)不在高奇,而在去锢习而导以新思,顺眼光以生其意境,如是而已。

所谓"去锢习",即"如神权之迷信、仙佛之因缘、鬼魔妖怪之诞幻,与种种大同小异之桥段,势不能不先去之者也"。至于"导新思",他以"新风过渡"观出发,认为不能操之过急,若骤以引进"科学之精深与法理之妙微,观者听者尚如盲人夜里观花耳,无当也"。而当从实际出发,循序前进。他说:"当此半开化之时代,国民之心思眼力,固宜顺其程度以致开通,即著作家宜顺其程序以为立论。"据此,当前所导之新风"如其政治之改革,种族之分限,风俗之转移。以是为初级之改良,即足以开国民之脑慧"。以此创作出的小说可谓"第一级改良小说"。实际上,他们当时最重视的乃是"触发观者种族之感情"。后来黄世仲在《洪秀全演义》的《例言》和《自序》中更是大力宣扬其创作是"全从种族着想","传汉族之光荣",太平天国的政治措施多与"西国暗合",其"眼光""不在欧美政治及外交家之手"。于此可见,宣传资产阶级民族民主革命的思想,乃是黄氏弟兄"改良小说"的政治方向。

就表现形式而言,他们从普及大众的社会功用出发,特别强调用白话。这虽是当时新派小说家的一般看法,但黄氏弟兄自有其独特的观点,即在白话的基础上又重"土音"。黄伯耀说:

> 吾国省界纷歧,土音各异,其曾受正音之教育者几何者? 苟如是,吾料读者圊圄莫解,转不如各随其省界,各用其土音,犹足使普通社会之了于心而了于口也。

近代《海上花列传》的作者韩邦庆提倡方言小说,是从创作的角度上要求作品的描写合乎"当时神理",不失小说家的立场;而黄氏弟兄从接受的角度上希求"土音"更能普及大众,则不脱政治家的气息。然而,他们两家在提倡方言土音这一点上,可以说是殊途而同归。

546

第四节　王国维与王钟麒、黄人的中国古典小说论

晚清小说理论的发展,还充分地表现在对于我国古典小说的评论上。

此时的一些小说批评家,出自各不相同的目的,纷纷试图用新的观点和方法来对我国古代的小说作出较为系统的评价。他们之中,尽管有的带有明显的政治色彩,有的则着重阐发哲学思想,也有的致力于考证索隐,但都从中表现了他们一定的小说思想。其形式有随笔,有论文,也有专著,的确出现了一个五彩缤纷的局面。这里,除了前文已述的梁启超、吴沃尧等人的某些观点之外,着重介绍一些具体评析我国古代小说作品的著名批评家。

王　国　维

王国维是以《红楼梦评论》蜚声于小说批评界的。《红楼梦评论》连载于光绪三十年(1904)的《教育丛书》,光绪三十一年收入《静庵文集》。它是《红楼梦》研究史上第一篇比较系统的专论,也是小说批评史上一篇富有理论色彩的名作。在这篇文章中,作者运用西方哲理,紧联作品实际,认真研究和高度评价了《红楼梦》的价值,且道中了小说艺术的某些基本特征,这都是为当时一般评论家所不及的,以至它在批评史上享有盛誉。然而,本文的理论基础是叔本华的唯意志论,作者评论《红楼梦》的根本目的也在于阐发这种唯心厌世的哲学,因而这篇评论最后实际上歪曲了"红楼梦之精神",根本没有找到《红楼梦》的真正价值。

《红楼梦评论》共分五章。第一章《人生及美术之概观》并没有直接评论《红楼梦》本身,而是详细地阐述了作者关于人生和艺术的基本观点,以此作为评论小说的依据和出发点。王国维根据德国叔本华的哲学,认为生活的本质就是"欲而已矣",但"欲之为性无厌,而其原生于不足"。这样,人的欲常常不能满足,于是就产生痛苦。所以人生就是"欲与生活与痛苦"三者的结合。

人生既然充满着痛苦,而知识与实践又都与生活之欲相关,即与痛苦相联,那有没有东西可以减轻人类的痛苦呢?王国维又认为只有并非实物的"美术"(按:相当于今天所说的艺术),才能使人超然于利害之外,所谓"欲者不观,观者不欲",使人"易忘物我之关系",减轻人类的痛苦,得到美的享受。

对于这种艺术之美,他又赞同康德的观点,分成"优美"和"壮美"两种。这两种艺术美,都是"使吾人离生活之欲",是好的。与此两者相反,王国维认为文艺作品中还有一种"眩惑"，"使人复归于生活之欲"，如《西厢记》中的《酬柬》、《牡丹亭》之《惊梦》以及《飞燕别传》、《杂事秘辛》等就是"徒讽一而劝百，欲止沸而益薪"，"不能使人忘生活之欲，及此欲与物之关系，而反鼓舞之也哉"。王国维这样分析了人生和艺术之后，就"持此标准"，指出《红楼梦》乃是我国文学史上的一部"绝大著作"。

《红楼梦》为什么是一部"绝大著作"？王国维认为，这是由于这部小说的根本精神就在于"以生活为炉，苦痛为炭，而铸其解脱之鼎"。这就是第二章"《红楼梦》之精神"所论述的中心。

在王国维看来，饮食男女，是人类的大欲；然男女之欲，尤强于饮食之欲。二千年间能解决此问题者，从哲学上只有叔本华，在文艺上则中国有《红楼梦》。何则？《红楼梦》开卷关于男女之爱的解释，就通过描写石头的"来历"以说明了"生活之欲之先人生而存在，而人生不过此欲之发现"，完全符合叔本华的先验的唯意志论。而一百十七回和尚跟宝玉谈论"来处来，去处去"等，就"实示此生活此苦痛之由于自造，又示其解脱之道不可不由自己求之者也"。其中谈到"还玉"，就是指去"生活之欲"，因为所谓"玉"，就是生活之欲的代表。而拒绝一切生活之欲的最好的"解脱之道"就在于出世。《红楼梦》中贾宝玉、惜春、紫鹃三人，就求得了一种"真正之解脱"："彼知生活之无所逃于苦痛，而求入于无生之域。当其终也，恒干虽存，固已形如槁木，而心如死灰矣。"可见，王国维对《红楼梦》之所以无限推崇，归根到底就在于它道出了人生痛苦的解脱之道，"解脱"两字就是《红楼梦》的根本精神，《红楼梦》也就成了叔本华悲观厌世哲学的文艺样板。

《红楼梦》的精神在于"解脱"，符合了文艺的根本任务和人生的需要，所以他在美学上和伦理学上都有其最高的价值。《红楼梦评论》的第三章、第四章就题为《红楼梦之美学上之价值》和《红楼梦之伦理学上之价值》。分别论述了这两个问题。

王国维根据叔本华的理论，"置诗歌于美术之顶点，又置悲剧于诗歌之顶点"，故悲剧于文艺中最有美学价值，而《红楼梦》就是一部"眩惑之原质殆绝"，"示人生之真相，又示解脱之不可已"的"悲剧中之悲剧"，所以它在美学上具有极高的价值。

在论述这个问题时，王国维首先将《红楼梦》同我国古代的一些小说戏曲相比较。在比较中得出古代的小说戏曲"无往而不著此乐天的色彩：始于悲者终于欢，始于离者终于合，始于困者终于亨"，其中如《牡丹亭》之还魂,《长生殿》之重圆就特别明显。与之相反,《红楼梦》和《桃花扇》则是另一类型的作品,是具有厌世解脱精神之悲剧。其中《红楼梦》与《桃花扇》相比,又高出一筹,是"真解脱"。而就悲剧意义来看,"《红楼梦》一书与一切喜剧相反,彻头彻尾之悲剧也"。本来,按照叔本华的理论,悲剧可分三种:"第一种之悲剧,由极恶之人极其所有之能力以交构之者。第二种,由于盲目的命运者。第三种之悲剧,由于剧中之人物之位置及关系而不得不然者;非必有蛇蝎之性质,与意外之变故也。"这三种悲剧之中,第三种最具壮美之情,最有价值。这是因为它并非如前两种悲剧只是由"蛇蝎之人物与盲目之命运"所造成的偶然事件,而是"示最大之不幸,非例外之事,而人生之所固有"的必然结果。《红楼梦》就是属于第三种悲剧,是反映了人生最惨的,因而也是最美的悲剧。他于此结合贾宝玉、林黛玉的悲剧论述道:

> 兹就宝玉、黛玉之事言之:贾母爱宝钗之婉嬺,而惩黛玉之孤僻,又信金玉之邪说,而思厌宝玉之病;王夫人固亲于薛氏;凤姐以持家之故,忌黛玉之才而虞其不便于己也;袭人惩尤二姐、香菱之事,闻黛玉"不是东风压西风,就是西风压东风"(第八十一回)之语,惧祸之及,而自同于凤姐,亦自然之势也。宝玉之于黛玉,信誓旦旦,而不能言之于最爱之祖母,则普通之道德使然;况黛玉一女子哉! 由此种种原因,而金玉以之合,木石以之离,又岂有蛇蝎之人物,非常之变故,行于其间哉? 不过通常之道德,通常之人情,通常之境遇为之而已。由此观之,《红楼梦》者,可谓悲剧中之悲剧也。

于此可见,王国维所谓《红楼梦》这部悲剧的美学价值就在于反映了所谓人生的固有的痛苦及其真正的解脱之道,证明了人生的真相乃是一场悲剧,只有拒绝一切生活之欲,走出世之路才能求得真正的解脱。

正是《红楼梦》的这种求解脱的精神,王国维认为不但具有美学上的价值,而且同时也具有伦理学上的价值,两者是完全相合的。这是因为从普通人看来,贾宝玉出世乃是绝父子、弃人伦,不忠不孝的罪人;但开"天眼"以观之,则是"干父之蛊",即能掩盖父母祖辈过失,不失为孝子。父母祖辈的过失是什么,即是生人。"世界人生之所以存在,实由吾人类之祖先一时之误谬。"之后,"鼻祖之罪,终无时而赎,而一时之误谬,反复至数千万年而未有已也。"故从"天眼",即叔本华哲学中的先天的意志来看,解脱正是补救人生的过失,是人类的最高理想。这种理想也与佛教、基督教、婆罗门教等等"世

549

界之大宗教"的"唯一宗旨"以及柏拉图、叔本华等大哲学家的"最高理想"一致。因此,《红楼梦》在伦理学上也具有极高的价值。这样"以解脱为理想"的《红楼梦》就能从美学和伦理学两方面给人类的"救济",不愧为一部"宇宙之大著述",得到芸芸众生的"企踵而欢迎"了!

假如说《红楼梦评论》的前四章是"立",是完整、正面阐述王国维的基本看法的话,那么第五章《余论》旨在"破",批评前人以考证之眼读《红楼梦》的不良风气。然而,在这"破其惑"的过程中,表露和补充了作者一些值得注意的艺术见解,触及了《红楼梦》的典型意义。

王国维指出,清代考据之学盛行,于是评论《红楼梦》者也受此风的影响,纷纷致力于考索书中的主人公为谁。这里又可分两种,"一谓述他人之事,一谓作者自写其生平也"。对于这两种建立在比附和猜测基础上的说法,王国维都提出了批驳。

"第一说中,大抵以贾宝玉为即纳兰性德。"其根据无非是纳兰性德的作品中出现过"红楼"、"葬花"等词语。对此他说:"诗人与小说家之用语,其偶合者固不少。苟执此例以求《红楼梦》之主人公,吾恐其可以傅合者,断不止容若一人而已。"这就指出了仅以与《红楼梦》稍有文字之关系来考证贾宝玉为谁的做法是十分荒谬的,因为这只是偶然的巧合,若以此求《红楼梦》的主人公的话,必将不止一人。事实正是这样,后来王梦阮、沈瓶庵认为贾宝玉是清世祖(《红楼梦索隐》),而蔡元培又证之为康熙皇帝的太子胤礽(《石头记索隐》),都是用的这种索隐抉微方法。于此可见王国维对这种研究风气的批判是有一定的意义的。

对于第二种《红楼梦》是作者自写其生平的说法,王国维是这样批评的:

> 至谓《红楼梦》一书,为作者自道其生平者,其说本于此书第一回"竟不如我亲见亲闻的几个女子"一语。信如此说,则唐旦之《天国戏剧》,可谓无独有偶者矣。然所谓亲见亲闻者,亦可自旁观者之口言之,未必躬为剧中之人物。如谓书中种种境界,种种人物,非局中人不能道,则是《水浒传》之作者,必为大盗,《三国演义》之作者,必为兵家,此又大不然之说也。

这里,将作为艺术作品的小说中的人物情事与作者的本人经历作了区别,很有见地。正在这一点上,王国维甚至比后来鼓吹"自传说"的一些新红学家显得还要高明。

王国维批评用简单的考证来糟蹋《红楼梦》的研究，但并不完全否定考证，相反，他认为"其作者之姓名，与其著书之年月"，很有必要作一番考证，但这考证不能冲击、取代对于《红楼梦》的艺术分析。那么，文艺不同于学术的特点是什么呢？他说：

> 夫美术之所写者，非个人之性质，而人类全体之性质也。惟美术之特质，贵具体而不贵抽象。于是举人类全体之性质，置诸个人之名字之下。譬诸"副墨之子"，"洛诵之孙"，亦随吾人之所好名之而已。善于观物者，能就个人之事实，而发见人类全体之性质；今对人类之全体，而必规规焉求个人以实之，人之知力相越，岂不远哉！故《红楼梦》之主人公，谓之贾宝玉可，谓之"子虚""乌有"先生可，即谓之纳兰容若可，谓之曹雪芹，亦无不可也。

这里实际上提出了艺术典型性的问题。说明了文艺作品中描写的人是个别的，且"贵具体而不贵抽象"，然而他反映了一般，"能就个人之事实，而发见人类全体之性质"。这是他比之"索隐派"和"自传说"高明的地方，也是他批判"以考证之眼读《红楼梦》"的理论武器。当然，他这里的所谓"人类全体之性质"，完全是立足在"人性论"的基础之上的。另外，他根据叔本华把美作为意志的客观化，是"先天中所已知者"的观点，认为"美术之源，出于先天"，而"经验以为之补助"云云，也是颠倒了文艺与现实的关系的唯心主义的说法。因此，王国维的典型论尽管在当时是显得超群拔俗，然而其根基却是叔本华的唯心主义哲学。

总之，王国维的《红楼梦评论》，"取外来之观念与固有之材料，互相印证"（陈寅恪《海宁王静安先生遗书序》），以一种从未有过的观点和方法来研究古典小说，确实使人有耳目一新的感觉，不少地方都显示了他比时人的高明。但由于他所取的"外来之观念"本身是一种唯心厌世的叔本华哲学，这就给他的《红楼梦》研究带来了一系列根本性的错误，对后来的新红学家们也产生了不良的影响。

王钟麒与黄人

南社社员王钟麒、黄人与王国维不同，他们并不忠于清室皇朝，也不是借一小部小说来阐明某种哲理，而是抱着革新政治、图存救亡的强烈愿望，结合当时的创作实际去研究和评价我国古代的小说,因此具有强烈的现实性、政治性,在当时影响也较大。

王钟麒(1880—1914),字毓仁,一字郁仁,号冗生、天僇生,又署三函、一尘不染等。安徽歙县人。历主《神州日报》、《民呼报》、《天铎报》、《独立周报》等笔政,著述甚多,什九散佚。其小说论文有《论小说与改良社会之关系》、《中国历代小说史论》、《中国三大小说家论赞》。他"每以文词,力图挽救,几濒于危"(《长别诸知好书》),是一个十分关心现实的人。而现实给他带来的忧患和愤慨很快地结束了他短促的一生。

王钟麒论小说的特点是注意从小说史的角度上来分析。中国"小说史"这个名称,也首见于 1907 年他所著的《中国历代小说史论》,据该文所称,他曾将小说"编而为史",这当是我国第一部有意识编撰的小说史了。可惜此史亡佚或未撰就,今只能从他的三篇小说论文中窥见其主要观点。

王钟麒研究中国历代小说是立足现实,其目的是为了"振兴吾国小说","以救国民"。他认为小说具有巨大的社会功能。然而当时小说界有两大弊病:一为"不善读小说",另一为"不善作小说"。所谓"不善读小说",就是"不知古人用心之所在,而以诲淫与盗目诸书",因而不加分析地"视小说若洪水猛兽,屏子弟不使观"。所谓"不善作小说",就是一些新小说家一味"投时好",企求"得重资",而不顾"惊醒国民"、"裨益社会",结果其作品往往"破坏道德",有害社会。鉴于此,他迫切感到当前改革小说必须首先确定一改革之"道",即一些原则和标准:"宜确定宗旨,宜划一程度,宜厘定体裁,宜选择事实之于国事有关者而译之著之。"在这里,他特别反对不顾国情,照搬外国的不良倾向,指出中外"事势既殊,体裁亦异。执他人之药方,以治己之病,其合焉者寡矣"。因此,他觉得有必要研究我国古代小说创作的宗旨、体裁等,为新小说寻求符合国情的内容和形式。这就是他研究中国小说史的出发点。

《中国历代小说史论》在编史的基础上,把我国"数千年来小说之沿革"分为记事、杂记、戏剧、章回、弹词等五种体裁,然后又一一加以勾勒。他在这里提供的一条小说发展的线索,比之同时代夏曾佑的《小说原理》,陆君亮的《月月小说发刊词》以及明代胡应麟《少室山房笔丛》、冯梦龙《古今小说序》、清代刘廷玑《在园杂志》等文章来,也并不显得有多少精详。但它自有特点和高明之处,即在史的分析的基础上较为正确地说明了小说产生的社会基础,揭示了我国古代小说家的创作精神。他指出"古先哲人之所以作小说"，主要有三大原因："一曰愤政治之压制"，"二曰痛社会之混浊"，"三曰哀婚姻之不自由"。这从政治制度、社会习俗到道德礼教，全面地反映了作者反封建的资产阶级观点，显示了他的小说史观的进步性。

王钟麒强调古代优秀小说家的创作精神在于反对封建专制和社会黑暗，所以他衡量古代小说"价值"的标准也首先就在于"其思想有能高出社会水平线"。根据这个标准，他特别推崇施耐庵、王世贞、曹雪芹这"中国三大小说家"。他认为施耐庵"痛社会之黑暗，而政府之专横"，以作《水浒传》。王世贞"以为中国之人物、之社会，皆至污极贱，贪鄙淫秽，靡所不至其极"而作《金瓶梅》，曹雪芹恨清统治者"凭藉贵族，因缘以奸利，贪侈之端，乃不可偻指数"而著《红楼梦》，因而都是些"特达之士，喆嶷之才"。特别是施耐庵，在《水浒》中还鲜明地表现了作者的"理想"：

> 生民以来，未有以百八人组织政府，而人人平等者，有之惟《水浒传》。使耐庵而生于欧、美也，则其人之著作，当与柏拉图、巴枯宁、托尔斯太、迭盖司诸氏相抗衡。观其平等级，均财产，则社会主义之小说也；其复仇怨，贼污吏，则虚无党之小说也；其一切组织，无不完备，则政治小说也。（《中国三大家小说论赞》）

因此，他认为施耐庵是"千古之思想家"。这样看待《水浒传》固然未必正确，但从中反映了他评价古代小说的政治性和功利性。值得注意的是，他还指出要带着"种族思想"来阅读《红楼梦》，这当然反映了他具有狭隘的民族主义的错误观点。

王钟麒强调思想性，也重视艺术性。他指出《红楼梦》之所以杰出，就在于"头绪之繁，篇幅之富，文章之美"。至于其他一些小说之所以不能与以上三书相比，有的就不是思想性不强而是艺术性较差："如《三国演义》，非不竭力联贯也，而文词鄙陋不足称。如《野叟曝言》，如《西游记》，其篇幅非不富，其思想非不高也；然《野叟曝言》，事事在人意外，而此三书，则语语在人意中；至《西游记》之记事，更如于轮舟中观山水，顷刻即逝，更无复来之时。余子自郐，更不足道。"于此可见，王锺麒是从思想、艺术两方面来评价我国古典小说价值，其认识也比较全面。

通过分析，王钟麒以为吾国古代小说的价值已大白于天下，且影响广泛，深入人心，足以为吾国小说界自豪。比如《红楼梦》，这部"悲剧中之悲剧"，即使欧洲的仲马父子、谢莱(雪莱)、雨苟(雨果)诸人之作与之相比，"恐尚有未迨此书者"。因此,我们不必妄自菲薄,迷信欧美,当努力继承我国小说的优良传统,创作一些适合我国国情和民族特点的小说,他在《中国历代小说史论》的最后呼吁道:

> 呜乎! 吾国有翟铿士、托而斯太其人出现,欲以新小说为国民倡者乎? 不可不自撰小说,不可不择事实之能适合于社会之情状者为之,不可不择体裁之能适宜于国民之脑性者为之。天僇生生平无他长,惟少知文学。苟幸而一日不死者,必殚精极思,著为小说,借手以救国民,为小说界中马前卒。世有知我者,其或恕我狂也。

这也就是他评论历代小说的最后落脚点。总之王钟麒的小说史论尽管显得简略,且有偏颇的地方,但由于他站在资产阶级革命派的立场上有感而发,故其见解有不少精辟之处,且富有时代特征和现实意义。

黄人(1866—1913),原名振元,中年改名人,字慕韩,一作慕庵,号摩西,别署梦暗、慕云等。江苏常熟人,曾执教于苏州东吴大学,与曾朴、徐念慈等创办小说林社。辛亥革命后,以愤懑国事,发狂疾而卒。吴梅说他:"于学也,无所不窥,凡经史诗文方技音律遁甲之属,辄能晓其大概,故其为文,操笔立就,不屑屑于绳尺,而光焰万丈,自不可遏。"(《黄人摩西》)其著译甚富,多已散佚。有关他的一般的小说理论,已在本章第三节中提及。至于他对中国古代小说的评价,主要见于《中国文学史》中的《明人章回小说》等章节。另有连载于《小说林》上的《小说小话》一文,署名为"蛮",一般也认为是他的作品。

黄人并未编写小说史,但他在《中国文学史》中将小说列为专章,并高度评价了我国古代小说。他说:

> 至若诗歌小说,实文学之本色,故三代典籍每多有韵之文,而《虞初》、《齐谐》,亦为最古之史乘。前者所以生音乐之精神,后者所以穷社会之状态。体制虽有变更,而目的未尝或异。(《中国文学史·总论》)
>
> 今览元人百种曲及《西厢》、《琵琶》诸院本,不可谓非文学界之异军苍头也。院本专取前代稗乘中故实为题,排纂成篇,而科白未工,辗转沿袭,直如印板,与本事之精神曲折,不能熨贴,而章回小说一派出焉。小说为工细白描之院本,院本为设色押韵之小说。小说之能扫荡唐宋历来之稗官家,犹院本之能扫荡汉魏以下一切之乐府焉。……合院本小说之长,当不令和美儿、莎士比亚专美于前也。(《中国文学史·

略论》)

从中可见,黄人之所以高度评价中国古代小说,主要是由于小说能"穷社会之状态",将"本事之精神曲折"描写熨贴,和盘托出,真切地、广泛地反映封建社会的现实。关于这一点,他在《明人章回小说》这一节中分析得特别透辟:

> 有明一代之史,多官样文章,胡卢依样,繁重而疏漏,正与宋史同病。私家记载,间有遗轶可补,而又出于个人恩怨及道路传闻。若夫社会风俗之变迁、人情之浇漓、舆论之向背,反多见于通俗小说。且言禁方严,独小说之寓言十九,手挥目遂,可自由抒写,而内容宏富,动辄百万言,庄谐互引,细大不捐,非特可以刍荛补简册,又可为普通教育科本之资料。虽或托神怪,或堕猥亵,而以意逆志,可为人事之犀鉴。盖胜朝有种种积习,为治乱存亡之原动力者,史多讳而不言,可于小说中仿佛得之。

接着,他具体指出了明代章回小说比较深刻地反映当时社会的"不平等"、"科举毒"、"迷信"、"奢淫"等种种腐败黑暗的现象,具有较高的认识价值和反封建的意义。比如,他论明人小说与社会"不平等"之关系云:

> 专制之毒,未有剧于明者也。君主威福,过于上帝。诸臣虽身登三事列清要,而以奴隶蓄之,盗贼待之,夷傲毣钳,惟意所施。故明之士夫未有不受刑辱者,而受刑辱者,君子尤多于小人,非臆说也。试观有明卿相之受诛,不数倍阉寺嬖幸乎? 而士夫则乙科以上,对于编氓,皆得而鱼肉之。大僚之对于下吏,亦皆得操其生死荣辱。重重压力,成此弱肉强食世界。故小说人物,每假一巨阀,遘谗罹祸,骈首夷族,其裔流为奴厮,或潜草泽,至一日得志,乃杀尽其仇家以报。且以啸聚暗杀为忠义,淫奔贿迁为佳话,盖怨毒之甚而出此也。

很明显,黄人在分析明代社会和小说情况时,是"就自由之一点引申而整理之"(《小说小话》),用当时比较先进的资产阶级民主革命观点来分析问题的,因而基本上还是能击中明代封建社会的某些实质性的东西,但也有一些地方和当时一般资产阶级小说批评家一样,为了迎合自己的观点而失之臆断和附会。比如在《小说小话》中说"《水浒》一书,纯是社会主义","山泊一局,几于乌托邦矣",显然是将古书资产阶级化了。至于评《西游补》云:"以火焰山寓朱明焉"云云,纯是索隐比附。其目的虽在反清革命,其方法则并不科学。后来蔡元培的《石头记索隐》就在这方面走得更远了。

黄人评价古代小说时也重视从"美的方面"来加以衡量。在《中国文学史》及《小说林发刊词》中,黄人一再提倡用"真善美"统一的标准来批评文学作品,至于具体揭示古代小说的"美",则主要见于《小说小话》中。《小说小话》一开头就指出《水浒》、《金瓶梅》、《红楼梦》、《儒林外史》等塑造的人物形象,其"性质、身份,若优若劣,虽妇孺亦能辨之",使人读后有"余味",主要是由于它们都是采用了"镜中取影,妍媸好丑令观者自知"的表现手法,使小说中的人物性格,通过作品的情节本身发展和人物自己合乎逻辑的活动表现出来,而并不掺入作者的论断,用烦琐的说明代替生动的描写,用枯燥的议论代替形象的刻画。作品中那些表现作家理想的正面人物,也没有"过求完善",写成十全十美,具有"真正完全之人格"。"《水浒传》之宋江、《石头记》之贾宝玉人格虽不纯,自能生观者崇拜之心",这些都是古代作家塑造人物形象的主要艺术经验。此外,他赞扬了《三国演义》、《隋唐演义》等历史小说的详略得当,虚实结合,《水浒传》、《石头记》等情节既能出奇制胜又为情理所有,以及"神龙见首不见尾"等特点。这些论述虽然较零碎和缺乏新意,但都反映了他对于我国古代小说创作的艺术经验是在努力探索,的确是试图用真善美统一的标准来肯定和评价我国古代小说的。

黄人作为一个中国小说史的爱好者和评论者,和王钟麒一样,十分厌恶当时那种把古代小说一笔抹煞和对西洋小说无限崇拜的"喜新厌故,轻己重人"的倾向,表现了强烈的爱国精神。不过,黄人在对待中外小说时与王钟麒也有不同之处。假如说王钟麒的特点在于强调中国小说与国情相适应的独特的内容和艺术形式的话,那么黄人则与之相反,注意了中外社会发展和反映在小说创作中的共同性。他在《小说小话》中说:

> 语云:"南海北海,此心同,此理同。"小说为以理想整治实事之文字,虽东西国俗攸殊,而必有相合之点。如希腊神话,阿剌伯夜谈之不经,与吾国各种神怪小说,设想正同。盖因天演程度相等,无足异者。最奇者,若《夜叉夫人》(一勋爵之妻,有贤淑名,夫忽失踪,备极哀悼,且谨严自守,人无间言。后事败,方知其与人通奸,弒夫潜埋室中)与《谋夫奇案》,如出一辙(此案各说部多记之,即伪为其夫遇崇自溺,实支解而瘗于坑下者)。《画灵》(商务书局发行)之与《鲍打滚冥画》,其术正同。(《画灵》者,一画士能视及现界外事物,而鲍打滚则就地一滚,而可

目睹鬼神形状而绘之。)《海外轩渠录》所载,葛利佛至大人国,为宫婢戏
置亵处,如临恶溪,险丑莫状,可谓匪夷所思矣;而《无稽谰语》中,竟有
一节与之暗合者。盖人心虽极变幻,更不能于感官所接触之外别拘一
思想,不过取其收蓄于外界之材料,改易其形式质点,加以支配,以新一
时之耳目。深察之,则朝三暮四,二五一十,正无可异也。又《水浒传》
智取生辰纲一事,自是耐庵虚构;而阅《三洲游记》,阿非利加野人竟有
真用此智而行劫者。岂黔种中亦有智多星欤?

这种分析在清末比较文学批评刚刚初起,一般人只是罗列中外小说的短长
得失而很少注意其共同规律的时候,还是颇具眼力的。它与王钟麒所论虽
然角度有所不同,但目的同样是为了提高我国古代小说的地位和民族自尊
心,真可谓殊途同归,相辅而相成。

第五节　林纾的翻译小说理论

　　我国翻译外国小说,大概始于乾隆时代。当时的译作,或采录《圣经》故
事,或根据原作内容,改头换面,重新写作,人名、地名、风俗既已中国化,故
事、情节、议论又任意增删,故实算不得翻译,并且为数也极少,影响也不大。
甲午战争以后,一批维新志士在向西方寻求思想武器的时候,注意到了小说
的翻译。特别是梁启超的《译印政治小说序》发表后,翻译小说便很快地繁
荣起来。一时间,小说的翻译数量竟在创作之上,而且范围广泛,技术进步,
翻译小说也就成了真正的文学作品了,在近代小说史占有不可忽视的地位。
在这样一股潮流中,翻译小说理论和对外国小说的评价也有了发展。例如,
翻译家周桂笙的有关见解和孙毓修的《欧美小说丛谈》都有一些值得注意之
处,不过,当时不论在翻译的实践上,还是在理论上,影响最大的还是首推
林纾。
　　林纾生平已见本编第一章第三节。他自己作有小说《金陵秋》、《官场新
现形记》和《京华碧血录》等多种,但成就不高。他在近代文学史上的主要贡
献,就是与王寿昌、魏易等合作翻译了大量的外国小说。据不完全的统计,
他所翻译的作品共有 184 部(包括几种非小说),遍及英国、美国、法国、
俄国、瑞士、西班牙、比利时、挪威、希腊、日本等国,介绍了不少著名的作家,

557

如英国的莎士比亚、司各特、菲尔丁、狄更斯，法国的大仲马、小仲马、雨果，俄国的托尔斯泰，挪威的易卜生，日本的德富健次郎等。其中有四十余部较为完美，而以 1899 年译的《巴黎茶花女遗事》和 1901 年译的《黑奴吁天录》影响最大。林纾关于翻译小说的理论主要见于这些译作的序跋上。

林纾早期倾向新政，关心国事，因而他译介外国小说也志在维新，一再主张翻译作品要"有益于今日之社会"（《鬼山狼侠传叙》），"以振动爱国之志气"（《爱国二童子传达旨》）。他强调介绍那些反对封建礼教，鼓吹反帝爱国，抨击社会黑暗的作品，为现实的改良政治服务。1901 年，邱炜萲在《挥麈拾遗》中评论其成名的译作《巴黎茶花女遗事》时说："闻先生宿昔持论，谓欲开中国之民智，道在多译有关政治思想之小说始，故尝与通译友人魏君、王君取法皇拿破仑第一、德相俾士麦克全传属稿，草创未定，而《茶花女遗事》反于无意中得先成书，非先生志也。"其实，《茶花女遗事》之所以"一时贵洛阳"，"不胫走万本"，也并非只是"缠绵悱恻，哀感顽艳"打动了读者的心灵，而主要是这幕反封建的爱情悲剧，引起了处在专制制度下婚姻不自由的中国青年的共鸣。因而，它不失为一部顺应新潮流的作品。接着，在《黑奴吁天录跋》中，他明确地指出翻译小说是有意识地配合当时反美华工禁约运动的政治斗争，要在"奴之势逼及吾种"和弃故求新的时势中，"为振作志气，爱国保种之一助"。

要爱国保种，对外来说，当然要备盗反帝，但对内来说，则维新自强。因此，他主张翻译作品时要介绍"新理"，灌输西方资产阶级的科学、民主，同时，也重视外国小说中批判黑暗政治，旨在改良社会的作品。《斐洲烟水愁城录序》指出，"欧人志在维新，非新不学，即区区小说之微，亦必从新世界中着想，斥去陈旧不言"，这对于那些"嗜古如命，终身又安知有新理"的酸腐之辈来说，是有针砭意义的。在外国小说家中，林纾最推崇迭更司的主要原因也就是这位作家"极力抉摘下等社会之积弊，作为小说，俾政府知而改之。"《贼史序》"叙至浊之社会，令我增无数阅历，生无穷感喟矣"（《孝女耐儿传序》）。

林纾注意翻译揭露西方"弊俗"的小说，还有其可贵的一面，即希望人们在学习西方的同时，"不必心醉西风，谓欧人尽胜于亚，似皆生知良能之彦"（《块肉余生述前编序》），而知道他们也有许多"可哕可鄙之事"，我们必须以此为鉴戒。"鉴者，师其德；戒者，祛其丑"，这样才能保持清醒的头脑。

林纾所宣传的翻译小说的目的，并不仅仅为现实的政治改良服务，同时也希望中国作家打开眼界,在西方作品中找到艺术借鉴,"合中西二文镕为一片"(《洪罕女郎传跋语》),促进创作的发展。中国人在过去素好闭关自守,鸦片战争之后,屡为欧美人战败,对于西方的坚船利炮和声光电化之学引起了莫大的向慕,但还认为中国的政治、道德、文章是高于一切的。稍后,人们看出中国封建专制政体的根本腐朽,于是又向往欧美的立宪或共和,但还认为中国的文学是世界上最完美的,决没有西洋的作品可以及得上我们的马、班、李、杜。梁启超等强调西方小说时,虽然把中国的旧小说骂得狗血喷头,但主要还是倾心于西方的政治和着眼于小说与群治的关系。林纾则不同,他注意到"西人文章妙处",认为司各德、哈葛德、迭更司等小说都"可侪吾国之史迁"(《撒克逊劫后英雄略序》),甚至在某些方面超过了司马迁,如迭更司在长篇寻绎妇人琐事方面就为史班所无(《块肉余生述前编序》)。《滑稽外史短评》称"左、马、班、韩能写庄容不能描蠢状,迭更司盖于此四子外,别开生面矣。"因而他希望"以彼新理,助我行文"。并且相信洋汉的结合不会使原有的中国古文黯然失色,而只会使文章进一步大放光明。这在《洪罕女郎传跋语》中说得很明白:

> 哈(葛德)氏文章,亦恒有伏线处,用法颇同于《史记》。予颇自恨不知西文,恃朋友口述,而于西人文章妙处,尤不能曲绘其状。故于讲舍中敦喻诸生,极力策勉其恣肆于西学,以彼新理,助我行文,则异日学界中定更有光明之一日。或谓西学一昌,则古文之光焰熸矣,余殊不谓然。学堂中果能将洋汉两门,分道扬镳而指授,旧者既精,新者复熟,合中西二文熔为一片,彼严几道先生不如是耶?

这番话,不只是出自一个多产的小说翻译家口中,而且是出在同一位著名的古文家嘴里,因而就显得更具分量和号召力了。

那么,"西人文章妙处"究竟何在呢?怎么能使"中西二文熔为一片"呢?假如林纾从中西小说的比较入手,作一番客观的认真的探索,那肯定会使他的理论更为丰富和有价值。但遗憾的是他不通西文,并没有系统地阅读外国文学作品和研究其文学发展的历史,只是凭他人对作品的选择和口述而略有感受,因而其认识是肤浅和零碎的。另一方面,他是个桐城派的古文名家,"治《史记》、《汉书》廿五年"(涛园居士《埃司兰情侠传叙》),一生以"左氏传及马之史、班之书、昌黎之文"为"天下文章之祖庭"(陈希彭《十字军英雄记叙》),故评论西方小说时往往是戴着古文家的有色眼镜,用左、马、班、韩

559

的"伏线、接笋、变调、过脉"来套,最后难以窥见其真正的奥妙而得出"大类吾古文家"的结论(《撒克逊劫后英雄略序》)。不过,中西文学毕竟有相通的地方,这正像王国维等用西方的美学理论来评价中国小说时能提出一些新颖的看法一样,林纾用中国传统的文论观点来评价西方小说时,也会有一些独特的见解。例如他在《斐洲烟水愁城录序》中将此书与《史记·大宛传》比较,得出了"长篇巨制",需有贯串始终的"精意"和前后联络的引线等共同经验。在《块肉余生述前编序》中将此书与《水浒传》相比较后,认为尽管两书"点染数十人,咸历落有致",有相同之处,但前者明显有"逐节以索,又一一有是人之行踪"的特点而后者就没有做到这一点。另外,在《红礁画桨录译余胜语》中,他说:"西人小说,即奇恣荒眇,其中非寓以哲理,即参以阅历,无苟然之作。"《洪罕女郎传跋语》指出:"大抵西人之为小说,多半叙其风俗,后杂以实事。风俗者不同者也,因其不同,而加以点染之方,出以运动之法,等一事也,赫然观听异矣。"《爱国二童子传达旨》中歌颂"法民人人皆治实业","不务宦达,一力归农",指出这不同于"吾国小说中人物,始由患难,终以得官为止境,乐一人之私利,无益于国家。"诸如此类,时有若干真知灼见,但总显得一鳞半爪。

林纾是晚清"小说界之泰斗",特别是他的翻译小说的理论和作品可以说是影响了一代人,在当时也起了一些积极作用。但从总的来看,他侧身小说界,已是戊戌变法失败以后。他用改良维新的一套思想为指导,其进步作用也是很有限的。随着时代的发展,资产阶级民主革命运动的高涨,他越来越显得落伍。就在他辛亥革命前的一些翻译小说的序跋中,已时时泛起一些封建的残渣,出现反对革命的滥调。到后期,他竭力地反对新文化,维护旧礼教,反对白话文,维护文言文,这就更不足取了。

第六节　管达如的《说小说》和吕思勉的《小说丛话》

辛亥革命是中国民主革命时期的一次具有伟大历史意义的革命。这次革命推翻了清朝统治,结束了中国两千多年来的君主专制制度,产生了中华民国。尽管在革命后的最初几年内,反动势力十分猖獗,革命队伍分崩离析,整个中国革命处于暂时低潮的阶段,但民主的火种并没有熄灭,进步的呼声也没有消歇。这反映在文学领域内,也并不是一团漆黑,浊浪滔天。就从当时出现新的繁荣局面的小说界而言,也有一些受过民主革命洗礼的作家,用笔来批判封建意识,揭露社会黑暗,抨击军阀、官僚、买办等新的特权阶层,宣传民主共和、自由平等和爱国的思想,创作了一些积极的作品。至于小说理论界,人们也是在总结和继承近十年来小说创作、翻译和批评的基础上进行不断的探索,作了一些努力。正是在这样的情势下,出现了管达如的《说小说》和吕思勉的《小说丛话》之类比较系统的理论著作,对小说的多方面问题作了研究和总结,在我国小说批评史上具有不可忽视的地位。

管达如的《说小说》

《说小说》连载于当时影响颇大的《小说月报》第三年(1925)第五、七、八、九、十、十一期。署名管达如,疑即管际安(1892—1975),名义华,一字霁庵,江苏吴县(今苏州)人。当年是刚二十出头的青年,任职于言论激进的《民权报》。后进《民国日报》,为南社社员。他是当时知名小说家许指严的学生,与李定夷、赵苕狂等为同学,又善评剧,能昆曲。《说小说》共分六章:"小说之意义"、"小说之分类"、"小说之势力及其风行于社会理由"、"小说在文学上的位置"、"论翻译小说及其与中国小说的比较"(第五章原文无标题,今据文意所加)、"中国旧小说缺点及今日改良方针"。从整个架势来看,这篇文章是试图对小说这一文学样式作一次全面的理论总结,但限于当时主客观的条件,它的论述显然不够深入,不少地方也只是将前人的论点略加综合,但它毕竟是从古至今较为系统地论述小说诸基本问题的一篇文章,因此,值得我们注意。

第一,《说小说》论述了小说的基本性质和特征。

自从东汉桓谭《新论》将"小说家"作了一个基本的解释以后,人们或从思想内容,或从社会作用,或从语言特色,或从虚实不同,对"小说"这个概念作了种种解释,但大都是在行文时偶然涉及而未作专论,故一般都抓其一点,不及其余,其结论常常是片面的。晚清,从梁启超、夏曾佑、狄葆贤到王国维、黄人、徐念慈等,对小说的基本性质和特征有了进一步的认识。如梁启超认为小说具有两种"德"四种"力",夏曾佑、狄葆贤等分析了小说有"繁"、"今"、"浅"、"俗"、"虚"等特点,特别是黄人和徐念慈,学习和运用了西方美学的观点,认为小说是真善美结合而又倾向于美的一种,具有形象性、

561

理想化、引起美感和符合理性等特点。在这基础上,《说小说》阐述了自己的观点。

《说小说》第一章《小说之意义》,就是在西方哲学思想影响下阐明小说的本质是"所以记载理想界之事实者也"。作者认为世界可分为"事实界"和"理想界"两种。所谓"事实界",基本上指人能感觉到的客观现实世界,而"理想界"则是在反映客观世界的一种精神活动,这里包含着作者所感到的是非和欣厌,理智和感情。作者认为,世界是"实有其物"的,"理想界之理想,其后恒成为事实界之事实,且自广义言之,理想者亦事实界中之一种事实"。从这些观点看来,作者的态度基本上是唯物的。但同时又认为"人之思想又确有时能超出于现世界之外"。不过,这种"超出于现世界之外"的理想,也并非是与现实毫无联系的"空虚无据"之物,而仍然是现实的一种曲折的反映,"如响随声,如形有影,常相伴随,无或差忒"。归根到底,他之所谓理想界,就是人类的意识活动和精神世界,以及将现实世界"绝对"化、理想化了的典型形象。"人类既有此理想,则必有所以发表之者,其所以发表之工具,则小说是已"。这样,管达如的《说小说》首先把小说本质归结为客观现实世界的反映和人类精神世界的描绘,这在我国小说史上还是一种有意义的尝试。

小说是一种社会意识形态,但它作为表现"理想界"的一种工具,又具有美的特点。"文学者,美术之一种也;小说者,又文学之一种也。人莫不有爱美之性质,故莫不爱小说,斯言是矣。"管达如注意从哲学的角度上分析了小说的本质后,又在第四章《小说在文学上之位置》中点到了小说作为一种文学艺术所具有的美的特点。然而,"文学之美者亦多矣",小说又具有一种"特别性质"。他在第四章中就比较详细地分析了"小说与他种文学之异点"有五:其一,"小说者,通俗而非文言的也"。其二,"小说者,事实而非空言的也"。其三,"小说者,理想的而非事实的也"。其四,"小说者,抽象的而非具体的也"。其五,"小说者,复杂而非简单者也"。综观五点,并无多少新意,且很难说皆为"小说与他种文学之异点"。但从当时看来,他能采撷众说,融为一体,力图从小说的基本性质到具体特征,作出一个比较系统的阐述,也是有一定历史功绩的。

第二,《说小说》在新的形势下对小说作了新的分类。

随着小说的逐步繁荣,必然产生小说的分类。不同的小说分类,体现着作者对小说的不同认识。刘知幾的《史通·杂述》将唐传奇产生以前的"偏记小说"分为十流："一曰偏记,二曰小录,三曰逸事,四曰琐言,五曰郡书,六曰家史,七曰别传,八曰杂记,九曰地里书,十曰郡邑簿。"这显然是用史家的眼光来评价和区分小说的。经过唐宋两代传奇的勃兴和繁衍,明代人对于叙事委曲,作意幻设的传奇有所认识,故胡应麟在《少室山房笔丛》中开始将小说分为六类:志怪、传奇、杂录、丛谈、辨订和箴规。这种分法虽然加入了传奇,删除了"地里书"、"郡邑簿"之类的著作,但仍未完全跳出史家的框框,其丛谈、辨订、箴规实属考据杂家一流,难入小说之家。至清乾隆时,《四库全书总目提要》则云:"迹其流别,凡有三派:其一叙述杂事,其一记录异闻,其一缀缉琐语也。"此三派,实止胡应麟"志怪"、"杂录"两类。它虽将丛谈、辨订改隶于杂家,整洁了小说的范围,但同时将"传奇"拒之门外,暴露了它否定小说虚构的偏见。这是以往对文言小说的几种主要分类。至于对白话小说,宋元时代的《都城纪胜》、《梦粱录》和《醉翁谈录》等,曾据说话的家数分为"小说"、"史书"、"讲经"、"新话"等四大类,又据故事的内容,将"小说家"分为灵怪、烟粉、传奇、公案、朴刀、桿棒、神仙、妖术等多种,之后也无认真的分类。到晚清小说杂志一哄而起时,一般小说都冠以"政治小说"、"历史小说"、"言情小说"之类的名目,有的评论文章也将内容大致相同的一类小说一起加以评论和比较,这些都为新的小说分类打下了基础。

管达如的小说分类是从三个角度分别进行的。首先,他称之为"文学上之分类",把小说分为文言体、白话体、韵文体三种。其次是"体制上之分类"。他将小说分为笔记体和章回体两大类。最后是"性质上之分类",实则是根据小说的故事内容不同而分为九类:武力的(亦可名英雄的)、写情的(亦可名儿女的)、神怪的、社会的、历史的、科学的、侦探的、冒险的、军事的。于每一类后,他都作了简要的评述,如评写情类曰:

> 写情的,亦可名为儿女的,若《红楼梦》其代表也。夫世界本由爱情而成,男女之爱情,实为爱情之最真挚者。由此描绘,诏人以家庭压制之流毒,告人以社会制裁之非正义,且导人以贞信纯洁之死不相背弃之美风,亦未始于风俗无益。但为之者多不知道德为何物,且绝无高尚之感情,非描写一佻达无行之人,号为才子,则提倡淫乐主义,描写富贵之家,一夫多妻之恶习,使社会风俗,日趋卑污,罪不可胜诛矣。

在辛亥革命前后一段时间内,对于写情小说的看法,分歧还是很大,有的人视之为伤风败俗的渊薮,有的人则认为是文明自由的种子,管达如于此还颇为折衷平允。对其他各类小说,他也都能如这样根据其不同特点和结合实际产生的社会效果来指陈利弊。这些看法虽然多数只是综合他人之见,但他较有条理地将小说,特别是白话小说作了一次明确的分类,这毕竟是宋元以来小说理论方面较有意义的一次小结,后来成之的《小说丛话》,就在这一基础上作了进一步的探讨。

第三,《说小说》论译本小说及其与中国小说的比较也有见地。

晚清译本,风起云涌,各国名著,竞相迻入,其间小说译本,更是汗牛充栋,大有喧宾夺主之势,故论其得失,势在必行。《说小说》就专列一章,予以论述。首先,它分析了译本小说的长处和翻译小说的必要。其一,从文学上讲"译本小说之善,在能以他国文学之所长,补我国文学之所短"。其二,从内容上看,"译本小说之所长,又在能以他国社会之情形,报告于我国国民"。总之,翻译小说不论就作文,还是为治国,都可资借鉴。这些观点,林纾等译家也有所零星论述,但没有如此明晰。而更主要的是管达如虽然高度评价了翻译小说和指摘中国小说的缺点,但没有拜倒在西洋小说的脚下而到了盲目的程度。接着,他立足于现实,清醒地指出"译本小说不及自著之点亦有二":一、"矫正社会恶习之功力较小也"。二、"趣味不如自著者之浓厚也"。他认为,各国社会的性质有不同,人民的习俗也相异,作家创作小说,都是为本国人而作,反映的是本国的社会现实,迎合的是本国人的心理好尚,因而本国人看了感到切近而动人,而别国人看了则未免有隔靴搔痒之感。总之,"外国小说,本非为我国人而作,虽未必无感动我国人之力,然较之我国人所著,则其功用必不可同日而语矣"。因此,他的结论是:"在今日,译本小说为若何之名著,吾终谓其功力不及国人自著者,然中国今日正在渴望良小说之时,则无论为其自著,为迻译,苟其佳者,实多多益善也。"管达如的这种不薄翻译作品又重视自著小说的态度,着眼于就现实中所起的作用来论中西小说短长的方法,还是有其可取的地方。

第四,《说小说》强调了小说的社会作用和提出今后改良小说的方针。

《说小说》的第三章《小说之势力及其风行于社会理由》是专论小说的社会作用的。对于这个问题,从梁启超以来的小说家,不管其政治态度如何,都已普遍重视。《说小说》认为当今世界,从村夫野老、妇人孺子到学士大夫、号为通知古今者,莫不爱读小说,而小说又能使人身入其中,习而与之俱化,能对社会人心产生巨大的影响。而就当今中国社会来说,他认为是"受小说之害者深,而蒙小说之赐者少"。"诲盗"、"诲淫"、"长迷信倚赖之习"、

"造作荒诞无稽之语以坏国民之智识",就是贻害社会之大者。这些观点虽论之凿凿,但颇少新意。相比之下,他在全文结尾处提出的几点改革意见诚可注意:一、"道德心宜充足也";二、"智识宜求完备也";三、"阅历宜求广博也";四、"文学宜求高尚矣"。除以上四点之外,最后他又指出今日作小说"当多用白话体"。这些意见实际上就是要求作家具有进步的思想观点,丰富的科学知识,坚实的生活基础和高度的文学修养,其立论是比较全面的。它对现实的小说创作所起的作用无疑也是积极的,特别是从当时看来,能有这样的认识并不简单。

管达如的《说小说》作于辛亥革命后的第二年。他博采近十年来各家小说观点,编之以序,条之以理,论述全面,眉目清晰,故在某种意义上可以说它是晚清的小说理论批评的一次小结。缺点是论述不够深入,新意不多,个别地方流露了一些如轻视群众等观点。但从总的倾向看来,它是一部进步的有价值的著作。

吕思勉的《小说丛话》

商务印书馆印行了《小说月报》,与之相对垒的中华书局随之刊行了《中华小说界》月刊。1914年元旦出版了第一期。第三期至第五期连载了署名"成"(第八期署名"成之")的《小说丛话》。成之,即吕思勉(1884—1957),字诚之,江苏武进人。他早年执教于苏州东吴大学等,辛亥革命后先后任中华书局和商务印书馆编辑,后一直在各大学从事中国史的教学和研究工作,成为近现代著名的历史学家,从而长期掩盖了他早年在小说理论批评方面的才华。这篇《小说丛话》也就久不闻名于世了。

《小说丛话》的标题和梁启超等在《新小说》上发表的相同,但它不是多人凑成的感想式的随笔,而是由成之一人一气呵成的近代最长的一篇小说论文。它洋洋三万六千余字,是明显针对管达如的《说小说》而发的。它论述的范围与《说小说》大致相同,个别段落的语言也有因袭的痕迹,但主要还是站在不同的角度上,运用不同的观点,作更为深入的分析。因此,它实际上是一篇与《说小说》争鸣的文章,在一些地方对《说小说》观点有所发展。

《小说丛话》的显著特点是注重运用西方美学的观点来分析小说的性质。管达如在《说小说》中曾经也提到过小说的"美",但只是轻轻带过。于此之前,王国维、黄人、徐念慈的文章就开始运用西方美学观点来解释小说,但大都也语焉不详,或有生吞活剥之嫌。相比之下,成之的《小说丛话》显得圆熟得多了。《小说丛话》认为小说作为一种"美的制作",其性质决不是简单地摹拟生活,能以"社会现象之反映"、"人间生活状态之描写"所能完全说明的。他说:"夫美术者,人类之美的性质之表现于实际者也。""凡一美的制作,必经过四种阶段而后成",即模仿、选择、想化和创造。所谓"模仿",就是"见物之美而思效其美之谓也"。这是因为人都有"辨美恶之性",当"物接于我"时,就必然以自己的感情辨别其妍媸,美的就思仿效,这就是制作美的第一阶段。第二阶段则是"选择"。生活本身是十分复杂的,接于目者不止一色,接于耳者不止一音,因而必须在接触生活,辨其美丑的基础上,"美者存之,恶者去之,此选择之说也"。在模仿、选择之后,进而为"想化"阶段。"想化者不必与实物相触接,而吾脑海中自能浮现一美的现象之谓也"。他的所谓"想化",实际上又包括想像和理想化两个部分。"艳质云遥,闭目犹存遐想;八音即戢,倾耳若有余音,皆离乎实物之想像也。"人们既能脱离实物,海阔天空地进行想像,那么必然也"能综错增删实物而为想像"。后者这种想像,实则就是作者根据自己的美学理想,将原型进行理想化的艺术加工。对此,他曾具体描述道:

> 姝丽当前,四支百体,尽态极妍,惟稍嫌其长,则吾能减之一分;稍病其短,则吾能增之一寸。凡此既经增减之美人,浮现于脑海之际者,已非复原有之美人,而为吾所综错增删之美人矣,此所谓想化也。

至此,完美的艺术形象已现于脑际,精巧的情节结构早胸有成竹,艺术构思基本上已经完成,最后一个阶段就是援笔伸纸,"以吾脑海中之所想像者,表现之于实际,则所谓创造也"。因此,这四个阶段,实际上就是艺术典型化的全过程。经过典型化之后制造出来的美,当然不是"摹拟外物之谓",而是一种"离乎物而为想像"的美,是一种创造的美,因而是一种比生活中的美更理想的美。小说的美,就是这种"人类能离乎现社会之外而为想像,因能以想化之力,造出第二之社会"的美。这就是《小说丛话》所揭示的小说的美的性质,无疑对管达如的《说小说》作了较大的补充和丰富。

假如说《小说丛话》在揭示小说美的基本性质时着重阐述文艺典型化的过程的话,那么他在后面分析小说作品与社会现实的差异时,指出了文艺典型的一些基本特征。他说:"小说所描写之社会,较之实际之社会,其差有二：一曰小，一曰深。"所谓"小"和"深"，实际上说明了艺术形象就是通过具体的"代表"的深入描绘来反映社会的某类重大的、本质问题。其叙述的是浅明的小事，但蕴藏的道理却是大的；其描写是很深入且单纯，而代表的面却更广，读者感受更强烈。因此，小说尽管描写的是社会之一角，"事小而易明"，但实际上它比社会更集中，更典型。

正因为作者重视小说的典型性，所以十分注意分析小说中人物形象的典型意义。当然，作者并没有用"典型意义"这类词语，但他笔下的"代表主义"的意思是与此相接近的。他说："小说所假设之事实，所描写之人物，可谓之代表主义而已，其本意固不徒在此也。"这就是说，小说中的形象的意义不仅仅在于表面所描写的，直觉所得到的，而是"代表"着一类人，具有更普遍的意义。为了证明这一点，他用了三分之一的篇幅，详细地分析了《红楼梦》中的十二金钗"乃作者取以代表世界上十二种人物者也"。比如，作者立妙玉，主要就是为了"叹正直之不容也"；写迎春，就是为了"代表""伤弱肉强食也"；刻画惜春，就是为了"伤知识者之苦"；塑造王熙凤，则"叹权力执著之苦也"；如此等等，《小说丛话》的作者根据自己的认识水平和思想境界，对这些《红楼梦》中的主要形象的社会意义一一作了分析。由于作者受到王国维的人生哲学及其提出的《红楼梦》的本旨是"描写人生之苦痛与其解脱之道"等影响，故这些分析往往不能正确地揭示其客观的社会意义，且杂有许多消极的东西。在这里，我们应当注意的是：他致力于分析形象的客观社会意义的这种方法，在小说批评史上应该说是一种新的尝试。

《小说丛话》的另一特色是用了大量的篇幅来修正和补充《说小说》的小说分类。它的分类是从两方面进行的：第一自理论上进行"抽象的分类"，第二则根据小说的题材进行"具体的分类"。其具体分类将小说也分为九类：武事小说（也可称为英雄的）、写情小说（也可称儿女的）、神怪小说、传奇小说、社会小说、历史小说、科学小说、冒险小说、侦探小说。对于这种分类，他自己也认为"其界说甚难确定"，只是根据一般读者的习惯，"按其所载之事实，而锡之以特殊之名称"，故"于理论上虽无足取，而于实际亦殊不容已也"。事实上，其观点，与管达如也大致相同。而《小说丛话》在进行"抽象的分类"时，颇为着力。它除了沿用管达如从文学上以散文或韵文、文言或俗语作区分外，还从小说叙事之繁简、描写之虚实、自叙或他叙、效果之悲喜、主义之有无等不同角度来进行探讨和分类。现在看来，这些分类本身的意义并不太大，但在表述过程中涉及的一系列理论问题倒颇可注意。这里略述一二于下。

一、人物与结构

小说作为一种独特的文学样式,塑造人物形象和有一定的情节结构,是区别于他种文学样式的重要标志。近代那么多的论文在讨论小说的特异性时竟都没有注意到情节结构及其与塑造人物的关系。成之在专述小说特点时,受了当时一般理论的影响而同样也没有顾及,但在探讨"单独小说"与"复杂小说"不同等处却对这个问题作了较多的探讨。他认为"单独小说,以描写一人一事为主",结构比较简单;而复杂小说不同,"同时叙述多方面之情形,而又须设法使此各个独立之事实,互相联结,成一大事,故材料须弘富,组织须精密"。这种精密的组织首先表现在"事实要联贯",即组合许多复杂的事实成一大事实时须有一根线索,不能有互相冲突之处。这根线索,与人物有密切的关系。他说"复杂小说者,自结构上言之,虽亦有一主人翁,然特因作者欲组织许多独立之事实,使合成一事,故借此人以为之线耳。"但书中的人物有主从不同,故组织故事也要主次分明。"书中之人物,孰为主人翁,代表作者之理想,孰为副人物,代表四周之境遇,不可不极为明确"。否则就如《儒林外史》那样描写的人物故事极为复杂,但不能指出孰为主人翁,因而"事实亦首尾不完具,不能合众小事为一大事,究属欠点"。应该说,像他这样论述小说的情节结构与人物的,在近代小说理论中并不多见。

二、实与虚

梁启超在《论小说与群治之关系》中根据小说有尚虚写实的不同特点,认为可分为"理想派小说"和"写实派小说"两种,但他自己及后来也论虚实的狄平子等人对这两派小说未作进一步阐述。成之于此却有所发挥:

> 小说自其所载事迹之虚实言之,可别为写实主义及理想主义二者。写实主义者,事本实有,不藉虚构,笔之于书,以传其真,或略加以润饰考订,遂成绝妙之小说者也。小说为美的制作,义主创造,不尚传述,然所谓制作云者,不过以天然之美的现象,未能尽符吾人之美的欲望,因而选择之,变化之,去其不美之部分,而增益之以他之美点,以成一纯美之物耳。

这里所谓写实主义,实际上就是著录事实,不允许有艺术虚构;而他的理想主义,又和艺术的典型化等同起来。因此他必然认为写实主义虽贵在天然,可作历史,然非正宗;小说进化的次序是先写实后理想。我国的理想小说虽大抵始于唐,但从今天来看,"所有小说之中,百分之九十九,皆理想小说也。"在这种观点指导下,他虽然能看到一般的小说都是写实主义和理想主义的"混合物":"故无论何种小说,皆有几分写实主义存。特其宗旨,不在描写当时之社会现状,而在发表自己所创造之境界者,皆当认之为理想小说也。"但由于他误认艺术的虚构为理想主义的基本特征,故其"写实主义"、"理想主义"与我们今天所说的现实主义、浪漫主义的创作方法,是有很大距离。

三、情与知

一部小说最后在社会发生作用的关键在于读者。《小说丛话》认为小说对读者起作用是通过两个方面:"一诉之于情的方面,而一诉之于知的方面也。"他在区别"悲情小说与喜情小说"、"有主义小说与无主义小说"时都是根据"情"、"知"来衡量的。比如,他说悲情小说与喜情小说的最大区别云:

> 悲情小说,诉之于情的方面;而喜情小说,则诉之于知的方面也。何谓诉之于知的方面,则其事自感情一方面言之,本无所谓满足与缺憾,毫不足以动喜怒哀乐之情,特自知的方面观之,则其事甚为可笑而有趣,因以引动其愉快之情耳。如《齐谐》志怪之书,本于人生无何等之关系,读之殊不足以动人喜怒哀乐之情,但其事自智的方面言之,甚为恢奇,故足以厌人好奇之心,而人亦喜读之。……此种小说,专以供人娱乐为目的,无甚深意,然其通行颇广,而其为事亦不可废,盖自社会之活动论之,娱乐固亦其一方面也。

字里行间,透露了作者认为诉之于知的喜情小说"固不如绝对的悲情小说之优"。本来,作者也认识到世界上本"无纯属于情的方面者,亦无纯属于知的方面者",但他过分地强调"诉之于情",后来竟进一步鼓吹一种"专感人的情"的无主义的"纯文学的小说",似乎有点艺术至上的嫌疑。他说:

> 小说有有主义与无主义之殊,有主义之小说,或欲借以牖启人之道德,或欲借此以输入智识,除美的方面外,又有特殊之目的者也,故亦可谓之杂文学的小说。无主义之小说,专以表现著者之美的意像为宗旨,为美的制作物,而除此以外,别无目的者也,故亦可谓之纯文学的小说。纯文学的小说,事感人以情,杂文学的小说,则兼诉之知一方面。……近顷竞言通俗教育,始有欲藉小说戏剧等,为开通风气,输入

569

> 智识之资者，于是杂文学的小说，要求之声大高，社会上亦几视此种小说为贵于纯文学小说矣。夫文学与智识，自心理上言之，各别其途，即其为物也，亦各殊其用。开通风气，贯输智识，诚要务矣，何必牵入于文学之问题？必欲以二者相牵混，是于智识一方面未收其功，而于文学一方面先被破坏也。

他在这里，并不反对"开通风气，灌输知识"的进步事业，在后面又强调作家高尚的理想和道德是小说创作的根本条件，作品必须达到"真善美"的统一，故很难说他就是鼓吹排斥作品思想性的纯艺术论。实际上，他在这里的宗旨就是反对近十年泛滥的将小说简单地作为宣传工具，把"主义"和"文学"，"知"与"情"相互牵混凑合的不良倾向。这在当时普遍"视此种小说为贵于纯文学小说"的形势下，尤其显得他是有胆识的。但不可否认，在具体表达上，如使用了"有主义与无主义"及"纯文学"这些词汇，且将情与美与文学性完全等同起来，这就容易使人理解为他否定创作小说有一定的功利和目的了。

四、美与善

《小说丛话》认为，"善与美常相一致"，甚至说："美即善也。"因而人们在美的感受中，即受到善的教育，且人们容易被美所感动，而不易受善的说教。故小说主要是"以美诱人"。他说："善与美常相一致，爱美即爱善也。以善诱人，恒不如以美诱人之易，及其欢喜欣爱于美，则亦固结不解于善矣。"比如写情小说，在"以美诱人"的过程中，给青年以"高尚纯洁"的感情。神怪小说则能引人之心思"入于恢奇之域。恢奇亦一种美也。"在这种"高瞻千古，远瞻八方"的"恢奇"美的享受中，能将平日卑劣凡近之行为消灭于无形，因此也能收到善的功效。这是从读者感受方面来说的。另一方面，从小说家创作来看，则要创造美，首先要善，要富于道德和高尚理想。他说：

> 理想者，小说之质也，质不立，犹人而无骨干，全体皆无所附丽矣。……有其悲天悯人之衷，自有其移易天下之志；有其移易天下之志，自有其芳芬悱恻不能自言之情；发之咏歌，遂能独绝千古。惟其真也，惟其善也，惟其美也，作小说亦犹是也。无悲天悯人之衷，决不能作《红楼梦》；无愤世嫉俗之心，决不能作《水浒传》。胸无所有，而漫然为之，无论形式如何佳妙，而精神不存焉。犹泥塑之神，决不足以威人；木雕之美女，终不能以动人之情也。此作小说之根本条件也。

于此可见,《小说丛话》的作者并不是一个唯美主义者。他是非常重视"美的制作物"具有一定的思想性,不过他所希望的是思想性能寓于艺术性之中,美与善达到和谐的统一。他所反对的有主义的"杂文学",只是反对其"杂",反对其"知"与"情"、观点和艺术的生硬凑合罢了。

成之的《小说丛话》还分析了小说兴盛的原因、小说与社会的关系、创作小说的主要方法和译本小说等多方面的问题,写得颇有条理。

我国的小说理论随着时代的发展和小说的进化,从桓谭《新论》等丛残短语式的批评,到大量的明清序跋和评点,再到近代这些洋洋大观的论文,其观点也是在不断深化和系统。管达如的《说小说》和吕思勉的《小说丛话》虽然不能说是对我国以往小说理论的理想的总结,但一般说来还是代表了近代资产阶级小说理论发展的水平。将要代替和超过它们的,则是新的时代所产生的新的理论了。

图书在版编目(CIP)数据

中国文学批评史新编/王运熙,顾易生主编. —2 版. —上海:复旦大学出版社,
2007.8(2024.3 重印)
(复旦博学·文学系列)
ISBN 978-7-309-05644-0

Ⅰ.中… Ⅱ.①王…②顾… Ⅲ.文学批评史-中国 Ⅳ.I206.09

中国版本图书馆 CIP 数据核字(2007)第 109423 号

中国文学批评史新编(第二版)
王运熙 顾易生 主编
责任编辑/韩结根

复旦大学出版社有限公司出版发行
上海市国权路 579 号 邮编:200433
网址:fupnet@ fudanpress.com http://www.fudanpress.com
门市零售:86-21-65102580 团体订购:86-21-65104505
出版部电话:86-21-65642845
上海华业装潢印刷厂有限公司

开本 787 毫米×960 毫米 1/16 印张 63 字数 1065 千字
2024 年 3 月第 2 版第 11 次印刷
印数 34 001—36 100

ISBN 978-7-309-05644-0/I·392
定价:158.00 元